KB173946

낙동강과 문화어문학

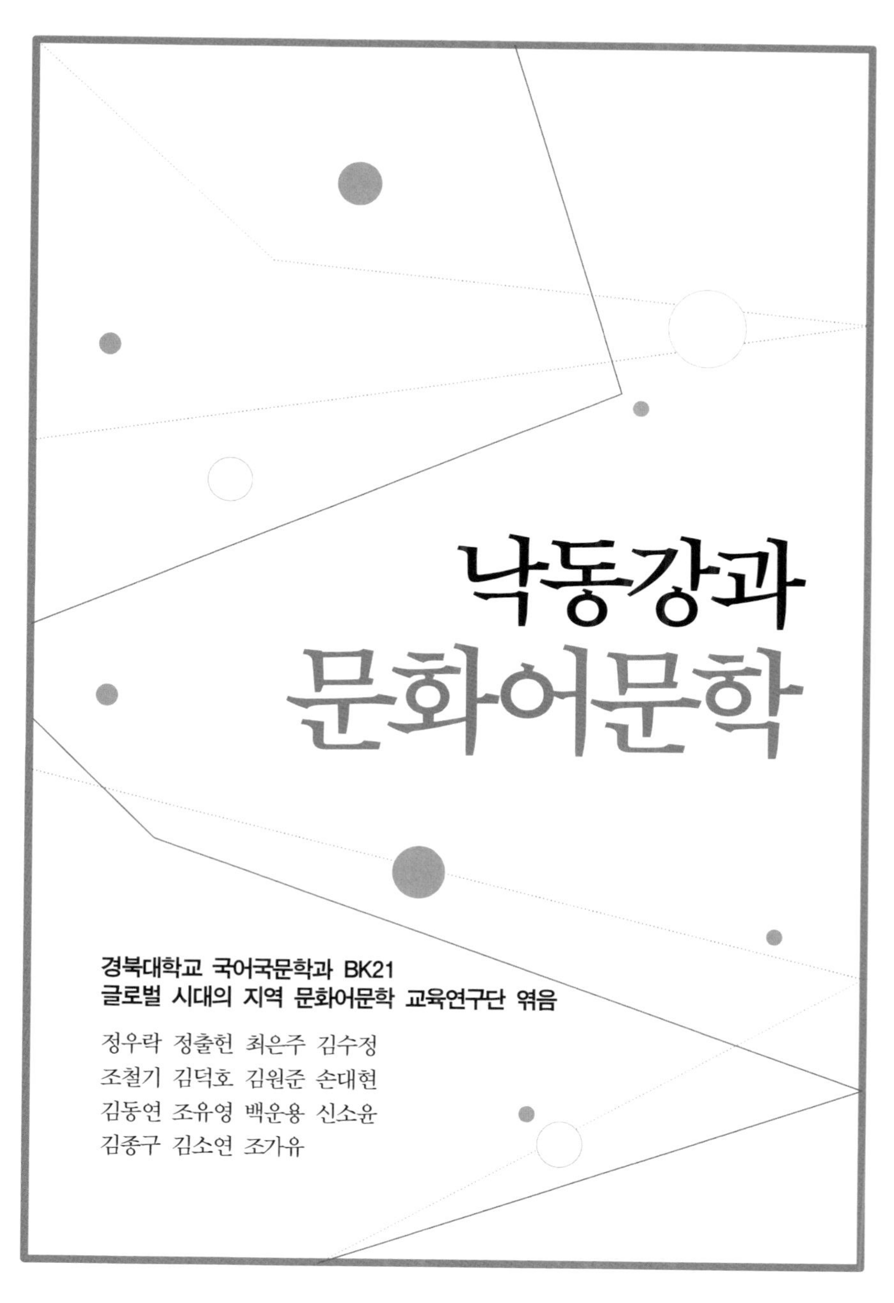

낙동강과 문화어문학

경북대학교 국어국문학과 BK21
글로벌 시대의 지역 문화어문학 교육연구단 엮음

정우락 정출헌 최은주 김수정
조철기 김덕호 김원준 손대현
김동연 조유영 백운용 신소윤
김종구 김소연 조가유

역락

머리말

박람강기(博覽强記)를 학문인 듯 자랑하던 시대가 있었다. 그러나 구글 검색기가 등장하면서 많은 정보를 기억하는 것이 더 이상 학문(學問)일 수가 없게 되었다. 학문은 말 그대로 두루 배우고 따져 물으면서 자신의 논리로 세계를 인식하고 또한 판단하는 창조적 작업이어야 한다. 모르는 것을 자랑삼아 주제를 찾아 정보를 수집하며, 학문 동지들과 함께 그것을 창조적으로 토론할 수 있어야 한다. 경북대학교 대학원 국어국문학과에서 수행하는 4단계 BK21 사업 '글로벌 시대의 지역 문화어문학'은 바로 이러한 차원에서 구상된 것이며, 우리가 영남의 젖줄인 '낙동강'을 주목한 것도 같은 이유에서이다.

가위·바위·보에 '닫히다'와 '열리다'를 결합시켜보면 아주 특별해진다. 바위는 닫혀있으며 보는 열려있고, 가위는 닫혀있으면서 동시에 열려있기 때문이다. 바위는 닫혀있으니 답답하지만 의지가 굳어 보이고, 보는 열려있으니 시원하지만 가벼워 보인다. 그리고 가위는 바위와 보의 중간쯤에서 중용을 잘 잡고 있는 듯하지만 자신의 본래 모습이 무엇인지를 의심하게 한다.

바위적 세계관에 주로 작동하는 힘은 구심력(求心力)이다. 이 때문에 이 세계를 어떤 구심적 질서를 갖고 통일적 시각에 의거하여 파악하고자 한다. 이 세계관에서는 전통과 과거를 중시한다. 즉 구심력에 입각하여 과거로 거슬러 오르고자 한다는 것이다. 거기에는 전통이 있고, 선조가 있고, 뼈와 핏줄이 있으며, 뿌리가 있고, 또한 집단이 있다.

보의 세계관에 주로 작동하는 힘은 원심력(遠心力)이다. 이 때문에 이 세계를 어떤 원심적 자유논리에 입각하여 파악하고자 한다. 이 세계관에서는 창조와 미래를 중시한다. 즉 원심력에 입각하여 미래로 나아가고자 한다. 거기에는 독창이 있고, 세계가 있고, 이웃이 있으며, 가지와 잎이 있고, 또한 개체가 있다.

가위적 세계관은 어떠한가? 이 세계관에는 구심력과 원심력이 동시에 작동한다. 이 때문에 구심적 질서와 원심적 자유를 함께 유지하고자 한다. 과거를 존중하면서 미래에 대한 비전을 잃지 않는다. 전통은 오히려 미래를 여는 힘이 된다. 근거 있는 새로움이 이로써 가능하다. 동양고전에서 흔히 말하는 온고지신(溫故知新) 혹은 법고창신(法古創新)으로 이것은 요약될 수 있다.

21세기는 가위적 세계관을 가진 인간을 요구한다. 공자는 '비천한 사람이 나에게 물으면, 그가 아무리 어리석다 하더라도 그 질문의 양 끝을 두드려 자세히 가르쳐준다(『論語』)'라고 했다. 여기서 '양 끝'이라고 한 것은 종시(終始)와 본말(本末), 혹은 상하(上下)와 정조(精粗) 등을 의미한다. 중용은 바로 이 양 끝을 조절하여 새로운 세계를 만들어 가는 일이다. '천하와 국가도 평정할 수 있고, 벼슬도 버릴 수 있으며 흰 칼날도 밟을 수 있지만 중용은 하기 어렵다(『中庸』)'라고 했듯이, 이 중용을 실천하기란 참으로 쉽지가 않다.

강이 지닌 물질적 상상력은 실로 무한하다. 이 무한한 상상력으로 낙동강 앞에 서면, 낙동강은 새롭게 뜨거워진다. 그는 태백산 황지(黃池)의 구심력과 드넓은 남해의 원심력 사이에서 양 끝을 동시에 조절하는 중용지도(中庸之道)를 알고 있다. 가위적 세계관을 갖고 있는 셈이다. 영남사람들은 낙동강 유역에서 그들만의 독특한 문화를 만들어 갔다. 나루터와 주막을 중심으로 기층민의 일상이 이루어졌으며, 누정과 유선(遊船)을 통해서 사대부문화가 구축되기도 했다.

산이 자문화의 독자성을 형성하는 데 중요한 작용을 한다면, 강은 서로 다른 문화를 소통·상생케 한다. 역시 중용의 미덕이다. 일제강점기에 신작로(新作路)를 만들기 전에는 대부분의 물류가 강을 통해 운반되었다. 이에 따라 낙동강 유역에는 장시(場市)가 번성하였으며 영남사람의 삶은 더욱 풍요로워졌다. 그런데, 지난 시기 난데없는 한반도 대운하 기획으로 낙동강이 위태롭게 된 적이 있었다. 을숙도를 날아드는 철새들의 날갯짓도, 낙동강이 갖고 있는 아름다운 기억도 함께 위태롭게 되었다.

경북대 대학원 국어국문학과에서는 4단계 BK21사업으로 '글로벌 시대의 지역 문화어문학 교육연구단'을 운영하고 있다. 이는 3단계 BK21사업에 이은 것으로, 2020년 9월부터 2027년 8월까지 7년 동안 진행된다. 3단계의 BK사업을 시작하면서 우리는 '문화어문학'이라는 용어 하에 기존의 형해화(形骸化)된 한국어문학을 일상과 대중 속에 살아 있는 학문, 즉 활학(活學)으로 다시 태어나고자 했다. 이러한 시도는 여전히 유효하며, 이제 문화어문학은 착근을 넘어 개화와 결실을 맞이하게 될 것이다.

그동안 우리는 네 차례의 문화어문학 연구총서를 낸 바 있다. 『문화어문학이란 무엇인가』(커뮤니케이션북스, 2015), 『영남 어문학의 문화론적 해석(역락, 2015), 『한국 고전문학과 문화어문학』(역락, 2018), 『대구공간과 문화어문학』(역락, 2019)이 그것이다. 문화가 소통과 교융을 근간으로 하듯이, 이들 논의는 어문학 내에서는 어학과 문학이 교융하고, 밖으로는 역사와 철학이 넘나든다. 지역적으로서는 우리가 소속되어 있는 영남을 중심으로 하지만, 한국적 차원 혹은 세계적 차원에서 논의가 확장될 수 있도록 하였다.

이 책은 앞에서 언급한 낙동강에 대한 문화어문학적 탐색이다. 강 가운데 낙동강을 주목한 것은, 지역 어문학의 일환으로 이 작업이 진행되었기 때문이다. 낙동강 문화에 대한 이해는 영남의 문화를 이해하는 첩경이다. 영남인들은 낙동강을 상하로 오르내리고 좌우로 넘나들면서 소통하였고, 이로써 영남지역의 문화를 창조할 수 있었다. 영남문화 속에 한국의 언어와 문학이 새롭게 생성되었으니, 여기에 대한 문화론적 접근이 바로 문화어문학이다.

이 책의 제1부에서는 낙동강을 읽는 다양한 시각을 제시하였다. 필자인 나는 곡선이 지닌 미학적 측면을 염두에 두면서 상주 지역의 문학적 배경과 문화적 특징을 따졌다. 정출헌 교수와 최은주 선생은 낙동강 연안에 있는 대표적인 누각인 영남루와 관수루에서 생성된 서사적 변주와 공간 감성을 적극 논의하였고, 김수정 선생과 조철기 교수는 한국 현대시에 나타난 낙동강 이미지를 문학지리학적 측면에서 다루었다. 그리고 우리 교육연구단의 김덕호 교수는 낙동강을 중심으로 한 방언구획을 새롭게 설정해 지역학에 대한 언어학적 시각을 가다듬었다.

제2부에서는 낙동강을 기반으로 이루어졌던 선유(船遊)와 구곡문화를 다루었다. 퇴계 이황 및 진성이씨 여성들을 중심으로 한 낙동강 선유는 김원준 교수와 김동연 선생이, 한강 정구를 중심으로 한 낙동강 하류의 선유는 손대현 교수가 논의하였다. 낙동강은 본류와 지류에서 구곡문화도 발달하였던 바, 낙동강을 중심으로 한 영남의 구곡문화 전반을 따진 논의는 조유영 교수에 의해, 대소의 차이는 있지만 대구와 하회라는 구체적인 지역의 구곡문화는 백운용 선생과 신소윤 선생에 의해 이루어졌다.

제3부는 낙동강을 배경으로 생활했던 세 작가들의 문학적 상상력을 살폈다. 의령을 기반으로 임란 시기 큰 공을 세웠던 망우당 곽재우의 낭만 서정은 김종구 선생이 다루었고, 함안에 살면서 낙동강이 풍정을 적극 작품 속에 담고자 했던 간송 조임도의 서정적 체험은 김소연 선생이 논의하였다. 현대문학에서는 대구 출신으로 낙동강에 대한 선유의 기억을 갖고 일본에 귀화하여 조총련계에서 활동했던 소설가 장혁주의 낙동강 표상은 조가유 선생이 다루었다.

낙동강은 오늘도 유장하게 흐른다. 그 유장성 만큼이나 낙동강은 수많은 이야기와 문화를 안고 있다. 여기에는 지역민은 물론이고 이향인들의 기쁨과 슬픔, 그리고 학문과 흥취가 있다. 역사적으로는 전쟁에 대한 기억과 평화에 대한 염원도 있다. 이 모든 것을 작은 책에 담아낼 수는 물론 없다. 그렇게 할 필요도 없다. 그러나 이를 인식하면서도 낙동강의 다채로운 문화를 어문학적 측면에서 밝혀보자는 것이 우리가 당초 기획한 바였다.

이 책에서 우리의 목적이 모두 이루어졌다고는 할 수 없지만, 우리는 무한한 가능성 앞에 설 수 있었다. 동참한 여러분들의 덕분이 아닐 수 없다. 교육연구단 참여교수들은 문화어문학으로 학문공동체를 만들었고, 손대현 교수가 이를 구체적으로 실천하면서 학술대회를 거쳐 낙동강이라는 주제가 더욱 예각화될 수 있게 하였다. 이 과정에서 부산대의 정출헌 교수, 영남대의 김준원 교수, 제주대의 조유영 교수, 한국국학진흥원의 최은주 선생, 같은 경북대이지만 지리교육과의 조철기 교수가 인식을 공유하며 우리의 작업에 적극 동참하였다. 이 자리를 빌려 특별히 감사드린다. 또한 학술서 발간의 부담을 안으면서도 항상 도움을 주고 있는 도서출판 역락의 이대현 사장과 임직원 여러분께도 감사의 마음을 전한다.

경북대학교 국어국문학과 4단계 BK21사업
글로벌 시대의 지역 문화어문학 교육연구단장
정 우 락

차례

제2부 낙동강의 선유 및 구곡문화

제3부 낙동강에 대한 문학적 상상력

제1부

낙동강 문화를 읽는 시각

01
강안학에 기반한 상주 지역의 문화적 특징

| **정우락** | 경북대학교 국어국문학과 교수

1. 탈근대 담론과 강의 문화

오늘날 우리 학계에서는 탈근대 담론이 꾸준히 진행되고 있다.[1] 이 담론은 20세기 중반 이후 본격화 되었던 근대화 내지 산업화가 전통주의적 삶의 터전을 잃게 하였고, 이에 따라 인간성이 상실되었으며 나아가 인간이 소외되었다는 문제제기와 더불어 시작된 것이다. 이 같은 문제의식에 기반한 학문적 실천은 다각도로 이루어지고 있으나 주목할 만한 성과를 이룩하지 못하고 있는 것도 사실이다. 근대학문으로서의 인문학문이나 사회학문이 현실을 냉철하게 파악하고, 이에 입각하여 바람직한 미래 비전을 제시하지 못하고 있는 한계 상황과 그 맥락을 같이한다.

탈근대 담론의 제기는 생활사 연구로 구체화되기도 했다.[2] 여기서 보여주

1 '탈근대 담론'은 정우락의 「조선시대 '문화공간 - 영남'의 한문학적 독해」(『어문론총』 57, 한국문학언어학회, 2012)에서 간략하게 이루어졌고, 여기서 더욱 나아가 '글로벌시대와 극근대'의 문제를 문화어문학적 측면에서 다룬 논의가 정우락의 「글로벌시대, 문화어문학의 기본구상과 방법론 재정비」(『한국문학과 예술』 39, 한국문학과예술연구소, 2021)에서 이루어지기도 했다.

는 함축적 키워드는 일상과 미시, 그리고 문화이다. 이 방법론에서는 제도사 중심의 거대담론이 가져다주는 공허함을 배격하고 생동하는 삶의 구체적 모습을 다양하게 포착해 그것이 가지는 전체적 의미를 따진다. 따라서 여기서는 공적인 측면보다 사적인 측면이 강조되며, 사물에 대한 분석적인 서술보다 그 사물과 관련된 이야기체 서술을 선호한다. 우리는 여기서 탈근대 담론과 관련한 다음의 몇 가지 전환 국면을 염두에 둘 필요가 있다.

첫째, 기계적 세계관에서 유기체적 세계관에로의 전환이다. 기계에 의해 구축된 근대는 그것의 위기로 말미암아 그 근대성은 끊임없이 도전받고 있다. 따라서 유기체적 세계관에 입각한 전근대의 가치를 재인식하며, 오히려 이것으로 미래 비전을 제시하자는 논의가 이루어지기도 했다. 근대성은 부분을 강조하는 기계적 세계관을 근거로 성립되어 인간의 주체성을 극대화하는 방향으로 전개되어 갔다. 근대의 이러한 부분을 비판적으로 검토하고, 이것을 극복하는 논리를 전체의 질서 속에서 인간을 이해하고자 했던 유기체적 세계관에서 다시 찾자는 움직임이 일어났다. 전근대에 대한 가치의 재인식은 이로써 가능해질 수 있다.

둘째, 직선적 사유에서 곡선적 사유에로의 전환이다. 근대는 속도를 기반으로 하는 직선적 사유를 강조한다. 직선적 사유에서 곡선적 사유로 전환하자는 것은 과학과 산업, 그리고 문명 등으로 일컬어지는 근대적 사유의 다양한 병리현상을 보다 적극적으로 극복하자는 측면에서 제시된 것이다. 직선[直]에서 곡선[曲]으로의 방향전환은 속도보다 여유를, 질러가기보다 돌아가기를 주목한다. 직선적 사유가 갖는 폭력성과 파괴성을 비판하는 과정에서, 전통이 보유하고 있는 우수한 문화적 인자를 재발견하고 이것을 중심으로

2 이러한 입장에서 경북대학교 영남문화연구원에서는 「영남지역 고문서 아카이브 구축과 계층별 생활사 연구」(2007년도 인문한국지원사업)를 수행한 바 있다.

미래 비전을 모색하자는 의도에서 제출된 것이다.[3]

셋째, 거시사에서 미시사에로의 전환이다. 거시사는 주류나 중앙을 중심으로 서술하며, 사건이나 인물 그 자체보다는 역사적 구조나 과정에 주목한다. 따라서 여기에서는 어떤 왕이 집권하고 있었을 때의 제도적 측면을 부각시켜 전체를 포괄적으로 다루게 된다. 이에 비해 미시사는 비주류나 지방을 중심으로 한 생활사적 측면을 부각시킨다.[4] 1970년대 중반 이후 논의된 미국의 신문화사나 프랑스의 심성사, 독일의 일상사도 이러한 문제의식 하에 출발한 것이다. 이 연구방법은 기존의 연구에서 거의 소외되어 왔던 고문서나 일기 등에 새로운 의미부여를 가능케 했다.

넷째, 분과학문에서 융합학문에로의 전환이다. 근대의 기계적 세계관은 부분의 선차성에 입각하여 전체보다 부분을 특별히 강조한다. 이로 인해 분과학문은 전문성이라는 기치 아래 자기 영역을 분명히 확보하며 고도로 발전해 왔다. 그러나 이것은 분과학문끼리의 소통부재라는 부정적 측면을 동시에 안고 있었던 바, 이를 타개하기 위하여 오늘날 다양한 방법론이 모색되고 있다. 학제적 연구, 융합학문, 컨소시엄 등이 대체로 그러한 것이다. 예컨대, 문학이라는 분과학문을 중시하면서도, 철학이나 역사 등의 인접 학문은 물론이고, 음악이나 회화 등도 함께 고려하면서 분과학문이 지닌 한계를 극복하자는 것이다.

다섯째, 이론적 지식에서 문화적 향유에로의 전환이다. 이론적 지식은 학

---

3 직선과 곡선을 바탕으로 한 근대 및 탈근대 담론은, 정우락, 「조선중기 강안지역의 문학활동과 그 성격 - 낙동강 중류지역을 중심으로 한 하나의 시론」(『한국학논집』 40, 계명대학교 한국학연구원, 2010)에서 이루어졌다.

4 새로운 생활사 연구인 신문화사는 문화가 위에서 아래로 단순하게 흐르는 것이 아니라 자체의 생명력을 지니면서 살아 있다는 입장에 서서 연구한다. 사회의 구체적 단면에 집중하지만 그 단면이 전체를 향할 수 있는 총괄적인 의미를 도출해내기 위해 노력한다. 이것은 문화가 복합적이면서도 그 내부는 상호 연계성을 갖고 있다는 생각을 신뢰하기 때문이다.

문적 체계를 바탕으로 기억하고 사유하며 이에 따라 판단할 수 있게 한다. 그러나 문화는 인간에 의해 획득된 능력과 관습의 복합적 총체이다. 따라서 문화는 행위를 특별히 강조하면서, 이 행위들이 갖는 총체적인 의미에 더 많은 가치를 부여한다. 이는 한편으로 공허한 관념의 창고에 적재되는 이론적 지식을 비판하면서, 다른 한편으로 일상생활의 보편적 가치를 새롭게 인식하고자 하는데서 발생한다. 이 때문에 문학에 대한 문화론적인 접근은 작품을 끊임없이 일상의 활동 공간에서 향유할 수 있게 한다. 이로써 문학은 자연스럽게 실용주의적 노선을 확보하게 된다.

여기서 우리는 두 번째로 제시한 직선과 곡선을 다시 주목한다. 직선은 우리에게 질러가는 방법을 가르쳐주었다. '질러가기'는 속도라는 선물을 안겨 주며 보다 많은 것을 보다 빨리 획득할 수 있게 했다. 근대화는 바로 이러한 직선적 사유에 기반한 산물로서 철로나 고속도로는 그 상징적 존재이다. 그러나 이 같은 속도지상주의는 반드시 폭력성을 동반하기 마련이다. 철로나 고속도로를 보라. 산이 가로막으면 그 산을 뚫고 지나가고, 강이 끊어 놓으면 그 강심(江心)에 콘크리트 다리를 박아 건너가지 않는가. 이처럼 직선은 우리에게 빠른 발전을 가져다주었지만 동시에 자연을 파괴하며 심각한 공해를 동반하는 재앙을 안겨주기도 했다.

직선의 빠른 속도에 비해 곡선은 느리고 답답하다. 곡선은 우리에게 끊임없이 돌아가는 방법을 가르쳐 주기 때문이다. '돌아가기'는 '빨리빨리'로 대표되는 한국적 정서에 도무지 맞지 않는 것 같기도 하다. 그러나 곡선은 우리에게 커다란 시사점을 제공한다. 느림의 미학이 바로 그것이다. 곡선적 사유에 대한 상징적 존재가 바로 강이다. 강은 철로나 고속도로와 달리 산이 있으면 돌아가고, 차안(此岸)과 피안(彼岸)을 뱃길로 이으며 상이한 문화를 실어 나른다. 직선이 속도로 인해 자신의 앞만을 볼 수밖에 없는데 비해, 곡선은 느리기 때문에 이웃과 주변을 돌아보게 한다. 따라서 곡선은 평화를 지향한다.

지난 한 세기 동안 우리 사회는 실로 혁명적인 변화를 겪었다. 그 혁명적 변화는 직선과 고속도로가 만들어 낸 것이며, 그것의 극단이라 할 수 있는 가상공간 상의 직선적 소통까지 가능하게 되었다. 그러나 그 가상공간 상의 소통은 긍정적 요소도 많지만, 오히려 자신의 편파적 주장에 그치게 됨으로써 심각한 소통 부재의 사태를 초래하기도 한다. 이 지점에서 우리는 진정한 소통을 모색하지 않으면 안 된다. 이를 위한 하나의 대안이 한국인의 감성적 체질에 부합하는 새로운 차원의 소통이다. 여기서 우리는 곡선과 강이 가져다주는 상상력을 다시 생각하게 된다.

우리의 과제에서는 영남의 강인 낙동강과 이에 따른 문화 내지 문학에 특별히 주목하고자 한다. 이것은 지금까지 낙동강을 중심으로 하여 좌우로 나누어 보던 영남학의 시각을 반성하자는 측면에서 제기된 문제이다. 즉 강좌와 강우, 그 사이인 강안(江岸)이 지닌 공간 상상력을 검토하자는 것이다. '사이'는 시간과 공간이 지닌 거리나 간격을 의미하기도 하지만, 사물과 사물, 사람과 사물, 사람과 사람의 관계 혹은 그 방식을 의미하기도 한다.[5] 사이는 중간을 뜻하면서 동시에 하나의 총체를 의미한다. 따라서 낙동강 연안 공간은 강좌와 강우의 중간이면서 동시에 영남 전체를 아우르고 있다는 측면에서 새롭게 주목할 필요가 있다.

곡선적 사고에는 전근대를 돌아보며 근대를 넘어서는 새로운 길이 제시될 수 있으므로 여기에는 문명사적 의미가 깃들어 있다. 지난 수십 년 간 시도해 왔던 근대과학을 극복하려는 뚜렷한 학문적 흐름은 네 가지로 요약된

5 '사이'를 하이데거의 예술론과 결부시켜 이해한 것으로는, 김동규, 『하이데거의 사이 - 예술론』(그린비, 2009)이 있다.

다. 첫째는 동물적 본성으로 돌아가야 한다는 환원주의적 통섭이고, 둘째는 복잡계 이론 등을 통한 학제적 융합이며, 셋째는 하나의 지식을 중심으로 한 여타의 학문에 대한 수렴이고, 넷째는 당대에 얻거나 만들어진 개념적 도구들로 역사적 문제에 따른 대안을 구하는 것이다.[6] 여기서 우리는 통섭과 융합, 그리고 수렴이 당대적 안목으로 구상되고 있는 하나의 학문방법 상의 논리체계를 읽을 수 있다. 강을 중심으로 한 곡선적 사고는 바로 이 같은 문제의식에서 출발한 것이다.

본고는 상주의 문화와 문학을 특별히 주목한다. 이 지역을 통해 낙동강이 이름을 얻을 뿐만 아니라 영남의 좌우가 나누어지기 때문이다. 이 같은 생각을 갖고 본고는 먼저 강의 공간 상상력에 주목하여 영남을 읽는 새로운 시각을 제시한다. 이미 필자에 의해 제기된 바 있는 강안학(江岸學)[7]이 바로 그것이다. 이를 본격적으로 다루기 전에 역대로 가장 많이 인식되어 왔던 낙동강 700리설과 이를 바탕으로 한 강안학의 특성을 요약한다. 여기서 나아가 강안학적 시각에서 상주의 문화를 어떻게 볼 것인가 하는 부분을 따진 다음, 상주의 문학적 기반을 이루고 있는 문화적 특징을 몇 가지로 나누어 살핀다. 이는 물론 낙동강과 밀접하게 결합되어 있다는 측면에서 중요한 의미를 지닌다.

---

6 노진철, 「불확실성 시대의 과학하기」, 『인문학 콜로키움 3 : “21세기 학문을 묻다”』 발표자료집, 경북대 인문대, 2010 참조.

7 정우락, 「江岸學과 高靈 儒學에 대한 試論」, 『退溪學과 韓國文化』 43, 2008. 이 논의에서 촉발되어 지역적 범위에 있어 다소 차이가 있기는 하나, 조선시대 낙동강 중류지역의 유학을 의미하는 ‘洛中學’이라는 용어로 구체화되기도 했다. 낙중학에 대해서는 홍원식, 「영남 유학과 ‘낙중학’」(『낙중학, 조선시대 낙동강 중류 지역의 유학』, 계명대학교출판부, 2012)을 참조할 수 있다.

2. 낙동강 700리설과 강안학(江岸學)

영남은 '영지남(嶺之南)' 혹은 '대령지남(大嶺之南)' 등으로 표현되듯이 조령(鳥嶺)과 죽령(竹嶺)의 남쪽 지역으로 태백산맥과 소백산맥 사이에서 고립적 형태로 존재한다. 즉 북쪽으로는 태백·소백산맥에 가로 막혀 그 너머의 한강 유역권과 경계를 이루고, 동쪽으로는 태백산맥에 가로 막혀 그 너머의 동해안권을 형성한다. 서쪽으로는 소백산맥이 가로막아 금강 및 영산강 유역권과 경계를 이루며, 남쪽으로는 남해와 경계를 이루며 남해안권을 형성한다. 흐르는 산맥 가운데 낮은 곳을 골라 죽령(竹嶺)과 조령(鳥嶺 : 새재) 등의 고개가 생겨 남북의 소통로 역할을 하기도 하지만, 험준한 산맥으로 둘러싸인 자연환경으로 영남은 고립될 수밖에 없었다.[8]

영남지역이 외부로 고립되어 있다면 그 내부는 어떠한가. 태백산맥과 소백산맥의 지맥이 가운데로 흘러 선산의 금오산과 성주와 합천의 가야산, 군위와 의흥의 팔공산, 대구와 현풍의 비슬산 등 높고 낮은 산들을 만들어 영남지역의 내적 분화를 이루기도 하지만, 낙동강을 중심으로 일체감을 형성한다. 이익(星湖 李瀷, 1579~1624)은 낙동강이 지닌 이러한 지리적 일체감 때문에 영남지역은 이익 당대까지 오륜(五倫)이 살아 있었으며, 유현(儒賢)이 대대로 일어나 성교(聲敎)를 이룰 수 있었고, 또한 신라가 천년을 유지할 수 있었다고 했다.[9] 사방의 크고 작은 하천이 모두 낙동강으로 흘러들어가는 산천의 형세를 주목한 것이다. 15세기에 편찬한 『세종실록지리지』와 19세기에 편찬한 『임하필기』에는 낙동강을 이렇게 소개하고 있다.

8 낙동강 유역의 지리적 기초에 대해서는 金宅圭 외, 『洛東江流域史研究』, 修書院, 1996. 33~92쪽 참조.

9 李瀷, 『星湖僿說』 經史篇, 「嶺南五倫」 참조.

(가) 큰 내는 셋인데, 첫째가 낙동강이다. 그 근원이 셋으로, 하나는 봉화현 북쪽 태백산 황지(黃池)에서 나오고, 하나는 문경현 북쪽 초점(草岾)에서 나오고, 하나는 순흥의 소백산에서 나와서, 물이 합하여 상주에 이르러 낙동강이 된다. 선산에서 여차니진(餘次尼津), 인동에서 칠진(漆津), 성주에서 동안진(東安津), 가리현에서 무계진(茂溪津)이 되고, 초계에 이르러 합천의 남강(南江) 물과 합하여 감물창진(甘勿倉津)이 되고, 영산에 이르러 또 진주 남강(南江)의 물과 합하여 기음강(岐音江)이 되며, 칠원에서는 우질포(亐叱浦, 웃포)가, 창원에서는 주물연진(主勿淵津)이 되어 김해에 이르고, 밀양 응천(凝川)을 지나 뇌진(磊津)이 되고, 양산에서 가야진(伽倻津)이 되고, 황산강(黃山江)이 되어, 남쪽으로 바다에 들어간다.[10]

(나) 낙동강은 그 근원이 안동의 태백산 황지(黃池)에서 발원하여, 산을 뚫고 흐르기 때문에 그 이름을 천천(穿川)이라고도 한다. 천연대(天淵臺)를 경유하여 탁영담(濯纓潭)이 되고 다시 가야천(伽倻川)을 지나 박진(朴津)이 되어 진강(晉江)과 만난다. 그런 다음 호포(狐浦)를 지나 월당진(月堂津)이 되어 다시 흩어져서 삼차하(三叉河)가 된다. 금호강은 그 근원이 청송의 보현산에서 나와서 하빈의 고현(古縣)을 경유하여 서쪽에서 낙동강과 서로 만나며, 황둔강(黃芚江)은 그 근원이 무주의 덕유산 불영봉(佛影峯)에서 나와서, 합천에 이르러 징심천(澄心川)을 지나서 진천(鎭川)으로 들어갔다가 현창(玄倉)에 이르러 낙동강과 만난다. 그리하여 태백산과 소백산, 조령과 죽령의 이남과 속리산, 황악산, 대덕산, 덕유산, 장안산, 지리산 이동과 고초산, 백암산, 취서산, 구룡산, 원적산 이서의 모든 산의 물이 이 강으로 흘러든다.[11]

10 『世宗實錄地理志』「慶尙道」, "大川三, 一曰洛東江, 其源有三, 一出奉化縣北太伯山 黃池, 一出聞慶縣 北草岾, 一出順興 小白山, 合流至尙州爲洛東江. 善山爲餘次尼津, 仁同爲漆津, 星州爲東安津, 加利縣爲茂溪津, 至草溪, 合陜川 南江之流爲甘勿倉津, 至靈山, 又合晋州 南江之流, 爲岐音江, 漆原爲亐叱浦, 昌原爲主勿淵津, 至金海過密陽 凝川爲磊津, 梁山爲伽倻津, 爲黃山江, 南入于海."

(가)는 『세종실록지리지』에서 소개한 낙동강이다. 여기서는 영남의 대천을 낙동강, 남강, 황강으로 들고 이 가운데 낙동강을 첫째로 꼽았다. 이에 의하면 낙동강의 근원은 태백산의 황지, 문경 북쪽의 초점, 소백산 등 세 곳에 있으며, 이들 근원에서 흘러온 물이 상주에 이르러 낙동강이 된다고 했다. 우리는 여기서 상주에서 비로소 '낙동강'이라는 이름을 얻게 된다는 것을 알게 된다. 상주의 고호가 '낙양(洛陽)' 혹은 '상락(上洛)'이었으니 낙동강은 이곳의 동쪽을 흐르는 강이라는 뜻이다. 이렇게 보면 낙동강은 상주가 그 기점이며 길이는 700리가 된다.[12] 낙동강은 하류로 내려가면서 지역에 따라 다양한 진을 형성하였다. 인동의 '칠진', 창원의 '주물연진' 등 허다한 진이 그것이다. 낙동강의 하류는 황산강이라는 다른 이름으로 불리기도 했다.

(나)는 이유원(橘山 李裕元, 1814~1888)이 『임하필기』에서 소개한 낙동강이다. 여기서 그는 낙동강의 근원을 『세종실록지리지』에서 셋으로 제시한 것과 달리 태백산 황지로 단일화하고 있다. 『택리지』나 『연려실기술』 등 조선후기 인문지리서에도 이러한 생각이 넓게 퍼져 있었다. 이 때문에 낙동강의 발원지를 황지로 보는 것은 역사적인 의미나 상징성이 크다고 하겠다. 황지를 낙동강의 기점으로 보면 그 길이는 1300리가 된다.[13] 이유원이 언급하고

---

11 李裕元, 『林下筆記』 13, <水之宗十二>, "洛東江, 源出安東太白山之黃池, 穿山而流, 故名穿川, 徑天淵臺爲濯纓潭, 過伽倻川爲朴津, 與晉江會, 過狐浦爲月堂津, 播爲三叉河. 琴湖江, 源出青松之普賢山, 徑河濱古縣, 西與洛東江會. 黃芚江, 源出茂朱德裕山之佛影峰, 至陜川, 過澄心川, 入鎭川, 至玄倉, 與洛東江會. 大小白·鳥竹嶺以南. 俗離·黃嶽·大德·德裕·長安·智異以東, 高草·白巖·鷲棲·九龍·圓寂以西, 諸山之水, 入此."

12 낙동강이 상주의 낙동에서 시작한다고 생각했으므로 오랫동안 낙동강 700리로 회자되었고, 상주시 사벌면 퇴강리 낙동강 둑에는 '낙동강 칠백리 이곳에서 시작되다'라는 표석이 세워지게 되었다.

13 현재 태백산 황지에는 '洛東江 千三百里 예서부터 시작되다'라는 표석이 세워져 있다.

있듯이 낙동강은 금호강과 황둔강 등을 흡수하여 바다로 흐르는데, 태백산·소백산·조령과 죽령 이남(以南), 속리산·황악산·대덕산·장안산·지리산 이동(以東), 고초산·백암산·취서산·구룡산·원적산 이서(以西)의 물이 모두 낙동강으로 유입되어 큰 강을 이루어 바다로 흘러간다.

낙동강을 중심으로 영남을 좌우로 나눌 때는 낙동강 700리설이 기준이 된다.[14] 이 때문에 상주를 중심으로 하여 위로 올라가 풍기와 문경을 상한선으로 하고, 아래로 내려가 김해와 동래를 하한선으로 하여, 그 이동을 영남좌도 혹은 강좌지역이라 하고 이서를 영남우도 혹은 강우지역이라 하였다. 이처럼 낙동강을 중심으로 한 영남에 대한 이분법적 이해는 오랫동안 지속되었다. 영남에 대한 이러한 좌우 구분법이 일반화되었기 때문에, 1682년(숙종 8)에 제작된 것으로 보이는 『동여비고(東輿備攷)』 <경상도좌우총도(慶尙道左右州郡摠圖)>[15]에는 낙동강을 중심으로 영남을 좌우로 표시할 수 있었다. 그렇다면 상주까지 오면서 그 강은 어떻게 불렸을까? 다음 자료를 보자.

(가) 태백산의 황지(黃池)는 산을 뚫고 남쪽으로 나와서 봉화에 이르러 매토천(買吐川)이 되며, 예안에 이르러 나화석천(羅火石川)과 손량천(損良川)이 된다. 또 남쪽으로 흘러 부진(浮津)이 되며, 안동 동쪽에 이르러 요촌탄(蓼村灘), 물야탄(勿也灘), 대항진(大項津)이 된다. 영양·진보·청송의 여러 냇물이 모두

14 역대로 낙동강은 상주의 낙동에서 이름을 얻었기 때문에 낙동강을 700리라고 여겼다. 김정구 등이 부른 <낙동강 칠백리>와 <낙동강 칠백리길>이라는 유행가가 있는가 하면, 염동근의 시에 가락을 붙인 가곡 <낙동강 칠백리 가람은>(1993)도 있으며, 이강천이 감독을 맡고 최무룡·김지미·김진규 등이 출연한 <낙동강 칠백리>(1963)라는 영화도 있다. 이처럼 낙동강은 대중에게서 700리라 여겨져 왔던 것이다.

15 『東輿備攷』(경북대학교 출판부 영인, 1998), 이 지도에 의하면, 右道의 문경, 용궁, 상주, 선산, 성주, 고령, 초계, 의령, 함안, 칠원, 창원, 웅천, 김해, 그리고 左道의 풍기, 예천, 인동, 대구, 창녕, 영산, 밀양, 양산, 동래 사이에 줄을 그어 좌도와 우도를 경계 짓고 있다. 이는 낙동강을 경계로 그 연안지역에 위치하고 있어 강안학의 구체적인 대상이 된다.

합하여 서쪽으로 흘러 용궁(龍宮)의 비룡산(祕龍山) 밑에 이르러 하풍진(河豐津)이 된다. 풍기·순흥(順興)·봉화·영천의 물은 합하여 예천의 사천(沙川)이 되고, 문경(聞慶)·용연(龍淵)·견탄(犬灘)의 물은 남쪽의 함창(咸昌) 곶천(串川)에 와서 합친다. 상주 북쪽에 이르러 송라탄(松蘿灘)이 되며, 상주 북쪽 동북 35리에 이르러 낙동강이 되며, 의성·의흥(義興) 여러 냇물은 군위·비안(比安)을 거쳐 와서 합쳐진다.[16]

(나) 낙천(洛川)의 물은 황지에서 발원하여 남쪽으로 흘러서 장인봉 아래에까지 이른다. 돌아 흐르는 물줄기는 골짜기 입구를 지나 콸콸거리는 물소리와 함께 울퉁불퉁한 흰 자갈이 많은 지대를 거쳐 축융봉의 서쪽에 이르고, 두 봉우리가 벽처럼 서서 서로 마주하며 문을 만드니 고산(孤山)이라 한다. 물이 이곳에 이르면 더욱 넓어지는데, 그 바깥은 넓은 들판과 백사장이 펼쳐진다. 꺾어져서 서쪽으로 흘러 5리를 가면 단사협에 이른다. 또 서쪽으로 흘러 세 번 굴절하여 도산의 상덕사 아래에 이르러 탁영담이 된다.[17]

(가)는 이긍익이 <지리전고(地理典故)>에서 상주 북쪽 동북 35리에 이르러 낙동강이 되기까지 어떤 이름으로 불리었는지 자세히 적고 있다. 즉, 황지에서 아래로 내려오면서 매토천(買吐川), 나화석천(羅火石川), 손량천(損良川), 부진(浮津), 요촌탄(蓼村灘), 물야탄(勿也灘), 대항진(大項津), 하풍진(河豐津), 사천(沙川), 곶천(串川), 송라탄(松蘿灘)이라는 이름을 가졌다는 것이다. 그리고 성해응의

16 李肯翊, 『燃藜室記述·別集』 권16, <地理典故>, "太白山黃池, 穿山南出, 至奉化爲買吐川, 至禮安爲羅火石川, 爲損良川. 又南爲浮津, 至安東東爲蓼村灘, 爲勿也灘), 爲大項津. 英陽眞寶靑松諸川來合, 西至龍宮龍飛山下, 爲河豐津. 豐基·順興·奉化·榮川之水, 合爲醴泉沙川來合, 聞慶·龍淵·犬灘之水, 南爲咸昌串川來合. 至尙州北, 爲松蘿灘, 州東北三十五里爲洛東江, 義城·義興諸川, 經軍威·比安來合."

17 成海應, 『研經齋全集』 권51, <淸凉山>, "洛川之水, 發源於黃池, 南流至丈人峯下. 洄流過谷口, 多嵁嵒白礫, 湍瀨湱湱, 至祝融峯西, 兩峯壁立, 相對爲門曰孤山. 水至此益漫, 其外平蕪白沙, 折而西流, 五里至丹砂峡, 又西流三屈折而至陶山尙德祠下爲濯纓潭."

기록 (나)에서 보듯이 낙천(洛川)으로 불렸던 사실도 알게 된다. 이익이 <유청량산기>에서, "날이 어두워지자 마을 사람에게 관솔불로 앞길을 인도하게 하여 낙천(洛川)을 건너고 밤이 깊어서야 비로소 산에 도착했는데, 하늘빛이 이미 너무 깜깜해져서 고생스레 길을 찾느라 골짝이 어떻게 생겼는지도 전혀 알지 못하였다."[18]라고 하고 있는데, 이 역시 청량산 아래쪽으로 흘러 탁영담에 이르는 시내를 말한 것이다. 일찍이 이황도 <도산잡영(陶山雜詠)>을 지을 때 그 서문을 써서, "산 뒤에 있는 물을 퇴계라 하고, 산 남쪽에 있는 것을 낙천이라 한다. 퇴계는 산 북쪽을 돌아 산 동쪽에서 낙천으로 들고, 낙천은 동취병에서 나와 서쪽으로 산기슭 아래에 이르러 넓어지고 깊어진다. 여기서 몇 리를 거슬러 올라가면 물이 깊어 배가 다닐 만한데, 금 같은 모래와 옥 같은 조약돌이 맑게 빛나며 검푸르고 차디차다. 여기가 이른바 탁영담이다."[19]라고 한 바 있었다.

영남을 좌우로 나누어 이해하는 것은 영남지역을 양분하여 그 이질성을 파악하는 데 매우 효과적이다. 역사학자 이수건(李樹健)이 이황과 조식을 영남학파의 양대 산맥으로 보고, 이를 비교하면서 이 두 지역의 차별성을 언급한 것은 그 대표적인 예가 된다. 그는 좌우지역이 갖는 지역의 역사적 특징이나 자연환경 및 속상(俗尙)에 이르기까지 대립되어 있다고 보고, 이에 입각하여 이황과 조식의 학문을 이해하고자 했다. 즉 강좌가 진한에서 신라로 발전한 지역이며 고려와 조선시대를 통해 중앙정부와 관권에 대한 반항 사례가 거의 없는데 비해, 강우는 변한에서 가야 및 신라에 병합된 지역으로 역대정권

18 李瀷, 『星湖全集』 권53, <遊淸凉山記>, "昏黑使邨氓以松明導前, 涉洛川, 夜深始到山, 天色已黯黯, 艱難覓路, 殊不知洞壑之爲如何也."

19 李滉, 『退溪集』 권3, <陶山雜詠·幷記>, "水在山後曰退溪, 在山南曰洛川, 溪循山北, 而入洛川於山之東, 川自東屛而西趨, 至山之趾, 則演漾泓渟, 沿泝數里間, 深可行舟, 金沙玉礫, 淸瑩紺寒, 卽所謂濯纓潭也."

및 관권에 대한 저항 및 반항사례가 빈발하였다는 것이다. 이것이 결국 이황과 조식의 사상에 일정한 영향을 미쳤을 것이라는 추론이다.[20]

낙동강을 경계로 한 좌우 구분법은 퇴계학파와 남명학파를 중심으로 한 영남학파의 사상적 특성을 파악하는 데 매우 효과적이다. 그러나 낙동강 연안지역은 대립적 시각으로만 이해할 수 없는 부분이 있다. 이 같은 문제를 해결하기 위해 제출된 것이 '문화적 접경론'에 입각한 강안학(江岸學)이다. 강안학은 낙동강 700리설에 기반하여 이 강의 연안지역이 갖고 있는 지리적 사상적 특수성을 고려하여 낙동강 연안 지역이 주요 학문적 대상이 된다.[21] 이 지역은 기호학과 영남학 및 퇴계학과 남명학이 소통하는 회통성(會通性), 박학정신(博學精神)에 바탕 한 실용성(實用性), 세계에 대한 새로운 인식을 지닌 독창성(獨創性)이 그 주요 특성으로 파악된다.[22] 이것이 상주 지역에 어떻게 적용될 수 있는가를 구체적으로 따지는 것이 바로 다음 장의 과제이다.

3. 강안학적 시각에서 본 상주

영남 유학적 측면에서 낙동강 연안지역은 특별히 중요하다. 낙동강 중류 일대에서는 일찍이 조선 초에 정몽주(圃隱 鄭夢周, 1338~1392)를 이은 길재(冶隱 吉再, 1353~1419)가 사림의 씨앗을 뿌린 곳이며, 그것이 싹터 나머지 낙동강 일

20 '영남학파의 2대산맥 : 퇴계와 남명의 비교'에 대해서는, 李樹健, 『嶺南學派의 形成과 展開』, 一潮閣, 1995, 329~330쪽 참조.

21 강안학의 범위는 낙동강 본류가 시작하며 '낙동강'이라는 이름을 획득한 지역인 상주를 중심으로 위로는 풍기와 문경, 아래로는 부산과 김해까지 확대 적용될 수 있다. 이 지역이 모두 낙동강의 연안지역이며, 강좌와 강우지역과는 다른 문화적 특성을 지닌다.

22 강안학의 세 가지 특징에 대해서는 정우락, 「江岸學과 高靈 儒學에 대한 試論」, 『退溪學과 韓國文化』 43, 2008에서 자세하게 논의하였다.

대로 퍼져 나가고 다시 온 조선으로 퍼져 '유교 조선'을 만들었기 때문이다. 이렇게 낙동강 중류 일대에서는 일찍이 유교의 씨앗이 뿌려졌으며, 조선 중엽에 이르러 마침내 정구(寒岡 鄭逑, 1543~1620)와 장현광(旅軒 張顯光, 1554~1637)의 이른바 '한려학파(寒旅學派)'가 출현하였고, 조선말에 이르러서는 당대 '최대, 최고'의 면모를 지닌 이진상(寒洲 李震相, 1818~1886)의 '한주학파(寒洲學派)'가 출현하였다.[23] 이러한 사실은 조선유학사상 낙동강이 지닌 학문적 기능이 간단치 않다는 것을 방증하는 것이라 하겠다. 이를 염두에 두면서 앞 장에서 든 강안학의 특징에 따라 상주의 경우를 살펴보기로 한다.

먼저, 회통성에 대해서다. 낙동강 연안은 영남의 내륙에 비해 타문화의 흡수력이 훨씬 빠르다. 이것은 낙동강 물길을 통해 이질적인 문화가 신속하게 전파 향유될 수 있었기 때문이다. 사정이 이러하므로 기호지방의 학문이 상주나 칠곡, 대구 등에서 영남학과 융합되면서 나타날 수 있었다. 이른바 기령학(畿嶺學)의 회통이 이루어지고 있었던 것이다.[24] 이뿐만 아니라 강안지역에 사는 선비들을 중심으로 이황과 조식을 함께 스승으로 모시면서 퇴남학(退南學)을 회통하기도 한다. 즉 남북으로는 기령학을, 동서로는 퇴남학을 아우르는 회통성이 강안학에서 하나의 특징으로 부각된다는 것이다. 기령학의 회통성을 먼저 다루고, 이어 퇴남학의 회통성을 다음으로 살펴보자.

첫째, 기령학의 회통성에 대해서다. 강안지역은 영남의 내륙에 비해 기호지방과의 연맥성이 강하다. 조령은 경북 문경시와 충북 연풍군의 경계에 해

---

23 홍원식, 「영남 유학과 '낙중학'」, 『한국학논집』 40, 계명대 한국학연구소, 2010 참조.

24 '畿嶺學'이라는 용어는 安朋彦(育泉齋, 1904~1976)에 의해 사용된 바 있다. 盧相稷(小訥, 1855~1931)의 묘갈명을 쓰면서 '盖先生, 鎔冶畿嶺之學於一爐, 而會通之'라 한 것이 그것이다. 근기 남인과 영남 남인의 학문을 중심으로 말한 것인데, 曹兢燮(深齋, 1873~1933)도 이황 이후의 학문을 두 파로 나누고, '有嶺畿之二派, 嶺學精嚴, 常主於守經反約, 畿學宏博, 多急於應用救時.'라 한 바 있다. 본고에서는 이를 더욱 확대하여 기호학과 영남학의 회통적 측면을 '기령학'이라는 용어로 포괄하여 제시한다.

당하는데, 낙동강에서 배를 타고 올라갈 때 서울로 가는 가장 빠른 길이며, 서울에서 경상도관찰사들이 부임하는 가장 빠른 길이기도 하다. 이 때문에 조령을 경계로 한 기호학과 영남학의 회통이 영남의 다른 지역에 비해 낙동강의 본류가 시작하는 상주 지역이 가장 빠를 수밖에 없다. 이 지역은 안동의 퇴계학적 자장 속에 있으면서도 그 힘이 많이 약화되어 있으면서 동시에 고개 너머의 기호학을 받아들이면서 회통적 강안학을 만들어갔던 것이다. 여기서 나아가 강의 운반기능과 관련하여, 기호학이 물길을 따라 가장 빠르게 그 연안지역으로 전파·착근되었다. 영남지역 송시열(尤庵 宋時烈, 1607~1689)의 문인을 분석해 보면 이 사실은 어렵지 않게 납득된다. 정치적 고려가 있었던 것도 사실이지만, 영남지역에 거주하는 송시열의 문인 53명 가운데 44명[25]이 강안지역에 살았기 때문이다.

상주 지역을 중심으로 보면, 이황의 제자 가운데 중요한 문파를 형성하였던 류성룡(西厓 柳成龍, 1542~1607)계가 독자성을 띠며 기령학을 회통시켜 갔다. 퇴계학을 바탕에 두면서도 기호학을 적극적으로 받아들였던 대표적인 영남인은 류성룡의 제자 정경세(愚伏 鄭經世, 1563~1633)이다. 그는 예학과 인식론적 측면에서는 퇴계학을 계승하면서도 리기설에 있어서는 퇴계의 호발설(互發說)을 반대하는 입장에 섰던 것으로 알려져 있다.[26] 여기서 나아가 송시열과 함께 서인의 종장으로 성장하는 송준길(同春堂 宋浚吉, 1606~1672)을 사위로 맞는다. 이밖에도 강안지역에는 기호지방의 사림들과 소통하면서 기령학의 회통

25 44인의 명단은 다음과 같다. 성주(6명) : 李碩堅·李碩剛·李命鐸·李命鈺·李重夏·李重華, 상주(3명) : 成虎英·成晩徵·申爟, 함창(3명) : 蔡錫疇·蔡河徵·蔡之沔, 선산(7명) : 李增華·李志奭·李東魯·沈若漢·李志遂·沈瀜·李志洵, 대구(13명) : 李克泰·李克念·李克和·羅世鳳·徐惟遠·全克欽·全克明·全克初·全克敏·許諴·孫尙祖·朴振仁·朴紹遠, 삼가(4명) : 權錞·權鑑·權鍰·鄭友益, 하양(1명) : 宋得楠, 청도(3명) : 芮碩薰·朴之賢·朴太古, 인동(2명) : 張瑠·張榮達, 경산(1명) : 韓弘翊, 의령(1명) : 權宇亨.

26 김성윤, 「영남의 유교문화권」, 『낙동강유역의 사람들과 문화』, 역락, 2007, 168쪽 참조.

적 성격을 띤 사인들이 많았다. 예컨대, 성주의 정구(鄭逑)는 이이(栗谷 李珥, 1536~1584)와 일정한 학문적 교감을 하고 있었으며,[27] 대구의 최상룡(鳳村 崔象龍, 1786~1849) 역시 여러 측면에서 기호학을 적극적으로 받아들이면서 기령학을 회통하고 있다.[28]

둘째, 퇴남학의 회통성에 대해서다. 강안지역은 영남학 내부에서 퇴계학과 남명학이 회통되고 있다는 측면에서 주목을 요한다. 퇴계학파는 낙동강의 상류 좌측을 중심으로 활동하였고, 남명학파는 낙동강의 하류 우측을 중심으로 활동하였다. 이 과정에서 퇴계학파는 남진을, 남명학파는 북진을 모색하게 되었고, 중간 점이지대인 낙동강 본류의 강안지역에서 이황과 조식을 함께 스승으로 모신 선비들을 중심으로 강의 좌우를 절충하고 통합하고자 했다. 한려학파가 대표적이라 하겠는데, 이 학파는 강을 사이에 두고 대립한 영남의 좌우를 하나로 통합하기 위하여 노력하였으며, 선악이나 군자·소인 등으로 구분하는 이분법적 사고가 지닌 문제를 심각하게 인식하였기 때문이다.

상주 지역의 경우, 김담수(西溪 金聃壽, 1535~1603)의 경우를 그 예로 들 수 있다.[29] 그는 원래 성주가 고향으로 조식의 제자였지만, 임진왜란을 맞아 예안지방으로 피신하면서 이황의 제자들과 교유하게 되고, 이 과정에서 퇴계학에도 심취한다. 즉 퇴남학의 회통적 성향을 보인다는 것이다. 특히 1598년 겨울에 어머니가 세상을 떠나자 상주 위수의 남쪽 기슭에 안장하고, 3년상을

27 朴世采의 <跋寒岡先生甲申手帖>(『南溪集』 권68)에 의하면, 정구가 1584년 1월 19일 이이에게 답서로 작성한 간찰 한 통을 입수하고 여기에 발문을 붙인다고 했다.

28 강안지역에는 기호학파의 선현을 제향한 서원도 다소 있다. 상주의 서산서원(김상용·김상헌)과 흥암서원(송준길), 김천의 춘산서원(송시열), 고령의 노강서원(송시열 등), 성주의 수덕서원(김창집 등), 합천의 옥계서원(이이 등) 등이 그것이다.

29 김담수에 대해서는, 정우락, 「서계 김담수의 전쟁체험과 그 문학적 대응」, 『영남학』 10, 경북대 영남문화연구원, 2006.; 「서계 김담수 문학에 나타난 '가족'과 그 의미」, 『영남학』 62, 경북대 영남문화연구원, 2017에서 자세하게 다루었다.

마치고도 이곳에 남아 산수와 더불어 살았다. 가학으로 시작한 그의 학문은 이문건(默齋 李文楗, 1494~1567)이 성주로 유배를 오자 책을 지고 가서 수학하면서 본격화되었다.[30] 구체적인 성리서를 접한 것은 조식의 제자 오건(德溪 吳健, 1521~1574)과 이황의 제자 황준량(錦溪 黃俊良, 1517~1563) 등을 스승으로 모시면서부터였다. 20세 무렵 오건이 성주향교의 교관으로 부임하자 그는 나아가 『심경』과 『근사록』을 배웠고,[31] 25세 무렵 황준량이 성주목사로 부임해 왔을 때는 『중용』과 『대학』 등을 나아가 읽었다.[32] 이처럼 그는 퇴남학을 회통해 나갔던 것이다.

다음으로, 실용성에 대해서다. 유학은 기본적으로 생활 속에서의 실용과 실천을 주요 목표로 삼는다. 개인적인 수양은 말할 것도 없고, 쇄소응대(灑掃應對) 등의 일상생활, 혹은 민본사상에 입각한 사회적인 방향에서 설정되기도 한다. 이 가운데 실용주의에 입각한 실천정신의 대표적인 예로 우리는 흔히 조식의 경우를 든다. 그는 이황에게 편지를 보내, "근래 학자들을 보건대, 손으로 물 뿌리고 비질하는 예절도 모르면서 입으로 천리(天理)를 말한다."[33] 라고 하면서, 실천을 강조한 바 있기 때문이다. 여기서 말하는 '손으로 물 뿌리고 비질하는 예절'은 사람이 지켜야 할 기본적 예절에 해당한다. 책 속에 보이는 이념에만 함몰될 때 유학에서 제시하는 가장 기본적인 것도 놓치게

30 李象靖, <行狀>(『西溪集』 권3), "默齋李公文楗, 嘗謫居州境, 公負笈往從, 李公深可愛敬."

31 『德川師友淵源錄』 金聃壽條에는 "弱冠, 與河台溪溍, 韓鳳岳夢逸, 安時進時進諸公, 就成浮查之門, 篤志力學, 絶意榮途, 晦跡以自守."로 기록되어 김담수가 20세쯤에 조식의 제자 成汝信(浮査, 1546~1632)의 문하에도 나아간 것으로 되어 있다.

32 김담수는 사서와 성리서 외에도 『주역』과 『시경』 등에 잠심한 것으로 보인다. <東皐讀易吟>(『西溪集』 권1)에서 '三絶韋編仰聖傳, 窮尋奧妙質先賢'이라 하고, <次隨遇子送蘭坡韻>(『西溪集』 권1)에서 "世事悠悠渾不省, 羲經閑讀翫陰陽"이라 하여 『주역』에 많은 관심을 보인다. 그리고 <謝雪月堂寄音三首>(『西溪集』 권1)에서는 "韻致清奇老益成, 翫深三百理心情"이라고 하여 『詩經』을 읽으며 마음을 다스리고 있어 김담수 독서경향의 일단을 알 수 있게 한다.

33 曺植, 『南冥集』 권4, <與退溪書>, "近見學者, 手不知洒掃之節, 而口談天理."

된다. 이러한 점에서 우리는 상주의 경우를 주목할 필요가 있다.

상주의 이전(月澗 李埈, 1558~1648)과 이준(蒼石 李埈, 1560~1635) 형제의 행위가 먼저 눈에 띈다. 1593년(선조 26) 봄에 이준이 그의 형 이전(李埈)과 함께 상주의 향병소(鄕兵所)에 머물고 있을 때 갑자기 왜적이 쳐들어왔다. 당시 이준은 곽란(霍亂)으로 거의 기동을 못하였는데, 그는 형에게 병으로도 죽을 몸이니 형님이나 피신하여 가문을 보존해 달라고 간청했으나, 형은 끝내 동생을 업고 백화산(白華山)으로 피해 그의 생명을 유지할 수 있게 했다. 이러한 사실을 바탕으로 그림을 그렸는데, 그것이 바로 <형제급란도(兄弟急難圖)>이다. 손기양(聱漢 孫起陽, 1559~1617)은 이를 주목하면서 <형제급란도> 뒤에 그 사실을 다음과 같이 특기하였다.

(가) 임진년의 변란에 왜적이 상산에 침입하였다. 어느 날 적이 갑자기 닥쳤는데 숙평은 병을 앓고 있어서 땅에 넘어졌다. 숙재(叔載, 이전)를 돌아보며, "나는 안되겠습니다. 형은 빨리 도망가서 모면하십시오."라고 했다. 숙재가 말하기를, "옛날에는 죽음을 다툰다고 하였는데, 내가 어찌 차마 너를 버려두고 살겠느냐?"라고 하고는 그 동생을 등에 업고 험한 곳을 달려 넘어갔다. 홀연 적병 2명이 산허리에서부터 칼을 휘두르며 앞으로 왔다. 숙재는 하늘을 우러러보며 축원하기를, "하늘이 아시듯이 우리는 죄가 없습니다."라고 하고는 활을 당겨 적을 겨누며 큰소리를 내어 지르니 적이 버리고 가버렸다. 또 다시 업고 산꼭대기에 올라 돌아보니 숙평이 처음 넘어졌던 곳에는 흰 칼날이 들판을 뒤덮고 시체가 쌓여 언덕을 이루고 있었다.[34]

34 孫起陽, 『聱漢集』 권4, <題急難圖後>, "壬辰之亂, 倭冦商山. 一日賊猝至, 而叔平患疾倒地, 顧謂叔載曰 我則已矣, 兄亟走免. 叔載曰 古有爭死, 吾忍舍汝而生, 遂背負其弟, 走踰絶險. 忽有二賊自山脊揮劒而前, 叔載仰天祝曰 天若有知, 我輩無罪, 乃彎弓向賊, 大聲奮呼, 賊舍去. 又負上絶頂, 回視叔平初倒之地, 則白刃蔽野, 積屍已成堆矣."

(나) 계사년 봄에 나는 복주(福州)에서 숙평(叔平, 이준)을 만났다. 숙평은 그때 겹겹으로 상복을 입고 있었는데 울면서 말하기를, "나를 낳은 이는 부모요 나를 살린 것은 형님입니다."라고 하면서 자신을 업고 산에 오르는 일을 자세하게 이야기하기를 마지않았기에 입으로 탄식하면서 마음에 새겨두었다. 그 뒤 17년 뒤인 기유년에 숙평이 서울에 벼슬을 살고 있을 때, 내가 여관에 따라 간 적이 있었다. 숙평은 화가에게 〈급란도(急難圖)〉를 그리게 하고 시문을 쓰게 했다.[35]

위는 손기양의 쓴 <제급란도후(題急難圖後)>의 일부이다. 자료에 보이는 숙재는 이전(李堮)의 자이고, 숙평은 이준(李埈)의 자이다. (가)는 변란을 만나 이전이 이준을 살려냈던 사실, (나)는 앞의 사실을 바탕으로 그림을 그리고 시문을 쓰게 한 일을 적었다. 같은 상주 사람 정경세 역시 이 그림의 뒤에 글을 썼다. 그는 여기서, "내가 숙재를 보건대 그 우애의 마음은 겉부터 속까지 털끝만큼도 거짓으로 꾸밈이 없으며, 젊어서부터 늙을 때까지 어느 한순간이라도 끊어진 적이 없었다. 이준이 일찍이 폭허증(暴虛症)을 앓아 거의 죽었다가 살아나 여러 달 동안 낫지 않고 있었는데, 이전이 밤낮없이 함께 거처하면서 잠시도 곁을 떠나지 않은 채, 때맞추어 음식을 먹이고 약재를 조제하였으며 때맞추어 잠자고 일어나게 해 끝내 완전히 낫게 하는 데까지 이르렀던바, 그 지극한 행실이 신명에게 미더움을 받은 것은 하루아침에 된 것이 아니다."[36]라고 하면서 죽음을 불사한 이전의 우애를 크게 기렸다.

35 孫起陽, 『聱漢集』 권4, <題急難圖後>, "癸巳春, 余與叔平相遇於福州, 叔平時纍然孝服, 泣而言曰生我者父母, 活我者伯氏也, 道其扶負上山之事, 歷歷不已, 固已歎乎口而記于心矣. 後十七年己酉, 叔平官京師, 余從遊于旅邸, 叔平要畫師繪作急難圖, 因以詩文識之."

36 鄭經世, 『愚伏集』 권15, <書急難圖後>, "余見叔載, 友愛之心, 自表至裏, 無一毫修飾, 自少至老, 無一息間斷, 叔平嘗病暴虛. 幾死而蘇, 積累月不瘳, 叔載晝夜與居, 頃刻不離, 時其飲食, 調其藥餌, 適其寢興, 卒以底于完實, 其至行之孚於神明非一日矣."

정경세와 이준 등이 설립한 존애원(存愛院) 역시 실용정신의 중요한 표상이다. 존애원은 전국 최초의 사설의료기관이다. 정경세가 이를 설립할 때는 그가 이런 저런 병으로 고생할 때였다. 자신의 몸에 닥친 병마로 인해 다른 사람의 몸에까지 생각이 간절하게 미쳤는지도 모르겠다. 당시 정경세는 유년기와 청년기를 보낸 청리면 율리에 있을 때였고, 정경세의 생각에 적극 찬동한 사람은 이준(李埈)과 성람(聽竹 成濫, 1556~1620) 등이었다. 정경세의 연보 40세 조는 존재원과 관련하여 이렇게 기록해 두고 있다.

> 묘지에 이르기를, "당시에 공은 시골에 머물러 있은 지 2년이나 되었다. 이에 뜻을 같이하는 사람들과 더불어 상의하기를, 유마힐(維摩詰)은 관직에 있었던 사람이 아닌데도 능히 다른 사람의 몸이 아픈 것을 보기를 자신의 몸이 아픈 것처럼 보았다. 우리들은 모두 남에게 은택을 끼쳐 주려는 뜻을 품고 있는 사람들이다. 그런데 유독 동포들을 구제해 주기를 생각하지 않을 수 있겠는가."라고 하였다. 그리고 드디어 각각 돈을 내어 의국(醫局)을 설치하고는 그 이잣돈을 가지고 약재(藥材)를 사서 병에 따라 투약하였으며, 선유(先儒)가 말한 "마음을 보존하고 남을 사랑한다[存心愛物]."는 말을 취해서 그 의국을 '존애원'이라고 이름 붙였는데, 그 음덕(陰德)이 다른 사람에게 미쳐 간 것이 아주 넓고도 컸다." 하였다.[37]

묘지의 기록을 인용한 것인데, 설립 동기와 운영 방법, 존애원이라는 이름의 근거 등을 두루 밝히고 있다. 설립 동기는 동포에게 은택을 끼치려는 생각이며, 운영은 각기 돈을 내어 의국을 설치하고 그 이잣돈으로 약재를 사서

37 『愚伏集』「年譜」40세조, "墓誌云, 時公家食將二稔矣. 乃與同志相議曰, 維摩詰非有位者也, 而能視人之病猶己之病, 吾徒皆有志澤物, 獨不念康濟同胞耶? 遂各出錢設*醫局*, 取其息貿村料, 隨病投藥, 取先儒存心愛物語, 名其局曰存愛院, 其陰德之及物者廣矣."

투약하는 것이며, 이름의 근거는 정이(伊川 程頤, 1033~1107)의 '존심애물(存心愛物)'에 두었다. 여기서 '존심'은 마음을 잘 보존한다는 것이며, '애물'은 사물을 사랑한다는 것이니 수기를 통한 치인의 완성을 이 명칭에서 읽을 수 있다. 존애원은 지역민을 지역민 스스로가 구제하자는 것이 근본적인 취지였다. 지방의 의료환경이 지극히 열악한 상황을 타개하자는 의도가 잠복해 있음은 물론이다. <존애원기>는 이준이 썼는데 그 일부는 이렇다.

> 약재는 일 없는 자들을 모아 채취하게 하고 당재(唐材)는 쌀과 베를 내어 무역하였다. 약재가 이미 구비되면 이를 출납하는 장소가 없을 수 없어, 이에 창고를 지어 저장하고 손님이 날로 모여 숙박할 곳이 있어야 하니, 이에 당우(堂宇)를 세워서 수용하였다. 약을 팔아서 기본 자금을 삼고 나머지는 모으고 늘려서 모든 비용과 재요를 구입하는 데 충당하였는데, 누구든지 약을 구하는 자에게 짐짓 얻게 해주니 효과가 순식간에 파급되었다. 이에 정선생의 '존심애물'이란 말을 따서 '존애원'이라 하였다. 대개 다른 사람은 나와 친소(親疎)가 서로 다르나 모두 천지 사이에 태어나 한 기운을 고르게 받았으니, 마음 가득히 차마 하지 못하는 마음을 미루어 동포를 구제하고 살리는 것이 어찌 사람의 본분을 다하는 것이 아니겠는가. 한 선비가 그 위(位)는 비록 미미하고 그 시행은 넓지 못하지만 실로 애물(愛物)하는 마음을 지니고 있다면 반드시 사물을 구제하는 공이 있을 것이다. 이것이 군자가 마음에 지닐 것이며 편액이 취한 뜻이다.[38]

38 李埈, 『蒼石集』 권13, <存愛院記>, "鄕藥則募游手而採之, 唐材則出米布以貿之. 材料旣備, 不可無出納之所, 於是, 營庫間以貯之, 賓旅日集, 不可無止泊之處, 於是, 立堂宇以待之. 賣藥而受直, 存本以取殖, 倉儲充牣, 諸料皆辦, 有求輒應, 獲效如響. 於是, 取程先生存心愛物語, 名之曰存愛院, 蓋人之與己, 親疎雖別, 竝生兩間, 均受一氣則推滿腔不忍之心, 以活同胞, 豈非其分內事乎! 一命之士, 其位雖微, 其施雖不溥, 而苟存愛物之心, 則必有濟物之功, 此君子之所以爲心, 而扁額之所以取義也."

존애원의 운영 방법과 '존애'라는 이름을 갖게 된 배경을 두루 말하고 있다. 이 글에 의하면 사람의 입장에서 보면 친하고 그렇지 못한 것이 서로 다르지만 하늘의 입장에서 보면 모두 같은 사람이다. 이러한 측면에서 나에게 하늘이 부여한 선한 마음을 근본으로 하여 사물을 사랑하는 마음으로 넓혀가야 한다. 이준은 존심애물에 기반한 존애원의 건립취지를 이렇게 정리하고 있었던 것이다. 이준은 정경세를 달관자(達官者)로 칭하며 "자비는 보살과 같고, 포부는 나라를 경영하고 세상을 구제하는 데 있었다."[39]라고 하며, 존애원 설립을 정경세가 주도하였다는 것을 밝히고 있다. 이처럼 정경세가 존애원 설립을 주도하고 상주의 대표적인 학자 이준과 당시 관에서 물러나 처가인 상주에 머물고 있었던 유의(儒醫) 성람이 주치의를 맡았으니 일이 제대로 이루어지지 않을 수가 없었다.

마지막으로, 독창성에 대해서다. 이 방면에서 우리는 노수신(穌齋 盧守愼, 1515~1590)을 대표적인 인물로 거론할 수 있다. 그는 김세필(十淸軒 金世弼, 1473~1533)과 홍인우(耻齋 洪仁祐, 1515~1554) 등과 더불어 우리나라의 초기 양명학자에 해당한다. 특히 그는 나흠순(羅欽順)이 지은 『곤지기(困知記)』의 영향을 받아 리기일물설(理氣一物說), 인심도심체용설(人心道心體用說), 욕망긍정설 등을 대체로 긍정했다. <인심도심변(人心道心辨)>과 <곤지기발(困知記跋)> 등을 쓴 것도 그 연장선상에서 이해된다. 특히 <곤지기발>에서 "내가 늦게 『곤지기』를 얻어 보니 그 말이 정대(正大)하고 정미(精微)하여 발명하지 못한 것을 많이 발명하여 정주(程朱)의 문에 커다란 공이 있었다"[40]라고 한 바 있다. 이식(澤堂 李植, 1584~1647)은 이에 대하여, 노수신은 당시 선비들에 의해 이황보다 더

---

39 李埈, 『蒼石集』 권13, <存愛院記>, "吾黨有達官者, 慈悲如菩薩, 抱負皆經濟."

40 盧守愼, 『穌齋集』 권7, <困知記跋>, "守愼, 晩得困知記, 見其言正大精微, 多發未發, 大有功於程朱之門."

큰 기대를 받았던 인물이며, 유배지에서 비로소 나흠순의 『곤지기』을 읽으며 사상의 혁신을 꾀했고, 이 책이 지극히 정밀하여 정주학에 조금도 뒤지지 않는다고 생각했다. 그리고 그 설에 기초하여 <인심도심설>의 주석을 개작하고 또한 『대학장구(大學章句)』를 개정하였는데 모두가 육상산과 왕양명의 학설이었다[41]고 했다. 이와 관련하여 다음 자료를 보자.

元來道與器非隣	원래 도와 기는 서로 분리되어 있는 것은 아니니,
可認人心是外塵	인심을 외진이라 할 수가 있겠는가?
須就道心爲大本	모름지기 도심이 대본이 되고,
用時還見道乘人	작용할 때는 다시 도심이 인심을 타고 있는 것을 보네.[42]

이 시는 <차운하여 정 첨사의 돌아가는 행차에 받들어 올리고, 다시 한 편을 제하여 일재의 시자에게 전달하도록 당부하다[次韻奉呈鄭僉使廻軒復題一篇憑達一齋侍者]>이다. 여기서 노수신은 '도(道)'와 '기(器)'는 서로 분리되어 존재할 수 없다고 보았다. '리(理)'와 '기(氣)'의 경우도 마찬가지다. 이 때문에 승구에서 보듯이 인심은 외진(外塵)인 사욕과는 거리가 멀게 된다. 여기서 그는 도심이 대본이고 도심이 인심에 타는 것이라고 하면서, 작용처는 인심에 있다는 것을 새롭게 규정하게 된다. 이것은 노수신의 인심도심설의 핵심을 이루는 것으로 주희의 인심도심설을 수정한 것이다. 더욱이 <인심도심변>에서는 "도심은 곧 천리가 마음에 갖추어져 있는 것이고, 그 발함은 기로써 하는 까닭에 인심이라고 한다. 인심은 곧 중절함과 중절하지 못함이 있기 때문에

41 李植, 『澤堂先生別集』 권15, <追錄>, "蘇齋自少厲志苦學, 祖述靜菴, 聲名高於退溪, 及在海中, 雖不廢學, 憂愁之餘, 詩酒遣懷. 始讀羅靜庵困知記, 以爲廣大精微, 不下程朱, 用其說, 改作人心道心傳註, 又改定大學章句, 其言皆陸·王意也."

42 盧守愼, 『穌齋集』 권4, <次韻, 呈鄭僉使廻軒, 復題一篇, 憑達一齋侍者>

불안하다고 했고, 아직 미발일 때는 드러나지 않은 까닭에 은미하다고 했다."[43] 라고 하면서, 그는 본성이 미발의 심체에 갖추어진 천리라 보았다. 결국 미발 심체와 본성을 구분한 주자의 견해와 선명한 대비를 이루게 된다.

노수신은 이처럼 양명학을 적극적으로 받아들였기 때문에 이항(一齋 李恒, 1499~1576)·노진(玉溪 盧禛, 1518~1578)·김인후(河西 金麟厚, 1510~1560)·이황 등에 의해 비판을 받을 수밖에 없었다. 특히 이황은 노수신에게 때로는 편지로 때로는 시로 그의 학문이 순정하지 못한 것에 대하여 비판하였다. 이황은 자신의 이 같은 생각을 제자들에게도 언급한 바도 있다. 이덕홍(艮齋 李德弘, 1541~1596)에게 편지를 보내 노수신을 들어 상산(象山)의 견해를 묵수하여 매우 걱정스럽다[44]고 한 것이 그것이다. 이를 통해 우리는 당대인들이 노수신을 어떤 시각에서 평가하고 있는지를 분명하게 알 수 있고, 근래에 발견된 노수신의 『대학집록(大學集錄)』이 주희의 격물치지설(格物致知說)을 부정하는 선유들의 대학설을 모아 편집했던 책[45]이었음을 감안할 때 그의 학문적 주안점이 어디에 귀착되고 있었던가 하는 점을 충분히 이해하게 된다.

요컨대, 강안학은 회통성과 실용성, 그리고 독창성을 그 특징으로 하는데 상주 지역 역시 이것이 뚜렷이 나타나고 있다. 특히 회통성은 이 지역 최대의 특징이라 할 수 있다. 낙동강은 본류가 시작되는 상주를 중심으로 볼 때, 그 물이 한 방울도 다른 지역으로 빠져나가지 않는데, 이러한 지리적 특성을 갖고 영남은 지역의 독특한 문화를 형성해 갔다. 기호지역의 문화가 조령이나 죽령을 넘어 강물을 따라 빠른 속도로 지역 내로 유입되었고, 그 영향은

43 盧守愼, 『穌齋內集』 下, <人心道心辨>, "道心卽天理具於心者, 而其發也以氣, 故謂之人心, 便有中節不中節, 故危, 而其未發則無形, 故微."

44 李德弘, 『艮齋集』 권6, <溪山記善錄>下, "盧蘇齋(名守愼, 字寡悔), 象山之見, 甚爲懼也."

45 이에 대해서는 신향림, 「蘇齋 盧守愼의 공부론에 나타난 陽明學」(『한국사상사학』 24, 한국사상사학회, 2005), 283~285쪽 참조.

내륙에 비해 강안지역이 훨씬 강하였다. 아울러 강안지역은 퇴계학이나 남명학의 거점인 안동과 진주 사이에 위치하고 있어 이 지역의 선비들은 퇴남학을 회통하고자 하는 성격 또한 지니고 있었다. 회통이 소통을 기반으로 하고 있다는 측면에서 낙동강은 새롭게 주목받아 마땅하다.

4. 상주 지역의 문화적 특징

1) 선유시회(船遊詩會) 문화의 구축

조선조의 문인들은 풍광이 좋은 자연을 선택하여 뜻이 맞는 사람들끼리 시회(詩會)를 열고, 그 모임을 기념하기 위하여 화축(畵軸)이나 시축(詩軸) 등을 남기기도 했다. 시회에는 연회가 열리기도 하고 이에 따라 풍악을 즐기기도 했다. 친목이 모임의 주요 목적이었으며 이를 기념하기 위하여 그림을 그리고 풍악을 울렸으니, 시회는 바로 종합예술의 한 장이라고 해도 과언이 아니다. 시회는 서울은 물론이고 지방에서도 다양하게 개최되었는데, 조선 문인의 문학적 소통은 이로써 가능하였다. 특히 뱃놀이를 통해 시회를 여는 선유시회는 조선중기 강안지역의 문화로 구축되어 특기할 만하다.

영남의 강 낙동강은 그 자체로도 훌륭한 문학 생성공간이었다. 특히 배를 강물에 띄우고 개최하는 선유시회(船遊詩會)는 오랫동안 진행되면서 독특한 문화를 만들었다. 문헌에 입각해 보면 이규보(白雲 李奎報, 1168~1241)가 1196년 낙동강에 배를 띄우고 시회를 연 이래 19세기 후반까지 이어졌으니, 낙동강 선유시회는 7백여 년이나 지속되었다고 하겠다.[46] 낙동강 상류에 살았던 이

46 낙동강의 지류까지 포함시켜보면 시회가 오늘날까지 지속되고 있음을 확인할 수 있다. 예

황(退溪 李滉, 1501~1570)의 경우도 선유시회를 특별히 즐겼다. 『퇴계집·연보』에 의하면, "4월 16일 달밤에 탁영담(濯纓潭)에서 뱃놀이를 하다. 형의 아들 교(寯)와 손자 안도(安道)와 문인 이덕홍(李德弘)이 따랐다. 청풍명월(淸風明月) 4운으로 각각 시를 지었고, <전적벽부>·<후적벽부>를 읊은 뒤 밤이 깊어서야 돌아왔다."[47]라고 기술하고 있으니 이황이 소식(東坡 蘇軾, 1037~1101)의 풍취를 생각하며 도산서당 앞 탁영담에서 시회를 열었던 저간의 사정을 확인할 수 있다.[48]

이황의 제자이면서 낙동강 중류를 중심으로 강력한 문파를 형성하고 있었던 정구 역시 낙동강을 중심으로 다양한 선유시회를 전개하였다. 그는 1588년(45세) 7월에 함안군수를 그만두고 낙동강을 배로 거슬러 올라와 사우들과 함께 '만경창파욕모천(萬頃蒼波欲暮天)'을 분운하며 시회를 열었다. 구체적인 장소는 고령의 쌍림면 개산포(開山浦)에서 사망정(四望亭)에 이르는 구간이었다. 이때 지리산으로 유람을 가던 이기춘(玉山 李起春, 1541~1597)과 박성(大庵 朴惺, 1549~1607)도 참여하였는데 도합 7인이었다.[49] 당시 정구는 '파(波)'자[50]와 '욕(欲)'자[51]의 운을 얻었으며, 선상에서 벗들과 함께 하는 시주(詩酒)의 정

건대, 금호강을 중심으로 형성된 峨洋吟社는 영남사림의 후예들이 해방 직후부터 현재까지 시회를 열어 시집을 발간하는 등 활발하게 작품 활동을 벌이고 있다.

47 『退溪先生年譜』 권2, 61歲條, "四月旣望, 泛月濯纓潭, 兄子寯, 孫安道, 門人李德弘從, 以淸風明月, 分韻賦詩, 詠前後赤壁賦, 夜深乃還."

48 이현보, 김륵, 이종악 등도 안동지역에서 뱃놀이를 즐기면서 관련 작품을 남겼다. 안동지역 양반들의 뱃놀이 문화에 대해서는 한양명, 「안동지역 양반 뱃놀이(船遊)의 사례와 그 성격」(『실천민속학연구』 12, 실천민속학회, 2008) 참조.

49 7인은 정구를 비롯한 李弘量(六一軒, 1531~1592), 李弘宇(茅齋, 1535~1594), 金沔(松庵, 1541~1593), 李起春(玉山, 1541~1597), 朴惺(大庵, 1549~1607), 李承(晴暉堂, 1552~1598) 등이다.

50 鄭逑, 『寒岡續集』 권1, <泛舟洛江分韻萬頃蒼波欲暮天得波字>, "平生何事最爲多, 今日船遊亦可歌. 邂逅良朋仍共醉, 斜陽倒影照平波."

51 『洛江分韻』 4쪽. "盡美東南共七賢, 明朝歸去別懷生. 淸江半日暫逃俗, 愧負願留兄所欲." 이 자료는 표제가 '洛江分韻'으로 되어 있으며 도합 49쪽으로 편철된 고문서이다. 정구의 낙강분

취와 세속을 벗어난 아름다운 경치 등을 노래했다.[52]

정구는 안동부사로 부임하기 직전인 64세 되던 해(1607) 1월 28일 곽재우(郭再祐)·장현광(張顯光)·박충후(朴忠厚) 등과 함께 용화산 아래서 배를 띄워 놀기도 했다.[53] 이상정(大山 李象靖, 1711~1781)은 『기락편방(沂洛編芳)』의 서문에서 이를 기록하여, "한강선생께서 일찍이 퇴계선생 문하에 유학하시고 물러나와 사상(泗上)에서 강론하며 가르치시니 성주·인동·함안·영산 사이에 빛나는 군자의 풍모가 많았다. 선생께서 일찍이 여헌(旅軒)·망우당(忘憂堂)·광서(匡西)·간송당(澗松堂) 제공과 용화산 아래 낙수 위에서 배를 띄우고 노닐었는데, 모인 사람이 모두 35인[54]이었으니 모두 당대의 빼어난 분들이었다."[55]고 하였다. 이상정은 정구의 선유가 이황에게서 계승되고 있음을 보인 것이다.

운을 중심으로 한강학파의 낙동강 관련 사적들이 간찰 및 同舟錄 등과 함께 소개되어 있다. 현전하는 『한강집』에는 정구의 낙강분운으로 '波'자 운 한 수만 전하지만, 이 자료는 문집에 빠져 있는 '欲'자 운도 포함하고 있어 중요한 자료적 가치가 있다. 두 작품 모두 작자가 檜山으로 되어 있는데 바로 정구를 의미한다.

52 정구의 이 낙강 시회는 그의 문인 세대에도 지속되었다. <追次洛江韻>이 그것인데 이것은 李承(晴暉堂, 1552~1598)의 晴暉堂에 소장되어 오던 자료로 『洛江分韻』에 정구 등의 분운 뒤에 실려 있다. 이 시회에 참여한 인물로는 정구의 아들 鄭樟(晩悟齋, 1569~1614)을 비롯해서 李道孜(復齋, 1559~1642), 李道由(滄浪叟, 1566~1649), 李堉(心遠堂, 1572~1637) 등을 들 수 있다.

53 정구가 배를 띄운 직접적인 이유는 20년 전 함안군수 재직 시 비석으로 쓸 수 있는 돌을 도흥강변에 보관해 두었는데 이것을 찾기 위함이었다. 朴尙節은 『沂洛編芳』에서 <龍華山下同泛圖> 8도를 첨부하였는데, 이 그림의 제3도가 <道興搜石>이다. '第三道興步, 嘉號待群賢. 可惜琬琰石, 深藏何處邊.'이라는 題畵詩도 위쪽에 판각되어 함께 전한다. 이와 관련한 자세한 사항은 <龍華山下同泛錄後序>(趙任道, 『澗松集·別集』권1)를 참조할 수 있다.

54 『낙강분운』의 <龍華山下同泛錄>에 기록된 사람은, 鄭逑, 郭再祐, 張顯光, 朴忠後, 李佶, 成景琛, 辛礎, 趙埴, 李道由, 朴震英, 李明慜, 李明念, 辛膺, 李明慤, 李明悆, 安侹, 李潚, 盧克弘, 辛邦楫, 趙垹, 李厚慶, 羅翼南, 李道孜, 兪諧, 李明志, 李時�, 郭瀊, 李道一, 李蘭貴, 柳武龍, 趙任道, 李道輔, 李瀣, 李忠民 등 34인이다. 『沂洛編芳』에는 崔門柱가 보입되어 도합 35인이다.

55 李象靖, <沂洛編芳序>(『沂洛編芳』), "寒岡先生, 早遊陶山之門, 退而講授於泗水之上, 星仁咸靈之間, 盖彬彬多君子之風焉. 先生嘗與旅軒·忘憂·匡西·澗松堂諸公, 同泛於龍華洛之上, 會者盖三十五人, 皆極一時之選."

정구는 75세 되던 해(1617) 7월 20일에 지병을 치료하기 위하여 45일간의 동래 온천 여행을 한 적이 있었다.[56] 당시의 기록은 『낙강분운』과 『한강선생봉산욕행록』에 자세하다. 전자에는 <한강선생봉산욕행낙강동주록>에 곽근(郭赾) 등 10인, <경양대하부(景釀臺下陪)>에 이후경(李厚慶) 등 7인, <통도사배선생동화록(通度寺陪先生同話錄)>에 17인이 등재되어 있고, <선생승주욕봉산주중제자운(先生乘舟浴蓬山舟中諸子韻)>에 11수, <경양대하범주호운(景釀臺下泛舟呼韻)> 7수가 실려 있고, 후자에는 고문서 형태로 된 『낙강분운』 등을 자료로 하여 정구의 욕행 일정을 자세하게 기록하고 있다. 당시 정구는 사빈을 출발하여 마수원 나루, 도흥탄, 창원 경양대, 남수정, 삼차강까지는 물길로, 신산서원에서 기장을 거쳐 동래까지는 육로를 이용하였으며, 돌아오는 길은 양산 통도사, 언양, 경주 포석정, 하양, 경산 등을 경유하였다. 당시 수많은 사람들이 정구의 온천행을 맞이하고 배웅하였는데, 이 과정에서 자연스럽게 많은 화차운시를 남겼다.[57]

낙동강을 중심으로 한 정구의 시회는 그의 문인들에게도 자연스럽게 계승되었다. 대표적인 것이 서사원(樂齋 徐思遠, 1550~1615)과 장현광(旅軒 張顯光, 1554~1637) 등을 중심으로 한 23명[58]의 문인들이 1601년 3월 23일에 벌인 금호

56 이에 대해서는, 정우락, 「<봉산욕행록>에 대한 문화론적 독해」, 『한국 고전문학과 문화어문학』, 역락, 2018에 자세하다.

57 『한강선생봉산욕행록』은 『낙강분운』과 다소 출입이 있다. 1617년 7월 20일에 상평성 尤韻(秋·遊·頭)의 12수, 7월 23일에 상평성 歌韻(沙·波·多)의 9수가 등재되어 있으나 "諸詩不可盡記"라는 표현에서 알 수 있듯이 훨씬 많은 작품이 있었다는 것을 알 수 있다. 이밖에도 7월 29일에는 정구와 崔興國 사이의 贈答詩가 소개되어 있는데 『한강집』에는 수록되어 있지 않은 작품이다. 내용은 이렇다. 정구 : "南溪亦有臥龍淵, 梁甫吟來慕古賢. 可惜櫝中藏美玉, 一生榮辱肯何緣." 최흥국 : "鳶飛魚躍自天淵, 一脈眞源屬我賢. 白首還嗟江渭阻, 靑眸相對沓難緣."

58 23인은 徐思遠, 呂大老, 張顯光, 李天培, 郭大德, 李奎文, 宋後昌, 張乃範, 鄭四震, 李宗文, 鄭鏞, 徐思進, 都聖兪, 鄭錀, 鄭錘, 都汝兪, 徐恒, 鄭鋋, 鄭銑, 徐思選, 李興雨, 朴曾孝, 金克銘 등이다.

강 시회(<금호동주영(琴湖同舟詠)>)이다. 서사원이 52세 되던 해 여러 사람들과 뱃놀이를 하게 되었는데, 술이 몇 순배 돌자 장현광의 제의로 이 시회가 이루어졌다.[59] '출재장연중(出載長烟重), 귀장편월경(歸粧片月輕), 천암원학우(千巖猿鶴友), 수절도가성(愁絶棹歌聲)'이라는 주희의 <무이정사잡영(武夷精舍雜詠)·어정(漁艇)>을 시운으로 삼았으며, 서사원은 '출(出)'자, 장현광은 '장(長)'자를 운으로 하여 시를 지었다. 서사원은 여기서 나아가 장현광의 '장'자 운을 다시 차운하기도 했다. <차여헌장자운(次旅軒長字韻)>[60]이 그것이다.

조선중기 낙동강을 배경으로 한 시회는 '상산선유시회(商山船遊詩會)'가 대표적이다. 이 시회의 작품은 『임술범월록(壬戌泛月錄)』에 수렴되어 있는데, 상주의 제1경으로 알려진 경천대(擎天臺)에서 배를 띄워 동남쪽의 도남서원(道南書院)을 거쳐 관수루(觀水樓)에 이르는 30여리의 구간에서 시회가 개최되었고, 1607년부터 1778년까지 171년 동안 총 8회, 1663년부터 1798년까지 135년 동안 총 18회에 걸쳐 진행되었다. 이 선유시회는 대를 이어가면서 연 것으로 일찍이 그 유례를 찾아볼 수 없는 것이었다. 이준(蒼石 李埈, 1560~1635)을 중심으로 한 선유시회는 낙강시회의 한 전범이 된다는 측면에서 중요하다.[61] 아래 표를 중심으로 17세기의 사정을 간단히 살펴보자.

---

59 『낙강분운』에도 이 시회에 대한 기록들이 있다. 여기에는 呂大老의 서문을 비롯한 3편의 서문, 17수의 시작품 실려 있다. 그리고 이 시회는 <琴湖仙査船遊圖>라는 그림으로 그려지기도 하는데, 그림은 趙衡逵가 그리고 서문은 여대로의 것을 실어놓았다.

60 徐思遠, 『樂齋集』 권1, <次旅軒長字韻> 참조.

61 이에 대해서는, 이구의의 「해제」(『역주 낙강범월시』, 아세아문화사, 2007)를 참조 바란다.

시회 연월일	참석자 및 시운	선유지	시형식
1607. 9.	金庭睦, 趙翊, 李埈, 全湜, 趙澱, 金惠, 黃時幹		聯句
1622. 7.16.	李埈(壬), 趙靖(戌), 李埂(之), 李埈(秋), 康應哲(七), 金惠(月), 金知復(旣), 金廷獻(望), 金廷堅(望), 柳袗(蘇), 趙又新(子), 李大圭(與), 韓克禮(客), 金壁(泛), 李元圭(舟), 李文圭(遊), 李身圭(於), 禹處恭(赤), 丘山立(壁), 孫胤業(下), 全湜(淸), 全克恒(徐), 全克恬(來), 趙光壼(水)	1일 : 道南書院→龜巖→楓湖→簟巖→道南書院 2일 : 道南書院→龍淵(擎天臺)→伴鷗亭→道南書院	分韻
1622.10.15.	李埈(桂), 丘希岌(蘭), 孫胤業(槳), 金諜(空), 李元圭(兮)	竹巖津	分韻
1657. 7.16.	曺挺融, 趙稜 등(窓·腔·雙·缸·江)	竹巖津	次韻
1682. 7.16.	趙稜 등(위와 같음, 1686년 洪昇, 李在寬 등이 다시 차운함)	竹巖津	次韻

위는 『임술범월록』 가운데 17세기 부분만 적출한 것이다. 이 가운데 이준을 중심으로 한 1622년 7월 16일의 시회가 대표적이다. 소식이 1082년에 후베이성 적벽강에 배를 띄우고 <적벽부>를 남긴지 꼭 540년만의 일로, 이 시회가 가장 본격적으로 이루어졌을 뿐만 아니라, 상주 선유시회의 전범이 되었기 때문이다. 시회에 사용된 시의 형식은 연구(聯句), 분운(分韻), 차운(次韻) 등으로 다양하였으며, 죽암진에서 주로 개최되었던 것으로 보인다. 죽암진은 도남서원과 관수루 사이에 있던 나루로 그 일대가 수심이 깊고 경치가 빼어나 상주의 문인들이 이곳을 대표적인 선유시회의 장소로 활용하였기 때문이다.

이상에서 보았던 것처럼 낙동강은 그 자체가 대표적인 문학 생성공간이었다. 배를 타고 노닐며 시회를 여는 선유시회는 강이 아니면 불가능하다. 바로 이 점에서 선유시회는 강안문학의 주요 문학행위가 된다고 하지 않을 수 없다. 조선중기 낙동강 선유시회의 경우, 정구와 그 학파에 의해 꾸준히 지속되어왔다. 정구의 봉산욕행을 기록한 『한강선생봉산욕행록』에는 시회와 관련한 강안문학의 일경향이 문학활동의 측면에서 자세하게 나타나 있어 흥미롭다. 이뿐만 아니라 류성룡(西厓 柳成龍, 1542~1607)의 고제 이준이 벌인 상주의 임술시회는 낙동강 선유시회의 한 전범이 되어 상주를 중심으로 하나의 문화적 축을 구성하고 있었다는 측면에서 주목을 요한다.

2) 강안 승경과 문학적 소통

낙동강에는 예천의 내성천(乃城川), 문경의 영강(穎江), 상주의 병성천(屛城川), 김천의 감천(甘川), 합천의 황강(黃江), 진주의 남강(南江) 등이 서·북쪽 산악에서 발원하여 흘러들고, 안동의 반변천(半邊川), 의성의 위천(渭川), 대구의 금호강(琴湖江), 밀양의 밀양강(密陽江) 등이 동쪽 산악에서 발원하여 흘러든다. 특히 낙동강 중류의 강안지역에는 강이 만들어낸 수많은 승경이 존재한다. 이 때문에 이 지역의 아름다운 자연경관은 물론이고, 강이 내려다보이는 곳에 건립된 누정 또한 문학의 주요 생성공간을 이룬다. 문인들은 누정과 그 주변의 자연경관을 중심으로 작품을 창작하여 8경과 10경 등의 연작시 형태의 집경시(集景詩)들을 무수히 생산한다. 집경시를 중심으로 몇 가지만 보이면 다음과 같다.

- 황준량(黃俊良)의 〈매학정팔경(梅鶴亭八景)〉
  금오만취(金烏晩翠), 봉계모연(鳳溪暮煙), 보천금사(寶泉錦莎), 월파풍범(月波風帆), 감호채빈(甘湖採蘋), 편암조어(片巖釣魚), 장림춘우(長林春雨), 사도야월(沙島夜月).[62]

62 黃俊良, 『錦溪集』 권2, <梅鶴亭八景>

- 고상안(高尙顔)의 〈남석정팔경(南石亭八景)〉
  고산독송(孤山獨松), 조연어옹(棗淵漁翁), 학가신월(鶴駕新月), 봉수청람(鳳岫晴嵐), 강포목적(江浦牧笛), 영야농가(潁野農歌), 갑수귀운(甲岫歸雲), 불암현등(佛菴懸燈).[63]
- 이준(李埈)의 〈창석정팔경(蒼石亭八景)〉
  청효고첩(青驍古堞), 백록유허(白鹿遺墟), 용지소서(龍池小嶼), 유수평사(酉水平沙), 현산락경(峴山落景), 적령부운(商嶺浮雲), 장정취류(長汀翠柳), 곡체창랑(曲砌蒼筤).[64]
- 김상헌(金尙憲)의 〈우담십영(雩潭十詠)〉
  회곡춘화(會谷春花), 우담추월(雩潭秋月), 남간유앵(南澗流鶯), 동령한송(東嶺寒松), 천대이석(天臺異石), 평사낙안(平沙落雁), 옥주조운(玉柱朝雲), 귀암막우(龜巖暝雨), 전탄어화(箭灘漁火), 원암청경(圓庵淸磬).[65]

남석정과 창석정처럼 낙동강의 지류에 위치한 누정도 있지만, 매학정과 무우정은 바로 강이 내려다보이는 언덕에 자리한다. 강안지역을 중심으로 영남 일원에서 활동했던 황준량이나 고상안, 그리고 이준은 위와 같은 누정 집경시를 지었고, 기호지역에서 활동한 김상헌은 채득기의 무우정을 찾아 그 주변의 승경을 노래했다. 이 같은 집경시는 조선후기로 내려오면서 더욱 확장된다. 삼강에 살았던 정필규(魯庵 鄭必奎, 1760~1831)의 <삼강팔경(三江八景)>[66]과 그의 증손자 정하락(洛塢 鄭夏洛, ?~?)의 <강촌십팔경(江村十八景)>[67]을 비롯하여, 소론계의 문장가 이광려(月巖 李匡呂, 1720~1783)의 <매학정팔영(梅鶴亭八詠)>[68]

---

63 高尙顔, 『泰村集』 권1, <南石亭八景>
64 李埈, 『蒼石集』 권1, <蒼石亭八景>
65 金尙憲, 『淸陰集』 권13, <雩潭十詠>
66 鄭必奎, 『魯庵集』 권1, <三江八景>
67 鄭夏洛, 『洛塢集』 권3, <江村十八景>

이 그 대표적이다.

영남의 누정은 다른 지역에 비해 수적인 측면에서 압도적이다. 근대 이전의 누정 상황은 1929년 이병연(李秉延, 1894~1977)이 편찬한 『조선환여승람(朝鮮寰輿勝覽)』의 「누정조」를 통해서 자세히 알 수 있다. 이에 의하면 강원도 174개소, 전라도 1,070개소, 충청도 219개소, 제주도 6개소에 비해 경상도는 1,295개소로 여타의 지역에 비해 월등하게 많다. 낙동강 중류지역을 중심으로 그 공간 영역을 한정시켜 누정을 조사해보면, 이 지역에 얼마나 많은 누정이 건축되었으며, 이를 중심으로 문학활동이 또 얼마나 활발하게 이루어졌는가 하는 것을 바로 알 수 있다. 강안지역 가운데 『조선환여승람』에 의거하여 낙동강 본류가 시작하는 상주의 누정을 조사해보면 다음과 같다.

> 풍영루(風詠樓), 관수루(觀水樓), 응신루(凝神樓), 청량각(淸凉閣), 추월당(秋月堂), 향사당(鄕射堂), 진남루(鎭南樓), 태평루(太平樓), 범향정(泛香亭), 육익정(六益亭), 낙지정(樂志亭), 지락정(至樂亭), 광여정(曠如亭), 백석정(白石亭), 이적정(二適亭), 개암정(開巖亭), 매호정(梅湖亭), 반구정(伴鷗亭 : 2), 계정(溪亭), 관란정(觀瀾亭), 회원대(懷遠臺), 관란대(觀瀾臺), 서실(書室 : 2), 봉암서당(鳳岩書堂), 자천대(自天臺), 병천정(甁泉亭), 채기정(採其亭), 가정(稼亭), 나옹정(懶翁亭), 행정(杏亭), 신안서당(新安書堂), 봉황대(鳳凰臺), 쾌재정(快哉亭), 산택재(山澤齋), 호연정(浩然亭), 수월정(水月亭)

위의 조사는 『조선환여승람』에 의거한 것이지만 실제 현지를 조사해보면 이보다 훨씬 많은 누정을 확인할 수 있다. 이들 누정은 다양한 문학양식을 거느리고 있다. 누정기문, 상량문, 제영시를 비롯해서 소지(小識), 가사(歌辭),

68 李匡呂, 『李參奉集』 권2, <梅鶴亭八詠>

주련(柱聯), 서(序), 공덕문(功德文) 등이 대체로 그러한 것이다. 기능적 측면에서 보아도 유흥상경(遊興賞景)을 통한 시회(詩會)를 열기도 하고, 강학과 수양의 공간으로 활용하기도 하며, 종회(宗會)나 동회(洞會), 그리고 계회(契會)를 열기도 한다. 위에서 조사된 누정은 경관이 좋은 산이나 대, 또는 언덕 위에 위치하고 있는 것도 있지만, 많은 경우가 낙동강 연안이나 지류의 언덕에 건립되어 있어, 낙동강과 그 지류가 만들어낸 자연 승경은 문학의 주요 생성공간이 되었음을 알게 한다. 고령에 소재한 벽송정(碧松亭)의 경우에서 보듯이 누정은 대체로 유계(儒契)를 조직하여 계안(契案)과 기안(忌案)을 만들어 철저하게 관리하였고, 특별한 일이 있으면 시회를 열어 기념하기도 했다.[69]

낙동강 연안에 있는 수많은 누정 가운데 상주의 경천대 옆에 있는 무우정(舞雩亭)을 우선 주목할 필요가 있다. 이 정자는 충북 충주 출신의 채득기(雩潭 蔡得沂, 1605~1646)가 건립한 것이다. 그는 이 무우정에서 <자천대(自天臺)>라는 시를 지어 하늘을 떠받치고 있는 백 척의 바위산을 노래하였다. 채득기가 기호지역의 인물이었기 때문에 무우정은 기호지역 문인들이 중심이 되어 기문과 함께 다양한 제영을 남길 수 있었다.[70] 김상헌(淸陰 金尙憲, 1570~1652)의 <채씨무우시정기(蔡氏舞雩新亭記)>에는 황지에서 발원한 낙동강,[71] 그 연안에

69 고령 碧松亭의 경우 최치원의 시뿐만 아니라 이인로, 김굉필, 정여창 등 다양한 인물의 시가 전하는데 고령의 문인들을 중심으로 儒契가 조직되어 이를 관리하고 경영하였으나 후기로 오면서 그 범위는 지역성을 훨씬 넘고 있었다. 현재 남아 있는 契案을 근거로 하면 1546년부터 작성되기 시작하여 근래까지 지속되었다. 이 과정에서『碧松亭相和試帖』등 시회와 그 결과물을 남기기도 한다.

70 기문을 남긴 사람은 金尙憲(淸陰, 1570~1652), 李植(澤堂, 1584~1647), 崔鳴吉(遲川, 1586~1647) 등이다.

71 낙동강의 발원지는 태백산 너들샘이다. 황지에 모여드는 물줄기를 거슬러 오르면 강원도 태백시 화전동에서 정선군 고한읍으로 넘어가는 곳에 싸리재를 만나게 된다. 싸리재를 중심으로 저쪽 너머에는 한강의 발원지가 있고, 이쪽 너머에는 낙동강의 발원지 너들샘이 있다. 흔히 낙동강은 황지에서 시작된다고 보았는데, 여기서 시작하면 낙동강은 1,300리가 된다.

수많은 승경이 있으나 무우정이 있는 곳이 제일이라고 하면서 무우정 주변의 경치를 극찬한 바 있다.[72] 이식(澤堂 李植, 1584~1647)은 <무우정기(舞雩亭記)>를 지어 다음과 같이 말하고 있다.

채별제 영이(蔡別提詠而)가 낙강(洛江)의 우담(雩潭)에 새로 살 집을 마련하고는, 천신선생(薦紳先生)의 글을 구하여 그 빼어난 경치를 묘사하게 하고, 스스로 가사(歌詞)를 지어 그 그윽한 운치를 서술한 다음, 나의 변변찮은 글솜씨로 정기(亭記)를 지어 달라고 부탁해 왔다. 살펴보건대, 우담은 『동국여지승람(東國輿地勝覽)』에도 실려 있는 바, 상산(商山) 중심지에서 20리 지점에 위치하고 있는데, 산맥에서 뻗어 나온 능선 한 줄기가 강물에 가로막혀 멈추면서 움푹 패여 골짜기가 된 곳이 바로 군의 집터였다. 위아래가 모두 바위로 뒤덮인 산봉우리 하나가 우뚝 서 있으니 그 이름이 옥주봉(玉柱峯)이요, 마치 흙을 쌓아 놓은 듯 위가 평평하여 앉아서 노닐 수 있는 높다란 대(臺)가 있으니 그 이름이 자천대(自天臺))인데, 이는 모두가 그 지방 사람들이 옛날부터 불러온 이름들이다. 강의 정상적인 흐름이 산의 바위를 만나 곧장 흘러내리지 못하고 고리처럼 빙 두르면서 담수(潭水)가 형성되었는데, 하도 깊고 고요하여 그 깊이가 얼마나 되는지 헤아릴 길이 없다. 예로부터 전해 오는 말에 의하면, 그 물 아래에 복룡(伏龍)이 살기 때문에 그곳의 경치가 제 아무리 기막히게 좋아도 사람이 감히 그 근처에 터를 잡고 살지 못했다고 한다. 그리고 옛날 언젠가 큰물이 지고 가뭄이 들었을 때 그곳에 제사를 지냈기 때문에 우(雩)라는 이름을 얻었다고 하나, 그 일이 어느 시대 때의 일인지는 알 수가 없다. 강 복판에 있는 커다란 바위 모양이 마치 햇볕을 쪼이는 거북이 같다 하여 귀암(龜巖)이라 부르고 있으며, 봉우리 아래에 있는 석굴(石窟)은 책을 감춰

72 金尙憲, 『淸陰集』 권38, <蔡氏雩潭新亭記>, “洛東之江, 發源於黃池, 經八九郡千數百里入于海, 其間環江而屋者, 殆不可數, 人人自以爲得地之勝, 然沂嘗歷觀而周覽之, 若有未盡其奇者, 偶於商山之北, 檜谷之南, 梅湖之下, 得奧區焉.”

> 두고 거문고를 탈 만한 장소인데도 아직 붙여진 이름이 없다. 이상이 그 지형의 대략적인 내용인데, 그 밖에 멀고 가까이 이어지는 풍경들과 아침저녁으로 변하는 경치에 대해서는 여러 기록에 실려 있는 만큼 여기서는 생략하기로 한다. 채군(蔡君)은 박학다식한 기사(奇士)이다. 청낭(靑囊)의 비결을 탐색하여 이곳에 집터를 잡은 뒤, 곧장 신물(神物)과 이웃하여 풍월(風月)을 반절씩 나눠 갖고 맛있는 물고기들을 함께 잡아먹으면서도 두려워하는 기색이 전혀 없으니, 이는 속인(俗人)으로서는 감히 생각조차 못낼 일이다. 정자의 이름이 무우(舞雩)인 것은 물론 우담(雩潭)이라는 명칭에서 비롯된 것일 것이다. 그러나 채군이 제가백가(諸子百家)의 여러 학설에 두루 통하면서 이리저리 휘젓고 다니면서도 돌아가 쉴 곳을 알지 못했기 때문에, 아마도 제자리로 다시 돌아와 안식을 취하려고 했던 것은 아닌가 하는 생각이 드는데, 무우라는 이 이름 역시 공문(孔門) 풍영(風詠)의 낙을 거슬러 올라가 그 본원(本源)을 찾아보려는 노력의 일환이라고도 여겨지는 것이다.[73]

들머리에 '채별제 영이'라 한 것은, 채득기가 6품 벼슬인 별제를 하였기 때문이고, '영이'는 채득기의 자(字)이기 때문이다. 이 글에서 이식은 무우정과 그 주변의 경치가 아름다울 뿐만 아니라 신령스럽다고 했다. 옥주봉에 대한 묘사와 복룡이 산다고 전해지는 담수(潭水)를 언급한 것이 모두 그것이다. 그리고 정자의 이름인 '무우'에 특별이 주목하였다. 공문(孔門)의 '풍영지

---

73 李植, 『澤堂集』 권5, <舞雩亭記>, "蔡別提詠而, 新卜居洛江之雩潭, 求薦紳先生之文, 以志其勝, 自作歌詞. 以敍其幽致, 且屬余狗續亭記. 按雩潭載國輿志, 距商山治二十里, 山之自嶺來者, 得江而止, 窪而爲谷, 卽君所宅, 矗而爲峯, 上下皆石曰玉柱峯, 峙而爲臺, 上平可坐曰自天臺, 皆從土人舊呼也. 江之經流, 遇山巖不能直瀉, 環洄而爲潭, 深靜不可測, 自古相傳下有伏龍, 故其地雖奇勝淸絶, 人無敢俾而居之, 以其舊嘗水旱有禱, 故得名爲雩, 不知何代事也. 江中有巨石, 狀如龜曝, 故呼爲龜巖, 峯下有石窟, 可藏書鼓琴, 未有名, 此其大槪, 而他遠近點綴朝晡景象, 見於諸記者可略也. 蔡君綜博奇士, 探靑囊祕訣, 以卜此居, 直與神物爲隣, 平分風月, 共討魚蝦而無所懼, 此俗人之所不敢爭也. 其名亭以舞雩, 因乎潭也. 然而蔡君學通九流, 泛濫而無所歸宿, 故殆欲反而求之, 上遡孔門風詠之樂, 而尋其本源乎?"

락(諷詠之樂)'을 여기서 찾을 수 있기 때문이다. 두루 아는 것처럼, 이것은 『논어』 「선진(先進)」 편에서 "늦은 봄에 봄옷이 만들어지면 관을 쓴 벗 대여섯 명과 아이들 예닐곱 명을 데리고 기수에 가서 목욕을 하고 기우제 드리는 무우에서 바람을 쏘인 뒤에 노래하며 돌아오겠다.[74]"라는 구절이 나오는데, 풍영은 바로 여기에서 비롯된 것이다. 이식은 채득기가 이렇게 이름한 것은 채득기가 제자백가(諸子百家)의 여러 학설에 두루 통하면서 이리저리 휘젓고 다니면서도 돌아가 쉴 곳을 알지 못하다가, 이로써 본원을 찾기 위한 것이라 했다.

무우정에서 물길을 따라 내려가면 도남서원(道南書院)을 거쳐 관수루(觀水樓)가 있다. 관수루 역시 무우정과 마찬가지로 낙동강이 만들어낸 절경을 이용하여 강이 훤히 내려다보이는 곳에 건립되었다. 일찍이 김종직은 여기서 <낙동요(洛東謠)>를 지었고,[75] 그의 제자들이 대거 이 누각에서 작품을 남겼다. 유호인(濡谿 兪好仁, 1445~1494)의 <관수루십절(觀水樓十絶)>[76]과 <차낙강관수루운(次洛江觀水樓韻)>,[77] 김일손(濯纓 金馹孫, 1464~1498)의 <여수헌등관수루(與睡軒登觀水樓)>와 권오복(睡軒 權五福, 1467~1498)의 이에 대한 차운 등이 그것이다. 16세기에는 이해(溫溪 李瀣, 1496~1550)가 <등관수루차안공운(登觀水樓次安公韻)>[78]을, 이황(李滉)이 <낙동관수루(洛東觀水樓)>와 <등상주관수루(登尙州觀水樓)>라는 작품을 지어 관수루가 영남 사림파의 성장에 있어 중요한 의미가 있는 공간이었음을 알게 한다. 이황 이후에는 그의 시를 차운하며 그 정신을 계승하려는

74 『論語』「先進」, "暮春者, 春服旣成, 冠者五六人, 童子六七人, 浴乎沂, 風乎舞雩, 詠而歸."

75 金宗直은 <洛東謠>(『佔畢齋集』 권5)에서 "朝發月波亭, 暮宿觀水樓. 樓下綱船千萬艘, 南民何以堪誅求."라며 관리의 횡포를 고발하고 있다.

76 兪好仁, 『濡谿集』 권2, <觀水樓十絶>

77 兪好仁, 『濡谿集』 권2, <次洛江觀水樓韻>

78 李瀣, 『溫溪集』 권1, <登觀水樓次安公韻>

움직임도 이 공간에서 일어났다. 특히 관수루는 김종직 학단을 중심으로 한 사림파의 문학적 소통의 장이었다는 측면에서 주목된다. 여기에는 물론 사림파의 비판의식이 강하게 게재되어 있기도 하다. 김종직의 <낙동요(洛東謠)>에서 사정의 이러함이 잘 나타난다.

黃池之源纔濫觴　황지의 원두 겨우 잔에 넘칠 정도였으나,
奔流到此何湯湯　마구 달려와 여기에 이르러 넓기도 하네.
一水中分六十州　한 줄기 낙동강이 육십 고을을 나누니,
津渡幾處聯帆檣　얼마나 많은 나루에서 돛단배를 이었던가.
海門直下四百里　바닷길로 바로 달려 사백 리 물길,
便風分送往來商　바람 타고 왕래하는 상선들 분주하네.
朝發月波亭　아침에 월파정을 떠나서,
暮宿觀水樓　저녁에는 관수루에서 묵는다네.
樓下網船千萬緡　누 아래 관선(官船)에는 천만금이 실렸으니,
南民何以堪誅求　남쪽 백성들은 가렴주구를 어이 견디리.
缾罌已罄橡栗空　쌀독도 비었고 도토리와 밤도 없는데,
江干歌吹椎肥牛　강가엔 풍악 울리며 살찐 소 잡는구나.
皇華使者如流星　나라의 사신들은 유성과 같지만,
道傍髑髏誰問名　길가의 해골들은 누가 있어 이름을 물을까?
少女風王孫草　서풍이여, 왕손초로 불지어다.
遊絲澹澹弄芳渚　아지랑이 아물거리며 봄 물가를 희롱하고,
望眼悠悠入飛鳥　내 눈 속으로는 유유히 나는 새 들어오네.
故鄕花事轉頭新　고향의 꽃소식 조만간 새롭겠지만,
凶年不屬嬉遊人　흉년이라 유람하는 사람도 볼 수가 없으리.
倚柱且高歌　기둥에 기대어 소리 높여 노래하나니,
忽覺春興慳　춘흥이 일어나지 않는 것을 홀연히 알았다네.

白鷗欲笑我　　갈매기도 나를 비웃으려는 듯,
似忙還似閑　　바쁜 듯도 하고 한가한 듯도 하구나.[79]

이 시에서 보듯이 김종직은 가장 먼저 낙동강의 형세를 주목하고 있다. 황지에서 발원하여 영남 60주를 둘로 나누고 마침내 바다로 흘러든다고 했다. 이렇게 강은 흐르는데 그 강가 나루터에는 돛단배가 수없이 이어지고, 강을 왕래하는 상인이 분주하다고 했다. 여기까지 시상을 전개시킨 김종직은 관수루 아래의 관선(官船) 위에 실린 천만 량이 남쪽 백성들로부터 가렴주구한 물건이라 했다.[80] 그의 사회 감성이 얼마나 날카로운지를 바로 알 수 있다. 즉 경제적 불평등이라는 모순적 사회 현실을 간파한 것이다. 이러한 모순을 '강가의 풍류'와 '길가의 해골'로 대립화 하였다. 이러한 상황에서 고향을 떠올렸으니 마음이 아프지 않을 수 없었다. 김종직의 누정을 통한 사회 감성은 낙강시회의 그것에 비해 더욱 강렬한 것이었고, 사림파로서의 사회의식을 분명히 드러낸 것이라 하겠다.

강은 사행으로 흘러 자연히 강안의 승경을 빚어내었고, 거기에 또한 수많은 누정이 건립되었다. 누정이 모두 낙동강 연안에 건립된 것은 아니라 하더라도 그 언덕에 위치한 것이 대부분이다. 이에 따라 강안 승경은 역대로 많은 문인들의 시심을 자극하기에 부족함이 없었다. 문인들은 한두 수로 누정과 그 주변을 노래하기도 하지만, 때로는 집경시의 형태로 공간 감성을 조직적

79 金宗直, 『佔畢齋集』 권5, <洛東謠>

80 尹鉉(1514~1578)은 <嶺南歎>(『菊磵集』 권中)에서 16세기 중엽 영남의 피폐상을 전하며 그 원인을 "병수사 진영장 제멋대로 탐학하는 무리들(領鎭率貪縱), 수령들도 자상한 분 아니로다(長民非慈祥). 한결같이 백성의 고혈만 쥐어짜니(同然浚膏血), 눈앞의 고통 치료할 자 누구던가(誰醫眼前瘡)?"라고 하였다. 윤현은 이러한 사정 역시 조정과의 소통부재에 있다고 보고, "천리길 가로 막혔는데(堂下隔千里), 구중궁궐은 어찌도 아득하기만 한가(九重何茫茫)."라고 하면서 임금이 이러한 사실을 제대로 알아야 한다는 것을 강조하였다.

으로 드러내기도 하였다. 집경시가 누정 등 어느 한 지역을 중심으로 그 부근의 아름다운 풍경을 시적 대상으로 삼은 연작시를 말한다고 볼 때, 강안의 승경은 영남지역에서 문학을 생성하는 대표적인 공간이라 하지 않을 수 없다. 이와 함께 김종직을 중심으로 한 초기사림파 역시 이 낙동강을 중심으로 성장하고 있었던 사실도 확인할 수 있다.

3) 복지동천(福地洞天)의 이상향 추구

상주의 문화적 특성 가운데 다른 하나는 우복동천(牛腹洞天)을 중심으로 한 복지동천의 이상향이 추구하였다는 점이다. 우복동천은 상주시 화북면 용유리, 장암리, 상오리 지역이다. 이곳은 지리산의 청학동과 함께 조선의 대표적인 복지동천으로 인식되었다. 많은 사람들은 도잠(陶潛, 365~427)의 <도화원기(桃花源記)>에서 이상향을 발견하고, 이와 유사한 곳을 찾아 나서기도 했는데, 특히 이규경은 이에 대하여 다양한 관심을 갖고 우복동과 우복동도(牛腹洞圖)에 대한 변증설(辨證說)을 쓴 바 있다. 이밖에도 정약용(茶山 丁若鏞, 1762~1836)이 <우복동가>를 지어 관심의 일단을 드러냈으며, 무명씨의 <우복동기>도 있어 이에 대한 당대의 관심을 알게 한다. 정약용의 <우복동가>의 경우를 통해 보자. 아래는 그 일부이다.

俗離之東山似甕　속리산 동편에 산이 항아리 같아,
古稱中藏牛腹洞　예로부터 그 속에 우복동이 있다고 했네.
峯回磵抱千百曲　산봉우리 시냇물이 천 겹 백 겹 둘러싸서,
衽交褶疊無綻縫　여민 옷섶 겹친 주름 터진 곳이 없는 듯하네.
飛泉怒瀑恣喧豗　나는 시내 성난 폭포 시끄러운데,
壽藤亂刺相牽控　다래넝쿨과 가시나무가 얼기설기 길을 막고 있네.

洞門一竇小如管	동문은 대롱 같은 작은 구멍 하나,
牛子腹地纔入峒	송아지가 배를 깔아야 겨우 들어갈 수 있다네.
始入峭壁猶昏黑	막 들어서면 가파른 절벽이 오히려 어둑하지만,
稍深日月舒光色	조금 깊이 들어가면 해와 달이 그 빛을 비추네.
平川斷麓互映帶	평평한 시내와 끊어진 산기슭이 서로 비추고,
沃土甘泉宜稼穡	기름진 땅과 맑은 물은 농사짓기 적당하네.
仇池淺狹那足比	얕고 좁은 구지(仇池)로 어찌 비교할 수 있으리,
漁子徊徨尋不得	어부가 배회해도 찾을 수가 없다네.
玄髮翁嗔白髮兒	머리 검은 노인이 백발이 된 자식 꾸짖고,
熙熙不老眞壽域	희희낙락 늙지 않는 장수의 고을이라네.[81]

사실 정약용은 현실 속의 이상향으로 간주되는 우복동을 부정하기 위하여 <우복동가>를 지었다. 이 시를 이어, "멍청한 선비 그를 두고 마음이 솔깃하여, 지레 가서 두어마지기 밭이라도 차지하려고, 죽장망혜 차림으로 그곳 찾아 훌쩍 떠나, 백 바퀴나 산을 돌다 지치고 쓰러졌다네. 멀쩡한 하늘에서 비바람소리 들리는 듯, 끄떡없는 세상에 전쟁이라도 난 것처럼, 무주구천동 달려가서 산골 찾아 헤매다가, 다행히도 우복동과 서로 연결되었는데, 이 나라가 개국한 지 그 얼마나 오래인가? 좁이 위에 누에 깔리듯 인구가 너무 많아, 나무하고 밭 일구고 발 안 닿는 곳 없는데, 묵은 공지가 어디에 있을 것인가? 적이 쳐들어와도 나라 위해 죽어야지, 너희들 처자 데리고 어디로 갈 것인가? 아내가 방아 찧어 나라 세금 바치게 해야지, 아아 세상에 어디 우복동이 있을 것인가?"[82]라고 하고 있기 때문이다.

81 丁若鏞, 『茶山詩文集』 권5, <牛腹洞歌>

82 丁若鏞, 『茶山詩文集』 권5, <牛腹洞歌>, "迂儒一聞心欣然, 徑欲往置二頃田. 竹杖芒屩飄然去, 繞山百帀僵且顚. 天晴疑聞風雨響, 世晏如見干戈纏. 爭投茂朱覓山谷, 幸與此洞相接連. 三韓開

위의 시에서 보듯이 우복동은 폭포가 있고 다래넝쿨과 가시나무로 가려진 좁은 구멍으로 들어가면, 기름진 토양과 맑은 물로 농사를 지을 수 있는 곳이 나타난다고 했다. 세상 사람들이 그렇게 믿고 전쟁이 나면 그곳으로 피하고자 했던 것이다. 이를 문제 삼아 정약용은 위의 시를 지어 우복동의 존재를 부정하는 한편, 제생에게 글을 써서, "심한 경우는 새처럼 높이 날아가고 짐승처럼 멀리 달아나려고 하여 우복동(牛腹洞)만 찾고 있는데, 한 번 그 속으로 들어가면 자손들이 노루나 토끼가 되어버리는 것을 전혀 알지 못하고 있다."[83]라 하기도 했다.

일찍이 도잠은 <도화원기>에서 어부가 찾아 간 곳은 산에 나 있는 작은 구멍을 통해서 들어갈 수 있다고 하였는데, 이곳을 따라서 들어가면 개가 짖고 닭이 우는 소리가 들리고, 남녀가 기쁜 표정으로 살고 있는 이상공간이 나타난다고 했다. "숲이 끝난 곳에 수원지(水源池)가 있고, 자그마한 산도 보였다. 산에 조그마한 굴이 있는데 밝은 빛이 있는 듯하였다. 배에서 내려 동굴 안쪽으로 들어갔다. 굴 입구가 매우 좁아 사람이 간신히 지나갈 수 있었는데, 다시 수십 보 들어가니 넓고 확 트였다. 땅은 넓고 평평했으며, 집들도 잘 정돈되어 있었다. 기름진 땅과 아름다운 연못이 있고 뽕나무와 대나무 등이 있었다. 밭 사이 길은 사방으로 통하고 닭 울고 개 짖는 소리가 도처에서 들렸다. 이곳에서 오가며 농사짓는 것과 남녀가 옷을 입는 것이 모두 바깥세상과 같았다. 노인과 어린아이가 함께 기뻐하고 즐거워했다."[84]라고 한 것이

國嗟已久, 如蠶布紙蕃生口. 樵蘇菑墾足跡交, 詎有空山尙鹵莽. 藉使寇來宜死長, 汝曹豈得挈妻子. 且督妻春納王稅, 嗚呼牛腹之洞世豈有."

83 丁若鏞, 『茶山詩文集』 권18, <爲茶山諸生贈言>, "甚則欲高翔遠引, 唯牛腹洞是索, 殊不知一入此中, 子孫便成麕兔."

84 陶潛, 『陶靖節集』 권6, <桃花源記>, "林盡水源, 便得一山, 山有小口, 彷彿若有光, 便舍船, 從口入, 初極狹, 纔通人, 復行數十步, 豁然開朗, 土地平曠, 屋舍儼然, 有良田·美池·桑·竹之屬, 阡陌交通, 雞犬相聞, 其中往來種作, 男女衣著, 悉如外人, 黃髮垂髫, 並怡然自樂."

그것이다. 우복동 역시 이와 같다고 사람들은 믿었던 것이다. 그렇다면 이규경은 이에 대하여 어떤 생각을 갖고 있었을까? <우복동진가변증설>을 통해 이를 살펴보자.

> (가) 우리나라에도 도화원(桃花源)과 유사한 곳이 있으니, 그 이름이 우복동이다. 그곳에 가서 살기를 바라는 자들은 간절히 원하기를 그만두지 않았다. …… 살펴보건대, 우복동에 관한 전설은 예로부터 전해졌다. 그러므로 내가 젊은 시절에도 그 이야기를 들었다. 박초수(朴初壽)에게 그 그림을 얻어 보니, 우복동은 삼도(三道)가 합하는 경계에 있었다. 영남의 상주목과 호서의 청주목을 경계로 하며, 또 영남 문경현과 호서 연풍현을 경계로 하기 때문에 삼도봉이 있다.[85]

> (나) 문경 청화산 아래 깊이 막히고 험준하고 궁벽한 곳에 저음동(猪音洞)이 있다. 사방의 산이 하늘에 닿아 있다. 다만 앞산의 험준한 곳에 겨우 오솔길 하나가 나 있는데, 경사가 급하고 매우 험하여 한 사람만이 통행할 수 있다. 그러므로 소와 말은 통행하지 못한다. 중간에 하나의 큰 동천이 있는데, 사방 10여 리나 된다. 토질이 매우 비옥하다. 전답이 1백여 석을 수확할 정도인데 벼와 보리 등 여러 곡식을 심기에 알맞다. 채소, 뽕나무와 대마, 닥나무와 옻나무, 꿩과 닭, 기름과 꿀 등이 모두 풍족하다. 온갖 과실이 열매를 맺는다. 인가는 60~70호가 된다. 그러나 풍속이 순박하고 예스러우며 환곡도 부역도 없다. 다만 화전세를 낼 뿐이다. 관리가 들어오지 않기 때문에 자유자재로 사니, 이곳은 산골짜기의 보잘것없는 땅이 아니고, 바로 혼란스러운 시대에 살만한 곳이다. 그러니 낙토가 아니겠는가. 예로부터 전하는 우복동은 반드시 이 동천

85 李圭景, 『五洲衍文長箋散稿』 天地篇, <牛腹洞辨證說>, "我東亦有與桃源相埒者, 其名曰牛腹洞, 有志者, 艶羨不已. …… 按牛腹洞之說, 自昔流傳, 故予少日亦聞之, 得其圖於朴初壽看之, 則洞在三道合界中, 以爲界於嶺南尙州牧, 湖西淸州牧, 又界於嶺南聞慶縣, 湖西延豐縣, 故有三道峯."

일 것이다. 이곳이 비록 진우복동은 아닐지라도 사람이 살만한 곳이다.[86]

이규경은 청학동이나 우복동이 현실에 없다는 생각을 하고, 이를 변증하는 과정에서 전해지는 이야기를 수집하여 제시하였는데, 위는 그 가운데 일부이다. 당시 우복동도가 그려지는 등 이곳을 찾아 나서는 사람들이 많았다. (가)에서 보듯이 우복동은 상주와 청주, 그리고 문경이 합쳐지는 곳에 위치한다고 하였다. 그곳은 혼란스런 시대에 숨어들어 살만한 곳인 바, 모든 것이 넉넉하고 자유롭다고 했는데, (나)가 그것을 말한 것이다. 청화산 아래 저음동천이 설령 진우복동은 아닐지라도 살만한 곳이라 했다. 이를 통해 우리는 전통 시대 사람들이 꿈꾸었던 유토피아가 속리산권에 있었다고 인식되어 왔던 사실을 알 수 있다.

복지동천에 대한 생각이 유가적으로 전변한 것이 바로 구곡문화이다. 성리학이 도가나 불가의 이론과 경쟁하면서 성립되었듯이 구곡가 계열에서도 그 흔적이 나타난다. 즉 어부를 통해 도화원을 찾는 방식의 구곡시가는 도잠이 쓴 <도화원기>에 근거한 것이며, 9곡으로 설정한 트인 공간의 신촌시(新村市)는 어부가 작은 동굴 속으로 들어가 찾아낸 이상세계에 다름 아니다. 불가의 경우, 12세기 중엽 중국 송나라 때 확암선사(廓庵禪師)가 그렸다는 십우도(十牛圖)에 인간의 본성을 깨쳐가는 과정이 묘사되어 있다. 그 가운데 제10도는 <입선수수도(入廛垂手圖)>로 각자(覺者)가 중생들이 모여 사는 트인 공간으로 다시 내려오는 그림이다. 이처럼 유불도의 상호 교섭현상이 활발히 일어나지

86 李圭景, 『五洲衍文長箋散稿』 天地篇, <牛腹洞辨證說>, "聞慶青華山下深阻險僻處, 有猪音洞. 四山接天, 只有前山險阻處, 僅有一徑, 傾仄絶險, 容一人跡, 故牛馬不通. 中有一大洞天, 四方十餘里, 土甚饒沃, 田畓百餘石落, 宜禾麥諸穀, 菜蔬·桑麻·楮漆·雉雞·油蜜俱足. 百果成實, 人戶六·七十. 然風俗淳古, 無還無役, 但納火稅, 官吏不入, 故自由自在, 不是山峽凡土, 卽治亂可居之所, 果非樂土歟? 古所傳牛腹者, 必此洞云, 此雖非眞牛腹, 亦可居處也."

만, 성리학의 경우 일상생활과 도덕을 강조한다는 측면에서 특징을 지닌다. 일찍이 상주 출신인 정경세(愚伏 鄭經世, 1563~1633) 역시 구곡문화에 특별한 관심을 갖고 <무이지후(武夷志後)>를 쓴 적이 있다. 그 일부는 이렇다.

> 내가 주회옹(朱晦翁)이 쓴 〈무이정사기(武夷精舍記)〉와 〈도가십수(棹歌十首)〉를 읽어 보고는 일찍이 상상하면서 그려 보지 않은 적이 없으며, 직접 그곳에 가서 지팡이를 짚고 거닐어 볼 길이 없는 것을 한탄하였다. 그러다가 지금 마침 이 고을을 맡아 다스리면서 서행보(徐行甫 : 서사원)에게서 『무이지(武夷志)』를 얻어 공무를 보는 여가에 여러 차례 읽어 보았다. 그러자 서른여섯 개의 산봉우리와 아홉 굽이의 시냇물이 좌우로 굽이쳐 흐르는 기이한 형세와 볼만한 장관을 직접 가서 눈으로 보는 것만 같았다. 그러니 어찌 유쾌하지 않겠는가. 이에 드디어 한 본을 등사하였다. 그러고는 또 〈구곡총도(九曲摠圖)〉 한 폭을 얻어 화공(畫工)을 불러 모사(模寫)하게 해 책의 앞머리에 붙였으며, 이어 퇴도(退陶) 선생이 회옹(晦翁)의 도가(棹歌)에 화답한 절구(絶句) 열 수를 책 끝에다가 붙였다. 뒷날 관직에서 물러나 고향으로 돌아가기를 기다려서 고요한 가운데 이를 읊조리고 노래한다면 어찌 더욱더 맛과 정취가 있지 않겠는가.[87]

이 글은 정경세가 1607년(선조 40)에 대구부사로 있으면서 쓴 것이다. 당시 서사원(樂齋 徐思遠, 1550~1615)에게서 『무이지』를 얻어 이것을 등사하고, 다시 화공에게 <구곡총도>를 모사하게 한다. 우리는 여기서 그의 무이산을 중심

87 鄭經世, 『愚伏集』 권15, <書武夷志後>, "余讀晦翁武夷精舍記及棹歌十首, 未嘗不神遊目想, 恨無由鞋杖於其間也. 今適分符此邑, 得武夷志於徐君行甫處, 公餘披閱之甚熟, 則三十六峯, 九曲溪流, 沿洄左右, 奇形異觀, 殆若身歷而目擊之, 豈不快哉! 遂爲之謄寫一本, 又得九曲摠圖一幅, 倩工摸寫, 置之卷首, 仍付退陶先生和棹歌十絶于卷末, 俟他日官滿歸山, 靜中諷詠, 則豈不尤有味趣也耶!"

으로 한 구곡문화에 대한 관심을 알게 된다. 나아가 그는 고향 상주로 돌아가 자연 속에서 이를 체득하고자 했다. 문경과 상주 일대에서 경영된 구곡은 모두 이러한 관심이 내적으로 작동한 결과라 하지 않을 수 없다. 자연에 의거한 작품 창작은 물론이고, 바위에 글자를 새기고, 건물을 지어 일련의 구곡동천 문화를 만들어 갔던 이 지역 선비들의 활동은 우리 시대에도 새롭게 주목받아 마땅하다.

상주의 구곡문화는 연악구곡(淵嶽九曲)이 대표적이다. 이 구곡은 강응철(南溪 康應哲, 1562~1635)이 경영한 것으로 상주군 청리면 지천이 설정하고 경영했던 구곡원림이다. 제1곡은 탁영담(濯纓潭), 제2곡은 사군대(使君坮), 제3곡은 풍암(楓岩), 제4곡은 영귀정(詠歸亭), 제5곡은 동암(東岩), 제6곡은 추유암(秋遊岩), 제7곡은 남암(南岩), 제8곡은 별암(鱉岩), 제9곡은 용추(龍湫)다.[88] 연악구곡을 경영했던 강응철은 자가 명보(明甫), 호가 남계(南溪)인데 임진왜란이 일어나자 정기룡(梅軒 鄭起龍, 1562~1622)과 뜻을 같이 하며 의병을 일으켜 왜적과 싸워 공적을 세웠다. 벼슬로는 찰방을 하였으나, 고향으로 내려와 독서와 저술로 생애를 보냈으며, 사후에는 연악서원(淵嶽書院)에 제향되었다.

상주에서는 강응철 등 선현에 대한 추모와 문화 계승하기 위하여 시회를 열기도 하였는데, 연악문회(淵嶽文會)가 그것이다. 연악문회는 연악서원에서 이루어졌는데, "연악에서 창수(唱酬)한 것이 1571년(선조 4)부터 1704년(숙종 30)까지 188년간이었다."[89]라고 하는 기록에서 알 수 있듯이 그 연원이 오래된 것이었다. 이 때 상산사호 가운데 한 사람이었던 김범(金範)이 참여하였고, 이후 김충(金冲)·강복성(康復誠)·정호선(丁好善)·김지남(金止南)·손만웅(孫萬雄)

---

88 연악구곡은 구곡시가 남아 있지 않으며 원림의 구체적 고증도 어렵다.

89 康世揆, <淵岳書院先輩酬唱錄跋>, "淵岳之有唱酬, 自正德丁丑, 至肅廟甲申, 上下百八十八年之間."

등이 김범의 시에 대하여 차운을 남겼다. 이 문회는 1800년대까지 지속된 것으로 확인되는 바, 선현에 대한 추모와 시회문화의 계승의지가 그 이면에 있었다.

상주 지역 일대의 동천문화 가운데 가장 핵심적인 것은 우복동천(牛腹洞天)이라는 복지동천의 이상향에 대한 믿음이다. 이것은 민간에서 상주 지역이 오랫동안 이상향으로 생각되어 왔다는 것을 말한다. 정약용은 <우복동가>를 지어 이것이 지닌 허구성을 폭로하고 있지만, 이와는 별도로 많은 사람들은 이를 통해 위안을 얻고자 했다. 이인로가 찾으려 하다가 실패한 지리산에 있다는 청학동도 같은 맥락에서 이해된다. 인간의 삶이 고단하면 할수록 이러한 복지동천에 대한 믿음은 더욱 강화될 수밖에 없다. 상주 지역의 우복동 역시 이러한 역할을 하였던 것이다. 이로써 우리는 상주 지역이 백성들의 고단한 삶을 위로하는 하나의 이상 공간이기도 했다는 측면에서 주목할 만하다.

5. 맺음말 : 21세기와 강의 상상력

이 글은 낙동강 700리설에 기반한 강안학(江岸學)을 통해 상주의 문학적 배경과 문화적 특징을 밝힌 것이다. 상주 지역은 낙동강이 이름을 얻은 곳일 뿐만 아니라 영남은 이를 통해 좌우로 나누어 이해될 수 있었다. 역사학계에서는 강좌지역은 토질이 척박하고 토착성이 강하며, 온건적이고 관료지향적인데 비해, 강우지역은 토질이 비옥하고 해산물이 풍부하며 과격하고 저항적이어서 호강적(豪强的) 성향이 있다고 파악해왔다. 이러한 이해는 강의 좌우를 대립화하여 정치사상사적 측면에서 선명한 이해를 가져오게 한다. 그러나 낙동강이 지닌 상하 내지 좌우의 소통 기능을 인정하지 않을 수 없으므로, 이 글은 회통성을 기반으로 한 실용적이고 독창적인 낙동강과 그 연안문화에 중심을 두고 서술한 것이다.

상주 지역 역시 강안학적 특징이 뚜렷이 드러나고 있다. 회통성은 이 지역 최대의 특징이라 하겠는데, 기호지역의 문화가 조령이나 죽령을 넘어 강물을 따라 빠른 속도로 영남지역 내로 유입되었고, 퇴계학이나 남명학의 거점인 안동과 진주 사이에 위치하고 있어 이 지역의 선비들은 퇴남학을 회통시키고자 하는 성격 또한 지니고 있었다. 실천주의에 입각한 실용성은 임진왜란을 맞아 이전과 이준 형제에게서 보인 죽음을 넘어서는 우애와 정경세 등이 설립한 조선 최초의 민간의료기관인 존애원에서 분명히 나타난다. 그리고 독창성은 초기 양명학자인 노수신에게서 뚜렷이 보인다. 이로 인해 그는 이황과 그 학파로부터 많은 비판을 받게 되었다. 이러한 비판은 독창적인 학문세계가 이 지역에 있었다는 것을 역으로 보여주는 것이기도 하다.

상주문화의 특징으로는 선유시회(船遊詩會) 문화의 구축, 강안승경(江岸勝景)과 문학적 소통, 복지동천(福地洞天)의 이상향 추구를 대표적으로 들 수 있다. 앞의 둘은 낙동강 없이 존재할 수 없는 것들이다. 상주 지역에는 약 700년 동안 선유시회가 대를 이어 지속되어 왔으며, 그 연안의 승경을 활용한 누정문화 또한 발달해왔다. 선비들은 이를 통해 성리학적 자부심을 느끼기도 하고, 풍류의 세계를 넘나들기도 했다. 그리고 많은 사람들은 상주 지역에 우복동이라는 복지동천이 있다고 믿었다. 변란 속에서 생명을 유지할 수 있는 이상향이 있다고 생각했던 것이다. 정약용은 여기에 대하여 강한 비판을 하고 있지만, 많은 사람들이 이를 통해 위안을 얻고자 했다는 점에서 일정한 문화적 의미를 확보하고 있다. 상주 지역에 나타나는 이러한 문화는 여타의 지역에 비해 독특한 것이기 때문에 지속적으로 주목할 필요가 있다. 문화적 성장은 이로써 가능하기 때문이다.

강은 사행의 곡선을 그으며 바다로 흘러든다. 여기에는 무한한 상상력이 개입될 수 있다. 고속도로 등의 직선이 갖는 폭력성과 비교하면 강은 곡선의 아름다움에 근간을 둔 평화주의자이며 생태주의자다. 산이 지닌 공자의 문명의식과 결부시키면 강은 상선약수(上善若水)의 노장적 원시성을 지닌다. 또한 상류의 개울이 갖는 순수성과 바다가 지니는 개방성으로 상상력은 확대될 수도 있다. 이처럼 곡선과 평화 혹은 생태, 그리고 원시성은 근대학문이 지닌 다양한 문제를 극복하는 방법론을 제공한다. 강안학은 이 같은 문제의식을 갖고 그 출발선에 서 있다.

영남은 '영지남(嶺之南)'으로서의 동질성도 확보하고 있지만 그동안 강을 중심으로 하여 좌도와 우도의 이질성에 초점을 맞추어 연구해왔다. 이것은 영남지역을 양분하여 이해함으로써 그 성격을 명확히 하고, 이에 입각하여 정치사상사에서 발생하는 다양한 문제를 설명하기 위함이었다. 예컨대 동서붕당 때에는 함께 동인으로 귀속이 되었으나 이후 강좌 지역에서는 퇴계학을 바탕으로 한 남인이, 강우 지역에서는 남명학을 바탕으로 한 북인이 거점세력을 형성하게 되었다는 설명이 그것이다. 이 과정에서 강안지역에 있던 사림과 그 후예들은 정체성에 대한 질문을 거듭 받아오게 되었다. 이 같은 불합리를 해소하고 강안지역이 지닌 정신사적 의미를 새롭게 하면서 낙동강을 중심으로 하나의 영남학을 만들 필요가 있었다. 이를 위한 신개념이 바로 강안학이다.

강은 분리와 갈등의 기능을 하는 것이 아니라 소통과 화합의 기능을 한다. 바로 여기에 21세기의 인문학적 비전이 있다. 이 때문에 낙동강 연안이면서 그 본류가 시작하는 상주 지역은 특별히 주목할 필요가 있다. 영남문화를 소통과 화합의 측면에서 새롭게 이해할 수 있는 가능성으로 이 지역은 무한히 열려있기 때문이다. 우리는 앞에서 강안학의 특성을 회통성과 실용성, 그리고 독창성이라는 가설 하에 논의를 전개해왔다. 이에 입각하여 상주 지역을 검토한 결과 이 지역 역시 기령학(畿嶺學)과 퇴남학(退南學)의 회통성과 실천주의에 입각한 실용성이 강조되고, 양명학적 독창성 역시 보유하고 있는 것으로 확인되었다.

단언컨대 21세기에도 과학과 기술이 우리 사회의 변화를 주도할 것이다. 지금까지 인문학은 사회변동을 뒤따르며 자기 변화를 소극적으로 시도해왔고, 이에 따라 대학은 학과의 설립과 폐지를 거듭하며 급변하는 사회의 꽁무니를 따라왔다. 이 같은 사태는 인문학이 미래에 대한 비전을 제대로 제시하지 못했기 때문에 발생한 당연한 결과다. 여기에 일정한 문제를 제기하며 극복해 보려는 노력이 없지 않았으나 오늘날 우리 국학분야는 폐쇄성으로 인한 자폐증적 현상이 심각하다. 인접 학문과의 소통이 거의 이루어지지 않고, 자기 이론도 생산해내지 못하고 있는 실정이다.

상황의 이러함을 자각하면서 강의 정신사적 가치를 주목할 필요가 있다. 여기에는 직선이 가진 폭력성을 거부하면서 생태와 평화를 지향하는 곡선의 미학이 있고, 자기 정체성을 유지하면서도 세계와 소통하는 원심적 에너지가 있다. 우리는 여기서 강을 중심으로 한 인문학을 재구성할 필요가 있다. 회통성과 독창성, 그리고 실용성을 특징으로 하는 강의 상상력은 그동안 잊고 있었던 우리 정신사를 새롭게 하기 때문이다. 바로 이 점에서 강안학은 전통사상에 기반을 두면서도 현재와 미래를 향해 열려있다고 하겠다.

02

영남루와 아랑 : 아랑 서사의 탄생과 그 변주*

| 정출헌 | 부산대학교 한문학과 교수

1. 머리말

경상도 밀양의 영남루는 평양의 부벽루, 진주의 촉석루와 함께 조선의 3대 누각으로 꼽힌다. 현재 부벽루는 쉽게 가볼 수 없어 확인하기 힘들지만, 영남루와 촉석루는 마음만 먹으면 언제든지 찾아 오를 수 있다. 그리하여 누각에 올라보면, 이들이 왜 조선 최고의 누각으로 이름을 날렸는지 실감하게 된다. 웅장하고 짜임새 있는 건축 미학은 물론이고 누각을 휘감아 돌아가는 절벽 아래의 강물과 그 건너편으로 펼쳐지는 장쾌한 자연 경관은 보는 사람의 감탄을 자아내기에 충분하다. 실제로 중국 명나라 왕기(王圻)가 편찬한 『삼재도회(三才圖會)』(1607)는 조선 최고의 누각으로 둘을 꼽고 있는데, 하나는 강원도 양양(襄陽)에 있던 상운정(祥雲亭)이고 다른 하나는 지금도 우뚝하게 서 있는 영남루이다. 영남루는 다음과 같이 소개되고 있다.

---

* 이 글은 기발표된 필자의 논문(「영남루와 아랑 : 아랑 서사의 탄생과 그 변주」, 『大東漢文學』 52, 대동한문학회, 2017, 259~288쪽)을 수정, 보완한 것이다.

> 경상도(慶尙道) 밀양부(密陽府) 객관(客館)의 동쪽 산 중턱에 성곽을 의지하여 지었다. 삼면이 높이 트여 누각에 올라보면 가슴이 탁 트인다. 누각 아래로는 긴 강이 흐르고 강 너머에는 너른 들과 밤나무 숲이 있어, 보이는 게 온통 비취빛이다. 강물은 굽이쳐 흘러 구불구불 길게 이어지며 빽빽한 숲 사이로 보였다 사라졌다 하는데, 마치 밝은 무지개가 수를 놓은 듯하다. 이는 모두 인간세상의 경치가 아니니, 그 빼어난 경관은 영남의 제일[嶺南第一]이라 하겠다. 누각 동쪽에는 망호당(望湖堂)이 있고, 서쪽에는 임경헌(臨鏡軒)이 있는데 모두 맑고 시원하다.[1]

이처럼 저 멀리 중국에까지 조선 최고의 누각이라고 알려진 영남루는, 지금도 그걸 기념하기 위해 "영남제일루(嶺南第一樓)"라는 큼직한 현판을 누각 중앙에 걸어놓고 있다. 실제로 영남루는 그 경관만이 아니라 시루(詩樓)로서도 그 명성이 부벽루와 맞먹을 정도로 높았다. 정지상(鄭知常)·임춘(林椿)·이인복(李仁復)·이색(李穡)·문익점(文益漸)·이숭인(李崇仁)과 같은 고려의 인물로부터 이석형(李石亨)·서거정(徐居正)·김종직(金宗直)·홍귀달(洪貴達)·성현(成俔)·김안국(金安國)·신광한(申光漢)·이황(李滉)과 같은 조선의 일류 명사는 물론 지역의 문사들까지 영남루에 올라 그 감회를 시로 읊는 것을 크나큰 영예이자 당연한 관례로 여길 정도였다.[2] 이런 영남루는 예로부터 조선 최고의 누각

1 王圻, 『三才圖會』 地理 권13. 「東夷」 "嶺南樓 : 在慶尙道密陽府, 館東山腰, 倚郭而構, 三面敞豁, 登覽曠然. 下有長江, 江外有大野, 有栗林, 蒼翠極目, 江流屈曲, 蜿蜒而長, 隱見長林間, 虹明繡錯, 殆非人境, 其勝覽爲嶺南第一. 東有望湖堂, 西有臨鏡軒, 皆極灑落." 『삼재도회』는 중국 명나라 왕기가 1607년 편찬한 백과사전 성격을 지닌 유서(類書)로서 모두 106권이다. 여러 서적에서 도보(圖譜)를 모으고 사물을 그림으로 그린 뒤, 천(天)·지(地)·인(人)의 삼재(三才)로 나누어 설명하고 있다.

2 영남루 관련 작품은 鄭景柱 譯, 李雲成 校閱, 『嶺南樓題詠詩文』(밀양문화원, 2002.)에서 1차 수습·번역된 바 있다. 그리고 최근 정석태 교수의 「문헌자료로 본 영남루의 인문학적 가치」(밀양시, 2017.)에서 2차 조사를 거쳐 정리되었다. 그 결과 한시(漢詩)는 339인의 478제 690수, 산문(散文)은 21인의 23편, 그리고 아랑전설(阿郎傳說)은 5인의 5편이 확인되고 있다.

자리를 두고 진주의 촉석루와 치열하게 다퉈왔다. 그런 점에서 다음 기록은 흥미롭게 읽힌다.

> 영남에는 이름난 누각이 둘이 있다. 좌도(左道)에는 영남루요, 우도(右道)에는 촉석루다. 우도 사람은 촉석루가 영남루보다 낫다 하고, 좌도 사람은 영남루가 촉석루보다 낫다 한다. 이들의 다툼은 억지로 우열을 가리려고 하는 것이거나 무조건 자기가 옳다고 주장하는 것처럼 서로들 굽히지 않는다. 만약 송사를 벌인다면, 영남 도내에서는 결판을 내지 못할 사안이다. 내가 서울에 있으면서 그 말을 듣고, 한 마디로 잘라 말한바 있다. "강산과 누각의 경관을 가지고 우열을 따질 수는 없겠다. 하지만 천한 창기(娼妓)로서 국난(國難)에 목숨을 바쳤으니, 비록 서책에는 실리지 못했지만, 이 한 가지 사실만 가지고도 촉석루가 영남루를 압도한다."라고.[3]

홍직필(洪直弼, 1776~1852)이 순조 10년(1810), 35세 때 밀양 영남루를 직접 목도하고 지은 <영남루의 일을 기록하다[記嶺南樓事]>라는 글의 첫머리다. 그해 9월, 홍직필은 밀양부사로 있던 부친 홍이간(洪履簡)을 찾아뵙기 위해 내려왔다가 영남루에도 올라보고 예림서원에도 참배하는 등 서너 달을 밀양에 머물렀다. 그러다가 이듬해 정월 서울로 돌아간다. 그때 지은 위의 글에서 말하고자 하는 핵심을 간추리면 다음과 같다. 서울에 있을 때부터 우열을 다투고 있는 촉석루와 영남루의 명성을 익히 들어왔다. 직접 보지는 못했지만, 촉석

---

3 洪直弼, <記嶺南樓事>, 『梅山先生文集』 권27, 『韓國文集叢刊』 296, 8쪽, "山南有二名樓, 左曰嶺南, 右曰矗石. 右之人曰矗石勝嶺南, 左之人曰嶺南勝矗石, 軒近而輊遠, 入主而出奴, 兩相不下, 有若聚訟, 爲一路未決之公案. 余在洛聞之, 片言以折之曰, 未論江山樓榭形勝之優劣, 以賤娼而殉國難, 載籍所未有, 卽玆一事, 矗足以掩嶺南矣."
촉석루와 영남루의 우열 논쟁은 홍직필의 기록 외에도 권응인의 『송계만록』, 조욱의 『용문집』, 하수일의 『송정집』, 이학규의 『낙하생집』 등에서 두루 확인된다. 두 누각과 관련된 보다 자세한 논의는 하강진, 『진주성 촉석루의 숨은 내력』, 경진, 2014, 134~145쪽 참조.

루가 영남루를 압도한다고 생각했다. 판단의 기준은 누각의 경관만이 아니었다. 그보다는 누각에 얽힌 사연이 그것의 가치를 담보한다고 믿었기 때문이다. 촉석루는 임진왜란 때 관기(官妓)였던 논개(論介)가 왜장을 끌어안고 절벽 아래로 몸을 던진 사연을 간직하고 있는 유서 깊은 누각이었던 것이다.

그러했다. 어떤 누각이 명루(名樓)로 인정받기 위해서는 단순히 건축학적 풍모라든가 빼어난 주변의 경관을 넘어서는 그 무엇이 필요했다. 다시 말해 그 누각에 어떤 인물의 숨결과 자취, 곧 인문학적 또는 문화적 가치가 깃들어 있는가가 결정적 관건이 되는 것이다. 그건 우리의 선조들이 자연 경관을 바라보는 탁월한 관점이기도 했다. 아마도 인문과 지리가 결합된 삶의 공간이라는 맥락에서 편찬된 성종대의 『동국여지승람』은 그 대표적인 성취일 것이다. 이렇듯 촉석루가 영남루를 압도하는 명루로서의 명성을 구가할 수 있었던 까닭은 그 건축학적 차원을 넘어서서 논개라는 한 여인의 결연한 죽음에 힘입은 바 컸다.

그러고 보면 조선시대에 이름을 날린 이른바 명루들은 대부분 촉석루와 논개처럼 서로 긴밀하게 얽힌 사연을 간직하고 있었다. 남원 광한루는 춘향의 사연을 간직하고 있고, 평양 부벽루는 계월향의 사연을 간직하고 있다. 조선시대 누각이 사대부 남성들의 연회 또는 유흥의 대표적인 공간이라 할 때, 춘향·계월향·논개와 같은 기생은 그곳을 점유하고 있던 주인을 아름답게 꾸며주는 일종의 장식이기도 했다. 명루와 명기(名妓)는 그렇게 한 짝이었던 것이다. 그렇다면 촉석루와 자웅을 겨뤘던 밀양 영남루의 사정은 어떠했던가? 영남루 또한 아랑(阿娘)이라는 여인의 사연이 서려있는 누각이다. 이쯤 되면, 촉석루와 영남루에 대한 기억은 논개 또는 아랑에 대한 기억이라 바꿔 말할 수 있겠다. 이들 둘은 불가분의 관계에 있었던 것이다. 촉석루의 논개가 아니라 논개의 촉석루라 부를 수도 있고, 영남루의 아랑이 아니라 아랑의 영남루라 부를 수도 있는 까닭이다.

사실, 지금까지 논개든 아랑이든 이들 여성은 많은 연구자들로부터 적지 않은 주목을 받아왔다. 특히, 논개의 경우 그 연구 성과의 축적이 상당하다. 그와 비교할 때 아랑에 대한 연구는 양적으로 훨씬 적지만, 주요 지점은 대부분 밝혀졌다고 할 수 있다. 그럼에도 불구하고 아랑의 서사를 재론하는 까닭은 다음 두 가지 점 때문이다. 첫째, 탄생의 단계부터 영남루와 긴밀하게 얽혀 있던 아랑의 서사를 그 구체적 공간과 분리된 채 다룸으로써 그 서사가 지니고 있던 주요한 측면을 간과한 점이 있다. 둘째, 많은 연구자들이 식민지 시대 이후 통속화의 과정을 겪은 구전설화를 분석 대상으로 삼음으로써 19세기 문헌에 실려 있는 초기의 아랑 서사가 말하고자 했던 당대적 문제의식을 주목하지 못한 경우가 많았다.[4]

본고에서는 이런 기존 연구의 한계를 극복하기 위해 아랑이라는 여성의 서사가 영남루라는 사대부의 유흥 공간에서 탄생·전승될 때 야기될 수밖에 없는 남성적 시각과 그에 기반 한 기억서사의 창출, 그러나 그럼에도 불구하고 아랑이 겪었던 참혹한 겁탈 사건에서 분비되어 나올 수밖에 없는 연민과 공분이라는 정서가 만들어내는 '전복적 시각' 또는 '서사적 변주'에 깊이 유념하기로 한다. 그러기 위해서는 아랑의 서사를 최초로 기록하고 있는 홍직

4 많은 연구자들은 손진태의 『한국민족설화의 연구』(을유문화사, 1946.)에 실려 있는 경북 칠곡군 김영석(金永奭)의 구연본(1923년 7월) 또는 1980년대 초반 무렵에 전국적 규모로 채록한 『한국구비문학대계』에 수록된 설화를 주로 분석의 대상으로 삼고 있다. 하지만 이들은 19세기 한문문헌인 『청구야담』·『동야휘집』에 실려 있던 아랑형 서사의 내용 및 지향과 다른 점이 적지 않다. 그런 까닭에 아랑이 들고 있던 '붉은 깃발'과 범인의 이름이 '주기(朱旗)'였다는 사실, 아랑의 사건을 소재로 삼아 영남루에서 개최되던 백일장과 그때 장원으로 뽑힌 배극소라는 젊은 서생의 장편 한시, 그리고 밀양부사가 새로 부임해 올 때마다 영남루에서 치러지던 추모의 제자 등과 연관 지어 아랑의 서사가 탐구되지 못했다고 판단된다.

필의 <영남루의 일을 기록하다[記嶺南樓事]>를 비롯하여 『청구야담(靑邱野談)』·『동야휘집(東野彙輯)』과 같은 야담집에 전승되고 있는 문헌 서사를 주요 분석 대상으로 삼아, 아랑의 서사가 어떤 과정을 거쳐 정착되었고 다시 어떻게 분화·변주되어갔는가를 꼼꼼하게 살필 필요가 있다. 그때, 우리는 아랑의 서사에서 무엇을 기억하여 그녀 자신의 서사로 되돌려줄 수 있을 것인가를 확인하게 될 것이다.

2. 아랑 서사의 탄생 : 겁탈, 그리고 연민(憐憫)과 공분(公憤)

내가 노인에게 물으니 말하기를, "옛날 한 통인(通引)이 있었는데, 내아(內衙)를 엿보다가 시집가지 않은 부사의 딸을 보고 좋아하게 되어 유모에게 뇌물을 주고 꾀었습니다. 유모는 재물에 눈이 멀어 달구경을 핑계로 낭자를 데리고 영남루에 다다른 뒤 숨어버렸습니다. 통인이 갑자기 나타나 유혹을 했지만 낭자는 의리로 굳게 배척하며 접근하지 못하게 했습니다. 통인은 칼을 빼어 겁탈하려 했지만 꼼짝도 않았습니다. 통인은 강제로 욕보일 수 없다는 것을 알고 누각 동쪽 세 번째 기둥 앞에서 칼로 베어 죽인 뒤, 누각 아래 대숲에 묻었습니다. 이후 부임해 내려오는 부사들마다 가위에 눌려 죽었습니다. 부사를 따라왔던 이진사(李進士)가 능파각(凌波閣)에서 묵었습니다. 촛불을 켜고 앉아 기다리니, 과연 한밤중에 어린 처녀가 머리를 풀어 헤치고 피를 흘리며 들어와 그 사실을 울며 알려주고는 복수해 주기를 원했습니다. 이진사는 그가 일러준 곳에 가서 시체를 찾았는데, 안색이 살아있을 때와 같았습니다. 관에 넣어 집으로 돌려보내고 통인을 잡아 죽이니, 한 고을이 마침내 무탈하게 되었습니다."[5]

---

5 洪直弼, <記嶺南樓事>, 『梅山先生文集』 권27, 『韓國文集叢刊』 296, 8쪽, "余問故老曰, 昔有知印

홍직필의 <영남루의 일을 기록하다[記嶺南樓事]>에 기록된 아랑 서사의 전문이다. 지금 이야기되는 <아랑의 전설>과 유사한 골격을 갖추고 있다. 그런데 여기서 궁금한 것은 아랑이 저승으로 가지 못한 채, 구천을 떠돌며 밀양부사에게 간절하게 희구했던 사연이 무엇이었을까, 하는 점이다. 일차적으로는 자신을 죽인 범인에 대한 처단이겠지만, 궁극적인 바람은 그것을 훨씬 넘어서 있었다. 억울하게 죽은 자신에게 덧씌워져 있는 세간의 오명을 풀어달라는 것까지 포함하고 있었던 것이다. 단순히 복수가 목적이었다면, 자기를 죽인 통인을 찾아가서 얼마든지 죽일 수 있었다. 그럼에도 불구하고 밀양부사를 찾아가 호소한 데는 나름 이유가 있었다. 자신은 부정한 행실을 본받아 야반도주한 것이 아니라 통인에게 죽임을 당해 대숲에 버려져 있다는 사실을 모두에게 입증해주고 싶었던 것이다. 한 밤중에 갑자기 사라진 아랑과 어찌 된 영문인지 몰라 울며불며 사방을 찾아 헤매던 밀양부사, 그것은 세간의 오해를 뒤집어쓴 아비와 딸이 겪어야 했던 곤욕의 과정과 다름없었다.[6]

그리하여 아랑은 자신이 겁탈을 거부하다 죽었다는 사실을 모든 밀양 사람이 모인 관아라는 공공의 장소에서 밝혀주고, 자신을 죽인 그 범인을 밀양부사로 대표되는 공권력의 힘으로 처단하는 방식을 취했던 것이다. 남성의

窺覘內衙, 見知府女子未行者而悅之, 賂結其乳媼. 乳媼疚於利, 托以乘月, 引女娘至南樓, 身則避之. 知印闖出而誘之萬端,. 女娘據義嚴斥, 俾不敢近. 知印拔佩刀, 直前以劫之亦不動. 知印審不可强辱, 卽刺殺于樓東第三楹前, 埋于樓下竹林. 其後知府來者, 輒魘死. 有李進士者, 隨知府至[或云 因斯事進士直拜知府], 宿凌波閣[閣卽樓之寢室也], 張燭而坐以候變. 夜半有童女, 被髮冒血而入, 泣訴其事, 願復讎. 進士因所指得其屍, 顏色如生, 戢木而還于其家, 卽誅其知印之行兇者, 邑遂無事."

6 정인섭이 밀양에서 채록하여 『온돌야화(溫突夜話)』에 실어 놓은 <아랑의 전설>에서는 그런 사실을 다음과 같이 분명하게 밝혀 놓고 있다. "태수(太守)는 여러 가지로 조사하여 보았으나 알지 못하고, 필경은 자기 딸이 야간에 도주한 것이라고 믿게 되어 양반의 가문에 그런 불상사가 난 이상 근신하지 아니할 수 없다 하여 경성 본가로 사관(辭官) 은퇴하게 되었다."(손진태, 앞의 책, 42쪽.) 심지어 『청구야담』에는 딸의 행방을 찾아다니던 부친 밀양부사는 찾지 못하자 미쳐 발광을 하다가 체직되어 서울로 올라간 뒤 곧바로 죽는 것으로 그려지고 있다.

무자비한 겁탈과 그에 대한 연민과 공분, 그리고 공공의 심판! 그것이 <아랑의 서사>가 우리에게 전해주려 했던 핵심적 메시지였다.[7] 물론 아랑이 겁탈당하려다 피살된 사건이 실제로 존재했었던가는 우리의 궁극적인 관심사가 아니다. 근대에 들어서면서 아랑의 서사는 명종(明宗) 때 밀양부사의 딸 윤동옥[尹東玉, 또는 정옥(貞玉)]이 겪었던 역사적 사실처럼 이야기되고 있지만, 그런 기록을 액면 그대로 믿을 수는 없다.[8]

어찌 보면 이름도 모르던 여인 또는 기생이란 신분으로 설정되기도 했던 아랑이 밀양부사의 딸로 설정된 것은 아랑의 서사에서 '정절'이라는 유교적 덕목을 읽어내려는 태도와 밀접한 관련이 있는 것으로 이해할 수는 있다.[9] 하지만 19세기 초반 영남루라는 공간에서 거행되던 백일장(또는 과거시험)이라든가 제사 의식과 연관 지어 생각해 본다면, '아랑형 전설'이 영남루와 관련된 <아랑의 서사>로 전환·재구되며 갖게 된 의미는 보다 확장된 지평에서 재해석될 필요가 있다. 홍직필은 <아랑의 서사>가 영남루라는 누각과 얽힌

---

7 아랑의 서사가 담고 있는 이런 의미에 대한 설득력 있는 분석으로 다음의 선행 논문이 좋은 참고가 된다. 김영희, 「밀양아랑제(현 아리랑대축제) 전승에 대한 비판적 고찰 : 돌아오지 못하는 아랑의 넋, 구천을 떠도는 그녀의 목소리」, 『구비문학연구』 24, 한국구비문학회, 2007.

8 아랑이란 인물은 근대에 들어서면서 성과 이름을 갖게 되는데, 남씨(南氏)[『동야휘집』], 조씨(趙氏)[『연재집』], 정씨(鄭氏)[李相寅, 「嶺南樓와 阿娘閣, 雪冤詩 一篇을 採輯하며」, 『삼천리』 12-9, 1940.10.] 등 다채롭다. 그 가운데 윤씨는 20세기에 편찬된 『오백년기담』(尹娘子), 『조선여속고』(尹娘子), 『밀주지』(尹娘子), 『밀주징신록』(尹某女), 『교남누정시집』(尹阿娘), 『교남지』(尹倅女) 등에서 확인된다. 하강진, 「밀양 영남루 題詠詩 연구」, 『지역문화연구』 제13집, 경남부산지역문학회, 2006, 54쪽 참조.

9 영남루의 아랑은 다른 누각의 여성과 달리 '기생'이 아니라 밀양부사의 '딸'로 설정되어 있다. 신분이 확연히 다르다. 물론 손진태(孫晉泰)가 채록한 구전설화에서 보듯, 아랑을 밀양 관아에 딸린 관기로 설정하는 경우도 있었다.(손진태, 『한국민족설화의 연구』, 을유문화사, 1946.) 아랑의 전설은 어느 때부터 신분이 기생에서 밀양부사의 딸로 격상되며 재탄생된 것으로 보이는데, 그에 따라 서사적 초점도 해원(解寃)에서 정절(貞節)의 문제로 옮겨갔기도 했다.(김대숙, 「아랑형 전설 연구」, 이화여자대학교 교육대학원 석사학위논문, 1981.)

다음과 같은 사연을 증언하고 있다.

> 뒤에 관찰사가 "영남루 달밤에 이상사(李上舍)를 만나 전생의 원한을 말하다[嶺南樓月夜逢李上舍 說前生冤債]"라는 시제로 감영의 뜰에서 과거를 보였다.[혹은 부사가 이런 시제를 가지고 영남루의 뜰에서 백일장을 열었다고 한다.] 그리고 고을의 통인들은 신임부사를 맞이할 때마다 목욕재계하고 음식을 차려놓고 순절한 기둥 앞에서 제사를 지내는데, 지금까지 이어지고 있다고 한다.[10]

밀양의 고로(古老)가 들려준 후일담은 두 가지다. 하나는 경상감사가 감영 또는 영남루에서 '아랑의 사연'을 시제로 삼아 과거시험을 보이거나 백일장을 열었다는 것이다. 다른 하나는 밀양부사가 새로 부임해 올 때마다 '아랑의 죽음'을 추모하는 제사를 아랑이 죽은 영남루에서 통인들 주관 아래 치렀다는 것이다. 늙은 노인에게 들었던 사실인 만큼, 이들 행사의 연원이 짧지 않았던 것으로 보인다. 그렇다면 아랑의 원한을 깨끗하게 풀어주어 더 이상 아무 일도 일어나지 않았음에도 불구하고, 여전히 지속되고 있는 이런 행사와 의식이 의도했던 바는 무엇이었을까? 아랑의 죽음을 위로하는 차원을 넘어서서 밀양 부민들이 겪고 있는 억울한 사연을 반복하지 말자는 다짐일 수 있다. 감춰진 억울한 사연을 세세하게 살펴 공정하게 처리하겠다는 다짐, 아랑의 해원 이후에도 밀양의 관원과 사족들은 밀양 사람들이 모두 지켜보는 가운데 이런 의식을 치르고 있었던 것이다.

물론 기존 연구자가 비판적으로 지적한 바 있듯, 아랑은 자신의 문제를

---

10 洪直弼, <記嶺南樓事>, 『梅山先生文集』 권27, 『韓國文集叢刊』 296, 8쪽, "後, 觀察使以嶺南樓月夜, 逢李上舍, 說前生冤債爲題, 試士于營庭[或云, 知府用此題, 設白日場于此樓之庭.]. 且邑之知印, 每當迎新, 輒齋沐具羞, 而祭之于殉節之楹前, 至今不絶云."

자기 힘으로 직접 해결하지 못하고, 사대부 남성의 힘을 빌려 해결한다는 한계를 지니고 있다.[11] 그러기에 아랑의 서사에는 남성적 시각에 의해 아랑이 지니고 있었을 자기만의 진정성이 상당정도 분식·왜곡되어 드러날 수밖에 없었다. 아랑의 죽음을 겁탈당해 죽은 '참혹한 죽음'이 아니라 절개를 지키려다가 죽은 '견결한 순절'로 포장하는 것이 그 대표적인 사례이다. 실제로 홍직필과 같은 남성의 경우, 아랑의 죽음을 다음과 같이 미화하기도 했다.

> 촉석루를 아직 보지 못해, 촉석루와 영남루가 다툰다면 그 결과가 어찌될지 알 수 없다. 촉석루에 충기(忠妓)가 있는 것이 영남루에 열낭(烈娘)이 있는 것과 같다. 이것과 저것의 무겁고 가벼움을 말할 수 없다. 그렇다면 두 누각이 서로 다투는 것은 마땅하다. 그들 사이의 우열을 가려 이기기에 힘쓰는 것이 어찌 유쾌한 일이겠는가? 이는 호사자들이나 일삼는 일이니, 명루(名樓)를 두고 말하기에는 족하지 않다. 만일 임진왜란과 같은 변란이 일어나게 된다면, 밀양의 기생이 어찌 논개처럼 의(義)를 짝하고 꽃다움을 나란히 하여 의열(義烈)이라는 쌍절(雙絶)을 후세에 드리우지 않겠는가?[12]

홍직필은 논개의 죽음이 의(義)를 실천한 것이라면, 아랑의 죽음은 열(烈)을 실천한 것으로 단언하고 있었다. 그런 까닭에 아랑도 국난을 당하게 되면, 논개처럼 義를 위한 순절을 마다하지 않으리라 확신했던 것이다. 논개와 아랑의 죽음을 순절로 바라보던 사대부 남성의 전형적인 시각이다. 실제로 진

---

11 조현설, 「남성지배와 장화홍련전의 여성 형상」, 『민족문학사연구』 15, 민족문학사학회, 1999, 102~131쪽.

12 洪直弼, <記嶺南樓事>, 『梅山先生文集』 권27, 『韓國文集叢刊』 296, 8쪽, "矗樓余固未見, 不知其與嶺南所爭雄者何如. 而矗之有忠妓, 猶嶺之有烈娘, 未可謂其重若彼, 其輕若此, 則兩樓之相抗也宜哉. 何可伯仲乎其間, 以快務勝之心乎. 是好事者之爲, 曷足與語名樓哉. 苟使異日復有如龍蛇之變, 密之妓, 安知不爲論介之行, 匹義聯芳, 垂雙節于千古乎."

주에서는 <진주논개제>(옛 '의암별제')라는 축제를 열어 忠義의 정신을 기리고 있고, 밀양에서는 <밀양아리랑대축제>(옛 '아랑제')라는 축제를 열어 貞純의 정신을 기리고 있다. 모두 논개와 아랑의 죽음이 지닌 본질을 제대로 이해하지 못하고 있다는 비판이 가능한 대목이다. 하지만 두 여인의 죽음을 추모하는 방식의 차이점을 간과해서는 안 된다. 논개의 경우, 벼랑 끝에 몰려 죽음을 선택할 수밖에 없던 그녀의 절박한 심사를 헤아리는 대신 왜장을 끌어안고 강물에 몸을 던진 놀라운 행위만 주목 받아왔다. 그리하여 그녀를 죽음으로 몰아간 남성 지배층의 무능은 논개에 대한 순절의 포상으로 완벽하게 은폐될 수 있었다.[13]

하지만 아랑의 경우는 다르다. 그녀의 죽음이 밀양 지역의 재지사족에 의해 정순(貞純)이라는 이름으로 포장·미화되고 있기는 하지만 배면에 깔려 있는 남성의 겁탈과 공포, 그리고 그에 대한 연민 또는 공분의 정서까지 지워버릴 수는 없었다. 그런 까닭에 아랑의 억울한 죽음을 모두 알고 난 이후, 밀양부사와 같은 목민관은 어떤 자세로 임해야 하는가를 곧바로 다그쳤던 것이다. 경상감사라든가 밀양부사 등이 아랑의 죽음과 관련된 행사와 의식을 이후에도 지속적으로 치르고 있는 것도 그런 요구에 대한 나름의 답변이었다. 사대부 남성들은 정순이라는 이름으로 추모해 줌으로써 아랑의 원혼을 충분하게 위로해주었다고 여겼는지 모르겠지만, 아랑의 서사는 본질적으로 가녀린 처녀를 겁탈과 살해로 몰아간 남성적 폭력에 대한 엄정한 심판까지 강력

13 진주성의 함락과 논개의 죽음과 관련된 서사의 탄생 과정과 그 변주에 대해서는 다음 논문을 참고할 것. 정지영, 「논개와 계월향의 죽음을 다시 생각하기 : 조선시대 '義妓'의 탄생과 배제된 기억들」, 『한국여성학』 23-3, 한국여성학회, 2007.; 정지영, 「임진왜란과 '기생'의 기억」, 『임진왜란 : 동아시아 삼국전쟁』, 휴머니스트, 2007.; 박노자, 「의기 논개 전승 : 전쟁, 도덕, 여성」, 『열상고전연구』 25, 열상고전연구회, 2007.; 정출헌, 「임진왜란의 영웅을 기억하는 두 개의 방식 : 사실의 기억, 또는 기억의 서사」, 『한문학보』 21, 우리한문학회, 2009.

하게 요구하고 있는 서사였던 것이다. 그로 말미암아 아랑의 죽음은 논개와는 달리 자기 자신'만'의 이야기를 만들어내는 서사적 동력을 장착할 수 있었다. 귀신으로 되살아나는 해원의 형식을 빌려서.

3. 아랑 서사의 변주 : 해원(解寃)과 심판(審判)의 어름

1) 『동야휘집』에서의 해원, 그 남성 서사의 역설

현재 문헌으로 확인되는 가장 이른 시기의 아랑 서사는 1810년 홍직필이 밀양의 노인에게 들었다며, 간략하게 기록한 것이다. 그리고 19세기의 대표적인 야담집으로 꼽히는 김경진(金敬鎭, 1815~1873)의 『청구야담』,[14] 이원명(李源命, 1807~1887)의 『동야휘집』, 그리고 서유영(徐有英, 1801~1874)의 『금계필담』에 그 전문이 실려 있다. 사대부들의 사랑방에서 널리 회자되고 있었다는 반증이다. 그런 기록화의 과정을 거치면서 민간에서 구전되던 <아랑의 전설>이 어떤 변화를 겪었는지 자세하게 확인할 길은 없다. 다만 장지연의 『일사유사(逸士遺事)』(1922), 이능화의 『조선여속고(朝鮮女俗考)』(1927), 박수헌의 『밀주지(密州誌)』(1932), 안병희의 『밀주징신록(密州徵信錄)』(1936), 정원호의 『교남지(嶠南誌)』(1940) 등에 실려 있는 아랑의 서사는 19세기 야담집에 수록된 작품과 크고 작은 차이가 있어 구전설화의 흔적이 투영된 결과로 읽히기도 한다. 그럼에도 불구하고 이것들은 19세기 문헌자료에 비해 서사적 내용이 소략할

14 『청구야담』의 편자를 김경진으로 확정할 수 있는가에 대해서는 논란의 여지가 있지만, 여기서는 잠정적으로 그렇게 보기로 한다. 참고로 『청구야담』에 수록된 작품은 1860년대를 배경으로 삼고 있는 하나를 제외하면, 거의 대부분 19세기 전반을 시간적 배경으로 삼고 있다고 한다.

뿐만 아니라 통속적인 변개도 적극적으로 이루어져 '아랑의 정절 지킨 이야기'이거나 '으스스한 귀신 이야기'의 수준으로 전락해버린 경우가 적지 않다.

때문에 아랑 서사의 당대적 맥락은 19세기에 편찬된 『동야휘집』과 『청구영언』의 수록 작품에 주목하여 다시 탐색될 필요가 있다. 먼저, 『동야휘집』의 서사를 주목해 보자. 여기에 실린 아랑의 서사는 <영남루에서 붉은 깃발을 들어 원한을 호소하다[南樓擧朱旗訴寃]>라는 제목을 달고 있는데, 전체적인 줄거리는 홍직필이 기록하고 있는 내용과 비슷하다. 특히 제목에서 드러나듯, 서사의 핵심적 요소는 아랑이 '붉은 깃발'을 들고 자신의 억울한 사연을 호소한다는 것이다. 그 대목을 직접 읽어보자.

이상사(李上舍)는 원통한 일이 무엇이냐고 물었다. 그랬더니 여인이 대답했다.

"나는 남부사(南府使)의 딸이오. 유모에게 꾐을 받아 달빛을 타고 영남루를 구경하였는데, 홀연 총각 한 놈이 다가와서 핍박했소. 죽기로 항거하였더니 그 놈이 마침내 나를 칼로 찌르고, 시신을 강가 대나무 숲속에 던졌소. 구천에서 천고토록 이 한을 어찌 다하겠소. 공이 만약 나를 위해 원통함을 풀어주신다면 마땅히 보답을 하리다."

이에 이상사가 말했다.

"그 놈은 누구냐?"

여인은 붉은 깃발을 들면서,

"이것으로 알 것이외다."

하고는 말을 마치자 홀연 사라져버렸다.[15]

여기에서 독자의 흥미를 유발하는 대목은 아랑이 들고 있던 '붉은 깃발'의

15 정경주 편역, 『嶺南樓題詠詩文』, 밀양문화원, 2002, 325쪽.

의미를 추론하여 범인을 잡아낸다는 것이다. 범인이 '붉은 깃발[朱旗]'과 깊은 관련이 있다는 사실을 암시한 뒤, 이를 풀어가게 만드는 수수께끼식의 전개다. 아랑의 원혼이 나비로 화하여 훨훨 날아다니다가 통인의 어깨 위에 사뿐 내려 앉아 그가 범인임을 지목해준다는 환상적 서사에 익숙한 요즘 우리들에게는 매우 낯선 해결 방식이다. 그럼에도 19세기의 문헌서사는 한결같이 그런 방식을 취하고 있다. 그리고 그런 낯선 방식이 아랑 서사의 본래 담당층이 누구였는가를 짐작하게 만들어준다. 민간에서 수군수군 전해지고 있던 아랑의 죽음은 한문에 익숙한 사대부 남성들에게 포착·기록되면서 본격적인 아랑의 서사로 유통·전승될 수 있었던 것이다.[16]

이처럼 아랑의 서사를 사대부 남성들이 전유(轉有)하는 과정에서 중국 송나라 홍매(洪邁)가 편찬한 『이견지(夷堅志)』에 실려 있는 <해삼랑(解三娘)의 전설(傳說)>과 같은 서사적 전통의 영향을 일정하게 받아가며 윤색·향유되었을 것으로 추정하기도 한다.[17] 아랑의 사연을 시제(詩題)로 삼아 경상감영이나 영남루 뜰에서 과거시험 또는 백일장을 치렀다는 홍직필의 증언과도 부합한다. 실제로 <아랑의 전설>을 제대로 이야기할 수 있는 구연자는 여성이 아니라 거의 대부분 남성이었다는 구비 현장 조사의 결과도 이런 사실을 뒷받침한다.[18] 하지만 보다 흥미로운 점은, 아랑은 자신이 겪은 사연을 가지고 과거 또는 백일장의 시험 문제는 물론이고 장원의 선발까지 자기 의도대로 이끌어

---

16 실제로 억울하게 죽음을 당한 여인의 원혼이 붉은 깃발 세 개를 들고 나타나서 범인이 누구인지를 암시해준다는 모티프는 그 연원이 매우 깊다. 정조는 그것이 주세붕이 풍기군수로 있을 때, 실제로 겪었던 사건으로 기억하고 있었다.(『승정원일기』 정조 23년 5월 12일.) 이 모티프의 기원과 변이 과정에 대한 자세한 내용은 김준형, 「조선후기 야담을 통해 본 법과 기대지평 : 열녀 관련 獄訟을 중심으로」, 『어문학』 144, 한국어문학회, 2019, 220~225쪽 참조.

17 손진태, 앞의 책, 46~47쪽.

18 김영희, 앞의 논문.

가고 있다는 사실이다. 사연인즉 이러하다.

일찍이 관찰사 모(某)가 순찰 차 밀양에 와서 영남루에서 자고 백일장을 열려고 하는데, 꿈에 한 처녀가 나타나서 말하였다.

"내일 시제는 '영남루 달밤에 이상사를 만나 전생의 원한을 울며 말하다[嶺南樓月夜逢李上舍 泣說前生寃債]'라고 하여 걸고, 포두구(鋪頭句)에 '상(上)' 자를 세 번 쓴 시권(試券)을 장원으로 뽑으소서."

라고 하였다. 관찰사는 시키는 대로 '상' 자가 세 번 들어가 있는 시를 장원으로 삼았다. 봉함을 떼어보니 '배익소(裵益紹)'라고 적혀 있었다. 그를 불러보니, 겨우 열예닐곱 살 먹은 소년이었다.

"이 시를 네가 지은 것이냐?"

하고 물었더니,

"아까 백일장에서 갑자기 혼곤하여 졸다가 꿈을 꾸었는데, 한 여자가 이 시를 외어 주었습니다. 졸음이 깨자 기억하여 시권에 그대로 썼는데, 아래 다섯 구는 잊어버려 서당 선생이 불러주는 대로 써서 글을 완성했습니다."

라고 하였다. 시는 아래와 같다.[19]

이처럼 『동야휘집』에 실린 아랑의 서사는 당대 사대부들에게 가장 관심을 갖고 있던, 영남루에서의 과거시험 또는 백일장과 관련되어 전개·유통되고 있었다. 그러고 보면 아랑은 이상사에게 "공이 만약 나를 위해 원통함을 풀어 주신다면 마땅히 보답을 하리다."라며 그 보답을 약속한 바 있고, 실제로 아랑의 서사는 이상사가 과거에 급제하여 이름을 떨쳤다는 후일담으로 끝맺고 있다. 아랑이 자신의 원한을 푸는 것이 서사의 마지막이 아니라 자신의 원한을 풀어준 이진사(또는 밀양부사)를 성공시켜 주는 것이 서사의 마지막인

19 정경주 편역, 앞의 책, 326~327쪽.

것이다. 어떤 선비가 과거를 보러가다가 원한을 품고 죽은 여인의 한을 풀어 준 대가로 급제하게 되었다는 일화는 매우 폭넓게 전승되어 왔고, 반대의 경우도 적지 않다. 그런 점에서 아랑의 서사는 조선시대 사대부들의 내면에게 강렬하게 잠복되어 있던 출세의 욕망을 담고 있는 보은설화(報恩說話)와 연계해서 해석할 수 있을 법하다.

하지만, 그런 가능성에도 불구하고 여기서 주목해야 할 대목은 아랑은 자신의 억울한 사연을 풀고 난 뒤에도 젊은 서생의 붓끝을 빌려 그 사건의 전말을 모든 사람에게 재차 이야기하고 싶어 했다는 사실이다. 아랑이 품었던 '원통한 빚[寃債]'은 자신을 죽인 범인을 공공의 장소에서 공공의 심판으로 처단했다고 해서 끝난 것이 아니라는 반증이다. 자신이 겪어야 했던 비극적 사연과 그러고도 겪어야 했던 억울한 오해에 대해 자기 입으로 직접 해명·진술하지 않고는 견딜 수가 없었던 것이다. 더욱이 남성의 성적 욕망이 겁탈의 형태로 자행되고 있는 현실이 근절되지 않는 한, 피해 당사자인 여성의 원통함 또한 지속적으로 환기시켜주지 않으면 안 되는 문제이기도 했다. 물론 그런 복잡한 내면을 가해자인 남성의 입을 통해 전달할 수밖에 없다는 한계가 명확히 존재하긴 한다. 그렇지만 남성의 입을 빌려 토로하고 있음에도 불구하고 그 절절한 심사를 읽어내기에는 부족함이 없다. 배익소라는 어린 서생의 답안이 장원으로 뽑힐 수밖에 없던 이유이다. 물론 아랑의 혼이 찾아와 불러주는 대로 적었다고 하니, 그 답안 내용은 비록 남성이 쓴 것이라 하더라도 실제로는 아랑 자신의 목소리였던 것이다. 그런 까닭에 조금 길지만, 그녀의 아픈 속내를 끝까지 들어보지 않을 수 없다.

> 劍痕欲磨春江碧　칼에 찔린 흔적을 푸른 봄 강물에 갈아 없애고자
> 恨水年年花血瀉　한을 품은 물이 해마다 꽃 같은 피를 쏟아내나니

林煙曳雨郭南村 자욱한 숲의 연기는 성곽 남촌으로 비를 뿌리고
竹風吹燈堂北榭 대숲 바람은 당 북쪽 정자의 등잔에 불어들 때,
黃昏環佩乍延佇 황혼에 패물을 차고 잠시 머뭇거리니
走燐飛螢悽上下 인불과 반딧불은 처량하게 오르내리네.
樓頭月上可憐宵 누각 위에 달이 뜨는 가련한 밤에
江上初逢李上舍 강가에서 처음 이상사(李上舍)를 만났노라.
冤魂悽帶九原羞 원혼은 처량하게 구천을 떠도는 부끄러움 품고
苦語寒生五更架 힘들게 말을 하던 동틀 무렵 시렁에 찬기가 이네.
阿娘豈識嶺南樓 “내가 어찌 영남루를 알았겠어요,
千里曾隨大人駕 일찍이 아버님 따라 천리 길을 내려왔답니다.
深閨慣讀內則篇 깊은 규방에서 〈내칙편(內則篇)〉을 읽고 또 읽었으니
貞玉芳姿年未嫁 옥 같은 정조와 꽃다운 자태로 시집가기 전이었답니다.
清宵一違母氏訓 맑은 밤에 단 한 번 어머니의 훈계 어겼으니
玩月那知乳媼詐 달구경이 유모의 계교인 줄 어찌 알았겠습니까.
芙蓉堂上倚小檻 부용당 위의 작은 난간에 기대고 있노라니
花拂西園人影乍 서쪽 뜰 꽃이 흔들리며 사람 그림자 언뜻거리더군요.
刀頭驚散斷臂魂 칼끝에 팔이 잘린 넋은 놀라 흩어지고
竹根空埋冤血化 대숲에 속절없이 묻혀 원한의 핏빛으로 변했답니다.
西風未返父母國 가을바람 불어도 부모 계신 곳으로 돌아가지 못하고
紫恨惟思丹筆借 붉은 원한 오로지 수령의 판결만 생각했었지요.
篁林疏雨帶血青 대숲 뿌리는 성근 비에 시퍼런 핏빛 띠고 있으니
我欲啼冤人自怕 내 원통함 하소연하려 해도 사람들은 두려워만 하더군요.
西郊幾送太守魂 서쪽 교외로 여러 번 태수의 혼을 보냈으며
東閣頻見殘梅謝 동헌의 매화가 지는 것도 여러 번 보았답니다.
三生泣訴此地冤 삼생에 서린 이승의 원통함을 흐느끼며 호소하고
翫花初心玉指咋 꽃구경하던 당초의 마음 옥 손가락 깨문답니다.

書燈耿耿照心白　서안의 등불은 가물거리며 마음 환히 비추고
鬼語啾啾啼血夜　귀신의 말 조잘거리며 피맺힌 하소연 하는 밤.
床頭水呪寂無聲　상머리에서 외던 주문은 적적하게 소리 없고
手裡丹砂占易罷　손안의 단사(丹砂)로 주역 점치기 마쳤네요.
平頭尚在雁鶩庭　나를 죽인 종놈은 아직도 동헌 뜰에 있으니
子有霜鋩應不赦　그대 가진 서릿발 같은 칼날로 용서하지 마소서.
幽脩鬼訴說寃罷　은밀하고 긴 귀신의 하소연 원통한 말 마치자
微月梅庭花影亞　달빛 희미한 매화 핀 뜰에 꽃 그림자 어른거리네.[20]

배극소라는 젊은 서생이 <영남루 달밤에 이상사를 만나 전생의 원한을 말하다[嶺南樓月夜逢李上舍 說前生寃債]>라는 제목으로 지은 과체시(科體詩)의 전문이다. 아랑이 경상감사의 꿈에 나타나서 포구에 '上' 자를 세 번 쓴 시권을 장원으로 뽑으라고 지시했던 대로, 제7구와 제8구인 "樓頭月上可憐宵 江上初逢李上舍"에 정확하게 '上' 자가 세 번 쓰이고 있다. '달이 뜬 누각, 강가에서, 이상사에게'라고 하여, 제목의 내용을 함축하고 있었던 것이다. 사대부 남성의 문예 취향이 물씬 풍기는 대목이다. 하지만 여기서 주목해야 할 사실은 이런 문예 취향적인 분식이 아니라 열일곱 살의 젊은 서생 배극소가 지었다는 작품의 실제 작자는 아랑이었다는 사실이다. 자신이 직접 말할 수 없는 상황이었기에, 자신이 겪은 원통한 사연을 남성의 입을 빌려 하나하나 밝혀 말하고자 했던 것이다.

사연은 이러했다. 부친을 따라 생면부지의 밀양에 내려왔던 사실, 규방에서 조숙하게 지내왔다는 평소 품행, 유모에게 속아 달구경하러 영남루에 나왔던 과정, 시신이 버려져 고향으로 돌아가지도 못한 채 구천을 떠돌던 상황,

20 정경주 편역, 앞의 책, 329~331쪽.

자신의 원통함을 토로하려 했으나 그 누구도 알아주지 못하던 안타까움, 그 때마다 영남루에 따라 나갔던 데 대한 뼈저린 후회, 등등. 아랑이 우리에게 들려주고 싶던, 아니 자신의 입으로 직접 말해주고 싶던 사연은 통인에게 죽임을 당해 버려져 있다는 원통함을 훨씬 넘어서 있었던 것이다.

우리는 이 대목에서 아랑이 남성 대리자를 내세워 타자를 통한 간접 해원을 시도했다는 점에 주목하여, 유가적 가부장제 내부에서의 해원을 추구하고 있는 남성 중심적인 해결방식을 비판할 수도 있다.[21] 하지만 이런 방식이야말로 소외되고 거부당한 사회적 소수자나 주변인이 자신의 의사를 드러낼 수 있는 유일한 방식일 수밖에 없다는 사실도 인정해야만 한다. 오히려 방점을 두어야 할 대목은 문제를 해결하는 자와 관계를 맺거나 사건을 주도해가는 방식은 시종일관 아랑의 원혼이었다는 사실이다. 원혼의 이런 말하기 방식은 '죽어서 말하기', 곧 자신의 전존재를 던져 온몸으로 말하는 가장 절박한 자기표현이었던 것이다.[22] 그렇게 관점을 바꿔야만 비로소 아랑이 죽어서도 말하고자 했던 원통한 사연을 귀 기울여 들을 수 있고, 그녀의 심경을 이해할 수도 있을 것이다. 이것이 비록 남성적 시각에 포착되어 윤색·재현된 남성 중심적인 서사였음에도 불구하고, 그 이면에서 여성의 절절한 내면을 읽어낼 수 있다는 역설적 독법이 가능한 까닭이다.

---

21 조현설, 「남성지배와 <장화홍련전>의 여성 형상」, 『민족문학사연구』 15, 민족문학사학회, 1999.; 조현설, 「원귀의 해원 방식과 구조의 안팎」, 『한국고전여성문학연구』 7, 한국고전여성문학회, 2003.

22 강진옥, 「원혼형 전설 연구」, 『구비문학』 5, 한국정신문화연구원, 1983.

2) 『청구야담』에서의 해원, 그 여성 서사로의 전복

『동야휘집』에 실려 있는 아랑의 서사가 한문지식층 사이에서 주로 향유되었다는 것은 의심 없는 사실이다. 그런 사실에 비추어 볼 때, 『청구야담』에 실려 있는 <원한을 풀어주다, 부인이 주기를 알아내어[雪幽冤夫人識朱旗]>라는 아랑의 서사도 다르지 않다. 여기서도 범인을 찾아내는 것은 '붉은 깃발[朱旗]'을 들고 하소연하는 아랑의 한자 수수께끼를 풀어야만 가능했다. 그런 점에서 둘의 서사 취향은 크게 달라 보이지 않는다. 하지만 『청구야담』에 실린 작품은 『동야휘집』에 실린 작품보다 훨씬 흥미진진한 서사적 요소를 갖추고 있다는 사실에 주목할 필요가 있다. 가장 대표적인 대목은 아랑이 겪은 비극적 사건을 해결하는 주체의 변화이다.

『청구야담』의 서사에서는 밀양부사도 아니고 밀양부사를 따라온 이진사라는 젊은 서생도 아니다. 여기서는 남성이 아닌 여성, 곧 밀양부사의 부인이 사건 해결의 주체로 등장하는 것이다. 처음부터 끝까지 사건을 이끌어가는 주역도 밀양부사가 아니라 그의 부인이다. 20년이 넘도록 낙직(落職)한 처지임에도 불구하고 죽음이 두려워 밀양부사를 자원하지 못하는 남편에게 겁내지 말고 자원하라고 등을 떠미는 자도 부인이고, 밀양에 부임하여 벌벌 떨고 있는 남편을 대신하여 남자의 옷으로 갈아입고 귀신을 기다리는 자도 부인이고, 온몸에 피를 흘리고 머리를 산발한 채 나타난 아랑을 보고도 놀라지 않은 채 억울한 사연을 풀어주는 자도 부인이다. 그 핵심적인 장면을 직접 읽어보자.

황혼 무렵이 되자 통인과 급창 등이 고하지도 않고 물러나 버리니, 관사에는 사람 하나 없이 텅 비게 되었다. 부인은,

"오늘 밤이 정녕 두렵소. 당신은 내아(內衙)에 들어가시오. 나는 남자 옷으

로 갈아입고 관청에서 동정을 살펴보리다."
하고는 촛불을 밝히고 혼자 앉아 있었다. 시각이 삼경이 되자, 홀연 어디선가 한바탕 음산한 바람이 불더니 촛불이 깜빡거리고 한기가 싸늘하게 엄습하였다. 잠시 뒤에 방문이 저절로 열리더니, 어떤 한 처녀가 온몸에 피를 흘리고 머리를 헤치고 나체로 손에 붉은 깃발을 가지고 방안으로 번쩍 들어왔다. 그 부인은 당황하지도 놀라지도 않고 말하였다.
"너는 필시 원한이 있는데 풀 데가 없어 하소연하러 왔을 것이다. 내 너를 위하여 원수를 갚아줄 터이니 조용히 기다리고 다시 나타나지 말거라."
그 처녀는 절을 하고 갔다.[23]

여기에서 밀양부사의 일거수일투족을 이끌어가는 인물이 부인이라는 사실은 자명하다. 밀양부사를 표면에 내세우고 있기는 하지만, 실상 여성 중심의 서사인 것이다. 하지만 보다 주목해야 할 대목은, 아랑이라는 여인의 한을 또 다른 여인이 주체가 되어 해결해주는 형식으로 바뀔 때 일어나는 변화가 무엇인가 하는 점이다. 앞서 아랑이라는 여성이 밀양부사 또는 이진사라는 남성에게 자신의 억울한 사연을 하소연함으로써 가부장적 국가권력에 다시 포획되고 말았다는 비판에 대한 반론적 성격을 지닌 여성 중심의 서사이기 때문에 그 귀추가 궁금하다. 아닌 게 아니라 부인은 참혹한 귀신의 형상으로 나타난 아랑을 보고 무서워한다거나 의아해 하지 않는다. 그리고는 곧바로 이렇게 말한다, "너는 필시 원한이 있는데, 풀 데가 없어 하소연하러 왔을 것이라."라고 말이다.

그건 앞서 살펴본 『동야휘집』의 서사에서 이진사가 아랑의 원혼을 보고서 "귀신이냐, 사람이냐?"라는 하나마나한 질문, "이승과 저승이 다르거늘 어찌

23 정경주, 앞의 책, 319~320쪽.

덤비느냐?"라는 진부한 겁박, "원통한 일이 무엇이냐?"라는 구태의연한 물음을 완전하게 제거한 채, 곧바로 문제의 본질로 육박해 들어가고 있는 것이다. 여성이기 때문에 여성의 마음을 본능적으로 간파한 결과였을 것이다. 더욱이 아랑은 벌거벗은 채 나타나지 않았던가! 남성의 겁탈이 아니고는, 그런 흉측한 행색으로 밤마다 사또 앞에 나타날 리 없다는 걸 바로 알아챘던 것이리라. 그러고 보면, 제목부터 『동야휘집』과 『청구야담』은 사뭇 달랐다. <영남루에서 붉은 깃발을 들어 원한을 호소하다[南樓擧朱旗訴冤]>라는 제목은 아랑이 이 진사라는 남성에게 원혼을 호소하는 데 초점을 맞추었다면, <은밀한 원한을 풀어주다, 부인이 주기를 알아내어[雪幽冤夫人識朱旗]>라는 제목은 밀양부사 부인이 주체가 되어 원한도 풀어주고 범인도 잡아냈다는 데 초점을 맞추고 있다. 그런 점에서 다음과 같은 결말은 묘한 여운을 남긴다.

> 이로부터 본읍이 마침내 무사하게 되었고, 밀양부사가 신명하다는 칭송이 온 세상에 떠들썩하였다. 이로부터 부사는 여러 변방의 방어사(防禦使)와 병사(兵使)·수사(水使)를 거쳐 통제사(統制使)에까지 이르렀고, 부임하는 곳마다 선성(先聲)이 낭자하여 명령하지 않아도 시행되고, 위엄을 차리지 않아도 엄하여 감히 숨기고 속이는 일이 없어서 가는 곳마다 잘 다스렸다고 한다.[24]

여기서는 『동야휘집』처럼 아랑의 원혼이 이진사의 벼슬길에 도움을 주었다는 후일담도 없고, 자신의 억울한 사연을 젊은 서생 배극소의 붓을 빌려 토로하고 있지도 않다. 남성의 힘을 빌려 문제를 해결하지 않았기에 보답해 주어야 할 남성도 없었고, 자신의 억울한 사연을 말하기도 전에 부인이 바로 알아 해결해주었기 때문에 굳이 그 사연을 반복할 필요도 없었던 결과다.

---

24 정경주, 앞의 책, 322쪽.

그럼에도 아무 한 일 없는 밀양부사가 무관으로서는 최고인 자리인 통제사까지 올랐다는 결말은 묘한 여운을 남긴다. 남편의 승승장구하던 벼슬살이를 은근 비꼬고 있는 것인가, 아니면 그런 남편의 눈부신 성공이 부인의 덕분이었음을 은근하게 내세우고 있는 것인가? 사실, 이런 모티프는 16세기에 창작되어 널리 성행했던 <최고운전>의 '금돼지 납치 설화'와 상통하는 면이 많다. 그곳에서도 문창현(文昌縣) 현령(縣令)으로 부임하는 자들마다 그 부인이 정체모를 괴물에 납치되는 변고가 일어나자, 모든 남성이 부임하기를 꺼려한다. 최치원의 부친 최충 또한 마찬가지였다. 하지만 부인은 벌벌 떨고 있는 남편으로 하여금 두려워말고 부임하라 강권한다. 그리고는 남편을 대신하여 괴물을 퇴치하는 주체로 부인이 나서고 있다.[25]

전체 줄거리라든가 세부 사건은 완전 다르지만, 이들 서사가 말하고자 하는 핵심은 유사하다. 더욱이 <최고운전>의 경우, 초기 한문본이 후대 국문본으로 번역되는 과정을 거치면서 여성의 역할과 비중은 대폭 확장된다. 『청구야담』 또한 다르지 않다. 사실 『청구야담』의 경우 야담집으로서는 거의 유일하게 국문으로 번역되어, 한문본과 국문본이 공존하고 있다. 사대부의 전유물로 여겨지던 야담집이 국문으로 번역된 과정과 이유가 정확하게 밝혀져 있지는 않지만, 『청구야담』에 실려 있는 작품이 여타 야담집의 작품에 비해 서사성이 매우 짙다는 것이 하나의 이유가 되기에는 충분하다. 여기에서 한 걸음 더 들어가 『청구야담』이 1880~1890년 무렵 국문으로 번역될 때, 서사적 성격이 강했던 본래의 작품들이 그 서사성을 보다 강화하는 방향으로 번역되고 있다는 논의도 깊이 경청할 만하다.[26] 사대부 남성들이 아랑의 죽음을

25 최기숙, 「권력담론으로 본 최치원전」, 『연민학지』 5, 연민학회, 1997.; 정출헌, 「<최고운전>을 통해 읽는 초기 고전소설사의 한 국면 : 작품의 형성과정과 표기문자의 전환을 중심으로」, 『고소설연구』 14, 한국고소설학회, 2002.

자신의 취향에 맞도록 '정순(貞純)의 서사'로 변개·전유하고 싶어 했지만, 남성의 겁탈로 죽어간 여성의 죽음에서 배태될 수밖에 없는 연민과 공분의 정서까지 소거할 수는 없었다. 그리고 그것이 동력으로 작동하여 아랑의 죽음을 밀양부사 부인이 해결하는, 곧 여성의 피해를 여성이 주체가 되어 풀어가는 여성 중심의 서사로 전복시킬 수 있었던 것이다.

4. 맺음말

진주 촉석루를 가게 되면 반드시 찾는 곳이 있다. 논개가 몸을 던졌다고 전해지는 촉석루 아래 남강 가의 의암(義巖)을 비롯하여 그녀를 모시고 있는 <의기사(義妓祠)>가 그곳이다. 1722년 <논개사적비>가 건립되고 1741년 <논개정려각>이 지어지고, 18세기 후반 무렵 <의기사>라는 사당까지 세워졌던 논개 추숭과정의 절정이다. 하지만 논개 추숭의 작업은 거기서 멈추지 않았다. 논개가 최경회의 애첩이었다는 서사가 뒤늦게 만들어지면서 전라도 장수군(長水郡)에는 <의암사(義巖祠)>(1954년)가 세워졌고, 경상도 함양군(咸陽郡)에는 <논개 묘역>(1980년대)이 조성되었다. 그런 추숭 과정을 보고 있노라면, 논개의 서사가 과연 어디쯤에서 끝나게 될지 가늠하기조차 힘들 지경이다.

그에 비하면 아랑의 추숭 과정은 매우 느리게 진행된 편이다. 현재 영남루 아래쪽 대숲에 아랑을 모신 <아랑각>이 세워져 있기는 하지만, 건립 과정은 물론 건립 시기조차 명확하게 밝혀져 있지 않다. 자료를 통해 추측해 보건대, 19세기 초반까지는 아랑을 모시는 별도의 공간이 마련되지 않았던 것으로

26 김준형, 「『청구야담』의 국역 양상과 의미」, 『열상고전연구』 42, 열상고전연구회, 2014 참조.

보인다. 신임 사또가 부임할 때마다 아랑이 죽음을 당한 영남루 동쪽 세 번째 기둥에서 제사를 지내고 있다는, 홍직필의 증언에서 그런 추측이 가능하다. 그 이후 어느 때 사당이 지어졌겠는데, 아마도 경화사족(京華士族)의 일원이었던 홍직필이 아랑을 논개와 견줄 만한 인물로 추켜세운 직후 사당 건립의 논의가 급물살을 탔을 것으로 보인다. 실제로 서유영은 1865년(고종 2) 가을 음보(蔭補)로 의령현감(宜寧縣監)에 제수되어 경상도에 내려왔을 때,[27] 밀양에 들러 영남루에 올랐다. 그리고 그때 들었던 경험을 바탕으로 『금계필담』에 아랑의 서사를 기록하고 그 기록의 끝에 아랑의 사당을 보았음을 밝혀두고 있다.[28] 1810년으로부터 1865년 사이, 영남루 아래에 아랑사(阿娘祠)가 세워졌던 것이다.

그리고 망국 직전인 1910년 5월, 밀양지역 유지들은 아랑의 시신이 버려졌다고 전해지는 대숲에 '아랑의 시체가 버려졌던 옛터'라는 의미의 "阿娘遺址"라는 글자가 새겨진 작은 빗돌을 세웠다. 현재까지 그 동편에 "貞純阿娘之碑"라는 비석(碑石)과 비각(碑閣)이 전해지고 있다. 그렇게 하여 영남루도 촉석루의 논개에 견줄 만한 아랑을 위한 추모의 공간을 갖추게 되었다. 그러나 이런 추숭 노력에도 불구하고 <의기사>와 <아랑각>이 촉석루와 영남루라는 명루(名樓)를 장식하는 부속 건물에 지나지 않는 것처럼, 거기에 모셔진 논개와 아랑이란 여성도 누각의 주인이던 사대부 남성의 보조 인물에서 결코 벗어날 수 없다. 그런 수직적 관계가 상징하듯, 논개와 아랑에 대한 기억의 서사는 거의 전적으로 사대부 남성들에 의해 발견되고 창출될 수 있었다. 때문에 그녀들의 참혹한 죽음에도 불구하고, 거기에 담긴 비극성에는 거의 눈길을

27 장효현, 『서유영 문학의 연구』, 아세아문화사, 1988, 27쪽.

28 서유영 저, 송정민 외 역, 『금계필담』, 명문당, 2001, 267쪽, "余以公事到密陽 登嶺南樓 樓外竹林中有阿娘祠"

주지 않기도 했다. 그녀의 죽음에 대한 연민과 분노보다 중세적 봉건윤리의 화신이란 이름으로 기려졌을 따름이다. 논개든 아랑이든 자기 서사의 주인공이 아니라 사대부 남성이 여성에게 강제하고 싶었던 바를 자발적으로 실천해 준 남성의 대리자에 불과했던 것이다.

진주와 밀양의 부녀자라든가 기생 단체들은 매우 이른 시기부터 논개와 아랑의 원혼을 달래주는 제의를 치러왔던 것으로 전해진다. 그리고 일제 강점기, 군수의 주관 아래 여학생과 규중여성들이 동원되어 순절의 정신을 본받도록 가르쳤다. 지금도 그 제의는 진주든 밀양이든 지자체로 대변되는 국가권력과 문화원과 같은 남성 중심적 단체에 의해 축제의 형식으로 치러지고 있다. 그리고 축제의 진행 과정을 보면, 자발적으로 제의를 주관했던 여성들조차 논개와 아랑처럼 진행 보조 인물로 전락하고 말았음을 목도하게 된다. 더욱이 5·16 쿠데타 이후 육영수 여사의 후원으로 <의기사>와 <아랑각>이 나란히 보수되고, 거기에 이당 김은호(以堂 金殷鎬) 화백이 그린 영정이 봉안되는 과정도 똑같이 거쳤다. 그리하여 논개와 아랑은 얼굴 모습조차 비슷해지고 말았으니,[29] 충의(忠義)든 정순(貞純)이든 구분할 필요도 없이 그녀들은 근대화의 시기에 발맞춘 여성의 윤리 확립 운동의 선동자로 동원되어 나왔던 것이다. 그리하여 충의와 정순의 화신으로 굳어져 버렸다. 그런 점에서 아랑의 서사에 흐르던 연민과 공분의 정서가 남성 중심의 서사에서도 '역설적 독법'을 가능하게 만들었고, 나아가 여성 중심의 '서사적 전복'까지 만들어냈던 지난 19세기의 사례가 그리울 정도가 되었다. 지금 우리가 아랑의 절절한 호소를 새삼스럽게 귀 기울여 듣고, 19세기 문헌 자료를 통해 그녀의 비극적 서사를 새롭게 읽어보려 노력했던 까닭이다.

29 이런 사실에 대해 <烈女 춘향, 義妓 논개, 貞節 아랑 : 한국여인상 "닮은 꼴 是非">라는 기사가 실리기도 했다.(1990년 6월 22일 경향신문)

03

낙동강에 대한 공간감성과 그 의미

–관수루(觀水樓) 제영시문을 중심으로–

| **최은주** | 한국국학진흥원 책임연구위원

1. 머리말

인간의 삶을 이해하는 데 있어 공간과 시간은 매우 중요하다. 이 때문에 다양한 분야에서 여러 방면으로 연구되어 왔다. 특히 최근 들어 공간의 경우, 문학 연구에서 지역에 대한 관심과 함께 많은 연구가 이루어지고 있다. 문학에서의 공간이라고 한다면 작품 내외와 관련된 다양한 이미지를 떠올릴 수 있는데, 이 가운데 '강'은 지역문학연구의 중요한 대상 중 하나라고 할 수 있다. 강은 인류의 문명이 발생한 중심지였으며, 오늘날까지도 삶의 터전으로 기능하고 있기 때문이다. 이 글에서 살펴볼 낙동강 역시 영남지역의 젖줄로 삼한시대부터 이 지역 문화를 발달시킨 원동력이 되기도 한 중요한 공간이다. 이러한 역사의 흐름 속에서 낙동강은 다양한 문학작품 창작의 공간으로 자리매김하였다. 따라서 이 지역에서 산출된 문학을 이해하는 데 있어 낙동강은 매우 중요하다고 할 수 있다.

> 낙동강은 그 근원이 안동의 태백산 황지(黃池)에서 나와서, 산을 뚫고 흐르기 때문에 그 이름을 천천(穿川)이라고도 한다. 천연대(天淵臺)를 경유하여 탁영담(濯纓潭)이 되고 다시 가야천(伽倻川)을 지나 박진(朴津)이 되어 진강(晉江)과 만난다. 그런 다음 호포(狐浦)를 지나 월당진(月堂津)이 되어 다시 흩어져서 삼차하(三叉河)가 된다. 금호강은 그 근원이 청송의 보현산에서 나와서 하빈의 고현(古縣)을 경유하여 서쪽에서 낙동강과 서로 만나며, 황둔강(黃芚江)은 그 근원이 무주의 덕유산 불영봉에(佛影峯)서 나와서, 합천에 이르러 징심천(澄心川)을 지나서 진천(鎭川)으로 들어갔다가 현창(玄倉)에 이르러 낙동강과 만난다. 그리하여 태백산과 소백산, 조령과 죽령의 이남과 속리산, 황악산, 대덕산, 덕유산, 장안산, 지리산 이동과 고초산, 백암산, 취서산, 구룡산, 원적산 이서의 모든 산의 물이 이 강으로 흘러든다.[1]

귤산 이유원(橘山 李裕元, 1814~1888)이 『임하필기(林下筆記)』에서 낙동강을 소개한 글이다. 제시한 글에서 알 수 있듯이, 낙동강은 영남지역을 경계하고 있는 태백산과 소백산, 덕유산, 지리산, 백운산 등에서 흘러내리는 크고 작은 하천의 지류를 합류시켜 경상도의 중앙을 관통한다. 『택리지(擇里志)』에서도 "황지는 천연 연못으로 태백산 상봉(上峯) 아래에 있다. (물이) 산을 뚫고 솟아나 북쪽에서 남쪽으로 내려와, 예안(禮安)에 이르러 동쪽으로 꺾였다가, 서쪽으로 안동의 남쪽을 따라 흐른다. 용궁(龍宮)과 함창(咸昌) 경계에 이르러 비로소 남쪽으로 꺾이면 낙동강이 된다."[2]라는 기록이 나오는데, 당시의 이러한

---

1 李裕元, 「文獻指掌編」, 『林下筆記』 권13, "七日 洛東江, 源出安東太白山之黃池, 穿山而流, 故名穿川, 徑天淵臺爲濯纓潭, 過伽倻川爲朴津, 與晉江會, 過狐浦爲月堂津, 播爲三叉河. 琴湖江, 源出青松之普賢山, 徑河濱古縣, 西與洛東江會. 黃芚江, 源出茂朱德裕山之佛影峰, 至陜川, 過澄心川, 入鎭川, 至玄倉, 與洛東江會. 大小白·鳥竹嶺以南. 俗離·黃嶽·大德·德裕·長安·智異以東, 高草·白巖·鷲棲·九龍·圓寂以西, 諸山之水, 入此."

2 李重煥, 「八道總論 慶尚道」, 『擇里志』, "潢池, 天成之澤, 在太白山上峯下, 穿山而出, 自北南下, 至禮安東折, 而西繞安東之南, 至龍宮咸昌界, 始南折而爲洛東江."

생각은 『택리지』뿐만 아니라 『연려실기술』 등 조선 후기 인문지리서에도 동일하게 나타난다는 점에서 의미가 있는 기록이라 할 수 있다. 조선 후기를 기준으로 할 때 경상도 내 71읍 가운데 55읍이 직접 이 강의 유역에 위치하며, 나머지 16읍은 비록 본류·지류의 하천과는 직접 연결되지 않지만 교통·조운(漕運)상 간접적인 관련을 맺[3]는다는 점을 떠올려 본다면, 이 강이 영남의 문화에 끼친 영향이 적지 않았음을 짐작할 수 있다. 『세종실록지리지(世宗實錄地理志)』에서도 영남의 대천 가운데 첫째로 낙동강을 꼽으면서 그 근원은 태백산의 황지, 문경 북쪽의 초점, 소백산 등 세 곳에 있으며, 이들 근원에서 흘러온 물이 상주에 이르러 낙동강이 된다[4]고 밝힌 바 있다.

이 글은 이러한 낙동강을 당대인들이 어떻게 인식하고 있었던가를 살펴보는 것이 목적이다. 당대인의 인식은 그들이 창작한 작품 속에 생생하게 드러나 있다. 즉 문학작품 속 공간은 인간, 즉 작품을 창작한 작가의 체험과 밀접한 관련을 지니고 있기 때문이다. 이때 인간과 공간 사이에는 일상적 상호작용이 발생하게 된다. 이것이 바로 공간감성이며, 이러한 감성은 문학창작의 본령이 되어 작품 속에 다양한 모습으로 드러나게 된다.

이 글에서는 낙동강의 공간감성을 살펴보기 위해 관수루(觀水樓) 제영시를 그 대상으로 삼는다. 누정은 대개 주변의 경관이 수려한 곳이나, 그런 경관을 조망하기 좋은 곳에 세워진다. 그러한 위치적 이점에 따라 경치를 감상하거나, 강학하고 수양하거나, 혹은 씨족끼리의 종회(宗會)를 비롯한 각종 계가

3 金宅圭, 『洛東江流域史硏究』, 한국향토사연구전국협의회, 1996, 12쪽 참조.

4 『世宗實錄地理志』 「慶尙道」, “大川三, 一曰洛東江, 其源有三, 一出奉化縣北太伯山 黃池, 一出聞慶縣 北草岾, 一出順興 小白山, 合流至尙州爲洛東江. 善山爲餘次尼津, 仁同爲漆津, 星州爲東安津, 加利縣爲茂溪津, 至草溪, 合陜川 南江之流爲甘勿倉津, 至靈山, 又合晋州 南江之流, 爲岐音江, 漆原爲亏叱浦, 昌原爲主勿淵津, 至金海過密陽凝川爲磊津, 山爲伽倻津, 爲黃山江, 南入于海.”

개최하는 등 다양한 문화활동이 영위된 공간으로 기능하였다. 따라서 누정은 수많은 사람들이 오가며 문학창작이 활발하게 이루어진 공간이라 할 수 있다. 이 글에서 낙동강변에 위치한 수많은 누정[5] 가운데 관수루를 그 대상으로 하는 것은 낙동나루가 이곳에 있기 때문이다. 흔히 부산에서 낙동나루까지의 거리를 지칭하여 낙동강 700리라고 말하기도 하는데[6] 이는 낙동강의 본류가 상주에서 시작되기 때문이다. 또 낙동나루가 낙동강의 명칭을 그대로 이어받았다는 측면에서 이 나루가 강의 중심으로 여겨졌음을 알 수 있다. 아울러 낙동이라는 말이 상주의 옛 이름인 낙양(洛陽)의 동쪽에 있다는 것에서 유래한 설[7]을 떠올려 본다면, 관수루가 낙동강에서 차지하는 위상이 적지 않음을 짐작할 수 있다. 때문에 낙동강에 대한 인식을 살피기에 가장 적절한 공간이 바로 관수루라 할 수 있다.

지금까지 관수루에 대한 연구는 관수루 제영시를 통해 유가의 자연관이 어떠했던가를 살펴본 연구[8]와 특정 공간에서의 퇴계의 시 창작이 그 문인들에게 어떤 영향을 미쳤는지를 살펴보면서 그 가운데 하나로 관수루를 살펴본 연구[9]가 있다. 그리고 영남대로의 다양한 문학창작공간을 살피면서 관수루에 대해 살펴본 연구[10]가 있다. 이들 연구는 관수루 제영시가 지닌 대체적인 경향성을 알게 해주었다. 따라서 본고는 이러한 선행 연구의 성과를 바탕으

5 일제강점기에 편찬한 이병연(李秉延, 1894~1977)의 『조선환여승람(朝鮮寰輿勝覽)』에 따르면 영남의 누정은 1295개이다.

6 박창희, 『나루를 찾아서』, 서해문집, 2006, 178쪽 참조.

7 가락국의 동쪽이라는 것에서 유래했다는 설도 있다.

8 이정화, 「관수루(觀水樓) 제영시문(題詠詩文)을 통해 본 유가(儒家)의 자연관(自然觀) 고찰(考察)」, 『韓國思想과 文化』 51, 한국사상문화학회, 2010.

9 이정화, 「退溪門人의 學退溪 精神과 樓亭題詠에 反影된 繼承樣相」, 『퇴계학과 유교문화』 37, 경북대학교 퇴계연구소, 2005.

10 최은주, 「조선시대 영남대로의 공간감성과 문학적 의미 연구」, 경북대학교 대학원 박사학위논문, 2020.

로 구체적인 작품을 통해 관수루가 지닌 공간감성과 그 의미를 살펴보고자 한다.[11] 이를 통해 당대인들이 지녔던 낙동강에 대한 인식에 대한 이해의 편폭을 넓힐 수 있을 것이라 기대한다.

2. 관수루(觀水樓) 제영시에 나타난 낙동강의 공간감성

관수루는 낙동강의 동쪽 언덕에서 강이 바로 내려다보이는 곳에 위치하여, 정면 3칸 측면 2칸으로 이루어졌으며, 고려 중엽에 창건되어 수차례 중수와 중건을 거쳤다.[12] 현재의 지역구획상으로는 의성에 속해 있지만, 과거에는 상주의 누정이었다. 상주는 경상감영이 1392년에 경주에서 옮겨온 후부터 1596년에 대구부로 옮겨질 때까지 경상도의 중심지 역할을 했던 곳이다. 또 이 누정은 낙동나루 및 낙동역과 매우 가까운 육로와 수로 교통의 요충지에 위치한 지리적 이점을 지니고 있었기 때문에 수많은 사람들이 오고간 공간이었다. 따라서 조선통신사로 가던 이들도 방문하여 회포를 풀기도 하는 등 당시 영남대로를 오가는 수많은 이들이 등람(登覽)했던 공간이었으며, 낙강시회의 중요한 공간이기도 하였다. 이러한 지리적 위치는 이 공간이 수많은 이들에게 공간감성을 발생시켜 문학창작의 공간으로 기능할 수 있도록 하였다. 이로 인해 다양한 이들이 작품을 남겼는데, 아래의 표를 보자.

11 이하 2장과 3장의 내용은 최은주(2020)의 연구 가운데 관수루와 관련된 서술을 수정·보완한 것이다.

12 권상일의 「觀水樓重刱記」에 따르면 언제 누가 세웠는지는 명확히 알 수 없다고 하였다. 1653년에 중수하였고, 1734년에 중건하였으며, 1842년에 중수하였으나, 1874년에 유실되었다. 이후 1990년 오늘날의 모습으로 복원하였다.

	이름	생몰년	작품명	
1	金宗直	1431~1492	洛東謠	佔畢齋集 권5
2-1	兪好仁	1445~1494	觀水樓十絶	㵢谿集 권2
2-2	〃	〃	次洛江觀水樓韻	㵢谿集 권5
3	金馹孫	1464~1498	與睡軒登觀水樓	濯纓集 권5
4	權五福	1467~1498	與季雲登洛東江觀水樓 季雲賦吳體一首 余亦步韻	睡軒集 권1
5	李滉	1501~1570	洛東觀水樓	退溪集 別集 권1
6	成悌元	1506~1559	洛東驛觀水樓	東洲逸稿 상
7	康應哲	1562~1635	十歲時方伯姜士尙邀遊洛東觀水樓見薪舟呼韻卽應對曰	南溪集 권1
8	許穡	1563~1641	觀水樓	水色集 권2
9-1	李弘有	1588~1671	夜上洛東江觀水樓	遯軒集 권3
9-2	〃	〃	題觀水樓板上	遯軒集 권4
10	申碩蕃	1596~1675	登洛東觀水樓	百源集 권1
11	任埅	1640~1724	登洛東津亭次題梁上韻	水村集 권1
12	孫萬雄	1643~1712	與全惠仲訪盧吉甫因登觀水樓	野村集 권1
13-1	權相一	1679~1759	觀水樓重刱記	淸臺集 권11
13-2	〃	〃	中夏與洪瑞一蔡斐卿李致和會話于修稧所坐間適有觀水樓諸賢題咏因用其韻各賦卽事	淸臺集 권2
14	趙天經	1695~1776	五月之望州東老少會于洛江時族姪湖西亞使錫龍女壻新恩洪天休俱泛舟觀水樓下泝流至道院余以洞主出迎遂次舟中韻	易安堂集 권2
15	宋明欽	1705~1768	觀水樓 次退翁韻	櫟泉集 권2
16	趙宜陽	1719~1808	洛東觀水樓	梧竹齋集 권4
17	柳道源	1721~1791	觀水樓敬次退溪先生韻	蘆厓集 권1
18	琴英澤	1739~1820	觀水樓敬次退溪先生韻	晩寓齋集 권1
19	金墩	1742~1799	觀水樓次退陶先生韻	東厓集 권1
20	柳尋春	1762~1834	泊觀水樓作十三絶	江皐集 권1
21	黃磻老	1766~1840	觀水樓贈徐侯	白下集 권1
22	李升培	1768~1834	徐明府設白場於觀水樓余與鄕內諸名勝赴會共賦	修溪集 권1

	이름	생몰년	작품명	
23	李源祚	1792~1871	洛東觀水樓次退陶板上韻	凝窩集 권1
24	許傳	1797~1886	觀水樓敬次退溪先生韻	性齋集 권1
25	申佐模	1799~1877	觀水樓謹次退溪先生板上韻	澹人集 권8
26	韓運聖	1802~1863	洛東觀水樓謹次退溪先生板上韻	立軒集 권3
27	權璉夏	1813~1896	南行日登洛東津亭	頤齋集 권1
28-1	柳疇睦	1813~1872	觀水樓重修記	溪堂集 권9
28-2	〃	〃	登洛東觀水樓敬次退溪先生韻	立軒集 권3
29	徐贊奎	1825~1905	登洛東觀水樓敬次退溪先生韻	臨齋集 권1
30	盧佖淵	1827~1885	與致善景傳登觀水樓次板上韻	克齋集 권1
31	李晩燾	1842~1910	登觀水樓有感	響山集 권1
32	安昌烈	1847~1925	觀水樓敬次板上韻因公行登樓	東旅集 권1
33	盧相稷	1855~1931	夜到洛東津	小訥集 권2
34	許埰	1859~1935	洛東觀水樓敬次性齋先生次退陶韻	錦洲集 권1
35	崔東翼	1868~1912	觀水樓	晴溪集 권1

제시한 표는 한국고전종합DB에서 관수루 관련 시문을 검색한 결과를 제시한 것이다. 시제에 관수루가 드러나는 것을 그 대상으로 하였고, 시제에 낙동역과 낙동진을 제시하였더라도 그 내용에서 관수루의 공간을 드러낸 경우에는 포함하였다. 위의 표에서 알 수 있듯이 30명이 넘는 이들이 작품을 남긴 것을 볼 수 있는데, 이들은 대체로 영남인들이 그 중심을 이루고 있다. 또한 동일한 시제 아래 적게는 1수에서부터 많게는 10수의 시를 지어 관수루라는 공간을 드러내었는데, 이들 작품은 동일한 공간을 읊었지만 개별 작가와 상황에 따라 조금씩 다른 모습을 보인다. 또한 시기별로는 15세기부터 19세기에 이르기까지 여러 시기에 걸쳐 창작되었는데, 특히 조선 후기에 다양한 작가에 의해 작품이 다량 창작되었음을 알 수 있다.

이들 작품은 동일한 공간을 두고 창작되었지만, 그 공간에 대한 인식은 달리 드러난다. 이는 특정 공간에서 발생하는 공간감성이 다양한 요소에 영향을 받기 때문이다. 작가의 개별 상황마다 달리 생성된 공간감성은 작품의 창작에 일정하게 개입하게 된다. 공간감성은 공간의 성격과 시간의 흐름, 인식하는 주체인 작가에 따라 다양하게 드러나는데, 낭만감성, 사회감성, 도학감성 등으로 나누어 볼 수 있다.[13] 대략적으로 보자면, 낭만감성은 공간이 지닌 아름다움을 찬미하는 것, 사회감성은 공간을 통해 사회에 내재되어 있는 문제점을 포착하는 것, 도학감성은 공간에 내재한 도학적 이치를 발견하는 것이다.[14] 이들 세 가지 감성이 모두 공간에 기초하고 있는 것은 기본적인 사실이다. 다만 공간을 체험하는 주체가 인식하는 바와 문학창작활동의 다양한 상황에 따라 달리 드러날 수 있다. 그러므로 하나의 특정 공간이 하나의 감성만으로 설명될 수는 없다. 관수루 역시 다양한 감성들이 드러나는데, 여기에 대해서는 실제 작품을 통해 살펴보자.

缺月流光弄晩晴　조각달 흐르는 달빛이 갠 저녁을 희롱하는데,
夜深江閣度殘更　밤 깊어 강가 누각에서 남은 밤을 지새네.
斜倚曲欄▦假寐　굽은 난간에 기대어 선잠 드니,
却疑身世夢三清　문득 이 내 몸 신선을 꿈꾼 듯하네.[15]

13 공간감성에 대한 것은 정우락의 「낙동강과 그 연안지역의 공간 감성과 문학적 소통」(『한국한문학연구』 53, 한국한문학회, 2014.)에서 그 유형을 처음 다루었고, 이어서 최은주의 「조선시대 영남대로의 공간감성과 문학적 의미 연구」(경북대학교 박사학위논문, 2020.)에서 이것을 체계화하고 적용시켰다. 그리고 정우락은 「임란 이후 영남 지식인의 사상적 동향과 감성의 유형」(『嶺南學』 75, 경북대학교 영남문화연구원, 2020.)에서 생활감성을 추가하여 4분법으로 체계화하고 이론화하였다.

14 이들 유형에 대한 것은 최은주(2020)와 정우락(2020)의 논문에 자세하다.

15 李弘有, <夜上洛東江觀水樓>, 『遯軒集』 권3.

둔헌 이홍유(遯軒 李弘有, 1588~1671)의 <야상낙동강관수루(夜上洛東江觀水樓)>라는 작품이다. 창작한 시기는 정확하게 알 수 없으나, 시제에 '낙동강'을 밝히고 있기 때문에 낙동강 관수루에서 지은 작품임을 알 수 있다. 시제에서도 시간적 배경이 밤임을 밝히고 있지만, 그 작품의 첫 구에서부터 관수루에 오른 때가 밤임을 드러낸다. 이 작품에서는 이 공간이 지닌 특별한 승경을 묘사하여 읊고 있지는 않다. 다만 시흥(詩興)을 불러일으키는 시간과 공간적 배경으로 밤과 달빛, 강가의 누각을 끌어오고 있다. 이러한 한가로운 정경은 비단 관수루만이 지닌 것은 아닐 것이다. 하지만 이홍유는 선잠을 들 만큼 이 정적인 공간에 젖어들었음을 보여준다. 이러한 까닭에 결구에서 도교(道敎)의 삼동교주(三洞敎主)가 거하는 선경(仙境)인 삼청경(三淸境)을 꿈꿀 수 있었던 것이다. 세세하게 낙동강의 자연경관이나 누각의 위용을 묘사하지는 않았지만, 이곳에서 신선세계를 떠올렸다는 것은 이 공간을 명승으로 인식하였음을 간접적으로 드러낸다 하겠다.

이러한 정적인 여유로움은 관수루에 게판되어 있는 이규보(李奎報)의 작품에서도 잘 드러나는 감성이기도 하다. 그는 낙동강을 지나며 지은 작품에서, "백 겹으로 두른 푸른 산속에, 한가로이 낙동강을 지나네. 풀은 우거졌어도 오히려 길이 있고, 소나무가 고요하니 저절로 바람이 없네."[16]라고 한 바 있으며, 이황(李滉)도 관수루에 올라 "나는 듯한 누각 언덕 동쪽에 날개 편 듯하네. 배 타고 은하수에 오른 듯, 오래 서 있으니 겨드랑이에서 바람이 이네."[17]라고 하면서 이 공간이 주는 미감에 대해 읊은 바 있다. 이처럼 관수루는 지나는 이들에게 휴식을 줄 수 있는 공간으로 자연 경물을 통한 즉각적인 낭만감성

16 李奎報, <行過洛東江>, 『東國李相國集』 권6, "百轉靑山裏, 閑行過洛東, 草深猶有路, 松靜自無風"

17 李滉, <登尙州觀水樓>, 『退溪集』 續集 권1, "飛樓翼岸東, 試登槎上漢, 久立腋生風"

을 생성해낼 수 있는 공간이었다.

그러나 대체로 경관 좋은 곳에 위치한 누정의 특성상 낭만감성이 다수 생성되는 데 반해, 관수루는 그 공간이 지닌 지리적 특수성으로 인한 사회감성도 드러나는 것이 특징이다.

黃地之源纔濫觴　황지의 근원은 겨우 잔이나 넘칠 정도인데,
奔流到此何湯湯　여기까지 흘러와서 어이 그리 창창한가.
一水中分六十州　한 물이 60주를 가운데로 나누었으니,
津渡幾處聯帆檣　나루터 몇 곳이나 돛대가 연하였나.
海門直下四百里　해문(海門)까지 곧바로 400리를 내려가면서,
便風分送往來商　순풍을 따라 왕래하는 상인들을 나눠 보내네.
朝發月波亭　아침에 월파정에서 출발하여,
暮宿觀水樓　저녁에는 관수루에서 자는데,
樓下綱船千萬緡　관수루 아래 줄 지은 관선의 천만 꿰미 돈이여.
南民何以堪誅求　남쪽 백성들이 그 가렴주구를 어떻게 견디리오.
缾罌已罄橡栗空　쌀단지 이미 텅 비고 상률마저 떨어졌는데,
江干歌吹椎肥牛　강 난간엔 풍악 울리고 살찐 소를 때려잡네.
皇華使者如流星　임금의 사신들은 유성 같이 달리니,
道傍髑髏誰問名　길가의 해골들 누가 이름이나 물어보랴.
少女風王孫草　왕손초에 소녀풍이 불어라,
遊絲澹澹弄芳渚　아지랑이 아른아른 꽃다운 물가에 희롱하니,
望眼悠悠入飛鳥　멀리 바라보는 눈에 나는 새가 들어오네.
故鄉花事轉頭新　고향의 꽃 구경할 일이 이내 새로워졌건만,
凶年不屬嬉遊人　흉년은 노니는 사람을 돌보지 않네.
倚柱且高歌　기둥 기대고 소리 높여 노래하니,
忽覺春興慳　문득 봄 흥취 인색함을 깨닫겠네.

白鷗欲笑我	백구는 나를 비웃으려 하니,
似忙還似閑	바쁜 듯도 한가한 듯도 한 것을.[18]

제시한 작품은 점필재 김종직(佔畢齋 金宗直, 1431~1492)의 <낙동요(洛東謠)>이다. 이 작품은 시제를 보면 낙동강 전체를 표현하고 있는 것으로 보이나, 그 내용을 살펴보면 시에서 다루고 있는 중심공간은 바로 관수루임을 알 수 있다. 김종직의 나이 35세 때인 1465년에 영남 병마평사로 기용되면서 쓴 시로 알려져 있으며, 선행연구에서 그의 애민의식을 이야기할 때 주로 언급되는 작품이기도 하다. 작가는 강물의 연속성을 염두에 두고 공간을 바라보고 있는데, 황지로부터 시작된 낙동강의 근원을 첫구에서 언급한 것에서 잘 드러난다. 그리고 그가 이 공간에서 포착한 것은 누각의 아름다움과 같은 공간의 미감이 아니었다. 앞선 작품과 다르게 관수루 근처 나루에서 물자의 유통이 활발하게 일어나는 역동적 광경을 포착한 것인가 싶지만, 10구에서 "남민(南民)"들의 고혈을 짜내어 만들어낸 물산의 풍부함임을 지적하며 자신이 이 공간을 어떻게 인식하고 있는지를 명확하게 드러냈다.

낙동나루에 설치된 낙동역(洛東驛)은 역리(驛吏)가 490명이나 될 정도로, 다른 역에 비해 그 규모가 방대하였다. 이는 낙동역이 차지하는 기능이 컸음을 의미하는 것이다. 즉 이곳은 낙동강을 따라 형성된 수많은 나루 중 한때 최고의 상권을 자랑했고, 조선 시대에는 원산, 강경, 포항과 함께 4대 수산물 집산지[19]였을 만큼 큰 나루였다. 이러한 상권이 발달한 곳에서 김종직이 포착한 것은 바로 백성의 삶이었다. 그는 관수루 아래의 관선들에 가득한 돈과 쌀단지가 비고 주워 먹을 밤마저 없어져 버린 영남 백성들의 삶과 가렴주구(苛

18 金宗直, <洛東謠>, 『佔畢齋集』 시집 권5.

19 박창희, 『나루를 찾아서』, 서해문집, 2006, 178쪽 참조.

斂誅求)하는 서울의 관리들을 대립적인 구도로 배치하여 사회를 비판하였다. 결국 이러한 참상은 길가에 해골들이 넘쳐나지만, 민생(民生)에는 관심을 가지지 않고 권력에만 집착하는 위정자(爲政者)에 의한 것임을 명확하게 인식하고 있는 것이다. 윤현(尹鉉, 1514~1578) 역시 16세기 영남의 피폐상을 인식하면서, "병수사 진영장 멋대로 탐학하는 무리들, 수령들도 자상한 분 아니네. 한결같이 백성의 고혈만 쥐어짜니, 눈앞의 고통 치료할 자 누구던가."[20]라고 읊으며, 이러한 병폐의 원인으로 "거짓 장부[虛簿]"와 "빈 창고[空倉]"를 지적한 바 있다. 즉 이것은 단순히 흉년이나 자연재해 때문에 백성들이 고단한 삶을 겪고 있는 것이 아니라, 백성의 아픔을 들여다보지 못하는 위정자에게 책임이 있음을 이야기하는 것이다. 이처럼 단순히 강물이 도도히 흘러가며 아름다운 경관을 비추며 감성을 생성해내는 것이 아니라, 이 공간이 백성의 실제 생활터전임을 인식하면서 사회상과 직접적으로 연결시켜 이해하고 있음을 알 수 있다.

그러나 관수루는 그 누정의 명칭으로 인해 생성되는 감성이 명확한 곳이기도 하다. 다음의 글을 보자.

> 저 관수(觀水) 두 글자의 편명을 보면서 그 뜻을 생각하게 되면, 자기도 모르게 경치와 뜻이 융합되어 거의 도체(道體)의 보이지 않는 오묘함을 깨닫게 된다. 아! 물이 밤낮으로 그치지 않고 도도히 흘러가는 것은 천도가 계속 가고 와서 스스로 쉬지 않는 것과 같으며, 물이 여러 흐름을 포용하여 깊은 연못을 이루어 지극히 맑은 것은 내 마음속에 만상을 함유하고 있으면서도 담담히 허정(虛靜)한 것과 같다. 하물며 봄의 물이 처음 흐를 때 돛대가 경쾌하여 노를 밀고 당기는 힘을 들이지 않아도 되니, 이것은 인체(仁體)가 드러나 자연이

20 尹鉉, <嶺南歎>, 『菊磵集』 권中, "領鎭率貪縱, 長民非慈祥, 同然浚膏血, 誰醫眼前瘡."

> 유행하는 큰 활용에 비유할 수 있다. 강의 원천이 심원하고 광대하기 때문에 이로부터 또한 넓게 퍼져 넘실거리게 된다. 4~5백 리를 지나서 바다에 들어가도 그칠 줄을 모르게 되나니, 이것으로 군자의 학문을 증험할 수 있다. 학문의 근본이 성대하기 때문에 그 덕이 날로 나아가되 스스로 궁함이 없을 따름이다.[21]

청대 권상일(淸臺 權相一, 1679~1759)이 쓴 <관수루중창기(觀水樓重刱記)>의 일부를 제시한 것이다. 관수루(觀水樓)는 그 이름 때문에 '성리학적 관수법(觀水法)'에 의해 이해되어 왔다. 당시 성리학자들은 물이 거울처럼 맑으면, 그것을 마음에 비유하거나, 그치지 않는 점을 들어 학문의 지속성을 강조하거나, 물결을 보면서 도의 근원을 생각하거나, 마침내 바다를 이루는 것을 보면서 학문의 성대함을 즐겨 비유[22]하였다.

제시한 글의 앞부분에서 드러나듯이, 관수루는 그곳에 오르면 "도체(道體)의 보이지 않는 오묘함"을 깨달을 수 있는 공간으로 인식되었다. 그렇게 도체의 오묘함을 얻게 되는 순간을 획득하는 것은 이곳에서 맹자의 "근원이 있는 샘물은 위로 퐁퐁 솟아 나와 아래로 흘러내리면서 밤이고 낮이고 멈추는 법이 없다. 그리고 구덩이가 파인 곳 모두를 채우고 난 뒤에야 앞으로 나아가서 드디어는 사방의 바다에 이르게 되는데, 학문에 근본이 있는 자도 바로 이와 같다. 공자께서는 바로 이 점을 취하신 것이다. 만약 근원이 없다면,

---

21 權相一, <觀水樓重刱記>, 『淸臺集』 권11, "見夫觀水二字之扁名而思其義, 不覺其景與意會, 而庶幾有悟於道體, 不可見之妙焉. 噫. 水之不舍晝夜而滔滔流去者, 有似乎天道之往過來續, 自無停息也. 水之包容衆流而淵澄洞澈者, 有似乎吾心之中含萬象湛然虛靜也. 況春水初生, 舟檣輕快, 而不費乎推移牽挽之力, 此可以取喩於仁體之呈露, 而大用之自然流行也. 江之發源, 旣遠而大, 故自此而又浩浩焉洋洋焉. 過四五百里注海而不知止焉, 此可以取驗於君子之學. 根本盛大, 故日進其德而自無窮已也."

22 정우락(2014), 앞의 논문, 194쪽.

7, 8월 사이에 집중 호우가 내려서 도랑에 모두 물이 가득 찼다가도 언제 그랬느냐는 듯이 금방 말라 버리고 말 것이다. 그렇기 때문에 명성과 소문이 실제를 지나치게 되는 것을 군자는 부끄러워하는 것이다.[源泉混混 不舍晝夜 盈科而後進 放乎四海 有本者如是 是之取爾 苟爲無本 七八月之間 雨集 溝澮皆盈 其涸也 可立而待也 故聲聞過情 君子恥之]"[23]라고 한 것과 밀접한 관련을 지닌다. 맹자의 이러한 말은 제자였던 서자(徐子)가, 공자의 "물이여, 물이여."라고 한 것에 대한 질문에 답변을 해 준 것이다. 또한 공자가 시냇가에서 "가는 것이 이와 같구나. 밤이고 낮이고 멈추는 법이 없도다.[逝者如斯夫 不舍晝夜]"[24]라고 탄식한 말과도 관련이 깊다.

권상일 역시 관수루라는 특정 공간에서 단순히 흘러가는 물과 누각을 함께 살펴 경치를 감상하는 데서 그치지 않고, 그곳에서 공맹(孔孟)을 떠올렸다. 그러한 공맹의 가르침은 결국 군자의 학문으로 이어진다. 이를 통해 볼 때, 누정에서의 도학감성은 천리(天理)가 유행(流行)하는 '마음'을 포착하는 데서 발생함을 알 수 있다. 특히 이 누정의 이름이 "관수"라는 점은 이곳을 방문하는 이들에게 특정 감성을 재생시킬 수 있도록 하는 바탕이 된 것이다. 다음의 작품을 보자.

危樓當客路	높은 누각 객로를 막고,
活水淨心君	활수는 마음을 맑게 하니.
落日荒荒下	지는 해 쓸쓸하게 떨어지니,
秋山遠遠分	가을산 아득히 나눠지네.[25]

……

23 『孟子』「離婁」下.

24 『論語』「子罕」.

25 李源祚, <洛東觀水樓 次退陶板上韻>, 『凝窩集』 권1.

응와 이원조(凝窩 李源祚, 1792~1871)가 관수루를 읊은 작품의 일부분을 제시한 것이다. 전체적으로 누정을 둘러싼 풍광을 읊은 듯하나, "활수정심(活水淨心)"이라는 시어에서 이원조가 이 공간에서 느낀 감성이 무엇인지 확연하게 드러난다. 바로 물이 밤낮으로 흐르는 이치를 깨달을 수 있는 공간으로 인식하고 있다. 위용을 지닌 누각은 나그네의 길을 잠시 막아서지만, 이곳에 올라 강물을 바라보면 마음이 활연해지는 것이다. 『논어』 자한의 구절 아래 주희의 주에서 "천지의 조화는 가는 것은 지나가고 오는 것은 이어져서 한순간도 그침이 없으니, 바로 도체의 본연이다."[26]라고 한 것을 생각해 보면 더욱더 그 감성이 선명해짐을 알 수 있다. 근원이 풍부한 물은 언제나 마르지 않고 끊임없이 흘러간다. 당시 선비들이 수양의 목표로 삼았던 도의 완성이란 것도 물이 흘러가는 한결같은 모습처럼 지속적으로 추구하여야 도달할 수 있는 것이었다. 따라서 인식 주체는 이 공간에서 물이 흘러가는 광경을 보며 도의 이치를 궁구하는 데에 마음을 주력[27]하고 있다. 즉 이때의 관수루는 개념화된 공간이며, 그가 여기서 제시하고자 하는 것은 바로 '마음'이었고, 즉 '관수'는 바로 도학적 '관심(觀心)'이었던 것[28]을 알 수 있다.

앞서 제시한 작품들처럼 특정한 감성이 두드러지게 나타나는 작품들이 있는가 하면, 몇 가지의 감성이 어우러져 드러나는 경우도 있다.

晩泊沙汀葉葉舟　모래톱에 늦게 닿은 조각배들,
紛紛去馬與來牛　분분히 오고가는 소와 말.
江山萬古只如此　강산은 만고에 이와 같은데,
人物一生長自休　인물의 일생 오래도록 쉬게 되네.

26 『論語集註』「子罕」, "天地之化, 往者過, 來者續, 無一息之停, 乃道體之本然也."
27 이정화(2010), 앞의 논문, 12~13쪽 참조.
28 정우락(2014), 앞의 논문, 193~194쪽 참조.

西日已沈波渺渺	저녁 해는 이미 저물어 물결만 아득하고,
東流不盡思悠悠	동으로 흐르는 물 쉬지 않아 생각만 깊어지네.
停舟獨立曛黃久	배를 대고 홀로 서니 황혼이 오래인데,
掠水飛回雙白鷗	쌍쌍 나는 백구는 물결을 치며 돌아드네.[29]

제시한 작품은 탁영 김일손(濯纓 金馹孫, 1464~1498)이 관수루에 올라 지은 시이다. 이 역시 한가로우면서 생동감 넘치는 관수루와 낙동강의 정경을 담았다고도 볼 수 있다. 전반부가 낭만감성에 의해 생겨난 시상이라면, 후반부는 도학감성이 주를 이루고 있다고 볼 수 있다. 이는 정호(程顥)가 "천지사물의 생성하는 기상을 관찰하라.[觀天地生物氣象]"[30]라고 한 것을 생각해 보면, 지금 작품 속 인식 주체가 단순히 자연경관을 한가롭게 즐기고 있는 것이 아님을 알게 된다. 즉 인식 주체가 이 공간에서 본질적으로 느끼는 것은 흐르는 낙동강물이 오래도록 변함이 없다는 사실이다. 그렇기 때문에 이 공간을 인식한 나 역시 강물의 그러한 점을 본받고자 한다. 즉 6구의 "동으로 흐르는 물 쉬지 않아 생각조차 깊어지네"를 통하여 성리학자로서 지녀야 할 학문 자세를 인식했음을 알 수 있다. 결국 그가 추구하는 것은 관수의 의미를 강조한 성현들의 마음을 계승하는 것[31]이다.

洛水吾南國	낙동강은 우리나라 남쪽에서,
尊爲衆水君	존경받아 뭇물들의 으뜸이 되었네.
樓名知妙悟	누대 이름 오묘함을 알겠으니,
地勢見雄分	땅 형세는 웅장하게 나뉨을 보았네.

29 金馹孫, 『濯纓集』 권5, 「與嚮之登觀水樓」.

30 『近思錄』 권1 「道體類」.

31 이정화(2010), 앞의 논문, 12쪽.

野闊煙凝樹　　들은 넓어 연기가 나무숲에 서리고,
江清雨捲雲　　강은 맑아 비온 뒤 구름 걷혔네.
匆匆催駟騎　　총총히 역마를 재촉함은,
要爲趁公文　　공문을 진달하기 위함이네.[32]

퇴계 이황(退溪 李滉, 1501~1570)의 작품이다. 그가 낙동강을 어떻게 인식하고 있었는지 잘 드러나는데, 1~2구에서 관수루가 접해 있는 낙동강이 바로 "중수군(衆水君)"임을 밝히고 있다. 이러한 인식은 이황이 당시 느꼈던 공간의 특성을 그대로 보여주는 것이라 할 수 있다. 이는 지분헌 장이유(知分軒 張以兪, 1598~1660)가 <낙동강부(洛東江賦)>를 읊으면서, "아, 낙수는 곧 우리나라의 벼리이자 으뜸인저."[33]라고 읊은 것에서도 잘 드러난다. 이와 함께 이 공간이 역과 가까운 곳에 있어 공무를 처리하며 지나는 공간이라는 점을 명확하게 드러낸다.

이 작품에는 도학, 낭만, 사회 세 가지 감성이 순서대로 어우러져 나타난다. 상주의 옛 이름이 '낙양(洛陽)'·'상락(上洛)'이었으므로, 낙동강은 이곳의 동쪽을 흐르는 강이라는 뜻이다. 즉 낙동강을 낙수(洛水)로 인식한다는 것이다. 낙수는 주(周)나라의 도읍지였던 낙읍(洛邑) 부근을 가리키는 말로, 주공(周公)이 낙읍에 도읍을 정한 뒤 송대(宋代)에 이르러 정호(程顥)·정이(程頤) 형제가 나와 유학의 연원을 계승한 곳이다. 3구에서 말하는 오묘함도 도의 근본이 바로 여기 있다는 것으로 이어질 수 있는 것이다. 이어서 이 공간의 자연경관을 묘사하는데, 주변의 넓은 들과 강을 보며 활연(豁然)해지는 모습을 보인다. 마지막으로는 공문 진달이라는 공무를 떠올려 공간의 방문 목적을 상기시킨

32 李滉, <洛東觀水樓>, 『退溪集』 別集 권1.
33 張以兪, <洛東江賦>, 『知分軒集』 권1, "嗚乎. 洛乃我國之紀而冠乎."

다. 이곳은 낭만과 도학감성을 생성시키는 공간이기는 하나, 가장 중요한 것은 자신에게 주어진 관리로서의 책무임을 나타내는 것이다. 허전(許傳, 1797~1886) 역시 이곳을 지나며 "공무로 세 번 낙동을 지나니 뱃사람이 수령을 아네."[34]라고 하여 공적인 책무를 드러낸 바 있다.

이처럼 관수루는 그것이 지닌 자연지리적 환경에 의해 감성이 생성되기도 하고, 그것이 지닌 누정의 명칭에 의해 감성이 생성되기도 하였다. 영남의 여타 누정과 비교했을 때 특징적인 것은 도학감성이 생성되는 경우가 빈번하다는 것이다. 이는 앞서 서술한 바 있듯이, 공간의 명칭에서 그 감성이 제약을 받는 것과 함께 작가의 개인적 상황과도 밀접한 관련이 있을 것이다. 이와 관련해서는 다음 장에서 자세히 살펴보도록 하자.

3. 관수루(觀水樓) 제영시에 나타난 공간감성의 의미

앞선 장에서 구체적인 작품을 통해 이 공간에서 감성이 다양하게 생성됨을 보았다. 그러나 누정의 명칭에 의한 공간감성의 제약이 일정 부분 존재한다는 점이 관수루의 가장 큰 특징이라 할 수 있었다. 오늘날에도 그러하지만, 명명행위는 그것의 특징을 포괄적으로 아우르며 상징성을 지닌다. 그렇기 때문에 관수루 또한, 명칭이 주는 상징성은 이곳을 방문하는 이들에게 중요한 요소로 작용하였다. 이러한 명칭에 의한 감성의 제약이 일차적인 것이라면, 당대의 여러 상황과 맞물려 생성되는 감성의 제약 또한 중요하게 살펴볼 필요가 있다.

---

34 許傳, <觀水樓 敬次退溪先生韻>, 『性齋集』 권1, "公事三過洛, 舟人識使君"

화차운시가 일상적으로 창작되었던 조선시대에 원운이 갖는 상징성은 매우 중요하게 작용한다. 특히 누정의 경우 선현들의 작품을 게판해 놓기도 하고, 유명한 작품은 널리 알려지기도 하면서 특정 누정과 특정 인물을 연결지어 인식하는 경우도 많았다. 그렇다면 관수루의 경우에는 어떠한 인물이 상징성을 지닐 수 있을까? 이러한 지점에서 이황이 제영시를 남겨 도학감성을 드러냈다는 점은 이후 관수루라는 공간의 인식 전개에서 매우 중요한 의미를 지닌다.

鄒聖書中語	『맹자』에 쓰신 말씀,
退翁壁上題	퇴계 선생께서 벽 위에 쓰셨네.
觀水固有術	물 보는 데서 진실로 묘한 이치 생긴다 하니,
斯言豈余欺	이 말씀 어찌 나를 속이리.[35]

강고 류심춘(江皐 柳尋春, 1762~1834)은 제시한 작품의 시어에서 직접적으로 "퇴계[退翁]"를 드러내고 있다. 이러한 현상은 퇴계의 제영시가 나온 후에만 일어날 수 있는 특징이라 할 수 있다. 또한 이 작품의 특징적인 점은 관수루를 둘러싼 자연 공간에 대한 묘사를 하고 있지 않은 점이다. 다른 시들이 대체로 누정의 명칭에 초점을 두어 강과 누정을 함께 인식하면서 외양(外樣)에 집중했다면, 이 작품에서는 누각 안에 게판된 퇴계시만을 이 공간에서 기억하며 공간 인식의 요소로 삼고 있다. '관수(觀水)'의 의미를 강조하는 것으로 작시에의 의미를 두는 이러한 시적 성향이야말로 설리적(說理的)인 성향을 띤 누정시의 전형을 보여주는 것이기도 하다. 또 추성(鄒聖)을 전고로 한 까닭은 이황이 『맹자』의 이루(離婁) 장구를 강조한 것과 관련 있다. 맹자 역시

35 柳尋春, <泊觀水樓 作十三絶>, 『江皐集』 권1.

공자의 물 예찬을 근거로 하여 근원이 풍부한 물을 마르지 않고 계속 흘러가듯이, 도에 있어서도 그 근원이 확립되면 공효는 무궁무진함을 설파[36]한 바 있는데, 그러한 인식을 시의 바탕에 두고 이 공간 속에서 오롯이 이황에 대한 존모만을 표현한다.

류심춘의 아들인 낙파 류후조(洛坡 柳厚祚, 1799~1876)와 류효조(柳孝祚)를 중심으로 1832년에 낙동강에서 15인이 선유를 하는데, 이때에도 관수루는 선유의 중요한 공간이었다. 이때 참여한 이들이 읊은 시에서 "선생의 시 공경히 읽자니, 푸른 물결에 비단 같은 글 일렁이네."[37]라거나 "우리 스승 뵐 수 있을 듯, 퇴계를 기억하며 쓴 글 목청껏 읊네."[38]와 같은 구절을 통해 이황의 작품 창작되고 그 작품이 게판 되고 나서는 후대 제자들에 의해 이러한 의미가 더욱 극대화되면서 계승되었다는 점을 알 수 있다. 이처럼 관수루는 퇴계의 작품이 창작되면서 이 공간의 구성요소로 퇴계에 대한 존모가 함께 생성되었다. 하지만 공간감성이 다양한 요소에 의해 다양한 방식으로 생성됨을 떠올려 본다면, 이 또한 변형되어 생성되는 경우가 발생한다. 다음의 작품을 보자.

登樓春作伴	누각에 올라 봄날과 짝하니,
光景賀東君	광경이 동군을 축하하는 듯하네.
嶷嶷仁山屹	높고높은 어진 산 우뚝하고,
滔滔智水分	도도하게 지혜로운 물 나뉘어 흐르네.
天涯遙去鳥	하늘끝 날아가는 새 아득하고,
海際淡來雲	바닷가 몰려오는 구름 어렴풋하네.
有術觀瀾處	물결을 봄에 방법이 있느니,

36 이정화(2012), 앞의 논문, 18쪽.
37 『洛遊帖』, "敬讀先生韻, 淸波動錦文"
38 『洛遊帖』, "吾師如何見, 莊誦記陶文"

游魚漾錦文　　　유영하는 물고기 비단 물결 일렁거리네.[39]

임재 서찬규(臨齋 徐贊奎, 1825~1905)가 이황의 제영시를 차운하여 지은 작품이다. 서찬규는 『임재일기(臨齋日記)』에 따르면, 여러 번 관수루를 방문하였는데, 때마다 관수루에서 선현들의 유묵을 감상하였다는 구절이 나온다. 기록들 가운데는 퇴계 선생의 시를 차운하였다는 기록이 등장하기도 하는데, 제시한 작품은 그때 창작된 것으로 보인다. 1구의 '춘(春)'이라는 시어 외에도 2구의 동군(東君)을 통해 계절적 배경이 봄임을 알 수 있다. 앞선 시와 달리 낭만감성이 작품의 전반부에 내재되어 있다. 그러나 단순히 자연경관의 아름다움만을 읊은 것은 아니다. 물론 4구에서 물이 나뉘어 흐른다는 것은 장유(張維)가 읊은 바 있듯이, "대령(大嶺) 이남 칠십 고을, 산 등지고 바다 건너 만주(蠻洲)를 제압하네, 그 속을 관통하는 한 줄기 낙동강물, 신령스런 땅 기운에 인재들도 넘쳐나네."[40]와 같은 구절을 보면, 낙동강이 이 지역을 관통하는 강물이라는 점이 당시 사람들에게 폭넓게 자리 잡고 있었음을 알 수 있다.

그러나 그러한 실제 지리적 정보를 중심에 두지 않고 『논어』 구절을 인용하여 인(仁)과 지(智)의 진정한 즐거움을 바로 이 공간에서 느낄 수 있음을 드러낸다. 결국 이 공간이 지닌 산수는 단순하게 풍류를 위한 것이 아니라 도학자의 산수임을 말하는 것이다. 7구의 관란(觀瀾) 역시 그 근원을 탐구해야 한다는 것으로, 도학이 그 중심에 있음을 알 수 있다. 입헌 한운성(立軒 韓運聖, 1802~1863)이 1856년에 관수루를 방문하여 지은 작품에서도, "물을 봄에 무슨 방법으로 보아야 하는가, 강물에 나아가 그대에게 물어보고자 하네."[41]라고

39 徐贊奎, <登洛東觀水樓 敬次退溪先生韻>, 『臨齋集』 권1.

40 張維, <送李尙輔學士掌試嶺南長句>, 『谿谷集』 권26, "大嶺以南七十州, 負山抱海控蠻洲, 中間一條洛江流, 地靈勃勃人材優."

한 바 있는데, 이 역시 물을 단순히 자연물로 즐기는 것이 아니라 도를 탐구하는 하나의 방법임을 인식한 것이다. 아울러 "원컨대 좇아 묘한 이치 알아서, 쇠미한 시대 사문을 진작시키려 하네."[42]라고 하여 관수루에서 낙동강을 보는 것이 단순히 자연물로서 감상하는 것이 아니라 도를 추구하는 하나의 방법임을 드러낸 바 있다.

이들 작품의 특징적인 것은 앞선 작품과는 다르게 이황을 작품에 직접적으로 등장시키지는 않았다는 점이다. 물론 동일한 운자를 사용한 차운시이며, 그 작품에 흐르는 감성이 앞선 원운을 잇고 있다고는 할 수 있다. 하지만 앞서 제시했던 영남 남인들의 작품과는 달리 퇴계에 대한 존모가 작품에 드러나지 않는다는 점에서 차이점을 보인다. 서찬규나 한운성은 매산 홍직필(梅山 洪直弼, 1776~1852)의 문인이었기 때문에, 퇴계를 종장으로 하는 영남학파와의 거리가 있는 노론 계열의 문인이었다. 따라서 학통에 따라서 공간을 인식하는 데 일정 부분 차이를 보이는 미묘한 지점을 확인할 수 있다. 이는 비슷한 시기에 창작된 극재 노필연(克齋 盧佖淵, 1827~1885)의 작품에서 "퇴계[陶山]가 글 짓고 노래하던 곳, 또 성재(性齋)의 글이 있네."[43]라고 읊은 것과 비교해 본다면 명확하게 드러난다. 노필연은 노상익(盧相益)·노상직(盧相稷)의 부친으로, 근기남인이었던 허전의 문인이었다. 따라서 관수루에서 자신의 스승인 허전이 퇴계를 생각하면서 차운시를 남겼던 사실을 드러내며, 이 공간을 퇴계와 성재를 모두 떠올리는 공간으로 인식하고 있다. 이처럼 공간 속에서 동일한 감성이 그 바탕을 이루고 있지만, 학파에 따라 선택하는 시구가 다르고 주된 인식의 대상이 다르게 드러나면서 공간감성은 다양하게 변형생성될

---

41 韓運聖, <洛東觀水樓 謹次退溪先生板上>, 『立軒集』 권3, "觀水觀何術, 臨流欲問君"
42 韓運聖, <洛東觀水樓 謹次退溪先生板上韻>, 『立軒集』 권3, "願追知妙悟, 衰季振斯文"
43 盧佖淵, <與致善景傅登觀水樓次板上韻>, 『克齋集』 권1, "陶山題詠處, 又有性齋文"

수 있었다.

이렇듯 관수루를 중심으로 한 낙동강에 대한 감성은 작가와 작품에 따라 다양한 모습을 보인다. 그러나 다양하게 변형되면서도, 그 기저에 도학이 자리 잡고 있다는 점은 매우 중요하다. 이는 이곳이 하도낙서(河圖洛書)의 의미가 서려 있는 신령한 공간이라는 인식이 내재되어 있기 때문이다. 하도(河圖)는 복희(伏羲)가 황하(黃河)에서 얻은 그림으로, 이것에 의해 복희는 『역(易)』의 팔괘(八卦)를 만들었다고 하며, 낙서(洛書)는 우(禹)가 낙수(洛水)에서 얻은 글로, 이것에 의해 우는 천하를 다스리는 대법(大法)으로서의 『홍범구주(洪範九疇)』를 만들었다고 전해진다. 하도낙서의 '낙수(洛水)'와 낙동강을 동일시하며, 이 지역이 도맥(道脈)이 흘러들어오는 공간으로 인식하게 만드는 것이다. 또한 염락관민(濂洛關閩)의 측면에서도 중요한 의미가 있다. 염락관민은 염계(濂溪)의 주돈이(周敦頤), 낙양(洛陽)의 정호·정이 형제, 관중(關中)의 장재(張載), 민중(閩中)의 주희 등 송나라 성리학자들을 가리킨다. 여기서 정호와 정이가 지니는 북송 이학(理學)의 대표성을 생각해 본다면, 저 낙양의 의미를 상주에 대입시켜 조선의 도맥이 흐르는 곳으로 인식하고 있음이 명확하게 드러난다. 따라서 이러한 인식을 근저에 두고 공간감성이 생성되었다고 할 수 있다. 이러한 인식이 바탕에 있었기 때문에, 그 경관의 아름다움과 누각의 위용을 읊은 누정시가 주를 이루지 않고 물을 통해 이치를 살피고, 자신의 학맥을 드러내는 등으로 공간감성이 재생산되면서 다양한 작품을 창작될 수 있었던 것이다.

4. 맺음말

지금까지 관수루 제영시를 통해 낙동강의 공간감성과 그 의미를 살펴보았다. 예전부터 누정은 명승지에 자리하여, 그곳을 찾는 탐방객들이 아름다운 경치에서 촉발된 흥취나 자연과의 교감을 문학작품으로 표현해 내었다. 때문에 누정들마다 수많은 제영시들이 창작되었다. 이러한 제영시들은 그 공간에 대한 인식이 어떠했던가를 가장 생생하게 보여준다는 측면에서 공간감성을 가장 잘 드러내는 작품들이기도 하다.

낙동강가에는 수많은 누정들이 자리하고 있다. 그 가운데 이 글에서 관수루를 그 중심공간으로 살펴본 것은 상주의 옛 이름이 '낙양(洛陽)', '상락(上洛)'이었으며, 낙동강은 이곳의 동쪽을 흐르는 강이라는 뜻이기 때문이다. 즉 낙동강을 낙수로 인식한다는 것, 이것이 낙동강을 이해하는 데 상주라는 지역을 함께 살펴보아야 할 가장 큰 이유라 할 수 있다. 낙수는 주(周)나라의 도읍지였던 낙읍(洛邑) 부근을 가리키는 말로, 주공(周公)이 낙읍에 도읍을 정한 뒤 송대(宋代)에 이르러 정호(程顥)·정이(程頤) 형제가 나와 유학의 연원을 계승한 곳이다. 특히 여타 누정시들은 대체로 낭만감성이 주를 이룬다는 점을 떠올려 본다면, 이러한 역사문화적 맥락은 당대인의 인식에 매우 중요한 작용을 하였음을 알 수 있다.

관수루는 그 공간이 지닌 자연의 아름다움도 작품창작의 계기가 되었지만, 그 누정의 위치와 명칭에서 생성되는 감성이 매우 중요하게 작동한 곳이다. 물론 낭만, 사회, 도학감성이 다채롭게 생성되면서 작가, 시대, 상황에 따라 다양하게 작품이 창작되었다. 하지만 무엇보다 중요한 것은 누정의 명칭이 '관수'이고, 이는 도학적 사유와 분리하여 생각할 수 없다는 점이다. 이는 퇴계가 작품을 창작한 후, 학파에 따라 미묘하게 인식이 달리 드러나긴 하지만, 그 원운의 감성을 지속적으로 계승하는 것에서도 잘 알 수 있다. 퇴계의 이전에도 관수루를 읊은 작품들이 몇 수 존재하였지만, 퇴계의 작품을 학파를 막론하고 지속적으로 차운하였다는 점은 퇴계라는 인물에 대한 인식이 이 공간에서 생성된 감성과 밀접한 연관을 지니고 있음을 상징적으로 드러내 준다 하겠다.

낙동강은 영남의 대천으로, 영남의 전 지역을 관류하고 있다고 해도 과언이 아니다. 따라서 이 강이 흐르는 곳마다 다양한 명승을 만들고, 지류마다 새로운 공간을 만들어내며, 감성을 발생시켰다. 앞으로 다양한 공간을 대상으로 작품을 통해 공간감성을 살펴본다면 당대인의 보편적인 인식뿐만 아니라, 세밀한 모습까지도 생생하게 읽어낼 수 있을 것이다.

04

현대시를 통한 낙동강 수계 지역의 지리적 이미지 연구*

| **김수정** | 시인. 경북대학교 교육학 석사
| **조철기** | 경북대학교 지리교육과 교수

1. 머리말

산다는 것은 지리 공간, 즉 장소와 관계를 맺는 것이다(장석주, 2006 : 27). 육지나 바다, 심지어 우주의 한 공간에서조차 사람은 특정 장소와 관계를 맺고 살아가며 장소 또한 그곳에서 활동하는 사람에 의해서 그 존재적 의미를 갖는다.

우리가 어떤 장소를 이해하는 데 가장 좋은 방법은 직접적인 경험일 것이다. 그러나 직접적 경험은 시간적, 경제적 이유로 제한될 수밖에 없고, 문학 작품, 여행기, 신문 기사, 텔레비전 다큐멘터리 등을 통해 간접적으로 경험하는 경우가 많다. 그 중에서 시나 소설 같은 문학 작품은 일상적인 매체로서, 사람들은 그 작품에 기술된 공간적 배경을 통해 의식적이거나 무의식적으로

* 이 글은 기발표된 필자의 논문(「현대시를 통한 낙동강 수계 지역의 지리적 이미지 연구」, 『한국지역지리학회지』 21-4, 한국지역지리학회, 2015, 673~690쪽)을 수정, 보완한 것이다.

특정 장소에 대한 이미지를 얻을 수 있다.

자연은 문학 작품 속에서 단순한 배경으로 존재하기도 하고, 인간의 삶에 대한 비유적 기능으로서의 역할을 담당하기도 하며 작품의 근간이 되기도 한다(곽경숙, 2006 : 89~107). 지리학이 자연과 인간과의 관계를 탐구하는 학문이기에 '강'이라는 요소는 지역 연구의 주요 대상이 된다. 왜냐하면 인류의 문명이 대부분 강을 중심으로 발생하였고, 강은 인간이 살아가는 삶의 터전이면서 또한 인간과 유기적인 관계를 맺고 살아가는 공간이기 때문이다. 그리하여 그 관계는 많은 문학 작품을 통하여 나타나고 있다.

문학 작품 속에서 강의 원형적 상징은 여성이요 어머니며, 생명이자 죽음이다. 강은 삶의 여정과 같다. 인간이 태어나고 성장하고 자기만의 모습으로 살아가며 새로운 생명을 탄생시키듯, 강도 유량이나 유속에 따라 지역마다 다른 자연환경과 인문환경을 탄생시킨다. 그러므로 강은 특정 지역의 지역성을 밝히는 데 적합한 소재가 될 수 있다.

그런데 특정지역의 장소성에 관한 연구를 할 때, 개별성과 주관성의 한계 때문에 한 개인의 장소감에 관한 모노그래프적 연구는 별로 이루어지지 않고, 시나 소설, 에세이 같은 텍스트 속에 재현된 주관적 장소감을 특정 연구 주제에 메타적으로 이용하는 경향이 있다(심승희, 2013 : 97). 즉 장소에 대한 재현물의 해석을 통해 장소성을 탐구하는 방식을 취하고 있다.

문학 작품 중에 시는 소설과 마찬가지로 장소를 배경으로 하는 경우가 많다. 시는 소설에 비해 압축된 언어로 표현되지만, 그 비유와 상징을 통해 얻은 언어로 특정 장소에 대한 지리적 이미지를 얻는 것에는 큰 무리가 없다. 그리고 시는 소설에 비해 많은 작품을 구할 수 있어서, 특정 지역에 대한 시대별, 위치별 분류를 가능하게 한다. 따라서 본 연구는 낙동강을 재현한 현대시를 통해 이에 재현된 지리적 이미지를 고찰하는 방법을 택했다.

이렇듯 하나의 자연환경과 문학이 오래전부터 소통해온 낙동강 유역을 중심으로 문학 작품에 재현된 지리적 이미지를 고찰하는 것은 현대 문학지리학에서 의미 있는 일이 될 것이다. 그런데 낙동강을 대상으로 한 문학지리적 연구는 대부분 낙동강 수계 전체를 대상으로 하기보다는, 부산·경남 중심의 하류 지방(박태일, 1991), 낙동강 본류가 시작되는 상주 중심의 중류 지방(정우락, 2010) 등 낙동강의 특정 지역을 대상으로 하였다. 그리고 이들 연구는 특정한 시대적 상황에 한정된 시만을 대상으로 하는 한계를 지닌다. 이와 달리 본 연구는 낙동강의 발원지부터 하구에 이르는 전체 지역을 대상으로 현대시를 통해 재현된 낙동강 수계 지역의 지리적 이미지를 고찰하고자 한다.

2. 연구 대상과 방법

이 연구는 문학지리학을 근간으로 한다. 작가들은 소설이나 시 같은 문학 창작을 통해서뿐만 아니라 탁월한 문학적 감수성을 바탕으로 직접 지역을 관찰하고 기술하는 지리학자의 역할까지 겸하고 있다. 따라서 공간과 장소를 배경으로 한 소설이나 시는 문학적 상상력뿐만 아니라 지리적 상상력이 반영된 것으로 문학지리학의 대상이 될 수 있다. 문학지리학이란 장소와 경관에 대한 해설로서의 문학 작품이나 지리학적 현상으로서의 문학 작품을 연구하는 것이다(이은숙, 1992 : 149; 2010). 시인이자 문학평론가인 장석주(2006)는 문학지리학이란 '특정 지역에서 꽃핀 문학적 자산을 자연지리에 대한 관심과 연결해 그 지리의 위치, 지형, 인심, 풍속, 인물, 기후, 생태, 역사, 지역의 방언 분화, 공동체의 체험 등을 전체로 아우르며 그것이 문학 상상력에 어떤 자양분을 공급하고, 미학적 숨결을 불어넣었는가를 따지고 캐는 것'이라 하였다.

낙동강 수계 지역을 대상으로 한 현대시에 대한 문학지리학 연구를 위해, 이 연구는 낙동강 제재 시 86편을 대상으로 하였다([표 1]). 여기에서 '낙동강 시'라 함은 1920년부터 2014년까지 발표된 시의 제목이나 본문에 낙동강 수계 지역에 대한 언급이 있는 현대시(시조와 동시 제외)를 말한다[1]. 본 연구에서 현대시를 분류하는데 적용한 기준은 최남선이 <해에게서 소년에게>를 발표한 1908년을 즈음으로 하였다(이승하 외, 2005 : 4). 많은 시인들이 낙동강에 대한 시를 썼지만 출처를 정확히 알 수 있는 시만 연구 대상으로 하였으며, 한 작품이 문학지와 시집에 동시에 실린 경우에는 처음으로 발표된 것을 기준으로 하였다.

[표 1] 연구 대상 목록(발표 연도, 제목 가나다 순)

연번	연도	제목	시인	연번	연도	제목	시인
1	1928	낙동강	양우정	44	1997	신천 세미나 1	이하석
2	1938	낙동강	김용호	45	1998	구포	천양희
3	1947	낙동강	이극로	46	1999	四月	문인수
4	1948	김해평야	정진업	47	2000	낙동강 하구에서	허만하
5	1948	洛東江	정진업	48	2002	낙동강	강은교
6	1949	洛東江	박 민	49	2002	양산천	박태일
7	1950	洛東江	김사엽	50	2002	우포	박태일
8	1952	낙동동류	이종두	51	2002	우포, 검은 보리밭	김명리
9	1954	洛東江의 遺言	김순기	52	2002	우포늪 왁새	배한봉
10	1956	별리	조지훈	53	2002	황강 16	박태일
11	1958	救命의 江	최기형	54	2003	눈썹나비1	장옥관

1 낙동강 수계 지역이라 함은 낙동강을 포함하여 내성천, 반변천, 밀양강, 황강 등의 지류와 그 지류의 2차 지류를 포함한다. 조지훈의 <별리>처럼 강의 이름이 구체적으로 언급되지는 않았지만, 작품의 공간적 배경에 대해 널리 알려진 시는 포함하였다.

연번	연도	제목	시인	연번	연도	제목	시인
12	1958	낙동강·2	박현서	55	2003	바람을 기다리는 일	정끝별
13	1964	경부선 원동역에서	유치환	56	2003	우포늪	황동규
14	1964	洛東江 노래	이은상	57	2005	옥비의 달	박태일
15	1971	가뭄	이달희	58	2005	황지에 와서 토하다	이승하
16	1972	낙동강	이달희	59	2005	청둥오리	박수화
17	1974	남도감별곡	한찬식	60	2006	낙동강	오세영
18	1975	明禮에서	이유경	61	2006	낙동강	강은교
19	1977	河回에서	김종길	62	2006	황지	배한봉
20	1980	남강가에서	박재삼	63	2007	금호강	송재학
21	1981	가을	김사림	64	2007	낙동강	장옥관
22	1981	洛東江	안도현	65	2007	빈집	송재학
23	1981	삶의 터전	김사림	66	2008	하회에서	오세영
24	1981	우물가에서	김사림	67	2008	하회에서	정희성
25	1982	乙淑島에서	이달희	68	2008	황지를 들여다보며	김종길
26	1983	겨울 낙동강	김여정	69	2009	단천마을	안상학
27	1983	물의 노래	이동순	70	2011	검은 물	최영철
28	1984	낙동강의 바람	강은교	71	2011	늪의 내간체를 얻다	송재학
29	1985	다시 낙동강	안도현	72	2011	별똥별	김수정
30	1985	흐르지 않는 江	김규태	73	2011	죽 한 그릇	김수정
31	1987	금호강	송찬호	74	2012	다대포의 사랑	김필규
32	1987	주남저수지	정일근	75	2012	은어	권달웅
33	1988	1987년 11월의 新川	안상학	76	2013	시골 창녀	김이듬
34	1989	낙동강	이기철	77	2013	낙강과 백운	문인선
35	1990	을숙도	박라연	78	2013	병산서원에서 보내는 늦은 전언	서안나
36	1991	낙동강	조동화	79	2013	삼락천	윤원식
37	1991	돌아오지 않는 새들을 위하여	이승하	80	2013	이별연습	윤원식

연번	연도	제목	시인	연번	연도	제목	시인
38	1992	검은 강	이동순	81	2013	하회마을과 낙동강	박순화
39	1992	낙동강	이동순	82	2014	두 딸을 앞세우고	박태일
40	1993	낙동강의 이름으로	유안진	83	2014	무섬마을에 가다	박현수
41	1994	낙동 나루에서	이승하	84	2014	을숙도	박태일
42	1997	흐르지 못하는 江	강남주	85	2014	화원유원지 누대에서	상희구
43	1997	대가천 2	이하석	86	2014	1억 4천만 년의 미래	곽효환

김사림, 박태일, 안도현, 오세영, 이달희, 이동순, 이하석, 정진업 등 몇몇 시인은 낙동강에 대한 작품이 2편 이상인데, 그 지리적 이미지가 각각 달라서 모두 연구대상에 포함하였다. 이달희 시인의 낙동강 연작시는 1971년 『물의 상징법』에 발표되었지만, 2013년 『낙동강 시집』에 재수록하면서 일부 내용이 수정되었다. 이 연구에서 시의 내용은 2013년 『낙동강 시집』을 참고하였고, 그 시집에서 밝힌 발표 연도를 기준으로 분류하였다. 그리고 시의 내용이 너무 관념적이어서, 지리적인 이미지를 구하기 어려운 시는 제외시켰다.

우선 낙동강 시에 나타난 지리적 이미지의 변천 양상을 살펴보기 위해서, 1920년부터 10년 단위로 분류하였고 2010년부터 2014년까지의 시도 수록하였다. 1920년대부터 1930년대에는 한 작품씩밖에 수집하지 못했고, 일제강점기라는 시대적 특징 때문에 함께 묶었다.

다음으로 낙동강 시를 자연지리적 요소와 인문지리적 요소, 그리고 응용지리와 관련된 지역개발과 환경오염 요소로 다시 세분하여 지리학적 영역별 특징을 살펴보았다. 사실 시라는 문학 작품을 지리학적인 측면에서 분류하기는 쉽지 않다. 왜냐하면 한 편의 시가 두 가지 이상의 지리적 요소를 내포하고 있으므로, 어느 영역으로 분류해야 하는가는 쉽지 않은 일이다. 그래서 본 연구에서 연구자의 주관성을 최소화하기 위해 연구 대상 시 86편을 지리교육 전공 교사 두 명과 국어교육 전공 교사 한 명의 도움을 빌려 함께 분류를 하였다. 한 편의 시에서 지형과 지명, 기후와 장소감 등 두 가지 이상의 지리적 이미지가 복합적으로 나타나는 시들이 많은데, 이 연구에서는 단편적인 문장에 매이지 않고, 시의 전체적인 분위기를 해석하여 분류하였다.

마지막으로, 낙동강 제재 시의 공간적 배경을 낙동강 상·중·하류 지역으로 나누어 그 위치별 특징을 살펴보았다. 낙동강 수계 지역을 상·중·하로 나누는 기준은 학자마다 다른데, 본 연구에서는 정우락(2010)의 연구를 기준으로 하였다. 그는 낙동강을 상류 - 안동권, 중류 - 대구권, 하류 - 부산권으로 분류하였다. 이 분류는 오늘날 경상남북도를 중심으로 하는 행정적인 분류나 지형학적 분류와는 다소 다르지만, 문학적인 관점에서 낙동강의 지역성을 밝히는데 유용하다.

3. 낙동강 제재 시의 시기별 변천 양상

먼저 본 연구는 낙동강 수계 지역을 공간적 배경으로 한 현대시를 대상으로 1920년부터 10년 단위로 분류, 그 시대별 특징을 살펴보았다. 본 연구의 기초 자료가 되는 낙동강 시는 1920년대 1편, 1930년대 1편, 1940년대 4편, 1950년대 6편, 1960년대 2편, 1970년대 5편, 1980년대 15편, 1990년대 12편, 2000년대 23편, 2010~2014년까지 17편으로, 총 86편이다. 앞에서도 언급했듯이 1920년대와 1930년대에는 각 1편씩의 자료만 있고 일제강점기라는 시대적 상황이 같으므로 한 단위로 묶어 분류하였다.

한국 현대시사는 1910년부터 10년 단위의 시대별로 뚜렷한 특징들을 가지고 있으며, 본 연구 대상인 낙동강 제재 시 또한 현대시의 변천 양상과 거의 비슷한 흐름을 보여준다.

1) 1920~1930년대의 '강제적 인구이동'

한국 현대시에서 낙동강을 그린 최초의 시는 양우정의 <낙동강>(1928)이다. 일제는 1925년부터 10년 동안 낙동강 대치수라는 이름을 내걸고 김해들을 쌀 수탈기지화 하였다. 옮겨 놓은 부분은 일본의 제국주의의 토지 수탈과 식민지 노예 상황을 그려놓았다(박태일, 1999 : 295).

> 洛東江은 七百里/ 沃野千里엔/ 낫서른 사람들만/ 모여서 드네/ 십리 만석 보고는/ 죄다 남 주고/ 이 땅의 백성들은/ 다 쫓겨나네
>
> — 양우정의 〈洛東江〉 부분

김용호는 1938년에 197행의 장시 <낙동강>을 발표하였다. 일제는 1910년 3월부터 1918년 11월에 걸쳐 실시된 토지조사사업을 통해 거대한 국유지를 창출하여 조선 최대의 지주로 부상했으며, 이 과정에서 많은 조선 농민들이 토지에서 이탈되었다. 김용호 시의 옮긴 부분에서는 '땅을 재는 자(尺)'에 의해 계량화되어 수탈당한 우리의 땅에 대한 슬픔이 표현되어 있다. 국권을 잃은 백성의 '장소상실'을 현실감 있게 보여주는 작품이다.

> 돌돌 말렸다 풀렸다 하는 땅을 재는 자/ 어느새 새끼쇠줄이 논바닥에 드러눕고/ 흙구루마는 영이와 풀싸움하던 그 언덕을 짓밟고 달아났다// …… // 초조와 불안과 공포가/ 나흘 낮– 나흘 밤–/ 우리들의 앞가슴을 차고 뜯고/ 울대처럼 선 온 산맥의 침묵이 깨어질 때/ 고슴도치처럼 뻣뻣한 대지를/ 한 손에 휘어잡고 메어친/ 「꽝」 하는 너의 최후의 선언은 우리들의 절망 그것이

었다// 언제 너는 노아의 주구가 되었더란 말이냐/ 언제 너는 폭군 네로를 꾀하였단 말이냐// …… // 북쪽은 구름이 깃들인 고향/ 우리들은 구름의 의도를 따라 북쪽으로 간다

– 김용호의 〈낙동강〉 부분

양우정의 <낙동강>과 김용호의 <낙동강>에서는 일제와 지주들의 수탈을 감당할 수 없게 된 농민들이 도회지나 북만주, 연해주로 떠나는 인구이동 현상이 공통적으로 나타나 있다. 이 시대의 인구이동은 이동유형으로 볼 때 '강요·강제이동'이라 할 수 있다. 이때의 배출요인은 일제의 식민수탈정책 때문이다. 인구이동의 사회적 효과 중 하나로 사회적 지위 변동이 쉽게 일어나는데, 이 시대에 우리나라 농민들은 농토를 빼기고 도시나 국외로 이동하여 더 낮은 계층으로 전락한 사례가 많다.

2) 1940년대의 '대립과 가난'과 1950년대의 '전쟁과 위로'

1940년대의 낙동강 시 4편은 모두 해방 후에 발표된 것이다. 해방기라 이름 붙일 수 있는 이 시기는 다른 어느 시기보다 많은 문학 매체들이 발간된 시기였으며, 시가 홍성한 시대였다(박용찬, 2011 : 105).

이극로는 <낙동강>(1947)에서, "낙동강 칠백리 흘러 간 저 물이/ 태평양 위에서 태평가 부르네. // 진주 앞 흘러 온 저 맑은 남강 물/ 합강된 거름강 경치도 좋구나"라며 낙동강 지류의 합류와 바다와의 합수를 노래하였다. 해방의 기쁨을 표현하며 동시에 태평성대를 기원한 것이다.

김해평야는 낙동강 하구 부근에 형성된 우리나라 최대의 충적평야이다. 그러나 1948년 정진업의 <김해평야>에서 '김해 들'은 '딸기 빛'이었다가 "핏

빛”으로 변하는 노을에 젖어 있다. 대대로 농사를 짓는 “흙두더지”들에게는 치열한 삶의 현장이면서 “피의 요람”이다. 점차 산업화되는 국토 구조에서 고단한 농촌의 미래를 예견하고 있다.

만장대에 올라 바라는/ 내 고장 김해 들에/ 딸기빛 노을은 타고 있었다// 가람은/ 연연 칠백리를 감돌고/ 갈댓잎 함께 강바람에 나부대는/ 사래 긴 보리 이랑에/ 모래 알로 영그는/ 수전 벼 포기// 거기 흙두더지의 나고 죽는/ 먼 피의 요람은/ 오늘도/ 피 같은 노을에 젖어 있었다

– 정진업의 〈김해평야〉 부분

1948년에 발표된 정진업의 <洛東江>과 1949년 발표된 박민의 <洛東江>은 해방 후 펼쳐지는 이념의 대립과 홍수 같은 자연재해보다 무서운 ‘가난’을 기술하였다. 하지만 강은 홍수라는 자연재해에 모든 것을 앗아가는 무서운 존재이기도 하지만, 또한 “刻薄한 祖上의 피와 눈물과 한숨이 저렸기에 남루(襤褸)한 창생(蒼生)은 죽어도(박민, 1949)” 잊지 못하는 삶의 원동력인 것이다.

뻗혀 있는 情熱이/ 悠久 七百里에 이르러도/ 江두렁 마슬에는/ 싸움이 그치지 않는다// 물과 사람이/ 그리고 사람과 사람끼리// 조개 갈구리/ 칼날을 세워도/ 혓바닥에 녹아드는/ 洛東江 잉어회/ 통발을 메워도 메워도/ 江물보다 오히려 무서운/ 가난이 여기 있다

– 정진업의 〈洛東江〉 부분

불가사리처럼 때로는 防策을 밀고 썩은 서까래와 家畜과 屍體를 띄우고 그래도 뭐 대수롭지 않다는 듯이 넌 泰然히 흐르는 버릇이 있다

– 박민의 〈洛東江〉 부분

한국 근대사에서 1950년대의 중요한 역사적 사건은 한국전쟁이다. 한국전쟁이 초래한 불안과 공포 등으로 남한의 문인들은 실존주의 사조에 빠져들게 되었다(이승하 외, 2005 : 178). 1950년대 낙동강 시의 특징은 한국전쟁에 관한 시가 많다는 것이다. 한국전쟁 당시 낙동강은 각별한 뜻을 지니는데 남한으로서는 최후의 방어선이었던 것이다. 1950년 한국전쟁 발발 후 전쟁의 참화 속에서도 피난문인들은 종군 문인단을 조직했고, 서정주, 조지훈, 구상, 박목월 등의 문인들이 발간한 『전선시첩(戰線詩帖)』은 1950년대 전반기를 대표하는 시집이다. 『전선시첩』은 육군 종군작가단의 기관지로서 반공주의와 국가주의를 기반으로 하며, "일선 장병의 사기를 헌앙(軒昻)케 하고, 총후 국민의 전의를 앙양케 하는 특별 임무"를 안고 탄생한 매체였다(박용찬, 2011 : 98).

이 시대의 낙동강은 "사상도 언어도 문자도 소용없이 서로 다른 윤리의 상극"만이 있는 처절한 전투 현장을 의미한다.

> 思想도 言語도 文字도/ 소용없는 때여/ 歷史의 年輪도 系圖도/ 이제 오로지 單一한 要素로 還元하는 때여/ 洛東은 언제나 永遠처럼 흘러/ 梵寺의 鐘소리는 出勤簿처럼 正確하여/ 비늘인 양 조용한 思惟의 모노클이여/ 그러나/ 江을 사이에 두고/ 서로 다른 倫理의 相剋은/ 탱크와 그랭크 프로펠러를 돌려/ 緘口한 堆塊를 向하여 咆哮한다.
>
> – 김사엽의 〈洛東江〉 부분

특히 김순기(1954)는 군에 몸담고 있던 이로서 낙동강에서 치열하게 전개되었던 전투 장면을 떠올리며 쓴 전장시를 남겼다. <洛東江의 遺言>에서는 '지열, 지축, 회전, 지도' 등 지리적 용어가 많이 등장하는 것이 특징인데, 군사지도 위에 그려진 낙동강과 실제 전투 현장인 낙동강을 되풀이하여 그 참혹한 전투 현장을 기록하였다.

T.O에서 자꾸만 줄어 가는 것들이/ 數 없이 흘리는 핏줄기에/ 地熱이 冷却되고 地軸이 녹쓰러/ 地球는/ 回轉하던 密度를 失踪한다// 5萬分之 1 地圖 위에 물 드려진 鮮血은/ 아름다운 風景畵의 化身입니다// 휘어 잡은 指揮棒 끝에 맺힌 憤怒는/ 이 江邊에 익어 가는 노을입니다

– 김순기의 〈洛東江의 遺言〉 부분

1950년대에는 낙동강의 역사성을 기술하면서, 강의 길이에 대한 표현들이 많은데[2] 특이한 것은 이종두(1952)의 <낙동동류(洛東東流)>에서, "洛東은 祖國의 목숨처럼 길고,/ 洛東은 七億兆年./ 洛東은 七億萬里"라고 그 길이가 지나치게 과장되어 있다는 것이다. 이는 낙동강의 유구한 흐름을 강조하여 한국전쟁을 극복해야 하는 시대를 위로하기 위한 표현으로 보인다.

3) 1960년대의 '경제개발'과 1970년대의 '다양한 삶의 모습'

1960년대에 남겨진 낙동강 시는 몇 편 되지 않는다. 한국사적으로 1960년대는 새로운 도약의 시기이다. 1962년부터 경제개발 5개년 계획이 시작된 것이다. 경제개발에 대하여 구체적이거나 직접적으로 표현된 시는 없지만, 낙동강의 역사성을 강조하며 경제 발전의 희망을 노래 부르고 있다.

이은상의 <洛東江의 노래>는 1954년에 발표한 <洛東江>을 개작하여 재수록한 것으로, "보아라 新羅 伽倻 빛나는 역사/ 흐르듯 잠겨있는 기나긴 강물/ 잊지마라 예서 자란 사나이들아/ 이 강물 네 血管에 피가 된 줄을/ 오호 洛東江 오호 洛東江/ 끊임없이 흐르는 傳統의 낙동강."이라고 노래하였다.

---

2 이은상은 <낙동강>(1954)에서 '낙동강 천삼백리', 최기형은 <求命의 江>(1958)에서 '출렁 출렁 흐르는 八百里'라고 하였다.

우리나라에서는 1960년대 이후 산업화, 도시화와 함께 이농현상이 계속되었고, 도시 빈민층 증가, 각종 도시 및 사회문제가 나타났다. 한찬식은 <남도감별곡(南道鑑別曲)>(1974)에서 타지에서 들어온 이주민의 향수를 표현하였다. "나비잠"은 간난아이가 두 팔을 머리 위로 벌리고 자는 잠을 말하고, 병주고향(竝州故鄕)이란 오래 살아서 정든 타향을 고향에 비유하여 이르는 말이다. 낙동강은 전쟁으로 인하여 고향으로 돌아가지 못하는 이에게 제2의 고향으로 새로운 장소애의 대상으로, 새로운 '뿌리내림'이 시작되는 곳이다.

> 드디어 故鄕은 잊었어라/ 北國 동무의 고향은 잊었어라/ 洛東江 슬픈/ 軍歌의 메아리 눈에 서리며/ 竝州 고향 물길은 끝없어/ 드넓은 벌판에 나비잠이 드나든다.
>
> – 한찬식의 〈남도감별곡(南道鑑別曲)〉 부분

이유경이 1975년 발표한 <明禮에서>[3]는, 삶의 중심 상실이라는 심각한 문제를 낙동강가의 한 장소를 빌려 뛰어나게 담아내었다(박태일, 1999 : 277). 시인은 1974년에서 1975년까지 고향인 밀양 하남의 사물들에 관한 시를 썼다. 시집 『하남시편』을 낼 무렵인 1975년은 '긴급조치'가 잇따라 발표되고 표현의 자유가 억압되던 엄혹한 시절이었다. 그 무렵 시인들은 '겨울'이라는 상징적인 말을 자주 썼다(이유경, 2014). <明禮에서>는 "무가 뽑혀나간 무밭"이나 "무성함을 잃어버린 삼밭"으로 대유(代喩)되는 농촌의 피폐해진 삶을 김해나 창원 등과 같은 도시와 비교하면서 1970년대의 '도농격차'를 보여준다.

> 저녁 연기들이 강 건너 金海 쪽으로 날아 간다/ 그 위로 기러기가 끼룩거리

3 여기서 명례는 시인의 고향이며, 경상남도 밀양의 한 지명이다. 시인은 밀양의 하남에서 태어나 중학교를 낙동강 건너 김해시 진영읍의 진영중학교로 왕복 60리를 걸어 다녔다고 한다.

며 해 진/ 昌原 쪽으로 날아 간다 기러기와/ 연기들이 다 함께 구름이 되는 것도/ 明禮 강둑에선 환히 보인다/ 들판 끝 마을/ 죽어서 묻힐 묘지 하나도 없다/ 무가 빠져나간 무밭과/ 모래가 뿌옇게 일어서 있었다/ 얼지도 않은 강물이 차갑게 밤 속으로 흘러갔다/ 마른 삼다발이 뒤곁에서 부스럭대며/ 지난 여름의 무성함을 지껄이고/ 明禮는 들판 끝에서 지금/ 혼자 웅크리고 있다

– 이유경의 〈明禮에서〉 부분

4) 1980년대의 '환경문제의 대두'와 1990년대의 '생태시의 등장'

1980년대 후반부터 낙동강 제재 시는 대부분이 환경오염에 관한 것이다. 1960년대부터 시작된 경제개발의 이면에는 신음하는 산하가 있고, 특히 낙동강은 중·하류 지역에 이를수록 심각한 수질오염 현상이 나타났다. 1980년대에는 낙동강의 수질오염을 현실적으로 비판한 작품들이 시단의 주목을 받았다.

개구리 한 마리, 미꾸라지 한 마리 노닐지 않는/ 너를 달디단 젖줄이라고 우기는/ 우리는 마음이 비어 버린 백성

– 김규태의 〈흐르지 않는 강〉 부분

주남저수지에 와서/ 죽어 썩어나는 철새들의 주검과/ 등이 휘어진 기형 물고기들을 본다/ 우리나라 애국가 속으로/ 무궁화 삼천리 화려강산 속으로/ 무리지어 힘차게 날아가던 저 새들이/ 딸아이의 동화 속에서/ 함께 춤추고 노래하던 어린 물고기들이/ 여기저기 죽어 떠다닌다

– 정일근의 〈주남저수지〉 부분

1990년대에 발표된 낙동강 시 11편 가운데 6편이 환경오염이나 생태파괴

를 다룬 내용이다. 1990년대 낙동강에서는 심각한 수질오염이 발생하였다. 이는 '낙동강 페놀 오염 사건'으로, 구미 공업단지 안의 두산전자가 1991년 3월 14일과 4월 22일 두 차례에 걸쳐 각각 페놀 30톤과 1.3톤을 낙동강으로 유출한 사건이다. 이러한 시대적 배경으로 볼 때, 이 시대에 수질오염에 대한 시가 많은 것은 당연한 결과일 것이다.

그리고 1990년대부터 '을숙도'를 노래한 시가 나타난다. 이승하는 <돌아오지 않는 새들을 기다리며>(1991)에서 낙동강이 "내가 세제를 멋모르고 쓰는 동안 거품을 물고/ 내가 폐수를 슬그머니 버리는 동안 거품을 물고/ 신음하는 강"이 되어 버렸음을 "바다직박구리 우는 소리"로 표현하였다.

이동순은 <검은 강 - 어느 광산 근로자의 고백>(1992)에서 화자인 광산 근로자의 고백을 빌려 산업화와 몰염치한 기업이 낙동강의 수질을 심각하게 오염시켰다는 것을 알린다. 내일신문 2007년 7월 10일자에 따르면, 낙동강 황지 2지점의 수질이 엉망이며 그것의 오염원은 태백시 생활하수와 동점동 사군다리골 상단부에 있는 (구) 연화광산 폐기물매립지(광미침전지)이다.

1

검은 강이 흐른다/ 나는 상류 쪽을 거슬러 올라가본다/ 강줄기로 흘러드는 실개천/ 으쓱한 골짜기엔 아연 광산이 연기를 뿜는다/ 나는 이곳에서 사 년을 보냈다/ 원광에 황산을 들이부어/ 아연을 빼내고 나면 검붉은 폐기물만 남았다/ 그 걸쭉한 찌꺼기들을/ 우리는 '케이크'라고 불렀다 ……

4

그해 여름/ 장마비는 줄기차게 내렸다/ 그런 밤은 과장의 전화벨도 어김없이 울려댄다/ 그날 나는/ 황산 폐기물을 빨리 강물로 흘려보내라는/ 특히 남의 눈을 조심해서 처리하라는/ 과장의 명령을 단호히 거절했다/ 그 독극물을/

> 결코 강으로 쏟을 수 없다고/ 또 버려선 안 된다고 송화기에 대고 외쳤다/ 그리고 나는 해고되었다
>
> – 이동순의 〈검은 강 – 어느 광산 근로자의 고백〉 부분

강남주는 <흐르지 못하는 江>(1997)에서 낙동강 하굿둑의 준공으로 낙동강 하구가 “페스트 환자” 수준으로 오염되었음을 알린다. 이것은 오염된 공장 폐수와 생활하수가 대거 유입되고 있는데다 하굿둑 축조 이후 유속이 크게 감소하여 여름 가뭄이 들고 수온마저 높을 때는 조류(藻類)의 번식에 이상적인 조건이 갖춰지기 때문이다.

> 목이 콱콱 막힌다/ 긴 터널 지나며/ 시궁창 땟국에 얼죽음이 된다.// 자유에 도달하기 전/ 앞서 찾아온 사지마비.// 육신은 갈대에 걸리고/ 안간힘하며 붙들던 뿌리마저도/ 허연 이를 내보이며/ 페스트 환자의 얼굴이 된다.
>
> – 강남주의 〈흐르지 못하는 江〉 부분

5) 2000년대 이후 : 문학적 소재의 다양성과 개인적 장소애의 재현

2000년대에도 여전히 환경오염에 대한 경각심을 일으키는 시가 발표되었다. 강은교의 <낙동강>(2002)은 “신음 소리 새나는/ 보랏빛 입술”이고, 박태일의 <양상천>(2002)은 “그물에 얽혀 뜬 왜가리”가 죽어서 “폴리에티렌 하얀 꽃을” 둘렀다고 묘사하고 있다.

2008년에는 오세영과 정희성이 <하회(河回)에서>라는 제목으로 하회 지형의 아름다움을 예찬하였다.

> 저녁 무렵 만대루에 올라 바라보노라/ 병풍같은 절벽 세상을 막아 서고/

> 강물은 마을을 둘러 흐르는데/ 이쯤에서 그만 나도 다리를 뻗고 싶다
>
> — 정희성의 〈하회에서〉 부분

그리고 2008년에 발표된 안상학의 <단천마을>(2009)에서는 "낙동강을 사이에 두고 적벽을 마주한" 안동 도산면의 단천마을에 "개를 가져다 놓으면 어쩌다 한번 짖은 자기 목소리가 적벽에 부딪쳐 되돌아오는 소리에 놀라 더 큰 소리로 짖고 그러면 그 큰 소리는 더 큰 소리로 돌아"온다며 단애(斷崖) 지형을 해학적으로 묘사하였다.

2000년대의 낙동강 시 23편을 분석하면 지형에 관한 시가 7편, 생태시가 3편, 인구이동에 관한 시 1편, 환경오염에 관한 시가 4편 그리고 문학지리 영역의 시가 8편이다. 가장 많은 비중을 차지하는 문학지리 영역을 다시 살펴보면, 설화에 바탕을 둔 내러티브로서의 시 1편, 이육사 시인의 딸을 소재로 한 시 1편, 지명에 관한 시 1편, 시인 개인의 장소감이나 장소상실에 관한 시가 5편이어서 다양한 문학적 소재가 다루어졌음을 알 수 있다.

2010년에서 2014년까지 발표된 시 중에서도 환경오염에 관한 시가 계속 나타난다. 최영철은 <검은 물>(2010)에서 강물은 "더 이상 갈 데가 없"이 "시커먼 수의에 덮였다"고 하였다.

> 누가 가래침을 뱉었다/ 오줌을 갈겼다/ 두 손 받들어 공손히 들이키던 물의 몸/ 시커먼 수의에 덮였다/ 헌화라도 하듯 경의라도 표하듯/ 담배꽁초 비닐 부스러기 바쳐졌다
>
> — 최영철의 〈검은 물〉 부분

윤원식은 <삼락천>(2013)에서 "도시의 굴뚝에서/ 연기가 멈추지 않으면서" "줄줄이 뛰어오르던/ 피라미, 강준치, 붕어가" 사라져 아버지를 시름에 들게

한 '삼락천'을 회상한다.

2011년 발표된 박태일의 <을숙도>(2014)에서는 "굴삭기 파도가 찍어대는 뻘밭"에 "은박지 아파트가" 반짝인다고 을숙도 지역의 개발과 환경오염을 묘사하였다.

> 새벽에 떠난 구름 거룻배가 높다 세월이 제 몸에 왝짓거리하듯 강이었다 바다였다 굴삭기 파도가 찍어대는 뻘밭 은박지 아파트가 빛난다 바람이 맥박을 쥔다 무릎 까진 대파가 웅성웅성 멀다 내장을 녹인 폐선들 선창은 어디였을까 눈 감고 눈 내린다 깨벗은 발톱으로 뜬 기름을 쪼고 쫀다 오라 어서 오라 한 시절 가라앉을 하늘을 지고 나는 달린다 모래등 지도를 밟고 달린다.
>
> – 박태일의 〈을숙도〉 부분

권달웅(2012)은 "나 여기 떠나 저 투명한 낙동강으로 돌아간다면", "명경처럼 맑은 명호천까지 거슬러 올라가/ 강바닥 속 은모래처럼 환히 비치는 유년의 내 얼굴을 들여다보리/ 은어처럼 내 몸에서 나는 수박향기 맡으리"라고 고향에 대한 장소애를 은어에서 맡을 수 있는 '수박향'의 후각 이미지로 형상화하였다. 그런데 이 시에서 나타나는 장소감이란 엄밀히 말하면 장소기억을 의미한다(심승희, 2006). 장소기억이란 '과거를 현재에 소생시키는 장소의 능력'을 말하며, 장소의 기억은 사회적 기억의 생산과 재생산에 기여한다(Cresswell, 2004; 심승희 옮김, 2012 : 135). 시인들이 고향을 노래하는 시의 대부분은 이 장소기억에서 출발한다.

2010년대 시는 지형, 생태, 지명, 문화 등으로 다양하지만, 전반적으로 볼 때 특정 지역에 대한 개인적인 장소애를 시라는 문학 작품으로 아름답게 재현하였다. 2010년대 낙동강 시는 2014년까지 다섯 해 밖에 되지 않지만, 연구 대상 88편 중 18편을 차지하며, 이런 추세로 볼 때 낙동강을 대상으로 하는 시는 앞으로도 더욱 늘어날 것으로 보인다.

4. 낙동강 제재 시의 지리적 이미지

1) 지리학적 영역별 특징

낙동강 시 86편을 자연지리 영역, 인문지리 영역 그리고 지역개발과 환경오염 등 크게 3가지로 분류하였다([표 2]). 환경오염은 자연지리 영역으로 볼 수 있지만, 그 수가 많고 시대적인 특징을 살피기 위해 따로 분류하였다. 본 연구 대상 낙동강 시 86편 중 가장 많은 부분을 차지하는 것은 장소감을 포함한 문학지리 영역이다(26편). 그리고 지역개발과 환경오염에 관한 시가 18편이며, 자연지리 중에서 지형에 관한 시가 17편이다.

[표 2] 낙동강 시 지리학적 영역별 분류

<table>
<tr><th colspan="3">년 / 영역</th><th>1920~1949</th><th>1950~1959</th><th>1960~1969</th><th>1970~1979</th><th>1980~1989</th><th>1990~1999</th><th>2000~2009</th><th>2010~2014</th><th>합계</th></tr>
<tr><td rowspan="3">자연지리</td><td colspan="2">지형</td><td>1</td><td>2</td><td>·</td><td>·</td><td>2</td><td>2</td><td>7</td><td>3</td><td>17</td></tr>
<tr><td colspan="2">기후</td><td>1</td><td>·</td><td>·</td><td>1</td><td>2</td><td>·</td><td>·</td><td>·</td><td>4</td></tr>
<tr><td colspan="2">생태</td><td>·</td><td>·</td><td>·</td><td>·</td><td>·</td><td>2</td><td>3</td><td>3</td><td>8</td></tr>
<tr><td rowspan="6">인문지리</td><td colspan="2">인구</td><td>2</td><td>·</td><td>·</td><td>·</td><td>·</td><td>·</td><td>1</td><td>·</td><td>3</td></tr>
<tr><td colspan="2">역사</td><td>·</td><td>4</td><td>1</td><td>1</td><td>·</td><td>1</td><td>·</td><td>·</td><td>7</td></tr>
<tr><td colspan="2">경제(산업)</td><td>2</td><td>·</td><td>·</td><td>1</td><td>·</td><td>·</td><td>·</td><td>·</td><td>3</td></tr>
<tr><td rowspan="3">문화</td><td>장소감</td><td>·</td><td>·</td><td>1</td><td>2</td><td>6</td><td>1</td><td>5</td><td>8</td><td rowspan="3">26</td></tr>
<tr><td>지명</td><td>·</td><td>·</td><td>·</td><td>·</td><td>·</td><td>·</td><td>1</td><td>·</td></tr>
<tr><td>내러티브</td><td>·</td><td>·</td><td>·</td><td>·</td><td>·</td><td>·</td><td>2</td><td>·</td></tr>
<tr><td rowspan="2">개발, 환경</td><td colspan="2">지역개발</td><td>·</td><td>·</td><td>·</td><td>·</td><td>1</td><td>1</td><td>·</td><td>1</td><td>3</td></tr>
<tr><td colspan="2">환경오염</td><td>·</td><td>·</td><td>·</td><td>·</td><td>4</td><td>5</td><td>4</td><td>2</td><td>15</td></tr>
<tr><td colspan="3">합계</td><td>6</td><td>6</td><td>2</td><td>5</td><td>15</td><td>12</td><td>23</td><td>17</td><td>86</td></tr>
</table>

(1) 자연지리적 이미지

자연지리 영역에서 가장 많이 다루어진 주제는 지형이다. 이것은 아무래도 시라는 문학의 형태가 특정 장소를 공간적 배경으로 하는 경우가 많기 때문이다. 흥미로운 것은 1960년대, 1970년대처럼 국토의 재건과 경제 개발에 박차를 가하던 시기에는 지형을 노래한 시가 드물다는 것이다. 그리고 21세기로 올수록 경제적인 안정과 함께 특정 장소의 지형을 형상화한 시가 많아진다는 것이다.

1991년 부산일보 신춘문예 시 당선작인 조동화의 <낙동강>에서 그는 할아버지 대까지 거슬러 오르는 장소애를 표현하였고, 특히 이 시에서 낙동강은 할아버지가 치는 "먼 산굽이 휘어져 돌아가는 墨蘭 이파리 하나"로 시각적으로 형상화되었다.

> 오래 응석받이 손주의 든든한 울이셨던 할아버지, 당신께서는 生前에 즐겨 자주 蘭을 치셨지. 눈부신 畵宣紙 위에 늘 알맞게 휘어져 있던 墨蘭 이파리./ 이제 나는 알겠네. 흰 달빛 아래 아득한 모랫벌이 한 장 畵宣紙로 깔리는 이 밤, 비로소 고개 끄덕이며 알아보겠네. 먼 산굽이 휘어져 돌아가는 墨蘭 이파리 하나. 한평생 휘어지고 또 휘어져서 마침내 아주 강물 위에 포개진 할아버지 그 墨蘭을.
>
> — 조동화의 〈낙동강(洛東江)〉 부분

'가뭄과 홍수'는 낙동강 수계 지역 연구에서 중요한 자연지리적 요소이다. "불가사리처럼 때로는 防策을 밀고 썩은 서까래와 家畜과 屍體를 띄우고 그래도 뭐 대수롭지 않다는 듯이" "표표히 흐르는" <낙동강>(박민, 1949)은 "둑이 터질 때마다/ 사람들은 힘을 모아/ 둑을 새로 쌓아 올렸지만/ 번번히" 물난리라는 홍역을 겪게 만들면서도 떠나지 못하는 <삶의 터전>(김사림, 1981)인 것이다.

낙동강 연작시를 『낙동강 시집』(2013)으로 묶은 이달희 시인의 1971년 발표작 <가뭄 - 洛東江·2>에서는 낙동강 지역의 과우(寡雨)현상을 그리고 있다. 이 시에서는 '높새바람'이라는 단어가 등장한다.

> 허허벌판에는 높새바람이/ 누렇게 흙먼지를 뿌리며 불고 있었다./ 바람에 나부끼는 희디흰 낮달 하나/ 텅 빈 하늘가에 근근이 걸려 있었다./ 흰 두루미들 보이지 않고, 마른 저수지에/ 하얗게 말라죽은 붕어들을 쪼고 있는/ 갈가마귀 떼 갈가마귀떼./ 마른 땅에 금이 간 뼈들 앙상히 드러나고,/ 농부들은 허겁지겁 벌판에 나가/ 피쭉지와 깜부기가 남은 벌판으로 나가/ 쓰러지고 있었다. 왜낫처럼/ 구부러지고 있었다.
>
> – 이달희의 〈가뭄 – 洛東江·2〉 부분

이 시에서 나오는 높새바람은 일종의 '푄현상'을 말하는 것이다. 푄현상은 바람이 산 표면에 닿아 그 바람이 산을 넘어 하강 기류로 내려와 따뜻하고 건조한 바람에 의해 그 부근의 기온이 오르는 현상을 말한다. 낙동강 지역에는 산에 의해 둘러싸인 분지 지형이 곳곳에 있는데, 시의 공간적 배경이 된 곳도 아마 가뭄과 함께 푄현상에 의해서 이상고온현상이 지속되어, 저수지가 마르고 벌판엔 피 쭉정이와 깜부기만이 남았을 것이다.

1980년대 이후에는 환경보호 의식과 함께 을숙도나 대가천 등 낙동강 수계 지역 특정 장소의 지형이나 생태에 관한 시가 등장하였다.[4] 1990년대 한국 시단에서 생태주의가 대두되었고 2000년 이후에는 우포늪처럼 생태적으

4 <흐르지 않는 강>(김규태, 1985), <주남저수지>(정일근, 1987), <을숙도>(박라연, 1990), <대가천2>(이하석, 1997) 등이 있다.

로 중요한 장소를 노래한 시가 많다. 본 연구에서 우포늪을 배경으로 쓰인 시는 모두 8편이며,[5] 우포늪을 노래한 시가 2002년 이후 오늘날까지 꾸준히 발표되고 있다.

> 강줄기가 문득 길을 잃은 그날 이후/ 늪은 오랜 침묵의 깊이를 알고 있었을까/ 새벽이면 어부가 깊고 아득한 과거를 깨우는/ 밤이면 한사코 꽃망울을 닫는 가시연꽃을 품은/ 1억 4천만 년의 미래를
>
> – 곽효환의 〈1억 4천만 년의 미래 – 우포늪에서〉 부분

2010년대에는 낙동강과 그 지류의 지형에 대해 시각적으로 묘사한 시가 많다. 2011년 발표된 김수정의 <별똥별>에서 낙동강은 "수박 순처럼 구불구불" 곡류하는 하천이며, 김필규의 <다대포의 사랑>(2012)에서는 "바다 품에 안기어 뒹구는" 강물이다.

박현수의 <무섬마을에 가다>(2014)는 내성천이 감아 도는 무섬마을의 지명 형성 과정과 함께 물돌이 지형을 형상화하였다. 경상도를 가로지르는 낙동강 줄기에는 강물이 산에 막혀 물돌이동을 만들어 낸 곳이 여럿 있다. 물 위에 떠 있는 섬이라 하여 무섬마을이라 불리는 경북 영주시 문수면 수도리도 그 가운데 하나이다. 마을 주변을 낙동강의 지류인 내성천과 서천이 휘돌아 흐르는 대표적인 물돌이마을이다.

> 물이 풍경을 감싸 안으면/ 뭍에서도/ 마을은 섬이 된다// 물섬,/ 그 이름/ 오래 씻기어 무섬이 된 마을// 맑은 강물 휘돌아/ 잔모래/ 피라미 떼처럼 흘러

---

5 <우포>(박태일, 2002), <우포 검은 보리밭>(김명리, 2002), <우포늪 왁새>(배한봉, 2002), <바람을 기다리는 일>(정끝별, 2003), <우포늪>(황동규, 2003), <늪의 내간체를 얻다>(송재학, 2011), <죽 한 그릇>(김수정, 2011), <1억 4천만 년의 미래>(곽효환, 2014).

오는데// 외나무다리 건너간 후/ 돌아오지 않는/ 비릿한 첫 이름은 끝내 묵음 일 뿐//말이 풍경에 가닿지 못하면/ 물에서도/ 마음은 무섬이 된다

– 박현수의 〈무섬마을에 가다〉 부분

(2) 인문지리적 이미지

인문지리적 영역을 다룬 시는 그 주제별 분포가 다양하게 나타나는 편이지만, 장소감에 바탕을 둔 문학지리 영역이 제일 많다(26편). 그리고 다음으로는 애국심이나 지역 사랑을 고취하기 위한 역사지리적 영역의 시가 많다.

1920~1949년까지는 일제강점기와 해방이라는 국내외 정세에 의해 사회적 인구이동에 관한 시가 많다. 인구이동에 관한 시는 2000년 이후에도 나타나는데, 그것은 경제개발이 시작된 이후로 꾸준히 이촌향도 현상이 많음을 보여주고 있다. 그 예로 "집 건너 집이 한때 반백을 넘고/ 대사며 장날엔 한 차로도 모자랐"던 우포엔 "우포 사람 없고/ 움머움머 황소개구리만" 산다는 박태일(2002)의 시가 있다.

문학지리학적 영역 26편 중에서는 장소감에 관한 시가 23편으로 가장 많다. 이는 1970년대부터 시인들이 고향을 노래하거나 특정 장소에 대한 장소애나 장소상실을 노래한 시가 많기 때문이다. 이것은 '장소 정체성'과 관련이 있다. '장소 정체성'은 장소에 개별성을 부여하거나, 다른 장소와의 차별성을 제공하며 독립된 하나의 실체로 인식하게 하는 토대 역할을 하는 것인데, 사람들의 경험이나 눈·마음·의도 속에서도 존재하기 때문에 그 장소의 사람 수만큼이나 다양하다(Relph, 1976; 김덕현 외 옮김, 2005).

그리고 장소와 상관된 욕망 중에서 사람의 내면에 가장 끈질기고 깊이 고착된 것이 고향에 관한 것이다(장석주, 2007 : 14). 고향을 오래 떠나 있어도

고향과 관련된 기억들이 쉬이 잊히지 않는 것은 그것이 감각기관 안쪽에 존재의 근원경험으로 각인되기 때문이다(장석주, 2007 : 38).

경상북도 구미시 해평면은 전형적인 농촌지역이다. 행정구역상 구미시에 속하지만, 공업지역이 아닌 면 지역은 지속적으로 인구가 감소하고 있다. 그래서 빈집은 날로 늘어날 것이고, 시인은 "받아들일 수 없던 사랑"을 "폭설에 무너"지는 빈집으로 비유하였다.

> 나는 오래 폭설을 기다렸다/ 해평 마을의 빈집은 해면처럼 나를 빨아들인다 / 받아들일 수 없던 사랑, 낙동강의 결빙음, 매지 구름은/ 내 육체가 붙들던 난간이었다/ …… / 빈집은 폭설에 무너진다/ 그 사랑에는 육체를 피한 흔적이 있다
>
> – 송재학의 〈빈집〉 부분

(3) 지역개발과 환경오염 이미지

앞에서도 언급했듯이 1980년대부터는 지역개발과 환경오염에 관한 시가 많다. 연구 대상 시 86편 중 18편이 해당된다. 이동순은 <물의 노래>(1983)에서 안동댐 건설로 인한 수몰지역에 대해, 문인수의 <4월>(1999)은 낙동강 호안공사 현장을, 박태일의 <을숙도>(2014)는 낙동강 하구의 지역개발로 인한 피해에 대하여 묘사하였다.

1983년 이동순 시인은 안동댐 수몰 지역을 토박이말로 노래한 장시 <물의 노래>를 발표하였다. 안동댐은 경상북도 안동시 성곡동에서 와룡면 중가구리까지 낙동강의 본류를 막아 만든 다목적 댐이다. 이 댐의 건설로 안동시의 6개면 54개 자연부락의 3,144가구가 수몰되고 2만 664명의 이주민이 발생했다. 또한 댐이 완공된 후 낙동강 상류 44km 지점으로부터 1~6km에 이르는

지역에 안개가 심하게 끼고 가을철의 평균 일조시간이 10시간에서 6시간으로 줄어드는 등 생태계와 기후에 이변현상이 일어나고 있다. 이런 이유로 이때부터 댐 건설로 인해 수몰된 지역과 수몰민에 대한 시가 등장하기 시작했다.

> 그대 다시는 고향에 못 가리/ 죽어 물이나 되어서 천천히 돌아가리/ 돌아가 고향하늘에 맺힌 물 되어 흐르며/ 예섰던 우물가 대추나무에도 휘감기리/ 살던 집 문고리도 온몸으로 흔들어 보리/ 살아생전 영영 돌아가지 못함이라/오늘도 물가에서 잠긴 언덕 바라보고/ 밤마다 꿈을 덮치는 물꿈에 가위 눌리니/ 세상사람 우릴 보고 수몰민이라 한다
>
> — 이동순의 〈물의 노래〉 부분

1985년 이후에는 낙동강의 지류인 금호강과 금호강의 2차 지류인 신천의 하천오염과 생태파괴에 관한 경고가 문단의 주목을 받았다.[6] 금호강 오염에 관한 시가 연이어 등장한 것은 그만큼 대구공업단지의 개발과 성장에서 기인한 수질오염이 심화되었음을 반영하는 것이다. 충북 보은 출신의 송찬호는 대학 시절 금호강의 심각한 수질오염과 공단 근로자의 삶을 예의 주시하였다.

> 그 강은 어둠의 천국이다/ 3공단*의 교대 근무가 이루어지는 아침 혹은 저녁이면/ 꺼칠한 어둠들이 굴뚝으로 퍼져 나와/ 으슥한 하수구에서 몰려나온 어둠들과 살 섞으며/ 꾸역꾸역 흘러가 어둠강이 된다/ …… / 야반도주하듯 그 강을 떠나가던 건장한 사람들도/ 끈적한 그 검은 물 채찍에 휘감겨 발버둥

6 송찬호는 1987년 『우리 시대의 문학』에 <금호강>을 발표하면서 문단에 데뷔하였고, 안상학의 <1987년 11월의 新川>이 1988년 중앙일보 신춘문예에 당선되었다.

치다/ 허옇게 고기 눈깔로 뜨고 죽어도/ 그 어둠강이 얼마나 깊고 넓은지 아무도 알지 못한다

* 3공단 : 대구시 북구 금호강변에 위치한 공단 지대

– 송찬호의 〈금호강〉 부분

대구시에서는 일찍부터 발달된 섬유산업 등의 각종 공장들을 수용하기 위해 여러 개의 공단을 개발했다. 섬유·염색 공장을 집단배치하기 위해 대구염색공단과 검단공단을 조성했고, 대구 도심지 내의 공장들을 수용하기 위하여 1960년대 중반부터 서대구공단·대구 제3공단·성서공단 등을 개발했다. 그중 대구 제3공단은 1967년 착공하여 1986년 준공되었다. 그런데 이 공단지역에서 유출되는 폐수로 인해 금호강과 신천이 '끈적한 검은' 물이 되어 갔다.

금호강은 "바람이 불면 강변 갈대밭에서 비파[琴]소리가 나고 호수처럼 물이 맑고 잔잔하다"고 해서 금호(琴湖)라고 불리었다. 이 맑은 금호강이 경제개발의 부작용으로 심각하게 오염되고 있음을 시인은 선명하게 보여주고 있다.

1980년대부터 낙동강의 발원지로 알려진 황지에서부터 금호강, 대가천 등의 지류를 거쳐 주남저수지, 을숙도에 이르기까지 낙동강 수계 전역에 걸쳐 환경오염과 생태계 파괴 현상이 시를 통해 재현되고 있다.

삼락천은 부산 사상구, 낙동강 하류의 작은 하천이다. 2014년 『낙동강에 햇살을 걸어두고』라는 시집을 발표한 윤원식은 시집 전체에서 "공업화라는 시멘트 속으로" 숨어버린 삼락천의 아름다운 얼굴을 추억한다.

삼락천 양지바닥에서/ 줄줄이 뛰어오르던/ 피라미, 강준치, 붕어가/ 도시의 굴뚝에서/연기가 멈추지 않으면서/ 우리 아버지를 / 시름에 들게 했다// (…중

략…) // 삼락천은/ 그 후에도 침묵했다/ 그러다가 어느 날부터 얼굴을/ 한 뼘 두 뼘/ 가리기 시작했다/ 그나마 보여주었던 어두운 낯빛마저도/ 공업화라는 시멘트 속으로// ……

– 윤원식의 〈삼락천〉 부분

2) 공간적 배경의 위치별 특징

오늘날의 행정구역으로 볼 때, 낙동강 상류는 태백·봉화·안동·예천·문경 지역, 중류는 낙동강 본류가 시작하는 상주·의성·구미·김천·칠곡·성주·대구·고령·합천 지역, 하류는 창녕·의령·함안·밀양·창원·양산·김해·부산 지역을 포함한다. 그 지류별로 보면 상류는 내성천·조령천·반변천·길안천, 중류는 위천·감천·신천·금호강·회안천·황강, 하류는 밀양강·남강·양산천 등을 포함한다.

낙동강 시 전체 86편 중, 공간적 배경이 드러난 시는 65편이다. 상류, 중류, 하류로 분류되지 않은 시는 시의 내용이 낙동강 전역을 이른 것이기 때문이다. 시에서 정확한 지명이 나타난 것은 그대로 분류하였고, 정확한 위치가 기술되지 않았지만 지명이 있는 것은 시인의 고향이나 주요 활동 무대를 근거로 추적하여 그 위치를 분류한 것이다. 상류 지역인 시는 17편이고, 중류 지역 12편, 하류 지역 36편이다. 낙동강 시의 공간적 배경 분포는 [그림 1]과 같다.

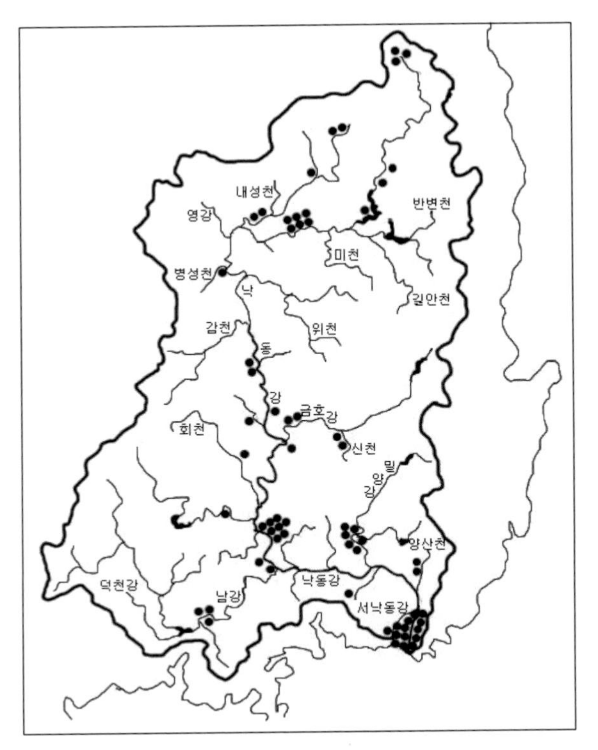

[그림 1] 낙동강 시의 공간적 배경 위치별 분포도

(1) 낙동강 상류 지역 : 경관 해석으로서의 문학

본 연구의 대상이 되는 시 86편 중, 낙동강 상류 지역을 공간적 배경으로 하는 시는 17편이다([표 3]). 그 17편은 다시 지형에 관한 시 7편, 내러티브를 포함한 장소감 6편, 지역개발과 환경오염에 관한 시 4편으로 분류할 수 있다.

[표 3] 낙동강 상류를 배경으로 한 시

발표	제목	시인	공간적 배경	발표	제목	시인	공간적 배경
1956	별리	조지훈	내성천	2008	하회(河回)에서	오세영	하회
1977	河回에서	김종길	하회	2008	하회(河回)에서	정희성	하회
1981	洛東江	안도현	내성천	2008	황지를 들여다보며	김종길	황지
1983	물의 노래	이동순	안동	2009	단천마을	안상학	안동 도산면
1985	다시 낙동강	안도현	하회	2012	은어	권달웅	봉화 명호천
1992	검은 강	이동순	봉화	2013	병산서원에서 보내는 늦은 전언	서안나	안동 풍천면
2005	옥비의 달	박태일	안동	2013	하회마을과 낙동강	박순화	하회
2005	황지에 와서 토하다	이승하	황지	2014	무섬마을에 가다	박현수	영주
2006	황지	배한봉	황지				

낙동강의 발원지로 알려진 황지에 대해 시인들은 2000년대 후반부터 주목하였다. 김종길은 <황지를 들여다보며>(2008)에서 "태백시에는/ 한때 그곳의 지명이기도 했던/ 지하수가 솟구쳐 못이 된 황지가 있다"며 황지의 형성 유래에 대해 언급하였다.

그런데 그 '황지'가 오염되었다. 2000년대에 오염된 것이 아니라, 어쩌면 "석포리 아연공장과 폐기물 처리장"이 들어설 때부터였는지, "미공군 전투기 폭격 연습을 할 때"부터였는지 모른다. 이 황지가 신장투석해야 할 지경에까지 이른 것은 "샴푸로 머리 감고 그릇 닦는 세정제"를 함부로 흘려보낸 우리 모두의 책임인 것이다(이승하, 2005; 배한봉, 2006).

황지의 달이 파르르 떨고 있다/ 석포리 아연공장과 폐기물 처리장 / 굴뚝의 검은 연기 하늘에 금 그을 때/ 폐광의 갱출수 강바닥을 하얗게 채색할 때/ 철 성분 강바닥을 붉게 물들일 때/ 미 공군 전투기 폭격 연습을 할 때// 모든 욕망이 예서 발원하는구나/ 물고기 종적 감춘 황지의 입 틀어막고/ 높다랗게 세워진 밤의 카지노 옆/ 폐석 더미가 고대 유적 같다/ 시가지 곳곳에 괴물처럼 서 있는 타워크레인/ 누구의 입을 또 시멘트로 봉할 것인지

– 이승하의 〈황지에 와서 토하다〉 부분

눈물로 1,700리 강을 만드셨군요/ 오늘도 나는 샴푸로 머리 감고/ 그릇 닦는 세정제 흘려보냈는데요/ 당신, 내 식탁 위 유리잔 맑게 채우고/ 갈증의 시간을 서늘하게 적시는군요/ …… / 아, 신장투석 해야 하는 당신/ 태백까지 와서 당신 맑은 눈물을 마시며 깨닫다니요/ 비로소 당신 눈물샘 깊은 까닭 알게 되다니요

– 배한봉의 〈황지〉 부분

낙동강유역 28개 시민단체로 구성된 낙동강 살리기 협의회(洛協)가 황지를 비롯하여 낙동강의 오염 실태를 알리며, “낙동강 발원지 태백(太白)의 환경과 문화”를 주제로 한 행사를 처음으로 개최한 것은 1994년 4월이다(김효중, 1994). 이에 비하면 황지의 오염에 대한 시인들의 자각은 다소 늦은 감이 있다.

앞에서도 언급했듯이 낙동강 상류 지역에는 물돌이동 마을이 많다. 안동의 하회와 예천의 회룡포처럼 무섬마을도 내성천이 마을을 감싸는 마을이다. 무섬마을은 시인 조지훈의 처가 마을이다. 혜화전문학교 시절 무섬마을의 처녀와 결혼, 처가마을의 경치를 무대로 시 <별리>를 썼다(이성원, 2009).

상류 지역 중에서 가장 많이 다루어진 곳은 하회마을과 안동댐 수몰지구 등이 있는 안동이다. 상류 17편 중 9편이 안동 지역을 대상으로 한다. 그중에

서 안동 풍천면의 하회마을(6편)은 그 특이한 지형으로 인하여 상류 지역 중 가장 많이 등장하는 장소이다.

> 두리기둥 난간에 반만 숨은 색시의/ 초록 저고리 다홍치마 자락에/ 말 없는 슬픔이 쌓여 오느니/ 십리라 푸른 강물은 휘돌아 가는데/ 밟고 간 자취는 바람이 밀어 가고/ 방울 소리만 아련히/ 끊질 듯 끊질 듯 고운 뫼아리
>
> – 조지훈의 〈별리〉 부분

오세영의 <하회(河回)에서>는 '최초의 국토시집'이라는 평가를 받은 『임을 부르는 물소리 그 물소리』(2008)에 실린 시편이다. 시집에는 백두산에서 한라산까지, 압록강에서 낙동강까지 우리 국토 곳곳을 예찬하는 108편의 시가 있다. 시인은 이전에도 특정 장소를 대상으로 하는 시를 많이 썼으며, 시인은 태극 모양의 풍수를 직접 확인하고 싶어서 일부러 하회마을을 방문하였으며, 화산을 '꽃뫼', 화천을 '꽃내'라는 우리말로 아름답게 형상화하였다.

> 물만 들을 감싸지 않는다/ 들도 물을 껴안고 가는/ 물도리동/ 하회에서는/ 누구나/ 서로를 받아 안고 함께 갈 줄을 안다./ …… / 음양(陰陽)의 풍수(風水),/ 태극(太極)의 이치가 여기 있나니/ 낙동강 하회마을 부용대(芙蓉臺)에 올라/ 세상을 한 번 굽어보아라./ 꽃내(花川)가 꽃뫼(花山)를 감싸들 듯/ 꽃뫼가 또 꽃내를/ 받아 안고 있을지니.
>
> – 오세영의 〈하회(河回)에서〉 부분

(2) 낙동강 중류 지역 : 현실 반영으로서의 문학

낙동강 중류 지역을 대상으로 하는 시(12편)는 1980년대부터 나타난다([표

4]). 본 연구 대상 현대시 중에서 상류나 하류 지방에 비하면 가장 늦게 등장한다. 이것은 낙동강 중류 지역을 고향으로 1940년에서 1960년대에 출생한 시인들(문인수, 이하석, 조동화, 송재학 등)이 이 시대부터 활발하게 시작(詩作) 활동을 하였기 때문일 것이다.

[표 4] 낙동강 중류를 배경으로 한 시

발표	제목	시인	공간적 배경	발표	제목	시인	공간적 배경
1987	금호강	송찬호	금호강	2002	황강 16	박태일	황강
1988	1987년 11월의 新川	안상학	신천	2007	금호강	송재학	금호강
1991	낙동강	조동화	구미	2007	낙동강	장옥관	칠곡 석적
1992	대가천 2	이하석	대가천	2007	빈집	송재학	구미 해평
1992	신천 세미나 1	이하석	신천	2013	낙강과 백운	문인선	상주
1999	4월(四月)	문인수	성주	2014	화원유원지 누대에서	상희구	금호강

낙동강 중류지역 시 12편 중에는 지역개발과 환경오염에 관한 시가 4편이며, 장소감 4편, 지명 1편, 지형 2편, 생태 1편의 지리적 이미지를 얻을 수 있다. 이 지역은 구미, 대구 같은 대도시를 포함하고 있어서, 공단지역에서 흘러나온 폐수로 인한 수질오염이 심각한 곳이다. 중류 지역에서 가장 많이 다루어진 곳은 금호강이다. 중류 지역 12편의 시 중 5편이 이에 해당한다. 그리고 금호강과 신천에 관한 5편의 시 중 3편이 수질오염에 관한 시이다.

금호강의 심각한 수질오염에 대해 송찬호(1987), 안상학(1988)은 페놀 방류사건(1991) 이전부터 인지하고 있었다. 페놀 사건 이후 1992년 발표된 이하석의 <신천세미나1>에서, “역한 냄새” 나는 신천[7]은 “잡스런 것들의 덤불 아래는 사산한 아기들을 버린 구덩이에 독한 뜨거운 물이 고여 있었다”라고 묘사되어 있다.

> 검은 물만 흐르는 신천 가득/ 철새는 날아올 수 있을까 날아와/ 저렇게 시린 발목을 담그고 있어낼까/ 신천을 가로지른 철교 아래/ 신천동 산동네 사람들이 모여 나와/ 영세민 취로 사업을 벌이고 있다. 철새무리/ 장화를 신고 오물을 건지는 아저씨, 철새/ 수건 머리 쓰고 돌 나르는 아줌마, 철새/ 허접쓰레기 소각하는 할머니 철새, 할아버지/ 철새, 매캐한 연기는 바람부는 방향으로 누워 흐르고/ 하천둑에 붙박힌 녹색 깃발은 제자리 펄럭임을/ 하고 있다
>
> – 안상학의 〈1987년 11월의 新川〉 부분

이하석(1992)은 <대가천2>에서, “누가 강의 힘줄을 풀어놓느냐/ 강에는 은어가 올라와야 한다./ 그 밖에 중요한 것이 도대체 무엇인가”라며 대가천[8]의 건강한 생태를 기원하였다.

낙동강 중류 지역을 배경으로 하는 시는 다른 지역에 비해 양적인 면에서는 적지만, 소재의 종류는 다양하다. 금호강을 중심으로 한 수질오염이나 지역개발, 범람과 가뭄 같은 자연재해, 시골 장터를 배경으로 한 지명, 농촌 지역의 인구 변화 등 다양한 현실을 반영하는 문학 작품들이 발표되었다.

---

7 신천은 대구 달성군 가창면 비슬산 최정상에서 발원하여, 가창면 용계리에서 대천을 합류하여, 대구광역시를 남에서 북으로 가로질러 북구 침산동에서 금호강으로 흘러든다. 신천은 1970년대 경제개발 과정을 지나면서 오물과 쓰레기로 오염되었던 것이다. 다행히 2000년대 들어와서는 신천이 홍수 조절뿐만 아니라 레크리에이션 등 인간친화적인 자연공간으로 재정비되고 있다.

8 대가천은 경상남도 합천군과 경상북도 성주군의 경계에 있는 가야산에서 발원하여 성주군 수륜면을 지나 고령군 운수면에서 회천으로 흘러드는 하천인데, 경북 고령군 출신의 시인은 <대가천> 연작시를 통하여 고향에 대한 장소애를 드러내고 있다.

(3) 낙동강 하류 지역 : 다양한 삶의 모습 재현으로서의 문학

낙동강 시 중에서 가장 많이 다루어진 곳은 을숙도를 포함하는 하류 지역이다(36편)([표 5]). 이것은 하류지역이 을숙도나 주남저수지, 우포늪처럼 특이한 자연환경을 가진 장소를 포함한 이유도 있지만 박태일, 김사림처럼 장소성을 잘 살리는 시인이 주로 활동하는 무대이기 때문이기도 하다. 특히 박태일은 "우리 시(詩)도 지역에 대한 관심을 빌어 사회 공간 안쪽의 미세하고도 풍부한 차별성과 특이함을 찾아내는 장소의 지지학(topography), 공간의 정치를 넓혀나가야 한다"고 하였다(박태일, 1999 : 342).

낙동강 하류 지방을 배경으로 하는 시에서는 하천의 침식 작용보다는 퇴적 작용이 만들어 놓은 지형의 이미지를 얻을 수 있다. 그리고 늪이나 평야, 하구 등 각 지방마다 조금씩 다른 자연환경에 터를 잡고 살아가는 사람들의 다양한 생활상을 엿볼 수 있다.

[표 5] 낙동강 하류를 배경으로 한 시

발표	제목	시인	공간적 배경	발표	제목	시인	공간적 배경
1947	낙동강	이극로	남강과 거름강 합수	2002	낙동강	강은교	부산
1948	김해평야	정진업	김해 평야	2002	양산천	박태일	양산
1964	경부선 원동역에서	유치환	양산천	2002	우포	박태일	창녕 우포
1975	明禮에서	이유경	밀양 하남	2002	우포, 검은 보리밭	김명리	창녕 우포
1980	남강가에서	박재삼	남강	2002	우포늪 왁새	배한봉	창녕 우포

발표	제목	시인	공간적 배경	발표	제목	시인	공간적 배경
1981	가을 - 송짓골 우화6	김사림	밀양	2003	눈썹나비1	장옥관	창녕 남지
1981	삶의 터전 - 송짓골 우화14	김사림	밀양	2003	바람을 기다리는 일	정끝별	창녕 우포
1981	우물가에서 - 송짓골 우화8	김사림	밀양	2003	우포늪	황동규	창녕 우포
1982	乙淑島에서 - 낙동강.34	이달희	을숙도	2005	청둥오리	박수화	하구
1983	겨울 낙동강	김여정	밀양	2006	낙동강 - 심연에 비추는 풍경 넷	강은교	다대포
1984	낙동강의 바람	강은교	부산	2011	늪의 내간체를 얻다	송재학	창녕 우포
1987	주남저수지	정일근	창원 주남저수지	2011	죽 한 그릇	김수정	창녕 우포
1990	을숙도	박라연	을숙도	2012	다대포의 사랑	김필규	다대포
1991	돌아오지 않는 새들을 기다리며	이승하	을숙도	2013	시골 창녀	김이듬	진주 남강
1994	낙동 나루에서	이승하	의령	2013	삼락천	윤원식	부산
1997	흐르지 못하는 江	강남주	낙동강 하구언	2014	두 딸을 앞세우고 - 표문태님	박태일	밀양
1998	구포	천양희	부산	2014	을숙도	박태일	을숙도
2000	낙동강 하구에서	허만하	하구	2014	1억 4천만 년의 미래 - 우포늪	곽효환	창녕 우포

낙동강 하류 지역 중에서 가장 많이 다루어진 곳은 우포늪(8편)이다. 송재학의 시 <늪의 내간체(內簡體)를 얻다>는 고어체의 편지글로 우포늪의 아름다움을 예찬하였다.

너가 인편으로 붓틴 褓子에는 늪의 새녘만 챙긴 것이 아니다. 새털 매듭을 풀자 믈 우에 누웠던/ 亢羅 하늘도 한 웅큼, 되새 떼들이 방금 밟고간 발자곡도 구석에 꼭두서니로 염색되어 잇다

– 송재학의 〈늪의 내간체를 얻다〉 부분

우포늪을 노래한 시 8편 중 박태일의 <우포>에선 인구의 사회적 이동(이농현상)이 나타나고, 김명리의 <우포, 검은 보리밭>에서는 우포늪의 지형 형성에 관한 이미지를 얻을 수 있다. 나머지 6편은 우포늪에 대한 생태적 이미지를 얻을 수 있는 시이다.

을숙도는 1982년 이달희, 1990년 박라연, 1991년 이승하, 2014년 박태일에 이르기까지 꾸준히 낙동강 시의 배경이 되는 곳이다. 낙동강 하구의 을숙도는 동양 최대의 철새도래지로, 천연기념물 제179호로 지정되어 있다. 그러나 낙동강 중상류와 부산 주변의 공업단지에서 배출되는 여러 가지 오염물질과 농업 및 생활 폐수의 유입, 인위적인 남획 등으로 철새 수가 급격히 감소하고, 을숙도를 지나는 하구언의 건설로 철새가 정박할 터전은 계속 줄어들고 있다.

이달희의 <을숙도에서>(1982)의 낙동강은 “그 끝자락에 오랜 세월 모래섬을 만들고, 갈대숲을 만들어” 새들을 키웠는데, 하구언 공사 이후 가속화된 환경오염으로 “새들이 돌아오지 않는 곳”이 되어가고 있다(이승하, 1991). 그리고 2000년대 이후에는 “굴삭기가 찍어대는 뻘밭” 위로 “은박지 아파트”가 반짝거리는 곳이 되고 있다(박태일, 2014).

밀양강을 포함하여 경상남도 밀양은 1975년 이유경 이후 김사림(1981), 김여정(1983), 박태일(2014) 등에 의해 6편이 기술되었다. 이는 밀양을 터전으로 살던 김사림이 시에서 밀양 송짓골의 장소감을 나타내는 경우가 많기 때문이다.

낙동강의 1차 지류 중 가장 긴 남강은 1947년 이극로의 시 <낙동강>에서부터 박재삼(1980), 김이듬(2013) 등의 시에 등장한다. 박재삼의 시(1980)에서 "강바닥 모래알 스스로 도는" 물 맑은 남강은, 2013년에 이르러 "(유등제의) 다국적의 등불이 강물 위를 떠가고 떠내려가다 엉망진창 걸려있고 쏟아져 나온 사람들의 더러운 입김으로" 불야성을 이루는 곳이 되었다(김이듬, 2013).

5. 맺음말

본 연구는 현대시를 통해 재현된 낙동강 수계 지역의 지리적 이미지를 시대별, 지리학적 영역별, 공간적 배경별로 구분하여 고찰하였다. 그 결과 낙동강 수계 지역을 노래한 시들은 시인 개인의 장소감을 비롯하여 우리나라의 시공간적 상황을 매우 잘 재현하고 있음을 알 수 있었다. 이를 요약하면 다음과 같다.

먼저 시기별 특징은 1920년대~1930년대는 일제 강점기의 사회적 인구이동 현상을, 1940년대는 해방 후의 경제적 빈곤 현상을, 그리고 1950년대는 한국전쟁을 시대적 배경으로 한 시가 많다. 1960년대는 경제개발계획과 새로운 희망을, 1970년대는 도농격차를 비롯하여 다양한 영역을 노래한 시들이 나타난다. 1980년대에는 환경문제를 다룬 시가, 1990년대는 생태시가 봇물처럼 나타난다. 그리고 2000년대 이후에는 문학적 소재가 다양해지고, 개인적 장소애를 재현한 시가 많은 부분을 차지한다.

다음으로, 지리학적 영역별로 보면, 인문지리적 이미지를 나타낸 시 중에는 장소감을 노래한 시가 가장 많고, 역사성을 강조한 시들이 시대별로 고르게 분포한다. 자연지리적 이미지를 나타낸 시 중에서는, 공간적 배경이 되는 장소의 지형을 재현한 시가 가장 많다. 그리고 1980년대와 1990년대에는 인간에 의한 자연의 파괴를 노래한 환경오염에 대한 시들이 대부분을 차지한다.

마지막으로, 공간적 배경을 상·중·하류로 나누어 살펴보면, 상류는 낙동강 발원지로 알려진 황지를 비롯하여, 안동 지방에 관한 시가 가장 많다. 낙동강 본류가 시작되는 상주부터 고령·합천 지역을 포함하는 중류권을 대상으로 하는 시는 대개 수질오염, 자연재해, 지명, 인구분포 등 다양한 현실을 반영하는 작품들이다. 낙동강 하류 지역을 배경으로 하고 있는 시가 가장 많으며, 이 지역은 을숙도, 주남저수지, 우포 등을 포함하고 있어 생태문제나 환경오염에 관한 시가 많다. 낙동강 상류 지역을 대상으로 하는 시는 지역개발로 인한 폐해나 수질오염 문제 등에 대한 현실비판적 시보다는 아름다운 지형이나 시인 각자의 장소감을 노래한 시가 더 많다. 이에 비해 중·하류 지역에서는 현실을 반영하고 사회비판적인 시가 많이 발표되었다. 이것은 낙동강 상류 지역에 비해 중류나 하류 지역에 대도시가 많이 분포해 있고, 강이라는 지형이 하류 쪽으로 갈수록 오염도가 심화되기 때문일 것이다.

그렇다면 현대시를 통해 본 낙동강이 우리에게 주는 함의는 무엇일까? 낙동강은 물리적 공간인 동시에 인간의 특별한 삶이 누적된 장소인 것이다. 이제 분명히 우리는 낙동강은 순수한 자연이 아니라 사회적인 구성물로서 사회적 자연(social nature)이라고 말할 수 있다. 현대시를 통해 본 낙동강은 인간이 자연보다 우월하다고 생각하는 인간과 자연의 이분법적 사고에서 탈피하여, 인간도 자연의 일부라고 생각하는 생태주의적 사고를 가져라고 소리치고 있는 것이다.

05

경북 하위 방언구획의 언어·문화 지리적 분석 연구*

| 김덕호 | 경북대학교 국어국문학과 교수

1. 머리말

방언구획을 목적으로 논의를 전개할 경우에 필수적으로 고려해야 할 요소가 등어선(等語線, isogloss)이다.[1] 그 이유는 방언 경계(dialect boundary)를 설정할 때, 언어지도 상에서 구획의 기준이 되는 것이 바로 등어선(isogloss)이기 때문이다. 기본적으로 등어선이란 용어는 동일한 언어사용 습관이나 특징을 공유하고 있는 선(線)이란 개념이지만, 한편으로는 언어적인 배타성도 전제하는 용어이기도 하다.

방언권을 찾는 것은 이러한 등어선이 여러 가닥으로 겹친 등어선속의 두께를 측정하여 작은 지역들을 큰 지역으로 묶어 나가는 일을 말하고, 방언구

---

* 이 글은 기발표된 필자의 논문(「영남 지역의 하위 방언구획에 대한 종합적 연구」, 『영남학』 69, 경북대 영남문화연구원, 2019, 213~254쪽)을 수정, 보완한 것이다.

1 방언학 연구에서 등어선(isogloss)은 아주 중요한 개념이다. 이것은 어떤 언어적인 특징에 주목하여 그 특징을 갖는 지역과 그렇지 않는 지역을 구별하는 경계를 나타내는 언어지도(linguistic atlas)상의 線을 의미한다.(『개정증보판 언어학사전』, 1987, 478쪽.)

획을 한다는 것은 방언체계를 기준으로 대상 지역을 작은 지역으로 나누어 가는 일을 말한다(시바타 타케시 柴田武, 1964 : 18~21, 최명옥, 1994 : 880). 도조마사오(東條操, 1954)는 방언학 연구의 출발은 방언구획론에서 시작한다고 했다. 즉 방언구획론은 하나의 언어가 몇 개의 방언으로 구분되고, 그 차이는 무엇이며, 분열이 어떻게 일어났는가를 규명하는 것이 목표라고 한다면 방언학 연구의 중심 연구 과제가 될 수 있으므로 이런 주장은 타당하다고 본다. 그는 이를 위해 각 방언의 체계를 기술하여 비교하고 상호관계를 찾아내고 분열의 단계를 추론하면서 한 나라 언어의 생성에 대한 정보를 지리적 구획에 따라 제시해야 한다고 주장하고 있다.

이러한 방언학 연구를 위해 반드시 선행해야 하는 과정으로 현장 조사가 필요하다. 그런데 지금까지의 현장 조사는 특별한 방언질문지를 만들어 그 범위 안에 항목만을 바탕으로 이루어져 왔다. 하지만 이제는 그러한 조사법도 확장할 필요가 있다. 그래서 본고에서는 20세기 사회과학 연구 분야에서 활용한 몇 가지 조사법과 연구 방법을 시도하고자 한다. 여기에는 20세기 실증주의 패러다임을 달성하기 위해 적용한 양적 연구 방법과 문헌 연구와 양적 연구의 방법적 한계를 극복하려고 도입한 질적 연구 방법, 이 두 가지를 병행하거나 통합하는 혼합적 연구 방법이 있다. 지금까지 언어학 분야에서는 언어의 과학적인 연구를 위해 주로 양적 연구 방법을 주로 활용하고 있다. 하지만 최근 언어과학 분야를 문화라는 질적 현상으로 탐구하려는 노력이 대두되면서 종래의 양적 연구의 한계를 느끼게 되었고, 그로 인해 질적 연구 방법을 도입하려는 시도가 있어 왔다(김덕호, 2014 : 11).

본 연구를 통해서 방언학 연구의 중요한 과제인 방언구획론에 대한 합리적인 연구 방법을 개발하고 적용하고자 한다. 그래서 이미 방언지도로 구축된 경북방언 자료를 가지고, 이번에 제안한 연구 방법을 이용하여 영남 방언권 중에 경북 지역의 하위 방언구획을 시도하려고 한다. 이러한 목표를 달성하기 위해 다음과 같은 몇 가지 연구 과제를 설정한다.

첫째, 김덕호(1999)에서 제안한 통합적 방언구획의 분석 방법론보다 더욱 정밀하게 처리하는 통계 처리 방안을 개발한다.

둘째, 방언구획론 연구 방법에 사회과학적 방법론에서 제시하고 있는 양적 연구법과 질적 연구법 및 이 둘을 아우르는 혼합적 연구법을 적용한다.

셋째, 방언 화자의 지각적 반응에 의해 이루어진 방언 경계(dialect boundary)에 대한 심리(비언어학적 기준)에 어떤 언어학적 요소가 작용하는지 확인한다.

넷째, 지역민의 의식을 기준으로 설정한 인상등어선(印象等語線, impressive isogloss)과 이러한 인지적 구획을 토대로 이루어지는 지각방언학(知覺方言學, Perceptual Dialectology)이 방언학 연구에 충분히 적용될 수 있는 가능성을 검증한다.

다섯째, 현재 경북 하위 방언구획의 기층에는 어떤 역사적 배경과 문화지리적 기준이 작용하는지에 대한 분석과 이러한 기층과 방언구획이 어떤 연관성이 있는가를 탐색해 본다.

2. 방언구획론과 분석 방안

1) 방언구획론의 앞선 연구

한국에서 이루어진 방언구획에 관한 연구 방법은 크게 두 가지로 나누어서 설명할 수 있다. 우선 등어선속의 두께에 의한 방언구획론이다. 등어선속의 두께는 기본적으로 묶음에 포함되는 등어선의 수에 따라 설정되기도 하고, 등어선의 특성, 즉 음성, 음운, 어휘, 형태, 문법, 의미 등에 따른 차등 기준이 적용되기도 한다. 등어선도 여러 지역을 걸쳐 연속되는 개별 등어선으로 설정하고 그 등어선 묶음의 두께를 측정하는 전체등어선속이 있다. 그리고 인접 두 지점 사이의 모든 등어선(등어선의 등급은 고려하지 않음)으로 규정하여 각각의 등어선속의 두께를 측정하는 부분등어선속이 있다. 최명옥(1994 : 890)은 등어선속 두께에 의한 방언구획의 경우 등어선의 등급에 따라 차등 기준과 이를 바탕으로 한 전체등어선이 더 타당하다는 견해를 피력하고 있다. 또한 많은 학자들은 등어선의 등급화는 이론적인 가정이고 경험적으로 증명되지 않고 있지만 등어선의 성격에 따라 달리 평가해야 한다는 사실에 대해서는 동의하고 있다. 이러한 방법을 적용한 방언구획의 시도는 이익섭(1981), 김충회(1992), 최명옥(1994), 정철(1997) 등이 있다.

다음은 언어적 거리(linguistic distance)에 의한 방언구획론이다. 이 방법은 프랑스 세귀(J, Seguy)가 가스코뉴(Gascony) 지역을 대상으로 인접 지역 사이의 언어적 거리 차이를 백분율로 통계 처리하여 친소의 관계를 밝히면서 방언권 설정을 시도하였다. 이러한 방법은 대상 지점 간의 언어적 거리 차이를 두께가 다른 연결선으로 표시하여 나타내고 있다. 이 방법은 모든 언어적 특징을 동등하게 보고 방언형의 개수에 따라 통계적으로 처리하고 있다. 한국에서 이 방법은 이기갑(1986), 김택구(1991) 등에 의해 시도되었다.

전자의 경우는 경험적으로 증명할 수 있는, 통계적인 처리가 뒷받침되지 않아서 이를 증명할 방안이 보완되어야 한다. 후자의 경우는 등어선의 성격에 따라 차등 등급화하는 것이 보편적으로 인정되는 방언구획의 일반적인 경향인데, 등어선의 등급화를 고려하는 방법이 보완되어야 한다.

최근 방언 간의 유사도를 계량적으로 처리한 네트워크 분석과 하위 방언권을 수형도(dendrogram)로 계층적 군집 분석을 시도한 정성훈(2016)이 있다. 이 연구는 수형도(dendrogram)를 통해 하위 방언권의 군집 계층을 잘 보여주고 있지만 공간적 방언구획도까지는 나아가지 못한 점을 보완해야 한다.

2) 방언구획의 개선 방법

종래 방언구획론의 약점을 보완하고자 시도한 연구가 김덕호(1999)의 통합적 방언구획 방법이다. 이 연구는 등어선의 두께를 산정하기 위해 해당 등어선에서 방언의 성격에 따라 등급화된 점수를 각각 연산하여 등어선의 가중치를 다르게 설정하고 있다.[2] 등어선 기준으로 대립적인 두 어형(언어 특징)에 대하여 각각 [+점수], [-점수]로 수치화하고 이를 곱하기 연산을 통해 점수를 차등 산출한다. 하지만 김덕호(1999)의 통합적 방언구획은 동/서, 남/북 통계 수치를 종합할 수 있는 통계 처리법은 아니었다. 그러므로 이를 개선할 방안이 필요하게 되었고, 김덕호(2018)에서 이를 종합할 수 있는 처리 방법으로 사분면 산점도 좌표분석법을 개발하게 되었다.

[표 1] 통합적 방언구획을 위한 점수 산정법(x축-동/서)

방언형 지점	'가'형 (5점)	'나'형 (4점)	'다'형 (3점)	'라'형 (3점)	'마'형 (2점)	'바'형 (2점)	'사'형 (1점)	'아'형 (1점)	'자'형 (1점)	계 (22점)
A	-5	+4	+3	-3	-2	-2	-1	-1	-1	-8
B	-5	+4	+3	-3	+2	-2	-1	-1	-1	-4
C	+5	+4	+3	+3	-2	+2	+1	+1	+1	+18
D	-5	0	+3	-3	-2	-2	+1	+1	-1	-8
E	-5	0	+3	-3	+2	0	+1	+1	+1	0
F	-5	+4	+3	+3	-2	+2	+1	+1	+1	+8
G	-5	-4	-3	0	-2	0	-1	-1	0	-16
H	-5	-4	-3	+3	+2	+2	-1	+1	+1	-4
I	+5	-4	+3	+3	+2	+2	+1	+1	+1	+14

[표 1]처럼 처리된 동/서, 남/북 합산점수를 통계 처리를 위해 2가지 데이

2 김덕호(1999 : 52)는 '방언 등급 측정법'을 적용하여 등어선 종류에 따라 점수를 다르게 책정하고 가중치를 부여하고 있다.

터를 종합하여 산출한 것이 [표 2]이고, [그림 1]는 방언구획을 위한 예상 통계분할지도의 예시이다. 그 결과 2개의 큰 구획과 3개의 작은 구획, 전이지역으로 구분할 수 있다. 즉, E는 동/서, 남/북의 전이지역이고, B, H는 동/서 구분의 전이지역이며, D, F는 남/북 구분의 전이지역이다.

[표 2] 종합적 점수 산정법

연번	대상지역	x축(동/서)	y축(남/북)
1	A지점	-8	+15
2	B지점	-4	+8
3	C지점	+18	+10
4	D지점	-8	+4
5	E지점	0	0
6	F지점	+8	-4
7	G지점	-16	-18
8	H지점	-4	-8
9	I지점	+14	-8

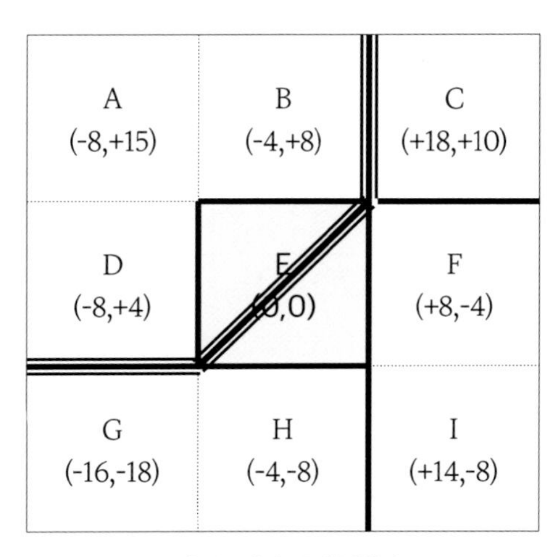

[그림 1] 예상 통계분할지도

또한 이를 확인하기 위한 사분면 산점도의 좌표 지도를 그린 것이 다음 [그림 2]이다.

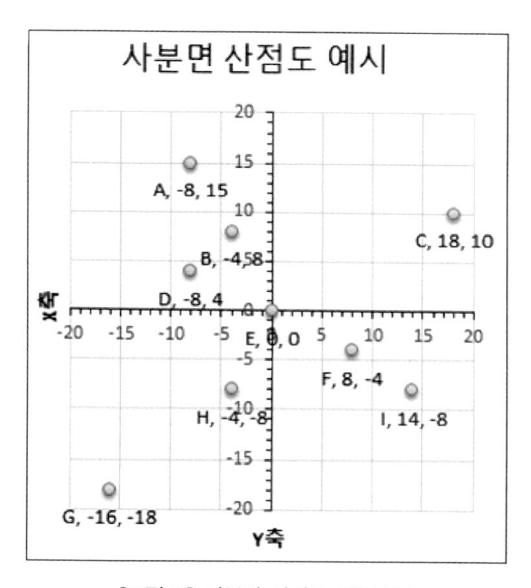

[그림 2] 사분면 산점도 좌표지도

위 [그림 2]의 산점도는 다시 다음 [표 3]의 등어선 구분 배점표를 기준으로 분석할 수 있다. 여기에서 10% 미만은 융합대역으로 두 방언형이 병존하거나 혼합되어 있는 전이지역이라고 할 수 있다.[3] 나머지 지역은 구분 대역으로 x좌표 절대값이 우위인 동/서 구분 등어선과 y좌표 절대값이 우위인 남/북 구분 등어선으로 구분하여 분석할 수 있다.

3 이기갑(1986 : 128)에서 조사항목의 10% 미만은 방언의 점진성에 의거하면 자연스러운 차이라고 하고 있는데, 이처럼 10% 미만의 차이라는 것은 두 방언형이 융합되거나 공존하고 있어서 별다른 차이가 인식되지 않는 중간지대로 볼 수 있다.

[표 3] 등어선 구분 배점표(*좌표값은 절대값으로 산정함)

	동/서 x≦100%	남/북 y≦100%	등어선 구분	좌표값 산출 범위 (100점 가정)
구분대역	10%이상 ~ 100%		동/서 구분 등어선(x우위) 남/북 구분 등어선(y우위)	10≦x≦100 10≦y≦100
융합대역	10%미만 ~ 0%		전이지역 등어선	0≦x≦9 0≦y≦9

3) 방언구획의 문화 지리적 분석 방안

방언구획의 의미를 문화 지리적인 배경(지리, 문화, 역사)으로 분석하는 것은 방언학에서 언어적 기준으로 방언구획을 시도한 것보다는 해석의 폭을 넓힐 수 있다는 가능성을 보여준 것이라 의미가 있다. 김덕호(2019 : 248)는 경북방언의 지역 차이를 언어적인 기준뿐만 아니라 언어외적인 기준으로 지역민의 의식도 함께 살펴야 한다고 밝힌 적이 있다. 이처럼 방언구획의 의미를 살피는데, 지역민의 의식과 같은 언어외적인 요인과 더불어 지리적, 문화적, 역사적 배경을 함께 살펴야 한다는 주장은 방언구획을 좀 더 입체적으로 분석할 수 있도록 하는 개연성을 시사한 것이다.

문화 지리적 배경으로 우선 지리적인 요건을 들 수 있다. 고대 시기를 살펴보면 산이나 강과 호수나 바다 등이 초기 연맹체 형성의 기반이 되기도 했으며, 이후 언어와 문화의 구획에 대한 경계가 되기도 하고 상호 교역을 위한 교통로가 되기도 한다. 다음 문화적 요건으로 이러한 지리적 기준으로 각자의 경제권을 유지하면서 이웃한 지역과 관혼상제와 같은 문화적 교류를 이루었으리라 짐작할 수 있다. 이러한 지역 간의 경계나 교류는 한반도 고대 시대부터 이루어진 역사적 배경을 살펴보면 알 수 있다.

역사적으로 볼 때 한반도 남부 지역은 마한, 진한, 변한이라는 3개의 연맹체로 구성된 커다란 정치세력권으로 나뉘어져 있었다. 이러한 삼한시대의 출발을 통상 학계에서는 기원전 1세기 무렵으로 보고 있다(주보돈, 2010 : 55). 진수의 삼국지에 따르면 당시 경상도 일원은 북쪽에서 남쪽으로 관통하는 낙동강을 중심으로 진한과 변한이 나뉘어져 있었고, 이를 중심으로 24개의 고대 소국으로 구성되어 있었다. 그렇다면 경상도 지역은 낙동강을 중심으로 교역과 경계가 이루어졌다고 짐작할 수 있다. 이들 소국들은 하나의 국읍을 중심으로 그에 부속하는 여러 읍락으로 이루어져 있었다. 국읍은 여러 읍락 가운데 중심 읍락으로 정치적, 문화적 중심지였다고 할 수 있다. 그러므로 이들 고대 소국 구성의 바탕에는 기본적으로 읍락이 기반이 되었다고 할 수 있다. 즉 중심이 되는 국읍을 중심으로 모인 몇몇 읍락들은 정치와 문화를 공유하면서 비슷한 기층문화와 의사소통 구조(방언)를 갖춘 연맹체가 되었던 것이다. 말하자면 1~2세기 이상 비슷한 기층문화와 의사소통 구조(방언)를 유지하면서 이루어진 고대 소국(연맹체)들이 현재의 동일 방언권으로 형성되면서 방언구획을 위한 기원이 되었으리라 예상할 수 있다.

그러므로 역사적으로 고대 소국의 유지와 병합이 현재의 방언구획을 이루게 된 원인이 되었다고 추측할 수 있다. 그래서 방언구획의 근거를 고대 소국의 역사적 변천 과정을 중심으로 살펴본다면 그렇게 구획하게 된 이유를 규명하는데 도움이 될 것이라고 판단한다.

3. 경북 방언의 하위 방언구획

한국의 영남 방언권을 경상도 방언권이라고도 한다. 이 경상도 방언권은 다시 경북방언권과 경남방언권으로 나눈다. 남북 구분의 가장 큰 이유는 성조의 분화에 대한 차이이다. 즉 경북은 고조, 저고, 음장으로 성조가 구분되고, 경남은 고조, 저조 혹은 중조를 구분되면서 음장이 실현되지 않는 것으로 보고 경북과 경남을 크게 구분하고 있다.

경상도 방언구획은 김영송(1963), 천시권(1965), 이기백(1969), 김영태(1975), 박지홍(1983), 김택구(1991), 최명옥(1994), 정철(1997), 김덕호(1999), 정성훈(2016) 등이 있다. 이 가운데 김영송(1963), 최명옥(1994), 정성훈(2016)은 경상남북도를 모두 대상으로 하고 있고, 김영송(1963), 김영태(1975), 김택구(1991)는 경남만을 대상으로 하고 있으며, 천시권(1965), 이기백(1969), 정철(1997), 김덕호(1999)는 경북만을 대상으로 하고 있다.

기존의 방언구획에 대하여 최명옥(1994 : 862)은 다음 세 가지 문제점을 제기하고 있다. 첫째, 경상도에 대한 중방언구획의 과정을 거치지 않고 경북과 경남을 각각 하위 방언권으로 인정하고 있다는 점과 둘째, 연구자들이 제시한 결과는 각각 언어체계의 극히 일부에 의한 방언구획 결과로 판단되므로 일치성의 문제를 고려하면 그 타당성을 증명하지 못하고 있다는 점, 셋째 각각의 연구자들이 제시한 방언구획의 결과가 차이가 나기 때문에 방언구획이 완료되었다고 보기 어렵다는 점이다.

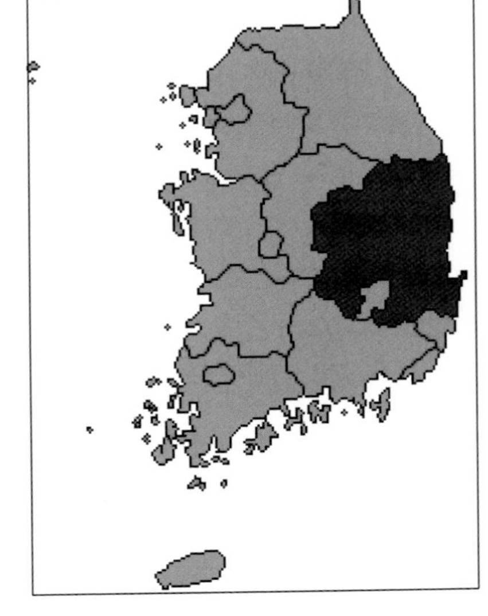

[그림 3] 한반도에서 연구 대상 지역의 위치

이에 최명옥(1994)에서 경상도의 중방언구획 과정을 통해 하위 방언구획을 시도하고 있다. 특히 성조형과 몇몇 어형의 음운규칙과 어간재구조화, 문법형태의 차이를 분석하여 경북과 경남을 각각 하위 방언권으로 설정하고 있다. 하지만 나머지 문제점에 대한 해명은 그렇게 분명하지 않은 것 같다. 결국 나머지 문제점들도 해결 가능성을 탐색하고자 하는 것이 본고의 또 다른 목적이기도 하다. 그러므로 영남 방언권에 대한 최명옥(1994)의 하위 방언구획의 설정에 대한 첫째 견해를 인정하면서 논의를 전개하고자 한다. 이에 본고는 영남 방언권에서 북부 하위 방언권인 경북 지역을 주 연구 대상으로 삼는다.[4]

1) 양적 연구법의 방언 구획

경북 방언구획의 여러 연구로는 천시권(1965)과 이기백(1969), 최명옥(1994), 정철(1997), 김덕호(1999), 정성훈(2016)이 대표적이다. 이들 연구의 대부분은 필자가 인식하고 있는 경북 구획에 대한 기지의 사실을 바탕으로 직접 현장조사를 통해 각 지역의 방언들을 수집했다.[5] 방언형의 수집 과정뿐만 아니라 연구 절차와 이후 조사된 방언형의 분석 방법도 특정의 언어적인 특징들을 기준으로 경북 방언구획을 시도한 양적 연구법에 의한 연구 결과들이라고 볼 수 있다.

천시권(1965)의 경우는 어말 의문형 종결어미를 중심으로 방언구획을 시도하고 있다([그림 4]).

4 2018년 시점으로 보면 경북은 23개 시군(10시, 13군) 332개 읍면동으로 행정구역이 나뉘어져 있다.

5 정성훈(2016)의 경우는 1980년대 정신문화연구원(현 한국학중앙연구원)에서 전국 방언의 조사 결과를 이익섭 외(2008)의 <한국언어지도>를 토대로 연구한 결과이다.

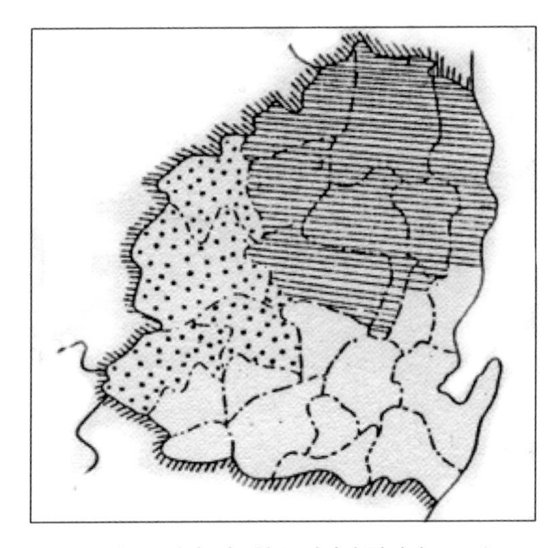

[그림 4] 어말 의문형 종결어미(천시권, 1965)

제1지구 - ▭ 능교 형, 제2지구 - ▤ 니껴 형, 제3지구 - ▦ 여 형

그 결과 제1지구(-능교 형 지역 : 대구, 경주, 달성, 경산, 청도, 고령, 성주, 칠곡, 군위, 영천, 월성, 영일, 포항, 청송, 영덕 포함)와 제2지구(-니껴 형 지역 : 안동, 의성, 예천, 의성, 봉화, 영양, 영주, 울진, 청송 일부), 그리고 제3지구(-여 형 지역 : 상주, 선산, 김천, 금릉, 문경)으로 경북 하위 방언구획을 제시하고 있다.

[표 4] 천시권(1965)의 방언구획을 위한 언어학적 요소

언어학적 유형		내 용
문법적 요소	어말의 의문형 종결어미(3항목)	-능교(는교), -니껴(니꺼), -여

이기백(1969)은 음운, 어휘, 문법을 분리하여 연구하면서 음운, 어휘 및 문법적 기준에 의한 2개의 경북방언 구획지도를 제시하고 있다.

[표 5] 이기백(1969)의 방언구획을 위한 언어학적 요소

언어학적 유형		내 용
음운적 요소	'jə/ε/i'(4항목), '-lk'(2항목)	별(星), 볕, 병(病), 벼락 / 닭, 맑다
어휘적 요소	순수 어휘 및 통시적 어휘(4항목)	삽/{수굼포}, 통시/{뒷깐,칙깐}, 구유,죽통/{구이}, 두부/{조피,조포}
문법적 요소	의문형 어미(3유형 8항목)	제1유형(4)- '-지{찌}예, -지{찌}야, -능{ㅇ}교, -능기{깅}가' / 제2유형(3)- '-디껴, -니껴, -끼껴' / 제3유형(1)- '-여'형

먼저 음운과 어휘적인 기준을 살펴보면 음운적 요소를 기준으로 한 경우는 동남반부(동북 해안지역/내륙지역)와 서북반부(서북 접경지역/내륙지역)로 구획하고 있다. 어휘적 요소를 기준으로 한 경우는 A.동북 해안지역(울진, 영덕, 영양, 청송 일부, 영일)과 B.서북 접경지역(봉화, 영주, 예천, 문경, 상주) C.중부 내륙지역(안동, 의성, 청송 일부, 군위 일부, 선산, 영천, 월성)과 D.남부지역(금릉, 칠곡, 성주, 고령, 달성, 대구, 청도, 경산)으로 하위 방언구획을 하고 있다([그림 5]).

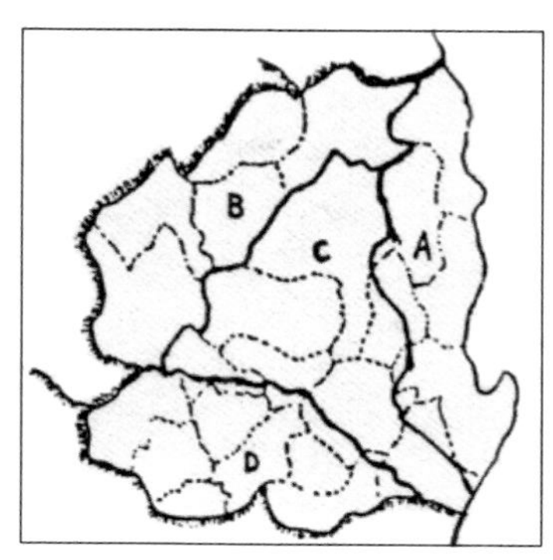

[그림 5] 음운과 어휘적인 기준

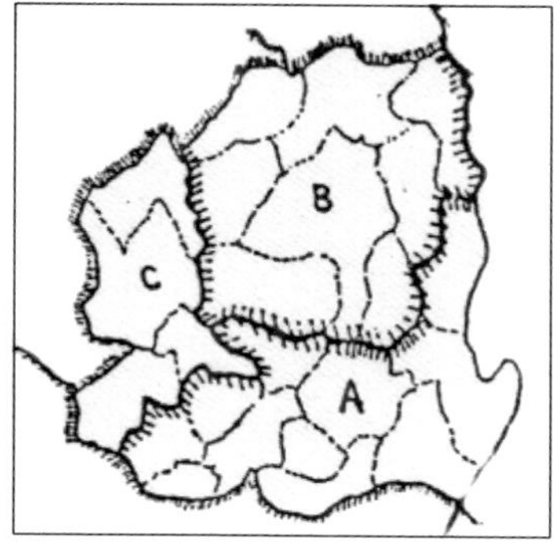

[그림 6] 의문형 어미 기준

다음으로 의문형 어미를 대상으로 한 문법적 기준을 살펴보면 제1유형으

로 실현되는 A.남반부지역(성주, 칠곡, 군위, 영천, 영일, 포항, 영덕)과 제2유형으로 실현되는 B.중북부지역(영주, 봉화, 문경 일부, 안동, 울진, 군위, 영양) 그리고 제3유형으로 실현되는 C.중서부지역(상주, 선산, 김천, 문경 일부, 의성 일부)으로 하위 구획을 시도하고 있다([그림 6]).

[표 6] 최명옥(1994 : 881)의 등어선 종류에 따른 수치

등어선의 종류		수치
어휘 등어선	순수어휘적인 것	1
	통시적 규칙이나 통시적 음운목록과 관련된 것	2
음운 등어선	음소적인 것(목록과 규칙)	3
	운소적인 것(목록과 유형)	4
어법 등어선	문법형태와 재구조화 어간	5
	통사 및 의미적인 것	6

최명옥(1994 : 889)은 방언구획을 위한 조사 항목은 특수한 어미류나 어휘 중심에서 벗어나 방언 간의 체계적 차이를 규명할 수 있는 것으로 바뀌어야 한다고 주장하고 있다. 이를 위해 [표 6]처럼 방언 등급법을 적용하여, [표 7]처럼 총 70개 항목의 등어선별 목록을 설정하고 이를 토대로 경상도 방언 구획을 시도하고 있다.

[표 7] 최명옥(1994)의 방언구획을 위한 언어학적 요소

언어학적 요소[70항목]	
음운	음운목록[4항목], 어간 재구조화[3항목], 음소변동[4항목], 음소변화[7항목], 성조유형 : 2음절[10항목], 3음절[17항목], 4음절[11항목]
어휘	어휘[9항목]
어법	종결어미[3항목], 연결어미[2항목]

[그림 7]은 최명옥(1994 : 877)의 경상도 방언구획지도에서 경북 지역만 따로 보여주는 등어선도이다. 최명옥(1994 : 890)에서 경북방언은 경북서부방언(문경, 상주, 선산, 금릉)과 경북중동부방언으로 크게 2분하고, 이를 다시 경북중동동부방언(울진, 봉화, 영풍, 예천, 안동, 영양, 의성, 청송, 영덕, 군위, 영천, 영일, 경산, 청도, 경주)과 경북중동서부방언(칠곡, 성주, 고령, 달성)으로 작게 2분하고 있다. 이러한 결론을 바탕으로 하여 경북 하위 방언구획지도 [그림 8]을 재구성해 보았다.

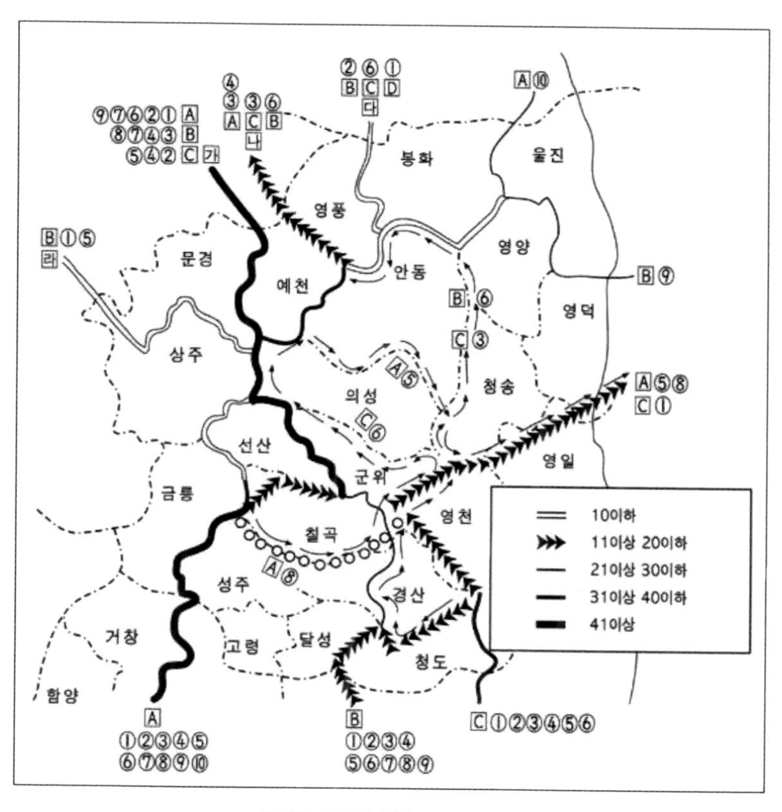

[그림 7] 최명옥(1994 : 877)

[그림 8] 최명옥(1994 : 890 재구성)

최명옥(1994 : 3)은 앞선 천시권(1965)과 이기백(1969)의 방언구획이 언어체계의 극히 일부에 의한 결과라고 언급하면서, 음운, 어휘, 어법에 의한 각각의 방언구획의 결과가 일치하지 않는다는 점을 지적하고 있다. 그리고 통상 방언구획의 목표는 대상이 되는 방언의 구성이 어떻게 되는지를 이해하는 데에 치중하여, 구성 자체에 대한 이해는 가능하지만 하위 방언들을 구성하고 있는 상호관계에 대해서는 아무것도 말해주지 않는다는 점을 지적하고 있다.

정철(1997)의 경북 방언구획은 [표 8]에서처럼 언어학적 항목으로 음소 체계와 관련된 요소(2항목-모음 'ㅡ : ㅓ'의 변별여부, 자음 ㅆ : ㅅ의 변별여부), 어휘적 요소(8항목), 문법적 요소(8항목-곡용, 활용어미의 차이), 기타(억양, 지역주민의 의식) 등을 토대로 연구하고 있다.

[표 8] 정철(1997)의 방언구획을 위한 언어학적 요소

언어학적 유형		내용
음운적 요소	음운체계와 관련(3)	틀 : 털, 글 : 걸, 쌀 : 살
어휘적 요소	순수 어휘 및 통시적 어휘(8)	어버지, 어머니, 오빠, 뒷간, 간장, 부엌, 먹-다, 틀리-다
문법적 요소	곡용 어미(3)	주제격(-은), 주격(-가), 대격(-를)
	활용 어미 및 어말 어미(5)	-어, -면, -느냐, -이냐, -ㅂ니까/ㅂ니다
기타 요소	참여관찰에 의한 질적 연구	억양 및 지역 주민의 의식

하지만 방언 등급법에 따라 각 항목의 가중치에 의거한 차등 점수를 부여하지 않았다. 그 결과를 가지고 구획한 지도가 [그림 9]이다.

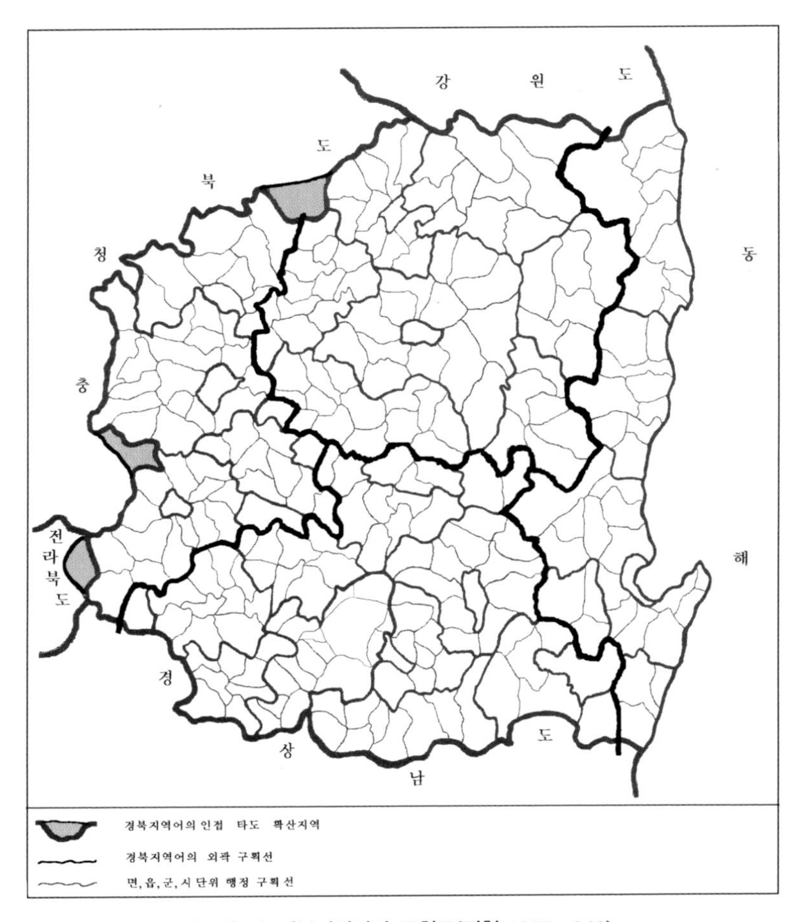

[그림 9] 경북지역어의 구획도(정철 1997 : 249)

김덕호(1999)의 경우는 경북의 조사 하위 단위를 읍면을 기준으로 하여 245개 지점을 정밀 조사한 결과이다. 이를 토대로 김덕호(1997)에서 제시한 71장의 경북언어지도를 대상으로 방언구획을 시도하고 있다. 특히 이 연구에서는 경북방언지도를 동서 분화 패턴과 남북 분화 패턴으로 분석하여 남북분화형 33장과 동서분화형 30장의 경북방언지도를 추출하고 있다. 이를 어휘 - 음운

- 어법에 관한 특징으로 구분하고 방언 등급법을 적용하고 있는데, 각각 등어선 유형에 따른 값을 차등 적용하고 통계적으로 처리했다. 그리고 합산 결과값을 경북방언 백지도의 각 지점에 전송하여 앞서 언급한 동/서 통계분할지도와 남/북 통계분할지도를 제작하였다.[6] 그리고 이렇게 만들어진 두 장의 통계 언어지도를 합쳐서 통합형 경북 방언구획지도를 작성하고 있다.

[표 9] 김덕호(1999 : 52)의 등어선 유형과 값

등어선 유형		값
어휘등어선	순수어휘	1
	통시적인 규칙이나 음운목록	2
음운등어선	음소 목록과 규칙 및 음소 변화	3
어법등어선	문법형태와 재구조화 어간	4
	통사 및 의미적인 것	5

6 김덕호(1997)에서 개발한 흔글 워드프로세서의 메일머지와 매크로의 기능을 활용한 언어지도 제작 방법을 활용하고 있다.

[그림 10] 경북의 통합적 방언구획 지도(김덕호 1999 : 62)

[표 10] 김덕호(1999 : 52)의 등어선 항목 수와 합산 결과값

등어선 유형		남/북 분화형	동/서 분화형
어휘	순수어휘(1)	12항목	6항목
	통시적인 규칙이나 음운목록(2)	8항목	14항목
음운	음소 목록과 규칙 및 음소 변화(3)	7항목	6항목
어법	문법형태와 재구조화 어간(4)	3항목	4항목
	통사 및 의미적인 것(5)	3항목	-
항목(총점)		33항목 (76점)	30항목 (68점)

그 결과 [그림 10]과 같이 경북방언권의 하위 방언구획을 4개 지역으로 구분했다. 제1지역[동남 방언지역 : 대구(구지 제외), 경산, 청도, 영천, 경주, 포항, 의성의 사곡, 춘산, 가음과 군위의 효령, 우보, 산성, 부계, 고로]과 제2지역[동북 방언지역 : 울진, 영양, 영덕, 청송(현서면, 부남면 제외), 안동 일부(예안, 임동, 임하, 길안), 봉화(소천), 의성(옥산)]과 제3지역[서남 방언지역 : 상주(은척, 이안, 공검, 사벌, 함창 제외), 김천, 구미(선산), 칠곡, 성주, 고령, 의성(단밀, 단북, 안계, 군위 소보), 대구(구지)] 그리고 제4지역[서북 방언지역 : 상주(은척, 이안, 공검, 사벌, 함창) 문경, 예천, 영주, 봉화(소천면 제외), 안동(예안, 임동, 임하, 길안 제외), 의성(다인, 안사, 신평, 구천, 비안, 봉양, 안평, 단촌, 의성, 금성), 군위 의흥]으로 나누고 있다.

정성훈(2016)은 한국언어지도(2008)에 수록된 153장의 남한 중심 언어지도 가운데 144항목을 분석 자료로 삼고 있으며, 대상이 된 언어지도에서 발견되는 972개의 방언형을 분석 대상으로 하여 처리한 결과이다. 조사지역(점) 즉 노드(node)가 연결된 배치와 구성을 분석하는 방법인 네트워크 분석법(network analysis)과 다변량 분석법(multivariate analysis)을 통해 영남방언 하위지역을 계층적 군집화 유형으로 분석하고, 그 결과를 수형도(dendrogram)로 제시하고 있다.

[그림 11] 정성훈(2016 : 250)의 수형도(dendrogram)

다음 [그림 12]는 정성훈(2016 : 250)에서 제시한 수형도(dendrogram, [그림 11])를 바탕으로 재구성한 경북 방언구획 지도이다.

[그림 12] 정성훈의 수형도(dendrogram)를 경북 방언구획지도로 재구성함

방언구획이 지역을 그보다 작은 방언으로 세분하는 일이라면 방언구획에 대한 여러 학자들의 연구 결과는 비슷해야 한다. 그런데 앞선 양적 연구를 바탕으로 한 경북 방언구획의 결과는 일치하는 부분도 있지만 경계가 다소 차이가 난다.[7]

---

7 경북 방언구획을 위한 선행 연구의 결과가 연구자마다 다르다는 것은 방언구획을 위해 적용한 분석 요소가 차이가 나기 때문이다. 즉, 천시권(1965)는 문법 3항목, 이기백(1969)는

결국 음운, 어휘, 어법 등에 의한 각각의 방언구획이 차이가 나므로 방언구획을 완료하려면 이를 종합하여 하나의 결과를 도출할 수 있어야만 비로소 방언구획은 완성된다고 할 수 있다. 또한 방언구획법이 하위 방언 간의 상호관계에 대한 정보를 제공할 수 있도록 개발된다면 방언의 분화 연구뿐만 아니라 비교, 대조 연구에도 진일보한 결과를 산출하는데 도움이 될 수 있을 것이다.

2) 질적 연구법의 방언 구획

도조 마사오(東條操, 1954)는 언어적 특징 외에 지리적, 행정적 구역과 화자의 방언 의식도 포함해야 한다고 제안했다. 오쿠무라 미츠오(奧村三雄, 1958)는 방언구획의 방법으로 각 방언의 언어체계를 비교하거나 방언화자의 의식, 자연적 인문, 지리적 특징 등을 고려해야 한다는 견해를 밝혔다. 그런데 1984년에 그는 「방언구획론」에서 방언구획은 언어적 특징만을 가지고 구분해야 함을 주장하면서 방언 의식, 행정구역, 지리적 환경 등과 같은 비언어적 요인은 배제되어야 한다고 수정된 제안을 하게 된다.

정철(1997 : 105)은 방언구획을 하는 기타 요소로 지역 주민의 의식을 고려해야 한다고 밝히고 있다. 이런 주장처럼 언어 외적인 요인에 의해 말이 같거나 다르게 판단되는 경우도 있다. 즉 역사적, 사회적, 지리적 요인에 의해 방언

음운 6항목, 어휘 4항목, 문법 8항목이고, 최명옥(1994)는 음운 56항목, 어휘 9항목, 문법 5항목, 정철(1997)은 음운 3항목, 어휘 8항목, 문법 8항목이고, 김덕호(1999)는 음운 13항목, 어휘 40항목, 문법 10항목이었다. 만일 서로 비슷한 분석 요소를 적용했다면 결과는 유사하게 나왔으리라고 생각한다. 앞으로 연구의 관심을 어디에 두느냐에 따라 대상 방언권의 음운적 방언구획론, 어휘적 방언구획론, 문법적 방언구획론 등으로 연구 목적에 맞는 방언구획론으로 개발될 가능성이 있다.

경계가 이루어지거나, 방언 화자의 심리적인 반응에 의해 방언 경계가 이루어질 수도 있다. 김덕호(2001)은 이를 인상등어선(印象等語線, impressive isogloss)이라고 명명한 바 있다. 김덕호(2012)에서는 인상등어선의 구획을 고려한 방언학의 연구 분야를 지각방언학(知覺方言學, Perceptual Dialectology)이라는 용어로 설정하기도 했다.[8] 이 논문들에서 그런 언급은 없었지만 연구 방법을 보면 본고에서 분류한 질적 연구법에 의한 성과라고 판단할 수 있다.[9]

이러한 방언 경계를 단순히 종래의 언어학적인 등어선의 개념으로 설명하는 것은 어렵다. 그 이유는 언어외적인 요인도 방언구획을 위한 기준으로 작용할 가능성이 있기 때문이다. 그러므로 토박이 화자의 의식 속에 각인된 자기 지역의 방언구획이 살아있는 언어로서의 방언을 규명하는데 새로운 분석 방법으로 제시될 수 있고, 순수 언어학적인 요인으로 방언구획을 시도한 결과에 대해 검증 자료로 이용될 수도 있다.

그런데 제보자의 심리에 내재된 의식을 밝혀내기 위해서는 현장 조사에서 특별히 개발된 개방형 질문지를 가지고 심층 면접과 참여 관찰 등을 통해 이루어져야 한다. 이런 방식은 방언학 연구에서 양적 연구를 목표로 한 현장 조사법과는 다른 방법을 동원해야 한다. 이를 위해 도입할 수 있는 연구 방법이 질적 연구를 기반으로 한 현장 조사 방법이다.

---

8 Dennis R. Preston(1989)은 토착 화자의 언어 의식을 토대로 방언학 연구를 제안했는데, 그는 'Perceptual Dialectology'(지각적 방언학)라는 용어를 제시하고 있다. 이상규(1995)는 이미지 지도(image maps)라는 용어를 제시하면서 토박이 화자들은 현재 거주하는 지역과 다른 지역의 언어 차이를 인식하고 있으므로 이에 대한 연구의 필요성을 언급한 바 있다.

9 연구 결과를 평가하는 방법론의 측면에서 보면 '정량적(定量的, 양을 헤아려 정하는)'과 '정성적(定性的, 물질의 성분이나 성질을 밝히는)'인 것으로 볼 수도 있다. 그러나 본고는 연구 목표와 조사 계획 및 방법뿐만 아니라 분석 과정에서 양적 연구와 질적 연구를 종합할 수 있는 과정을 보이고자 하므로 사회과학연구법에서 수립한 '양적', '질적', '혼합적'이라는 용어를 사용한다.

이러한 질적 연구 조사법을 고려하여 조사하게 된 과정은 다음과 같다. 1993년부터 1995년까지 경상북도 245개 면을 최소 단위로 한 직접조사 및 통신조사를 실시하면서, 질문 문항 속에 양적 연구법을 위한 문항뿐만 아니라, 방언구획에 대한 의식을 묻는 문항도 만들어서 1차 조사를 실시하였다. 이후 1996년부터 2001년 사이에 재확인이 필요한 지역에 대해 관찰 조사를 실시하였다. 이때 유효한 응답자는 51명이었다.[10] 그리고 2015년부터 2018년까지 경북의 서부 지역인 김천, 문경과 북부 지역인 예천, 안동, 영양과 남부 지역인 군위, 영천과 동부 해안 지역인 영일, 영덕, 울진 등 10개 지점을 현장 조사하면서 참여 관찰을 통해 결과를 확인하였다. 다만 처음 조사 시기와는 시간적 차이가 나므로 단순 확인용 자료로 활용했다.

심층 면접용 개방형 질문지를 다음과 같이 만들어 질적 연구를 수행했다.

1. 제보자께서는 이 고장 말씨가 어디까지는 같고, 어디까지는 다르다고 느끼십니까? 구체적인 동네 이름이나 면 단위 혹은 군 단위를 기준으로 하여 설명해 주십시오.
2. 그렇다면 이 고장 말 중에서 다른 고장과 다르게 사용하는 말이 있으면 말씀해 주십시오.

주로 제보자의 생각을 묻는 내용이므로 대화 중에 자연스럽게 유도하는 것이 필요하다. 예를 들면 이곳으로 오기 전에 인근 다른 지역을 지나왔는데, 그 지역의 말씨가 이 지역과는 다르거나 혹은 유사하다고 자연스럽게 먼저 말을 꺼내면 대부분 이러한 지적에 대한 정오(正誤) 반응이 있었다. 이런 반응

10 제보자의 소개는 김덕호(2001 : 5)에서 자세하게 기술했다.

을 유도한 뒤 질문을 시도할 경우, 적극적으로 무엇을 가르쳐 주겠다는 의지를 보이는 경우가 많았다.

이러한 목표를 달성하기에 적합한 다수의 제보자에게서 제보 내용을 수집할 수 있었다. 실제 현지 조사를 하다보면 제보자들이 자신의 출신 지역의 언어에 대한 인식과 확신을 가지고 있는 경우가 많았다. 이는 제보자의 성별이나 학벌 및 직업과도 상관이 없으며, 다른 지역의 말에 의한 감염 정도에도 크게 상관이 없다. 또한 현재 그 지역에 거주하고 있지 않아도 된다. 단지 언어 형성기(유년기와 청소년기)에 출생 지역에서 생장했다면, 이와 같은 인식을 대체로 가지고 있다. 이것은 자신이 보유하고 있는 탯말에 대한 감춰진 위세(covered prestige)라고 볼 수 있다.[11] 이는 자신의 방언에 대한 보수적 경향이라고 할 수 있는데, 이것은 과거 농촌지역과 어촌지역 태생의 토박이 화자가 통상 신분 구분의 기준으로 삼는 반상(班常)의 차이에 의한 차별적 언어 의식보다는 더 일반적인 관점이라고 할 수 있다(김덕호 2001 : 237).

보통 농업을 주로 하는 내륙지역과 어업을 주로 하는 해안지역을 변별하고자 하는 제보들이 많았는데, 이는 반상에 대한 의식이 작용한 차별적인 제보이겠지만 관찰자 입장에서는 방언 차이라고 볼 수 있다. 특히 안동의 경우는 반촌과 민촌에서 사용하고 있는 말이 다르다고 인식한 제보가 많이 있음을 확인하였다(아배 - 아부지). 그리고 어말 어미의 차이를 확연하게 느끼고 있음을 확인할 수 있었다.[12]

그 조사한 결과를 종합적으로 분석해보면 다음과 같다.[13] 천시권(1965)에서

---

11 탯말이란 태중(胎中)에서부터 들었던 말씨를 뜻하는 용어로 '탯말두레'라는 재야 시민 단체에서 지역말 보전 운동을 하면서 '지역어' 대신에 부르는 말이다.

12 안동은 '뭐하니껴?'처럼 부드러운 말끝인데, 동쪽 해안에서는 '뭐하니꺼?'처럼 억센 말끝으로 마친다고 하면서, 어미의 강약 차이로 구획하고 있으며, 서쪽으로 가면 '뭐해여?', 남쪽으로 가면 '뭐하능교?'라고 한다고 하면서 차이를 인식하고 있다.

제2지구로 구획한 '니껴?'형 지역의 경우, 예천은 안동과 봉화, 영주와 유사한 말씨를 사용하고 있다고 인식하고 있으나, 상주, 점촌, 김천과는 다른 말씨라고 보고 있다. 예천 용궁면의 제보자는 인접한 문경의 산양면 일부 지역의 말과 유사하다고 세부적으로 제보하였다. 영주는, 영주와 안동, 봉화는 비슷한 말씨로 인식하고 있고, 예천, 상주와는 다소 다른 말씨로 생각하고 있으며, 울진과는 아주 다르다고 제보하였다. 봉화의 경우는 영주와는 아주 많이 비슷하다고 인식하고 있으며, 안동과도 말씨가 비슷하다고 제보하고 있다. 안동은 안동, 예천, 영주, 봉화, 영양을 같은 방언권으로 인식하고, 의성과 상주, 문경을 다르다고 인식하는 경향이 발견되었다. 영양에서는 울진과 영양이 서로 다른 말씨라고 하고 있다. 이것은 울진과 영양의 경계에 높은 산들이 위치하고 있어 서로 통행을 막은 결과로 보인다. 울진에서는 울진군내의 정밀한 차이를 제보하고 있는데, 울진군 원남면을 중심으로 북 울진과 남 울진이 서로 다르다고 인식하고 있다.

제3지구로 구획한 '-여?'형 지역의 경우는 충북과 경계인 문경은 이화령을 가운데로 두고 충북과 다르다고 인식하고 있으며, 상주와는 같은 말씨이나 동쪽으로 인접한 예천과 차이가 난다고 인식하고 있다. 그리고 상주뿐만 아니라 선산, 김천까지도 비슷한 말씨를 사용하고 있다고 제보하고 있다. 상주는 충북과 경계를 끼고 있는 지역인 만큼, 아주 다양한 인식 결과가 관찰되었는데, 이를 종합해보면 상주, 선산, 김천은 같은 말씨를 보이고 있으며, 소백산을 가운데로 하여 충북의 보은, 괴산은 다른 말씨이고, 경북 쪽으로도 의성, 예천, 안동, 칠곡과 말씨가 차이난다고 보고 있다. 특히 의성과는 낙동강을

---

13 金德鎬·岸江信介·瀧口惠子(2012 : 123~128)에서 기술한 부분을 정리했는데, 특히 참여 관찰로 확인이 용이한 의문형 종결 어미 '-능교?', '-니껴?', '-여?'를 기준으로 구획한 천시권(1965)의 결과를 참조하면서 비교 분석했다.

사이에 두고 있기 때문에 말씨가 차이난다고 제보한 경우도 있다. 그 가운데 상주의 모동과 옥산, 청리가 선산, 김천과 말씨가 다르다는 제보는 세부적인 차이를 인식한 결과로 특히 상주 쪽의 모동은 충북과 전이지역의 특징을 살필 수 있는 사례가 조사되었다. 의성은 군위와는 같은 말씨임을 제보하고 있다. 그리고 안동지역 제보자들의 생각과는 달리 안동, 예천과 같은 말씨임을 인식하고 있는데, 이것은 의성읍과 안평면 일부지역이 안동과 인접해 있어 안동 말씨를 닮았다고 생각한 결과이다. 같은 군내일지라도 의성 남부지역인 금성면은 안동과 다르다고 제보한 사실이나 평야 지역인 의성 서부와 산악 지역인 의성 동부 지역을 다르게 인식한 것은 경북 내의 중심 전이지역(transition area)으로 의성을 지정하는데 중요한 근거가 될 수 있다. 구미 선산에서의 제보자는 상주와 칠곡 가산까지가 유사하고, 다부동 고개를 경계로 칠곡 동명은 다르다고 인식하고 있다. 김천은 상주 말씨와는 유사하고, 남쪽인 구미와 성주와는 말씨가 다소 차이나는 것으로 제보하고 있다.

[표 11] 질적 연구법에 의한 조사 결과 정리표

지 점	설 문 결 과	천시권 (1965)
예천	예천=안동, 충청도//{죽령}/예천=안동=봉화, 예천(용궁)/문경(산양), 예천=안동=영주=봉화/점촌·상주·금릉, 문경(산양일부)=예천=안동/점촌, 상주, 예천=영주·안동, 예천/점촌·상주	니껴? 형 지역 (2지구)
영주	영주=안동, 영주=봉화, 영주/예천·상주, 영주//울진	
봉화	봉화≡영주, 봉화=안동	
안동	안동=예천=영주//의성·상주, 안동=영주, 봉화//상주·의성·예천, 안동=예천=영주=봉화=영양//의성, 안동=예천//점촌·문경·상주, *남선면 뱁실/{길안천}/금소	
영양	영양//울진	
울진	북 울진/울진 원남/남 울진	
문경	문경=선산=상주=김천, 충청북도//{이화령}/상주=문경/예천	여? 형 지역 (3지구)
상주	상주=선산=금릉(김천), 상주/예천=안동, 상주/칠곡군=대구, 상주//보은(충청도), 상주(화북, 화남)=충북(괴산군 송면면), 상주≡점촌/{영강}/예천, 상주≡점촌/예천·의성, 상주(청리, 옥산, 모동)//선산·김천, 충청북도//{소백산}/상주, 상주//{낙동강}//의성, 문경//{농암고개}//상주, 상주 화남(충청도 말씨) 상주 낙동(대구 억양)	
의성	의성=군위, 의성=안동/예천, 의성(비안=안계)/의성(금성=가음), 의성서부(평야)/의성동부(산악), 의성(안평, 의성읍 : 안동말씨)/의성(금성{비봉리, 탑리}, 가음, 춘산)	
구미 (선산)	선산=상주, 선산≡칠곡(가산)/{다부동고개}/칠곡(동명)·대구	
김천	김천=상주, 김천/구미, 김천/성주	
성주	성주=고령, 성주/{낙동강}/칠곡군, 성주/{낙동강}/대구(달성군)	능교? 형 지역 (1지구)
칠곡	칠곡=대구, 칠곡(약목)=상주, 칠곡(약목)/대구	
군위	군위=의성, 군위/영천, 군위=의성(봉양)/의성읍	
대구 (달성)	대구(달성)=청도, 대구(달성)=경산	
경산	경산=청도, 경산=영천	
영천	영천=경산, 영천/포항	
청송	청송(부남, 부동)/청송(청운)	
영덕	영덕=포항, 영덕=울진 평해/울진 북	
포항	포항/경주, 포항/영천, 포항//울산, 포항=영덕	
경주	경주=포항(장기군)=영천 일부, 경주/영천 서부, 경주/영덕 북부, 경주 내남//{활천}경남, 경주//울산	

(≡ : 아주 유사함, = : 유사함, / : 다름, // : 아주 다름)

제1지구로 구획한 '능교?'형 지역에서 성주의 경우는 낙동강을 사이에 두고 있는 칠곡과 대구(달성군)와는 다르다고 인식하고 있다. 칠곡의 제보자는 전반적으로 대구와 말씨가 유사하다고 제보하고 있다. 단, 칠곡의 약목은 오히려 상주와 유사하고 대구와는 조금 다르다고 인식하고 있다. 군위에서는 의성과는 유사하고, 영천과는 다른 것으로 인식하고 있다. 특히 앞서 제시한 것처럼 의성도 봉양면까지는 유사하고, 의성읍은 다르다고 인식한 사실은 의성을 경북방언의 중심 전이지역으로 판단할 수 있는 제보이다. 대구와 달성의 제보자는 청도와 경산이 유사하다고 인식하고 있다. 경산의 제보자는 청도와 영천이 같은 말씨의 지역으로 보고 있다. 영천의 제보자는 포항과는 말씨가 다르다고 인식하고 있다. 청송에서의 제보는 지엽적인 내용으로 청송의 부남면과 청송읍이 다르다고 인식하고 있다. 이것은 같은 군내이지만 주왕산을 중심으로 남쪽과 북쪽이 다르다고 인식한 결과이다. 포항은 해안을 끼고 있는 지역인데, 경주라든가 영천과는 조금 다르고, 울산과는 아주 다르다고 제보하고 있는데, 울산과의 차이는 경남과의 도경계를 의식한 제보로 판단된다. 경주는 인접한 포항, 영천과 말씨가 다르고, 영덕도 다르다고 제보하고 있는데, 포항의 장기면이나 영천의 일부지역은 말씨가 비슷한 지점도 있다고 인식하고 있다. 이것은 이들 지역을 연결하고 있는 교통망의 발달로 언어 전파에 의한 영향 때문에 이루어진 인식으로 판단된다.

이상의 제보 내용과 분석을 토대로 질적 연구법에 의한 방언구획지도를 작성한다. 여러 장의 지도에 유사하다고 인식하고 있는 방언지역은 서로 묶고, 다르게 인식하는 지역들 사이에는 경계선을 넣는 작업을 통해서 얻어진 각 지역별 구획을 종합하면 전체적인 결과를 얻을 수 있다. 즉 질적인 연구조사법에서 심층 조사를 통해 수집된 방언화자의 심리에 내재한 방언구획에 대한 의식을 토대로 구획한 언어지도는 다음 [그림 13]이다.

[그림 13] 질적 연구법에 의한 경북 하위 방언구획 양상

구획된 지역들을 정리해 보면 다음과 같다. 동부 해안 방언구역(울진, 영덕, 포항, 경주)과 남부 내륙 방언구역(대구, 성주, 고령, 달성, 청도, 경산, 영천, 의성의 금성, 가음, 춘산, 군위의 우보, 산성, 의흥, 고로, 청송의 안덕, 부동, 부남, 현동, 현서), 그리고 서북 접경 방언구역(상주, 문경, 선산, 김천, 군위의 소보, 군위읍, 효령, 부계, 의성의 다인, 단북, 안계, 단밀, 구천, 비안, 봉양, 칠곡의 북삼, 약목, 석적, 가산)과 북부 내륙 방언구역(안동, 영양, 봉화, 영주, 예천, 의성의 안사, 신평, 의성읍, 점곡, 옥산, 사곡, 청송의 진보, 파천, 청송읍)으

로 4개의 하위 방언구획으로 나눌 수가 있다.

질적 연구법에 의한 경북 하위 방언구획에 대해 앞선 양적 연구에서 기준으로 삼은 언어학적 요소들을 토대로 하여 비교 분석해보면 다음과 같다. 문법적 요소인 어말의 의문형 종결어미를 기준으로 하위 방언구획을 한 천시권(1965)의 경우는 동해안 지역을 제외하고는 거의 일치하고 있다. 이기백(1969)의 경우는 어휘적 요소의 경우는 동해안 구역과 거의 일치하고, 의문형 어미를 기준으로 한 문법적인 요소의 경우는 천시권(1965)와 마찬가지로 동해안 지역을 제외하고는 거의 일치한다. 최명옥(1994)의 경우는 서부 지역만 일치하는데, 이 서부 지역의 방언구획의 언어학적 요소는 주로 어휘적 요소와 문법적 요소(활용어미 류)이다.[14] 정철(1997)의 하위 방언구획은 질적 연구법에 의한 경북 방언구획 양상과 거의 일치하고 있다. 정철(1997)의 경우는 대상으로 한 언어적 요소가 음운체계에 관계되는 요소 2항목을 제외하고는 거의 어휘적 요소와 문법적 요소가 대부분이다.[15]

이상의 내용을 이러한 방언구획을 이루어 내는데 작용했으리라 짐작한 언어적인 요소(어휘, 문법, 기타)를 바탕으로 통합한 정철(1997)의 구획지도 [그림 12]와 김덕호(2001)에서 인상등어선으로 제작한 구획 지도인 [그림 14]를 함께 비교해 보면 거의 비슷하게 구획되어 있음을 확인할 수 있다.

---

14 서부지역을 구분하는 표제어는 문법 요소로 '-으니까, 눕+아, 꾸+아, 더버+아, 어둡+아'이고, 어휘적 요소로 '눕-, 굽-, 더위, 먹-'이 있다. '무섭고, 잡히고, 만들어도'는 성조 요소이다.

15 억양과 지역 주민의 의식이 기타 요소로 언급되어 있다.

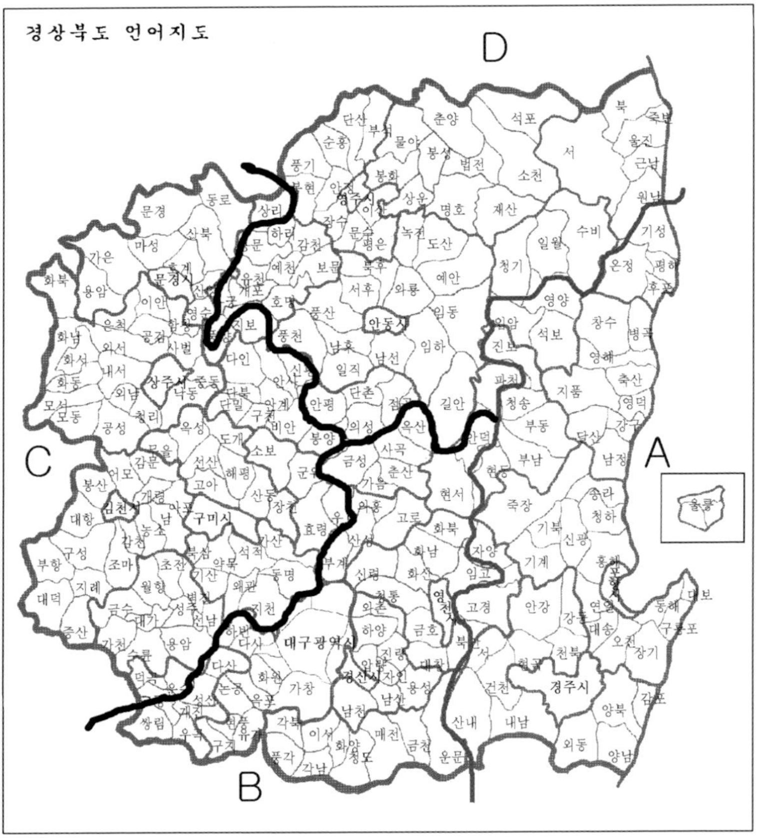

[그림 14] 김덕호(2001 : 17)의 인상등어선 구획지도

이러한 자료를 바탕으로 방언화자의 심리 속에 내재된 자신의 방언권에 대한 언어의식은 언어학적 기준으로는 보면 어휘적인 요소와 문법적인 요소가 작용하고 있다는 사실을 추론할 수 있다. 실제 현지조사에서도 이러한 차이점을 인식한 제보를 많이 받았다.[16]

16 예를 들면, '말끝이 무드럽지다, 거세다' 등으로 지역에 따라 느끼는 정도의 차이를 제보한 경우도 있고, '상대에게 묻는 말끝은 동서남북이 다르다'라는 차이점을 제보한 경우도 있다.

경북방언구획을 시도한 선행 업적인 천시권(1965)과 이기백(1969)의 경우, 방언화자의 비언어적인 경계 의식을 어느 정도 고려하여 이루어진 결과이었을 가능성이 높다.[17] 정철(1997)은 직접 '지역주민의 의식'을 고려한다고 언급하고 있으므로 이러한 개연성은 더욱 높아진다.

3) 혼합적 연구법의 방언구획

앞선 질적 연구를 통해 나온 결과는 다시 양적 연구의 데이터를 활용하여 검증할 수 있는데, 이런 경우 질적 연구 방법과 양적 연구 방법을 종합적으로 활용하는 혼합적 연구 방법을 적용하면 가능하다. 혼합적 연구 방법은 양적 연구와 질적 연구의 상호보완적인 연구법이다. 1959년 캠프벨(Campbell)과 피스커(Fiske)가 심리적 특성의 타당도를 연구하는 과정에 '다중 방법 행렬(multimethod matrix)' 연구법의 사용을 제안하면서 비롯되었다.[18] 혼합 연구 절차는 양적 방법과 질적 방법의 연구 순서의 선후 배열과 어디에 더 중요성을 두느냐하는 연구의 비중 또한 자료 수집, 자료 분석, 자료 해석의 단계에서 언제 연구 자료를 혼합할 것인가 하는 절차에 대한 설계를 중심으로 논의되

---

17 지금까지 이루어진 방언구획에 관련된 연구 업적의 경우, 그 연구자가 바로 그 지역 출신 방언화자라면, 비언어적인 경계 의식이 방언구획을 이루어 내는데 전혀 작용하지 않았다고 부인할 수는 없을 것이다. 왜냐하면 각 지역별로 방언구획을 연구한 분들 역시 지역 출신 방언화자들이기 때문이다.

18 크레스웰(Creswell, 2011 : 17~18)에 의하면 혼합 연구 방법으로 질적 면접으로 시작하여 일반화를 위해서 모집단을 양적인 조사방법으로 전환하거나, 양적 방법에서 시작하여 세밀한 탐구로 이행하는 질적 방법으로 이어지는 순차적 혼합 연구가 있고, 연구자가 연구문제를 종합적으로 해석하기 위해 양적, 질적 자료를 한데 모으거나 합병하는 동시적 혼합 연구가 있다. 그리고 연구자가 양적 및 질적 자료 모두를 포함하는 하나의 설계 내에서 주제의 구조, 자료 수집 방법, 연구 예상 결과 및 변화와 같은 이론적 시각을 동시에 사용하는 변형적 혼합 연구가 있다.

고 있다. 만일 연구 순서가 동시적으로 이루어진다면 연구 비중은 동등하고 혼합 절차도 통합 방식이 선호되며, 이 경우 명확한 이론화가 가능하다. 또한 연구 순서 상 질적 접근을 우선할 경우 연구 비중은 질적 연구에 있게 되고 연결형 혼합 절차를 선호하며 이론화도 명확하게 이루어진다. 그리고 연구 순서 상 양적 접근을 우선할 경우 연구 비중은 양적 연구에 있게 되고 혼합 절차도 내재형 방식이 선호되며 이론화의 과정은 다소 불명확하게 이루어질 가능성이 있다(Creswell, 2011 : 246~249; 김덕호, 2014 : 20~21 재인용).

앞서 질적 연구 방법에 의한 결과로 제보자의 의식 속에 내재된 비언어학적인 지각적 방언구획은 양적 연구 방법에서 중요시된 언어학적 요소로 문법 요소(곡용어미와 활용어미)의 차이와 어원적으로 다르게 생성된 어휘 요소인 것으로 추론하고 있다. 실제로 김덕호(1999 : 62)에서 제시한 양적 연구법에 의한 '경상북도 방언구획지도([그림 10])'와 김덕호(2001 : 17)의 질적 연구법에 의한 '인상적 방언구획지도([그림 14])'을 비교해보면 차이가 난다. 그 이유는 전자의 경우는 음운(음운목록과 관련된 어휘도 포함)[35항목/55%], 순수어휘[18항목/29%], 문법(통사적인 문장구조도 포함)[8항목/13%], 의미[2항목/3%] 분야를 각 항목의 점수를 차등하게 계산한 후 통합하여 이루어 낸 결과이고, 후자의 경우는 언어학적으로 어휘와 문법(어말어미) 분야를 위주로 방언구획을 시도한 결과이기 때문이다. 이로써 지역민의 지각 속에 내재된 방언구획의 경우, 언어학적인 요소를 기준으로 볼 때 음운적 요소보다는 어휘와 문법 요소가 작용한다고 가정할 수 있다.

이러한 질적 연구에 의해 나온 가정을 검증하기 위해 김덕호(1997)의 양적 연구로 이루어진 70여 장의 언어지도 중에 음운적인 분화에 관련된 항목을 제외하고, 언어적인 요소를 중심으로 순수 어휘적인 것(19장)과 통시적인 규칙이나 통시적인 음운목록과 관련된 어휘등어선(22장) 그리고 문법적 등어선

가운데 어미에 따른 분화나 재구조화에 관련된 것과 통사적 문장구조에 의한 것(7장) 등 모두 48장의 언어지도를 따로 발췌하여 방언 등급법에 따라서 차등 배점하고 통합한 결과값을 산출했다. 그 결과 아래 [표 12]와 같이 동/서 분화형 총 50점, 남/북 분화형 총 40점으로 각각 산출할 수 있다.

[표 12] 방언구획을 위한 언어적 요소

	동/서 분화형-(25항목-50점)	남/북 분화형(23항목-40점)
순수어휘 18항목 (×1점)	소꿉질, 뜰(뜨럭), 가볍다, 옥수수, *젓가락(저/절), 대님	뾰족하게(뾰족/쨰삣), *큰아버지(伯父)(큰/맏), *큰아버지(伯父)(아배/아버지), 두부, 부추, 상추, 회오리바람, 간장, 주걱, 구유, 번데기, 식혜
통시적 어휘 23항목 (×2점)	대님, 수수, 머루, 가위, 홀아비, 키, 벽, 가오리(鱝魚), 그을음, 누에, 다리미, *뼈(뻬/비), 누이, 옆구리, 모래(沙)	애벌맨다, 달-오, 혀, (콩을)불린다, 콩나물, 무:, 아궁이, 화:로(爐)
문법적 어미 7항목 (×4점)	값+이(주격어미), 물+을(목적격어미), 동생+에게(여격어미), *뾰족-하게(x하게/x하구로)	*뼈(x가지/x다구), 공동격(나+와), *젓가락(x까락/x범)

아래 [표 13]은 등어선 구분을 위한 배점표인데, 여기에서 10% 미만은 융합대역으로 두 방언형이 병존하거나 혼합되어 있는 전이지역이라고 할 수 있다.[19] 나머지 지역은 구분 대역으로 x좌표 절대값이 우위인 동/서 구분 등어선과 y좌표 절대값이 우위인 남/북 구분 등어선으로 구분하여 분석할 수 있다.

---

19 이기갑(1986 : 128)이 설정한 10% 미만의 점수 차이라는 것은 두 방언형이 융합 혹은 공존하여 별다른 차이가 인식되지 않는 전이지역이라고 할 수 있다. 그렇다면 합산점수의 10% 미만인 50점의 5점미만과 40점의 4점미만은 인접지역 간의 점진적 차이로 볼 수 있고, 이 지역을 중심으로 방언권의 경계가 구획될 가능성이 높다.

[표 13] 등어선 구분을 위한 배점표

		동/서-50점(x)	남/북-40점(y)	등어선 구분	좌표값 산출 범위
구분 대역	10%이상~100%	6점~50점	5점~40점	동/서 구분 등어선(x우위) 남/북 구분 등어선(y우위)	6≦x≦50 5≦y≦40
융합 대역	10%~0% 미만	0점~5점	0점~4점	전이지역 등어선	0≦x≦5 0≦y≦4

다음의 [그림 15]의 사분면 산점도 좌표분석표에서 좌표값은 방언 등급법에 의해 합산 값을 산출할 때는 위치값으로 처리해야 하고, 위치값에서 +와 -의 지정은 사용자가 임의로 지정할 수 있다. 본고에서는 경상방언 우세 지역을 +로 잡고, 그렇지 않은 지역을 -로 잡아 위치값을 산출했다. 즉 '++' 쪽은 경북의 동남구역, '+ -' 쪽은 경북의 동북구역, '- +' 쪽은 경북의 서남구역, '- -' 쪽은 경북의 서북구역을 뜻한다. 이렇게 나온 결과를 x-y 좌표값으로 치환하여 동/서, 남/북의 사분면 산점도를 제작하게 되고, 이때부터는 수치값으로 전환하면 된다.[20] 좌표분석표에서 가운데 부분은 융합대역이고, 구분대역 중 a, b는 동/서 완충지역, 남/북 구분지역이고, c, d는 남/북 완충지역, 동/서 구분지역이다. A, B, C, D는 동/서 혹은 남/북을 판단해야 하는 지역으로 x좌표 절대값이 높으면 동/서 구분이 우세한 지역이고, y좌표 절대값이 높으면 남/북 구분이 우세한 지역이 된다.[21]

20 수치앞에 붙은 '+, -'는 위치값을 지정하고, 뒤의 숫자는 수치값이다. 위치값을 수치값으로 인식하고자 할 때는 절대값으로 치환하면 된다.

21 어떤 지점의 직교좌표(直交座標)가 (-40, -10)이라면, 서북 방향으로 동/서 구분 등어선값 x=|40|, 남/북 구분 등어선값 y=|10|의 수치값을 가진 부분이다. 이를 분석해보면 이 조사 지점은 동/서 구분 등어선이 우위에 있는 방언 특징을 가지고 있다고 할 수 있다.

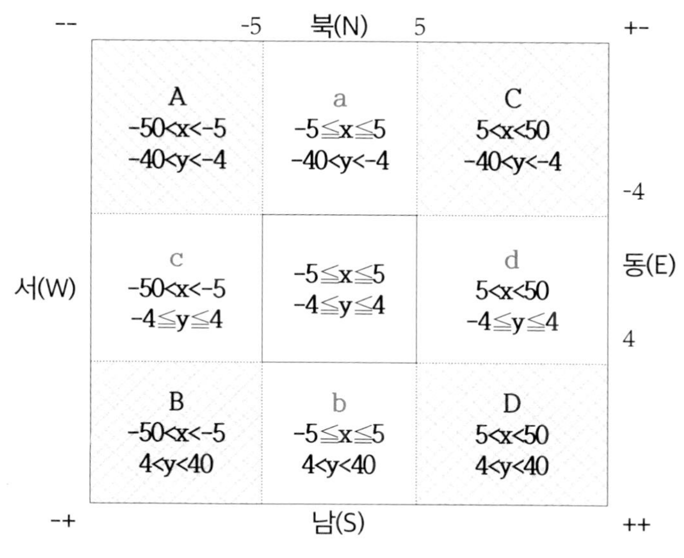

[그림 15] 사분면 산점도 좌표분석표

이를 토대로 다음의 [그림 16]과 같은 경북 방언구획 산점도(慶北方言區劃散點圖)를 제작해보았다. 이 산점도(scatter diagram, 散點圖)는 앞서 제시한 사분면 산점도 좌표분석표를 기준으로 좀 더 정밀하게 분석할 수 있는 방법인 사분면 산점도 좌표분석법(四分面散點圖座標分析法)에 의해 해석할 수 있다.

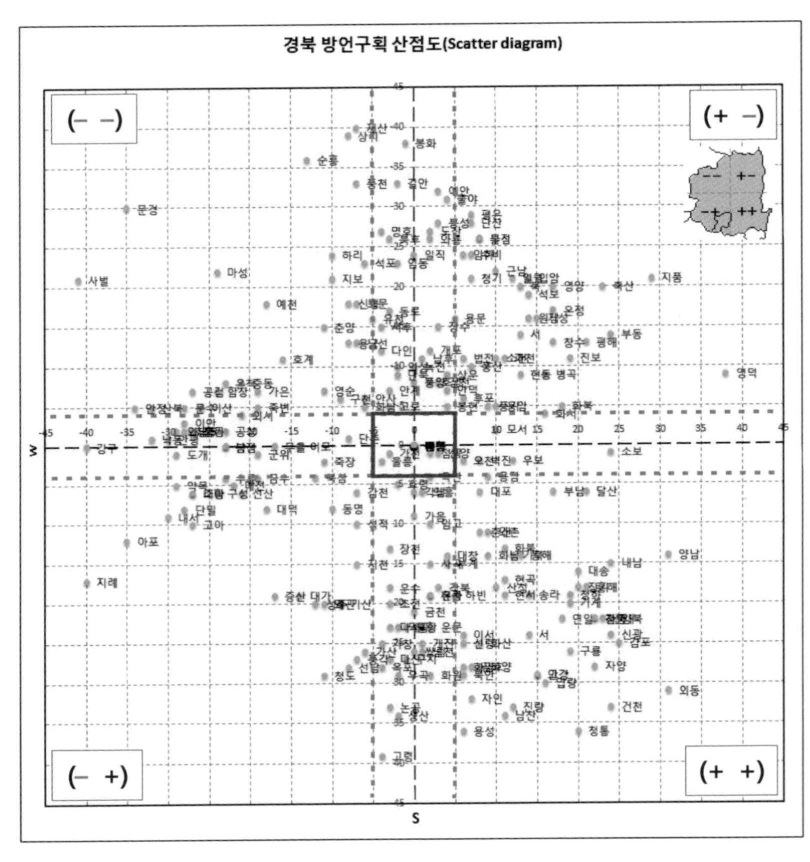

[그림 16] 경북 방언구획 산점도(scatter diagram)

이와 같은 경북 방언구획 산점도를 바탕으로 245개 조사 지역별로 해당되는 동/서, 남/북 구분의 방언구획 특징을 실제 언어지도에 반영하여 다음 [그림 17]과 같은 경북 방언구획지도를 제작할 수 있다. 이렇게 나온 결과를 김덕호(2001 : 17)에서 제작한 인상등어선에 의한 방언구획지도 [그림 14]와 비교해 보면 거의 비슷하게 나온다. 결국 혼합적 연구법에서 고안한 사분면산점도 좌표분석법과 같은 새로운 통계 처리 방안의 활용이 가능하다는 결론에

도달할 수 있다.

말하자면 김덕호(1999)의 통합적 방언구획 방법론에서는 동/서, 남/북 통계 수치를 각각 다른 2장의 통계 지도로 만들어서 이를 수작업으로 비교하면서 분석했으나, 사분면 산점도 좌표분석법은 1장의 산점도 지도에서 각 조사지점의 방언권의 경향성과 전이지역의 특성을 확인할 수 있어서, 김덕호(1999)보다는 훨씬 정밀하게 종합할 수 있는 통계 처리와 분석법이라고 할 수 있다.

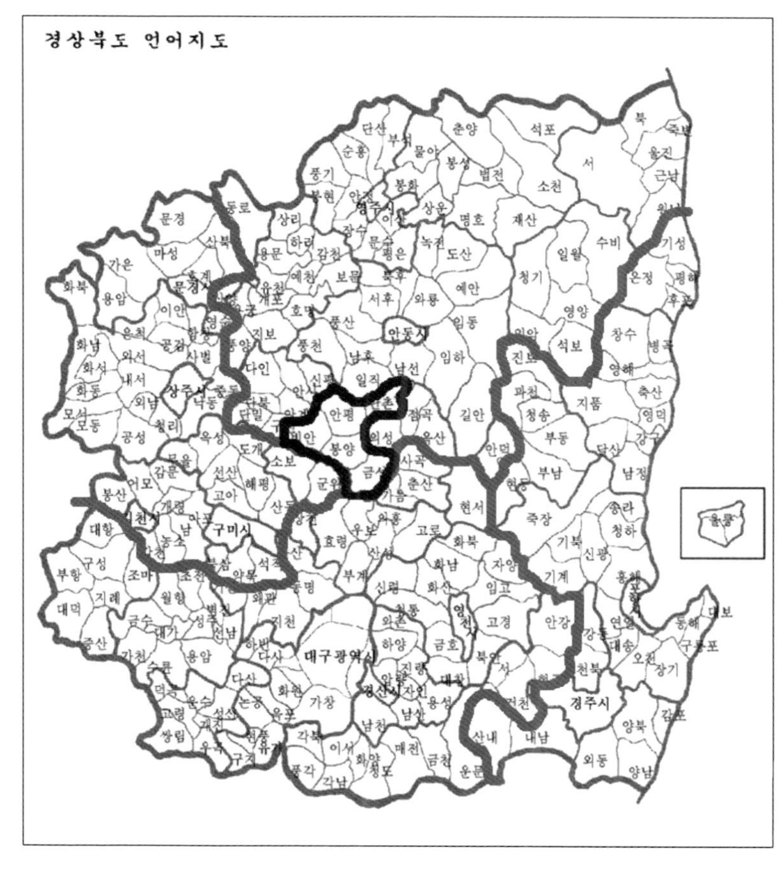

[그림 17] 혼합 연구법의 경북 방언구획지도

4. 경북 방언구획의 문화 지리적 분석

고대 시기에 문화와 문명이 강이나 해안을 중심으로 형성되었다는 사실은 일반화된 설명이다. 한반도의 경우도 예외는 아니다. 고대 삼한의 78개 소국 중 상당수가 소위 나루 중심 소국의 형태로 발달했다.[22] 한반도의 몇 가지 큰 강들과 마찬가지로 낙동강도 고대 소국을 형성하는데 중요한 역할을 했다. 특히 낙동강 유역은 24개 고대 소국들이 생성 소멸된 지역으로 지역 간에 교류와 대립을 통해 문화적 유사성과 이질감을 형성했다. 특히 낙동강은 경상도 지역에서 발흥된 가야와 진한의 여러 소국과 관련이 깊으며 이 강을 끼고 현재의 대표적인 도시들이 조성되기도 했다. 그런데, 낙동강을 중심으로 형성된 고대 소국들이 하나의 동질적인 고대문명으로 발달한 것은 아니었다. 몇몇 고대 소국들이 역동적인 상호작용을 하면서 공존과 소멸을 거듭하였으며, 몇 가지 고대문명은 오늘날 낙동강 유역에 분포하면서 각 지역 정체성과 지역 특성을 형성하는데 직간접의 영향을 주었다. 낙동강은 경북 고대문명의 내적인 결속성을 유지하는 요인으로 작용하기도 했지만, 외부로부터의 필요한 물자와 기술, 사람 등 외적인 상호 교류의 요인들에도 영향을 끼쳤을 것으로 짐작된다. 이러한 외적인 상호교류는 고대 소국 간의 사회경제 및 문화적 결속을 유지하는데 영향을 주었다고 볼 수 있다. 토착 문화와 기술체계를 외부에서 들어온 문화요소와 접목시켜 더 수준 높은 문명으로 발달시켰고, 그것을 외부로 전파하면서 다른 문화집단의 성장에도 중요한 도움을 제공하기도 했다.

방언구획의 의미를 문화 지리적인 요인(지리, 문화, 역사)으로 분석하는 것은

---

22 윤명철, 「한민족 역사공간의 이해와 강해도시론(江海都市論) 모델」, 『강과 동아시아 문명』, 경인문화사, 2012, 72쪽.

방언학에서 언어적 기준으로 방언구획을 시도한 것보다는 해석의 폭을 넓힐 수 있다는 가능성을 보여준 것이라 의미가 있다. 김덕호(2019 : 248)는 경북방언의 지역 차이를 언어적인 기준뿐만 아니라 언어외적인 기준으로 지역민의 의식도 함께 살펴야 한다고 밝힌 적이 있다. 이처럼 방언구획의 의미를 살피는데, 지역민의 의식과 같은 언어외적인 요인과 더불어 지리적, 문화적, 역사적 배경을 함께 살펴야 한다는 주장은 좀 더 입체적인 분석을 가능하게 할 것이라는 개연성을 시사한 것이다.

앞서 살펴본 경북의 방언구획에 대한 선행연구인 천시권(1965)과 이기백(1969), 최명옥(1994), 정철(1997), 김덕호(1999, 2001, 2019)의 경우에서 서부 지역의 구획은 근본적으로 낙동강의 흐름과 관련 있음을 짐작할 수 있었다.[23] 낙동강을 중심으로 형성된 고대 소국은 나름 독특한 문화와 언어를 형성하였고, 이들은 수세기 동안 교류와 대결 그리고 병합을 통해 이들 문화와 언어를 통합하는 과정에서 나름의 차이점과 유사점을 가지게 된 것으로 분석할 수 있다.

경북을 중심으로 분포되어 있는 고대 소국은 대강 12개이다. 이 중에 경주를 중심으로 발흥한 사로국은 신라의 모체가 되는데, 이웃 소국 병합을 통해 국가의 기반을 다졌다. 그리고 최초 한반도 삼국 통일의 대업을 달성하게 되었다. 소국 병합은 거의 3세기에 걸쳐 이루어졌는데, 사로국에 인접한 이서국(청도), 우시산국(울산), 거칠산국(동래)은 일찍이 병합되었지만, 멀리 위치한 소국들은 2세기 후반에서 늦어도 3세기 중반경에 이르러 병합되었다.

23 경북 동부 지역의 방언구획은 백두대간의 동남부 끝인 청송 주왕산 지대와 관련이 있음을 알 수 있다. 특히 동부쪽 동해안 지역을 나머지 지역과 구분하는 방언구획 기준은 험준한 산악이 단절의 배경이 이었으리라 짐작할 수 있다.

[표 14] 경북 방언구획과 문화 지리적 배경

현재 지역	언어적 기준	역사적 배경		지리적 배경
	의문형 종결어미에 따른 방언구획	고대국가 지역	병합 시기	낙동강 중심 구분
경주, 포항, 영덕, 청송, 영천, 경산, 군위, 대구-달성, 성주, 칠곡, 구미-선산(남동부),	(제1지구)능교? 형 지역	사로국(경주), 음즙벌국(안강,포항), 골벌국(영천), 압독국(경산), 이서국(청도), 다(달)벌국(달성,대구)	사로국에 의해 1세기 중반에서 2세기 초반 병합	낙동강 중류 남동부
예천, 영주, 봉화, 안동, 영양, 울진, 의성(북동부)	(제2지구)니껴? 형 지역	*창녕국(안동), 조문국(의성), 실직국(울진-삼척)	사로국에 의해 2세기 중후반에 병합	낙동강 상류 동북부
의성(남서부), 문경, 상주, 김천, 구미-선산(북서부)	(제3지구)여? 형 지역	사벌국(상주), 감문국(김천)	사로국에 의해 3세기 중반에 병합	낙동강 중류 중서부

『삼국사기』「신라본기」1·2를 보면 그런 과정을 확인할 수 있다. 유리왕 19년(42)에 이서국을 병합했고, 탈해왕대(57~80년)에 우시산국과 거칠산국을 병합했다. 파사왕 24년에 음즙벌국, 실직곡국, 파사왕 27년에는 압독국, 파사왕 29년에는 다벌국(대구 달성), 비지국, 초팔국이 병합되었다. 벌휴왕(184~196) 2년(185)에는 조문국(의성)을 병합하였고, 조분왕(230~247) 2년(231)에는 감문국(김천)을 병합했고, 조부왕 7년(236)에는 골벌국(영천)을 2차로 병합했다. 첨해왕대(247~261)에는 사벌국(상주)를 병합하였다.[24] 신라의 소국 병합은 삼한의 다른 국가보다는 상대적으로 늦게 시작되었지만 3세기 중반까지는 진한의 모든 고대 소국을 병합한 것이 확실하다.

24 이종욱, 『신라의 역사1』, 김영사, 2002, 130쪽.

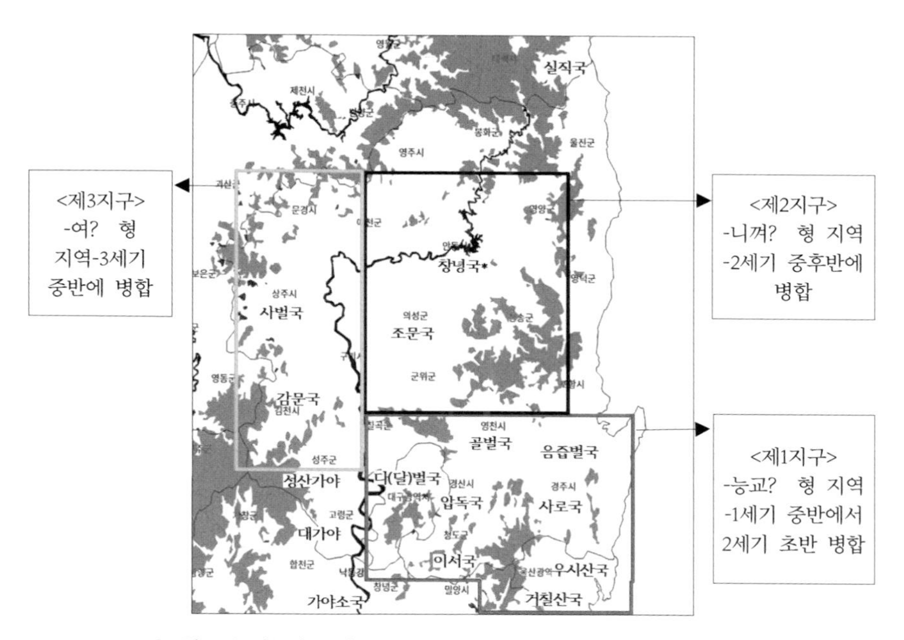

[그림 18] 낙동강 중심 고대 소국의 합병 시기와 방언구획의 연관성

1세기(1년~100년)에 사로국(신라의 전신)에 병합된 소국은 사로국 주변으로 우시산국, 거칠산국, 이서국1차이다. 2세기(101년~200년)에 병합된 소국은 2세기 초에는 음즙벌국, 골벌국1차, 압독국, 다(달)벌국, 초팔국, 실직국이고, 2세기 중후반에 조문국이 병합되었다. 3세기(201년~300년)에는 감문국, 사벌국과 이서국2차, 감문국2차가 병합되었다(이종욱, 2002 : 130).

이런 시대별 병합의 순서에서 역사적으로 늦을수록 독립된 방언구획을 이루고 있다는 사실을 알 수 있다. 이런 특징은 천시권(1965)의 어말 의문형 종결어미 구획이나 이기백(1969)의 의문형 어미 기준 구획과 연관이 있고, 최명옥(1994)의 경북 서부와 중동부 방언구획이나 정철(1997)의 서부와 중북부, 중남부 구획과 김덕호(1999)의 통합적 방언구획과도 유사하다.

즉 역사적으로 2세기초까지 병합된 소국들은 현재 같은 경북의 동남부 방언권을 묶을 수 있고, 2세기 중후반은 조문국(의성) 이북지역이 병합되었는데, 현재 경북의 중북부 방언권으로 구분할 수 있다. 그리고 3세기 중반이후의 경우는 경북의 서부(김천, 상주 등) 방언권으로 형성되어 있음을 알 수 있다.

5. 맺음말

본 연구의 목표는 한국의 영남 방언권에서 특히 경상북도의 하위 방언구획을 시도하는 것이었다. 이를 위해 본고에서 기존의 여러 가지 방언구획 방법론과 과정을 검증해보고 개선된 방언구획 처리법을 개발하여 적용하면서 다음과 같은 결론에 도달할 수 있었다.

첫째, 김덕호(1999)에서 제안한 '통합적 방언구획 방법론'에서 분석하는 방법을 더욱 정밀하게 하는 '사분면 산점도 좌표분석법(四分面散點圖座標分析法)'과 같은 새로운 통계 처리법과 분석법을 개발하여 그 적용 가능성을 확인해 보았다.

둘째, 지금까지는 방언 데이터를 분석하는 사회방언학적 방법으로 '정량적 분석법'과 '정성적 분석법'을 주로 사용했다. 하지만 본고의 방언구획 방법론 연구에서는 연구 목표와 조사 계획 및 방법뿐만 아니라 분석에서 양적 연구와 질적 연구를 종합할 수 있는 방안을 모색하고자 했다. 이를 위해서 사회과학의 연구방법론 분야에서 수립한 양적 연구법과 질적 연구법 및 혼합적 연구법의 적용하여 그 가능성을 타진해 본 결과, 향후 방언학 연구에서도 사회과학 분야에서 수립한 연구방법론을 충분히 적용할 수 있다고 본다.

셋째, 지금까지 막연하게만 느끼고 있었던 방언 화자의 비언어학적 기준

(인상적 의식)에 의해 이루어진 방언 경계(dialect boundary) 의식은 주로 어휘적인 요소와 문법적인 요소와 같은 언어학적인 요인들이 작용한 것이라고 확인할 수 있었다.

넷째, 지역민의 의식 속에 녹아 있는 방언경계인 인상등어선(印象等語線, impressive isogloss)과 이러한 등어선을 토대로 한 방언구획을 연구하는 지각방언학(知覺方言學, Perceptual Dialectology)은 학술적으로도 타당성이 있다는 것을 확인할 수 있었다. 그러므로 오쿠무라 미츠오(奧村三雄, 1984)가 방언구획은 방언 의식과 같은 비언어적 요인은 배제하고, 언어적 특징만을 가지고 구분해야 한다는 주장은 재고되어야 한다.

다섯째, 현재 경북 방언구획의 기층에는 고대 시기의 역사적 배경과 문화지리적 기준이 작용하고 있다고 볼 수 있다. 말하자면 역사 문화적 기층과 방언구획의 연관성이 있음을 확인할 수 있다. 즉 역사적으로 2세기초까지 병합된 소국들은 제1지구 능교형 지역인 경북 동남부 방언권을 묶을 수 있고, 2세기말까지 병합된 조문국(의성) 이북지역은 제2지구 껴형 지역인 경북 중북부 방언권으로 구분할 수 있다. 그리고 3세기 이후 병합된 경우는 제2지구 여형 지역으로 경북 서부(김천, 상주 등) 방언권으로 형성되어 있음을 알 수 있었다.

본 연구를 통해서 최명옥(1994)에서 제기한 세 가지 문제점 중 첫 번째는 경상도에 대한 중방언구획의 과정을 받아들인다면 우선적으로 고-저, 장-단을 갖춘 경북과 장-단 없이 고-중-저(혹은 고-저)로 실현되는 경남을 1차 하위 방언으로 구획한 이유는 바로 성조의 차이에 의한 것으로 설명할 수 있다. 두 번째는 방언구획 연구자들이 제시한 결과는 각각 언어체계의 극히 일부에 의한 방언구획 결과이므로 일치성을 따지면 타당성을 담보할 수 없다고 했다. 하지만 이러한 차이를 종합할 수 있는 방안을 적용한다면 가장 합리적인 연구 결과를 얻을 수 있다고 본 연구에서 증명할 수 있었다. 세 번째는 각각의 연구자들이 제시한 방언구획의 결과가 차이가 나기 때문에 방언구획이 완료되었다고 보기 어렵다고 했다. 하지만 본 연구에서는 서로 다른 결과들을 종합할 수 있는 방법론과 지역민이 느끼는 방언 간의 다름과 유사함을 적용할 수 있는 방안으로 양적 연구와 질적 연구와 더불어 이를 종합할 수 있는 혼합적 연구법을 도입하면 합리적이고 타당한 방언구획의 결과가 완료될 수 있다는 결론에 도달했다.

전문 연구자들의 방언구획 연구에 대해 그 방언을 구사하면서 해당 지역에서 살고 있는 토착민들이 생각하고 있는 방언 경계와 다르다면 그런 연구를 어떻게 평가할 수 있을까? 본 연구를 통해 방언학자들의 구획 연구 결과와 지역민의 방언 경계에 대한 의식 사이에 괴리감을 다소나마 해소시킬 수 있는 계기가 될 수 있다고 본다. 그리고 방언구획의 결과에 대한 기원에 대해 언어학적으로 증명할 수 없는 경우, 본 연구에서 시도한 역사적, 문화지리적 분석법을 동원하면 그렇게 구획하게 된 근거를 찾을 수 있다고 본다.

제2부

낙동강의 선유 및 구곡문화

06

퇴계 뱃놀이를 통해 본 '락(樂)'과 '흥(興)'*

| 김원준 | 영남대학교 교육대학원 교수

1. 머리말

퇴계 이황(退溪 李滉, 1501~1570)은 조선의 성리학을 정립했다는 점에서 성리학을 집대성한 주자에 비견될 수 있는 인물이다. 그런 까닭에 퇴계에 대한 연구는 이기철학(理氣哲學)을 중심으로 방대하고도 심도 있게 이루어졌다. 뿐만 아니라 그의 사상적 연구와 함께 2,000여 수가 넘는 시를 중심으로 그의 시문학적 가치를 밝히는 데도 적지 않은 성과를 이루었다. 특히 퇴계 시문학 연구는 진행될수록 기존[1]에 접근하지 않았던 제재[2]를 중심으로 퇴계 시의

* 이 글은 기발표된 필자의 논문(「退溪 船遊詩를 통해 본 '樂'과 '興'」, 『퇴계학논집』 9, 영남퇴계학연구원, 2011, 68~99쪽)을 수정, 보완한 것이다.

1 퇴계시 연구의 초입에는 그의 철학적 면이 부각될 수 있는 제재의 시들을 중심으로 그의 사상적 측면을 시에 투영하는 경향을 보였다. 퇴계의 매화시나 산수시 연구는 사물인식에 따른 그의 사상적 면이 잘 드러나 있다.

2 퇴계시 연구에 있어 다양한 제재로의 접근은 사상적이든 문학적이든 새로운 시도라는 점에서 의미가 있다. 퇴계의 독서론를 중심으로 일련의 논문을 쓴 신태수나 이종호, 퇴계의 꿈을 제재로 쓴 권오봉·김원준, 질병을 제재로 삼은 신연우의 논문은 그런 점에서 나름 의미를 지닌다고 할 수 있다.

특징적 면모를 찾아 밝히고 있어 퇴계 시문학 연구의 다양성을 덧보태고 있다.

본고는 다양한 제재를 바탕으로 지어진 퇴계시에 관심을 돌려 그 특징들을 하나씩 고구하는 일환에서 선유시(船遊詩)를 대상으로 삼았다. 퇴계 문집을 들여다보면 배, 즉 '주(舟)'·'선(船)'·'정(艇)'을 시어로 쓰고 있는 시[3]들이 상당한 수적 우위를 점하고 있다는 사실을 알 수 있다. 배를 중심에 두고 이들 시를 살펴보면 퇴계의 다양한 의식세계를 발견할 수 있다. 자신의 처지와 상황에 따라 은일(隱逸), 유선(遊仙), 향수(鄕愁), 석별(惜別), 흥기(興起), 진락(眞樂) 등 다양한 의중을 드러내고 있어 이 또한 연구 대상이 아닐 수 없다. 그러나 여기에서는 범위를 좁혀 선유(船遊)를 통해 본 퇴계의 락(樂)과 흥(興)이 어떻게 구현되었는가를 살피는 데 있다.

선유에 나타난 락과 흥을 구명하기 위해 우선적으로 선유와 물[水]의 상관성을 살피고 이어서 선유에 나타난 낙과 흥의 의미를 규정하는 데서 출발한다. 이를 바탕으로 퇴계의 선유시에서 '락(樂)'이 어떻게 발현되었는지를 '만물화생(萬物化生)'과 '탈속은일(脫俗隱逸)'로 나누어 구명한다. 이를 통해 선유에 나타난 퇴계 '락'의 특징적 면들을 밝히고자 한다. 다음은 선유를 통한 '흥(興)'의 발현이 어떻게 구체화 되어 나타나는지를 살핀다. 강상(江上)에서 조우하는 경물들로 인해 발생하는 흥을 '경물촉발(景物觸發)'과 '묘처상적(妙處賞適)'으로 나누어 퇴계 흥의 진정성을 살핀다. 이를 통해 퇴계 선유시가 지니고 있는 '락'과 '흥'의 특징들을 구명하고자 한다.

이상의 논의를 위해 연구 대상이 되는 시를 한정짓고자 한다. 시어로 배가

---

3 권1-18수, 권2-17수, 권3-7수, 권4-2수, 권5-10수, 속집1-13수, 속집2-9수, 외집-10수, 별집-22수. 합 108수. 상기 시의 분류는 『退溪全書』와 『퇴계문집』에 수록된 시를 대상으로 하고 있다.

쓰여진 시 108수 중에서 선유의 락과 흥에 부합되는 시를 분류하여 이를 대상으로 삼는다. 연구 대상이 되는 시는 34수[4] 정도가 된다. 연구 대상 시들이 '락'과 '흥'의 범주를 넘나들 수 있고 누락된 시들 가운데 연구 대상이 될 개연성이 있는 시들도 있으리라 본다. 이에 대해서는 추후 연구자들의 혜안을 기대하며, 본고에서는 상기 대상 시를 근거로 선유시에 나타난 퇴계의 락과 흥의 특징적 면모를 구명하고자 한다.

2. 유(儒)·도(道)의 물[水]과 락(樂)·흥(興) 인식

1) 유(儒)·도(道)에서 바라본 물

선유는 우리말로 뱃놀이라 할 수 있다. 뱃놀이의 주요 공간은 강이나 호수가 되며, 우리의 경우는 강이 중심이 되어 이루어진다. 강가는 삶의 터전이 될 수도 있고 유상(遊賞)의 공간이 될 수도 있다. 유자의 경우 강은 현실의 긴장감에서 벗어나 마음의 여유를 자연과 함께 하며 자신의 감정이나 회포를 발산할 수 있는 공간으로 다가설 수 있다. 강물의 흐름에 따른 아름다운 주변 풍물의 완상은 시인 묵객들로 하여금 다양한 형태의 정회를 풀어내게 한다. 하지만 강물을 주요 대상으로 하여 물[水]의 본질적 차원에서 경물을 접한다면 흥취를 넘어 도행(道行)의 일환이 될 수 있다. 그런 점에서 물이 지닌 본질을 살피고 그것이 의미하는 바가 무엇인지를 밝히는 것이 우선이다.

『설문해자』에서는 물에 대해 "水準也 北方之行 象衆水並流"라 하였으니

---

4 권1-5수, 권2-5수, 권3-5수, 권5-2수, 속집1-2수, 속집2-2수, 외집-3수, 별10수. 합 34수.

물은 표준이며, 오행 중 북(北)으로 여러 물줄기가 나란히 흘러가는 형상을 의미하고 있다. '준(準)'에 대해서는 '평(平)'이라 했으니 물은 평평함을 표준으로 삼는 것이다. 물에 대한 문자적 의미는 중국의 고대 철학자들에 의해 다양하게 인식되어 물의 본성을 통해 다양한 의미를 부여하게 된다. 중국의 선진제가(先秦諸家)의 물에 대한 인식은 물의 현상적 측면과 본질적 측면에 따라 달리 인식을 하였고, 도가와 유가의 물 인식은 그들의 사물인식만큼이나 다른 관점에서 바라보고 있다. 이런 물에 대한 사유는 이후 시문학에 상징적·비유적 의미로 자리잡게 되는 역할을 하게 된다. 그런 점에서 선진제가들, 특히 도가와 유가의 물에 대한 인식을 살피지 않을 수 없다.

물에 대한 유가적 인식의 한 예로 공자에게 한 자공의 물음을 통해서 읽어볼 수 있다. 동쪽으로 흐르는 물을 바라보고 계신 공자께 자공은 "군자가 큰 물을 보면 반드시 관찰하는 까닭은 무엇입니까?"라고 묻는다. 물음에 대한 답으로 공자는 물의 본성을 통해 군자가 실천해야 할 덕목을 밝히고 있다. 모든 생물과 함께 할 수 있는 덕(德), 순리에 따르는 의(義), 다함이 없이 힘차게 나가는 도(道), 두려워하지 않는 용(勇), 평평하고 고르게 하는 법(法)과 정(正), 세세한 데까지 통달하는 찰(察), 출입에 깨끗하게 하는 선화(善化), 굴절을 헤치고 동으로 나가는 지(志)[5]를 들어 물의 속성을 군자의 실천궁행의 항목과 연결짓고 있다. 즉 원두(源頭)에서 출발한 유수(流水)의 관조를 통해 군자의 소임을 물이라는 상징적 의미체계와 연결하여 구체화하고 있다. 다음의 인용은 물을 통해 천지조화의 도체(道體)로 확대하고 있다.

5 『荀子』 권20 「宥坐篇」, "孔子觀於東流之水, 子貢問於孔子曰, 君子之所以見大水必觀焉者, 是何? 孔子曰, 夫水遍與諸生而無為也, 似德. 其流也埤下, 裾拘必循其理, 似義. 其洸洸乎不淈盡, 似道. 若有決行之, 其應佚若聲響, 其赴百仞之谷不懼, 似勇. 主量必平, 似法. 盈不求概, 似正. 淖約微達, 似察. 以出以入以就鮮潔, 似善化. 其萬折也必東, 似志. 是故見大水必觀焉."

공자께서 냇가에 계시면서 말씀하시길, "가는 것이 이와 같구나, 밤낮을 쉬지 않는구나."라 하였다.[6]

물을 보고 읊조린 공자의 이 말씀은 영원과 순간, 항구와 변화에 대한 철학적 관점을 제자들에게 깨우치고자 한 것으로 볼 수 있다. 이 글에 대해 주희는 "천지의 조화는 가는 것은 지나가고 오는 것이 이어져 잠시라고 쉼이 없으니 도체의 본연이다"[7]라고 하였다. 천지의 조화는 쉼 없이 가고 오는 연속에서 이루어지는 것이다. 천체(天體)의 굳건한 운행에 비해 인간 존재는 순간이며 그 순간 속에서도 변화의 연속이다. 그런 까닭에 간단(間斷)없이 흐르는 천체건행(天體健行)을 통해 미물인 인간이 해야 할 도리를 말하고자 한 것이다. 도덕적 인간의 완성을 위해 저 주야로 쉬지 않고 흐르는 물처럼 간단없는 정진을 깨닫게 한 것이다.

유가에서 바라본 물은 그 본연의 속성을 천도(天道)와 연결지어 인도(人道)의 궁극적 방향을 제시하고 있어 물을 형이상학적 관점에서 접근하고 있다. 형이상학적 관점에서 볼 때 물에 대한 도가의 시각도 교시적 측면이 약화되어 나타날 뿐 크게 다르지 않다고 볼 수 있다. 노장 철학의 중심 관념은 도(道)이다. 선진 도학자들은 자연의 지식체계를 우주의 근본인 도의 인식수단으로 파악하였다.[8] 노자는 물의 특성과 작용을 통해 가장 도에 가까운 것으로 물을 들었다. '상선약수(上善若水)'라 하여 최상의 선을 물에 두었다. 최상의 선이 물이 되고 도에 가까운 이유는 물은 만물을 이롭게 하며 다투지 않고

6 『論語』「子罕」, "子在川上曰, 逝者如斯夫, 不舍晝夜."

7 『論語章句集注』, "天地之化, 往者過, 來者續, 無一息之停, 乃道體之本然也. ~ 程子曰, 此道體也. 天運而不已, 日往則月來, 寒往則暑來, 水流而不息, 物生而不窮, 皆與道爲體, 運乎晝夜, 未嘗已也. 是以, 君子法之, 自强不息. 及其至也, 純亦不已焉."

8 김창경, 「中國 先秦諸子의 물과 바다에 대한 인식」, 『동북아 문화연구』 10, 2006, 18쪽.

모든 사람들이 싫어하는 곳에 거하기 때문이다.[9] 노자가 물을 상선(上善)에 둔 것은 그 덕성 때문이다. 물은 자신의 이익을 위해 다투고 남을 비하하는 인간과 달리 자신을 위해 다툼이 없는 이타성을 지니며 항상 자신을 겸하(謙下)의 자리에 두고 있다. 노자는 인간이 지향해야 할 도의 일면을 물을 들어 제시한 것이다.

노자는 물의 유약한 속성을 들어 유(柔) 속에 내재한 강(强)의 도를 말하고 있다. 노자는 천하에 물보다 유약한 것이 없다고 전제하면서도 단단하고 강한 것을 물리치는 데는 이보다 나은 것이 없다[10]고 말하고 있다. 눈에 비친 물의 모습은 부드럽기 그지없는 대상으로 비쳐지지만 제아무리 견고하고 강한 것일지라도 물은 능히 이를 이겨내는 것이다. 우리의 눈에 비쳐진 현상이 진실을 보여주는 듯하지만 실상 진리는 현상 너머에 자리하고 있다. 물을 유형의 존재로만 볼 수 없는 이유가 여기에 있는 것이다. 노자의 물에 대한 인식은 현상 너머에 자리하고 있는 물의 본질을 꿰뚫어 진정한 유와 강의 의미를 들어 인간 삶의 방향을 제시한다고 볼 수 있다. 다음은 『장자』 <천도편>의 일부이다.

"물이 고요하면 수염이나 눈썹까지 밝게 비치고, 그 평평함은 수준기에 들어맞아 큰 장인도 그것을 모범으로 삼는다. 물의 고요함은 밝음과 같거늘, 하물며 정신이나 성인의 마음의 고요함에 있어서랴! 그것은 천지를 비치는 거울이고, 만물을 비치는 거울인 것이다."[11]

---

9 『老子』 8장, "上善若水, 水善利萬物而不爭, 處衆人之所惡, 故幾於道."

10 『老子』 78장, "天下莫柔弱於水, 而功堅强者莫之能勝."

11 『莊子』 「外篇」 <天地篇>, "水靜則明燭鬚眉, 平中準, 大匠取法焉. 水靜猶明, 而況精神. 聖人之心靜乎, 天地之鑑也. 萬物之鏡也."

장자는 고요한 물의 속성을 허정(虛靜)에 둠으로써 심성을 밝히고 본성을 깨달으며 자연을 통찰하는 도덕적 묘법을 말하고 있다. 물은 고요할 때라야 삼라만상의 세세한 부분까지 비출 수 있고 세상의 기준을 삼을 수 있게 된다. 물의 고요함이 이와 같은 효능을 지니므로 허정을 간직한 성인의 마음은 만물을 투영할 수 있는 거울과 같다는 것이다. 흐르는 물로는 거울을 삼을 수 없듯이 허정의 상태가 되지 않고서는 사물을 통찰할 수 없으며 자신을 돌이켜 볼 수도 없음을 의미한다. 이는 <덕충부>의, "사람은 흐르는 물에 비춰볼 수 없고 고요한 물에 비춰볼 수 있다. 고요히 그치는 것만이 사람들을 고요하게 만들 수 있다."[12]와 유사하다. 이 구절은 장자 자신이 공자의 말을 빌려 언급한 것으로 사념이 없는 허정한 마음이 갖추어져야만 만물을 투영할 수 있음을 말하고 있다.

물이 내재한 본질에 대한 양가의 인식태도[13]는 동이점을 보이고 있다. 유가에 있어 유수(流水)를 바라보는 관점은 수기(修己)의 차원에 초점을 두고 있다. 유수가 지닌 군자적 덕목을 부각하여 실천을 강조하고 있으며, 쉼없이 흐르는 물을 통해 도체의 본연을 밝히고 도덕적 인간의 완성을 위해 간단없는 정진을 요구하는 것이다. 이에 반해 도가는 물의 속성을 통해 물이 지닌 도를

12 『莊子』 <德充符篇>, "人莫鑑於流水, 而鑑於止水 唯止能止衆止"

13 박완호는 「물의 속성 비유를 통한 담론 문화 고찰」에서, 물을 근원성(根源性), 하향성(下向性), 유연성(柔軟性), 정동성(靜動性)으로 나누어 유·도가의 물에 대한 담론 문화를 제시하였다. 사마 알란은 『공자와 노자 그들은 물에서 무엇을 보았는가』에서 유가와 도가를 중심으로 물에 대한 인식적 측면을 다음의 9유형으로 분류하였다.
①끊임없이 흐르는 원천으로서의 물 - 시간의 흐름과 연결. ②길을 따라 흐르는 물 - 지혜와 연결. ③아래로 흐르는 물 - 인(仁)의 정치, 도덕적 원리와 연결. ④파편을 나르는 물 - 하류에 대한 유·도의 시각. ⑤부드럽고 다투지 않는 물 - 물의 원리를 다스림의 모델로 제시. ⑥어떤 형태든 취하는 물 - 통치자의 입장과 연결. ⑦고요할 때 수평을 이루는 물 - 물의 평평함을 법의 공정·정당성과 연결. ⑧침전물을 정화하여 거울이 되는 물 - 감(鑑)의 의미를 지닌 물. ⑨투명해서 보기 어려운 물 - 성인의 지혜에 비유.

말하고 있다. 현상 너머 자리한 물의 본질에 다가가 물이 내포하고 있는 도를 통해 인간과 자연의 관계망을 형성하게 된다. 그런 점에서 물을 바라보는 시각도 유가에 비해 훨씬 근원적이고 포용적 시각을 띠고 있다. 그러면서도 인간 존재 가치와 존재 방식을 물을 매개로 하여 소통한다는 점에서 방향과 길이 다른 도의 구현임을 알 수 있다.

2) 유(儒)·도(道)의 락(樂)·흥(興) 인식

앞서 물에 대한 유·도가의 인식을 밝힌 것은 선유가 물 위에서 이루어진다는 점에 유의한 것이다. 선유시는 주로 강상에서 이루어지므로 주요 배경은 강물에서 그 주변 경물로 확대된다. 강물을 중심으로 펼쳐진 경물은 선유자(船遊者)들에게 다양한 감흥과 생각의 여지들을 만들어준다. 이 과정에서 시인은 대상 경물을 다양한 시각에서 받아들이게 된다. 물[水]과 경물이 이루어 놓은 대상을 사유적으로 인식할 경우와 정서적 감흥으로 받아들일 경우에 같은 대상일지라도 판이한 의미가 부여된다. 대상에 대한 사유적 인식과 정서적 감흥을 갈래지을 수 있는 용어로 락과 흥을 가지고 왔다. 락과 흥에 대한 개념 규정이 전제되어야 선유시에 나오는 다양한 경물들이 어떤 장치로 사용되어 어떻게 화자의 의상을 구현하는지를 구명할 수 있다.

락에 대한 인식은 도가와 유가에 따라 차이를 보이고 있다. 공자의 락에 대한 언급을 보면, "그것을 아는 사람은 그것을 좋아하는 사람만 못하고, 그것을 좋아하는 사람은 그것을 즐기는 사람만 못하다"[14]라 하였다. 여기에서 '그것'은 도, 즉 천도(天道)를 의미한다. 이 말은 하늘의 도를 이해하여 그

---

14 『論語』「雍也」, "知之者, 不如好之者, 好之者, 不如樂之者."

이치를 좋아하며 즐거이 따르는 것이 사람의 도리가 되는 셈이 된다. 여기에서 짚고 넘어가야 할 것이 있다. 인간의 감각기관에서 나오는 즐거움과 천도의 깨달음에 대한 즐거움이 이원적인 것이냐 하는 문제다. 쾌감이 감각기관을 통해 느낄 때는 일차원적인 것이고 이성적 깨달음에 의해 전달될 때는 고차원적이라는 이분법적 사고는 유가 락의 본질과는 거리가 있다고 볼 수 있다. 감각기관에 인도된 쾌감이 '지지(知之)'→'호지(好之)'→'락지(樂之)'로 넘어가면서 도를 즐거움으로 삼는 경지에 이르게 되어 쾌감은 도의 즐거움에 융합된다.[15]

이를 자연에서의 노닒과 연결지을 때 락의 개념은 구체화되어 나타난다. 산수에 펼쳐진 수많은 물물(物物)들을 볼 때, 봄[見]의 감각기관인 눈에 의해 경험하고 지각을 하게 된다. 그러나 이를 눈에 의한 지각 능력을 통해서만 본다면 단순한 이미지에 불과할 뿐이다. 외물로 즐거울 수 있는 것은 유가에서 추구하는 진정한 즐거움이 될 수 없는 것이다. 외물 안에 내재된 가치를 읽어낼 수 있어야 한다. 한 걸음 나가 외물의 관계 속에서 이루어지는 자연의 질서를 볼 줄 알아야 한다. 따라서 내외(內外)와 피차(彼此)가 따로 구분되지 않는 것이다. 안과 밖이, 이것과 저것이 빚어낸 근원적 미를 지각했을 때 진정한 락을 인식하게 된다.

『장자』 <전자방(田子方)>에 '지인(至人)'이란 말이 나온다. "이것을 얻으면 지극히 아름답고 지극히 즐거운 것이다. 지극한 아름다움을 얻어 지극한 즐거움에 노니는 사람을 지인이라 한다."[16]라고 했다. 지인은 만물이 일체임을

15 조남욱은 락의 상태를 다음과 같이 말하고 있다. "'즐김[樂]'의 상태란 정신과 육체, 생각과 느낌, 知와 行 등 각각의 양면 관계에 있어서 일관적으로 상응하여 그 진리의 세계에 이르는 만족의 흔쾌한 심정을 가리킨다는 점이다."(조남욱, 「유가에서 지향하는 즐김[樂]의 경지에 관한 연구」, 212쪽.)

16 『莊子』「田子方」, "夫得是, 至美至樂也. 得至美而遊乎至樂者, 謂之至人."

체득한 사람이다. 천하라는 것도 만물이 일체가 되는 곳이다. 그런 까닭에 그 일체됨을 알고 만물과 대동하면 생사(生死)도 득실(得失)도 마음을 어지럽힐 수 없게 된다. 만물은 천변만화(千變萬化)하여 시작과 끝이 없으니 도를 이룬 지인은 이런 변화에서 해방되어 지극한 아름다움과 지극한 즐거움의 경지에 노닐 수 있는 것이다. 그래서 장자는 하늘의 즐거움[天樂]을 아는 자는 살아서는 자연 그대로 거동하고, 죽어서는 만물의 변화에 따른다고 했다.

천락(天樂)에 대해 장자는 다음과 같이 말하고 있다. "자연과 조화되는 것을 하늘의 즐거움이라 한다." "마음을 텅 비우고 고요함으로써 천지에 미루어 미치게 하고, 만물에 두루 통하게 함을 말하는 것이니 이것이야말로 하늘의 즐거움이라 한다."[17] 지락(至樂)을 즐기는 사람이 지인이다. 지락은 도 자체로부터 나오는 것이며 도를 천(天)이라고 장자는 일컫고 있다.[18] 그러므로 지인은 천락을 즐기는 사람이 될 수 있다. 또 장자는 천락을 성인(聖人)의 마음이라 했다. 만물의 참모습에 능통하고 자연의 운명을 따르는 사람이 성인이다. 이것으로 볼 때 성인과 지인은 만물의 이치를 깨닫고 일체화되어 순행한다는 점에서 유사하다. 따라서 장자가 말하는 락은 세속의 감각과 관능을 위주로 하는 즐거움을 초월하여 천, 즉 도가 내포하는 근원적 미(美)에 대한 락이 되는 것이다.

반면 유가는 천명(天命)과 인도(人道)의 합일에 따른 락을 말하고 있다. 이는 생명체로서의 일차적인 삶의 문제와 그 가치 척도로서의 이지적인 존재 원리에 중심을 둔 것이라는 점에서 차이점을 찾을 수 있다. 서복관은 유가의 락을 자신에 대한 락과 천하와 국가에 대한 락으로 나누어 구분하여 도가와의

---

17 『莊子』「天道篇」, "與天和者, 謂之天樂. ~ 知天樂者, 其生也天行, 其死也物化. ~ 言以虛靜推於天地, 通於萬物, 此之謂天樂."

18 서복관, 『중국예술정신』, 동문선, 1993, 90쪽.

차이를 언급하고 있다. 유가의 인의(仁義)에는 인류에 대한 해제할 수 없는 책임감이 들어있기 때문에 우(憂)와 락은 동시적으로 존재할 수밖에 없다고 보았다. 반면 장자의 도는 곧 예술정신이므로 일반적인 우나 락으로부터 초월하여 지락 또는 천락을 얻고자 하는데, 이 점이 바로 책임감을 함유하고 있는 인의의 락과 다른 면[19]이라고 했다.

락(樂)이 천락(天樂), 지락(至樂), 인의지락(仁義之樂) 등과 같아 인간의 정감을 통한 즐거움과는 다른 차원에 머물고 있다. 외물세계 너머의 진리와 맞닿아 인욕이 배제된 진리 세계의 만족에 따른 즐거움이라 할 수 있다. 이런 관점에서 본다면 흥 또한 락과 유사한 범주에 들 수 있다. 공자가 말한 '감흥을 일으킬 수 있다[可以興]'는 사물 현상에 대한 단순한 고양·상승을 의미하던 흥의 함의가 '수신(修身)'이라는 도덕활동 과정에 일어나는 자각과 흥기의 의미로 그 성격이 변화하여 윤리적 성격이 흥의 함의에 내포된다[20]는 관점은 흥의 활동이 흥인(興仁)에 있는 것이다. 반면 흥을 유가의 윤리적 성격에서 벗어나 외물의 촉발에 따른 정서의 고양이나 흥기로 이해한다면 상황은 달라질 수 있다. 신은경은 흥의 속성을 적은 것보다는 많은 상태, 정적인 것보다 동적인 상태, 쇠미한 것보다 무성한 상태, 슬프고 어두운 것보다 즐겁고 밝은 상태, 하강하는 것보다 상승하는 상태, 혼자보다는 여럿, 수축되기보다는 발산하는 상태[21]로 보고 있다.

---

19 서복관, 『중국예술정신』, 동문선, 1993, 91쪽.

20 김민종, 「孔子 詩論과 '興'의 정신현상」, 『중국학연구』 28, 269쪽. 또한 馬浮, 「復性書院講錄」의 글을 인용하여, 흥(興)이란 사욕(私慾)의 얽매임에서 벗어나 자신의 진실한 도덕적 생명을 자각하는 활동이며, 이런 흥에는 진실한 도덕적 생명인 仁의 의미가 내포되어 있다고 했다.(278쪽)

21 신은경, 「'興'의 美學」, 128쪽. 논자는 흥을 '흥기된 정서의 발산', '현실과의 적극적 관계맺음', '무갈등의 시학', '흥의 놀이성과 재미'라는 측면에서 논하고 있어 유가의 흥과는 거리를 둔 정서적 측면에 중심을 두고 논하고 있다.

신은경의 이러한 홍에 대한 인식은 흥의 속성을 이성적인 것보다는 감성적인 부분에 초점을 두고 있는 것이다. 이는 흥에 대한 시대의 인식을 통해서 볼 수 있다. 즉 공자의 '가이흥(可以興)'이 지닌 흥의 의미가 유가적 관점에서 벗어난 후대의 논의에 무게를 둔 것으로 볼 수 있다. 가도(賈島)는, "사물에 느끼는 것을 흥이라 한다. 흥이란 정이다. 밖으로 사물에 느끼고 안으로 감정에 움직여 그 감정을 막을 수 없는 까닭에 흥이라 하는 것이다."[22]라고 했고, 이동양(李東陽)은, "오직 어떤 형상에 의탁하여 묘사를 반복하면서 읊조려서 읽는 사람이 스스로 터득하기를 기다릴 일이다. 그렇게 해야 말은 끝나도 의미는 무궁하게 되는 것이니 정신이 삽상하게 날아 움직이며 손발이 절로 춤추면서도 자각하지 못하는 상태가 될 것이다."[23]라고 했으며, 호인(胡寅)은, "외물에 맞닥뜨림으로써 정을 일으키는 것을 흥이라 이르니, (흥이란) 외물이 정을 움직이는 것이다."[24]라고 했다. 오교(吳喬)는, "(외물에) 느끼어 움직이게 되면 곧 흥이 된다. 사물에 의탁해 펼치면 흥이 된다."[25]라고 했다. 이처럼 초기의 유가적 흥의 관점이 후대로 내려올수록 탁물기흥(托物起興)에 중심을 두어 정서적 촉발을 유도하고 있다. 즉 내 안의 정서가 외부 경물과 부딪쳐 자연스런 접촉에 의한 감발, 흥기로 나가고 있음을 알 수 있다.[26]

22 賈島, <二南密旨>, "感物曰興. 興者, 情也. 謂外感于物, 內動于情, 情不可遏, 故曰興."

23 李東陽, 『懷麓堂詩話』, "惟有所寓托, 形容摹寫, 反复諷詠, 以俟人之自得. 言有盡而意無窮, 則神爽飛動, 手舞足蹈而不自覺."

24 胡寅, <與李叔易書>, 『斐然集』 권18, "觸物以起情, 謂之興, 物動情也."

25 吳喬, <圍爐詩話>, "感悟而動則爲興. 托物而陳則爲此."

26 이러한 관점은 도학자였던 이황에게서도 그 일단을 읽을 수 있다. "시가 학자에게 가장 긴절한 것은 아니지만, 경을 만나 흥이 일어나면 시를 짓지 아니할 수가 없다.[詩於學者, 最非緊切, 然遇景値興, 不可無詩矣.]"

3. 선유(船遊)를 통한 '락(樂)'의 발현

유자들의 놀이활동에 있어 일상적인 것으로 유산(遊山)과 선유를 들 수 있다. 산과 강은 일상적 삶 속에 항상 접해 있는 공간이다. 산림 또는 강호로 표현되는 자연은 유자들에게 더할 나위없는 여유공간이 된다. 특히 환로에 있는 이들에게는 긴장에서 벗어난 이완의 공간이 되며, 자연의 묘리를 함께 향유하여 본성을 회복할 수 있는 치유의 공간이 될 수 있다. 청량산인(淸凉山人)이라 할 정도로 산을 좋아했던 퇴계였지만 그의 시에는 물을 소재로 하여 지은 시가 적지 않으며, 그 중에서 선유를 통해 지은 시들 또한 심심찮게 볼 수 있다. 도학자인 퇴계가 강호를 배경으로 지은 선유시를 '락(樂)'에 초점을 두고 살펴보고자 한다. 완상의 공간에서 펼쳐진 퇴계 '락'의 발현이 내아(內我)와 외물(外物) 사이에 어떠한 접점을 이루며 시화(詩化)되는지를 본다.

1) 만물화생(萬物化生)의 락(樂)

앞 장에서 '락'이 지닌 의미를 살펴보았다. 락이 천락, 지락, 인의지락이라 하여 외물세계 너머의 진리와 맞닿아 있어 인욕이 배제된 진리 세계의 즐거움을 의미한다고 했다. 외부 경물에 의한 즐거움은 실은 이미 내 안에 갖고 있는 즐거움이다. 그것은 외부 경물의 이치와 내 안의 이치가 하나라는 것을 알게 된 즐거움이다. 물(物)의 이치와 아(我)의 이치가 하나이기 때문에 외부에서 온 즐거움이 내부의 즐거움이 된다. 나를 포함한 모든 물의 이치가 같은 하나라는 '만물화생(萬物化生)'[27]이 되어 느끼는 락이다. 여기서는 퇴계가 선유를 통해 외부 경물을 어떻게 받아들여 만물화생의 락으로 나아가는지 살펴본다.

---

27 신연우, 『이황시의 깊이와 아름다움』, 지식산업사, 2006, 88쪽.

一棹扁舟放碧瀾　작은 배 노 하나로 푸른 물결을 내치며,
橫穿三島鏡光寒　세 섬 비껴 뚫고 가니 고요한 물빛 차가웁네.
泝洄欲盡西崖勝　거슬러 올라 서쪽 벼랑의 승경 다 보자니,
須傍東邊白玉灣　동쪽가의 백옥 물굽이 곁에 끼어야 하네.

– 권1, 〈島潭二絶〉[28]

이 시는 퇴계가 단양군수로 부임(1548)하여 공무를 보던 중 도담에서 뱃놀이를 즐기며 지은 것이다. 화자는 넓은 도담의 푸른 물 사이로 작은 배에 의탁해 노를 저어가고 있다. 도담의 삼봉을 차례로 지나가니 고요한 물결은 푸른 하늘빛을 더해 시린 차가움을 전해준다. 푸른 하늘과 호수의 조응, 그사이에 세 개의 섬과 점 같은 편주가 떠 있다. 노를 저어가고 있는 화자이지만 정적 속에 같이 녹아드는 정경이다. 도담의 정적 전경(全景)이 동적 승경(勝景)으로 나가고 있다. 서쪽 절애(絶崖)를 보기 위해 반대편 동쪽으로 최대한 배를 몰아야 한다. 백옥같은 물굽이를 끼고 서애(西崖)를 바라보는 화자는 자연과의 조응을 이루게 된다.

하늘과 호수 그 위의 작은 배, 확대된 공간이다. 차가운 명경지수 위로 획을 긋듯 조각배가 지나가고 있다. 조각배 속의 화자는 그냥 경물 속의 일부분으로 자리하고 있다. 그냥 그대로의 자연으로 화자가 개입되지 않고 있는 상황이다. 내아와 외물의 구분은 승경을 찾아 나서는 데서 나누어진다. 그런데 외물에 대한 구체적 언급은 없고 다만 어디에서 보아야 하는지만 말하고

28　<연보>에는, "군내에는 특이한 명승지가 많았는데 귀담, 도담 등이 더욱 아름다웠다. 선생은 공무를 보는 틈틈이 유람과 등반을 하고, 시를 읊고 감상하였는데 소연하기가 마치 속세를 떠난 듯한 아취가 있었다."라고 되어 있으며 단양의 경치를 유람하고 기행시를 지었으며 아울러 이 시기에 함께 지은 기행문도 있다. 문집 42에 보인다. 기행문의 제목은 <丹陽山水可遊者續記>다.

있다. 화자의 즐거움은 문면상 찾아낼 수 없게 되어 있다. 화자는 외물의 이끌림에서 오는 락을 안으로 간직할 뿐 드러냄이 없다. 천지간의 유유자적한 뱃놀이는 락을 락이라 이름 지을 필요가 없음을 말한다. 승경으로의 다가감, 이것으로 족할 뿐이다. 이미 외물의 락이 화자의 마음속에 들어앉아 있는 것이다.

桂棹蘭槳[29]一葉舟 계수나무 노 목란 상앗대 한 잎사귀 거룻배,
澄江如練靜涵秋 맑은 강 깁과 같이 고요히 가을을 담그네.
無端一夕西風急 무단히 어느 저녁 서쪽 바람 급하게 부니,
鷗鷺驚飛過別洲 갈매기 해오라기 놀라 다른 물가로 날아가네.

江上清風直萬錢 강가의 맑은 바람 만 전의 값어치인데,
扁舟無計買秋天 조각배론 가을날 사들일 계책 없네.
可憐明月如相識 어여쁜 밝은 달은 서로를 잘 아는 듯,
猶向山間盡意圓 오히려 산 사이로 둥근 뜻 다하네.

— 권3, 〈偶題 二絶〉

화자는 선유 동안 만나는 가을날의 경물들을 순차적으로 읊조리며 자연과의 교융을 밝히고 있다. 첫 수는 유유자적하는 선유의 이미지를 보여준다. 소담하고 아담한 배에 몸을 실은 화자는 가을을 담고 있는 맑은 강에 의탁하고 있다. 정지된 가을의 풍경이다. 정적인 가을의 강상(江上)이 저녁 서풍으로

---

29 계수나무는 성품이 온화하고 고결한 사람을 상징한다. 그 잎이 윤나고 매끄러우며, 더러운 곳에서도 흙이나 먼지가 잘 붙지 않는데서 생긴 상징성이다. 방향(芳香)이 독특하고 은은하여, 고인의 덕을 칭송할 때 계수나무의 향기를 가리키는 계복(桂馥)에 비유한다. 재질이 좋고 달 속에 있다는 전설과 관련하여, 귀하고 아름다운 것을 나타낼 때에 자주 비유된다. 아름다운 노와 삿대를 계도난장(桂棹蘭槳)이라 한다.

인해 일순 흐트러지고, 흐트러짐은 갈매기·해오라기의 날아오름과 함께 동적 풍경을 보여주고 있다. 가을날 강상의 배에서 흔히 볼 수 있는 광경이다. 거룻배 속의 화자, 가을을 담고 있는 맑은 강, 저녁 하늘에 이는 서풍, 그리고 새들의 날아오름으로 이어지는 일련의 장면들은 자연의 한 모습이다. 배 속의 화자도 자연의 일부가 되어 피차가 따로 없는 물아가 일체된 모습이다. 봄[見]을 통해 그려내는 외형적 이미지의 즐거움을 넘어 내외의 교융에서 빚어지는 락인 것이다.

둘째 수를 본다. 맑은 가을 바람이 선유객에게 불어오고 있다. 화자는 청풍이 불어오는 가을을 차마 놓치고 싶지 않은 것이다. 사 두었다가 필요하다면 언제나 펼쳐내고 싶지만 그럴 수 없는 형편이다. 맑고 청아한 가을날에 대한 아쉬움을 감정의 절제를 통해 담담히 드러내고 있어 역어물(役於物)이 아닌 역물(役物)인 셈이 된다. 밝은 달과 강과의 조우가 이어진다. 달을 품은 강이 다시 그 빛을 토해 서로를 맞이하고 있어 낯설음이 없다. 상하의 조화가 자연스럽게 이루어져 하나가 되고 있는 상황이다. 달과 강에 산이 끼어들어 있다. 그러나 끼어듦이 아니라 상하의 조화 속에 산은 외물이 아닌 조화의 일부분이다. 피아의 구별이 없이 모두가 하나되는 원융의 모습이다.

퇴계는 선유를 통해 선유 동안 비쳐진 경물들을 감정의 개입 없이 눈이 가는 데로 그려내고 있다. 그러나 이때 눈에 비쳐진 경물들의 형용은 시각화를 위한 대상이 아니라 개별 사물이 지닌 본질의 탐색이다. 개별 사물의 리(理)는 상호 관계망 속에서 하나로 연결되는데 그 하나는 자연의 법칙인 것이다. 자연의 법칙대로 흐를 때 만물은 그 안에서 조화를 이루게 되는데, 그 조화의 기미를 깨달은 기쁨이 만물화생의 락이 되는 셈이다.

2) 탈속은일(脫俗隱逸)의 락(樂)

퇴계가 생존하던 시기에는 두 번의 정치적 격변[30]이 있었다. 특히 그의 나이 45세(1545) 때 일어난 을사사화는 형인 해(瀣)가 죽는 참변까지 겪게 되었다. 번잡함을 싫어하고 임천어조(林泉魚鳥)를 추구했던 그의 기질적 측면을 고려한다면 을사사화는 임천으로의 귀은(歸隱)을 더욱 부채질 했다고 볼 수 있다. 그에게 주어진 현실적 상황과 기질적 측면을 고려할 때, 자연에로의 귀의를 통한 동락(同樂)은 어쩌면 자연스런 귀결이 될 수 있다. 이런 연유로 퇴계 은일시에 대한 논의는 기왕의 논문들을 통해서 많이 언급되었다. 여기서는 물이라는 공간을 배경으로 한 선유시를 근거로 탈속은일의 락을 살펴본다.

不堪盡日群書擁	종일 여러 책 끼고 앉아 책보기 감당치 못함은,
難負高秋積雨晴	묵은 비 개인 높은 가을 하늘 저버릴 수 없음이라.
暮色漸迎山色暝	저문 빛은 차츰 산색을 맞이하여 어둑해지니,
霞光時倒水光明	붉은 노을 때에 맞춰 물빛을 밝게 비추네.
愁連海上孤查遠	근심은 바다 위에 외로운 뗏목 아득함에 닿아있고,
興逸江東一雁橫	흥겨움은 강동 한 기러기 질러 나는 데까지 미치네.
暫出瀛洲弄烟艇	잠시 벗어나 영주에서 안개 낀 배를 타고 놀아봄이,
何如耕釣赴初盟	밭 갈고 고기 낚으려던 당초의 맹세 어떤가? (권1)

– 권1, 〈夕霽舟上 示應霖景說〉

---

30 기묘사화(1519년)는 남곤·홍경주 등의 훈구파에 의해 조광조 등의 신진 사류들이 숙청된 사건이다. 을사사화(1545년)는 윤원형 일파(小尹)가 윤임 일파(大尹)을 숙청하면서 사림이 크게 화를 입은 사건으로, 표면적으로는 윤씨 외척간의 싸움이나 실상은 사림파에 대한 훈구파의 공격이었다. 이 두 사건은 사림에 대한 훈구세력의 탄압이란 점에서 영남 사림의 거두인 퇴계로서는 진퇴에 대한 갈등을 더욱 증폭시키는 계기가 된 것이다.

퇴계에게 독서는 성현과의 만남이며 궁리에 이르는 락이라는 점에서 큰 의미를 차지한다고 볼 수 있다. 그런 독서의 즐거움이 가을 장마 뒤의 파란 하늘에 밀려나고 있다. 높은 가을 하늘이 저물어 노을을 드리우니 산빛은 어둑한데 반해 노을에 비친 물빛은 붉음을 더해가고 있다. 독서의 즐거움을 내놓을 만한 저문 날 가을의 풍경이다. 경련에 들어서는 수(愁)와 흥이 공존하여 나타나고 있다. 이는 유가 락의 한 특징으로 볼 수 있다. 유자의 은거는 도가와 달리 현실과 속세를 초월한 삶과는 다른 것이다. 즉 유가의 진퇴지절(進退之節)을 염두에 둔다면 은일은 현실을 초월한 삶이 될 수 없는 것이다. 그런 까닭에 유자의 락에는 자신에 대한 락과 국가에 대한 락이 구분될 수밖에 없다. 은일 가운데 자신의 락을 추구하자니 현실의 근심이 앞서 나오는 것이다. 은일에 따른 유자의 현실적 근심을 기러기를 통해 흥으로 전환하고 배 타고 탈속의 세계로 들어가고 있다. 화자가 바라는 진정한 은일의 락은 밭 갈고 고기 낚는 것으로 자연과 동락하는 데 있다.

罇酒相攜許入舟　술통을 들고 배에 오르라 하시어,
仍於高座笑臨流　높은 자리에 모시고 앉아서 흐르는 강물을 즐기네.
玲瓏玉界窓櫳靜　영롱한 별세계라 선창이 고요한데,
縹緲仙娥鼓笛稠　아득히 선녀의 고적 소리 좋구나.
世路向時眞失脚　세상살이에서는 진정 발을 헛디뎠지만,
菊花今日滿簪頭　오늘은 국화꽃을 머리 가득 꽂았어라.
何因得脫浮名繫　어떻게 해야 그 헛된 이름의 속박에서 벗어나,
日日來從物外遊　매일같이 이렇게 세상 밖에서 놀아 볼꼬?

― 속집2, 〈昨拜聾巖先生 退而有感作詩 二首〉

이 시는 퇴계(51세)가 1년 동안 고향에 머물 때 농암과의 뱃놀이에서 느낀

바를 적은 것이다. 수·함련은 선유의 즐거움을 읊조리고 있다. 술동이 들고 오른 배에서 흐르는 물을 바라보고 있다. 쉼 없이 흐르는 물은 선유객에게 순리(順理)를 깨치고, 끊임없이 운행하는 활수(活水)는 도체(道體)의 현현을 인식케 한다. 강물의 동적인 이미지는 실상 활수를 바라보는 선유객의 잠심(潛心)에서 나오는 것이므로 오히려 더 정적인 상황을 연출하고 있다. 고요는 한밤으로 이어져 영롱한 별세계를 이루고 있다. 별빛만이 내리는 한밤의 정적은 탈속의 경계(境界)로 들어서고, 정적과 어울리는 고적 소리는 아득한 곳에서 흘러들어 선계의 애잔한 음률을 전하고 있다. 리의 표상물인 물을 바라보는 현실의 유자에서 몽환적이고 유선적(遊仙的)인 탈속세계의 화자를 보여주고 있다.

경·미련은 선유를 통한 탈속적 세계로의 진입을 다시금 현실로 돌려놓고 있다. 진퇴(進退)의 출입이 잦았던 환로(宦路)를 생각하니 애초부터 잘못 디딘 세로(世路)인 것이다. 그에 대한 화자의 결연한 의지가 국화를 통해서 나타나고 있다. 국화는 은일을 대변하는 대표적 상징물이다. 귀거래하여 "동쪽 울타리 아래 국화를 따며 유연히 남산을 바라본" 도연명을 연상하며, 머리에 잔뜩 꽂은 국화를 통해 은일지향을 향한 화자의 갈망[31]을 잘 보여주고 있다. 명리(名利)를 추구하는 뜬구름 같은 세상에서 벗어나 어떻게 하면 오늘과 같은 은일지락(隱逸之樂)을 누릴 수 있을까 하는 것이 화자의 최대 희원인 것이다.

탈속은일의 락은 화자의 현실과 관련성을 맺고 있다. 탈속은일의 락은 현실초월에 따른 화자의 지향의식이 선유시에 투영되어 나타나고 있다. 화자는 현실 문제의 극복과 자신의 기질지성의 회복을 위해 자연을 찾아들게 된다. 즉 자연에로의 귀의를 통해서 이루어지는 락이 탈속은일의 락이 되는 것이다.

31 이러한 은일에 대한 갈망은 속집2의 <庚戌閏六月望 陪相公泛舟賞月>에서도 유사한 면을 볼 수 있다.

4. 선유(船遊)를 통한 '흥(興)'의 발현

흥을 공자의 '가이흥(可以興)'의 관점에서 본다면 수신이라는 도덕활동 과정상의 흥기라는 의미를 지녀 윤리적 성격이 강하게 작용하게 된다. 유가의 락이 천명과 인도의 합일에 따른 측면을 고려한다면 흥과 락의 층위 구분은 모호해질 수 있다. 그런 점에서 선유에서 이루어진 흥은 윤리적 성격에서 벗어나 외물의 촉발에 따른 정서의 고양이나 흥기라는 시각에서 접근해야 한다. 선유 공간이 주는 이완은 잘 갈무리된 이성을 풀어내 내 안의 정서를 고양·상승하게 한다. 이때 외부 경물과의 자연스러운 접촉은 감발(感發)·흥기(興起)로 나가게 된다. 따라서 선유에서 만나게 되는 경물이 화자에게는 어떻게 다가와 어떤 모습으로 흥이 발현되는지를 살펴본다.

1) 경물촉발(景物觸發)의 흥(興)

이민홍은 조익의 <외물변(外物辨)>을 인용하여 외물 인식에는 '역물적(役物的) 인식(認識)'과 '역물어적(役於物的) 인식(認識)'이 있다고 했다. 이에 대해 정당한 외물인식은 '역물적 인식'이라 하고 성리학적 시각을 떠날 경우 역어물적 인식이 보다 가치 있는 외물인식이 될 수 있다고 했다.[32] 외물 속에 갖추어진 리와 외물로서의 인간의 내아 속에 있는 리가 만나는 경우는 역물적 인식에 의한 즐거움이므로 '락'에 해당한다고 볼 수 있다. 흥 또한 역물적 인식에 따른 것이라 할 수 있지만 강호의 미경(美景)과 여기에 따른 환정(歡情)이 넘치는 풍류성이 있을 경우 인물기흥(因物起興)적 측면으로 보아야 할 것이다. 퇴계는 주자의 '무이도가'를 놓고 입도차제(入道次第)로 보기보다는 인물기흥의

32 이민홍, 『朝鮮朝 詩歌의 理念과 美意識』, 성균관대학교 출판부, 2000, 106쪽.

산수시로 인식하였다. 그런 점에서 퇴계 선유시는 외물과의 만남에서 이루어지는 정서의 감발이라는 관점에서 볼 필요가 있다.

宿雨朝晴洗旱塵 여러 날 내린 비 일찍 개어 가뭄 먼지 씻어주니,
青山邀我出溪濱 청산이 나를 맞아 개울가에 나섰네.
水鄉先已雙鳧颺 물가에는 이미 한 쌍의 오리 날았으니,
江檻何辭累爵巡 강가에서 어찌 여러 차례 술잔을 사양하리오.
松籟滿襟人爽韻 옷깃에 가득한 솔바람은 사람의 마음 시원케 하고
火雲歸岫月生輪 산굴로 돌아가는 더운 구름에 둥근달이 나오네.
更教扶醉湖船上 취한 몸 부축 받아 배 위에 오르니,
萬頃涵空玉鏡新 만경창파 물 속 하늘 옥거울이 새로워라.

天上氷輪水底懸 하늘의 둥근달이 물 밑에 매달린 듯,
扁舟一葉任洄旋 일엽편주 타고서 내키는 대로 오르내리네.
三杯吸盡烟光滅 석 잔 술 마시고 나니 안개가 사라졌고,
一笛吹殘夜色鮮 한젓대 불고 나니 밤빛이 환해라.
雨罷勝遊前歲恨 비가 방해한 좋은 놀이 지난해의 한이나,
天酬佳賞此宵眠 하늘이 준 흥겨운 감상 이 밤을 잠들이네.
流頭故事何須問 유두의 고사를 굳이 물어 무엇하리,
只合吾儕好事傳 우리들의 좋은 일만 전하면 되는 거지.

– 외집, 〈甲子六月望日 陪郭明府 與諸人避暑月川亭 因泛風月潭〉

이 시는 퇴계 64세 때 예안현감 곽명부를 비롯한 여러 제자들과 월천정에서 피서를 하고 월천 앞 낙동강의 풍월담에서 뱃놀이를 하면서 지은 것이다. 가뭄을 씻긴 숙우(宿雨)가 내린 뒤의 청명한 날씨는 시인으로 하여금 청산수향(青山水鄉)으로 이끌게 하고, 그에 따른 경물과의 만남에서 표출되는 흥기를

시를 통해 보여주고 있다. 첫 수는 월천정에서 바라본 수향(水鄕)의 천연한 모습과 취흥에 선상에서 바라본 만경창파의 신선미를, 둘째 수는 일엽편주, 술, 달을 배경으로 유월 보름의 선유에서 이는 흥을 읊조리고 있다.

첫 수를 본다. 가뭄으로 일던 먼지가 여러 날 내린 비로 씻겨 나간 뒤에 맞이하는 이른 아침의 청명함은 화자를 자연스럽게 청산으로 불러내고 있다. 청산을 맞아 나선 개울가에는 이미 화자보다 앞서 한 쌍의 오리가 유유히 날며 비 갠 유월의 수향을 즐기고 있다. 인간의 흔적을 찾아볼 수 없는 유월의 물가는 천진(天眞)의 모습 그대로를 담고 있다. 천진이 주는 미감은 화자로 하여금 자연스레 흥을 일으키고, 흥은 받아든 술잔의 횟수만큼 감발하게 된다. 감발된 흥은 옷깃 가득 불어오는 솔바람에 의해 욕기(浴沂)의 쾌활함을 불러들이고, 둥근달의 등장으로 자연과 화자의 교융이 이루어진다. 아직도 흥취를 주체할 수 없는 듯하다. 흥에 취해 오른 배에서 화자는 흥취의 마침표를 찍고 있다. 분리된 공간은 만경창파 속의 옥거울을 통해 하나를 이루게 한다. 천진을 담고 있는 미경에 의해 일어난 흥이 가슴속의 지취(旨趣)를 쏟아내는 것이다. 청고화후(淸高和厚)하고 맑고 깨끗한 흥이 천지간에 함께 하고 있다.

둘째 수는 선상에서 이루어진 흥으로 첫째 수를 잇고 있다. 수·함련은 첫째 수 미련의 시상을 이어서 전개하고 있다. 둥근달은 상하에서 조응하고 있다. 선상의 화자는 천지의 구분이 사라진 공간에서 선유하고 있는 것이다. 따로 목적지를 둘 이유가 없다. 그냥 그렇게 맡겨두면 되는 것이다. 천진의 종유(從遊)를 마감할 때가 되었다. 석 잔 술에 밤안개는 사라지고, 젓대 소리에 밤은 소멸해가고 있다. 시간의 흐름은 고조된 흥취를 갈무리하는 중이다. 경·미련은 지난밤의 흥취를 마감하고 있다. 자연의 미경이 전해주는 흥에 대한 미련은 지난해 이루지 못한 선유[33]에 대한 아쉬움을 담고 있지만 지난

밤 하늘이 준 아름다운 감상에 상쇄되고 있다. 선유를 통해 맛본 깊은 지취는 세속의 얽매임에서 벗어나 자연과의 교융이 빚어준 흥에 머물고자 한다. 퇴계의 흥은 경물을 끌어다가 도학을 비유하는 데 뜻을 두지 않고 있다. 속세를 벗어난 참되고 깨끗한 정신이 미경과의 만남을 통해 언외(言外)의 흥으로 나가고 있는 것이다.

2) 묘처상적(妙處賞適)의 흥(興)

묘처(妙處)는 글자대로 풀이하면 묘한 곳이 된다. 묘는 말할 수 없이 빼어나고 훌륭하거나 미묘하다는 뜻이다. 묘처는 달리 말하면 현묘(玄妙)한 경지가 되는 셈이다. 따라서 묘처상적은 현묘한 경지를 따라 완상한다는 의미가 되며, 묘처에서의 완상은 세속적 감각과 관능을 위주로 하는 즐거움을 초월한다고 볼 수 있다. 그런 점에서 외물의 촉발에 따른 직접적 정서의 흥기라기보다는 내아(內我)의 인식과 결부된 것으로 물경(物景)의 촉발(觸發)에 의한 정서의 유로(流露)에 따른 직접적 흥과는 차이를 보이고 있다.

素娥命高駕	항아 높은 수레 타고 명하니,
出自東海東	달이 동해의 동쪽에서 나오네.
臨風笑向人	바람 맞으며 사람을 향해 웃고,
瀉影蓬山中	빛 쏟아져 봉래산을 비추네.
蓬山杳何許	봉래산 아득하니 그 어드메뇨?
香霧凄房櫳	향기로운 운무는 큰 창문에 싸늘하게 밀려오네.
仙舟泛瑤浦	신선의 배 옥 같은 개펄에 띄우니,

33 퇴계 62세 7월 기망 때의 일이다. 풍월담에 가서 놀자고 했던 것을 실행하지 못했다고 한 것으로 보아 지난해는 1562년으로 볼 수 있다.

澄江靜如空	맑은 강은 마치 비어있는 듯 고요하네.
粲然二三子	찬란하도다 그대들이여,
叩枻來相從	노 두드리며 와서 서로 어울리네.
傳呼洛妃襪	전하여 낙비의 비단 버선을 부르고,
俯窺馮夷宮	굽어 하백의 궁궐 살피네.

……

— 〈中秋月寄士遂〉

모두 20구로 이루어진 이 시는 동학인 사수 임형수(士遂 林亨秀, 1504~1547)[34]에게 부친 것이다. 시의 배경은 현실 공간과는 격해 있다. 이 시의 창작이 1544년임을 고려한다면 임사수가 부제학으로 있다가 윤원형의 미움을 받아 제주목사로 좌천된 시기이다. 따라서 제주에 있는 임사수를 그리며 그와의 선유를 기약하고 있다. 내용의 전개상 각각 네 구씩 다섯 단락으로 나눌 수 있다.

첫 단락 네 구는 달을 매개로 화자와 사수(士遂)를 연결하고 있다. 화자와 사수는 현실적으로 만날 수 없는 공간적 거리를 두고 있다. 둘을 연결할 매개체가 필요한데, 항아를 통해 달을 불러내게 한다. 제주의 사수가 달을 통해 화자와의 만남이 이루어지고 있다. 사수는 못내 감출 수 없는 기쁨을 웃음으로 전달하고 있다. 마음만 간절했던 우인의 방문에 환정(歡情)이 절로 넘쳐 그가 있는 봉래[제주]에 그를 그리는 화자의 마음이 가득 담긴 빛을 쏟아내게 하고 있다. 달을 매개로 하여 사수에 대한 화자의 그리움을 드러내고 있다.

둘째 단락은 사수에게로 달려가고자 하는 화자의 마음이 담겼다. 그 어디

---

34 임사수는 1547년 양재 벽서사건에서 대윤 윤임의 일파로 몰려 절도안치(絶島安置)된 뒤 사사했다. 퇴계는 그와 돈독한 교유관계를 유지했으며, 권1의 시 <九日 獨登書堂後翠微 寄林士遂 四首>는 그에 대한 퇴계의 생각이 잘 드러나 있다.

인지 알 수 없는 아득히 먼 봉래였지만 향무(香霧)가 창문을 통해 처연하게 들어옴으로써 꿈꾸듯 길을 나서게 된다. 둘의 만남에는 속기(俗氣)가 배제되어 있다. 좌천으로 제주에 있는 사수와 홍문관 교리로 서울에 있는 화자의 현실적 처지는 이미 무의미한 것으로 현실 너머의 공간으로 나가게 된다. 마치 빈 듯 고요하고도 맑은 강에 신선의 배를 띄우고 그와의 만남을 기약하고 있다.

셋째 단락 이하는 사수와의 만남과 어울림에 따른 흥을 보여준다. 선유객들의 인물이 범상치 않다. 찬연한 두세 사람은 사수뿐만 아니라 낙수의 여신인 낙비와 물의 신인 풍이가 함께 하고 있다. 소아(素娥), 향무(香霧), 선주(仙舟), 낙비(洛妃), 풍이(馮夷)로 이어진 소재들은 현실을 초월한 대상들이자 공간을 의미한다. 그런 점에서 화자와 사수와의 선유는 속기를 털어낸 흥으로 이어지며, 한층 더 나가 선유적(仙遊的) 흥취를 불러내고 있는 것이다. 결국 현실적으로 불가능한 만남을 상상의 공간을 통해 연결함으로써 외물에 의해 촉발된 흥과는 다른 양상[35]을 보여준다.

今日天晴暖始生	오늘 하늘 개이니 따사로움 비로소 생겨나고,
歸舟搖蕩白鷗輕	배 저어 돌아가니 흰 갈매기도 가볍네.
何須更待桃花浪	어찌 복숭아꽃 물결 일 때까지 기다리기만 하리,
綠漲仙源正好行	푸른 물결에도 도화원으로 좋이 갈 수 있으리.

― 권2, 〈黃江舟中 喜晴〉

이 시는 퇴계 나이 55세 때 칭병하여 귀향하는 도중에 충주 황강 선상에서

35 위의 시와 유사한 시상 전개를 통한 상적(賞適)의 흥을 드러낸 시로는 별집의 <夢中樂>을 들 수 있다.

지은 것이다. 1~2구는 비 갠 황강의 모습을 보여주고 있다. 맑게 갠 하늘, 돌아가는 배, 그 위로 나는 흰 갈매기는 선유의 흥취를 불러일으키기에 적절한 요소들이다. 이들 이미지에는 화자의 현재 심경이 자연스레 녹아들어 있다. 비 갠 뒤의 따사로움은 초봄이 주는 실사적 정경일 수 있지만, 이면에는 환로를 벗어나 고향 자연을 찾을 수 있다는 마음의 온도로도 볼 수 있는 것이다. 그런 까닭에 가벼이 나는 흰 갈매기는 화자의 심경이 고스란히 투영된 보조관념이 될 수 있다.

화자에게 있어 고향은 이상향이다. 무릉도원을 찾기 위해서는 떠내려오는 복숭아꽃 향기에 취해 꽃잎을 따라가야 하지만 화자의 무릉도원은 그럴 필요가 없다. 화자의 마음 속에는 늘 고향인 도화원이 자리하고 있기 때문이다. 비록 복숭아꽃이 길을 안내하지 않더라도 마음의 길이 도화원을 알아서 인도하고 있는 것이다. 화자는 시에서 흥을 흥으로 드러내지 않고 있다. 귀주(歸舟)에 비춰짐 직한 미경도 보이지 않는다. 흥은 절제된 감정 속에 감추어져 있다. 미경의 나열은 오히려 흥의 산발로 인해 화자가 응축했던 흥을 오히려 반감시키는 결과를 낳게 한다. 그런 까닭에 미경과 흥의 생략은 귀향에 따른 흥을 증폭시키고 있는 것이다.

묘처상적의 흥은 경물의 직접적 조응에서 촉발되는 흥과는 차이를 보이고 있다. 흥을 불러일으키는 대상인 외물도 눈에 비친 형상을 넘어서고 있다. 즉 현실을 초월한 공간에서 만나는 외물을 통해 화자의 바람을 담아내고 그에 따른 흥을 불러일으키고 있다. 한편 현실 공간의 외물을 대상으로 할 경우 외물은 보조관념으로 자리잡고 있다. 보조관념인 외물은 화자의 내면에 자리한 흥을 고양하기 위한 역할을 한다. 그런 점에서 경물촉발에 의한 즉발적 흥과 달리 상상의 공간을 통한 흥의 발현이거나 내아의 응축된 흥으로 발현되고 있는 것이다.

5. 맺음말

본고는 퇴계 선유시를 '락(樂)'과 '흥(興)'에 초점을 두고 이것이 시에 어떻게 투영되어 나타나고 있는지를 고구하였다. 본격적 논의에 앞서 물과 락·흥에 대한 유(儒)·도가(道家)의 인식 및 개념부터 규정하고 이를 바탕으로 퇴계 선유시에서 '락'과 '흥'이 어떻게 발현되는지를 살펴보았다.

물과 락·흥에 대한 양가의 인식태도는 유사성을 띠지만 지향점에 따라 다르게 접근하고 있다. 유가에 있어 물은 수기의 차원에 초점을 둠으로써 도체의 본연을 밝히고 도덕적 인간 완성에 중심을 두고 있다. 반면 도가는 물의 속성을 물이 지닌 도를 말하고 있어 물이 내포한 도를 통해 인간과 자연의 관계망을 보여준다. 락·흥에 있어서도 유사한 관점을 보이고 있다. 자연의 질서 즉 천도의 이해 위에서 이루어지고 있다는 점에서 양가의 락·흥에 대한 인식태도는 유사하다. 그러나 유가는 천명과 인도의 합일에 따른 락을 추구한 반면, 도가는 현실을 초월하고 있다는 점에서 지락 또는 천락으로 연결된다. 락이 외물세계 너머의 진리와 맞닿아 인욕이 배제된 진리 세계의 만족에 따른 즐거움이라면, 흥은 후대로 내려오면서 외물 촉발에 따른 정서의 고양이나 흥기로 나가고 있다.

퇴계 선유시를 락의 관점에서 접근할 때, 만물화생의 락과 탈속은일의 락으로 나눌 수 있다. 선유에 나타난 만물화생의 락은 내아와 외물의 원융이란 관점에서 접근할 수 있다. 선유 동안에 비쳐진 경물들의 형용은 시각화의 대상이 아니라 개별 사물이 지닌 본질의 탐색이다. 개별 사물의 리가 내아와 연결이 되어 자연의 조화를 이루게 되는데 이 때 깨닫는 기쁨이 만물화생의 락이다. 탈속은일의 락은 화자의 현실과 관련성을 맺고 있다. 탈속은일의 락은 현실초월에 따른 화자의 지향의식이 선유시에 투영되어 나타난다. 화자는 현실 문제의 극복과 자신의 기질지성의 회복을 위해 자연을 찾아들게 된다. 즉 자연에로의 귀의를 통해서 이루어지는 락이 탈속은일의 락이 되는 것이다.

선유시에 나타난 흥은 경물촉발에 따른 것과 묘처상적에 따른 것으로 나눌 수 있다. 흥은 락과 달리 인물기흥이란 측면에서 볼 수 있다. 경물촉발에 따른 흥은 외물과의 만남에 따른 정서의 감발이다. 이때 일어나는 흥은 속세를 벗어난 참되고 깨끗한 정신이 미경(美景)과의 조우를 통해 언외의 흥으로 나가고 있다. 묘처상적의 흥은 외물의 촉발에 따른 직접적 정서의 흥기와는 차이를 둔다. 경물촉발에 의한 즉발적 흥과 달리 상상의 공간을 통한 흥의 발현이거나 내아의 응축된 흥으로 발현되고 있다.

07

용화동범(龍華同泛) 관련 작품의 존재 양상과 그 의미*

| 손대현 | 경북대학교 국어국문학과 BK21 계약교수

1. 머리말

본고는 정구와 함안 지역 주변의 여러 선비들이 용화산 아래에서 함께 하였던 선유, 즉 용화동범(龍華同泛)[1]과 관련된 『기락편방(沂洛編芳)』 소재 <용화산하동범록(龍華山下同泛錄)>과 <용화산하동범지도(龍華山下同泛之圖)>의 존재 양상과 의미 등을 고찰하고자 하였다. 선유는 우리나라에서도 최치원 등을 비롯한 여러 문인들이 해 왔음을 확인할 수 있으며, 북송시대 소식이 이룬

---

* 이 글은 기발표된 필자의 논문(「沂洛編芳』 소재 용화동범(龍華同泛) 관련 작품의 존재 양상과 그 의미」, 『語文學』 154, 한국어문학회, 2021, 95~122쪽)을 수정, 보완한 것이다.

1 '용화동범'은 '정구와 함안 주변의 여러 선비들이 용화산 아래에서 함께 한 선유'를 의미하는 용어이다. 봉산욕행(蓬山浴行)이 지역명을 활용하여 명명이 이루어졌다는 점에서 '함안동범'으로 지칭될 수도 있으나, 이미 '용화동범'(김학수, 「조선중기 寒岡學派의 등장과 전개 - 門人錄을 중심으로」, 『한국학논집』 40, 계명대학교 한국학연구원, 2010, 105~168쪽(이하 a)), '용화선유'(김학수, 「船遊를 통해 본 洛江 연안지역 선비들의 집단의식 - 17세기 寒旅學人을 중심으로」, 『嶺南學』 18, 경북대학교 영남문화연구원, 2010, 41~98쪽(이하 b))로 지칭된 전례가 있고, 관련 작품의 명칭에서 '동범'이 활용되고 있다는 점에서 본고에서는 '용화동범'이라는 용어를 사용하고자 한다.

문학적 성과가 전래되어 영향을 미치면서 그의 적벽선유를 모방한 다양한 선유 놀이가 더욱 활발히 행해졌다. 그리고 한강과 금강, 낙동강 등을 중심으로 선유가 행해지면서 이와 관련한 선유 문학도 창작되어 향유되어 왔다.

낙동강 유역에서 이루어진 선유에 대한 연구는 낙동강 중류 지역 관련 논의[2]가 활발하게 이루어졌다. 그리고 영남에서 이루어진 선유가 낙동강의 중류지역을 중심으로 한려학인(寒旅學人)[3]들이 주동하여 이루어져 왔으며, 문화학술적 소통과 연대 및 학문적 영향력을 표출[4]할 목적으로 행해져 왔음이 고찰되었다. 이에 비해 낙동강 하류 지역에서 이루어진 선유에 대해서는 논의가 활발히 이루어지지 못하여 왔다. 김학수는 17세기 낙동강을 중심으로 이루어진 선유 전반을 살피면서 정구의 용화동범을 함께 살펴 <용화산하동범록>이 "한강학파의 학문적 결속과 연대를 재확인"[5]하고 있다고 평가하였다. 그리고 유주연은 조선 후기 선유도 전반을 살피면서 용화동범 관련 회화인 <용화산하동범지도>를 명승유람도 유형으로 구분하여 살폈다[6].

이상의 논의를 보면 낙동강 하류 지역에서 이루어진 선유에 대해서는 많

2 한양명, 「안동지역 양반 뱃놀이(船遊)의 사례와 그 성격」, 『실천민속학연구』 12, 실천민속학회, 2008, 197~236쪽.
김학수, 앞의 논문(a), 105~168쪽.
정우락, 「朝鮮中期 江岸地域의 文學活動과 그 性格 - 낙동강 중류 지역을 중심으로 한 하나의 시론」, 『한국학논집』 40, 계명대학교 한국학연구원, 2010, 91~117쪽.
손유진, 「『壬戌泛月錄』에 나타난 空間 認識의 樣相과 意味」, 경북대학교 석사학위논문, 2011.
김원준, 「退溪 船遊詩를 통해 본 '樂'과 '興'」, 『퇴계학논집』 9, 영남퇴계학연구원, 2011, 73~102쪽.
김소연, 「낙재 서사원(樂齋 徐思遠)의 선유시(船遊詩) 연구 - 금호강에 대한 감성을 중심으로」, 『어문논총』 75, 한국문학언어학회, 2018, 125~149쪽.

3 김학수, 앞의 논문(b), 50쪽.

4 김학수, 앞의 논문(b), 93쪽.

5 김학수, 앞의 논문(b), 69쪽.

6 유주연, 「조선 후기 船遊文化와 船遊圖 연구」, 이화여자대학교 석사학위논문, 2021.

은 고찰이 이루어지지 못하였으며, 정구의 용화동범과 관련된 <용화산하동범록>과 <용화산하동범지도>를 중심으로 한 몇몇 논의가 이루어졌으나 인명록과 회화라는 두 영역을 각각의 영역으로 다루었기에 그 관련성이 온전히 해명되지 못하였으며, 제화시 등 관련 작품들에 대해서도 논의되지 못하여 왔다. 그리고 용화동범이 정구의 문인들이 기획하여 진행하지 않았음에도 봉산욕행(蓬山浴行)과 동일한 차원에서 비교되고 의미 부여가 이루어져 왔기에 보다 세심하게 논의하고 검증할 필요가 있다.

본고는 낙동강 유역, 그 중에서도 낙동강 하류 지역에서 이루어진 선유놀이의 일부로서 용화동범과 관련한 작품들의 존재 양상과 그 의미를 살피고자 한다. 용화동범의 경우 인명록과 회화, 시, 산문 등으로 형상화된 만큼 존재 양상과 의미 등을 온전히 해명하기 위해서는 『기락편방』 소재 <용화산하동범록> 및 <용화산하동범지도>를 중점적으로 살피되, 각각의 형태로 존재하는 관련 작품 전반을 다룰 필요가 있으며, 참가한 사대부들의 저작물도 아울러 살필 필요가 있다. 본고의 논의 결과는 문학과 회화의 측면에서만 진행되어 온 기존 논의를 보완하고, 낙동강 전역에서 이루어진 선유 관련 문학과 회화 등의 존재 양상과 의미 등의 해명에 기여할 수 있을 것이다.

2. 용화동범과 <용화산하동범록(龍華山下同泛錄)>의 관련성

<용화산하동범록>과 <용화산하동범지도>는 『기락편방』에 실려 있다. 『기락편방』은 1758년 박상절이 편찬한 것으로 수록되어 있는 작품들과 저자, 서술 연도 등의 주요 내용은 다음과 같다.

제목	작자	서술연도	비고
沂洛編芳序	이상정	1757	4면
龍華山下同泛錄	이명호	1607	4면. 35명 기록
龍華諸賢行蹟			82면. 34명 기록(최문주 제외)
龍華山下同泛錄追序	조임도	1620	9면
謹書龍華山下同泛錄追序後	박상절	1728	5면
(龍華山下同泛之圖)		1744	11면
(風詠臺題名石刻圖)		1634.5.16.	1면
風詠臺述古詩	박상절		3면
風詠諸賢行略			28면. 13명 기록
沂洛編芳跋	이익	1739	2면
	이용휴	1739	3면
題沂洛編芳錄後	이여적	1746	3면
敬書沂洛編芳後	김유수	1758	3면
沂洛編芳重刊小識	조용찬	1973	2면

『기락편방』의 체제를 보면 무엇보다 용화산 아래에서 정구와 지역의 선비들이 만나 선유하였던 1607년의 사적과 김세렴과 박동형 등이 현풍의 풍영대를 야유하였던 1634년의 사적을 중심으로 엮어져 있음을 알 수 있다. 그리고 『기락편방』 전체 156면 중 선유를 함께 하였던 선비들의 사적과 행적이 서술된 <용화제현행적(龍華諸賢行蹟)>이 82면, 야유를 함께 하였던 선비들의 사적과 행적이 서술된 <풍영제현행략(風詠諸賢行略)>이 28면으로, 이들 두 부분의 서술이 전체의 71%를 차지하고 있다. 이를 보면 『기락편방』은 선유와 야유를 함께 하였던 제현의 명단과 그 행적을 중심으로 서술되어 있다고 할 수 있다. 더구나 <용화제현행적>과 <풍영제현행략>은 『해동명신록(海東名臣錄)』과 선갈(撰碣), 선장(撰狀), 향지(鄕誌), 가승(家乘) 등에서 발췌한 것으로 기

존에 있던 내용이 재수록된 것이다. 따라서 『기락편방』은 선유와 야유를 행한 선비들의 명단을 대외적으로 드러내기 위해 기존에 서술되어 있는 내용까지 합쳐 만든 책이라 할 수 있다.

그런데 박상절이 『기락편방』의 편찬을 통해 대외적으로 해당 명단을 드러내고자 한 목적이 무엇인가를 확인하기 위해서는 먼저 발문을 살필 필요가 있다.

> 이번에 박 사문 상절(朴斯文尚節)씨가 편집한 『기락편』을 보았는데, 만력(萬曆) 정미년(1607, 선조 40)에 한강, 여헌 두 선생과 곽망우당이 함안(咸安)의 용화산(龍華山) 아래에서 배를 띄워 유람한 일이 실려 있었다. 이때 그분들과 종유한 이로 판돈녕부사에 추증된 박공(朴公) 모(某)가 있다. 그 뒤 28년이 지난 갑술년(1634, 인조 12)에 동명공(東溟公)이 현풍(玄風)의 풍영대(風詠臺)를 유람하였는데, 이때 종유한 이로 완석당(浣石堂) 박공(朴公) 모(某)가 있다. 허 선생의 문집에 따르면, 완석당은 돈녕공(敦寧公)의 둘째 아들이다.[7]

『기락편방』 전체의 발문이라 할 수 있는 <기락편방발(沂洛編芳跋)>을 보면 저자인 이익은 두 행사에서 중심이 된 정구와 장현광, 곽재우, 김세렴을 칭송한 다음, 이보다 더욱 장황하게 판돈녕부사 박진영과 완석당 박동형의 행적에 대해 서술하고 있다. 박진영은 정구와 선유를 함께 하였고, 박동형은 박진영의 둘째 아들로 김세렴과 함께 야유를 함께 하였으며, 박상절은 박진영의 증손자이다. 따라서 이익은 정구와 장현광 등을 위시한 선현들의 행적을 찬양하면서, 이들과 함께 선유와 야유를 함께한 박진영 및 박동형의 행적을

7 이익, <沂洛編芳跋>, 『沂洛編芳』, "今見朴斯文尚節氏所集沂洛編者, 萬曆丁未寒旅兩先生暨郭忘憂泛舟游於咸安之龍華山下. 時從遊者有贈判敦寧朴公某. 後二十八年甲戌, 東溟公遊於玄風之風詠臺, 時遊從者如浣石堂朴公某. 又據許先生集, 浣石卽敦寧公之第二子."

부각시킴으로써 박상절 가문의 학맥적 연관성을 확고히 하고, 이들 가문의 지역 내 위상을 드높이고자 하였다고 볼 수 있다.

그런데 『기락편방』의 편저자인 박상절이나 발문을 쓴 이익은 동범을 함께 한 당사자가 아니다. 따라서 선유의 목적이나 추이 등을 살피기 위해서는 선유를 함께 한 여러 선비들의 기록을 살필 필요가 있다.

> 황명(皇明) 만력(萬曆) 정미년(1607, 선조 40) 초봄 한강 정 선생께서 도흥보(道興步)에 와서 노닐었는데, 도흥은 곧 용화산(龍華山)의 동쪽 기슭이다. 처음 창암(蒼巖)에 먼저 도착하여 망우정사(忘憂精舍)에서 묵었는데, 그 주인은 전 우윤(右尹) 곽 상공(郭相公)이다. 다음 날 강을 거슬러 올라 경양대(景釀臺)를 지나 내내(柰內)에 올라 산천의 빼어난 경치를 두루 구경한 연후에 도흥촌에 머물러 쉬었다. 선생께서 일찍이 비석으로 쓸 만한 돌을 강가에 두었는데, 그 뒤 그 소재를 잃어버린 것이 20년이 되었다. 혹시 모래에 파묻히고 물에 빠졌을까 염려되어 어부에게 청하여 찾아내고자 하였으므로 이번 행차가 있게 된 것이라고 한다.[8]

<용화산하동범록추서(龍華山下同泛錄追書)>[9]에 의하면 정구가 함안을 방문한 것은 20년 전 비석으로 쓰고자 하였으나 잃어버렸던 돌을 다시 찾고자 하였기 때문이었다. 정구는 잠수부를 구하여 대동할 정도로 이 돌에 대한 애착과 아쉬움이 남달랐던 것으로 보인다. 정구는 먼저 망우정사에서 하루를

---

8 조임도, <龍華山下同泛錄後序>, 『澗松集』 별집 권1, "皇明萬曆丁未初春, 寒岡鄭先生來遊道興步, 道興卽龍華山之東麓也. 始至之初, 先到蒼巖, 宿忘憂精舍, 其主人則前右尹郭相公也. 明日, 泝流而上, 歷景釀登柰內, 以周覽上下山川之勝, 然後乃止于道興村而休焉. 蓋先生嘗得石之可碣者留置江濱, 因失其所在者二十年矣. 或慮其沈埋沙水, 欲倩海夫搜剔而出之, 故有是行云."

9 용화동범에 대한 조임도의 기록은 『간송별집』과 『기락편방』에 <용화산하동범록후서>, <용화산하동범록추서>로 각각 실려 있는데, 그 내용은 전체적으로 동일한 편이나 전자에 없는 내용이 후자에 조금 더 서술되어 있다.

묵고, 이튿날 시우포, 경양대, 내내촌을 거쳐 도흥보에서 다시 묵었다. 그리고 3일째 용화산 아래 합강정에서 잃어버린 돌을 찾고 있었으며, 이에 조임도의 부친과 지역의 여러 문인들이 이 곳을 방문하여 정구와 함께 선유를 하게 되었다.

> 선생께서 돌아보며 제생들에게 말씀하기를 "오늘의 모임은 성대하다고 말할 만하다. 어찌 기록해 두지 않겠는가. **글을 잘 쓰는 한 사람이 좌객을 기록하여 다른 날 얼굴을 알게 하는 것이 옳지 않겠는가.**" 라고 하였다. 이에 함안 사람 진사 이명호(李明志)가 명에 응하여 일어나 종이와 붓을 가져와 썼다. 정 선생을 제일 위에 적고, 그 다음은 곽 우윤을 적고, 또 그 다음은 박 영공을 적고, 또 그 다음은 장 선생을 적었다. 이 이후로는 나이순으로 적고 관작의 서열대로 적지 않았다. 다만 성명, 자(字), 나이, 사는 곳 및 모인 날짜만을 적었는데, 모두 35명이었다. 〈용화산하동범록(龍華山下同泛錄)〉이라고 제목하였는데 녹의 제목은 선생께서 지어 정한 것이다. 기록이 완성되자, **선생께 드리니** 선생께서 문인에게 명하여 **연갑(硯匣)에 보관하게 하였다. 단지 초고 한 본이 좌중에 남았는데, 좌중에 서로 돌아가며 보았다. 나는 곁에서 말석이라 그 녹본을 거듭 보지 못함을 한하여 그 간략한 대략만을 보았다.**(밑줄 친 부분은 조임도의 〈용화산하동범록후서(龍華山下同泛錄後序)〉에는 없는 내용임)[10]

정구는 선비들과의 선유를 끝내면서 그 명단에 대한 기록을 명하였고, 이에 이명호가 이를 기록하여 <용화산하동범록>으로 만들었다.

10 조임도, <龍華山下同泛錄追序>, 『沂洛編芳』, "先生顧謂諸生曰, 今日之會, 可謂盛矣. 其何以不志, **其令善書者一人, 列錄坐客以爲他日面目, 可乎.** 於是咸人進士李生明志應命而作, 取紙筆書之. 鄭先生居首, 其次郭右尹, 又其次朴令公, 又其次張先生. 自此以後, 敍以齒不以爵. 直書其姓名字年行居住暨會集之歲月日, 凡三十五員. 目爲龍華山下同泛錄, **錄之目乃先生所裁定也.** 錄旣成, **獻于先生,** 先生命門人藏, **諸硯匣. 只有草藁一本, 遺在坐間, 坐間傳相輪翫. 而任道則眇然席末恨不得重覽其錄本, 而略領其梗槪也.**"

<용화산하동범록>은 동범에 참여한 35명의 명단이 서술된 인명록이다. <용화산하동범록>의 서술 순서는 정구, 곽재우, 박충후, 장현광을 먼저 적고, 이어서 나이순으로 적었다고 <용화산하동범록추서>에 기록되어 있다. 그런데 먼저 서술된 네 명의 인물들이 왜 해당 순서로 기록되었는가는 명시되어 있지 않다[11]. 아마도 이들 4인이 지역의 인사들과는 다른 차원의 명사 또는 거유였기에 이들에 대한 당대의 평가나 선유를 함께 한 선비들의 특별한 요구에 따라 이러한 순서로 기록되었을 것으로 추측해 볼 수 있다.

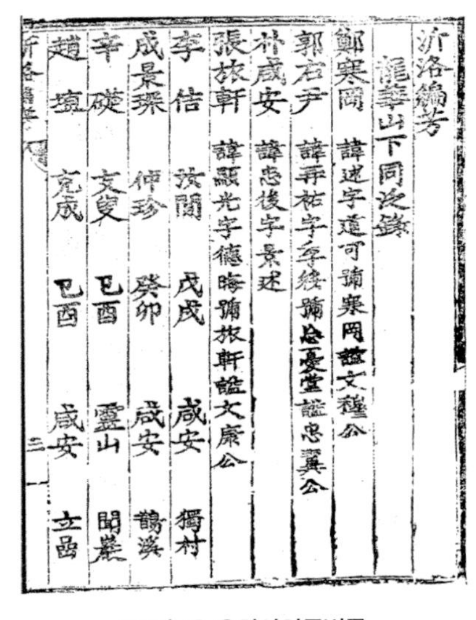
沂洛編芳
龍華山下同泛錄
鄭寒岡 諱逑字道可號寒岡諡文穆公
郭右尹 諱再祐字季綏號忘憂堂諡忠翼公
朴咸安 諱忠後字景述
張旅軒 諱顯光字德晦號旅軒諡文康公
李佶 汝閒 戊戌 咸安 獨村
成景琛 仲珍 癸卯 咸安 鶴溪
辛礎 文叟 己酉 靈山 聞巖
趙埴 寬成 己酉 咸安 立嵒

[그림 1] 용화산하동범록

아! 정 선생의 빼어난 덕망과 장 선생의 혼후한 기상과 곽 우윤의 속세를 벗어난 흉금은 예전부터 들었는데도 오히려 또 감흥이 있었다. …… 지금 세상에 살아있으면서 내가 북두성처럼 우러러 의지하여 스스로 위안을 삼는 분 장 선생만이 아무 탈이 없어 사문의 한 줄기 도맥이 땅에 떨어지지 않았다. …… 아! 내가 이 기록에 대해서는 느끼는 바가 있다. 기록 중에 흠앙(欽仰)할 만한 분이 있고 사모할 만한 분이 있다. 흠앙할 것은 두 현인의 덕업과 문장이 아니겠는가. 사모할 것은 곽선옹(郭仙翁)의 기개와 풍절이 아니겠는가.[12]

11 선유가 이루어진 1607년, 이들은 각각 65세, 56세, 56세, 54세였다. 그리고 정구가 형조참판을, 곽재우가 한성부 우윤을, 장현광은 의성현령을 역임하였으며, 박충후는 함안군수로 재직 중이었다.

12 조임도, <龍華山下同泛錄後序>, 『澗松集』 별집 권1, "嗟乎, 若鄭先生之英豪德望, 張先生之渾

위는 조임도가 용화동범에 관해 1620년 서술한 <용화산하동범록후서>의 마지막 부분이다. 조임도는 정구를 맨 앞서 언급한 후 장현광과 곽재우를 언급하고 있다. 또한 정구와 장현광, 곽재우를 각각 빼어난 덕망과 온후한 기상, 속세를 벗어난 흉금을 지닌 인물로 묘사하면서 정구와 정현광은 흠앙할 만한 분으로, 곽재우는 사모할 만한 분이라 하였다. 이에 비해 박충후에 대해서는 언급하지 않고 있다. 조임도가 정구와 장현광, 곽재우의 순서로 언급하고 있는 것은 이들에 대한 숭모의식의 차이 때문이라고 할 수 있을 것이다. 그리고 이러한 조임도의 인식은 당대 및 후대 영남 선비들의 인식과 별반 다르지 않다.

(가) 이번에 박 사문 상절(朴斯文尙節) 씨가 편집한 『기락편』을 보았는데, 만력(萬曆) 정미년(1607, 선조 40)에 한강, 여헌 두 선생과 곽망우당이 함안(咸安)의 용화산(龍華山) 아래에서 배를 띄워 유람한 일이 실려 있었다. 이때 그분들과 종유한 이로 판돈녕부사에 추증된 박공(朴公) 모(某)가 있다.[13]

(나) 선생께서 일찍이 여헌과 망우당, 광서, 간송당 등과 함께 낙동강의 용화산에서 함께 뱃놀이 하였다.[14]

(다) 정미년(1607) 봄에 한강(寒岡) 정선생(鄭先生)과 장여헌, 곽망우(郭忘憂, 곽재우(郭再祐)), 이외재(李畏齋, 이후경(李厚慶)) 제현(諸賢)이 용화산(龍華

厚氣像, 郭右尹之灑脫胸襟, 聞諸古昔, 尙且興感. …… 今之在世而吾所斗仰, 可賴以自慰者, 唯張先生無恙, 斯文一脈, 未墜於地. …… 嗚呼, 任道於是錄, 有所感矣. 錄中有可欽仰處焉, 有可想慕處焉. 其所欽仰者, 非二賢之德業文章乎. 其所想慕者, 非郭仙翁之氣槩風節乎."

13 이익, <沂洛篇芳跋>, 『沂洛編芳』, "今見朴斯文尙節氏所集沂洛編者, 萬曆丁未寒, 旅兩先生暨郭忘憂泛舟游於咸安之龍華山下. 時從遊者有贈判敦寧朴公某."

14 이상정, <沂洛編芳序>, 『沂洛編芳』, "先生, 嘗與旅軒忘憂匡西澗松堂諸公, 同泛於龍華洛水之上."

山) 아래에서 뱃놀이를 할 때 공이 따라갔는데, 『용화동범록(龍華同泛錄)』이 전해지고 있다.[15]

(가)는 이익이 1739년 쓴 <기락편방발>이고, (나)는 이상정이 1757년 쓴 <기락편방서(沂洛編芳序)>이며, (다)는 1811년 간행된 『갈암집(葛庵集)』의 <공조좌랑증사헌부지평간송조공행장(工曹佐郎贈司憲府持平澗松趙公行狀)>으로 이현일이 쓴 조임도의 행장이다. 이들 글에서는 정구가 가장 앞서 서술되었으며, 이어서 장현광, 곽재우 순으로 언급되고 있다. 그리고 박충후와 박진영, 조임도, 이후경 등은 서로 뒤바뀌기도 하면서 서술되고 있다. 결국 조임도를 비롯한 영남의 선비들과 이익 등의 타지역 선비들조차 당대 및 그 후대에서도 정구와 장현광, 곽재우의 순으로 이들의 위상을 인식하여 왔으며, 자신들의 글에서 이 순서에 입각하여 서술해 왔던 것이다.

그러나 용화동범에 참가한 선비들은 정구와 장현광의 문도들이었으며, 함안에서 온 사람들이 14명으로 가장 많았다.[16] 더구나 조임도는 장현광의 고제(高弟)로 널리 인정받았으며, 그 스스로도 스승 장현광을 "거취하고 진퇴하는 즈음에 여유작작하여 은근히 거세게 흘러내리는 물결 속에 우뚝 솟아 있는 지주(砥柱) 및 천 장 높이 나는 봉황새와 같았다"[17]고 하였다. 따라서 문도의 구성상으로 본다면 장현광을 정구보다 앞세울 가능성이 있었으며, 지역의 인

---

15 이현일, <工曹佐郎贈司憲府持平澗松趙公行狀>, 『葛庵集』 별집 권6, "丁未春, 寒岡鄭先生與張旅軒 郭忘憂, 李畏齋諸賢 泛舟龍華山下, 時公實從之, 有龍華同泛錄行于世."

16 조임도, <龍龍華山下同泛錄追序>, 『沂洛編芳』, "從之遊者, 旅軒張先生及寒岡門徒也. 聞而會者, 忘憂郭右尹, 咸倅朴令公也. 咸安來者十四, 靈山來者十人, 昌寧來者一人, 玄風來者一人, 星山來者二人, 高靈來者一人, 其二人則不可詳其居住矣, 舟窄不能容. 蓋先生於咸郡曾有遺愛, 而道興村又在咸境, 故會客之中咸人最多."

17 조임도, <就正錄>, 『澗松集』 별집 권1, "其去就進退之際, 綽綽有餘裕, 隱然若頹波之砥柱, 翔千仞底鳳凰也."

접성을 생각한다면 곽재우를 가장 먼저 언급할 가능성이 높았다고 볼 수 있다.

그럼에도 불구하고 <용화산하동범록>과 <용화산하동범록추서>에서 정구, 곽재우, 박진영, 장현광의 순으로 서술된 것은 동범에 참가한 사람들이 정구와 곽재우, 박진영을 앞세우고 장현광을 뒤로 기록할 필요가 있었기 때문일 것이다. 익히 알려져 있다시피 정구는 퇴계와 남명을 사사하였으나 대북파와 절연하면서 퇴계의 학통을 계승한 영남의 가장 큰 어른으로 인정받았다. 또한 곽재우는 한성부 우윤과 경상좌도 병마절도사를 역임하면서 임진왜란에 참전하여 큰 공을 세운 의병장으로 높은 평가를 받아 왔다. 박충후의 경우 학문적 성과나 명성은 장현광에 미치지 못하였음에도 그가 박팽년의 5세손으로 음직으로 관계에 나가는 것을 거부하였을 뿐만 아니라 임진왜란에 공을 세워 원종공신에 봉해졌다는 점이 고려되었을 것으로 추측된다.

결국 <용화산하동범록>에서 정구, 곽재우, 박진영, 장현광의 순으로 서술된 것은 참석한 선비들이 용화동범을 정구와 곽재우를 중심으로 행해진 행사로 규정하려는 의도가 실현된 것이라 할 수 있다. 그리고 퇴계 학맥의 계승자라 할 수 있는 정구, 자신들의 학맥과 지역적 연관성이 가장 높은 임란의 영웅 곽재우, 절의의 상징이라 할 수 있는 사육신의 후손 박충후를 장현광보다 더욱 앞서 서술하여 높임으로써 자신들이 정구를 위시한 한강학파 내지 퇴계학맥과 연관되어 있음을 대내외에 과시하고 지역적 위상을 제고하려 한 것으로 볼 수 있다.

3. <용화산하동범지도(龍華山下同泛之圖)>의 존재 양상과 그 특징

<용화산하동범지도>는 정구와 장현광, 곽제우 등 35인이 함안 용화산 아

래 낙동강에서 선유한 것을 그림으로 기록한 것으로 『기락편방』에 실려 있다. 목판으로 판각된 이 그림은 박상절이 쓴 <삼가 '용화산하동범록추서' 뒤에 쓰다[謹書龍華山下同泛錄追序後]>의 다음에 실려 있으며, 그림의 다음에는 제명이 없이 설명이 실려 있다.

그림은 공간적으로 상단부와 하단부의 두 부분으로 구분할 수 있으며, 각각 시와 선유의 모습이 형상화되어 있다. 각각의 그림들에는 상단부 중앙에 용(龍), 화(華), 산(山), 하(下), 동(同), 범(泛), 지(之), 도(圖)의 여덟 자가 하나씩 표기되어 있어 각각의 그림들이 해당 순서로 연결된 일련의 그림들임을 알 수 있도록 되어 있다. 각각의 시는 "詩曰 第○○○○ …… "라 하여 시가 제재로 삼고 있는 장소와 내용이 오언절구로 제시되어 있으며, 마지막에는 "右○○○○"라 하여 시의 제명이 제시되어 있다. 시의 제명은 각각 '용화승집(龍華勝集)', '청송모경(青松暮磬)', '도흥수석(道興搜石)', '내내청상(柰內淸賞)', '경양기촉(景釀奇矚)', '우포추범(藕浦追帆)', '평사낙안(平沙落雁)', '창암동주(蒼巖同舟)'로 용화암, 청송사, 도흥보, 내내촌, 경양대, 시우포, 반구정, 평사면, 창암사를 제재로 한 것이다. 하단부의 그림은 용화산과 합강정 등 산야의 모습을 배경으로 정구를 비롯한 선비들이 선유하는 모습이 형상화되어 있으며, 주요한 지형지물에는 그 명칭을 부기하여 알기 쉽도록 하였다.

그림의 설명에는 다음과 같이 서술되어 있다.

> 오른쪽은 〈용화산수도〉로 여러 현인들이 이곳에서 유람한 것이 어슴푸레 어제의 일 같아, 산처럼 높고 물처럼 장구한 풍류를 상상할 수 있다. 푸른 술을 머금고 푸르른 경치 움켜질 만하니, 곧 진실로 승경을 전하고 사모함을 붙이는 것임을 알겠도다. 곧 문자가 귀함을 다하는 것이 아니며 또한 도움이 없는 것이 아니다. 대개 이 도(圖)는 다만 일대의 선범(僊泛)을 모사하고 십

리 사이에 감상하는 것이 한 가지 사물이 아닌 까닭에, 이름에 따라 말하고 나누어서 여덟 첩으로 하였다.[18]

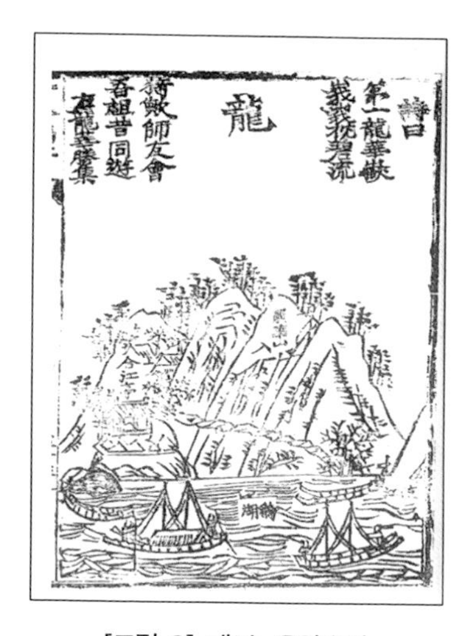

[그림 2] 제1수 용화승집

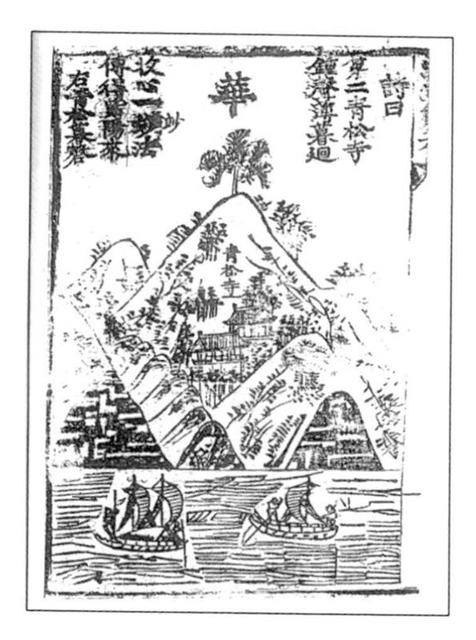

[그림 3] 제2수 청송모경

시의 제1수는 용화승집으로 다음과 같다.

第一龍華嶽	첫 번째는 용화악이라
峨峨枕碧流	우뚝 선 용화산 아래 푸른 물결 흘러
猗歟師友會	아! 빛났던 사우회
吾祖昔同遊	내 선조 동유를 하셨도다

용화승집은 용화산에서의 아름다운 모임이라는 뜻이니 정구와 지역의 여

18 조임도, 『沂洛編芳』, "右龍華山水圖, 群賢之遊於斯怳然若昨日事, 山高水長, 遺風足想. 含青釀綠, 餘景可掬, 則信知傳勝寓慕之地. 非直文字爲貴畫, 亦不無助也. 蓋是圖也, 只是摹寫一帶僊泛而容與十里之間 格賞非一物, 故隨以名言而分之爲八帖."

러 선비들이 모인 모임의 의미가 서술되어 있다고 할 수 있다. 시의 2구와 3구를 보면 용화산 아래에서 스승과 벗들이 모여 선유를 즐겼다고 하였다. 그런데 1구를 보면 이들이 모인 곳을 용화산이라 하지 않고 용화악이라 하였다. 산은 곧 개별적 공간이며, 악은 이러한 산들이 중첩되어 형상화된 거대한 집합적 공간이라 할 수 있다. 따라서 용화악이란 스승과 벗들이 함께 모여서 이룬 거대한 학맥적 모임이라고 할 수 있다. 결국 선유를 함께 한 이들은 용화악이라는 명칭을 통해 자신들의 모임이 정구와 뜻을 같이 하는 학맥적 모임임을 표현하고 있는 것이라 할 수 있다. 그리고 이어지는 4구에서는 자신의 선조가 사우회에서 선유를 함께 하였다고 하였다. 실제 이 모임에 박상절의 선조인 박진영이 참여하였다. 결국 제1수는 선유의 의미를 규정하고 자신의 선조들이 함께 하였음을 서술함으로써 자기 가문의 학맥적 연원을 밝히고 이를 대외적으로 과시하려 하였다고 할 수 있다.

제2수는 청송모경으로 다음과 같다.

第二青松寺	두 번째는 청송사라
鍾聲薄暮廻	종소리 황혼에 메아리 울리니
收心一妙法	마음을 모으는 것이 하나의 묘법이니
傳得紫陽來	자양(주희)을 전해 얻는다네

제2수에서는 황혼에 청송사의 종소리를 듣고 마음을 모은다면 주희의 가르침을 얻을 수 있을 것이라 하였다. 배경이 청송사이고 범종소리가 들리고 있었기에 묘법이라는 불교적 단어가 활용되기는 하였으나 실상은 선유를 함께 하는 정구와 제현들이 유학의 도리를 학습하는 행위가 형상화된 것이라 할 수 있다. 그리고 종소리가 은은하게 울리듯이 주자의 가르침에 침잠하여

이를 갈고닦는다면 깨달음을 얻을 수 있을 것이라 하였다. 따라서 배경으로 삼은 공간과 청각적 심상을 활용하여 선유를 통해 이루어지는 행위가 단순한 유흥이 아니라 유학적 세계를 구현하려는 학습과 전수의 과정임을 드러내고 있다고 할 수 있다.

[그림 4] 제3수 도흥수석

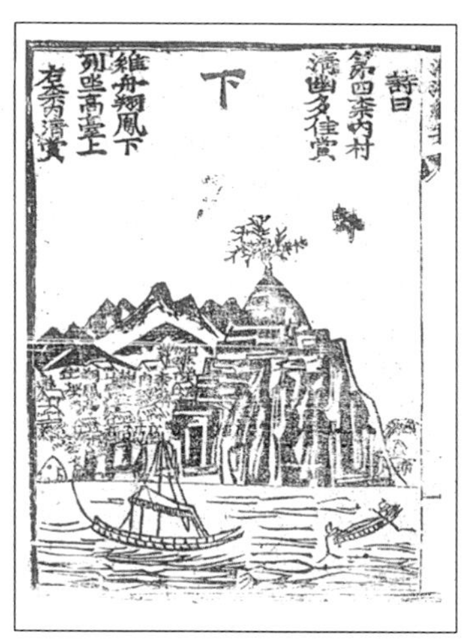

[그림 5] 제4수 내내청상

제3수는 도흥수석으로 다음과 같다.

第三道興步	세 번째는 도흥나루라
嘉號待群賢	아름다운 이름 어진 이들을 기다리니
可惜琬琰石	아깝도다 옥돌이여
深藏何處邊	깊이 감춰져 어느 곳에 있는지

‘수석(搜石)’은 돌을 찾는 것이다. 정구는 20여 년 전 잃어버렸던 비석에

쓸 바위를 구하고자 함안을 방문하였다. 그리고 3구와 4구에서는 깊은 곳에 감추어 두었던 비석돌을 아쉬워하였다고 하였다. 정구가 비석에 쓸 돌을 20여 년 아쉬워하였다는 것은 정구의 함안 방문 목적과 그동안 가슴 속에 품고 있었던 정서였을 것이다. 따라서 제3수는 정구의 입장에서 함안행의 목적과 비석돌을 찾는 정서를 사실적으로 표현한 것이라 할 수 있을 것이다. 그런데 이를 비유적으로 본다면 아까운 옥돌은 훌륭한 스승을 만나지 못한 뛰어난 자질의 선비로 볼 수 있을 것이며, 정구는 이들을 만나고자 함안에 온 것으로 볼 수 있다. 따라서 제3수는 비석돌을 찾기 위해 함안을 방문하고 이를 찾았던 정구의 객관적 행위가 시화되어 있으면서 동시에 뛰어난 스승을 만나지 못하여 재능을 발휘하지 못하고 있는 선비들에 대한 정구의 안타까운 심정이 비유적으로 형상화되어 있다고 할 수 있다.

제4수는 내내청상으로 다음과 같다.

第四柰內村	네 번째는 내내촌이라
淸幽多佳賞	깨끗하고 그윽한 많은 경치가 아름답네
維舟翔鳳下	상봉대 아래 배를 매어 두고
列坐高臺上	높은 대 위에 나란히 앉았네

4수에서는 내내촌의 경치가 무척 아름다우며, 상봉대와 연이은 절벽들이 장관을 이루고 있다고 하였다. 그리고 선비들이 상봉대 아래 배를 매어 놓고 그 대위에 나란히 열을 지어 앉았다고 하였다. 따라서 제4수는 내내촌과 상봉대의 아름다운 경관과 함께 영남 유학의 거봉인 정구를 중심으로 여러 선비들이 둘러앉아 학문을 논하고 가르침을 전수하는 모습이 형상화된 것으로 볼 수 있다.

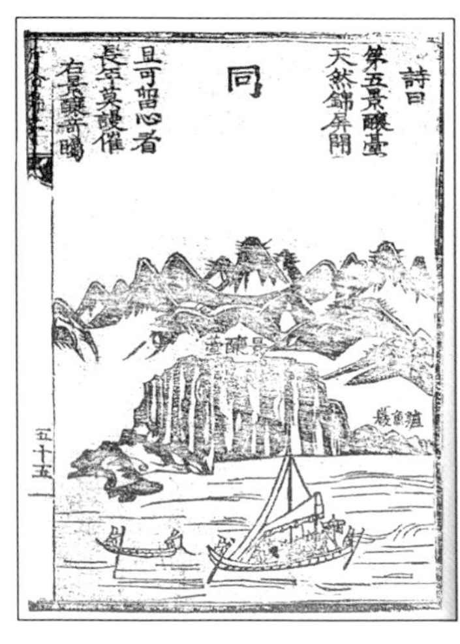

[그림 6] 제5수 경양기축

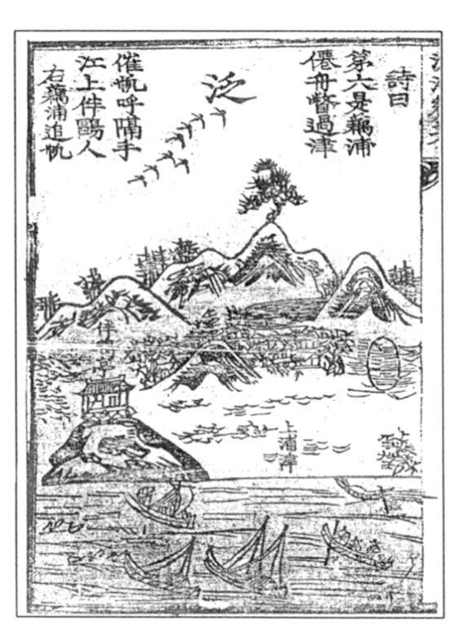

[그림 7] 제6수 우포추범

제5수는 경양기촉으로 다음과 같다.

第五景釀臺	다섯 번째는 경양대라
天然錦屛開	하늘이 빚은 비단 병풍처럼 펼쳐져
且可留心看	우선 마음을 머무르고 볼 만하니
長年莫謾催	오랜 세월 무례하게 재촉하지 않으리

5수에서는 2구에서 경양대가 하늘이 빚은 비단 병풍처럼 펼쳐져 있다고 하였다. 그리고 4구에서는 무례하게 재촉하지 않겠다고 하였는데 이는 경치를 천천히 음미하는 행위이면서 또한 궁극의 도를 이루기 위한 마음가짐에 대한 이야기라고도 할 수 있을 것이다. 따라서 제5수는 경양대의 외형적 모습이 표현되어 있는 동시에 서두르지 않고 도를 이루는 요체가 서술되어 있는 것으로 볼 수 있다.

제6수는 우포추범으로 다음과 같다.

第六是藕浦　　여섯 번째는 시우포라
僊舟暫過津　　신선의 배가 잠깐 나루를 지나가네
催帆呼隔手　　배를 재촉하여 가까이로 부르니
江上伴鷗人　　강가에는 갈매기와 사람이 짝이 되었네.

6수에서는 시우포에서 느끼는 동범의 흥겨움이 잘 드러나 있다. 2구와 3구에서는 동범에 참가한 사람들이 탄 배를 신선이 탄 배에 비유하였으며, 이들은 배를 빨리 가도록 재촉하고 손뼉을 치면서 선유를 즐기고 있다. 이들은 물욕이 없이 자연의 풍광만을 즐기고 있었기에 자연에 동화되었으며, 이로 인해 자신들을 갈매기와 짝이 되었다고까지 표현하고 있다고 할 수 있다.

[그림 8] 제7수 평사낙안

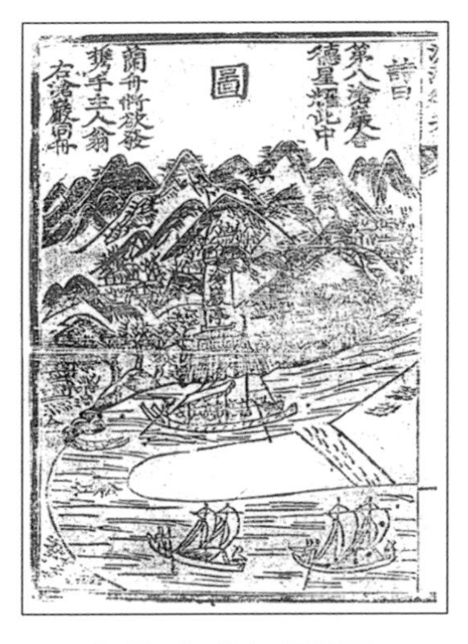

[그림 9] 제8수 창암동주

제7수는 평사낙안으로 다음과 같다.

第七平沙面	일곱 번째는 평사면이라
行行雁字斜	기러기 비스듬히 줄지어 날아오네
伊川看兔理	이천이 토리를 보았다면
理會此間過	이 사이에서 이해했으리

평사면은 고운 모래밭이 잘 발달되어 있는 곳이다. 작자는 모래밭에 내려앉거나 하늘로 날아가는 기러기를 바라보며 역경(易經)에 대한 조예가 깊었던 정이(程頤)가 이를 보면서 이치를 깨달았을 것이라고 하였다. 제7수에서는 눈앞에 펼쳐져 있는 하늘과 땅, 물과 어우러져 놀고 있는 기러기의 모습이 너무도 아름다워 찬탄하면서도 이 속에 내재된 이치와 선현의 행적을 생각하고 있다고 할 수 있다.

제8수는 창암동주로 다음과 같다.

第八滄巖舍	여덟 번째는 창암사라
德星耀此中	덕 있는 현인들이 여기에서 빛나네
蘭舟將欲發	아름다운 배는 장차 떠나려 하는데
携手主人翁	손을 맞잡으니 주인옹이라

제8수의 공간적 배경은 곽재우가 은거하고 있는 창암사이다. 2구에서는 덕 있는 현인들이 선유 모임 중에 빛이 났다고 하였다. 창암사에 이르러 선유가 끝난 것이다. 3구와 4구에서는 배가 떠나려 함에 손을 맞잡으니 주인이라고 하였다. 손을 잡는 주체는 정구일 수도, 참여한 선비들일 수도 있으며, 곽제우가 주체가 되어 정구 또는 선비들의 손을 잡았을 수도 있다. 어느 경우

이거나 정구 또는 선비들이 창암사의 주인이자 지역 유림을 대표하는 곽재우의 손을 잡으며 그를 예우하고 있는 것은 분명해 보이며, 선유를 끝내고 아쉬워하는 심정이 드러나 있다고 할 수 있다.

이상의 논의를 통해 보면 <용화산하동범지도>는 정구와 사대부들이 합강정에서 청송사, 도홍보, 내내촌, 경양대, 시우포, 평사면, 망우정까지 행한 동범이 회화로 재현되어 있다. 그런데 앞서 살핀 바와 같이 정구는 망우정에 도착하여 강을 거슬러 올라가며 비석에 쓸 돌을 구하였고, 합강정에 이르러 지역의 사대부들과 만나 함께 선유를 하며 강을 내려가 망우정에 도착하였다. 결국 <용화산하동범지도>에 그려진 8폭의 그림은 정구의 여정 중 망우정에서 합강정까지의 여정을 제외하고 정구와 사대부들이 만나 선유를 한 여정만이 형상화되어 있다.

그리고 <용화산하동범지도>에는 정구와 선비들의 동범 모습과 함께 합강정에서부터 망우정까지의 지역 명소들과 정경이 표현되어 있다. 각 그림에서는 상단부에 시가, 하단부에서는 선유를 하고 있는 정구와 선비들의 모습이 형상화되어 있으며, 지역의 명소들과 주요 사물들에는 그 명칭이 글자로 부기되어 있다. 그런데 4수 내내청상에서는 상봉대의 모습과 연이은 집들이, 5수에서는 우뚝 선 경양대의 모습이 표현되어 있다. 또한 6수에서는 하늘을 날아가는 기러기와 바다에 내려앉은 오리 등이 표현되어 자연과 동화된 선비들의 모습이 구체화되어 있으며, 7수에서는 평사낙안이라는 화제에 걸맞게 그림의 중앙 좌측에 강변 모래밭에 내려앉은 기러기와 상단 좌측에 줄지어 날아가는 기러기의 모습이 표현되어 있다. 각수에서 제시되어 있는 제목이나 시의 내용에 부합하는 그림들이 표현되어 있는 것이다. 따라서 각각의 그림에서는 선유의 노정에 따른 자연의 풍광과 이를 즐기는 정구 및 선비들의 모습이 사실적으로 표현되어 있을 뿐만 아니라 각각의 시에 서술된 내용과 부합하도록 형상화되어 있다.

4. 용화동범의 성격과 관련 작품의 의미

정구와 함안 주변 여러 선비들이 행한 용화동범은 <용화산하동범록>과 <용화산하동범지도>로 형상화되었다. 그리고 인명록과 시, 회화라는 기록 형태의 특이성으로 인해 그 형상화에 있어서도 차이가 있다. 먼저 <용화산하동범록>에는 동범에 참가한 선비들의 명단이 서술되어 있으며, 이를 통해 정구와 지역 선비들의 모임이 어떠한 인적 구성을 이루어 진행되었는가가 서술되어 있으며, 정구와 곽재우를 앞세우고 장현광을 뒤에 서술함으로써 용화동범이 정구를 중심으로 이루어졌으며, 참가한 선비들이 정구로 대표되는 한강학파와 퇴계 학맥과 연결되기를 희망하고 있었음을 알 수 있다. 이에 비해 <용화산하동범지도>에는 시와 회화를 통해 정구와 지역의 선비들이 선유를 즐기며 교류하는 구체적 모습이 표현되어 있으며, 각각의 갈래에서 온전히 표현되지 못한 내용이 사실적, 또는 비유적으로 구현되어 있다.

이를 보면 <용화산하동범록>에는 동범에 참석한 사람들의 면면과 그 위상, 정구와 연결되고자 하는 참석자들의 의도가 드러나 있으며, <용화산하동범지도>에는 동범에 참석한 사람들의 흥겨운 모습이 시와 회화를 통해 형상화되어 있다. 결국 <용화산하동범록>과 <용화산하동범지도>에는 정구와 여러 선비들이 행한 동범의 구체적 모습과 참가자들의 위상 등의 측면이 인명록과 시, 회화로 형상화되어 있어 상호 보완의 관계를 이루고 있다고 할 수 있다.

그런데 용화동범은 봉산욕행과 유사한 측면이 있어 함께 논의되어 왔다.

정구는 1607년 함안에 도착하여 선비들과 동범을 즐겼으며, 참가자의 명부를 <용화산하동범록>으로 남겼다. 그리고 10년 후인 1617년 7월 20일부터 9월 4일까지 울산으로 욕행을 떠나 여러 선비들을 만나고 그 결과를 <봉산욕행록(蓬山浴行錄)>으로 남겼다. 두 행사는 시기적 측면에서 인접해 있고, 정구를 중심으로 이루어졌기에 한강학파의 학문적 결속과 연대를 재확인하는 자리였다고 평가되며 비교되어 왔다. 그러나 용화동범과 봉산욕행은 행사의 시작과 그 진행과정, 그리고 그 결과에서도 어느 정도 차이가 있다.

먼저 용화동범은 정구가 비석에 쓸 돌을 다시 찾고자 한, 지극히 개인적인 사유로 이루어졌으며, 정구는 방문 과정에서 지인이나 문도들에게 자신의 방문 계획을 알리거나 이들을 대동하지 않았다. 그리고 동범도 예정에 없는 것이었으나 조임도 부자 및 인근 지역의 선비들이 정구를 찾아와 이루어진 것이었으며, 참가한 이들의 명단만이 만들어졌다. 이에 비해 봉산욕행은 정구가 제자 및 문도들을 거느리고 울산으로 갔다가 복귀한 행사로 사전에 지역의 동문들과 관에 일정을 알리고 협조를 구하는 등 면밀한 계획하에 진행된 것이었다. 그리고 이를 기록한 <봉산욕행록>에는 배나 말 등의 이동 수단과 이동 거리, 당직자, 내방객 및 이들이 보내온 선물까지도 세세히 적혀 있으며, 몇 번의 수정을 거쳐 보완이 이루어졌다.

이를 보면 용화동범과 봉산욕행은 정구를 구심점으로 한 행사라 할 수 있으나 그 목적이나 과정, 참가자의 면모, 기록의 양상, 기록의 전승 등에 있어서도 차이가 있다. 용화동범은 정구의 개인적인 사유로 이루어졌으며, 예정되어 있지 않은 함안 인근의 선비들이 몰려들어 우연히 이루어졌을 뿐 아니라 <용화산하동범록>은 『기락편방』이 편찬되기 전까지 동범에 참여한 사람들이나 그 후손들에 의해 보완되거나 제대로 전승되지도 못하였다. 따라서 행사 참여자들이 이 행사를 통해 정구의 문인이 되었음을 스스로 인정하였는지, 지역 사대부들이 이들을 정구의 문인으로 인정하였는지도 의심스럽다. 봉산욕행이 정구의 문인들을 중심으로 이루어졌으며, <봉산욕행록>에 실린 문인들이 의심할 바 없이 정구의 문인들로 인정받아 왔던 점과 대비되는 것이다. 노극홍이나 이도일, 이도자, 조방, 이후경 등 두 행사에 모두 참여하고 있는 문인들이 있기는 하나 이는 두 행사 모두 정구로 인해 일어난 일이었으며, 함안과 울산이라는 지역의 인접성으로 발생한 우연의 결과일 뿐이다. 더구나 함안동범의 경우 참여자의 많은 수가 장현광의 제자들이었음을 고려할 때 이들이 즉각적으로 정구의 문인이 되었다고 보는 것은 과한 측면이 있다. 따라서 용화동범은 봉산욕행과는 근본적인 차이가 있으며, 행사의 결과 참가자들이 정구 내지 한강학파와 좋은 관계를 맺게 된 단발성 행사로 보아야 할 것이며, 후일 한강학파의 외연 확대를 이루는 하나의 계기가 되었을 가능성이 있다고 볼 수 있을 것이다.

그런데 용화동범에 인근의 선비들이 몰려들었던 사정이나 이들이 4명의 명사 중 정구를 맨 앞에, 장현광을 네 번째로 기록하였던 원인은 무엇이었을까? 이를 <용화산하동범록후서>를 쓴 조임도와 그의 가문 관련 기록에서 살펴보자.

> 병술년(1586, 선조 19)에 모친상을 당하자 애모(哀慕)하며 상례를 신중히 행하는 것이 한결같이 부친상 때와 같았다. 한강 정구(寒岡 鄭逑) 선생이 당시 군수로 계셨는데, 그 소문을 듣고 가상히 여기면서 감탄하였다. …… 임진·계사년 난리에 떠돌아다니며 곤궁하고 고달프게 산 것이 거의 10년이 되었으나 그 마음은 평상시와 다름이 없었다. 스스로 지키는 것이 있어서 궁색한 중에도 변하지 않은 것이 이와 같았다. 기해년(1599, 선조 32) 집으로 돌아올 적에 승지(承旨) 김반천(金槃泉) 공이 시를 보냈는데, 다음과 같다.[19]
>
> 광해군 때 정인홍(鄭仁弘)이 멀리서 조정의 권력을 잡고 있었는데, 마음으로

> 퇴도(退陶) 선생을 불쾌하게 여겨 여러 고을의 제생을 부추겨 소의(疏議)로 공척(攻斥)을 펴고자 하니 거스르는 자가 없었다. 공이 방몽(逄蒙)과 유공지사(庾公之斯)를 들어 거절함이 매우 확고하여 미움을 받아 칠원(漆原)의 강가로 피하여 물고기를 잡으며 어머니를 봉양하였다. …… 공은 어릴 때부터 퇴계 문인에게 사숙(私淑)하였고, 또 어진 사우(師友)를 좇아 질문하고 강마하여 도를 이루고 덕을 세웠다.[20]

위 첫 번째 기록은 조임도가 쓴 그의 아버지 입암 조식의 묘갈명이다. 조임도는 해당 글에서 아버지 조식의 품성과 학문, 부모에 대한 효성을 부각시키고 있다. 그리고 조식이 아버지와 어머니의 연이은 상을 당해서도 예를 다하였기에 군수로 있던 정구가 그 효성을 칭찬하였으며, 임진년과 계사년의 난리로 인한 곤궁에도 의연한 모습을 보였기에 승지 김선반이 시를 주어 칭찬하였다고 하였다. 조임도가 아버지 조식의 인품을 드러내기 위한 일화를 서술하기 위해 동원한 명사가 오직 정구와 김선반밖에 없는 것이다.

위 두 번째 기록은 이광정이 쓴 조임도의 묘갈명이다. 이광정은 조임도가 부모에 대한 효를 다하였고, 향촌에서 은거하며 청빈한 삶을 살면서 장현광의 천거로 받은 벼슬조차 거절하였다고 하였다. 그리고 이 외에 특별히 언급하고 있는 것은 그가 어려서부터 퇴계의 문인에게서 배웠고, 퇴계를 못마땅하게 생각하던 정인홍과 반목하여 미움을 받았으며, 이로 인해 칠원의 강가로 피난하였다는 것이다.

19 조임도, <先府君墓碣銘>, 『澗松集』 권5, “丙戌丁憂, 愼終哀慕, 一如前喪. 寒岡鄭先生時爲郡宰, 聞而嘉歎. …… 辰巳之亂 流離困苦且十年, 其心與平時無別. 其有以自守而不受變於窮瓦如此. 己亥之歸, 金承旨槃泉公以詩送之曰.”

20 이광정, <澗松趙先生墓碣銘 幷序>, 『訥隱集』 권12, “光海世, 仁弘遙執朝權, 心不快於退陶先生, 嗾列邑諸生, 張攻斥疏議, 莫有違者. 公引逄蒙庾公之斯, 距之甚確, 爲所惡, 避地漆原江上, 躬漁以養親. …… 公自少私淑於退陶門人, 又從賢師友, 質問講劘, 道成德立.”

위의 두 기록에서 주목할 것은 조식과 조임도를 퇴계와 연결시키고 있다는 점, 조임도를 퇴계를 공격하였던 정인홍과 불화하였다고 표현하였다는 점, 조임도의 스승임에도 장현광에 대해서는 소홀히 다루고 있다는 점이다. 물론 이와 유사한 내용이 퇴계 이후 영남 사림의 행적에 대한 대부분의 글에서 나타나는 일반적 현상임을 부정하기는 어렵다. 그럼에도 불구하고 조임도의 가문으로부터 묘갈 등을 의뢰받은 사람들도 그의 가문을 퇴계와 연결시키고 있고, 남명 조식의 영향력이 절대적이었던 낙동강 하류 지역에서 성장하여 장현광의 고제로 널리 인정받아 왔던 조임도조차 이러한 경향성을 보이고 있다는 것은 특이하다고 볼 수 있을 것이다.

이 시기에 장현광과 직접적으로 관련이 있었던 조임도와 그의 가문조차 퇴계 학맥과 접맥하려는 움직임이 나타났다면 지역의 다른 사대부 및 가문들에서도 이러한 움직임이 있었을 것으로 추측해 볼 수 있을 것이다. 그리고 그 원인으로는 기축옥사(己丑獄事)로 대표되는 동인의 몰락과 정인홍으로 대표되는 대북파의 몰락이 자리하고 있을 가능성이 높다. 용화동범이 일어난 사건과 가장 인접한 정치적 사건이라 할 수 있는 기축옥사는 정여립의 난으로 촉발되어 1589년부터 1591년까지 정여립과 관련된 1,000여 명의 문인들이 피해를 입었으며, 이들의 대부분은 조식의 문인들이었다. 더구나 1607년 광해군의 등극으로 정국을 주도한 북인들이 1623년 인조반정을 통해 몰락하였으며, 1624년에는 논공행상에 불만을 품은 이괄의 난도 일어났다. 용화동범과 풍영대 야유는 이러한 시기를 배경으로 이루어진 모임이었으며, 이를 통해 조임도를 비롯한 낙동강 하류 지역의 선비들은 대북파와 절연한 집단임을 대외적으로 드러내고자 하였던 것으로 보인다. 따라서 조임도의 가문에서 퇴계의 학맥과 관련시키려 하거나, 용화동범에 참가한 선비들이 정구와 관련을 맺고자 하는 모습은 박상절이 『기락편방』의 편찬을 통해 자신의 선조를 퇴계와 연결시키고자 애쓰는 모습과 동일한 의미를 지닌 것으로 볼 수 있을 것이다.

그러나 이러한 움직임이 낙동강 하류 지역 사림의 일반적 경향이라고 할 수는 있으나 모두가 이에 동의한 것은 아니었다.

> 용화산 아래에서 배를 띄우고 함께 놀던 날 망우당이 웃으며 정 선생에게 말하기를, "나의 소견에는 여헌(旅軒)이 한강보다 낫다."라고 하니, 한강 선생이 대답하기를, "영공(令公)의 소견이 옳습니다. 옳습니다."라고 하고서 인하여 선생을 성대하게 칭찬하였다. 우리 고을의 어른인 작계(鵲溪) 성공(成公)이 나이가 가장 많았는데, 이때 좌중에 있으면서 손을 내저으며 말씀하기를, "우선 이러한 말씀을 하지 마시오. 우선 이러한 말씀을 하지 마시오. 나는 단지 우리 스승이 있음을 알 뿐이오."라고 하였다. 영산(靈山) 사문(斯文) 이외재(李畏齋) 어른은 곽공을 돌아보고 말씀하기를, "영공의 의논은 서하(西河) 사람과 같음이 있다."라고 하고서, 서로 한바탕 재미있게 말씀하고 파하였다.
>
> 지금 생각해 보니, 곽망우당의 말씀은 질박하여 꾸밈이 없고, 정한강의 대답은 탁 트여 사사로움과 인색함이 없었으며, 성작계가 우선 이러한 말씀을 하지 말라고 한 것과 이외재가 서하 사람이라고 배척한 것도 스승을 높이는 것에서 나온 것이니, 그 뜻이 각각 있다. 사문(斯文)의 성대한 모임을 어찌 다시 얻을 수 있겠는가.[21]

동범의 과정에서 곽재우는 정구에게 그보다 장현광이 더 낫다고 말하고

21 조임도, <就正錄>, 『澗松集』 별집 권1, "龍華同泛之日, 忘憂公笑謂鄭先生曰, 以吾所見, 旅軒賢於寒岡, 寒岡答曰, 令公之見, 也是也是, 因盛稱先生. 鄉丈鵲溪成公年齒最高, 時在座中, 以手麾之曰, 姑舍是姑舍是, 吾但知有吾師而已. 靈山李斯文畏齋丈顧謂郭公曰, 令公之論有同西河人, 相與一場劇談而罷. 由今思之, 忘憂之言, 質朴無邊幅, 寒岡之答, 廓然無私吝, 鵲溪之姑舍是, 畏齋之斥西河, 亦出於尊師, 意各有在. 斯文盛會, 其可再得乎"

있는데 이는 그가 정구를 중심으로 이루어지는 행사, 정구를 떠받드는 지역 선비들의 모습을 내심 못마땅하게 생각했기 때문으로 보인다. 그리고 정구의 문인이었던 성경침과 이후경이 이 말이 잘못되었다고 강력히 반발하고 있는 것은 곽재우가 자신들의 스승을 낮추는 뜻으로 이 말을 하였다고 짐작하였기 때문으로 보인다. 곽제우의 말이 농이었고, 정구도 이를 농으로 받아들인 유쾌한 일화였다는 조임도의 평가에도 불구하고 이 내용은 조임도의 문집에만 기록되어 있을 뿐, 정구와 관계를 맺고자 했던 여타 문인들의 글에서는 언급조차 되지 않았다. 이는 이들이 곽제우의 의도가 무엇이었는가를 간파했기 때문일 것이며, 그럼에도 동범에 참가하여 정구를 맨 앞에 기록하였던 것은 정구와의 결연이 그만큼 간절했기 때문일 것이다.

5. 맺음말

본고는 『기락편방』 소재 <용화산하동범록>과 <용화산하동범지도>를 중심으로 용화동범과 관련된 작품들의 존재 양상과 의미를 고찰하고자 하였다.

용화동범은 지극히 개인적인 사유로 이루어진 정구의 함안행에 지역의 선비들이 참여함으로써 이루어졌다. 행사의 결과 참여자의 인명록인 <용화산하동범록>이 완성되었으며, 선유의 구체적인 모습은 <용화산하동범지도>라는 시와 회화로 형상화되었다. <용화산하동범록>은 정구와 곽제우를 앞세우고 장현광을 나중에 서술함으로써 용화동범이 정구를 중심으로 이루어진 행사였으며, 참석한 선비들이 정구와 인연이 있다는 점이 드러나 있다고 할 수 있다. 이에 비해 <용화산하동범지도>는 정구와 선비들이 만나 동범하는 모습만이 시와 회화로 형상화되어 있으며, 각 갈래를 통해 표현되고 있는 내용이 사실적으로, 또는 비유적으로 상호 보완하도록 표현되어 있다. 따라서 <용화산하동범록>과 <용화산하동범지도>는 동범의 구체적 모습과 참가자들의 위상, 의미 등이 인명록과 시, 회화로 형상화되어 있어 상호 보완의 관계를 이루고 있다고 할 수 있다.

그런데 용화동범은 정구를 중심으로 이루어진 행사이기는 하나 정구의 지극히 개인적인 사유로 이루어졌으며, 지역 선비들과의 만남도 예정된 것이 아니라 그들이 정구를 만나고자 찾아왔기 때문이었다. 그리고 정구의 명으로 <용화산하동범록>이 완성되었으나 제대로 간수되지도 못하였으며, 『기락편방』이 완성되기 전까지는 문인록이나 전적의 형태를 갖추지도 못하였다. 이러한 모습은 정구의 문인들이 철저한 계획하에 행사를 주관하고, 행사 종료 후 <봉산욕행록>이라는 문인록을 작성하여 수차례 수정 및 보완을 거친 봉산욕행의 모습과 대비되는 것이다. 더구나 지역의 좌장이라 할 수 있는 곽재우는 정구를 중심으로 이루어지고 있는 용화동범의 모습에 불편해하고 있기도 하다. 따라서 용화동범은 봉산욕행과는 그 시작과 과정 및 인명록과 책자의 편찬에 이르기까지 큰 차이가 있기에 동일한 성격의 행사로 파악하거나 동일한 학맥적 의미를 부여하는 것은 과한 측면이 있다. 용화동범은 참가자들이 정구 내지 한강학파와 좋은 관계를 맺고자 이루어진 단발성 행사였으며, 후일 한강학파의 외연 확대를 이루는 하나의 계기로 작용하였을 가능성이 있었다고 할 수 있다.

낙동강과 관련한 선유도나 제화시 등은 그 동안 큰 주목을 받지 못하여 왔다. 따라서 선유시를 중심으로 이루어져 왔던 낙동강 관련 문화어문학 자산에 대한 연구는 그 동안 발굴과 연구가 편향되게 이루어져 왔다. 『기락편방』 소재 <용화산하동범록>과 <용화산하동범지도>를 중심으로 고찰하여 낙동강의 지류인 남강의 용화산 아래에서 정구와 지역의 선비들이 행한 선유가 어떻게 형상화되었으며, 관련 기록의 내용과 의미 등이 무엇이었는가를 해명한 본 논의는 낙동강 전반의 선유 관련 예술의 양상과 위상, 의미 등을 온전히 해명하기 위한 시도의 하나라고 할 수 있을 것이다. 따라서 후속 논의를 통해 이러한 작업이 지속될 필요가 있다.

본 논의는 『기락편방』의 또다른 한 부분인 풍영대 야유에 대해서는 고찰하지 못하였다. 또한 낙동강 하류 지역의 사대부들이 이러한 경향성을 보일 수밖에 없었던 당대 정치 지형의 변화와 이로 인한 지역 사림의 미묘한 움직임을 세밀히 살피거나 구체적으로 증명하지 못하였다. 본 논의의 이러한 한계는 추후 정밀한 논의를 통해 보완될 필요가 있음을 밝혀 둔다.

08

진성 이씨 여성들의 낙동강 선유에 담긴 의식과 지향*

–<운수상사곡>과 <운수답가>를 중심으로–

| **김동연** | 경북대학교 국어국문학과 강사

1. 머리말

<운수상사곡>과 <운수답가>는 19세기 후반[1] 진성 이씨 문중의 여성들이 안동에서 근친 중 즐긴 유람과 놀이를 계기로 지어진 내방가사다. <운수상사곡>에 대한 화답가가 <운수답가>인데, 대체로 이런 형식의 작품들은 놀이를 주목한 것[2]과 화답의 방식[3]에 주목한 연구가 주로 이루어진다. 이러한 연구경

---

* 이 글은 기발표된 필자의 논문(「19세기 후반 영남지역 여성의 선유문화(船遊文化)와 지향 - <운수상사곡>과 <운수답가>를 중심으로」, 『어문론총』 82, 한국문학언어학회, 2019, 89~109쪽)을 수정, 보완한 것이다.

1 <운수상사곡>과 <운수답가>의 창작시기를 살펴보면 <운수상사곡>에서는 "금년ᄐᆡ세 경인이여 칠월청류 슌망이라"라고 되어 있으며, <운수답가>에도 "경인칠월 이노름이 케에셜분되오리라"라고 되어있다. 이는 경인년 7월 10일에서 15일 사이에 지어진 것을 의미한다. 선행연구에서는 경인년을 1890년으로 추정하고 있다. 하지만 이에 대한 근거는 제시되지 않았다. 다만 근친을 배경으로 하는 내방가사의 출현시기가 19세기 후반에서 20세기에 집중되어 있다는 점을 고려해 볼 때, 작품의 창작 시기를 1830년으로 소급하기에는 무리가 있다는 생각이 든다.

2 박연호, 「놀이공간에서의 문학적 금기위반과 그 의미」, 『어문연구』 50, 어문연구학회,

향은 작품군에 나타나는 공통적 특징에 바탕을 둔 것이다. 더욱이 <운수상사곡>과 <운수답가>는 연구의 주된 텍스트가 아니었다. 그리하여 기존연구에서는 작품을 개괄하는 것에 그쳤으며, 내용적으로도 근친 중 지어진 다른 화전가계열의 작품들과 대동소이한 것으로 파악하였다. 그런데 <운수상사곡>과 <운수답가>에는 여성들이 놀이를 즐기는 과정에서 배를 타는 대목이 있다. <운수답가>에서는 크게 부각되지 않으나 <운수상사곡>에서는 뱃놀이 즉 선유의 정황이 나타난다. 그런데 선유는 사대부의 문아(文雅)활동으로, 과거 여성들이 향유하는 것은 불가능에 가까웠다. 실제 현재까지 알려진 내방가사 작품 중 여성의 선유에 관한 기록은 극히 드물다. 그리고 가사 외의 문헌 기록에도 여성의 선유에 관한 내용은 잘 나타나지 않는다. 이처럼 과거 여성들의 비일상적 경험을 확인할 수 있다는 점에서도 <운수상사곡>과 <운수답가>에 대한 본격적인 고찰이 필요하다.

본고에서는 우선 지역과 가문의 측면에서 <운수상사곡>과 <운수답가>에 선유가 나타날 수 있었던 문화적 배경을 살펴볼 것이다. 낙동강 유역은 예로

2006, 36~62쪽.
손앵화, 「규방가사에 나타난 여성의식 연구 - 놀이 기반 규방가사의 여성놀이문화를 중심으로」, 전북대학교 박사학위논문, 2009.
박경주, 「규방가사가 지닌 일상성의 양상과 의미 탐구 - 여성들의 노동과 놀이에 주목하여」, 『한국고전여성문학연구』 25, 한국고전여성문학회, 2012, 151~182쪽.

3 권영철, 「규방가사 연구 2」, 『연구논문집』 10권, 대구효성가톨릭대학교, 1972, 225~284쪽.
주정자, 「화전가 연구 - 규방가사 장르에 있어서」, 효성여자대학 석사학위논문, 1976.
백순철, 「문답형 규방가사의 창작환경과 지향」, 고려대학교 석사학위논문, 1995.
류해춘, 「19세기 화답형 규방가사의 창작과정과 그 의의」, 『문학과 언어』 2, 문학과언어학회, 1999, 111~132쪽.
조진희, 「화답형 규방가사 연구」, 동국대학교 석사학위논문, 2004.
김형태, 「대화체 가사 연구」, 연세대학교 박사학위논문, 2005.
권순회, 「조롱 형태의 놀이로서의 규방가사」, 『민족문화연구』 42, 고려대 민족문화연구원, 2005, 105~143쪽.
이상숙, 「화답형 가사 연구」, 충남대학교 박사학위논문, 2018.

부터 선유 문화가 발달하였다. 특히 안동은 줄불놀이를 통해서도 알 수 있듯 선유 문화가 고도로 발달한 곳이다. 작자들의 친정과 선유처가 모두 안동이라는 사실은 이러한 지역 문화의 영향을 받았을 가능성을 제기한다. 따라서 지역 및 가문적 배경을 살피는 작업은 <운수상사곡>과 <운수답가>에 나타난 선유의 성격과 의미를 보다 분명하게 할 것이라 생각된다.

다음으로는 <운수상사곡>과 <운수답가>의 작자 간에 배를 타는 것에 대한 인식의 차이가 존재하는 것에 주목하였다. 앞서 밝힌 바와 같이 <운수상사곡>과 <운수답가>는 동일한 경험을 매개로 지어진 화답가다. 그럼에도 두 작품의 작자가 자신들이 공유한 경험을 가사로 형상화함에 있어 사뭇 다른 양상을 보인다. 이것은 작품에 나타난 작가의 인식과 지향이 달랐기 때문이다. 따라서 이 둘 간의 간극을 살펴보는 것은 <운수상사곡>과 <운수답가>를 제대로 이해할 수 있게 할 뿐만 아니라, 그것으로써 여성 선유의 범주와 층위를 보다 분명하게 할 것으로 생각된다.

아울러 이 두 작품이 동일한 문화적 배경을 바탕으로 지어졌다는 점에서 작가의 인식과 지향의 차이와 그것에 따른 행동 및 행위에 내포된 의미를 구분하는 것은 흔히 일어나는 문화결정론적 결론에서 벗어나 올바르게 작품을 이해할 수 있게 할 것이다. 이제까지 대부분의 내방가사 관련 연구는 '가부장제 사회 내에서의 억압받는 여성'이라는 사회적 제약에 주목해왔다. 이는 분명 일정한 의의가 있으나 한편으로는 조선 후기 사회의 사대부가 여성의 삶과 그들이 향유했던 문화를 포괄적인 측면에서 이해할 수밖에 없게 하였다. 따라서, 작가 개인, 문중의 풍습, 그리고 지역의 문화적 특징을 바탕으로 개별 작품의 특수성을 통해 당대를 알아보는 작업은 조선 후기 사대부가 여성을 입체적으로 이해하는 데 기여할 것이다.

2. 여성 선유의 문화적 배경

내방가사에서 지배적으로 나타나는 화전놀이다. 놀이의 장소는 주로 이름난 선조를 상징할 수 있는 공간이나 명승지가 된다. 화전놀이의 기본 구조는 집을 떠나 외부장소로 간 뒤, 목적지나 기착지에서 놀이를 즐기는 것이다. 이때, 외출의 자유를 제한받았던 조선조 사대부가 여성에게는 단지 규문 밖을 나서서 명승지로 향하는 과정 자체가 유람이 되었다.

화전놀이가 아닌 다른 놀이도 화전놀이와 동일한 구조를 가진다. 이는 평소 주로 향유하는 놀이의 구조를 따른 것으로 생각된다. 즉 당시 가장 많이 행해진 화전놀이의 영향에 의해 다른 여성 놀이에서도 화전놀이의 구조가 나타나게 된 것이다. 이는 근친(覲親) 중 지어진 내방가사도 마찬가지이다. 작자가 친정으로 가는 여정이나 친정에 도착한 이후 문중 구성원들과 함께 놀이처로 가는 과정이 유람으로 그려지며, 기착지나 목적지에서 놀이를 즐기는 모습이 나타난다.[4] 또한 (시)부모의 허락을 구한 뒤 통문을 돌리고, 날짜를 정한 뒤 경비를 추렴하는 화전가의 전형적인 서술 방식도 쉽게 확인할 수 있다. 그리고 놀이처로 향하기까지의 과정은 유람의 형태로 서술되며, 기착지나 목적지에서 놀이를 즐긴다.

금년ᄐᆡ셰 경인이여 칠월청류 순망이라
우연히 모혀들어 일문지ᄂᆡ 여러 뎨류
장소업시 함긔 모혀 노름인들 업ᄉᆞᆯ손가
시ᄉᆞ단 너른강변 일장화슈 ᄃᆡ회ᄒᆞ니

— 〈운수상사곡〉

4 최은숙, 「친정방문 관련 여성가사에 나타난 유람의 양상과 의미」, 『동방학』 36, 동양고전연구소, 2017, 239~263쪽.

할한할부 옛법으로 귀령부모 ᄒᆞ옵더이
천은이 망극ᄒᆞᄉᆞ ᄇᆡᆨ발북당 희환ᄒᆞ니
ᄎᆡ의로 춤을츄고 ᄇᆡᆨ년을 그린다시
비홍이 상반니라
원근친척 인ᄉᆞ밧고 형뎨우ᄋᆡ 희락ᄒᆞ다
ᄂᆡ비록 짤인들ᄉᆞ 이런경ᄉᆞ 쏘안난가
흥글ᄒᆞᆫ글 이마음은 여광여취 참지못ᄒᆡ
동남화슈 일지중의 동뉴소식 반갑도다
어룬긔 고ᄒᆞᆫ후의 아ᄒᆡ불너 압셔우고
젼지도지 ᄎᆞᄌᆞ가니 셕간ᄃᆡ 지척이라
……
츌츌이 션난모양 시ᄉᆞ단 놉흔아ᄅᆡ
청홍단 셩요긔상 통통ᄇᆡᆨᄇᆡᆨ 볏ᄉᆞ람고
션렵슈의 선치로다

— 〈운수답가〉

위 인용문은 <운수상사곡>과 <운수답가>에서 놀이를 떠나기 전과정과 첫 놀이처에 당도한 부분을 서술하고 있다. 두 작품의 내용을 살펴보면 1890년 7월 10일에서 15일 사이 작자의 근친을 계기로 진성 이씨 문중의 여성들이 나이의 많고 적음과(長小) 상관없이 모두 모여 먼저 시사단을 유람하고 그곳에서 일장화수대회(一場花樹大會)를 즐겼다. 그런데 <운수상사곡>과 <운수답가>에서는 다른 내방가사 작품들과 달리 놀이를 허락받는 과정이 나타나지 않거나 소략하게 제시되어 있다. 이는 <운수상사곡>과 <운수답가>의 작자 일행이 선유하였다는 사실을 감안할 때 반드시 주목해야 할 부분이다.

조선시대 선유는 음주와 가무악, 시작(詩作)과 시창(詩唱) 등의 다양한 놀이

요소가 포함된다는 점에서 사대부 놀이활동의 정수를 보여준다. 그리고 선유는 삶의 터전을 중심으로 그 인근의 강에서 이루어지게 마련이었다.[5] 조선 사대부들 사이에 소식(蘇軾, 1037~1101)의 적벽선유 문아(文雅)활동 재연이 유행하게 되면서 선유는 더욱 성행하였다. 그래서 우리나라 강가의 많은 절벽에 적벽이라는 명칭을 붙여졌다. 적벽선유가 유명해진 것은 단순한 놀이가 아니라 조선사대부들이 애호했던 적벽부가 탄생한 문아활동이었기 때문이다. 그러므로 적벽부를 탄생시킨 소동파의 적벽선유 문아활동은 사대부들에게 이상적인 풍류로 인식되었다.[6] 즉, 선유는 단순히 이동을 위해 배를 타는 항주(航走)와 달리 주체가 배를 타는 행위를 놀이로 인식하여 이루어지는 문화적 행위라 하겠다.

특히 낙동강의 경우 안동, 상주, 선산, 고령, 함안 등은 선유하기에 더없이 좋은 환경을 갖추고 있었다.[7] 그중에서도 안동지역은 선유의 흥취를 돕기 위해 줄불놀이 등의 보조놀이가 결합 되는 등 선유문화가 매우 발달하였다.

하지만 선유를 함에 있어 여성은 오직 기녀만이 허용되었다.[8] 실제 수많은 선유에 관한 기록들은 사대부들의 선유를 매개로 이루어진 것들이다. 그리고 사대부의 선유에 동행한 여성에 관한 기록은 기녀에 관한 것에 국한되어 있다. 특히 1778년 정조가 궁녀들의 유연(遊讌)을 금하는 실록의 기사를 통해서도 여성인 궁녀의 선유는 금지되었고, 기녀가 선유에 동반되었다는 사실을 알 수 있다.[9] 이러한 정황은 비단 문자기록이 아닌 그림을 통해서도 확인된다.

5 한양명, 「안동지역 양반 뱃놀이(船遊)의 사례와 그 성격」, 『실천민속학연구』 12, 실천민속학, 2008, 200~201쪽.

6 이상균, 「조선시대 선유문화의 양상과 그 폐단」, 『국학연구』 27, 한국국학진흥원, 2015, 231~239쪽.

7 정우락, 『모순의 힘』, 경북대학교출판부, 2019, 456쪽.

8 김익두, 「'낙화놀이'의 지역적 분포와 유형에 관한 민족지적 고찰」, 『비교민속학』 48, 비교민속학회, 2008, 123~124쪽.

<죽서루(竹西樓)>

<선유도(船遊圖)>

9 『정조실록』 권5, 정조 2년 윤6월 13일 辛未 5번째 기사, "大抵名曰宮女, 而挾妓張樂, 多率掖隷宮奴, 稱以花柳, 稱以船遊, 絡繹道路, 曾不顧忌, 甚至有奪入宰相之江亭郊庄之事. 而此外鄙褻之事, 所可道也, 言亦醜也. 苟有一分國法, 豈至是乎, 方當遏密之後, 外間之遊讌, 日益雜遝云, 則宮女之舊習, 亦安保其必無乎. 曾在八九年前, 以宮女讌樂事, 玉堂上箚論之, 況今欲革舊習之時乎."

<주유청강도(舟遊淸江圖)>

위의 그림들은 17~18세기의 화가 정선(鄭敾, 1676~1759), 심사정(沈師正, 1707~1769), 신윤복(申潤福, 1758~1814)이 그린 선유도(船遊圖)다. 정선의 <죽서루>와 심사정의 <선유도>에서 선유하는 인물들은 모두 남성들이다. 그리고 신윤복의 <주유청강도>에는 여성 셋이 보이기는 하나 모두 기생이다. 이상의 내용을 종합하면 선유는 사대부들만의 놀이문화였으며, 20세기 초반까지도 여성에게 허용되지 않았던 것이었음을 알 수 있다. 그럼에도 19세기 후반에 지어진 가사에 여성 선유가 나타난다는 사실은 분명 주목할 필요가 있다.

손앵화[10]는 내방가사에 나타나는 여성의 놀이문화를 전체적으로 다루었는데, 선유가 나타난 작품으로는 <선유가>, <해조사>, <답ᄒᆡ조사>, <화전가4>

---

10 손앵화, 앞의 논문, 45~62쪽.

의 네 작품이 전한다고 하였다. 여기에서 다루어지지 않은 <운수상사곡>, <운수답가>, <취회가>를 포함하더라도 7편에 지나지 않는다. 이처럼 여성의 선유가 나타나는 작품이 적다는 것 역시 과거 여성들에게는 선유가 거의 불가능에 가까운 것이었음을 말해준다.

그런데 여기에서 특기할 만한 점은 <화전가4>[11]를 제외한 나머지 작품들은 모두 안동에서 선유[12]하였다는 것이다. <운수상사곡>, <운수답가>, <해조사>, <답해조사>의 작자는 친정인 안동을 방문하여 지은 것이며, <선유가>와 <취회가>는 시댁이 안동이다. 이를 토대로 짐작건대 여성의 선유는 선유문화가 발달한 안동지역에서도 여성이 근친 온 경우에 한하여 제한적으로 허락되었을 것으로 생각된다. 실제 기존에 알려진 선유와 관련된 내방가사 작품들에서 그러한 정황을 확인할 수 있다.

> 강산쥬인 남형으게 청경을 좀관비러
> 젹벽강 발근달이 션유를 승판ᄒᆞ니
> 계양ᄒᆞᆫ 일렵쥬로 즁뉴의 소희ᄒᆞ니
> 청풍은 셔ᄅᆡᄒᆞ고 슈파는 불흥이라
> ……
> 어와 여ᄌᆞ들아 쳔고의 쳥뉴로다
> 아직은 너의물이 친졍의 잇기로셔
> 거록한 우리남ᄌᆞ 하ᄒᆡᄀᆞᆺ흔 덕ᄐᆡᆨ으로

11 <화전가4>는 작자의 시댁인 의성에서 작품이 수집되었으나, 작품의 내용을 살펴보면 친정인 대구를 방문하여 팔공산에 유산(遊山)하고 금호강에서 선유하였음을 알 수 있다.

12 <답해조사>는 영주 천운정에서 수집된 작품이다. 의성 김씨 집안으로 시집간 여성이 친정인 안동에 근친와서 선유를 한 정황이 나타난다. <해조사>는 <답해조사> 작자의 남자형제가 지은 작품이다. <선유가>는 안동 도산면에서 수집된 작품으로 진성 이씨 문중의 며느리가 마을 앞의 강에 배를 띄워 선유를 즐겼던 경험을 가사로 창작한 작품이다.

삼보의 화젼ᄒᆞ고 병암의 화초ᄒᆞ기
너의등 소원ᄃᆡ로 허급ᄒᆞ여 쥬련니와
그몃달 지ᄂᆡᆫ후의 싀ᄃᆡᆨ으로 가올넌고
너의갈길 ᄉᆡᆼ각ᄒᆞ니 가련코 측은ᄒᆞ다

— 〈해조사〉

부모앞에 나아가서 신신히 간청하니
일일기회 속히받아 익일날 재회로서
금호강 선유차로 일번행차 지어보세
명명에 날이세고 일고삼장 놀은후에
삼삼오오 작반하여 금호강을 향해갈제
강변에 다달으니 수양청청 버들잎은

— 〈화전가4〉

쳔지간 만물즁에 귀ᄒᆞᆫ바 ᄉᆞ람이라
후덕ᄒᆞ실 남형으게 ᄋᆡ걸ᄒᆞ고 쳥원ᄒᆞ야
남여은 달나여도 벌이로 샤라이셔
우리화벌 샹샹하니 츄로지항 관ᄀᆡ로다
영지산 락강상하 번셩ᄒᆞᆷ도 쟝귀이와
화슈당 슈천남여 풍졍인들 업슬손가
그즁예 멧멧쟝두 의논ᄒᆞ고 외문돌자
연치를 갈나ᄂᆡ니 ᄒᆞᆫ번놀기 어려워라
긔망젼 십이야예 돈모코 가루모와
ᄉᆞ공불러 분부ᄒᆞ고 됴샤ᄂᆡ야 셜두ᄒᆞ여
봉양당 느은ᄀᆡᆼ변 제졔히 모혀든이
즁쳔에 발근달은 편시을 돗타잇다
ᄇᆡ집고 노ᄅᆡᄒᆞ니 샹ᄒᆞ쳔 일ᄉᆡᆨ이라

어은 잠을자고 ᄇᆡᆨ구은 ᄭᅮᆷ을ᄭᆡ야

— 〈선유가〉

위의 인용문은 선유하기 전 여성들이 허락을 구하는 모습이 서술되어있는 부분이다. 여성들은 친정에 와 남자들 덕택에 선유하거나(<해조사>), 친정 부모에게 거듭 간청하거나(<화전가4>), 남편에게 애걸하고 청원한 뒤 또 지원자를 나이에 따라 선별하여 어렵사리(<선유가>) 선유할 수 있었다. 이처럼 여성들이 선유하기 위해 부모나 남편 또는 남자 형제의 허락을 어렵게 구해야만 했었다는 사실은, 비록 선유문화가 발달했던 안동이라 할지라도 여성의 선유는 누군가의 허락이 없으면 허용되지 않는 비일상적 경험이었음을 짐작하게 한다.

하지만 <운수상사곡>에는 놀이를 위해 허락을 구하는 모습이 나타나지 않는다. 그리고 <운수답가>에서도 "어른긔 고ᄒᆞᆫ후의"라고 하여 어른께 말씀드리고는 있지만, 다른 작품들처럼 어렵게 허락을 구하는 모습은 보이지 않는다. 이처럼 <운수상사곡>과 <운수답가>에 선유하기 위한 허락의 과정이 나타나지 않는다는 것은 진성 이씨 여성들은 배를 타는 행위 자체가 다른 문중에 비해 상대적으로 수월했기 때문이라 생각된다.

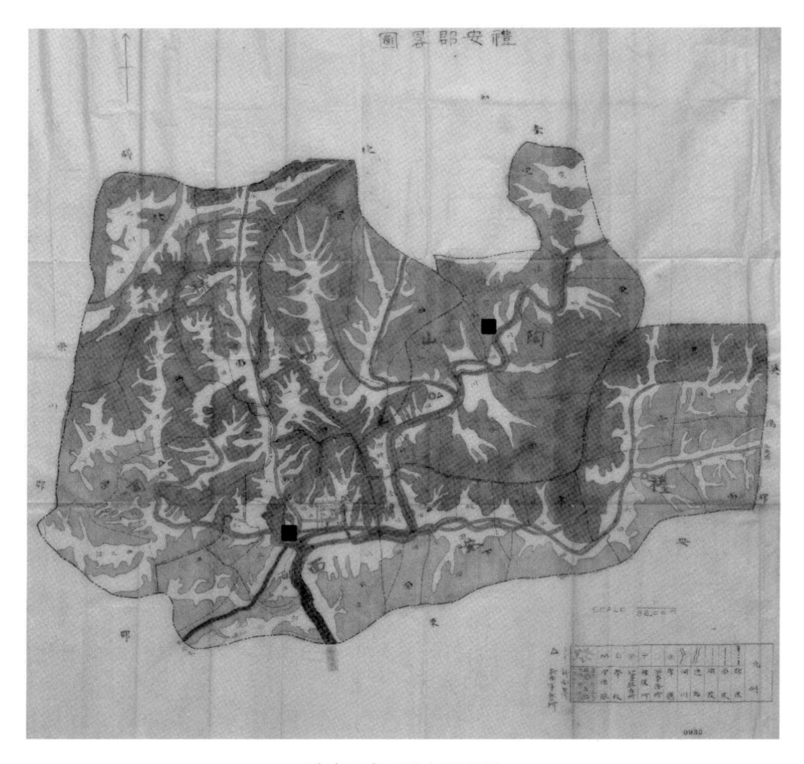

<예안군약도(禮安郡略道)>

위 지도는 국가기록원에 보관되어있는 <예안군약도>다. 예안군이라는 지명은 구한말에서 일제강점기 초기(1885~1914)에 사용되었다. 안동댐 건설 이전의 물길이 표시되어 있고, <운수상사곡>과 <운수답가>의 창작시기에 그려졌기에 작자 일행의 선유 경로를 파악할 수 있다. 이들은 좌하(左下)의 지곡촌(현재 안동시 풍천면 가곡리)에서 출발하였는데, 최종 목적지는 우상(右上)의 도산서원이었다.

이 시기의 여성들은 친정을 방문하면 선영(先塋) 일대를 유람하고 화전놀이를 하였다. 문중의식의 영향에 따라 놀이판이 정해진 것이다. 그래서 진성

이씨 문중의 여성들은 대개 화수회를 겸하여 도산서원을 유람하였다. 그런데 육로를 통해 지곡촌에서 도산서원까지 가기 위해서는 여러 산을 넘어야 했다. 그래서 수월한 물길을 활용해왔던 것으로 보인다. 이는 진성 이씨인 <운수상사곡>과 <운수답가>의 작자들이 도산서원을 유람하는 과정 중 자연스럽게 선유할 수 있었던 기반이 되었을 것이다.

> 타인양두 아닐게나 양긔못난 죄벌이라
> 삼오이팔 되듯마듯 경상북도 안동짱의
> 연화촌 입문하여 동방부ᄌ 후예손의
> 구고님의 홍은혜택 태산반석 하건마난
> ……
> 노취하여 안자신이 한가한게 세월이라
> 오믜불망 붕우졍의 사모지심 간졀하여
> 한번취회 고망타가 무자모츈 십오일이
> 쳔하대통 오날일세 선조유택 도산셔원
> 취회하여 생이사별 일촌노유 다모흔이
> 몃몃사람 되난고야 의촌동이 명승지라
> ……
> 이리조흔 이승회가 소동파의 적벽노름
> 이예서 더할손가 츈초난 연연녹하나
> 왕손은 귀불귀아 견두불원 우리회흔
> 갱가십층 하짓고나 사공을 지촉하여
> 배를타고 건너갈적 셤촌의 졍든붕우
> 갓치가자 긔별하고 잔듸밧희 모여안자
> 좌우랄 살펴보니 귀형도 그이하고
> 낙낙장송 져소나무 고졀츈혼 와년하고

명승지지 와연하니 셩현지도 범년할가
션조유훈 계계승승 나리시니 자손창대
현인날듯 입션하여 범범즁유 떠오를젹
청풍은 셔래하고 슈파난 불흥이라
풍경이 졀노난다 하션하여 신장노의
촌촌전진 하다가니 압해한 칠십노유

— 〈취회가〉

위 작품은 <운수상사곡>·<운수답가>와 함께 수집된 <취화가>라는 작품이다. 이 작품의 작자는 15세에 안동의 진성 이씨 문중으로 시집간 여성이다. 작자는 80대이던 1888년 음력 3월 15일에 도산서원으로 문중의 여성들과 놀이를 떠난 것을 바탕으로 이 작품을 지었다. 이 작품에서도 작자 일행은 배를 타고 도산서원으로 이동한다.

그런데 <취회가>에서도 <운수상사곡>·<운수답가>와 마찬가지로 선유를 허락받는 과정이 보이지 않는다. 다만 '오매불방 친구들을 그리워하는 마음이 간절하여 한번 모임을 갖기를 바라다가', 모임이 성사되어 도산서원으로 놀러 가게 되자 "천하대통 오날일세"라고 기뻐할 뿐이다. 이때 작자는 자신의 선유를 소식의 적벽선유에 비유한다. 이는 작자가 배를 타고 이동하는 것을 명확하게 선유로 인식하고 있었음을 의미한다. 이처럼 진성 이씨 문중의 여성들은 공통적으로 도산서원을 방문하는 과정에서 선유를 하였으며, 선유를 하기 위해 누군가의 허락을 받지 않았다.

이상의 내용을 종합하면 다음과 같다. 여성의 선유에 관한 기록은 19세기 후반 내방가사에서 확인된다. 대부분의 선유처는 예로부터 선유문화가 발달했던 안동이었다. 또한, 여성의 선유는 근친 중 혹은 화수회형 유람이라 할지라도 시부모나 남편의 허락을 구해야만 할 수 있었으며, 경우에 따라 문중의 남성들과 동행하는 경우에만 가능했던 제한적인 것이었다. 하지만 그럼에도 진성 이씨 문중의 여성들은 배를 타고 도산서원으로 갔기에 선유를 위한 별다른 허락이 필요하지 않았다.

3. 인식차에 따른 문화향유 양상

앞서 살펴본 바와 같이 여성의 선유는 극히 제한적인 상황에서만 허용되는 놀이였다. 하지만 배를 타는 것을 당시 여성들이 모두 선유로 인식하였던 것은 아니다. 배를 타고 이동하는 과정을 놀이로 인식하지 않아 그저 항주(航走)의 정황만이 서술되기도 한다.

곳곳지 션경이라 강두의 나려안ᄌᆞ
지곡촌 멀이부터 ᄇᆡ쥬은 더워잡고
좌우션창 둘러안ᄌᆞ 반강의 뒤워노코
원근을 천망ᄒᆞ니 청풍이 흔이부러
노금방초 둘너치고 원천원근 빗긴볏흔
일도홍광 증강한ᄃᆡ 창송은 히운ᄒᆞ고
간간이 층암졀벽 금강산 양두하랴
ᄇᆡᆨ가지로 우난ᄉᆡ난 선닉지낙 극진ᄒᆞ다
쳥홍한 이강물은 황지로 소ᄉᆞ나려
낙동강이 되야서라 슈세도 유슌ᄒᆞ고
파경도 요란하다 도럭마 아이런가
쳥양산 육육봉은 봉마다 긔의ᄒᆞ고
산세도 가려ᄒᆞ니 무이산 풍경닌가

창벽이 삭입하고 연ᄒᆞ가 ᄌᆞ울하니
왕모경 안니런가 ᄉᆞ곡 청ᄉᆞ곡과
월남ᄉᆞ 늌쳔배로 강ᄉᆞᆫ의 도읍되고
ᄐᆡ평연화 의인촌과 하명동 하게마를
토셤밋ᄒᆡ 셤촌니요 어양우ᄒᆡ 교통이라
나부촌은 게촌은 양영이 상격ᄒᆞ여
지졈만 ᄒᆞ여스니 쳔여원 ᄌᆞ손들이
이강을 즁문ᄒᆞ야 번셩게 사라이셔
ᄌᆡ조하면 고관달ᄌᆞᆨ 츌의ᄒᆞ면 남쥬북ᄇᆡᆨ
간간이 도덕군ᄌᆞ 겸ᄒᆞ여 문장학ᄉᆞ
ᄃᆡᄃᆡ로 훤력ᄒᆞ고 쳐쳐의 명승지ᄂᆞᆫ
쳔작이 안이런가 동ᄐᆡ영 셔ᄐᆡ명은
화도즁니 여게로다 슈즁의 반타각은
탁영담 맛다잇고 반공의 소ᄅᆡ기와
강호의 쒸ᄂᆞᆫ고긔 쳔령ᄃᆡ 운영ᄃᆡ가
경ᄀᆡ도 일음이요 ᄋᆡ일당 부용졍은
별유쳔지 안니런가 사공의 거동보소
우천한 소견으로 배급히 건늬랴고
시업시 졔밀질너 슌식간의 다다르며
하륙ᄒᆞ라 ᄌᆡ촉ᄒᆞ니 무한한 강산저승
낫부계 보고나려 졔류와 슈작ᄒᆞ고

— 〈운수상사곡〉

청강강 일편션은 ᄇᆡᄅᆡ소ᄅᆡ 우ᄋᆡ로다
안세ᄀᆞ 널니잇고 파셩도 웅장ᄒᆞ다
ᄇᆡᆨ구ᄒᆞᆫ면 너른강의 직녀노화 ᄌᆞᄌᆞ난ᄃᆡ
홍용화 하젹화ᄂᆞᆫ 그졔야 고처보니

어부의 경쳬로다
쥴쥴이 션난모양 시ᄉᆞ단 놉흔아ᄅᆡ
쳥홍단 셩요긔상 통통ᄇᆡᆨᄇᆡᆨ 볏ᄉᆞ람고
션렵슈의 선치로다
셔로보고 줄긘마리 하일ᄒᆞ시 보앗던가
희활ᄒᆞ다 우리동뉴 쾌활ᄒᆞ다 우리노름
어ᄂᆞᄉᆞ이 셩인ᄒᆡ셔 어ᄂᆞᄉᆞ이 근친힛노
의긔가인 맛당ᄒᆞ여 품덕안의 아기로다
ᄇᆡ듈을 더위줍고 탁령범월 다시건너
셔원을 드러가셔 일문화슈 승ᄒᆡ셕의

－〈운수답가〉

위의 인용문은 <운수상사곡>과 <운수답가>에서 배를 타고 도산서원으로 가는 과정을 서술한 부분이다. <운수상사곡>을 살펴보면 지곡촌에서부터 배를 타고 주변을 완상한다. 멀고 가까운 지물(地物)과 마을들의 정경뿐만 아니라 물길의 연원과 연결지점까지 서술되어 있다. 그리고 사공이 쉬지 않고 노를 저어 배를 빨리 몰았다며 나무람으로써 선유가 끝나는 것을 아쉬워하고 있다. 하지만 <운수답가>의 경우 선상에서의 정경묘사는 매우 소략하다. 배 위에서 일행과 안부를 주고받은 뒤 바로 탁영담을 지나 도산서원으로 들어간다. 이처럼 함께 배를 타고 도산서원으로 이동하였음에도 불구하고 <운수상사곡>에서는 그것을 선유로 인식하고 있다. 하지만 <운수답가>에서는 함께 배를 탔음에도 이를 항주로 인식하고 있다. 이는 배를 타는 행위에 대한 주체의 인식이 달랐기 때문이다.

배를 타는 것을 놀이로 인식하기 위해서는 반드시 전제되어야 할 것이 있다. 그것은 선유라는 문화적 행위가 담지(擔持)하고 있는 존재론적 의미다.

하이데거의 전기사유에서 '놀이'는 현존재가 그의 존재가능성을 기투(企投)하는 존재이행인 '삶의 놀이', '초월의 놀이'로서 등장한다. 이러한 실존론적 의미를 가진 '놀이'에 대한 사유를 통해 현존재와 세계의 연관성이 드러난다. 그리고 존재이행으로서의 놀이는 인간이 어떤 방식으로든 존재를 이해하고 있다는 그의 현사실성과 깊게 관련되어 있다. 여기에서의 놀이는 "존재를 놀이하는 것, 놀이를 통해서 존재를 얻는 것, 놀이에서 존재를 형성하는 것을 '놀이활동(Spielen)'으로 규정한다.[13]

<운수상사곡>의 작자(현존재)는 자기의 존재(여성)을 선택하여 태어난 것이 아니다. 각종 금기와 제약에 의해 억압받는 조선 후기의 여성으로 피투(被投)된 것이 그의 현사실성이다. 현존재는 이러한 현사실성으로부터 회피하면서 자신을 발견하게 된다. 그래서 배를 타는 행위를 선유로 인식하여 놀이로써 향유하는 것이다. 즉, <운수상사곡>의 작자는 선유를 하면서 사대부라는 존재를 놀이하고, 그것을 통해 존재를 획득하고 형성하고 있다. 그러므로 이 시기 여성의 선유는 단순히 남성의 놀이를 모방하는 것이 아니라 존재의 확인, 즉 실존과 관련된다.

이러한 인식의 차이로 인해 <운수상사곡>과 <운수답가>는 서술양상에서도 차이를 보인다. <운수상사곡>에서는 청양산을 무이산에 빗대어 퇴계를 주자와 연결시킨다. 그리고 작품에 등장하는 청양산, 반타석, 탁영담, 천연대, 운영대는 도산서원 및 퇴계와 관련이 있는 곳이다. 또한, 마을을 굽어볼 때에는 가문의식과 지역에 대한 자부심이 드러난다. 이는 사대부가사의 전형이다.

18세기 이후 사대부들의 유람은 명승지를 둘러보는 여행의 성격이 강했다. 특히 전대의 문화적 유산이 남아 있는 명유(名儒)의 유적 등을 유람했다. 자신

13 배상식, 「하이데거의 '놀이' 개념」, 『철학연구』 124, 대한철학회, 2012, 143~145쪽 참조.

이 존숭하는 인물의 상징처를 답사하는 형태로 유람이 이루어진 것이다. 이 과정에서 명유의 상징처는 중국의 선유(先儒)를 상징하는 곳에 비유되었다. 그러다 가문의식이 강화되던 시기에 이르면 자신의 가문과 관련있는 장소를 도통의 계보에 포함되는 인물과 연결시킴으로써 도통을 가신들의 가문으로 견인하기도 하였다.[14]

<운수상사곡>의 작자는 "임ᄌᆞ년 츈삼월의 이곳의 과거설창 ᄇᆡᆨ만다시 모힌모양 대소절이 이러덧가"라고 하여 시사단에서 화수회를 갖는 작자 일행의 모습을 도산별과를 치르기 위해 전국 각지에서 수많은 선비들이 운집한 형상에 비유하고 있다. 이는 일반적으로 내방가사의 작자가 자신들을 태임과 태사 등 옛 선현의 어머니나 유학적 질서 속에서 긍정되는 여성들의 모습에 비유한다는 것과도 분명 다른 모습이다.

이처럼 <운수상사곡>은 19세기 후반 조선 사회를 살았던 여성이 남성의 삶을 단순히 지향하는 것을 넘어, 놀이와 문학활동을 통해 실제 남성의 문화를 향유하는 모습을 보여준다. 그리고 그것은 자신의 존재론적 가치를 확인하는 것이었다. 그래서 도산서원까지 배를 타고 이동하는 상황을 <운수답가>의 작자는 항주로 인식했지만, <운수상사곡>의 작자는 선유로 인식하였다. 그리고 이러한 인식은 작품 전반의 서술에도 차이를 가져오게 된다.

> 집으로 도라와서 부모앞에 아뢰오니
> 저녁상을 차린후에 모든친구 상대하여
> 월색을 구경할제 이때는 망간이라
> 청풍은 소슬하고 심신이 상쾌하니
> 이러한 좋은때에 허송하기 간절하다

14 김동연, 「조선 후기 가사의 도통 구현 양상과 그 의미」, 경북대 석사학위논문, 2017, 36~43쪽.

상육관을 차려놓고 일점이점 말을할때
가정에 골몰근심 천사만념 멀리가고
일대성관 노름인들 이에서 반길쏘냐
같이생장 하는정도 사괴미 기쁘기는
친형제에 다름없다
이와같이 친절타기 여자에 맡은직분
우위하는 법이잇어 동서남북 이성가에
각자출자 하기되면 화조월색 좋은때에
만정도화 첩첩한들 네가나를 찾앗으며
네가너를 찾아갈까 가소롭다 가소롭다
여자유행 동유찾아 질기기도 인접옵고
악수논정 하여봄도 오늘당시 뿐이로다
부럽도다 부럽도다 남자일신 부럽도다
장부의 사귄도리 붕우유신 으뜸으로
축만고의 대고보면 백년이 다지도록
신신상의 하건마는 가란가란 여자유행
아무리 친절하여 골육같이 정을두어
못잊어 생각해도 서로이별 떠난후에
각분동서 천리되면 구인정은 볼수업다

— 〈화전가4〉

이 <화전가>는 경북 의성군 단북면 신하동에 거주하던 부녀자가 친정인 대구를 방문하여 팔공산을 유람하고 금호강 일대를 선유했던 경험을 가사로 기록한 작품이다. <운수상사곡>과 <운수답가>와 마찬가지로 근친 후 유람과 선유를 즐기는 모습이 나타난다. 가사의 내용을 살펴보면, 친정을 방문하여 부모께 인사하고, 친구들을 만나는 모습이 나타나 있다. 그리고 이어지는 내용에서 여자로 태어남에 따라 뿔뿔이 다른 집으로 시집가 흩어지고, 문밖 출입이 자유롭지 않음에 따라 동류(同類)를 찾아 즐길 수도 없으며, 다시 만날 기약조차 없는 신세임을 한탄한다. 그렇기에 남성의 자유로운 운신을 부러워하고 있다. 이것은 당시 여성들이 자신들의 한스러운 삶의 원인을 가족과 친구들과 떨어져 다시 만날 기약 없이 살아가야 하는 것으로 여겼다는 것을 의미한다. <운수답가>에서도 이러한 내용을 확인할 수 있다.

어와 번님ᄂᆡ야 이ᄂᆡ말ᄉᆞᆷ 드러보소
쳔지로 의논ᄒᆞ면 ᄐᆡ고쳔황 시졀인가
쳔부지ᄌᆡ ᄒᆞ온후의 만물이 화ᄉᆡᆼᄒᆞ고
교인화식 ᄒᆞ온후의 인물이 열엿도다
듕이적 발근달이 이졔ᄭᆞ지 청명ᄒᆞ고
요슌적 ᄶᆞᆨ근길이 이졔ᄭᆞ지 열엿시니
우공시절 조흔산쳔 이졔ᄭᆞ지 열엿시니
인예지간 ᄉᆡᆼ장ᄒᆞ여 남녀가 유별ᄒᆞ다
인의지 절을바다 삼강오륜 삼긴후의
남산여후 법을ᄂᆡ야 각각ᄉᆞ업 달라스니
ᄒᆞᆫ을ᄒᆞᆫ들 엇지ᄒᆞ며 뉘처ᄒᆞᆫ들 엇지ᄒᆞ리
……
어와 동뉴들아 헛부고 우습도다
양쥬학은 쉽거니와 환ᄉᆡᆼ남ᄌᆞ 어렵도다
헐일업시 여ᄌᆞ로셔 ᄉᆞ군ᄌᆞ봉구고가 웃듬이라
규듕의 깁히드러 슈부ᄌᆡ 다남ᄌᆞ로
평ᄉᆡᆼ소회 축수ᄒᆞ니 젼졍이 말이로다
원부모 이형뎨ᄂᆞᆫ 우리본ᄃᆡ 소회로다

— 〈운수답가〉

위 인용문은 <운수답가>가 시작되는 부분과 끝부분이다. 앞서 <운수답가>의 작자는 남녀의 직분이 다르다고 여기고 있음을 확인했다. 그러나 그 후 가사를 끝맺으면서는 여타의 내방가사들과 마찬가지로 성리학적 질서 속에서 요구되는 여성의 덕목을 애써 긍정하며 여성의 신분적 제약을 받아들이고 있었다. 이처럼 남자로의 환생을 가정하면서까지 강한 남성지향의식을 드러내면서도, 결국 체제 속에서 자신의 역할을 긍정하는 태도는 그간 많은 내방가사 작품들에서 한계로 지적받아 왔던 부분이다. 하지만 <운수상사곡>에서는 이와는 다른 인식을 보인다.

> 어와 동뉴들아 상ᄉᆞ지곡 들어보소
> 쳔지가 삼긴 후의 인물이 화성ᄒᆞ여
> 남여랄 노하 ᄂᆡ여 인의예지 길을 열고
> 삼강오륜 법을 바다 남ᄌᆞ ᄉᆞ업 허다ᄒᆞ나
> 유독히 우리ᄂᆡᄂᆞᆫ 규문의 ᄉᆡᆼᄉᆡᆼᄒᆞ여
> ……
> 속절업시 만단회포 여산악히 ᄒᆞ건마ᄂᆞᆫ
> ᄉᆞ쇡ᄒᆞ여 슬ᄃᆡ업고 이리져리 주리즙아
> 조흔다시 지ᄂᆞ더이 구고의 명영으로
> ᄌᆡ영부모 ᄒᆞ오리라
> 한이로다 한이로다
> 여ᄌᆞ신니 한이로다 한이로다 한이로다
>
> — 〈운수상사곡〉

위 인용문은 <운수상사곡>이 시작되는 부분이다. <운수답가>와 마찬자기로 <운수상사곡>의 작자는 남녀의 직분이 다름을 인정하고 있다. 그래서

"유독히 우리ᄂᆡᄂᆞᆫ 규문의 싱싱하여"라고 하면서 하필 자신들이 여자로 태어난 운수를 한탄하고 있다. 일반적으로 내방가사에서는 남성의 삶과 여성의 삶이 대비되며 여성으로서 겪는 차별에 대해 한탄한다. 그러면서도 종내에는 여성으로의 삶을 수용하는 태도를 보인다. 하지만 <운수상사곡>에서는 그러한 태도가 나타나지 않는다.

상덕ᄉᆞ 첨망ᄒᆞ니 우리비록 여ᄌᆞ기로
갓한 ᄌᆞ손니라 가모지심 업ᄉᆞᆯ손가
명윤당 너른마로 한업시 놀고가ᄉᆡ
방한니 엄ᄒᆞ기로 구비히 못보고셔
유한이 무궁ᄒᆞ다 우리ᄂᆞᆫ 무ᄉᆞᆫ일노
동포지손 안니은가 옛법도 고니하다
어와 동뉴들아 우리들 이른경희
쏘다시 언제ᄒᆞ랴 그만ᄒᆡ도 장할시고
산천을 완상ᄒᆞ고 손잡고 둘안자
역역히 지졈ᄒᆞ니 셔산의 날걸이며
명ᄉᆡᆨ이 둘러진ᄃᆞ 무궁코 미진하나
강작히 후긔두고 사방은 흣터질적
회포가 참반이라 아모리 우리ᄂᆡᆫ들
붕우지의 업ᄉᆞᆯ손가 강두에 다시나려
분슈ᄒᆞ고 도라셔니 ᄎᆞ흡다 졔류들아
이번의 쪄치우면 오륙십니 이ᄉᆞᆷ빅이
츄풍의 낙엽갓치 슈산의 부평갓치
동셔로 흣터지면 하일하시 다시모혀
이리조흔 이노름을 다시하여 보올손가
오날날 이노름을 창망ᄒᆞᆫ 져빅구로

신을두고 지ᄂᆡ련가 이ᄂᆡ예 무식구변
도로혀 상ᄉᆞ지심 속절업시 절누나ᄂᆡ
위부의 츈쳔슈와 강동의 일모운과
창오의 천의상망 고인지회 다를손가
이길로 위로ᄒᆞ고 상ᄉᆞ지곡 불너ᄂᆡ어
슈용ᄉᆞᆫ츌 문장으로 화답하기 바라노라.

– 〈운수상사곡〉

위 인용문은 <운수상사곡>의 마지막 부분이다. 다른 내방가사들과는 달리 <운수상사곡>의 작자는 여성이라는 신분적 제약을 인정한 채 성리학 질서 속에서 사회가 요구하는 여성상을 수용하려는 태도를 전혀 보이지 않는다. 다만 친지 및 친구들과 헤어짐을 아쉬워할 뿐이다. 그리고 한탄함에 있어서도 남성의 문화를 선택하는 모습이 나타난다. 바로 사대부가 한시를 수창하는 방식을 활용하여 가사를 짓는 것이다.

<운수상사곡>의 작자는 작품의 말미를 보면 '위부춘천수 강동일모운'과, 장무상망 고인지회를 위로하고 상ᄉᆞ지곡을 불러내니 화답하기를 바란다고 되어있다. 이 구절은 두보의 <춘일억이백(春日憶李白)>에서 '위북춘천수(渭北春天樹) 강동일모운(江東日暮雲)'을 용사로 활용한 것이다. 이처럼 <운수상사곡>의 작자는 한시를 통해 자신의 정서를 드러내고 있다. 이 구절은 '위북 봄 하늘에 서 있는 나무, 강 동쪽에는 해질녘 구름' 정도로 해석된다. 그런데 이 구절만으로는 이어지는 장무상망(長毋相忘)에 담겨있는 이별의 정서가 드러나지 않는다. 그러한 정서는 이어지는 구절을 통해서 암시된다. 위에 이어지는 싯구는 '하시일준주(何時一樽酒) 중여세문론(重與細論文)'이다. 이 구절의 뜻은 '언제 한 통의 술을 마시며 다시 함께 자세히 글을 자세히 논할 것인가'이다. 두보가 이백을

그리워하는 정서를 차용하고 있는 것이다. 이러한 한시 인용 방식은 전형적인 사대부의 것이다. 수많은 조선 사대부들의 한시에서 이 구절을 확인할 수 있다.[15] 게다가 이 '운수(雲樹)'라는 용사를 제목으로 삼았다.

이처럼 배를 타고 이동하는 과정을 <운수상사곡>의 작자는 선유로 <운수답가>의 작자는 항주로 서로 달리 인식하는 작가 개인의 태도에 따라, 동일한 경험을 바탕으로 지어진 화답가임에도 불구하고 <운수답가>는 표면적으로는 남성 지향의식을 강하게 내비치나 전형적인 내방가사의 구성과 창작 경향을 따르는 반면, <운수상사곡>은 놀이 및 가사 창작의 방식 등 다양한 측면에서 사대부 남성의 문화를 향유하는 모습을 보인다. 이는 결국 <운수상사곡>의 작자가 사대부 남성이라는 존재를 놀이한 데서 기인한 것이다. 그리고 그것으로써 <운수상사곡>의 작가는 금기로부터의 일탈과 그에 의한 생의지 획득이라는 내방가사의 전형성을 넘어 놀이를 통해 자기존재를 확인하는 실존에까지 나아갔다.

4. 맺음말

<운수상사곡>과 <운수답가>는 19세기 후반 영남지역의 여성들이 근친 중 유람과 놀이를 즐겼던 것을 계기로 지어진 화답형 내방가사다. 특히 그간 주목되지 못했던 조선 후기 여성의 선유가 나타난다는 점에서 의미 있는 작품이다. 하지만 함께 배를 탔음에도 <운수상사곡>에서는 이를 선유로 인식한 반면, <운수답가>에서는 단지 항주로 인식하였다. 이에 본고에서는 선

15 한국고전종합DB에 검색되는 경우만 150종에 달한다.

유에 대한 인식을 바탕으로 당시 여성의 선유를 살피고, 그것에 담긴 의미를 알아보았다.

<운수상사곡>은 근친 중 지어진 화답형 내방가사이면서도 화수회, 선유, 퇴계 관련 장소 답사, 한시의 활용, 사대부가사의 서술방식 등을 사용하는 등 남성의 문화를 향유하는 모습이 나타난다. 이는 동일한 경험을 바탕으로 지어진 <운수답가>의 작자가 표면적으로는 강한 남성지향의식을 드러내고 있으나 일반적인 내방가사의 문학적 관습을 답습하고 있는 것과는 다르다.

<운수상사곡>의 작자는 단순히 남성을 지향하나 여성이라는 신분적 한계를 인정하고 사회가 요구하는 여성으로 살아갈 것을 다짐하지 않는다. 그래서 <운수답가> 등 많은 내방가사에서처럼 내세에 남자로 살아갈 것을 희망하는 수동적인 태도를 보이지 않는다. 오히려 남성의 문화를 향유함으로써 자신의 존재론적 의미를 확인한다. 선유를 즐기며 사대부 시가의 창작 방식을 활용하여 가사를 짓는 것이 그것이다.

<운수상사곡> 작자가 지닌 태도는 기존 내방가사에서 지적받아온 여성의식의 한계를 극복하는 모습을 보여준다. 아울러 여성의 놀이와 가사 창작을 생의지를 회복하기 위한 일시적 일탈의 행위나 해소의 층위가 아닌 보다 다층적인 측면에서 조망하게 한다. 그러므로 여성의 문화향유에 담긴 의식층위 연구는 내방가사와 당시 여성에 대한 이해의 폭을 넓히는 계기를 마련한다는 점에서 지속되어야 할 것이다.

09

영남지역 구곡원림의 시적 형상화 양상과 구곡문화의 특징*

| **조유영** | 제주대학교 국어교육과 교수

1. 머리말

남송(南宋)의 주자(朱子, 1130~1200)는 만년에 무이산(武夷山)에 은거하며 무이정사(武夷精舍)와 무이구곡(武夷九曲)을 경영하고 <무이도가(武夷櫂歌)>를 창작하여 동아시아 산수문화의 전범을 마련하였다. 그리고 주자를 존숭했던 조선조 사대부들에게 주자의 무이산 은거는 그들이 추구해야할 이상적인 삶의 모습으로 인식되었다. 이에 그들은 주자의 무이구곡 경영을 좇아 이 땅의 산수에 구곡을 경영하면서 구곡시가(九曲詩歌)[1]를 창작하였다. 조선조 사대부들의 구곡문화는 비록 주자의 무이구곡 경영과 <무이도가> 창작에 영향 받은 바 크지만, 이 땅의 자연 환경과 인문 사회적 배경 속에서 창출되었다는 점에서 독자성을 가질 수밖에 없다.[2]

---

* 이 글은 기발표된 필자의 논문(「영남지역 구곡원림의 유형에 따른 시적 형상화 양상과 그 지역문적 특징」, 『어문학』 143, 한국어문학회, 2019, 189~218쪽)을 수정, 보완한 것이다.

1 본고에서 사용하는 구곡시가라는 용어는 한시체 구곡시 및 국문체 구곡가를 포괄한다.

2 어떠한 문화적 현상도 온전히 독자적인 문화로만 존재하는 경우는 거의 없다. 다른 문화와

조선조 구곡문화의 실질적 출발을 알린 것은 이이(李珥, 1536~1584)의 고산구곡(高山九曲) 경영과 <고산구곡가(高山九曲歌)> 창작이라 할 수 있다. 이후 이이를 학문적 종장으로 삼은 서인 노론계열들에 의해 구곡문화는 그들의 터전인 기호지역을 중심으로 확대되어 갔다. 영남지역에서는 이황(李滉, 1501~1570)이 <무이도가>에 대한 차운시[3]를 창작하고, 박하담(朴河淡, 1479~1560)이 청도에서 운문구곡(雲門九曲)을 경영한 이후, 20세기 전반까지 지역의 산간 계곡과 하천에는 다수의 구곡원림이 설정되었다.

이처럼 조선조 구곡문화는 기호지역의 구곡문화와 영남지역의 구곡문화로 크게 양분된다. 그리고 기호와 영남이라는 지역적 차이는 각 지역의 구곡문화 향유에 있어서도 유의미한 차이를 만들어내었을 것으로 추측해 볼 수 있다.[4] 특히 각 지역의 구곡문화는 지역의 특징적인 자연 환경과 인문 환경 속에서 창출되고, 향유되었다는 점에서 필연적으로 지역적 특수성을 내포할 수밖에 없었을 것이다. 그러나 지금까지 구곡문화와 관련된 다수의 연구에서는 구곡문화가 가진 보편성만을 중심으로 논의해 왔을 뿐, 이러한 지역적 특수성에 대해서는 간과해 왔던 것이 사실이다.

조선조 구곡문화에 대한 연구는 크게 네 가지 측면에서 이루어졌다. 먼저

의 관계 속에서 형성되고 발전하는 경우가 대부분이기 때문이다. 따라서 외래문화의 작용과 영향에 초점을 맞추기보다는 토착사회가 이러한 외래문화에 어떻게 대응하고 수용하여 특정 문화를 창출하는 지에 더욱 중점을 둘 필요가 있다. 이러한 시각에서 볼 때 특정 문화의 고유성과 정체성은 더욱 구체적으로 파악될 수 있을 것으로 생각된다.

3 『退溪全書』 卷1, <閑居讀武夷志次九曲櫂歌韻十首>.

4 구곡시가의 전개양상을 살핀 김문기의 연구(「구곡가계 시가의 계보와 전개양상」, 『국어교육연구』 23, 국어교육연구회, 1990)에서도 기호학파와 영남학파로 나누어 구곡시가 작품을 논의한 바 있다. 이외에도 지금까지 구곡 및 구곡시가 연구자들 대부분은 기본적으로 조선조 구곡문화를 지역적 구분을 통해 이해하고자 하는 경향이 강한 것으로 파악된다. 그러나 이러한 연구들 또한 지역적 구분을 통해 학파나 사상적 차이를 단편적으로 언급하면서도 이를 천착하여 논의한 경우는 찾기가 어렵다.

조선조 문인들의 <무이도가>의 수용과 시 인식을 논의한 연구가 있다.[5] 이러한 연구들은 조선조 문인들의 구곡시가 창작이 주자의 <무이도가>에 대한 해석과 이해에서 출발하였다는 점에 주목하여, <무이도가>가 그들에게 어떻게 인식되고 수용되었는지를 집중적으로 논의하였다. 다음으로 조선조 구곡시가의 사적 전개를 살펴본 연구들이 있다.[6] 이들 연구에서는 조선조 구곡시가의 역사적 발전 단계에 주목하여, 구곡문화의 형성과 전개, 쇠퇴의 과정을 주로 논의하였다. 이러한 연구들 대부분은 조선조 구곡시가를 지역적으로 기호와 영남, 사상적으로 기호학파와 영남학파, 정치적으로 서인과 남인이라는 당파적 차원으로 구분하여 살피고 있다는 점에서 본고의 논의에도 시사하는 바가 크다. 그러나 이러한 연구들 또한 조선조 구곡문화의 통시적 전개 양상에 더욱 주목함으로써 지역 단위의 구곡문화에 대해서는 충분히 논의하지 못한 한계를 가진다. 이외에도 영남지역의 구곡원림과 구곡시가에 대한 개별 연구들이 다수 진행된 바 있다.[7] 이러한 연구들도 개별 구곡원림의 지리

5 이민홍, 『증보 사림파 문학의 연구』, 월인, 2000.
이민홍, 『조선 중기 시가의 이념과 미의식』, 성균관대출판부, 2000.
강정서, 「퇴계의 <무이도가> 시인식의 한 국면」, 『동방한문학』 14집, 동방한문학회, 1998.
강정서, 「조선후기의 무이도가 시인식」, 『동방한문학』 17집, 동방한문학회, 1999.
조성덕, 「무이도가의 수용과 변용에 대한 일고찰」, 성균관대 석사논문, 2004. 등이 대표적이다.

6 김문기, 「구곡가계 시가의 계보와 전개양상」, 『국어교육연구』 23, 국어교육연구회, 1990.
조지형, 「17~18세기 구곡가 계열 시가문학의 전개 양상」, 고려대 석사논문, 2008.
조유영, 「조선조 구곡가의 시가사적 전개양상 연구」, 경북대 박사논문, 2016.

7 김문기, 「도산구곡 원림과 도산구곡시 고찰」, 『퇴계학과 한국문화』 43, 경북대 퇴계연구소, 2008.
김문기, 「퇴계구곡과 퇴계구곡시 연구」, 『한국의 철학』 제42호, 경북대 퇴계연구소, 2008.
임노직, 「퇴계학파의 <무이도가> 수용과 도산구곡」, 『안동학연구』 9집, 한국국학진흥원, 2010.
정우락, 「성주 및 김천 지역의 구곡문화 무흘구곡 - 무흘구곡의 일부 위치 비정을 겸하여」, 『한국의 철학』 제54호, 경북대 퇴계연구소, 2014.
정우락, 「한강 정구의 무흘 경영과 무흘구곡 정착과정」, 『한국학논집』 48, 계명대 한국학연

적 환경이나 구곡 경영의 사회문화적 배경, 그리고 구곡시가를 소개하는 차원에 머무른다는 점은 아쉬운 부분이다. 최근 들어서는 영남지역의 구곡원림과 구곡시가에 대해 특정 권역별로 구곡원림을 고찰하고자하는 연구들도 존재한다.[8] 이러한 연구들은 영남지역 구곡문화의 실질적 규모를 가늠하게 하였다는 점에서 나름의 연구사적 의의를 가지기는 하나, 영남지역 구곡문화에 대한 종합적인 논의에는 이르지 못하였다.

이 땅의 구곡원림은 특정 지역의 지리적 환경을 배경으로 설정되며 구곡시가는 이러한 지역의 승경(勝景)을 시적 대상으로 삼는다. 이러한 점에서 구곡문화는 전통적인 산수문화이면서도, 지역문화라 할 수 있다. 따라서 지역문화로서 구곡문화를 바라보는 것은 중국과는 다른 우리의 구곡문화가 가진 토착성과 독자성을 명징하게 살펴보는 중요한 시각이 될 수 있다고 본다.[9] 이에 본고에서는 조선조 영남지역의 구곡문화를 지역문화라는 관점에서 조망하고, 그 속에 내포되어 있는 지역적 특수성을 논의할 것이다. 구곡시가의 시적 대상이 되는 구곡원림은 구곡이라는 명칭이 의미하는 대로 아홉 구비의 물길과 그 주변의 승경이 주요 배경이 된다. 주자가 <무이도가>를 통해 자신이 바라본 무이산 산수의 아름다움을 노래한 것처럼, 영남지역의

구원, 2013.
조유영, 「蔡瀗의 <石門亭九曲棹歌>에 나타난 공간 인식과 그 의미」, 『어문론총』 60, 2014.
조유영, 「청대 권상일의 청대구곡 경영과 그 의미」, 『대동한문학』 49집, 대동한문학회, 2016. 등이 대표적이다.

8 김문기, 『문경의 구곡원림과 구곡시가』, 한국학술정보, 2005.
김문기·강정서 공저, 『경북의 구곡문화』, 경상북도·경북대 퇴계연구소, 2008.
김문기·강정서 공저, 『경북의 구곡문화』 Ⅱ, 경상북도·경북대 퇴계연구소, 2012.
정우락, 「대구지역의 구곡문화와 그 특징」, 『한민족어문학』 77집, 한민족어문학회, 2017.

9 구곡원림은 지역의 특수한 지리적 환경 즉 산수를 배경으로 설정되었으며, 구곡시가 또한 이러한 산수의 승경을 시적 대상으로 삼기에 산수문학이며, 지역문학이라 할 수 있다. 따라서 각주 2에서 언급한 바 있듯이 조선조 구곡문화를 살피는데 있어 지역을 중심으로 외래문화의 수용과 대응을 살피는 것은 매우 중요한 관점이라 할 수 있다.

구곡시가 또한 영남의 구곡원림이 가진 지형적 특징과 이에 대한 작가의 미적 인식이 반영된 것일 터이다. 따라서 영남지역에 산재해 있는 구곡원림을 그 지형적 특징에 따라 분류하고, 이러한 구곡원림들이 구곡시가에 어떠한 형상으로 나타나는지를 살펴 그 시적 형상의 보편성과 특수성을 논의하는 것은 영남지역 구곡문화의 지역적 특수성을 구체적으로 밝힐 수 있는 방법이 될 수 있을 것으로 판단된다.[10]

2. 영남지역 구곡원림의 유형

조선조 구곡문화는 주자가 그러했듯이 자신의 거주지 주변에 수양과 강학을 위한 精舍를 건축하고, 주변의 하천이나 산간 계류를 거슬러 오르며 구곡원림을 설정하는 형태로 이루어진다. 그러나 조선조 사대부들은 비록 주자의 무이구곡을 효방(效倣)하여 자신의 구곡원림을 경영하고자 했지만, 반드시 9곡만을 고집한 것은 아니었다. 자신이 거주하는 장소의 지리적 환경을 고려하여 10곡 이상으로 확장하기도 하고, 7곡이나 5곡 등으로 축소하여 구곡원림을 설정한 사례도 적지 않게 볼 수 있기 때문이다. 또한 구곡을 설정하는 데 있어서도 물길을 거슬러 오르는 것만이 아닌, 물길을 따라 내려오면서 설정하는 경우도 볼 수 있다. 이처럼 구곡문화의 향유 주체였던 조선조 사대부들은 주자의 무이구곡 경영과 <무이도가>를 개방적으로 이해하면서 이 땅의 지리적 환경에 맞게 자신의 구곡원림을 경영하고자 하였음을 알 수

10 한국 구곡문화 연구의 현황과 앞으로의 연구 과제를 검토한 이종호의 연구(「한국 구곡문화 연구의 현황과 과제 - 구곡경영과 구곡시의 전개를 중심으로」, 『안동학연구』 10집, 한국국학진흥원, 2011)에서도 구곡을 지형학적 측면에서 분류하고 그 내적 특질을 분석하는 작업이 앞으로 필요함을 언급하였다.

있다.

지금까지 조사된 구곡원림의 숫자는 연구자들에 따라 조금씩 차이를 가진다. 최근 발간된 조사 보고서에서는 "지금까지 확인되는 구곡의 수가 100개소를 상회하고, 이름만 전하는 것을 포함하면 160개소에 육박한다."[11]라고 하였을 정도로 많은 수가 보고되고 있는 상황이다. 또 다른 연구에서는 조선조 구곡원림을 모두 99개소로 제시하고, 그 중에서 영남지역의 구곡원림은 모두 48개소로 제시하고 있다.[12] 이와 같이 지금까지 확인된 조선조 구곡원림들 중 영남지역의 구곡원림이 거의 절반을 차지한다는 것은 영남지역의 구곡문화가 얼마나 활성화되어 있었는지를 알게 해주는 중요한 근거가 된다. 그렇다면 이제 영남지역의 지리적 환경을 통해 이 지역의 구곡원림이 가진 특징적 면모를 구체적으로 살펴보도록 한다.

영남의 다른 이름은 '교남(嶠南)'으로 조령의 남쪽이라는 의미를 가진다. 또한 영남은 '영지남(嶺之南)', '대령지남(大嶺之南)' 등의 이칭으로도 불리듯이 태백산맥에서 갈라져 나온 소백산맥에 의해 북쪽과 서쪽의 경계가 형성된다. 이러한 산맥에 의해 고립된 내부에는 소백산맥의 지맥에 의해 높고 낮은 산이 형성되고, 발달한 산간 분지들 사이에는 골짜기가 형성되어 좁은 간격의 곡류하도(曲流河道)가 낙동강과 같은 대하천으로 흘러간다. 이와 같이 산지 협곡의 수많은 물길들이 만들어내는 수려한 자연환경은 영남지역 구곡문화의 발달에 중요한 요인이 되어 왔다.

영남지역 구곡원림은 지형적 차이에 따라 대략적으로 계곡형 구곡원림과 하천형 구곡원림으로 나눌 수 있다.[13] 계곡형 구곡원림은 산간 협곡을 흐르는

11 경상북도, 『백두대간 구곡문화지구 세계유산 등재방안 연구』, 2015, 128쪽.

12 조유영, 「조선조 구곡가의 시가사적 전개양상 연구」, 경북대 박사논문, 2016, 36~39쪽 참조.

계류에 설정된 구곡원림이라 할 수 있으며, 대표적인 구곡원림으로는 무흘구곡(武屹九曲)을 들 수 있다. 무흘구곡은 한강 정구(寒岡 鄭逑, 1643~1620)의 무흘정사(武屹精舍) 경영과 깊은 관련이 있다. 그러나 정구는 주자의 <무이도가>를 화운(和韻)하여 <앙화주부자무이구곡시운(仰和朱夫子武夷九曲詩韻)> 10수를 창작한 바 있지만, 자신의 구곡원림을 실질적으로 경영하지는 않았다. 한강 사후 그의 후손들과 문인들은 정구가 경영했던 무흘정사와 그 앞을 흐르는 계류를 무흘구곡으로 인식했던 것이다.[14] 구체적으로 말하면 그들은 회연서원(檜淵書院)의 봉비암(鳳飛巖)을 1곡으로 하여 9곡 용추(龍湫)까지를 구곡으로 설정하고, 이러한 무흘구곡을 대상으로 다수의 구곡시(九曲詩)와 <무흘구곡도(武屹九曲圖)>를 제작하였다.

武屹九曲

1曲 鳳飛巖 – 2曲 寒岡臺 – 3曲 舞鶴亭 – 4曲 立巖 – 5曲 捨印巖 – 6曲 玉流洞 – 7曲 滿月潭 – 8曲 臥龍巖 – 9曲 龍湫

무흘구곡은 계곡형 구곡원림의 전형적인 모습을 보여준다. 남쪽의 가야산(1,430m)에서 뻗어 나온 독용산(955m)의 북쪽 사면에서 발원한 곡류 계곡이 대가천이며, 대가천의 중상류를 배경으로 설정된 구곡원림이 무흘구곡이기

13 구곡원림은 기본적으로 1곡에서 9곡으로 물길을 따라 거슬러 오르는 형태로 이루어지기에, 조선조 사대부들은 이러한 행위를 물의 근원인 원두(源頭)를 찾아가는 것으로 이해하였다. 즉 9곡을 극처(極處)로 두고, 물의 근원인 원두를 찾아가는 행위는 성리학의 수양론적 측면에서 인욕을 제거하고, 인간 본성의 근원을 지향하는 의미를 가지는 것이다. 따라서 평지하천에서 출발하여 상류인 심산계곡으로 거슬러 오르는 형태로 구곡원림을 설정하는 경우도 다수 볼 수 있다.

14 무흘구곡에 대해서는 정우락의 저서(『한강 정구와 무흘구곡 이야기』, 경인문화사, 2014)에서 자세하다. 본고에서는 이를 기반으로 무흘구곡의 설정 배경에 대해서는 대략적으로만 언급하고자 한다.

때문이다.[15] 무흘구곡은 대가천 중류인 1곡 봉비암으로부터 수도산 옥동천의 최상류인 9곡 용추까지 약 30km에 걸쳐 설정되어 있다. 그리고 지금까지 알려진 전국의 구곡원림 중 가장 긴 구간을 가진다. 이러한 긴 구간은 다양한 경관을 구성하게 되는데, 무흘구곡의 초입인 1곡과 2곡에는 봉비암과 한강대와 같은 수직 암벽이 중심이 되며, 그 주변에는 넓은 곡저 평야가 함께 나타난다. 이곳을 흐르는 하천 또한 넓은 폭과 느린 유속, 유량이 풍부한 모습을 보여주기에 곡류하천의 형태라 할 수 있다. 그러나 3곡 이후에는 평지는 줄어들고 주변 산의 경사면에는 무성한 수풀이 형성되어 있으며, 계류 주변의 수직 암벽과 너럭바위, 그리고 절리들이 발달되어 전형적인 산간 계곡의 모습이 나타난다. 이와 같이 무흘구곡은 산간분지를 흐르는 대가천을 따라 수도산 옥동천의 최상류까지 포함하는 계곡형 구곡원림이라 할 수 있다.

이에 비해 영남지역의 크고 작은 분지의 평지를 배경으로 그 사이를 곡류하는 하천에 설정된 구곡원림이 하천형 구곡원림이다. 대표적인 구곡원림으로는 병와 이형상(瓶窩 李衡祥, 1653~1733)의 성고구곡(城皐九曲)을 들 수 있는데, 성고구곡은 이형상이 만년에 영천의 호연정(浩然亭)에 은거하면서 경영한 구곡원림으로 현재 영천 시내를 관통하는 남천에 설정되었다. 성고구곡은 일반적으로 물길을 거슬러 오르는 형태의 구곡원림과는 달리 물길을 따라 내려오며 설정된 구곡원림이며, 일반적인 구곡이 물이 돌아가는 물굽이를 중심으로 각 곡을 설정하는 데 비해, 이러한 물굽이를 중시하지 않는 특징을 가진다.[16]

15 무흘구곡의 자연 지리적 특성은 최근에 나온 문화재청의 보고서(『전통명승 洞天九曲 조사보고서』, 2007)에서 자세히 언급하였다. 본고에서는 이러한 연구를 기반으로 계곡형 구곡원림을 설명하는 차원에서만 지형적 특징을 서술하고자 한다.

16 정우락(『백두대간 구곡문화지구 세계유산 등재방안 연구』, 경상북도, 2015)은 물길을 거슬러 오르며 9곡을 설정하는 무이구곡 형태의 구곡원림을 정격형, 반대로 물길을 따라 내려오거나 7곡과 같이 축소되거나 확장되는 형태의 구곡원림을 변격형, 이 두 개의 형태가 복합적으로 나타나는 구곡원림을 복합형으로 분류한 바 있다. 그렇다고 본다면 성고구곡은 변

城皐九曲

1曲 泛月屛－2曲 棲雲巖－3曲 下水龜－4曲 晩世頂－5曲 惹烟層－6曲 寂波墠－7曲 鼎扶莊－8曲 沙搏峽－9曲 淸通社

성고구곡은 무흘구곡과는 달리 옛 영천읍성의 남쪽 경계를 이루는 남천의 짧은 구간에 설정되어 있으며, 직선에 가까운 완만한 유로(流路)를 가지고 있다. 또한 성고구곡의 주변에는 나지막한 야산과 산봉우리가 넓은 충적 평야를 감싸고 있으며, 하천의 옆으로는 그리 높지 않은 암벽이 길게 형성되어 있어 하천형 구곡원림의 전형을 보여준다. 또한 이형상이 은거했던 호연정이 3곡에 위치하여 성고구곡의 중심을 이루고, 옛 영천읍성과 바로 붙어 있어 계곡형 구곡원림과는 분명한 지형적 차이를 가진다.

이러한 성고구곡에서도 볼 수 있듯이 하천형 구곡원림은 분지의 평야를 흐르는 곡류하천에 설정되며, 구곡 경영자의 세거지 즉 촌락과 그리 멀지 않은 장소가 대부분이다. 주변 경관 또한 나지막한 야산과 산봉우리로 둘러싸여 있고, 하천 유량이 상대적으로 풍부하여 배를 띄울 만한 경관을 만들어 내어 구곡원림의 유람에 있어서도 도보보다는 배를 이용하는 경우가 많았을 것으로 추측된다. 이러한 지형적 특징은 하천형 구곡원림을 대상으로 창작된 여러 구곡시가에도 반영될 수밖에 없었을 것으로 예상된다.

이와 같이 영남지역 구곡원림은 계곡형 구곡원림과 하천형 구곡원림으로 나눌 수 있다. 그리고 이러한 구곡원림의 유형은 영남지역이 가진 특징적인 지형과 맞물려 나타났다. 앞에서도 언급한 바 있듯이 영남지역은 태백산맥에서 갈라져 나온 소백산맥에 의해 북쪽과 서쪽은 험준한 산악지역을 형성하고

격형 구곡원림이라 할 수 있다.

내부에는 높고 낮은 수많은 산들에 의해 크고 작은 분지들이 나타난다. 이러한 분지들 사이를 낙동강과 같은 대하천이 여러 지역의 지류들을 받아들이면서 남해로 흘러간다.

영남지역에서 구곡원림을 경영한 이들 또한 이러한 자연환경 속에서 그들의 구곡문화를 만들어 갔던 것으로 볼 수 있다. 산악지대인 경북 북부지역에는 산간 협곡이나 심산계곡을 중심으로 계곡형 구곡원림이 활발히 경영되는 경우가 많을 수밖에 없었고, 낙동강이나 금호강 등의 대하천이 흐르는 영남 내륙의 충적 평야지대에는 하천형 구곡원림이 여러 존재하였음을 볼 수 있기 때문이다.[17] 그러나 이러한 내륙지대에도 높고 낮은 산들이 크고 작은 분지를 둘러싸고 있는 까닭에, 주변의 산간 계곡을 따라 계곡형 구곡원림이 다수 경영되기도 하였다. 따라서 영남지역의 구곡원림은 지역 특유의 지형적 조건을 배경으로 설정되었음을 알 수 있으며, 영남 지역의 구곡문화 또한 이러한 배경 속에 창출되었을 것으로 판단된다.

3. 구곡원림의 유형에 따른 시적 형상화 양상

조선조 구곡시가는 기본적으로 구곡원림의 승경을 대상으로 창작된 산수문학이며, 주자의 <무이도가>를 전범으로 삼기에 주자 성리학의 이념적 색

17 대구에는 농연구곡(聾淵九曲)이나 문암칠곡(門巖七曲)과 같이 팔공산 계곡을 배경으로 설정된 구곡원림도 존재하지만, 낙동강 및 금호강과 같은 대하천을 중심으로 설정된 운림구곡(雲林九曲)이나 와룡산구곡(臥龍山九曲)도 확인된다. 따라서 대구 분지를 둘러싼 산악지대에는 산간계곡을 따라 구곡원림을 설정한 경우가 나타나고, 대구 분지를 흐르는 대하천을 배경으로는 하천형 구곡원림의 존재도 다수 확인할 수 있다. 또한 고령의 낙강구곡(洛江九曲), 도진구곡(桃津九曲)의 경우에도 낙동강을 무대로 경영된 하천형 구곡원림의 모습을 보여준다.

채가 짙게 배여 있을 수밖에 없다. 영남지역 특유의 자연환경과 인문 사회적 배경 속에서 이루어진 영남지역의 구곡원림은 계곡형 구곡원림과 하천형 구곡원림의 두 유형으로 존재하고 있음을 앞에서 확인할 수 있었다. 그렇다면 이러한 영남지역 구곡원림이 구곡시가에는 어떠한 형상으로 나타나는지를 구체적으로 살펴볼 필요가 있을 것이다.[18]

1) 구곡원림의 유형과 시적 형상

계곡형 구곡원림은 일반적으로 평지의 하천에서 시작하여 산간 계류를 거슬러 올라가는 형태로 설정되는 경우가 많다. 이러한 유형의 구곡원림들은 영남지역의 북서부 산악지대와 함께 소백산맥과 그 지맥들의 산간 계곡에 설정된다.

(가) 九曲回頭更喟然　구곡이라 머리 돌려 다시 탄식하노니,
　　我心非爲好山川　이내 마음 산천만 좋아함이 아니라네.
　　源頭自有難言妙　원두엔 절로 형언하기 어려운 묘리가 있으니,
　　捨此何須問別天　이를 버려두고 어찌 별천지를 물으리.[19]

(나) 九曲傾湫瀧䆻然　구곡이라 용추에서 물이 콸콸 쏟아지니,
　　神仙臺下發源川　신선대 아래에서 시내의 근원이 시작되네.
　　却嫌俗累侵靈境　세속의 간섭이 영경(靈境)을 침범하는 것이 싫어,
　　吼作晴雷護洞天　요란한 맑은 우레 소리로 동천을 감싸네.[20]

---

18 이 장에서는 지면의 한계에 의해 각 유형의 대표적인 구곡원림과 구곡시가를 중심으로 논의하고자 한다.

19 정구, <仰和朱夫子武夷九曲詩韻十首>, 『寒岡集』 卷1.

20 정교, <敬次先祖文穆公武屹九曲韻十絶>, 『進菴集』 卷1.

위의 두 작품 중 (가)는 한강 정구가 주자의 무이도가를 차운하여 창작한 구곡시의 마지막 수이며, (나)는 그의 후손인 진암 정교(進菴 鄭墧, 1799~1879)가 정구의 차운구곡시를 재차운하여 무흘구곡의 9곡 용추(龍湫)를 노래한 작품이다. 앞에서도 언급한 바 있듯이 정구는 성주의 대가천 상류에 무흘정사를 경영한 바 있지만 무흘구곡을 실질적으로 경영하지는 않았다. 따라서 그의 구곡시는 무이도가에 대한 차운시일 뿐이지, 무흘구곡을 대상으로 창작한 것은 아니다. 그러나 정구는 주자의 <무이도가>를 차운하면서 무이구곡에 대한 자기만의 이해와 시적 상상력을 그의 차운시에 적극적으로 투영하였다.

정구는 주자의 무이구곡을 성리학적 이상세계로 이해하였던 것으로 보인다. 서시(序詩)에서 "주자께서 하물며 일찍이 노닐던 곳, 만고 세월토록 길이 흐르는 도덕의 소리여."[21]라고 노래한 부분이 이를 잘 나타낸다. 또한 자신의 이러한 시상(詩想)을 시에 적극적으로 구현하고자 하는 모습도 보인다. 인용한 (가)를 살펴보면 화자는 자신이 구곡의 묘처(妙處)까지 온 것은 산수의 아름다움 때문이 아니라, 물의 근원인 원두(源頭)를 찾기 위해 온 것이므로 또 다른 별천지를 묻지 않는다고 하였다. 그리고 화자가 찾고자 하는 원두는 주자의 <관서유감(觀書有感)>[22]을 통해서 이해할 수 있다. 주자는 이 시에서 연못이 맑을 수 있는 이유를 "원두에서 활수가 흘러나오기 때문이라네.[爲有源頭活水來]"라고 노래한 바 있는데, 원두에서 솟아나는 활수를 통해 도체(道體)의 미묘함과 양심(良心)의 중요성을 제시한 것이라 할 수 있다.[23] 결국 정구는 물을 거슬러 오르는 행위를 이러한 원두를 찾는 행위, 즉 성리학적 수양론으

21 정구, <仰和朱夫子武夷九曲詩韻十首>, 『寒岡集』 卷1, "紫陽況復曾棲息, 萬古長流道德聲."

22 『晦庵集』 卷2.

23 <관서유감>의 문화적 변용에 대해서는 정우락의 연구(「주자시의 문학적 수용과 문화적 응용 - <觀書有感>을 중심으로」, 『퇴계학과 유교문화』, 경북대 퇴계연구소, 2015)에서 상세히 다루었다.

로 이해하고자 하였던 것이다.

이러한 사유는 <무이도가>의 9곡시와는 다른 시적 상상력이다. 주자는 9곡의 극처(極處)를 '뽕나무와 삼밭, 그리고 비와 이슬(桑麻雨露)이 내리는 평천(平川)의 모습'으로 형상화한다.[24] 이 또한 '하학이상달(下學而上達)'의 성리학적 사유를 보여준 것으로 이해되기도 하지만, 정구의 차운구곡시와는 미묘하게 다르다. 정구는 물을 거슬러 오르는 행위를 도를 찾는 행위로 이해하면서도, 9곡인 극처를 원두처(源頭處)로 형상화하여 성리학적 수양론을 더욱 강조하고 있기 때문이다.

인용한 (나) 또한 이러한 정구의 시상(詩想)을 전적으로 따르고 있는 것으로 보이면서도, 무흘구곡의 실경에 밀착하여 9곡인 용추(龍湫)를 원두로 이해하고자 한다는 점에서 차이를 보여준다. 이러한 모습은 승구(承句)에서 '신선대 아래에서 시내의 근원이 시작되네.'라고 언급하고 있는 것에서 알 수 있다. 또한 무흘구곡의 극처인 9곡 용추는 정구가 완폭정(玩瀑亭)이라는 정자를 지어 폭포의 아름다움을 완상하고자 했던 장소이기도 하였다. 따라서 정교[25]는 이곳 용추를 원두처(源頭處)로 보고, 그 주변을 인간 세상과는 격리된 하나의 동천(洞天)으로 이해한 것이다.

정교의 <무흘구곡시>에 나타나는 이러한 구곡 형상은 결국 계곡형 구곡원림이 가진 지형적 모습을 토대로 작가의 시적 상상력이 작용한 결과라 할 수 있다. 다시 말하면 계곡형 구곡원림은 물의 상류를 거슬러 오르며 설정되

---

24 九曲將窮眼豁然　구곡이라 장차 다 하여 환하게 트이니,
桑麻雨露見平川　뽕나무와 삼, 비이슬의 평천이 보이네.
漁郞更覓桃源路　어랑은 다시 도원을 찾으나,
除是人間別有天　여기가 인간 세상의 별천지라네.　<武夷櫂歌 - 九曲詩>

25 다른 연구자는 鄭墧를 정각으로 읽기도 하지만, 청주 정씨 가문에서는 정교로 읽고 있어 본고에서는 이를 따른다.

고, 구곡원림의 극처는 작가의 시적 상상력에 의해 물의 근원인 원두처로 형상화되는 경우가 대체적이다. 그리고 이러한 극처이며 원두처인 9곡은 결국 인욕에 물들어 버린 인간 세상과는 격리된 청정한 공간으로 나타난다.

(다) 一曲沙灘不用船　일곡이라 모래 여울 배를 띄울 수 없고,
法林橋下始清川　법림교 아래에서 맑은 시내가 시작되네.
遊人自此尋源去　유인이 이곳에서 원두를 찾는데,
滿壑虹光拕夕烟　골짜기 가득 무지갯빛 저녁연기를 끌어당기네.

九曲洪開洞廓然　구곡이라 홍개동이 펼쳐져 있어,
百年慳秘此山川　오랜 세월 이 산천을 아껴 숨겼네.
新亭占得安身界　새 정자를 얻어 몸을 편히 하니,
不是人間別有天　여기가 인간 세상 별유천이 아닌가.[26]

(다)는 응와 이원조(凝窩 李源祖, 1792~1872)의 <포천구곡시(布川九曲詩)>에서 1곡 법림교(法林橋)와 9곡 홍개동(洪開洞)을 노래한 부분이다. 포천구곡은 이원조가 만년에 낙향하여 가야산 줄기의 수도산 포천계곡에 만귀정(晩歸亭)을 짓고 은거하였을 때 경영한 구곡원림이다. 포천구곡은 전형적인 계곡형 구곡원림이다. 위의 1곡시에서도 알 수 있듯이 포천구곡은 배를 띄울 수가 없는 계류에 설정되었다. 이에 계곡의 물줄기를 따라 화자는 원두를 찾아 나선다. (다)의 두 번째 작품은 포천구곡의 극처인 9곡 홍개동을 노래한 것이다. 홍개동은 이원조의 만귀정이 있는 장소로서 그는 이곳이 바로 인간 세상의 별천지이며, 그가 찾고자 했던 원두처임을 말하고 있다. 결국 이원조는 계곡형

26 이원조, <布川九曲次武夷櫂歌>, 「布川錄」, 『凝窩集』 卷2.

구곡원림인 포천구곡을 통해 원두처를 상상하고, 자신이 거처하고 있는 홍개동을 속세와 격리된 청정한 공간으로 형상화하고 있는 것이다. 따라서 우리는 <무흘구곡시>와 <포천구곡시>를 통해 계곡형 구곡원림에 대한 작가의 시적 상상력이 어떠한 보편성을 가지고 있는지를 이해하게 된다.

영남지역에서 하천형 구곡원림은 크고 작은 산간 분지를 흐르는 대하천이나 그 지류에서 많이 나타난다.

(라) 千古幽盤屬地靈　오랜 세월 그윽한 곳 땅이 신령스러워,
至今山色滿溪清　지금도 산색은 시내 가득 맑구나.
晦菴有咏陶山和　회암이 읊조리고 도산이 화답하였으니,
我亦城皐作棹聲　나 또한 성고에서 棹歌를 지어 보네.

― 〈總論〉[27]

九曲烟塵地勢然　구곡이라 안개와 먼지는 지세가 그러하니,
後川形勝勝前川　뒷내의 경치가 앞내보다 좋아라.
清通驛裡爲爲事　청통역 안에서 행해지는 모든 일들은,
半是人間馬上天　반은 말 위에서 이루어지는 인간사로다.

― 〈九曲 清通社〉

(라)는 이형상의 <성고구곡시> 중 서시(序詩)를 담당하는 총론 부분과 마지막 9곡 청통사를 노래한 부분이다. 총론에서는 이형상이 성고구곡을 경영한 목적이 드러난다. 주자가 무이구곡을 경영하면서 <무이도가>를 짓고, 퇴계가 이를 차운한 구곡시를 지었던 선례에 따라 자신 또한 호연정을 중심으로 성고구곡을 설정하고, 도가(棹歌)를 짓는다고 한 것이 그것이다. 성고구곡은

27 이형상, <城皐九曲十絶次晦菴武夷九曲>, 『瓶窩集』 卷1.

영천읍성을 둘러싸고 흐르는 남천을 배경으로 설정되었기에 산간 계곡과는 달리 수량이 풍부하여 배를 타고 유람할 수 있는 환경을 가지고 있었다. 그는 이러한 남천에서 도가 즉 뱃노래를 지어 배를 타고 성고구곡을 유람하고자 한 것이다.[28]

이제 아래 작품을 살펴보자. 성고구곡의 극처(極處)인 9곡 청통사는 청통역(淸通驛)이 있어 늘 사람들로 붐비는 장소였던 것으로 보인다. 그리고 이형상은 승구(承句)에서 "뒷내의 경치가 앞내보다 좋아라."라고 하여 청통사의 경관에 대해 부정적인 인식을 보여주고 있는 것처럼 느껴진다. 그러나 이러한 그의 언급은 그가 일상적 공간에 대해 부정적으로 인식하고 있었다고 보기보다는, 달관된 자세를 취하고 있는 것으로 이해하는 것이 더욱 적절할 것으로 생각된다. 청통사가 비록 구곡원림의 극처와는 거리가 먼 공간이지만, 그 속에서 인간사를 이해하고자 하는 이형상의 태도가 나타나기 때문이다. 따라서 일상 공간을 극처로 보는 <무이도가>와 <성고구곡시>의 9곡시는 일정 부분 닮아 있기도 하다.

그러나 이 작품은 앞에서 살펴본 <무흘구곡시>나 <포천구곡시>와 같은 계곡형 구곡원림을 대상으로 창작된 구곡시와는 그 시적 형상에서 분명한 차이를 보여준다. <성고구곡시>는 물을 거슬러 오르며 원두를 지향하거나 현실 세계와 격리된 청정한 공간을 형상화 한 것이 아니라, 물을 따라 내려오며 인간 세상 속에서 살아가는 은자(隱者)로서의 태도를 보여준다는 점에서 그러하다. 결국 <성고구곡시>에서 나타나는 이러한 모습은 성고구곡이 사람들이 살아가는 촌락과 밀접한 곳에 위치하고 있었다는 점에서 그 영향 관계를 알 수 있게 된다. 평지를 유유히 흐르는 영남지역의 곡류하천은 대부분

28 주자가 경영한 무이구곡 또한 배를 타고 거슬러 오르며 유람할 만한 지형이었기에 <武夷櫂歌>라 한 것이다.

크고 작은 분지에 형성되어 있는 촌락 주변을 흘러가기에, 평지 하천에 설정된 구곡원림 또한 이러한 지리적 환경 속에서 설정될 수밖에 없고, 이를 대상으로 창작된 구곡시가에도 이러한 시적 형상이 나타날 수밖에 없다.

(마) 九曲商山轉闊然 구곡이라 상산이 환하게 트이니,
連雲麥浪渺原川 구름이 닿은 보리 물결 들판에 아득하네.
平湖極目眞奇境 平湖에서 눈 닿는 곳까지 진실로 가경이니,
莫自窮源上九天 극처에서 하늘로 오르지 말라.[29]

(마)는 <낙강도가경차무이운(洛江棹歌敬次武夷韻)>의 9곡시로 박이곤(朴履坤, 1730~1783)이 경북 고령군 우곡면과 개진면, 대구 달성군 현풍면 사이를 흘러가는 낙동강에 설정된 낙강구곡(洛江九曲)을 대상으로 쓴 작품이다.[30] 낙강구곡은 학암 박정번(鶴巖 朴廷璠, 1550~1611)의 부래정(浮來亭)이 있던 1곡 부래(浮來)에서 낙동강가의 여러 나루터와 현풍의 도동서원을 거쳐 9곡 상산(商山)까지 설정된 구곡원림이며, 고령과 달성군을 경계 지으며 낮은 구릉지 사이를 흐르는 낙동강 본류가 주무대가 된다는 점에서 하천형 구곡원림의 전형이라 할 수 있다.

인용한 작품에서는 낙강구곡의 마지막 9곡인 상산(商山)을 노래하는데, 상산의 형상은 주자의 <무이도가> 9곡시와 유사하게 그려지고 있음을 볼 수 있다. 활연히 펼쳐져 있는 공간이 그러하며, 넓게 펼쳐져 있는 보리밭과 잔잔한 호수가 일상적 공간으로서의 이미지를 만들어낸다는 점 또한 그러하다. 그리고 화자는 이곳이 원두이며 극처임을 말하고, 유인(遊人)은 다시 하늘로

29 박이곤, <洛江棹歌敬次武夷韻>, 『芝村遺集』 卷1.
30 낙강구곡에 대해서는 김문기의 저서(『경북의 구곡문화』 II, 경상북도·경북대 퇴계연구소, 2012) 참조.

오르지 말 것을 당부하고 있는 점 또한 유사한 시상을 만들어낸다. 이처럼 박이곤의 구곡 유람은 현실 세계와 이격된 공간으로서의 별천지를 찾는 행위가 아니라, 일상 속에서 도를 궁구(窮究)하고자 하는 유자(儒者)로서의 지향이 반영된 행위임을 이를 통해 알 수 있다.

이와 같이 하천형 구곡원림을 대상으로 창작된 작품들은 앞에서 살펴본 <무흘구곡시>나 <포천구곡시>와는 다른 시적 형상을 보여준다. 즉 계곡형 구곡원림을 대상으로 창작된 구곡시의 경우, 극처인 9곡은 현실과 격리된 청정한 공간으로 형상화되는 반면에, 하천형 구곡원림을 대상으로 창작된 구곡시에서는 현실의 일상적 공간을 극처로 두고 그 속에서 원두를 지향하는 형태로 형상화된다는 점에서 확연한 차이를 가진다. 이러한 시적 형상의 차이는 구곡 경영자를 둘러싼 지리적 환경이 구곡원림의 설정과 구곡시가 창작에 많은 영향을 미치고 있음을 보여주는 중요한 근거가 된다. 따라서 영남지역 특유의 지리적 환경은 작가의 시적 상상력과 결합되면서 구곡시가에 나타나는 시적 형상의 유의미한 차이를 만들어낸다.

2) 구곡원림의 유형에 따른 공간 인식의 차이

조선조 사대부들의 구곡시가에서는 대부분 화자가 물길을 거슬러 오르며 이상세계를 찾는 방식으로 나타난다. 이러한 모습은 <무이도가>의 모티프가 도잠(陶潛, 365~427)이 쓴 <도화원기(桃花源記)>에 바탕을 두기 때문이다. 그러나 이러한 이상세계 추구에 있어서도 도가적 색채나 초월성을 지나치게 추구하지는 않는다. 그들이 추구한 것은 주자의 무이구곡과 같은 성리학적 이상세계였기 때문이다.

(바) 管領溪山樂性靈 계산을 관리하며 성령을 즐기고,
寒流九曲一源清 아홉 구비 차가운 한 줄기 시내가 맑아라.
閒來不奈顚狂興 한가로이 와서 어찌 狂興에 빠지지 않으랴.
妄續千年櫂下聲 천년의 櫂歌 소리 망령되이 잇고자하네.

－〈序詩〉

三曲深堤可汎船 삼곡이라 깊은 제방에 배를 띄울 만 하고,
窩中太古是何年 움집 중에 태고와는 몇 년이 되었는가.
進修一事須相勉 進修齋에서의 한가지 일 모름지기 勸勉이니,
多少英才我最憐 내가 가장 사랑하는 것은 수많은 영재라네.

－〈三曲詩〉[31]

(바)는 조선 후기 영천지역의 횡계에 은거하며 학문과 후진 양성에 매진했던 훈수 정만양(塤叟 鄭萬陽, 1664~1730)·지수 정규양(篪叟 鄭葵陽, 1667~1732) 형제의 <횡계구곡시(橫溪九曲詩)>이다. 정만양과 정규양은 중년 이후 산수가 아름다운 횡계로 거주지를 옮기면서 육유재(六有齋), 태고와(太古窩), 옥간정(玉澗亭) 등을 짓고 횡계구곡을 경영하였다. 그들이 구곡을 경영한 이유는 서시의 결구 “천년의 도가 소리 망령되이 잇고자하네.”에서도 알 수 있듯이 주자의 무이구곡 경영을 따르기 위해서였다. 따라서 그들에게 횡계구곡은 주자의 무이구곡과 같은 이상적인 공간으로 인식된다. (바)의 두 번째 작품을 살펴보면 횡계구곡의 3곡으로 태고와와 진수재(進修齋)가 있는 공간을 형상화한 것이다. 정만양·정규양 형제는 이곳에서 후인들을 양성하며 강학과 수양에 매진하였음을 위의 작품에 잘 나타난다.

31 정만양·정규양, <橫溪九曲敢用晦菴先生武夷櫂歌十首韻>, 『塤篪兩先生文集』 卷6.

이와 같이 그들이 지향한 구곡은 산수의 아름다움만을 강조하거나, 현실과 격리된 초월적 공간은 아니었다. 수양과 강학을 통해 후인을 양성하고 아름다운 자연환경을 통해 산수지락(山水之樂)을 누리는 공간이 그들이 꿈꾸었던 횡계구곡이었으며, 이러한 삶의 모습은 유자로서 지향해야 할 삶의 전범으로 그들에게 인식되었던 것이다. 즉 현실에 기반을 둔 성리학적 이상세계, 그것이 바로 그들이 꿈꾸었던 구곡이었음을 이를 통해 이해하게 된다.

(사) 三曲巍然會老堂　삼곡이라 우뚝 솟은 회로당은,
藍田遺法日星光　남전의 남긴 법이 해와 별처럼 빛나네.
願言永世行無廢　바라건대 영원히 폐해짐이 없이,
前有清川袞袞長　앞의 맑은 시내처럼 길이길이 흐르기를.
― 〈제3곡 竹林〉[32]

(아) 어위야 興을 ᄯᆞ라 二曲으로 올나오니
東의ᄂᆞᆫ 浮碧이오 西희ᄂᆞᆫ 舟岩이라
두뫼히 마죠이셔 日月捍門 되단말가
水中의 누은바회 兄弟모양 긔이ᄒᆞᆯ샤
周濂溪의 사던덴가 염바회 더욱귀타
赫赫ᄒᆞᆯ샤 熊淵祠의 四先生의 忠節이여
嘉猷書塾 川上軒의 絃誦聲 들여셔라
孝婦烈女 예우터 잇건마ᄂᆞᆫ
쟝ᄒᆞᆯ시고 孝烈兼全 申氏旌閭 쟝ᄒᆞᆯ시고[33]

32 권상일, <清臺九曲詩>, 「詩」, 『清臺集』 卷3.
33 <石門亭九曲棹歌>, 『石門亭集』(필사본).

(사)는 조선 후기 문경의 금천(錦川)을 배경으로 청대구곡(淸臺九曲)을 경영한 권상일(權相一)의 <청대구곡시(淸臺九曲詩)> 중 3곡 죽림(竹林)을 노래한 부분이다. 3곡인 죽림은 그의 세거지와 그리 멀지 않은 수계촌의 동쪽에 위치한 장소로서 위로는 죽림사 옛터에 회로당(會老堂)이 있었던 공간이다.[34] 그리고 그는 회로당을 3곡 죽림의 중요한 경물로 보았던 것으로 보인다. 권상일은 작품에서 '남전(藍田)의 남긴 법이 해와 별처럼 빛나네.'라고 노래하여 회로당의 부로(父老)들을 상산사호(商山四皓)에 비유하기도 하고, 죽림 앞을 흐르는 맑은 시내처럼 회로당이 영원히 존속하기를 기원하였다. 조선 시대 회로당은 향당(鄕黨)의 부로들이 모여 향음주례 및 각종 모임을 행하던 장소이며, 유향소(留鄕所)와 함께 향촌 질서를 수호하는 자치 기구의 기능을 하였던 공간이다. 따라서 그는 회로당의 사회적 역할을 긍정함으로써 이러한 성리학적 질서가 현실에서 구현되는 하나의 이상 공간으로서 청대구곡을 형상화하고 있는 것으로 볼 수 있다.

(아)는 권상일의 구곡 경영을 계승하면서 문경의 금천을 배경으로 석문구곡(石門九曲)을 경영한 채헌(蔡瀗, 1715~1795)의 가사체 국문구곡가이며, 그중에서도 2곡 주암(舟岩)을 노래한 부분이다. 인용한 부분의 전반부에서는 주암(舟岩)과 부벽(浮碧), 형제바위 등을 통해 2곡이 가진 자연경관을 제시하고, 후반부에서는 웅연사(熊淵祠), 가유서숙(嘉猷書塾), 신씨정려(申氏旌閭)와 같은 인문경관을 중심으로 서술되고 있음을 볼 수 있다. 그리고 이러한 인문경관들은 모두 채헌 자신의 가문과 직접적으로 연관되는 것들로서, 가문의 충절이나 정절, 그리고 학문 숭상의 유풍(遺風)을 상징한다. 따라서 채헌의 석문구곡 또한 자신의 세거지를 중심으로 설정된 구곡원림으로서 현실 세계와 격리된 공간

34 2장 인용문 (나) 참조.

은 아니며, 그들이 지향했던 성리학적 질서가 현실에서 충실히 구현되는 이상 공간이라 할 수 있다.

청대구곡과 석문구곡은 전형적인 하천형 구곡원림이다. 또한 사람들이 살아가는 촌락과 가까운 하천을 배경으로 설정되었기에 그들의 구곡시가에는 자연경관만이 아닌 인문경관 또한 중요한 시적 대상이 되고 있음을 확인할 수 있다. 따라서 하천형 구곡원림은 구곡 경영자의 세거지와 근접해 있음으로써 일상 공간과 더욱 밀착되어 설정되며, 이를 대상으로 창작된 구곡시가에는 성리학적 질서가 구현되는 이상적인 공간으로 형상화되고 있음을 알 수 있다.

(자) 九曲溪窮忽有山　구곡이라 시내 끝에 홀연 산이 있으니,
山高高出世人間　산이 높아 인간 세상 멀리 벗어나네.
登登脚下山猶盡　오르고 오르니 발아래 산이 다하고,
遊子如何歎莫攀　유람하는 사람은 어찌 오르지 못한다 탄식만 하나.[35]

(차) 全石跨溪鏡面開　전석엔 시내가 흘러 거울이 열리고,
凹爲泉瀑峙爲臺　파인 곳은 폭포 되며 언덕은 누대가 되네.
仙人遺寫今何在　선인이 남긴 자취 지금은 어디에 있나,
應有雙鳧葉縣來　섭현에서 날아온 두 마리 오리가 있으리.[36]

(자)는 포항의 덕계를 배경으로 덕계구곡(德溪九曲)을 경영했던 이헌속(李憲涑, 1722~1793)의 <덕계구곡시(德溪九曲詩)> 중 마지막 작품이다. 이헌속은 경주의 양좌동에서 태어났으나 벼슬에 나아가지 않고, 만년에 포항의 덕계에 은

35 이헌속, <德溪九曲> 九曲詩, 『溪翁集』 卷1.
36 정태진, <仙遊九曲> 九曲詩, 『畏齋集』 卷2.

거했던 인물이다. 그리고 그곳에서 구곡을 설정하였는데, 덕계구곡의 9곡은 모산(茅山)으로 덕계가 끝나는 지점에 있는 산이었다. 작품을 살펴보면 이헌속은 계류가 끝나는 지점에서 유람을 멈춘 것이 아니라 산 정상까지 다시 오른 것으로 보인다. 그리고 산이 높아 인간 세상에서 벗어났다고 하고, 유람하는 자들은 이러한 정상까지 오르지 못한다고 하였다. 덕계구곡은 계곡형 구곡원림으로 물이 끝나는 지점에서 다시 산 정상으로 이어지는 지형적 특징을 가진다. 그러나 <덕계구곡시>에 나타나는 모산의 정상은 시속과 분리된 공간이긴 하지만, 현실을 아예 벗어난 초월 세계를 형상화한 것은 아니다. 작품에서 화자는 극처인 모산을 오르고 오른다고 하여 '백척간두에서 서서 한걸음 더 나아가는 경지[百尺竿頭進一步]'를 비유적으로 표현한다. 따라서 이헌속의 구곡시에는 성리학적 수양론이 강하게 드리워져 있는 것으로 파악된다.

(차)는 문경의 선유구곡(仙遊九曲)을 노래한 정태진(丁泰鎭, 1876~1956)의 <선유구곡시(仙遊九曲詩)> 마지막 작품으로, 그는 해방 후(1947) 지인들과 함께 선유구곡을 유람하며 구곡시를 창작하였다. 위의 작품을 살펴보면 너럭바위를 흘러가는 맑은 물과 폭포, 그리고 높은 언덕을 통해 계곡이 가진 아름다운 경관을 먼저 제시한 후, 이러한 경관이 선경(仙境)임을 『후한서(後漢書)』 왕교(王喬)의 고사를 가져와 형상화하고 있다. 이처럼 정태진에게 선유구곡은 선계로 여겨질 만큼 속세의 때가 묻지 않은 청정한 공간으로 인식되었던 것으로 보인다. 이에 도가적 초월성을 상징하는 시어가 작품 곳곳에 나타나고 있는 것으로 이해된다. 그러나 그의 구곡시 전체를 살피면 그가 선유구곡을 온전히 도가적 초월 공간으로만 인식했던 것은 아님을 알 수 있다. 그는 제3곡 활청담(活淸潭)을 노래하며, "본래 맑은 마음 흐리게 하지 말라, 하나의 이(理)가 허명(虛名)하면 도는 절로 생기리.[本來淸活休相溷 一理虛名道自

生]”라고 하여, 성리학적 수양론을 강하게 드러내기도 하였기 때문이다. 따라서 그의 구곡시 또한 전대 구곡시의 전통에서 크게 벗어나지는 않는 것으로 판단된다.

이와 같이 계곡형 구곡원림을 경영했던 이들이 보편적으로 지향한 세계는 현실과 일정 부분 거리를 두는 청정한 공간이다. 이는 앞에서도 살펴보았지만 계곡형 구곡원림이 가진 이러한 지형적 특징이 작가의 상상력에 영향을 미친 결과라 할 수 있다. 그러나 이러한 공간이 단지 현실을 벗어난 초월 공간을 지향하는 것만은 아니다. 이러한 공간 인식에는 구곡의 극처를 물의 근원인 원두로 이해하면서 그 속에서 인간의 도덕적 각성을 요구하는 성리학적 사유가 강하게 개입하고 있기 때문이다. 따라서 영남지역 구곡원림을 대상으로 창작된 구곡시가에는 현실과는 격리된 이상 공간으로서의 구곡이 형상화되기도 하지만, 그 기저에는 성리학적 사유가 강하게 작용하고 있음을 알 수 있다.

4. 영남지역 구곡문화의 특징

조선 중기 이후 영남지역의 구곡문화는 기호지역의 구곡문화와 함께 조선조 구곡문화를 양분하면서 전개되었다. 그리고 조선 후기를 지나 근세까지 영남지역에서는 다수의 구곡원림이 설정되었고, 이에 따라 수많은 구곡시가가 창작되었다. 또한 영남지역의 사대부들은 <무흘구곡도(武屹九曲圖)>, <고산칠곡도(高山七曲圖)> 등과 같은 구곡도를 제작하여 구곡을 시각화하기도 하였다. 이와 같이 영남지역의 구곡문화는 지역 특유의 자연 환경과 인문 환경 속에서 구곡문화의 보편성과 지역적 특수성을 확보해 나갔을 것으로 생각된다.[37] 이러한 측면을 고려하여 조선조 영남지역 구곡문화의 특징을 제시하면 다음과 같다.

첫째, 영남지역 구곡문화의 중요한 특징으로는 보수성을 들 수 있다. 조선 중기 이후 주자성리학이 성숙함에 따라 주자에 대한 존숭의식은 더욱 확고해졌다. 특히 영남지역은 퇴계학맥을 중심으로 주자성리학에 더욱 매진하였고, 이러한 분위기 속에서 지역의 사대부들은 자신이 살아가는 세계가 성리학적 이상 세계이기를 염원하였다. 이를 위한 실천으로 작게는 편액이나 당호에 성리학적 의미를 담은 이름을 짓기도 하고, 넓게는 은거지 주변에 구곡원림을 설정하고 경영하면서 이러한 염원을 실천하였다. 따라서 구곡원림의 경영과 구곡시가에는 주자성리학의 이념적 색깔이 뚜렷하게 나타날 수밖에 없었다. 특히 영남지역의 구곡문화는 성리학적 수양론의 자장 속에서 형성되었다. 앞에서도 언급한 바 있듯이 물을 거슬러 오르는 행위를 통해 본성 회복의 의미를 담아내는 것이 구곡문화이다. 또한 정구의 구곡시처럼 '원두(源頭)'라는 용어가 직접적으로 제시되면서 구곡원림을 본성 회복과 각성을 통한 천리유행(天理流行)의 묘리(妙理)를 체득하는 공간으로 형상화하는 구곡시가가 다수 존재하는 것 또한 이러한 모습을 잘 드러내 준다.

이와 같이 조선조 영남지역의 구곡문화는 주자의 무이구곡 경영을 전범으로 삼아 주자성리학적 가치를 이 땅에 실질적으로 구현하는 방향에서 이루어졌다. 그리고 여타의 지역과는 달리 구곡문화의 영향력은 근세까지 이 지역에 지속되었음을 볼 수 있는 곳이다. 결국 조선 중기 이후 형성된 구곡문화가

37 정우락(앞의 논문, 2017)은 조선조 구곡문화를 계승과 변용이라는 차원에서 이해하고자 하였다. 계승은 주자의 무이구곡과 <무이도가>의 형식을 그대로 수용하는 것으로 이해하며, 변용은 구곡원림 설정에 있어서는 구곡이 아닌 칠곡이나 십곡 등으로의 축소와 확대 등을 들고, 문학 창작에 있어서는 주자의 시운을 따르지 않거나 다른 시체(詩體)를 사용하는 등의 형식적 변화를 제시하고 있다.

근세까지 이 지역에 강고히 유지될 수 있었던 것은 영남지역이 가진 이념적 보수성과 구곡문화가 강하게 밀착되어 있었기에 가능했던 것으로 보아야 할 것이다.[38]

둘째, 영남지역 구곡문화의 특징으로는 개방성을 들 수 있다. 영남지역의 구곡문화가 가진 개방성을 이해하기 위해서는 두 가지 측면에 주목할 필요가 있다. 먼저, 구곡원림의 설정 방식과 구곡시가 창작에 있어서이다. 앞에서도 언급한 바 있지만 구곡원림은 물을 거슬러 오르며 9곡을 설정하는 기본적인 방식을 취한다. 그러나 영남지역의 구곡원림 중에는 청대구곡이나 성고구곡 등과 같이 물길을 따라 내려오며 설정되는 경우도 다수 존재한다. 또한 특정 지형에 따라 이상정(李象靖, 1711~1781)의 고산칠곡(高山七曲)과 같이 7곡으로 축소되기도 하고, 도석규(都錫珪, 1773~1837)의 <서호병십곡(西湖屛十曲)>처럼 10곡으로 확장되면서 8경과 같은 집경시(集景詩)의 형식을 일정부분 차용하는 경우도 있다. 이 외에도 지리적 환경에 의해 기존의 구곡 설정 방식을 탈피한 경우도 있다. 민우식(閔禹植, 1885~1973)의 쌍룡구곡(雙龍九曲)의 경우에는 하나의 계곡이 아닌 두 계곡에 걸쳐 설정되며, 장위항(張緯恒, 1678~1747)의 운포구곡(雲浦九曲)의 경우에는 물길을 따라 거슬러 오르며 9곡을 설정하기도 하고 반대로 물길을 따라 내려오며 설정되기도 하였다. 따라서 이러한 구곡원림들은 영남지역 구곡문화의 개방성을 보여주는 대표적인 사례가 된다.

이와 함께 구곡시가와 관련하여 영남지역의 구곡시가는 일반적으로 <무이도가>를 차운하는 형태로 이루어지는 경우가 다수이나, 이와는 달리 권상일의 <청대구곡시>나 정태진의 <선유구곡시>처럼 주자의 시운(詩韻)을 따르지 않거나, 형식적 측면에서 서시(序詩)가 생략되어 있는 경우도 존재한다.

38 선유구곡을 대상으로 <선유구곡시>를 창작한 정태진의 경우가 대표적인 예이다.

또한 칠언절구의 연작시인 <무이도가>와는 달리 다른 시체(詩體)를 사용하거나, 채헌의 <석문정구곡도가>와 같이 가사체 국문시가의 형태로 창작된 구곡시가들도 여러 존재한다. 따라서 영남지역 구곡문화는 구곡원림 경영과 구곡시가 창작에 있어 그 형식적인 측면에서는 개방적 성격이 나타나고, 내용적인 측면에서는 주자성리학적 이념성이 강하게 작동하는 특성을 가진다. 이러한 측면에서 볼 때 영남지역은 이념적 보수성과 형식적 개방성이 함께 공존하면서 다른 지역과는 다른 독특한 구곡문화를 창조하였음을 알 수 있다.

셋째, 영남지역 구곡문화의 특징의 또 다른 특징으로서는 지역 밀착성을 들 수 있다. 주지하다시피 영남지역에는 크고 작은 산간 분지를 흐르는 하천을 중심으로 촌락이 형성되어 왔다. 그러한 까닭에 영남지역 사대부들은 자신의 세거지에 인접한 장소를 중심으로 구곡원림을 설정하는 경우가 대부분이었다.[39]

(カ) 존도촌 동쪽 수백 보 지점에 대가 있는데 농청(弄淸)이라 하였다. 누가 이름을 지었는지 알지 못하나 예로부터 이름이 전해져왔다. 농청대 아래에 맑은 시내가 있는데, 그 원두(源頭)가 대미산(岱眉山)에서 나와 10여 리를 흘러 들어 여기에 이르러 물이 고여 못을 이루고, 또한 남쪽으로 푸른 들판의 외곽으로 흘러 낙동강에 들어간다. …… 기미년 가을에 재료를 모아서 건축을 시작하여 다음해 늦은 봄에 공사를 마쳤는데 뒤 칸은 실(室)이고 앞칸은 헌(軒)이라 합하여 세 칸이다. 재(齋)는 졸수(拙修)라 하고 헌(軒)은 한계(寒溪)라 하고 통

39 김덕현의 연구(경상북도, 『백두대간 구곡문화지구 세계유산 등재방안 연구』, 2015, 42쪽)에서도 "기호학파의 구곡문화가 뿌리내린 충청지역에서는 계거촌과는 거리가 떨어져 산수경치가 수려한 곳에 구곡이 자리 잡은 반면, 영남학파 특히 퇴계학파의 구곡들은 계거촌에 인접해 있다."라고 언급하고 있다.

괄하여 존도서와(尊道書窩)라 하였다. 날마다 그 가운데 기거하고 도서를 좌우에 배치하여 정신과 심성을 기르니 대개 장차 이곳에서 여생을 보낼 수 있거늘 세상의 어떤 즐거움이 이보다 나을 수 있다는 것을 알지 못하겠다.[40]

인용한 (카)는 청대구곡을 경영했던 권상일이 쓴 <존도서와기(尊道書窩記)>의 일부분이다. 이 글에서 그는 농청대(弄淸臺) 주변의 지형과 금천의 물길을 상세히 설명하고, 존도서와를 지은 과정과 목적을 서술한다. 일반적으로 영남지역 사대부들은 권상일의 경우와 유사한 과정을 통해 구곡을 경영하였다. 자신의 세거지에서 그리 멀지 않은 하천 및 계류 주변의 승경에 자신의 정사를 두고, 정사 주변의 물굽이를 따라 구곡을 설정하는 것이 일반적이었던 것이다.

(타) 우리나라에서 장서(莊墅)의 아름다움은 오직 영남이 최고이다. 그러므로 사대부가 당시에 화액(禍厄)을 당한 지가 수백 년이 되었으나, 그 존귀하고 부유함은 쇠하지 않았다. 그들의 풍속은 가문마다 각각 한 조상을 추대하여 한 터전을 점유하고서 일가들이 모여 살아 흩어지지 않는데, 이 때문에 조상의 업적을 공고하게 유지하여 기반이 흔들리지 않는 것이다. 가령 진성 이씨(眞城李氏)는 퇴계를 추대하여 도산을 점유하였고, 풍산 류씨(豐山 柳氏)는 서애(西厓)를 추대하여 하회(河回)를 점유하였고, 의성 김씨(義城 金氏)는 학봉(鶴峯)을 추대하여 천전(川前)을 점유하였고, 안동 권씨(安東 權氏)는 충재(沖齋)를 추대하여 계곡(鷄谷)을 점유하였고, 경주김씨(慶州 金氏)는 개암(開嵒)을 추대하여 호평(虎坪)을 점유하였고, 풍산 김씨(豐山 金氏)는 학사(鶴沙)를 추대하여 오미

40 권상일, <尊道書窩記>, 「記」, 『淸臺集』 卷11, “存道村之東數百步 有臺曰弄淸 蓋不知何人所名 而自古傳稱臺下有淸川 其源出於岱眉山 流八十餘里 到此 渟泓成潭 又南流莽蒼之外 入於洛江 …… 己未秋 始鳩材營建 翌年暮春訖功 而後室前軒合三間 齋曰拙修 軒曰寒溪 總而名之曰尊道書窩 日寢處於其中 左圖右書 頤神養性 蓋將終老於此 而不知世間何樂可以勝於此也”

> (五嵋)를 점유하였고, 예안 김씨(禮安 金氏)는 백암(柏巖)을 추대하여 학정(鶴亭)을 점유하였고, 한산 이씨(韓山 李氏)는 대산(大山)을 추대하여 소호(蘇湖)를 점유하였고, 광주 이씨(廣州 李氏)는 석전(石田)을 추대하여 석전(石田)을 점유하였고, 여주 이씨(驪州 李氏)는 회재 이언적(晦齋 李彦迪)을 추대하여 옥산(玉山)을 점유하였고, 적파(嫡派)는 양자곡(楊子谷)을 점유하였다. 인동 장씨(仁同 張氏)는 여헌(旅軒)을 추대하여 옥산(玉山)을 점유하였고, 진양 정씨(晉陽 鄭氏)는 우복(愚伏)을 추대하여 우산(愚山)을 점유하였고, 전주 최씨(全州 崔氏)는 인재(認齋)를 추대하여 해평(海平)을 점유한 것 등 이루 다 헤아릴 수가 없다.[41]

(타)는 이중환(李重煥, 1690~1756)의 『택리지(擇里志)』에 대한 정약용(丁若鏞, 1762~1863)의 발문(跋文)으로서 영남 지역의 유력 가문들이 오랫동안 현조(顯祖)의 세거지를 중심으로 촌락을 형성하고 살아왔음을 언급하는 부분이다. 위의 글에서 제시하고 있는 영남지역의 대표적인 가문들 중에는 세거지 주변에 현조(顯祖)의 구곡원림을 설정하는 경우가 많았다. 퇴계의 후손들에 의해 설정된 도산구곡(陶山九曲)이나, 의성 김씨 가문에 의해 설정된 임하구곡(臨河九曲), 풍산 류씨의 하회구곡(河回九曲), 한산 이씨인 이상정의 고산칠곡, 이언적(李彦迪)의 세거지에 설정된 옥산구곡(玉山九曲) 등의 구곡원림들이 대부분 이러한 형태이다. 결국 영남지역 사대부들은 대대로 거주해 온 촌락에서 그리 멀지 않은 하천이나 계류를 중심으로 자신의 구곡원림을 설정하거나, 현조의 유적을 중심으로 후손이나 후대 문인들에 의해 구곡원림이 설정되는 경우가

41 정약용, 「跋擇里志」, 『茶山詩文集』 卷14, "國中莊墅之美, 唯嶺南爲最, 故士大夫阨於時數百年, 而其尊富不衰. 其俗家各戴一祖占一莊, 族居而不散處, 所以維持鞏固, 而根本不拔也. 如李氏戴退溪占陶山, 柳氏戴西厓占河洄, 金氏戴鶴峰占川前, 權氏戴冲齋占鷄谷, 金氏戴開嵒占虎坪, 金氏戴鶴沙占五嵋, 金氏戴柏巖占鶴亭, 李氏戴存齋占葛山, 李氏戴大山占蘇湖, 李氏戴石田占石田, 李氏戴晦齋占玉山, 適派占楊子谷. 張氏戴旅軒占玉山, 鄭氏戴愚伏占愚山, 崔氏戴訒齋占海平之類, 不可勝數."

많았다. 그리고 이를 대상으로 한 구곡시가 창작은 영남지역 구곡문화가 가진 지역 밀착성을 잘 보여주는 사례가 되며, 이러한 지역 밀착성은 가문이나 학맥을 중심으로 한 지역의 공동체 의식을 잘 보여준다.

이와 같이 영남지역 구곡문화는 이념적인 측면에서는 강한 보수성을 드러내고, 구곡원림의 설정이나 구곡시가 창작과 같은 구곡문화의 향유에 있어서는 형식적 개방성을 지닌다. 그리고 이러한 이중적 성격은 결국 강한 지역 밀착성으로 수렴된다고 할 수 있다. 다시 말하면 퇴계학파를 중심으로 한 주자성리학의 공고한 전통이 구곡문화의 강한 보수성으로 나타나고, 영남지역 특유의 지리적 환경과 함께 구곡문화 향유자들을 둘러싼 생활 환경이 영남지역 구곡문화의 형식적 개방성을 만들어낸다고 할 수 있다. 따라서 우리의 구곡문화는 비록 외래의 문화를 수용하면서 형성된 것이기는 하나, 지역과 밀착되면서 중국의 구곡문화와는 다른 독자성을 획득하게 되고, 조선의 구곡문화로 토착화되어 갈 수 있었던 것을 영남지역 구곡원림과 구곡시가를 통해 이해할 수 있다.

5. 맺음말

조선조 구곡문화는 주자의 무이구곡 경영과 <무이도가>에 직접적으로 영향 받아 만들어졌다. 그러나 이러한 구곡문화는 무이구곡에 대한 실질적 접근 없이 이루어진 것이었기에 문화적 변개(變改)는 필연적으로 나타날 수밖에 없었다. 그리고 조선조 사대부들은 자신의 무이구곡을 그들이 발 딛고 살아가고 있는 이 땅에서 찾아 경영하였다. 따라서 각 지역의 특징적인 자연환경과 인문환경 속에 창출된 조선조 구곡문화는 필연코 지역적 특수성을 내포할 수밖에 없다. 그러나 지금까지 구곡문화와 관련된 연구에서는 구곡문화가 가진 보편성만을 중심으로 논의해 왔을 뿐, 이러한 지역적 특수성에 대해서는 간과해 왔던 것이 사실이다.

이에 본고에서는 조선조 영남지역의 구곡문화를 지역문화라는 관점에서 조망하고, 그 속에 내포되어 있는 지역적 특수성을 논의하고자 하였다. 이를 위해 영남지역에 산재해 있는 구곡원림을 그 지형적 특징에 따라 하천형 구곡원림과 계곡형 구곡원림으로 분류하고, 이러한 구곡원림들이 구곡시가에 어떠한 형상으로 나타나는지를 살피고자 하였다. 그 결과 영남지역 구곡문화는 이념적인 측면에서는 강한 보수성을 드러내고, 구곡원림 설정이나 구곡시가 창작과 같은 구곡문화의 향유에 있어서는 형식적 개방성을 가짐을 알 수 있었다. 그리고 이러한 특징들은 결국 지역 밀착성으로 수렴되고 있음을 확인할 수 있었다.

조선조 영남지역에 산재해 있던 구곡원림들은 유구한 시간의 흐름 속에서도 여전히 그 흔적을 이 땅에 남기고 있다. 또한 현재 남겨진 구곡시가를 통해 우리는 영남지역 구곡문화의 구체적 모습을 그려볼 수 있다. 따라서 영남지역의 구곡원림과 구곡시가를 살피는 것은 조선과 영남이라는 시공간 속에서 구곡문화를 향유했던 이들을 좀 더 깊이 있게 이해할 수 있는 방법이 된다. 그리고 현재를 살아가고 있는 우리들에게 조선조 구곡문화가 단지 화석화되어 이미 사라져 버린 문화가 아니라, 여전히 의미 있는 문화적 자산일 수 있음을 다시 한 번 확인할 수 있는 계기가 된다.

운림구곡은 조선 후기 학자이자 문신이었던 경도재 우성규(景陶齋 禹成圭, 1830~1905)가 금호강이 낙동강과 합수하는 지점인 사문진교부터 정구의 강학처였던 칠곡 사수동의 사양서당(泗陽書堂)까지 설정한 구곡원림이다.

우성규가 언제 운림구곡을 설정하고 경영하였는지에 대한 정확한 기록은 남아 있지 않지만, 1899년(고종 36) 임재 서찬규(臨齋 徐贊奎, 1825~1905)와 만구 이종기(晩求 李種杞, 1873~1902) 등 여러 선비와 낙동강에 배를 띄우고 유람하였을 때의 기록이 남아 있어 참고할 만하다.[9] 이때 우성규, 서찬규, 이종기 등 80여 명이 낙동강 가 상화대(賞花臺)에 모여 배를 띄우고 <무이도가> 시의 운자를 써서 각각 시를 짓는 시회를 열었는데, 우성규는 다음과 같이 감회를 토로하였다.

> "낙동강과 금호강 두 물이 모이는 곳은 곧 대구와 성주 두 읍의 경계이다. 사수(泗水) 양양하니 한강 선생이 남긴 향기를 경모하고 이강(伊江) 곤곤하니 낙재 선생이 남긴 유풍을 상상한다. 관어(觀魚) 옛 대(臺)에는 여전히 가을 달이 찬물에 밝게 비치고 선사(仙査) 옛 나루터에는 의연히 고깃배가 긴 연기를 싣고 있다. 이제 여가의 좋은 놀이에 다행히 군현(群賢)이 모두 모였다. …… 연못 속 물고기 펄쩍 뛰어오르니 리(理)가 밝게 드러남을 살필 수 있고, 노을 속 따오기 나란히 날아가니 기(氣)가 먼저 움직임을 인식할 수 있도다. 갓을 쓴 사람 5~6인이여, 기수(沂水)에서 읊조리고 돌아가리라던 뜻에 맞추어 뱃노래 두세 곡조로 무이의 곡에 화답하기를 바라노라."[10]

9 서찬규, <與禹聖錫[成圭]李器汝[種杞]諸人 舟遊洛江賞花臺 會者八十餘人 武夷九曲詩分韻 得荒字>, 「詩」, 『臨齋先生文集』 卷1.

10 우성규, <洛江船遊序>, 「序」, 『景陶齋先生文集』 卷11, "夫洛琴二水之會, 卽星邱兩邑之交. 泗水洋洋, 景寒爺之遺馥, 伊江滾滾, 想樂翁之餘風. 觀魚舊臺, 尙爾秋月之照寒水, 仙査古渡, 依然漁艇之載長烟. 今暇日之遨遊, 幸群賢之畢至. …… 淵魚牣躍, 乃察理之昭然, 霞鶩齊飛, 認得氣之先者. 冠者五六, 願與沂壇之歸, 棹歌兩三, 恭和武夷之曲."

낙동강 연안, 특히 대구의 경우 현재의 강창교 너머 부강정을 중심으로 선비들의 문회와 선유가 빈번하였다. 위의 모임도 그런 전통을 이은 문화 행사였으며, 이런 분위기 속에서 우성규는 주자의 <무이도가>를 차운한 <무이도가 운을 차용하여 운림구곡 시를 짓다[用武夷棹歌韻賦雲林九曲]>를 짓고 이를 바탕으로 구곡을 설정하여 구곡시를 지은 것으로 보인다.

와룡산구곡은 학암 신성섭(鶴菴 申聖燮, 1882~1959)이 와룡산 주변 금호강 일대에 설정하고 경영했던 구곡원림이다. 신성섭은 고려 개국공신인 신숭겸(申崇謙)의 후손으로, 공산 송준필(恭山 宋浚弼, 1869~1943)의 문하에 나아가 학업을 닦았다. 그는 만년에 칠곡 상지동에 은거하였는데, 후손의 증언에 의하면 자주 와룡산에 올랐다[11]고 한다.

신성섭이 지은 <와룡산구곡가(臥龍山九曲歌)>에 구체적인 굽이 이름이 제시되어 있지 않아 시의 내용, 그리고 와룡산으로 제목을 정한 것 등을 통해 지점을 유추해볼 수밖에 없다. 시의 내용으로 볼 때, 와룡산구곡은 와룡산에 있는 계곡이나 시내에 굽이를 설정한 것은 아닌 듯하다. 왜냐하면 "江天漠漠天將暮(제1곡), 三曲我觀漁父般(제3곡), 魚躍澄淸泗水潭(제4곡)" 등 금호강 변의 풍광을 묘사한 부분이 자주 등장하기 때문이다. 그렇다면 와룡산구곡은 와룡산에서 굽어본 금호강과 그 주변을 대상으로 구곡의 지점을 설정하고 그에 해당하는 구곡시를 지었다고 할 수 있다.

수남구곡은 대구의 유림이 달성군 가창면 행정리 은행나무 아래에 행단(杏檀)을 세우고 시회(詩會)를 가지면서 가창의 산수가 주희가 경영하였던 무이구곡(武夷九曲)과 닮았다고 생각하여 아홉 굽이를 설정하고 경영했던 구곡원림이라고 한다. 현재는 제1곡 한천(寒泉), 제2곡 흥덕(興德), 제3곡 척령산(鶺鴒山),

---

11 2013년 '대구지역 구곡'을 조사할 당시 필자는 연구원으로 참여하였다. 당시 학암의 손자 신창호 씨에게 다양한 이야기를 들을 수 있었다.

제4곡 옥녀봉(玉女峰), 제5곡 금곡(金谷), 제6곡 삼산(三山), 제7곡 녹문(鹿門), 제8곡 자양(紫陽), 제9곡 백록(白鹿) 등 굽이의 이름만 전해올 뿐이다.[12] 굽이의 이름으로 유추해 볼 때, 수남구곡은 현재 달성군 가창면 냉천1리에서 시작하여 행정2리, 대일리, 삼산리, 우록1리를 거쳐 최정산 자락에 위치한 우록2리 백록에 이르는 굽이에 설정되었던 것으로 보인다.

2) 대구지역 구곡의 특징

작자가 분명한 운림구곡, 와룡산구곡, 농연구곡 3곳을 통해 볼 때, 대구지역 구곡은 다음과 같은 특징이 있다.

첫째, 모두 퇴계와 학통이 이어져 있는 문인들이 경영한 구곡원림이라는 것이다. 농연구곡을 설정하고 경영한 것은 대구 동구 둔촌동에 세거하고 있는 최동집, 최흥원, 최효술으로 이어지는 경주최씨 문중이다. 최동집은 영산 유해(靈山 兪諧, 1565~1612)에게 나아가 배우다가 사수(泗水)에 나아가 정구를 스승으로 모셨으니, 연원으로 따져볼 때 퇴계와 관련 있는 문인이라 할 수 있다. 또 운림구곡을 설정하고 경영한 우성규는 퇴계를 존숭한다는 의미에서 호를 '경도재(景陶齋)'라 할 정도였다. <와룡산구곡시>를 지은 신성섭은 송준필의 문하에서 학업을 닦았는데, 송준필은 사미헌 장복추·서산 김흥락의 제자이니, 퇴계와 맥을 잇고 있다고 할 수 있다.

이황이 <한가로이 거처하며 무이지를 읽고 구곡도가에 차운하다 10수[閑居讀武夷志次九曲櫂歌韻十首]>를 지은 이후 대구·경북지역 학자들에게 구곡 경영과 구곡시 창작의 문화가 퍼져나갔다. 18~19세기를 지나면서 이러한 유행은

12 『달성군지』, 달성군지편찬위원회, 1992, 343쪽.

정점을 이루었고, 유학자들에 '구곡문화'는 선택이 아니라 필수였다고 할 수 있다.

다음 자료는 이러한 점을 잘 보여주고 있다. 안동의 도산구곡을 설정한 것으로 보이는 이황의 후손 이야순(李野淳, 1755~1831)이 경주 양동을 찾았을 때의 일이다.

> 송단(松壇)에 도착하니 남명응(南鳴應)이 이미 먼저 여기에 기다리고 있었다. 모두 좌정하고 담소할 즈음에 이야순이 간간이 무이구곡(武夷九曲)을 언급하며, "도산(陶山)에는 구곡(九曲)이 있는데 옥산(玉山)만 유독 구곡이 없을 수 없겠는가. 어찌 구곡을 품정(品定)하지 않는가?"라고 하였다. 모두 "그렇습니다."라고 하고 마침내 함께 시내를 거슬러 오르며 굽이를 따라 수에 맞추어 구곡을 정하였다.[13]

구곡을 설정하고 구곡시를 창작하는 일이 하나의 문화적 현상으로 확산하여 나갔음을 보여주는 자료라 할 수 있다. 이와 같은 분위기 속에서 대구의 유학자들도 그들의 복거지를 중심으로 구곡을 경영하고 구곡시를 창작한 것으로 보인다.

둘째, 대구지역 구곡이 퇴계와 학통이 이어져 있는 문인들이 설정하고 경영한 것임에도 그들이 구곡을 경영한 동기나 지점을 설정하며 노래한 대상은 정구와 직·간접적으로 관련을 맺고 있다는 것이다.

농연구곡의 근거를 마련한 최동집은 정구의 제자이다. 정구는 일찍이 주자를 존숭하는 마음이 깊었는데, 주자가 은거하였던 무이산에도 지대한 관심

---

13 <玉山九曲敬次武夷九曲十首> 幷識, 「詩」, 『蒼廬集』 卷1, "及到松壇, 南廬·鳴應·自彦已先待於此. 俱下坐打話, 健之間及武夷九曲而曰, 陶山有九曲, 玉山獨不可無九曲. 盍爲之品定乎. 僉曰諾. 遂與溯上逐曲, 排準如數."

을 가져 『무이지(武夷誌)』를 저술하기도 하였다. 주자를 존숭하는 마음과 무이산에 대한 관심 등은 자연스럽게 무이구곡으로 이어졌을 것이며, 이를 이어받은 성주지역 선비들이 정구의 무흘정사를 중심으로 무흘구곡의 굽이를 명명하고 구곡의 각 지점을 적극적으로 작품화하였다.[14] 같은 양상이 그의 제자 최동집에게 이어졌을 것이며, 궁극적으로 농연구곡의 경영과 구곡시의 창작에 영향을 미쳤을 것이다.

운림구곡은 정구와의 관련성이 더욱 직접적으로 드러나 있다. 운림구곡의 굽이를 노래한 <무이도가 운을 차용하여 운림구곡 시를 짓다[用武夷棹歌韻賦雲林九曲]>는 구곡을 읊은 시와 총론을 포함하여 모두 10수로 이루어져 있는데, 제1곡이 용산(龍山), 제2곡이 어대(魚臺), 제3곡이 송정(松亭), 제4곡이 오곡(梧谷), 제5곡이 강정(江亭), 제6곡이 연재(淵齋), 제7곡이 선사(仙槎), 제8곡이 봉암(鳳巖), 제9곡이 사양서당(泗陽書堂)이다.

天護雲林儘異靈　하늘이 운림을 보호해 참으로 신령하니
山明曲曲水澄清　산은 굽이굽이 밝고 물은 맑고 맑아라.
扁舟欲覓滄洲路　조각배를 타고서 창주 길을 찾으려고
賡和棹歌九曲聲　뱃노래 이어 화답하고 구곡시를 지었네.[15]

운림은 칠곡 웃갓[上枝]의 옛 이름인데, 하늘이 보호하는 신령스러운 땅이라고 한다. 또 여기가 주희가 만년에 거처했던 창주정사(滄洲精舍)가 있는 곳이라 하였으니, 도의 근원이라 할 수 있다. 그런데 물을 거슬러 오른 그 끝 제9곡에 정구의 강학처인 사양서당이 있었으니, 여기가 바로 도의 근원이요

---

14 『무흘구곡 경관가도 문화자원 기본조사』 조사보고서, 김천시·경북대학교, 2013.
15 우성규, <用武夷棹歌韻賦雲林九曲> 總論, 「詩」, 『景陶齋先生文集』 卷2.

정구가 도학의 연원인 셈이 된다.

앞서 말한 것처럼 와룡산구곡은 굽이의 이름을 밝히지 않아 시의 내용과 와룡산구곡이라는 제명에서 굽이의 시작과 끝을 유추해 볼 수밖에 없다.

一曲源頭上一船	일곡이라 원두에서 조각배에 오르니
雙雙飛鷺下長川	쌍쌍이 나는 해오라기 긴 내에 내려앉네.
江天漠漠天將暮	강가 하늘 아득하여 해 저물어 가는데
月入平沙更散烟	달빛이 평사를 비춰 안개를 걷어내네.[16]

와룡산구곡은 원두에서 출발하여 강을 따라 내려가며 설정되었는데, 와룡산 정상에서 시야에 들어오는 물굽이 전체를 대상으로 구곡을 설정하였다.[17] 이렇게 볼 때, 원두는 칠곡 사수동에 내려오는 물과 금호강이 만나는 지점이 될 수밖에 없다. 사수에 사양서당이 있었으니, 와룡산구곡 또한 운림구곡처럼 정구를 도학의 연원으로 여겼다 하겠다.

셋째, 구곡시들이 대체로 입도차제(入道次第)의 구도적(求道的) 내용을 담고 있다는 것이다. 주자의 <무이도가>에 대해 조선조 유학자들은 입도차제의 재도시(載道詩)로 보기도 하고, 인물기흥(因物起興)의 서경시로 보기도 하며, 양자를 공유하고 있는 작품으로 보기도 하였다. 그 결과 구곡을 경영하며 <무이도가>를 차운한 구곡시를 지을 때 '도에 들어가는 순서[入道次第]'를 읊기도 하였고, '사물로 인하여 일어나는 흥취[因物起興]'를 읊기도 하였으며, 이를 절충하여 '사물로 인하여 일어나는 흥취를 읊으면서 여기에 일정한 의미를 부여한 정서[託興寓意]'를 담기도 하였다.[18]

16 신성섭, <臥龍山九曲歌> 一曲詩, 「詩」, 『鶴菴先生文集』 卷1.
17 김문기, 『대구의 구곡문화』, 대구광역시·경북대 퇴계연구소, 2014, 189~190쪽.
18 김문기·강정서, 『경북의 구곡문화』, 경상북도·경북대 퇴계연구소, 2008, 29~40쪽.

대구지역 구곡은 이 가운데 주로 입도차제의 구도적 내용을 읊고 있는 것이 하나의 특징이라 할 수 있다. 와룡산구곡은 원두에서 강을 따라 내려가며 도의 적용과 발현을 노래했으며, 운림구곡과 농연구곡은 물길을 거슬러 오르며 도의 근원을 추구한다.

九曲龍門勢欲開　구곡이라 용문이 열리려는 형세인데
春風和氣靄然來　봄바람 따뜻한 기운 포근히 내렸어라.
源頭活水清如許　원두에 솟는 물 저렇듯이 맑으니
深造方知本地恢　깊이 나아가야 무한한 본바탕을 알리라.[19]

농연구곡 제1곡에서 거슬러 올라 드디어 도착한 용문에는 기세 좋게 맑은 물이 떨어지고 그 위로 따뜻한 봄기운이 내려앉는다. 맑고 포근한 기운의 근원은 어디인가? 깊숙이 잠재해 있는 넓디넓은 본바탕이다. 그 경지를 터득하기 위해 수양하며 도를 닦는 것이 유자의 삶이며, 최효술에게 있어서 구체적인 실체는 선조인 최동집의 학문과 절의였을 것이다.

마찬가지로 와룡산구곡의 원두와 운림구곡에서 추구한 도의 근원은 모두 정구의 학문과 정신세계로 수렴된다.

九曲書林藹藹然　구곡이라 서림이 깊고도 맑으니
春來花柳滿前川　봄이 오자 꽃과 버들 앞 내에 가득.
岡翁潭老遺芬地　강옹과 담로 향기 남은 이 땅에는
一理昭昭靜裏天　밝고 밝은 일리(一理), 고요 속에 빛나네.[20]

19　최효술, <礱淵九曲> 九曲詩, 「詩」, 『止軒集』 卷1.
20　우성규, <用武夷棹歌韻賦雲林九曲> 泗陽書堂, 「詩」, 『景陶齋先生文集』 卷2.

一曲源頭上一船 일곡이라 원두에서 한 배에 오르니
雙雙飛鷺下長川 쌍쌍의 해오라기 긴 내에 내려앉네.
江天漠漠天將暮 아득한 강 하늘엔 해가 지려 하는데
月入平沙更散烟 달빛이 평사를 비추자 안개가 걷히네.[21]

위 시에서 형상화한 '밝고 밝은 일리(一理)', '평사에 비친 달빛'은 모두 득도의 경지이다. 운림구곡은 그 경지에 오르기 위해 물길을 거슬러 올랐고, 와룡산구곡은 그 경지의 확산과 긍정적 영향을 확인하기 위해 물길을 따라 내려갔다. 어찌 되었든 모두 도를 찾아 나섰다는 점에서 동일하다 할 수 있다.

넷째, 대구지역 구곡은 많지 않은 수임에도 불구하고 대구의 명산대천을 모두 아우르며 고루 분포하고 있다는 것이다. 농연구곡은 대구의 북쪽 팔공산 기슭 용수천에, 운림구곡은 대구의 서쪽 금호강과 낙동강 가에, 수남구곡은 대구의 남쪽 최정산 발치 신천에, 와룡산구곡은 대구의 서쪽 와룡산 앞 금호강 일대에 설정되어 있어 산세가 약한 동쪽을 제외하고 남, 서, 북쪽에 고루 분포되어 있다고 할 수 있다.

이는 대구지역 구곡을 문화 콘텐츠로 계발하고 인문학적 자산으로 활용할 때, 유용하게 작용할 수 있다. 왜냐하면 구곡이라는 인문학적 자산이 고루 분포하고 있어서 계발의 지역적 편중성을 피할 수 있으며, 구곡과 구곡을 연계한 문화 콘텐츠 밸리를 균형감 있게 완성할 수 있기 때문이다.

대구지역 구곡이 가지는 이러한 특징 가운데 다른 지역 구곡과 차별할 수 있는 특징은 정구의 영향과 정구에 대한 추숭이다. 왜냐하면 지역적으로 고른 분포, 퇴계와 학통이 이어지는 문인들의 경영, 입도차제의 형상화 등은 경북지역의 구곡에도 드러나는 특징이기 때문이다. 또 한 인물과 연관된 구

21 신성섭, <臥龍山九曲歌> 一曲詩, 「詩」, 『鶴菴先生文集』 卷1.

곡이 한 지역에 고루 분포하는 경우를 경북지역 구곡에서 찾을 수 없기 때문이기도 하다. 따라서 대구지역 구곡의 의미 추출과 이를 바탕으로 한 인문학적 자산의 구축과 활용은 정구와의 관련성을 염두에 두고 추진하여야 한다.

대구지역 구곡시 가운데 정구의 학문과 정신세계를 추숭하고 이를 통해 당대의 문제를 해결하고자 했던 지향성을 가장 잘 드러내고 있는 작품은 우성규의 <무이도가 운을 차용하여 운림구곡 시를 짓다[用武夷棹歌韻賦雲林九曲]>이다. 이 작품은 도학의 근원을 정구에 두고 그의 정신을 되살리는 것이 시대의 문제를 해결할 수 있는 열쇠라는 점을 강조한다. 아래에서 구체적으로 살펴보기로 한다.

3. 입도차제(入道次第)의 측면에서 본 운림구곡(雲林九曲)의 의미

운림구곡은 우성규가 금호강이 낙동강과 합수하는 지점인 현재의 달성군 사문진교부터 정구의 강학처였던 칠곡 사수동의 사양서당까지 설정한 구곡원림이다.

우성규의 본관은 단양(丹陽)이며 자는 성석(聖錫), 호는 경도재 또는 경재(景齋)라 하였다. 월곡 우배선(月谷 禹拜善, 1569~1620)의 후손으로, 일찍이 문경 주흘산에 들어가 향산 이만도(響山 李晚燾, 1842~1910) 등과 함께 학문을 연마하였고, 서울에 올라가 명사들과 교유하면서 학문을 닦았다. 1878년(고종 15) 음서(蔭敍)로 벼슬길에 나아가 선공감가감역(繕工監假監役)을 시작으로 상의원주부(尙衣院主簿), 북부령(北部令), 사직령(社稷令) 등의 내직을 역임하고, 현풍 현감, 영덕 현령, 예안 현감, 단양 군수, 영월 부사, 칠곡 부사 등의 외직을 지냈다. 1892년 돈령부도정에 임명되었으나 <속귀거래사(續歸去來辭)>를 지어 벼슬에서 물러

날 뜻을 밝히고 고향으로 돌아와 경전을 공부하던 중, 갑오경장(甲午更張) 이래 정치 사회적 소요가 심해지자 문경의 구장(舊庄)을 찾아갔다. 이후 다시 고향인 대구 상인동으로 돌아와 향촌에 머물면서 더욱 학문에 침잠하며 강학에 몰두하였다.[22]

우성규가 언제 운림구곡을 설정하여 구곡시를 지었는지 명확한 기록이 남아 있지 않다. 앞서 살펴본 바처럼 1899년 서찬규 등과 함께 '낙동선유'의 모임을 가진 이후인 것으로 짐작되는데, 이때 우성규는 일흔의 나이로 벼슬살이에서 물러나 강학에 힘쓰고 있었다. 그러나 당시 시대 상황은 노성한 학자에게 유유자적한 만년을 허락하지 않았다. 20세기 벽두 대한제국은 바야흐로 열강의 각축 속에 풍전등화처럼 위태로웠으며, 서구의 사상과 문물이 몰려들고 있었다. 이러한 때 지식인 유학자들이 어떻게 처신해야 하며 무엇을 어떻게 해야 하는가를 심각하게 고민하지 않을 수 없었다. 이 때문에 우성규는 낙동강 선유를 단순한 놀이나 유흥으로 여길 수 없었고, 학문의 근원을 찾아 학문적 자세를 가다듬고 선현을 만나 도를 지켜가는 방편으로 여겼던 것이다.[23]

우성규의 이러한 마음은 구곡시에도 그대로 반영되어 있다. 후술하겠지만 운림구곡시가 학문의 길, 도학의 연원을 찾아 나선다는 표면적 설정 이면에 시대를 구원하는 방법을 모색하고 있는 까닭도 이 때문이다. 우성규가 구곡의 물길을 거슬러 오르며 찾았던 '도(道)'는 도학으로서의 길이며, 선비의 처

---

22 <行狀>, 「附錄」, 『景陶齋先生文集』 卷14.

23 우성규는 서찬규와 함께 '낙동선유'의 모임을 가졌을 당시 사문진 나루에서 배를 띄우는 소감을 아래와 같이 읊었다. 함련 '학해의 진원을 찾으려 외로운 돛배를 강에 띄운다'라는 표현에서 삶의 자세를 다시 한 번 가다듬고 지식인으로서의 온전한 삶을 구가하겠다는 의지를 엿볼 수 있다. <芳洲有約歲經三 是日登舟興轉酣 明月遲遲舷上待 澄波渺渺鏡中涵 瑟希曾點誰同浴 琴遇種期我不慚 學海眞源從此覓 孤棹泛彼大江南>; 우성규, <洛東船遊分韻得三字>, 「詩」, 『景陶齋先生文集』 卷2.

세이며, 또 세상을 구원할 방법이었다.

1) 문제의 인식과 개인적 차원의 해결 제시 : 제1곡~제3곡

운림구곡 제1곡은 '용산(龍山)'이다. 당시 대구와 성주의 경계, 낙동강과 금호강이 합수하는 지점에 상화대가 우뚝 솟아 있고 사문진 나루가 있었는데, 제1곡 용산은 상화대의 암벽을 지칭한 것으로 보인다. 우성규는 여기서 배를 띄워 금호강을 거슬러 오른다.

一曲龍巖繫葉舟	일곡이라 용암에 조각배 매었다가
梢工副手溯長川	사공의 손 빌려 긴 강을 올라가네.
問津往事憑無處	나루 물은 지난 일 찾을 곳 없고
惟見朝霞與暮烟	오직 아침노을과 저녁안개만 보이네.[24]

우성규는 운림구곡 제1곡에서 나루를 묻는다. '나루'는 강을 건너는 곳이고 '강을 건넘'은 문제의 해결을 의미하니, '나루를 묻는다[問津]'는 것은 곧 문제를 해결하고자 하는 간절한 염원이라 할 수 있다. 그런데 당시의 상황은 '問津'의 시도조차 불가능하였다. 게다가 강가에 노을과 안개가 자욱하였으니 방향을 알 수도 없었다. 이 때문에 우성규는 과연 그 끝이 맑고 맑은 원두일지에 대한 확신도 없었다. 운림구곡시를 입도차제(入道次第)의 재도시(載道詩)로 볼 때,[25] 제1곡의 이 시는 학문의 길이 과연 옳은지에 대한 근본적인

24 우성규, <用武夷棹歌韻賦雲林九曲> 龍山朝霞, 「詩」, 『景陶齋先生文集』 卷2.

25 구곡시를 서경시로 보는가, 재도시로 보는가는 관점에 따라 다를 수 있다. <운림구곡시>는 한강 정구를 원두로 하여 그를 찾아가는 길이라는 점에서 재도시로 볼 여지가 많다. 또 정구와 대구지역 구곡의 관련성을 입증하는 이 글의 취지를 고려할 때, 재도시로 보는 관점이 좀 더 타당하리라 생각한다. 한편 오늘날 과거의 경관을 찾아볼 수 없다는 현실적 조건도

의심과 회의이며 삶의 의미를 묻는 자기성찰적 질문이라 할 수 있다.

한편 당시 대한제국은 국내외적 혼란 속에 서양의 문물은 개화라는 이름 아래 사회 곳곳으로 스며들고 있었고, 유구한 도학(道學)의 전통은 길을 잃고 그러한 도전에 힘겹게 대응하고 있었다. 아침노을과 저녁안개는 이러한 시대적 흐름 속에 처한 도학의 위기(危機) 상황을 비유한 것이라 할 수 있다.

우성규는 노을과 안개로 자신에게 주어진 과제 상황을 형상화하고 있는데, 이를 개인적인 문제로 본다면 학문의 방향과 의미에 대한 근원적 의심과 회의라 할 수 있고, 사회적 차원으로 확대하면 학문의 현실적 실현과 적용에 대한 문제라 할 수 있다. 이때 '나루를 묻는 행위'는 도의 근원을 찾아 삶의 방향과 학문의 지향을 새롭게 인식하고 이를 통해 당면한 과제를 해결하려는 우성규의 바람이 형상화한 것이다.

운림구곡 제2곡은 '어대(魚臺)'이다. 사문진 나루에서 금호강 쪽으로 조금 올라가면 금호강과 진천천이 합수하는 곳에 바위벼랑이 있는데, 여기가 제2곡이다.

二曲移船繞碧峰	이곡이라 배 저어 푸른 봉우리 돌아가니
魚臺花木燁春容	어대의 꽃과 나무 봄빛을 드러내네.
江流浪息微雲捲	흐르는 강물 잠잠해지고 옅은 구름마저 걷히니
帆外山光翠萬重	돛대 너머 산빛이 푸르디 푸르도다.[26]

노을과 안개가 자욱하여 의심과 회의가 가득했던 제1곡의 풍광이 제2곡에

고려하였다. 인문학적 자산으로서의 활용을 고려할 때, 경관의 변화를 우회하면서 구곡의 가치를 새롭게 인식할 수 있는 방안으로써 재도시적 해석이 일정한 의미를 가질 것으로 본다.

26 우성규, <用武夷棹歌韻賦雲林九曲> 魚臺春水, 「詩」, 『景陶齋先生文集』 卷2.

이르러 꽃과 나무가 봄빛을 드러내며 자신을 반기는 곳으로 급반전하였다. 왜 그런가? 안개와 노을은 시간이 지나면 사라지는 자연물이다. 게다가 이곳은 진천천이 금호강과 합수하는 곳이기 때문에 물결이 갑자기 약해져 흔들리는 배가 안정감을 찾는 곳이기도 하다. 학문에 대한 의심과 회의도 학문을 꾸준히 연마하다 보면 점점 확신으로 변하기 마련이다. 이렇게 물결이 잦아들고 시간이 지나 안개와 노을이 사라지면서 학문에 대한 회의와 도의 경지 즉 원두에 이르지 못할 수도 있다는 초조함은 사라지고, 회의는 차츰 확신으로 옮겨간다.

제2곡의 이러한 묘사는 우리가 학문을 익히는 과정과 유사하다. 학문을 시작할 때는 확신이 없어 막연한 불안감을 가졌다가 차츰차츰 깨달아 가면서 학문에 맛을 들여가는 것이다. 학문에 대한 회의는 학문을 연마하면서 사라져가고, 반복하고 수련하는 과정에서 막연함은 분명함으로 다가온다. 물결 너머 저 앞에 보이는 푸르고 푸른 산은 학문에 대한 어렴풋한 확신을 표상한 것이다.

이는 시대의 문제를 해결하는 방법이기도 하다. 격동의 시기에는 세상에 휩쓸리기보다 오히려 자신의 길을 묵묵히 가면서 침착하게 상황에 대처하는 것이 현명할 수 있다. 구름과 안개가 때가 되면 사라지듯 격동도 때가 되면 사라져 다시 안정한 때가 올 것이다. 자신의 직분을 충실히 수행하며 때를 기다리는 것도 시대의 문제를 해결하는 한 방법인 것이다.

그러나 인식은 실천이 동반할 때 실제화할 수 있다. 따라서 어떻게 실천할 것인가를 고민하지 않을 수 없고, 그리하여 우성규의 여정은 다시 앞으로 나아간다.

운림구곡 제3곡은 '송정(松亭)'인데 지금은 남아 있지 않다. 지역 주민들에 의하면 금호강 제방 공사를 하기 전에는 강물이 지금의 진천동 앞까지 차올

랐으며 소나무 숲이 즐비하였다고 하는데, 물길이 막히고 도심이 확장되면서 지금은 흔적을 찾을 수 없다.

三曲松風滿載船　삼곡이라 솔바람 배에 가득 불어 오니
蒼髥赤甲幾經年　푸른 수염 붉은 껍질 몇 해나 묵었을까?
超然特立荊榛裏　초연히 가시덤불 속에 우뚝이 서서
寒後貞姿正自憐　추위에도 곧은 모습 정말로 어여쁘네.[27]

어대를 지나 금호강을 거슬러 오르면서 우성규는 소나무 숲을 만난다. 소나무는 흔히 '세한후조(歲寒後凋)'의 기상을 표상하는 것으로 인식된다. 우성규도 솔숲을 보고 잡목들 사이에 우뚝 서서 추위에 굴하지 않는 기상을 차탄한다.

하지만 우성규가 주목한 것은 소나무의 기상보다는 그러한 기상이 만들어진 과정이다. 푸른 수염과 붉은 갑옷이 몇 해나 묵었을까 하고 노래한 것은 소나무가 무수한 바람서리를 견디고 이겨냈기에 그러한 기상을 가질 수 있었다는 선언이다.

학문을 익혀 도에 들어가는 길도 마찬가지이다. 지름길도 없으며 편안한 길로만 이어지지도 않는다. 소나무가 험난한 세월을 견뎌내고 푸른 수염에 붉은 갑옷을 자랑하며 당당하고 늠름한 기상을 드러내는 것처럼 오랜 인고의 세월을 겪어야 학문도 성숙의 길에 접어들게 된다. 이 때문에 우성규가 붉은 껍질 푸른 잎사귀의 위용을 보고 '어여쁘다'며 탄성을 질렀던 것이다. 이는 추위에도 시들지 않는 굳건한 기상을 본받아 더욱 학문에 매진하겠다는 다짐이다.

---

27 우성규, <用武夷棹歌韻賦雲林九曲> 松亭晩風, 「詩」, 『景陶齋先生文集』 卷2.

한편 소나무의 굳건한 기상은 당시 시대적 상황을 해결하는 방안이기도 하다. 한겨울에도 시들지 않는 소나무의 기상은 소나무 군락에서보다 잡목과 섞여 있을 때 더욱 빛을 발한다. 우성규는 유학이 그 시대적 사명을 다하지 못하고 위축되어 가고, 서구의 다른 학문과 사상이 난립하며 유학의 자리를 대신하겠다며 각축하는 당시를 잡목 숲에 소나무가 우뚝한 모습으로 형상하였다. 잡목 숲에서 한겨울 추위가 몰아칠 때도 변치 않는 기상을 뽐내며 올곧은 자태를 자랑하는 것은 결국 소나무이다. 마찬가지로 시대의 혼란함을 바로잡고 해결할 수 있는 정도(正道)도 오직 유학(儒學)뿐인 것이다.

일흔 살 노성한 선비 우성규는 과연 자신의 삶이 바른길을 따라 걸어왔던가, 또 이 세상의 문제를 이 학문을 가지고 해결할 수 있을까 의심한다. 학문의 길, 시대의 문제는 안개와 노을이 자욱한 강가처럼 어렵고 암울하였다. 그에게 주어진 두 가지 과제 상황은 근본적이면서 실천적인 문제였기에 쉽게 해결할 수 없을 듯하다.

강을 거슬러 오르며 물살이 잦아들고 안개가 걷히는 것을 경험한 그는 이러한 문제도 이처럼 해결할 수 있는 것으로 인식한다. 의심이 확신으로 나아가는 순간이다. 그런데 어떤 방법으로 해결할 것인가? 조금 더 거슬러 올라가 솔숲을 만나게 되고 소나무의 굳건한 기상이 만고의 풍상을 견뎌낸 결과임을 인식하는 순간, 지금처럼 쉼 없이 학문에 매진하여 세한후조의 기상을 갖추는 것이 문제를 해결하는 방법임을 깨닫는다.

시대가 바뀌어도 변해서는 안 되는 생각이나 이념이 있고, 또 시대와 무관하게 자신의 학문을 닦아 '위기(爲己)'하는 것이 바른길이다. 각자가 자신의 자리에서 최선을 다해 바르게 사는 것은 세상이 어떻게 변하고 바뀌더라도 세상을 구원하는 최선의 방법이다. 제1곡에서 제3곡에 이르는 길은 이러한 깨달음을 확인하는 길이었다.

2) 사회적 연대를 통한 문제 해결 제시 : 제4곡~제5곡

운림구곡 제4곡은 '오곡(梧谷)'이다. 오곡이라 이름하고 시에서 외로운 오동나무가 바위 가에서 우뚝하다고 하였으니 오동나무가 홀로 우뚝이 솟은 자리를 설정하였을 것으로 짐작되는데, 제방이 만들어지고 물길 변하는 세월 속에서 지금은 그런 흔적을 찾을 수 없다.

四曲孤桐榜石巖	사곡이라 외로운 오동 바위 곁에서
風枝露葉碧毾㲪	흔들리는 가지 이슬 내린 잎사귀 푸른빛 드리우네.
瑤琴古操誰能解	거문고 옛 곡조를 누가 알 수 있으리오
流水洋洋月滿潭	출렁출렁 물 흐르고 달빛은 못에 가득.[28]

강을 거슬러 오르면서 우성규는 바위 가에 우뚝 솟아 온몸으로 바람을 맞으며 잎사귀에 이슬을 머금고 있는 '외로운 오동나무'를 보았다. 그리고 오동을 통해 거문고를 유추하고 이어서 거문고의 달인 백아와 그의 지우(知友) 종자기의 고사를 떠올린다. 이는 자연스럽게 '지기(知己)'와 연결되니 제4곡의 핵심은 고독과 지기라 할 수 있다.

제3곡에서 비록 학문의 길이 멀고 험하다 하더라도 붉은 갑옷을 입고 푸른 수염을 번뜩이며 추위에도 굴하지 않는 소나무처럼 허다한 괴로움을 이겨내고 극복하겠다고 다짐하였지만, 현실은 녹록하지 않다. 이미 서구의 사상과 개화의식은 사회 저변에 침투하여 우성규의 다짐을 시대착오적인 발상으로 몰아가고 있었다. 이러한 상황 인식이 외로운 오동나무에 시선을 멈추게 한 것이다.

---

28 우성규, <用武夷棹歌韻賦雲林九曲> 梧谷霽月, 「詩」, 『景陶齋先生文集』 卷2.

이는 제3곡을 경유하면서 개인적 차원에서 문제 해결을 시도하였으나, 여전히 미진한 부분이 남았다는 인식의 표현이다. 이를 어떻게 해결할 것인가, 또 해결할 수는 있는 것인가? 우성규는 지기를 통해 이 문제를 해결할 수 있다고 역설한다. 그 옛날 종자기가 백아의 거문고 소리를 안 것처럼 도를 함께 하는 도반(道伴)이 그의 인식을 지지할 것이라 생각하였다. 물결에 비친 달빛이 그런 희망을 상징적으로 드러내고 있다. 그리하여 여정은 이어지고, 거기서 만난 것이 제5곡 '강정(江亭)'이다.

운림구곡 제5곡은 '강정'은 부강정(浮江亭)을 말한다. 지금은 사라지고 그 터에는 집들이 들어서 있다. 부강정에서 수많은 문인 학자들이 모여 자주 시회(詩會)를 열고 강론하였으며, 여기를 기점으로 선유를 즐기기도 하였는데, 대표적 인물로는 한강 정구(1543~1620), 낙재 서사원(樂齋 徐思遠, 1550~1615), 모당 손처눌(慕堂 孫處訥, 1553~1634), 여헌 장현광(旅軒 張顯光, 1554~1637), 양직당 도성유(養直堂 都聖俞, 1571~1649) 등이 있다.

五曲行舟入洞深	오곡이라 배를 저어 깊은 마을 찾아드니
巍然石楫出踈林	돌기둥 높다랗게 성근 숲에 솟았어라.
此間儘有瑰奇士	이 사이에 진실로 뛰어난 선비 있었으니
爵祿平生不入心	평생토록 벼슬살이 마음 쓰지 않았네.[29]

우성규가 제5곡 부강정에 이르니 깊숙한 마을을 배경으로 성근 숲 사이로 높다랗게 솟은 돌기둥이 자리하고 있었고, 거기에는 세속의 광영에 뜻을 두지 않은 채 오로지 학문에 몰두하는 뛰어난 선비들이 있었다. 이들이 바로 '지기'이며 우성규가 본받아야 할 표상이었다. 제4곡의 문제 상황은 고독과

29 우성규, <用武夷棹歌韻賦雲林九曲> 江亭石楫, 「詩」, 『景陶齋先生文集』 卷2.

지기였는데, 강물을 거슬러 올라 제5곡에 이르러 영욕에 얽매이지 않는 수많은 뛰어난 선비들을 만난 것이다. 이들은 부강정에서 강학하던 동시대의 선비들이기도 하고, 선유를 즐기며 도학을 논하였던 선배 학자들이기도 하다.

제1곡에서 제3곡에 이르는 길은 개인적 차원에서 문제 해결을 모색한 것이라 할 수 있다. 그러나 학문의 길, 시대의 구원이라는 난해한 문제를 해결하기 위해서는 개인적 차원의 노력도 필요하지만, 뜻을 같이하는 개개인이 연대하여 거대한 흐름을 만들어 낼 때 더욱 큰 힘을 발휘할 수 있다. 이 때문에 우성규는 제4곡에서 고독과 지기의 문제를 제기하였고 제5곡에서 우뚝한 선비들과의 연대를 모색하였다. 이 지점에서 앞서의 회의는 다시 한 번 극복되어 더 큰 확신으로 나아간다.

3) 문제 해결의 구심(球心), 정구의 도학 : 제6곡~제9곡

운림구곡 제1곡에서 제기하였던 학문의 길과 시대의 구원이라는 과제 상황은 개인적 차원의 성실과 사회적 연대를 통한 극복이라는 방법을 통해 해결할 수 있었다. 그런데 연대에는 매개와 구심이 필요하다. 즉 무엇을 중심으로 어떻게 조직하는가가 중요하다는 말이다.

구곡시에서 제5곡은 대체로 구곡을 경영하는 주체가 머무르는 강학처로 설정하는 경우가 많다. 그런데 우성규가 설정한 부강정은 한 사람의 학자나 문인이 주인을 자처할 만한 공간이 아니다. 부강정은 마치 동네 사랑방처럼 주인은 따로 있으나 모두가 주인처럼 사용하는 공간이니, 선비라면 누구나 찾아와 강론하고 시를 읊을 수 있었다. 부강정에 모인 선비들이 뛰어나긴 하지만 모두가 정자의 주인인 그들과의 연대는 매개와 구심이 없어 다소 느슨해 보인다. 느슨한 연대로는 문제를 해결하기에 부족하기에 우성규는 연대의 매개와 구심을 찾아 다시 강을 거슬러 오른다.

운림구곡 제6곡은 '연재(淵齋)'이다. 연재는 못가에 임해 있는 재실을 뜻하는데, 후학들이 정구와 서사원(1550~1615) 두 선생의 강학처에 세운 '이락서당(伊洛書堂)'을 가리킨다.

六曲釣磯在碧灣	육곡이라 푸른 물굽이에 낚시터 있으니
世間榮辱不相關	인간 세상 영욕과는 무관한 곳이네.
臨淵像想扁齋意	못가 다가가 집 이름 뜻 생각하니
綠水悠悠白日閒	푸른 물 유유하고 밝은 해 한가롭네.[30]

제6곡에서 이락서당을 만난 우성규는 집 이름의 의미를 생각한다. '이락(伊洛)'은 이천(伊川)과 낙강(洛江)에서 한 글자씩 취한 것이다. 서사원의 거처가 이천에 있었고 정구는 성주, 칠곡, 대구, 창녕 등 낙동강을 중심으로 활동하였으니, '이락'은 정구와 서사원을 기리고 추모한다는 의미이다. 게다가 이락서당의 좌우 협실 편액을 모한당(慕寒堂)과 경락재(景樂齋)라 하였으니, 그 뜻이 더욱 분명하다. 한편 '이락'은 주희의 『이락연원록(伊洛淵源錄)』에서 유래한 이름이기도 하니, 이락서당은 주자학이 맥맥히 이어져 온 곳이기도 하다.

우성규는 부강정에서 지기를 통한 사회적 연대를 모색하였다. 연대에는 매개와 구심이 필요하다. 이락이라는 이름은 이 매개와 구심을 동시에 포함한 이름이다. 왜냐하면 이락의 한 의미인 주자학은 도학의 근원으로서 선비들을 하나로 묶는 매개의 역할을 하고, 다른 의미인 정구와 서사원은 대구를 중심으로 한 도학의 구심이기 때문이다. 우성규가 이락서당에서 주위의 경관보다 '이락'이라는 이름에 주목한 것도 바로 이 때문이다.

30 우성규, <用武夷棹歌韻賦雲林九曲> 淵齋釣磯, 「詩」, 『景陶齋先生文集』 卷2.

운림구곡 제7곡은 '선사(仙槎)'이다. 선사는 신라시대의 고찰(古刹) 선사암(仙槎庵)이 있었던 곳이다. 『신증동국여지승람』에는 '선사암은 마천산에 있는데, 암자 곁에 최치원(崔致遠, 857~?)이 벼루를 씻던 못이 있다'[31]라는 기록이 있다. 이 때문에 제7곡을 읊으면서 학과 신선을 노래하였다.

七曲沿回又一灘	칠곡이라 굽어 도니 또 하나의 여울인데
雲中鶴舞正堪看	구름 속에 춤추는 학 정녕 볼 수 있겠네.
箇中倘有仙人否	그 가운데 혹여 신선이 계시는가
笑指巖間白屋寒	바위 사이 차가운 집 웃으며 가리키네.[32]

최치원이 상징하는 것은 도맥의 정수(精髓)이다. 최치원은 우리 유학의 비조(鼻祖)로 추앙받는 인물로, 그에 의해 비롯한 학문의 전통이 고려를 지나 조선으로 이어졌으며 급기야 이황에게서 열매를 맺어 우성규에게 전해졌다. 그 최치원의 도맥을 누가 잇고 있는가? 바위 사이 서늘한 기상을 뽐내는 집의 주인이다.

선사는 다사 출신의 문인 학자들이 강학하던 곳인데 그 대표적인 인물이 서사원이다. 게다가 선사골에는 서사원의 위패를 모신 이강서원이 있다. 제6곡에서 연대의 구심적 존재로서 정구와 서사원을 만난 우성규는 제7곡에서 그 한 맥인 서사원과 조우한 것이다.

운림구곡 제8곡은 '봉암(鳳巖)'이다. 제7곡 선사에서 6km 정도 물길을 거슬러 오르면 와룡대교를 만나게 되는데, 와룡대교와 마주하고 있는 바위산이 봉암이다. 원래는 물가 쪽으로 더 나와 있었으나 도로를 만드는 과정에서

31 「慶尙道」 大丘都護府, 『新增東國輿地勝覽』 卷26.
32 우성규, <用武夷棹歌韻賦雲林九曲> 鶴舞春雲, 「詩」, 『景陶齋先生文集』 卷2.

깨어져 지금 모습이 되었다.

학이 춤추는 선사의 물길에서 우성규는 도맥의 한 줄기인 서사원을 만났으며, 그 줄기가 뻗어 나온 원류를 찾아서 다시 물길을 거슬러 오른다. 서사원의 학문은 어디에서 비롯하였는가? 정구이다. 연대의 구심은 그리하여 자연스럽게 정구를 찾는 걸음으로 옮겨지고 이때 만난 것이 봉암이다.

우성규가 봉암을 운림구곡 제8곡으로 설정한 것은 무흘구곡(武屹九曲)의 제1곡 '봉비암(鳳飛巖)'을 염두에 두었기 때문이다. 봉비암은 회연서원의 뒤에 자리한 야트막한 바위산이다. 회연서원 뒷산에 웅거한 봉황은 정구를 표상하는 존재인데, 금호강 물길을 거슬러 오르면서 '봉암'을 만났으니 감회가 새로울 수밖에 없었을 것이다.

八曲巖高妙境開	팔곡이라 바위 높고 묘한 지경 열리니
群峰羅列衆波洄	뭇 봉우리 늘어선 데 물결이 휘어 도네.
滿山佳氣禽先得	온산 아름다운 기운 새들이 먼저 아니
翼翼朝陽鳳下來	아침 햇살에 날개짓하며 봉황이 내려앉네.[33]

제8곡을 지나며 우성규는 물결이 휘어 도는 곳에 가기(佳氣)가 빛나는 것을 보았다. 또 거대한 봉황이 내려앉은 듯한 위용을 뽐내며 도도한 물길을 내려다보고 있는 우뚝한 바위도 보았다. 순간 우성규는 정구의 위패를 모신 회연서원 뒷산의 봉비암을 떠올렸다. 그리고 우성규는 넘실대는 물길을 내려다보며 당당하게 서 있는 봉암을 통해 정구의 인품을 표상하고, 서기를 내뿜으며 깃드는 봉황을 통해 정구의 학덕을 형상화하였다. 이렇게 정구의 인품과 학덕을 봉황을 통해 상징적으로 표출함으로써 제9곡에서 만나게 되는 원두,

33 우성규, <用武夷棹歌韻賦雲林九曲> 鳳巖朝陽, 「詩」, 『景陶齋先生文集』 卷2.

즉 정구의 학문이 도학의 길, 시대의 구원을 해결할 구심임을 분명히 하였다.

운림구곡 제9곡은 '사양서당(泗陽書堂)'이다. 이곳은 정구가 만년에 사양정사(泗陽精舍)를 짓고 학문에 몰두하며 제자를 길렀던 곳인데, 한강 사후 자취 없이 사라져버렸다. 이를 안타깝게 여긴 문인 제자들이 1651년(효종 2) 이곳에 사양서당을 건립하여 한강을 주벽으로 하여 석담 이윤우를 배향하였다. 그 후 사양서당은 1694년(숙종 20) 지천면의 웃갓마을로 이건 되었고 사수동에는 빈터만 남았다가 최근 한강공원을 조성하면서 사양정사를 복원하였다.

九曲書林藹藹然	구곡이라 서림이 깊고도 맑으니
春來花柳滿前川	봄이 오자 꽃과 버들 앞 내에 가득.
岡翁潭老遺芬地	강옹과 담로의 향기 남은 이 땅에는
一理昭昭靜裏天	밝고 밝은 일리(一理)가 고요 속에 빛나네.[34]

사양서당은 정구의 학문적 핵심이 갈무리 되어 있는 곳이다. 밝은 일리(一理)가 고요 속에 빛난다는 것은 거기로부터 모든 이치가 뿜어져 나와 세상을 채웠다는 의미이다. 이것은 자신의 학문적 연원이 결국 정구에게 있고, 정구가 걸었던 길을 따르는 것이 자신을 완성하는 길이라는 깨달음이다.

정리하자면, 우성규에게 운림구곡은 생의 뒤안길에서 학문의 자세를 가다듬고 학문의 본령을 다시 확인하는 과정이었고, 또 시대의 문제를 해결하는 지남(指南)이기도 하였다. 우성규는 제1곡에서 제3곡까지의 길을 통해 학문의 길과 시대의 구원이라는 과제 상황은 개인적 차원의 성실을 통해 극복할 수 있다고 하였다. 이어 제4곡, 제5곡에서 지기(知己)를 통한 사회적 연대가 강화되면 더욱 강력한 힘을 발휘할 것이라 하였다. 이때 연대의 매개와 구심

34 우성규, <用武夷棹歌韻賦雲林九曲> 泗陽書堂, 「詩」, 『景陶齋先生文集』 卷2.

이 필요한데, 제6곡에서 제9곡까지의 길을 통해 주자학을 매개로 하여 대구지역에 학문의 씨를 뿌린 정구를 구심으로 삼는다면 자신을 완성하고 시대를 구원하는 굳건한 방안이 될 것이라 하였다. 이는 정구의 학문을 관통하고 있는 내면적 수양과 사회적 실천이라는 정신과 일맥상통하는 것이기도 하다.

4. 맺음말

정구의 학문은 물을 따라 대구지역으로 전해졌다. 낙동강을 따라 이황의 학문이 성주의 정구에게로 이어졌고, 정구가 칠곡에 거주하면서 학맥은 금호강을 따라 대구 곳곳에 스며들었다. 안동에서 성주로, 성주에서 다시 대구로 이어지는 학맥의 정점에 정구가 있었기에 대구의 문인 학자들은 정구를 추앙해 마지않았다.

구곡을 경영하고 구곡시를 창작하는 문화 활동도 예외가 아니어서 대구에 존재하는 농연구곡, 와룡산구곡, 운림구곡 등에는 직·간접적으로 정구의 영향이 미치고 있다. 그 가운데 운림구곡은 시를 통해 볼 때, 정구의 학문을 원두로 삼아 삶의 길을 바로잡고 시대의 문제를 해결하고자 했던 우성규의 자기성찰적 구도(求道)의 과정이라 할 수 있다.

구곡을 통해 문제 해결의 단초를 찾고 이를 적극적으로 내면화하면서 자기를 성찰하고 도를 추구하는 행위는 이처럼 우성규에게만 국한하지 않는다. 오늘날에도 여전히 개인적·사회적 문제를 해결할 방안으로 유효하며 앞으로도 마찬가지일 것이다. 버려두고 도외시할 것이 아니라 오늘에 되살릴 필요가 있다.

대구의 학문은 정구의 영향을 많이 입었다. 그런데 그 학문의 정수와 핵심을 교육하거나 체험할 마땅한 장소가 없다. 사양정사를 복원하였지만 건물 위주의 공간이라 한계가 있다. 그런데 대구지역 구곡은 정구의 학문과 그의 영향에 대해 자연스럽게 이야기하고 대구의 학문을 통괄하는 거대 담론이 펼칠 수 있는 열린 공간이다. 이를 활용하는 적극적인 방법을 강구하여야 한다.

구곡을 활용할 수 있는 몇 가지 방안을 제시하며 글을 마무리하고자 한다. 첫째, 구곡가도(九曲街道)의 조성이다. 대구의 구곡은 지역적으로 고루 분포되어 있다. 대구의 북, 동, 서쪽을 아울러 계발할 수 있으니, 지역적 편중성의 문제를 해결할 수 있다. 또 낙동강·금호강을 중심으로 물길을 따라 조성하였기에 조금만 가공하면 바로 활용할 수 있다. 농연구곡의 경우 팔공산 둘레길과의 연계를 생각할 수 있고, 운림구곡은 금호강 자전거길과 바로 연결되어 있다.

둘째, 선유 문화의 부활이다. 부강정을 중심으로 대구의 문인·학자들이 모여 시회를 열고 학문을 강론하던 전통이 오래전에 단절되었다. 대구를 교육 문화의 도시라 일컫지만, 문화적 역량은 미미하다 할 수 있다. 마침 부강정을 중심으로 고령강정보가 조성되어 있으며, 수량도 넉넉한 편이다. 상화대의 낙동강에서 시작하여 금호강을 거슬러 오르는 선유 문화를 되살린다면 문화도시 대구의 자긍심도 높아질 것이다.

셋째, 대구 시티투어와의 연계이다. 시티투어는 버스로 이동하며 전통과 문화, 과학과 환경 등을 직·간접적으로 체험하는 프로그램이다. 대구의 구곡을 시티투어의 과정에 편입한다면 그 속에서 정구의 학문과 그의 영향을 자연스럽게 이야기할 수 있고, 대구의 학문을 통괄하는 거대 담론을 펼칠 수 있다.

11

하회의 공간구성과 그 의미*

-<하외십육경(河隈十六景)>과 <하회구곡(河回九曲)>을 중심으로-

| **신소윤** | 경북대학교 국어국문학과 BK21 참여대학원생

1. 머리말

'하회(河回)'라는 명칭은 그 이름에서 알 수 있듯이 물과 관련이 깊다. 낙동강(洛東江)이 동쪽에서 흘러들어와 북으로 비스듬히 꺾이고, 이 물줄기가 마을을 휘감아 돌며 '물돌이동[河回]'이라는 이름을 얻었다. 하회는 낙동강이 그 앞을 지나고 학가산(鶴駕山) 기슭이 그 주위를 감싸고 있어, 일찍이 아름다운 경치로 이름이 났다.[1] 그 물과 산의 조화로운 모습을 두고 '산태극(山太極) 수태극(水太極)'이라 하였으며, '물 위에 연꽃이 떠 있는 모습과 같다 하여 연화부수(蓮花浮水)'라 하기도 하였다.

---

* 이 글은 기발표된 필자의 논문(「<하외십육경(河隈十六景)>과 <하회구곡(河回九曲)>의 공간 형상과 그 의미」, 『한국문학논총』 89, 한국문학회, 2021, 65~93쪽)을 수정, 보완한 것이다.

1 이긍익, 「지리전고(地理典故)」, 『연려실기술 별집』 권16, "깊이 괴인 물이 마을을 둘러싸고 있으며 산은 학가산에서 나누어진 것이다. 석벽이 강 위를 빙 둘러 있어 그 경치가 조용하고 빼어나게 아름답다. 위에는 옥연정(玉淵亭)과 작은 승암(僧菴)이 바위 사이에 띄엄띄엄 여기저기 흩어져 있으니 진실로 뛰어난 경치이다.[潢水周回於前 山自鶴駕分來 石壁紆回江上 雍容秀麗上有玉淵亭及小僧菴 點綴於岩石間 眞絶境也]"

한편, 하회는 지리적 특성으로 인해 시냇가 거주지 중에 나라의 제일이라는 평가를 듣기도 했지만, 특히 그곳이 서애 류성룡(西崖 柳成龍, 1542~1607)의 거주지라는 점에서도 귀하게 여겨졌다. 예컨대, 풍석 서유구(楓石 徐有榘, 1764~1845)의 『임원경제지(林園經濟志)』 「상택지(相宅志)」에서, 하회를 류성룡이 살던 곳, 류성룡의 고택(古宅)이 있는 곳이라 설명하는 것이 그것이다.[2]

그런데, 이 하회 일대의 정착과 관련하여 '허씨 터전이요, 안씨 문전에 류씨 배판(排判)'이라는 속언에서 알 수 있듯이,[3] 하회 일대는 처음부터 풍산 류씨들이 모여 사는 동성 반촌은 아니었다. 다만, 7세(世) 류종혜(柳從惠)가 하회에 터전을 잡은 이래 풍산 류씨들이 하회 일대에 입촌하여 점차 번성하게 되었고, 특히 입암 류중영(立巖 柳仲郢, 1515~1573)과 그의 두 아들 겸암 류운룡(謙菴 柳雲龍, 1539~1601), 류성룡이 등장하며 풍산 류씨는 향촌의 주도세력으로 성장하게 되었다.

이처럼 하회 일대는 아름다운 자연경관은 물론이고, 그곳에 세거하는 풍산 류씨들로 인해 그 이름을 드날렸다. 이러한 이유로 하회는 조선시대에 안동을 대표하는 명승지로서 많은 사람들에게 사랑을 받았다. 그 과정에서 하회는 사람들에 의해 다양한 작품으로 형상화되었다.[4]

---

2 서유구, 「상택지」, 『임원경제지』, "西崖柳成龍之所宅也"

3 '허씨 터전이요, 안씨 문전에 류씨 배판'은 곧, 허씨가 터전을 잡은 곳에 안씨가 들어섰고, 안씨의 문 앞에서 류씨들이 마을을 차려 번성하였다는 말이다.(이세동, 『충효당 높은 마루, 안동 서애 류성룡 종가』, 경상북도·경북대학교 영남문화연구원, 2011, 18쪽.)

4 일찍이 류성룡은 <옥연십영(玉淵十詠)>을 통해 하회의 경관을 형상화했으며, 그 이후로 대표적으로 류원지가 하회 16경을 설정하고 이하에게 <하외십육경(河隈十六景)>을 창작해 줄 것을 요청했다. 그 외에 식산 이만부(息山 李萬敷, 1644~1732), 병곡 권구(屛谷 權榘, 1672~1749), 포헌 권덕수(逋軒 權德秀, 1672~1759) 등이 16경을 읊었으며, 서호 류성화(西湖 柳聖和, 1668~1748)는 <하회팔경(河回八景)>을 읊었다. 또, 류건춘과 월오헌 류일춘(月梧軒 柳一春, 1724~1810) 등이 하회 일대에 구곡을 설정하여 <하회구곡(河回九曲)>을 읊었다. 이 외에 하회마을을 중심으로 낙동강의 경관을 그림으로 그려낸 <하외상하낙강일대도(河隈上下洛江一帶圖)> 등도 현재까지 전하고 있다.

본고에서 주목하고자 하는 <하외십육경(河隈十六景)>과 <하회구곡(河回九曲)>은 그 대표적인 작품이다. <하외십육경>은 류성룡의 맏손자인 졸재 류원지(拙齋 柳元之, 1598~1674)가 하회의 16 경관을 제정하고 이를 양계 이하(陽溪 李馥, 1626~1688)에게 시작(詩作)을 청한 작품이며, <하회구곡>은 류운룡의 후손인 남옹 류건춘(楠翁 柳建春, 1739~1807)이 지은 작품이다.

많은 조선조 선비들이 점과 선을 중심으로 문화공간을 만든 것처럼, 류원지와 류건춘은 각각 점과 선을 통해 그들의 세거지인 하회 일대를 형상화하였다.[5] 이 두 작품은 하회 일대에 다양한 의미를 부여하여 이해한 대표적인 작품이라는 점에서도 주목되지만, 특히 그들이 하회를 하나의 문화공간으로 그려내려는 시도가, 17~18세기 영남의 사회·문화적 맥락과 맞닿아 있다는 점에서 중요하다.

이러한 중요성에도 불구하고, <하외십육경>과 <하회구곡>에 대한 연구는 미진한 편이다. 두 작품을 함께 다룬 논의는 전무하며, 각각의 작품 자체에 대한 연구도 소략하게 이루어졌다. 먼저, <하외십육경>에 관한 논의는 주로 하회 경관에 주목한 조경학 분야에서 이루어졌으며, 또 작가와 작품에 대한 개괄적 논의가 이루어지기도 했다.[6] 그리고 <하회구곡>에 관한 논의는 영남

5 많은 조선의 선비들이 자신을 둘러싸고 있는 외물(外物)을 다양한 방법으로 파악하였다. 대표적으로, 명명(命名) 의식과 같이 외물에 유가적 의미를 부여하며 성리학적 대화를 시도하는 것이 그것이다. 선비들은 주로 명명의식을 통해 일상공간을 중심으로 그들의 문화를 구성하였다. 이 문화공간은 '점'으로 이루어지기도 하고 '선'으로 이루어지기도 한다. 이때 점은 특정 사물에 대한 집약적 관심을 통해 문화공간을 이룬 경우이다. 예컨대, 집경시(集景詩)를 통해 경관을 재구성하는 것이라 할 수 있다. 그리고 선은 계류(溪流) 즉, 물줄기를 따라 문화공간을 이룬 경우이다. 예컨대, 구곡(九曲)을 통해 경관을 재구성한 것이다.(선비들의 문화공간 구성과 관련하여 자세한 내용은 정우락, 「조선시대 선비들의 풍류방식과 문화공간 만들기」, 『퇴계학논집』 15, 영남퇴계학연구원, 2014, 197~210쪽 내용 참고.)

6 장태현·류한영, 「詩文을 통해 본 河回16景의 景觀特性에 關한 硏究」, 『산업과학연구』 20, 청주대학교 산업과학연구소, 2003, 53~60쪽; 류한영·장태현·신상섭, 「謙菴玉淵二精舍十六景記에 나타난 하회16경의 경관특성」, 『한국전통조경학회지』 22, 한국전통조경학회, 2004,

의 구곡문학 중 하나로 소개할 뿐, 이 역시 작가와 작품에 대한 개괄적 논의를 벗어나지 못하였다.[7]

이러한 기존 연구를 보완하기 위해 본고는 <하외십육경>과 <하회구곡>의 공간 구성과 의미에 대해 논의를 전개해보고자 한다.[8] 이를 위하여 먼저 하회 일대를 형상화하고 있는 두 작품의 구성과 내용을 분석할 것이다. 이를 통해 <하외십육경>과 <하회구곡>에 하회 공간이 어떻게 나타나고 있는지에 대해 살펴본다. 그리고 이러한 하회 일대의 형상화를 바탕으로 작품의 의미를 도출할 것인데, 이를 17~18세기의 영남지역의 사회·문화적 맥락 속에서 논의를 전개해보고자 한다.

56~65쪽; 노재현·이현우, 「「河回十六景」과 「河隈洛江上下一帶圖」를 통해 본 하회16경의 경관상」, 『한국전통조경학회지』 31, 한국전통조경학회, 2013, 48~58쪽; 서수용, 「하회의 경관과 16경」, 『안동학연구』 16, 한국국학진흥원, 2017, 191~209쪽.

7 김문기·강정서, 『경북의 구곡문화』 Ⅱ, 경북대학교 퇴계연구소, 2012, 52~74쪽; 조유영, 「조선조 구곡가의 시가사적 전개양상」, 경북대학교 박사학위논문, 2017, 1~249쪽; 정우락, 「구곡원림의 양상과 경북 구곡의 문화사적 의미」, 『유교사상문화연구』 77, 한국유교학회, 2019, 371~407쪽.
한편, 일찍이 하회라는 공간에 관한 연구는 다방면으로 이루어져 왔다. 하회의 아름다운 경관, 하회에 내재된 전통성은 세계적으로 하회를 알리는 역할을 했던 만큼 이에 관한 연구가 많이 진행되었다. 하회별신굿, 하회탈 놀이, 선유줄불놀이와 같은 하회의 전통문화에 관한 연구, 하회 일대의 건축, 식생 등의 조경학적 연구, 하회의 관광 자원화, 콘텐츠 활성화, 브랜드 웹툰과 같은 지역 활성화 연구 등이 그것이다. 이러한 기존의 논의를 보더라도, 하회의 문학에 대한 논의가 이루어지지 못했음을 알 수 있다.

8 여기에서 두 작품을 함께 다루는 이유는 <하외십육경>은 하회 일대를 문학적으로 형상화한 작품들의 전범이 되었으며, 이러한 십육경의 영향으로 <하회구곡>이 창작되었다는 점에서이다. 구곡의 경우 류건춘의 작품뿐만 아니라 류상춘의 작품도 있지만, 비교했을 때 류건춘의 작품이 십육경과의 관계를 명확하게 밝히고 있으며 가장 많이 알려진 작품이라는 점에서 류원지의 <하외십육경>, 류건춘의 <하회구곡>을 주목하고자 한다.

2. <하외십육경>과 <하회구곡>의 공간 구성

류원지의 <하외십육경>과 류건춘의 <하회구곡>은 하회 일대를 문학적으로 표현한 대표적인 작품이다. <하외십육경>은 이후 하회의 경관을 읊는 작품들의 전범이 되었다는 점에서 주목할 만한 작품이라 할 수 있다. <하외십육경>은 이후에 등장하는 십육경시뿐만 아니라, 하회를 읊은 구곡시에도 영향을 미쳤다.

畵壁風煙十六詩	그림 같은 절벽 경치를 읊은 열여섯 시
蛇難添足水難披	결코 여기에 사족을 더하기는 어려우리라
愚聾晩好紫陽曲	어리석은 내가 뒤늦게 주자(朱子)의 구곡(九曲)을 좋아하여
敢擬江居小武夷	감히 강가 거처를 작은 무이에 비겨보네[9]

<하회구곡> 중 합곡(合曲)의 내용이다. <하회구곡>은 구곡을 읊은 후, 끝에 '합곡'을 첨가한 특이한 구조로 이루어져 있다. 여기서 류건춘은 구곡시를 창작하게 된 이유를 밝히고 있는데, 1구에서 말하는 열여섯 시가 바로 '하회십육경'을 가리키므로, 구곡시의 창작이 하회십육경과 밀접한 관계가 있음을 알 수 있다. 다만, 이 '하회십육경'은 류건춘의 부친인 류풍(柳灃, 1702~1772)의 <하회십육경>을 말하는데, 류풍의 <하회십육경>의 내용을 살펴보면, 다른 하회십육경 작품들처럼 류원지의 <하외십육경>이 제시한 경관을 그대로 수용하고 있음을 알 수 있다. 즉, 이를 정리해 보면, 류원지의 <하외십육경>은 이후 창작된 '하회십육경 류(類)'에 큰 영향을 미쳤으며, 이 하회십육경이 다

---

9 류건춘, <하회구곡> 합곡, 『남옹유고(楠翁遺稿)』, 316쪽.
원문 및 해석은 『(國譯) 玉皐世稿』(대보사, 2010.)을 참조했다. 이하의 내용에서 작품을 제시할 때, "류건춘, <하회구곡> 몇곡."으로 표시한다.

시 하회구곡에까지 영향을 미쳤다는 것이다. 이러한 관계를 염두하면서 작품의 구조를 살펴보자.

먼저, 류원지는 <겸암 옥연 두 정자의 16경 기록[謙庵玉淵二精舍十六景記]>에서, 말로 형용할 수 없는 마을의 승경(勝景)이 모두 강 북쪽 일대에 있어 이것을 보기 위해 정사가 지어졌다며, 문장가에게 이 승경을 문학으로 나타내주길 구한다고 하였다.[10] 그리고는 16 경치에 대한 시제(詩題)를 제시하는데, '1경 : 입암에 불어 오르는 물[立巖晴漲]', '2경 : 마암에 부딪히는 성난 물결[馬巖怒濤]', '3경 : 화산에 달이 솟아오름[花峀湧月]', '4경 : 마늘봉에 걸린 구름[蒜峯宿雲]', '5경 : 눈이 개인 만송정 숲[松林霽雪]', '6경 : 율원에 밥 짓는 연기[栗園炊煙]', '7경 : 남산 봉우리의 서리 맞은 단풍[秀峯霜楓]', '8경 : 잔도로 지나가는 나그네[道棧行人]', '9경 : 남쪽 나루의 무지개다리[南浦虹橋]', '10경 : 원지봉의 신령한 비[遠峯靈雨]', '11경 : 물가 바위에서의 낚시[盤磯垂釣]', '12경 : 적벽에서 부르는 노랫소리[赤壁浩歌]', '13경 : 강촌 고기잡이배의 불빛[江村漁火]', '14경 : 나루터에 가로놓인 배[道頭橫舟]', '15경 : 수림에 내리는 노을[水林落霞]' '16경 : 모래톱에 앉은 기러기[平沙下雁]'이 그것이다. 이 작품에 등장하는 대상의 위치를 살펴보면, 주로 옥연정사(玉淵精舍), 겸암정사(謙菴精舍)에서 바라볼 수 있는 대상들에 집약적인 관심을 표현하고 있음을 알 수 있다.

한편, 류건춘의 <하회구곡>에 제시된 시제는, '1곡 : 병산(屛山)', '2곡 : 남포(南浦)', '3곡 : 수림(水林)', '4곡 : 겸암정(謙巖亭)', '5곡 : 만송(晩松)', '6곡 : 옥연(玉淵)', '7곡 : 도포(島浦)', '8곡 : 화천(花川)', '9곡 : 병암(屛巖)'이다. 이 작품에 등장하는 대상의 위치를 보면, 마치 하나의 선처럼 낙동강을 따라 내려가고 있다는 점이 주목된다.

---

10 류원지, <謙庵 玉淵二精舍十六景記>, 『拙齋集』 권2, "蓋村中勝賞, 盡在江北一帶, 攬而爲精舍之有矣, 將欲求題品於當世之大手筆, 以侈其勝, 故略記其梗槩如右, 其十六景名目具下."

대개 우리나라에서 창작된 구곡 작품은 주자(朱子)의 <무이도가(武夷櫂歌)>를 적극적으로 수용하여, 주자의 구곡 설정 방식에 따라 물길을 거슬러 올라가는 형태를 따르는 한편, <하회구곡>처럼 물길을 따라 내려오는 형태를 취하기도 하였다. 특히 주자의 <무이도가>에서 물길을 거슬러 오른다는 것은 성리학의 궁극적인 목적인 본성의 회복과 결부되어 있다. 이에 따라 많은 구곡시들이 물길을 거슬러 오르는 것을 택하였는데, 이러한 맥락에서 <하회구곡>처럼 물길의 흐름을 따르지 않는 것은 다소 특이한 지점이라 할 수 있다.[11] 다만 그 변화는 주자 성리학에 배치되는 성격이 아니라, 위의 <하회구곡> 합곡의 내용에서 알 수 있듯이, 주자의 것을 따르면서도 나름대로 개방적인 측면을 꾀하고자 했다는 것임을 알 수 있다. 즉, 류건춘의 <하회구곡>은 전술한 합곡의 내용에서 알 수 있듯이 앞서 창작된 하회십육경을 받아들이면서 동시에 주자의 <무이도가>를 탄력적으로 수용하고자 한 작품인 것이다. 그리하여 이 작품은 <하외십육경>이 집약적인 관심을 표현한 것과 달리, 그 지점들을 일정 부분 포함하면서 하회를 안고 있는 낙동강 물줄기를 따라 넓은 대상에 관심을 가지는 모습이 나타난다.

이처럼 <하외십육경>과 <하회구곡>은 각각 점의 구조와 선의 구조를 통해 문화공간을 구성하고 있는 작품이다. 하회라는 같은 공간을 다른 구조방식을 통해 구성해나가고 있는 것인데, <하회구곡>은 <하외십육경>의 영향을 받아 만들어진 것으로서, 제시한 시제만 보더라도 두 작품은 일정 공간을

11 이러한 구곡의 유형은 주자의 무이구곡 경영을 그대로 따른 '정격형 구곡원림'과 주자의 무이구곡 설정에 변화를 보여준 '변격형 구곡원림', 그리고 정격형 구곡원림과 변격형 구곡원림이 함께 설정된 '복합형 구곡원림'으로 나누어 살펴볼 수 있다.(정우락, 「대구지역의 구곡문화와 그 특징」, 『한민족어문학』 77, 한민족어문학회, 2017, 136~143쪽 내용 참고.) 특히 변격형 구곡원림과 복합형 구곡원림은 중국의 구곡문화가 조선에 어떻게 토착화되고 변모되었는지를 보여준다는 점에서 주목할 필요가 있다.(조유영, 「조선조 구곡가의 시가사적 전개양상 연구」, 경북대학교 박사학위논문, 2017, 40~43쪽 내용 참고.)

공유하면서도 서로 다른 공간을 포함하고 있다. 이를 그림으로 나타내면 아래와 같다.

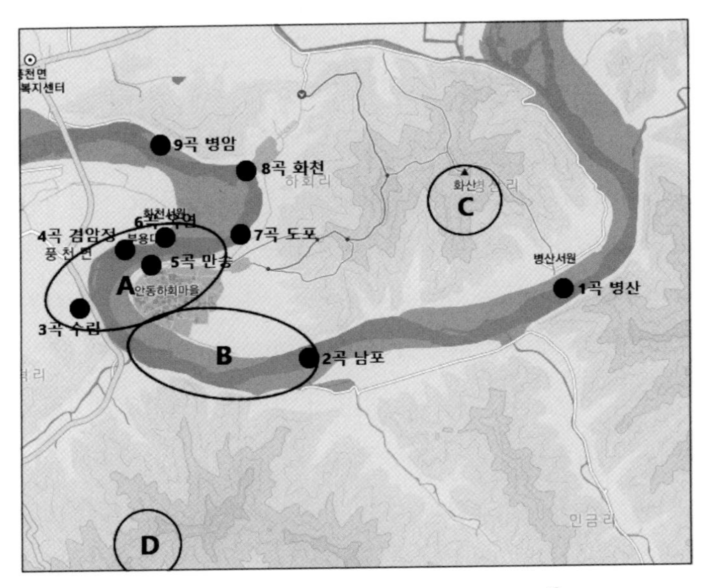

[그림 1] <하외십육경>과 <하회구곡>의 위치[12]

A, B, C, D는 <하외십육경>의 공간을 대략 표시한 것이며, 각 점들은 <하회구곡>의 공간을 표시한 것이다. 먼저 <하외십육경>의 경우, A에는 1경, 2경, 5경, 8경, 11경, 12경, 14경, 15경이 포함되며, B에는 6경, 7경, 9경, 10경이 포함되며, C에는 3경이, D에는 4경이 포함된다. 이를 보면 A와 B의 구역에 류원지의 관심이 집중되어있는 것을 알 수 있는데, 류운룡이 건립한 겸암정

12 위 지도는 https://map.kakao.com/을 이용하여, <하외십육경>과 <하회구곡>의 공간을 표현한 것이다. 다만, 16개의 지점을 모두 찍지 않은 것은 지면상에 한계가 있으므로, 대략의 지점들을 묶어 A, B, C, D로 표현하였다.

사(謙菴精舍)와 류성룡이 건립한 옥연정사(玉淵精舍)를 중심으로 문화공간을 형성하고 있는 점이 주목된다. 그리고, <하회구곡>은 위의 그림에서 나타나듯이 물줄기를 따라 9곡을 설정하였다. <하외십육경>이 집약적으로 몇 공간에 관심을 가지고 있는 것과 달리, <하회구곡>은 하회 전체를 감싸 안듯이 넓은 범위를 대상으로 문화공간을 형성하고 있음을 알 수 있다.

3. <하외십육경>과 <하회구곡>에 나타난 하회의 모습

<하외십육경>과 <하회구곡>의 창작은 서로 영향관계가 있는 만큼, 경물, 경관을 공유할 뿐 아니라, 하회 일대를 형상화해나가는 양상 또한 유사한 면이 많다. 두 작품에 나타나는 하회의 모습은 크게 일상공간에 대한 관심과 흥취 표출, 선조에 대한 존숭과 도학적 공간으로 나누어 살펴볼 수 있다.

1) 일상공간에 대한 관심과 흥취 표출

기본적으로 <하외십육경>과 <하회구곡>은 중국에서 유입된 산수문화 중 우리나라에 가장 유행했던 팔경, 구곡문화의 전통 속에서 이해할 수 있다. 먼저 팔경문화는 소강(瀟江)과 상강(湘江)이 만나는 아름다운 경관을 중심으로 창작된 소상팔경(瀟湘八景)이 우리나라에 유입된 이후 다양한 사람들에 의해 계승·변용되어왔다.[13] 수려한 8경관에 대한 문학적 형상화의 전통이 <하외십육경>에는 수려한 16경관에 대한 문학적 형상화로 계승·변용된 것이 그것이

13 안장리, 「소상팔경 수용과 한국팔경시의 유행 양상」, 『한국문학과 예술』 13, 숭실대학교 한국문학과예술연구소, 2014, 44쪽.

다. 이는 <하외십육경> 중에 16경에 해당하는 '평사하안(平沙下雁)'의 "형양 땅 그리는 목소리는 끊이지 않는데, 소상강 찾는 길 잊지 않고 예대로 돌아가네[衡陽聲不斷 瀟湘眼還慣]."라는 구절을 통해 확인할 수 있다. 특히 이러한 팔경시는 후대로 갈수록 경관의 일상화가 두드러졌다.[14]

그리고 류건춘의 <하회구곡>의 경우, 전술하였듯이 주자의 <무이도가>를 전범으로 하고 있으나, 지리적으로 경승에 설정되었다. <하회구곡>은 수려한 경치를 자랑하는 하회가 곧 작가의 세거지였으므로, 일상공간에 대해 관심을 가지고 흥취를 표출하는 것을 자연스러운 일이었다.

(가)	赤壁陟江上	강 건너 솟아있는 적벽 위에서
	臨風撥浩歌	바람타고 큰 소리로 노래 부르네
	歌聲滿天地	노래 소리 천지를 가득 채우니
	萬物於吾何	만물이 내게 무슨 상관이리오
	一歌聲正長	한번 노래하니 소리가 길게 퍼져가고
	再歌心更多	다시 노래할 마음이 거듭 일어나네
	歌罷夢依然	노래는 끝나도 꿈처럼 아련하니
	羽衣飛相過	신선의 옷자락이 스치고 지나간 듯하네
	何如壬戌秋	임술년의 가을은 어떠했는가
	北岸今東坡	부용대가 바로 소동파의 적벽일세[15]

(나)	江半清陰覆繫船	강의 반쯤 맑은 그늘이 드려 묶인 배를 덮고
	三冬雪盖帶春烟	삼동에 덮혔던 눈이 봄 연기를 띠었네

14 안장리, 앞의 논문, 49~52쪽.

15 류원지·이하, <하외십육경>, 적벽호가(赤壁浩歌).
원문 및 해석은 『(세계문화유산) 하회마을의 세계』(임재해 외 8인, 민속원, 2012.)를 참조했다. 이하의 내용에서 작품을 제시할 때, "류원지·이하, <하외십육경>, 시제."로 제시한다.

流鶯老鶴渾風瑟　꾀꼬리와 늙은 학이 바람에 뒤섞이는데
五曲霜楓赤壁前　오곡이라 서리 든 단풍같은 적벽이 앞에 있네[16]

(가)는 부용대에서 노래 부르며 그 경치를 읊은 것이다. 부용대는 하회마을 강 건너편에 자리한 절벽으로, 하회 일대 경관 중에서 으뜸으로 꼽힌다. 부용대에서 하회 전경을 내려다볼 수 있으며, 그 아래를 흐르는 강에서 많은 사람들이 선유(船遊)를 즐기곤 하였다.[17] 류원지는 이러한 부용대를 풍류의 공간으로 인식하며 위의 시를 지었다. 1구부터 8구까지 부용대에 올라 노래를 부르며 흥이 일어나는 모습을 묘사한 것에서, 경관을 보고 느낀 흥취를 표현하고 있음을 알 수 있다. 특히 4구에 "만물이 내게 무슨 상관이리오[萬物於吾何]"라고 하며 풍류를 즐기며 무아지경에 빠진 듯한 모습을 보이기까지 한다. 또, 9구와 10구에서 소동파가 본 적벽이 바로 부용대라고 하며, 소동파의 풍류를 자신도 이 부용대에서 즐길 수 있음을 암시하기도 하였다.[18] 즉, 부용대라는 일상공간을 바라보며 느낀 흥취를, 노래 부르는 행위와 소동파와의 동일시를 통해 표현하고 있는 것이다.

(나)는 류운룡이 마을 강가에 심었다고 전해지는 만송정(晩松亭)을 바라보며 읊은 것이다. 류건춘은 강을 반쯤 덮을 만큼 높이 솟은 소나무들을 바라보며, 자연의 아름다움을 표현하였다. 소나무가 숲을 이룰 정도로 규모가 큰 것도 장관이지만, 겨울과 봄의 사이에 눈이 녹으며 소나무의 푸른빛이 도드라지는 모습은 더욱 아름다웠을 것이다.[19] 류건춘은 눈이 점차 녹으며 봄기운

16 류건춘, <하회구곡>, 5곡 만송(晩松).

17 임재해 외 8인, 앞의 책, 129~130쪽.

18 시제에 부용대를 소동파가 배를 띄우고 놀았다는 적벽(赤壁)과 동일시하는 것도 작가가 소동파와 자신이 비슷한 상황에 있음을 표현한 것으로 이해할 수 있다.

19 <하외십육경>에서 '송림제설'이라 하여 눈이 개인 뒤의 소나무 숲을 주목하였다. 생기를

이 일렁이는 때의 소나무 숲을 바라보면서, 동시에 그 주위를 날아다니는 새들의 모습과 건너편에 적벽처럼 붉은빛을 띠는 부용대를 바라보았던 것 같다. 그는 이러한 자연공간을 바라보며 느낀 아름다움을 시로 표현함으로써 자신의 흥취를 표출하고 있는 것이다.

한편, <하외십육경>과 <하회구곡>에서 주목한 대상은 일상공간에 놓인 자연물뿐만 아니라, 사람들의 생활상까지도 포함되어 있다.

(가) 道棧懸郭外	저 건너 벼랑에 걸린 잔도에
歷歷數行人	몇 사람 지나가는 것 분명히 보이네
不知遠近向	가는 곳을 알 수 없으나
但見往來頻	왕래하는 사람 꾸준히 보이네
細雨或披蓑	가랑비 오면 도롱이 입은 사람
斜陽時負薪	석양엔 땔감 진 사람도 가네
路危無息肩	길이 위태로우니 어깨를 쉴 수 없고
江幽稀問津	그윽한 강가, 나루를 묻는 사람 별로 없네
靜坐較閑忙	조용히 앉아 바쁘고 한가함 견주어보니
無營則安身	할 일 없는 사람 몸 편안한 줄 알겠네[20]

(나) 一片江隅孤島青	강 모서리의 한 조각 외로운 섬은 푸른데
飄飄行客影長汀	지나가는 나그네 그림자가 백사장에 길구나
高秋黃林平如掌	높은 가을 노란 숲은 손바닥처럼 평평한데
七曲農謠遠近聽	칠곡이라 농부들 노랫소리 원근에 들리네.[21]

읊은 다른 초목들과 달리 소나무는 검푸른 수염에 옥띠를 두르고 잎에는 백발처럼 눈이 덮여있다며, 일상의 아름다움을 포착하여 시를 읊었다.

20 류원지·이하, <하외십육경>, 도잔행인(道棧行人).

21 류건춘, <하회구곡>, 7곡 도포(島浦).

(가)는 상봉정(翔鳳亭) 벼랑 쪽에 위치한 험준한 길을 지나가는 사람들을 보며 읊은 것이다.[22] 잔도는 하회 마을 건너편에 위치한 길로, 오가는 중에 앉아서 쉬지 못할 만큼 험준하나 평소에 사람들이 자주 오갔던 길이다. 이는 1구에서 6구까지의 내용을 통해 알 수 있다. 문득 바라보아도 오가는 사람들을 뚜렷하게 볼 수 있다거나, 날씨나 시간에 구애받지 않고 사람들이 오가는 모습을 볼 수 있다는 것은 그곳이 일상적인 공간이었음을 잘 보여주는 대목이다. 이러한 일상적인 공간에서의 사람들을 바라본 후에는 자신의 소박한 일상으로부터 느끼는 즐거움을 표출한다. 9구와 10구의 내용이 그것이다. 잔도는 험난하여 오가는 사람들이 멈춰 설 수 없는 곳이었으므로, 앉아서 쉬거나 이야기를 나누지 못한 채 목적지로 바삐 나아갈 수밖에 없었다. 그러다 보니 잔도 주변은 길을 묻는 사람도 없고 오히려 고요한 분위기가 맴돌았다. 이에 류원지는 바쁜 사람들과 고요한 잔도의 대조적인 모습을 견주어보는데, 끝에 할 일이 없는 사람은 아마 자신을 가리키는 말일 것이다. 즉, 길(잔도)을 오가는 사람들의 바쁜 상황과 정작 고요한 길의 분위기를 바라보며 자신이 느낀 흥취를 표현하고 있는 것이다.

(나)는 현재는 그 자취를 찾을 수 없지만, 예전에 낙동강 안에 있었던 섬인 도포(島浦)를 바라보며 읊은 것이다.[23] 강 중간에 홀로 외롭게 떠있는 섬을 바라보고 있는데, 마침 섬 나루터에 섬으로 들어오는 것인지 나가는 것인지 알 수 없는 사람들의 모습이 보인 듯하다. 그리고는 시선을 돌려 가을의 노란 숲을 바라보는데, 이어서 가을철 농부들의 노랫소리가 들려온다고 하였으니

22 상봉정은 일찍이 류성룡이 그 벼랑을 상봉대(翔鳳臺)라 부른 데서 따온 이름으로, 회당 류세철(悔堂 柳世哲, 1627~1681)에 의해 1670년에 건립되었다.(문화재청 국가문화유산포털, "상봉정", 2021. 12. 30, https://search.cha.go.kr/srch_org/search/search_top.jsp.)

23 김문기·강정서, 『경북의 구곡문화』 Ⅱ, 경북대학교 퇴계연구소, 2012, 69쪽.

노란 숲은 누렇게 벼가 익은 모습을 비유한 것임을 알 수 있다. 즉, 가을철 수확이 한창인 섬을 바라보며 문학적으로 형상화하고 있는 것이다. 섬 자체에만 관심을 가지는 것이 아니라, 나루터를 오가는 사람들, 노래를 부르며 수확하는 농부들의 모습과 같이 사람들의 생활상에도 관심을 가지고 이를 시적으로 표현한 것이라 하겠다.

이처럼 <하외십육경>과 <하회구곡>은 절벽(부용대), 숲(만송정)과 같이 자연물 자체에 주목하여 시적 상상력을 펼치기도 했지만, 벼랑길(잔도), 섬(도포)과 같이 자연물뿐만 아니라 사람의 행위, 상황 등에 주목하여 시적 상상력을 펼치기도 했다. 두 작품은 모두 하회를 세거지로 둔 작가들에 의해 창작되었기에, 일상공간에 대한 관심과 그에 대한 흥취 표출이 잘 드러날 수 있었다. 작가가 자신의 일상을 문학적으로 형상화하는 것은 자연스러운 일이었기 때문이다. 더욱이 하회 일대는 경승지로서 작가의 시심을 자극할 만했기 때문에, 두 작품 모두 이처럼 경관의 일상화가 두드러지게 나타날 수 있었던 것이라 하겠다.

2) 선조에 대한 존숭과 도학적 공간

<하외십육경>과 <하회구곡>은 각 작품의 창작의도를 살필 수 있는 「겸암옥연 두 정자의 16경 기록」과 합곡의 내용을 염두했을 때, 류운룡, 류성룡과 같은 선조에 대한 존숭이 두드러지는 작품임을 알 수 있다. 즉, 두 작품 모두 수려한 경치를 주목하고 이를 시적으로 표현하고 있지만 동시에 선조와 관계가 깊은 곳들을 주목한 것이다.

(가) 岩岩入江中　　물 가운데 선 두 바위

終古聞江漲　예로부터 큰물 소리 듣는데
漲立岩不沒　큰물에 잠기지도 않고 서 있고
漲伏岩無恙　큰물에 탈나지도 않고 엎드려 있네
有如特立人　마치 큰사람이 버티어 서 있는 것처럼
風波任所伏　풍파에도 그 자리 지키고 있는데
隻手回倒瀾　한 손으로 전도된 물결을 돌이키고
百川聽東障　온갖 냇물을 막아서 동쪽으로 가게 하였네
豈斯斧鑿能　누가 능히 도끼로 깎을 수 있겠는가
偉哉眞可仰　참으로 위대하도다! 우러를 만하구나[24]

(나) 洛上源流出自東　낙동강 근원 있는 물이 동쪽으로부터 흐르고
巖屛峭壁抱其中　병풍바위의 가파른 절벽이 그 안을 둘러쌌네
雲屛作院江環島　구름 낀 병산에 서원 지으니 강이 섬처럼 두르고
一曲名基柳樹風　일곡이라 이름난 터에 버드나무 나부끼네[25]

(가)는 겸암정사 앞쪽에 위치한 입암을 바라보며 읊은 것이다. 입암에 내포된 의미는 다양하다. 먼저 입암이라는 호를 지녔던 류중영(柳仲郢, 1515~1573)을 떠올릴 수 있다. 류중영은 류운룡, 류성룡 형제의 아버지로, 퇴계 이황(退溪李滉, 1501~1570)과 각별한 교유관계를 쌓으며 이황의 학술 사업에 적극적으로 참여하는 등 지역 학문의 부흥과 발전에 많은 영향을 미쳤다. 또 자신의 두 아들을 이황의 문하로 보내 훗날 퇴계학파의 기둥이 되는 학자로 성장하는 기반을 마련하기도 하였다. 그리고 이 두 아들에 의해 가문을 중심으로 한 학문의 전통이 전개되었다는 점에서 류중영은 가학(家學)의 문호를 연 인물이

24 류원지·이하, <하외십육경>, 입암청창(立巖晴漲).
25 류건춘, <하회구곡>, 1곡 병산(屛山).

라 평가할 수 있다.[26] 한편, 입암은 자세히 보면 큰 바위와 작은 바위로 나뉘어 있는데, 이를 마을 사람들은 '형제바위'라 일컬으며 류운룡과 류성룡 형제의 우애를 상징한다고 하기도 하였다.[27] 이렇게 보면 입안은 결국 류중영, 류운룡, 류성룡 3 부자(父子)를 의미하고 있다고 할 수 있다.

위 시의 내용을 보면, 1구부터 6구까지는 바위를 사람에 비유하여 표현하였다. 류원지는 커다란 바위가 낙동강에 잠기지 않고 탈나지 않고 자신의 자리를 지키는 모습에서 류중영, 류운룡, 류성룡 같은 큰 선현의 모습을 떠올린 듯하다. 이는 이어서 7구와 8구를 통해 확인할 수 있다. 그 내용을 보면, 한유(韓愈)의 <진학해(進學解)>에, "온갖 냇물을 막아 동쪽으로 흐르게 하고, 이미 엎어진 데서 거센 물결을 되돌렸다.[障百川而東之 廻狂瀾於旣倒]"라는 구절과 관련이 있음을 알 수 있다. 이 구절에서 백천(百川)은 유학(儒學)이 아닌 이단의 가르침으로, 결국 이단의 설을 막고 유학의 가르침을 다시 일으켰다는 것을 의미한다. 즉, 류원지는 유학의 가르침을 바탕으로 풍산 류씨 나아가 영남의 학문을 확장시켰던 3 부자를 떠올리고 있는 것이다. 강가의 바위를 통해 류중영, 류운룡, 류성룡을 투영시킴으로써 그 공간을 도학적인 의미가 강하게 내포된 곳으로 형상화하고 있는 것이라 하겠다.

(나)는 병산서원 건너편에 병풍처럼 펼쳐진 병산(屛山)에 대해 읊은 것이다. 낙동강은 강원도 태백시 함백산(咸白山)에서 발원하여 남류하다가 안동의 동쪽 지점에서 반변천(半邊川)과 합수한다. 그 물줄기는 서남쪽으로 굽이쳐 풍산의 하회 일대에 이르러 휘돌이를 시작하는데, 이 휘돌이가 시작되는 부분이 바로 병산 영역이다.[28] 류건춘은 병산 영역으로부터 낙동강이 흘러오는 것을

26 안병걸, 「풍산류씨 가문의 학문 전통과 가학 계승」, 『국학연구』 35, 한국국학진흥원, 2018, 166~167쪽.

27 임재해 외 8인, 앞의 책, 137쪽.

보며, 가문 나아가 학문의 흐름을 떠올렸다. 이는 3구와 4구에서 구체적으로 확인할 수 있다. 먼저 3구에서 말하는 서원은 가문의 서당인 풍악서당(豊岳書堂)을 전신으로 한 병산서원(屛山書院)을 가리킨다. 1607년 우복 정경세(愚伏鄭經世, 1563~1633) 등이 류성룡을 기리기 위해 존덕사(尊德祠)를 창건하고 병산서원에 위패를 봉안하였다. 이후 류성룡의 셋째 아들 수암 류진(修巖 柳袗, 1582~1635)이 추가로 배향되었다. 즉, 병산서원은 학문과 덕행이 뛰어났던 선조들을 떠올릴 수 있는 공간인 것이다. 더욱이 4구에서 이곳에 버드나무[柳]가 나부낀다고 하였으니, 풍산 류씨 가문을 비유한 것이라 할 수 있다. 즉, 류건춘은 낙동강의 원류가 병산을 통해 흘러들어오는 것처럼, 가문의 원류가 병산서원으로부터 내려오고 있음을 말하고자 한 것이다.

한편, <하외십육경>의 '입암청창'과 <하회구곡>의 '병산'은 작품의 시작점으로서, 원두(源頭)를 의미한다고 할 수 있다. 즉, 작품의 근원이 되는 것인데 시의 내용을 보면, 가문의 학문, 나아가 지역의 학문의 부흥에 일조한 류중영, 류운룡, 류성룡 등을 대상에 투영시키고 있다는 점에서 두 작품 모두 선조를 향한 존숭이 잘 나타난다고 할 수 있다.

다만, 두 작품을 비교했을 때 상대적으로 <하외십육경> 보다 <하회구곡>이 도학적 의미가 강하게 나타나고 있음을 발견할 수 있다. 기본적으로, <하외십육경>은 팔경문화의 전통을 이어받아 수려한 경관을 바라보고 묘사하는 데 비중을 두지만, <하회구곡>은 구곡문화의 전통을 이어받아 수려한 경관을 주목하기는 하나 성리학적 인식이 강하게 나타나기 때문에 이러한 차이가 나타날 수밖에 없는 것이다. 실제로 <하외십육경>의 내용을 보면 1경에서 류중영, 류운룡, 류성룡 3 부자를 투영시켜 선조를 향한 존숭과 도학

28 임재해 외 8인, 앞의 책, 28쪽.

적 공간을 형상화하고, 이후 몇 경관에서도 부분적으로 도학적인 공간을 형상화하는 모습이 나타난다. 예컨대, 15경 수림낙하(水林落霞)에 이르러 "겸암이 남긴 자취 밟아보니 부친이 물린 일 잘도 이어 다스렸네. 정자에서 일어나 다섯 발자국 이내에 새로운 편액이 물가에 비치네. 강산은 연하여 주인이 있어 빼어난 경치를 자랑스럽게 일구었구나[謙菴有遺燭 骨構傳克家 起亭五步內 新扁照水涯 江山連有主 勝事堪成誇]"라는 구절이 그러하다.

抱社清流繞白沙 서원을 안은 맑은 물 백사장을 둘러싸니
花名山下水名花 산은 화산이라 하고 산 아래 물은 화천이라 하네
倫堂高處青襟集 명륜당 높은 곳에 청금의 선비들 모이니
八曲絃聲動北涯 팔곡이라 글을 읽는 소리 북쪽 물가에 들리네.[29]

위의 시는 <하회구곡> 8곡인 화천(花川)으로, 화천은 화산(花山) 앞을 지나는 시내를 말한다. 류건춘은 화천 쪽에 세워진 화천서원(花川書院)을 바라보고 있는데, 화천서원은 1786년 지방 유림의 공의로 류운룡, 류원지, 동리 김윤안(東籬 金允安, 1560~1622)을 기리기 위해 지어졌다. 류운룡과 류원지는 그의 선조이며 김윤안은 류성룡의 문인이니, 화천서원 역시 선조의 학업과 덕행에 대한 흠모를 드러내는 공간으로서 형상화된 것임을 알 수 있다.

이와 같이, <하외십육경>과 <하회구곡>은 선조들을 시적 대상에 투영시킴으로써 선조에 대한 존모를 다양하게 형상화였으며, 선조들의 학문적 업적을 강조하며 도학적인 공간을 그려내었다. 특히, 두 작품은 공통적으로 작품의 근원이라 할 수 있는 1경과 1곡에 모두 선조에 대한 강한 존숭을 드러내며, 작품의 지향점이 단순히 수려한 경관을 누리는 것만이 아님을 보여주었다.

29 류건춘, <하회구곡>, 8곡 화천(花川).

또, 상대적으로 <하외십육경> 보다 <하회구곡>이 도학적 공간을 형성하는 태도가 더 강하게 나타났다. 이러한 면모는 팔경문학과 구곡문학의 특성에 따른 차이로, 두 작품 모두 창작의도나 내용을 살폈을 때 하회 일대를 선조에 대한 존숭과 함께 도학적 공간으로 인식하고 있다는 점은 같다고 할 수 있을 것이다.

4. <하외십육경>과 <하회구곡>이 지닌 의미 - 가문의식의 구현과 확장

<하외십육경>과 <하회구곡>은 하회라는 일상적 공간에 작가의 문학적 상상력이 결합되어 나타난 것이다. 그 문학적 상상력에는 점으로서 구성되는 팔경문화의 전통과 선으로서 구성되는 구곡문화의 전통이 자리하였다. 그리하여 두 작품은 하회라는 일상적인 공간에 주목하여 흥취를 구현하는 한편, 그 공간에 얽힌 선조들을 떠올리고 존모하며 도학의 공간으로 인식하는 모습이 나타났다. 그렇다면 이러한 두 작가의 하회 공간에 대한 인식이 지닌 의미는 무엇일까? 이와 관련하여 본고는 풍산 류씨들에 의한 일련의 문학 창작 행위를 '가문의식의 구현과 확장'의 측면에서 이해해보고자 한다.

류원지, 류건춘에게 있어 하회는 세거지로서 아주 일상적인 공간임이 틀림없다. 작가에게 있어 일상공간은 흔한 문학 소재이지만, 작가마다 자신이 처한 상황에 따라 일상적인 공간일지라도 다양하게 인식할 수 있다. 이와 관련하여 본고는 두 작가의 하회 공간에 대한 인식이 당대 영남 지식인으로서 직면한 현실 문제와 이에 대한 대응으로 등장한 것이 아닐까 추측해보고자 한다.

16세기 이후로 조선은 외적으로는 전쟁을 경험하고, 내적으로는 당파(黨派) 간의 극심한 대립이 일어나는 등 사회 전반에 걸쳐 혼란스러운 상황이 이어졌다. 이 과정에서 중앙과 향촌의 분리가 이루어지고, 향촌을 중심으로 활동하는 재지 사족들은 전란으로 흐트러진 향촌 질서를 복구하기 위해 노력했다. 특히 이러한 향촌 질서의 복구는 재지 사족의 지위를 유지할 수 있게 하는 좋은 기회였기 때문에 많은 가문이 복구 활동에 참여하였는데, 그들 중 하나가 바로 풍산 류씨이다. 이렇게 향촌에서의 영향력을 확보한 후에는 자신들의 기득권을 공고히 하기 위한 노력들이 이어졌다. 더욱이 시간이 지날수록 중앙과 향촌의 분리가 뚜렷해지는 가운데, 1623년 인조반정은 영남 남인들을 정계에서 더욱 멀어지게 했다. 이에 따라 영남 지식인들은 향촌 내 가문의 영향력을 확대해야 한다는 공통적인 문제를 안고 있을 수밖에 없었다. 이와 관련하여 아래의 글을 보자.

> 나라 안의 장서(莊墅) 중에 아름답기로는 오직 영남(嶺南)이 최고이다. 그러므로 사대부가 당시에 액(阨)을 당한 지가 수백 년이 되었으나, 그 존귀하고 부유함은 쇠하지 않았다. 그들의 풍속은 가문마다 각각 한 조상을 받들어서 한 전장(田莊)을 점유하여 일족이 머물러서 흩어지지 않는데, 이 때문에 조상의 업적을 견고하게 유지하여 근본이 흔들리지 않는 것이다.[30]

이 글은 『택리지(擇里志)』에 대한 다산 정약용(茶山 丁若鏞, 1762~1863)의 발문이다. 영남 지역의 사대부들이 가문의 조상을 내세워 땅을 점유하고 동성마을을 이루어 기득권을 유지하는 것에 대한 내용이다. 그는 영남의 많은 문중

30 丁若鏞, 「跋擇里志」, 『與猶堂全書』 권14, "國中莊墅之美, 唯嶺南爲最. 故士大夫阨於時數百年, 而其尊富不衰. 其俗家各戴一祖占一莊, 族居而不散處, 所以維持鞏固而根本不拔也."

을 예로 꼽았는데, 류성룡을 중심으로 하회를 점유한 풍산 류씨도 포함되었다. 여기에서 알 수 있듯이, 향촌 사회에서는 문중이 기득권을 강조하기 위해 선조의 업적이나 학맥을 강조하는 것이 매우 유효한 수단이었다. 예컨대 이황 사후 그의 문인들을 중심으로 '학파'를 공고히 하려는 움직임이나, 종족(宗族)의 결속과 연대를 통해 가문의식을 강화함으로써 당면한 문제를 해결하고자 하는 것 등이 그것이라 할 수 있다.

더욱이 17세기 후반 이후부터 풍산 류씨는 다른 문제를 직면하게 된다. 17세기 이후 벌어진 퇴계학파 내의 고제(高弟)로서의 입지 문제가 그것이다. 사실 17세기 초반까지 풍산 류씨는 안동권을 중심으로 활동하며 퇴계학파 내에서 많은 영향력을 행사하였다. 이는 류성룡이 이황 사후, 이황의 고제로 여겨지며 영남 지식인들에게 많은 존경을 받았기 때문이다. 류성룡은 퇴계학파 내에서도 안동권을 중심으로 활동하였는데, 그와 함께 학봉 김성일(鶴峯 金誠一, 1538~1593) 역시 이황의 가르침을 받은 제자로서 안동권에서 칭송되었다. 이러한 안동권 내의 판도는 17세기 초반까지는 류성룡을 중심으로 한 이른바 '서애계'가 김성일을 중심으로 한 이른바 '학봉계'보다 우세했다. 그러나 점차 서애계를 대표할 만한 인물이 등장하지 못했고, 특히 학봉계의 갈암 이현일(葛庵 李玄逸, 1627~1704)이 퇴계학파 내에서의 활동이 두드러지면서 17세기 후반부터는 학봉계가 퇴계학파의 주도권을 확보하게 된다.[31]

이러한 사회적 상황 속에서 <하외십육경>은 '가문의식'을 구현하기 위한 내적 원리에 의해 창작된 대표적인 작품이라고 할 수 있다.[32] 작가인 류원지

---

31 김명자, 「조선후기 안동 하회의 풍산류씨 문중 연구」, 경북대학교 박사학위논문, 2009, 212~217쪽.

32 '가문의식'은 가정·문중적 측면에서 봉선(奉先)을 통해 가문의 돈목을 도모하고, 사회적 측면에서 가문의 주요 선조들이 이룩한 업적을 널리 현창하고자 하는 의식이다. 이러한 가문의식은 현조(顯祖)에 대한 봉선의식(奉先意識)이 깊이 자리하고 있다.(정우락, 「18세기 후반

는 임진왜란(壬辰倭亂)으로 소실된 종가를 중수(重修)하고, 선현들의 충효(忠孝)의 가풍을 계승하고자 했으며, 풍산 류씨 가문만의 의례(儀禮)를 정비하는 등 풍산 류씨 문중을 형성하기 위해 노력했던 인물이다.[33] 그는 류성룡의 맏손자로서 자가문(自家門)에 대한 의식을 강화해야 할 필요가 있었는데, 이에 자신들의 거주지이자 훌륭한 선조들의 정신과 학문이 남아있는 '하회'라는 일상적인 공간을 주목했던 것이다.

이는 작품의 첫머리인 1경 입암청장에 류중영, 류운룡, 류성룡과 같은 훌륭한 조상을 내세우고 그들의 업적을 읊는 것에서 분명하게 나타난다. 전술하였듯이, 이 세 인물은 영남에서 풍산 류씨의 영향력을 확대하는 데에 큰 영향을 미쳤다. 영남 지식인의 구심점이라 할 만한 이황의 학문을 계승하고, 한편으로는 퇴계학파를 가학(家學)에 접목시키며 풍산 류씨를 영남의 주요 가문으로 나아가게끔 한 것이다. 이러한 맥락에서 류원지가 가문에 대한 자부심과 선조에 대한 존숭을 바탕으로 하회라는 일상적인 공간에 대해 특별한 관심을 기울인 것은 후손으로서의 가문의식을 구현하는 태도라 이해할 수 있을 것이다.

한편, 류건춘은 류원지가 당대 느꼈던 위기의식을 더 강하게 느꼈을 것이다. 17세기 후반 이후로 퇴계학파 내에서 서애계보다 학봉계의 역할이 더욱 두드러졌기 때문이다. 이에 따라 류건춘의 <하회구곡> 역시 선조가 활동했던 공간들을 중심으로 후손으로서의 숭조의식을 드러내고 있는 모습이 잘

영남문단의 일 경향 : 지애 정위의 가문의식」, 『남명학』 15, 남명학연구원, 2010, 456쪽의 각주3 내용 참고.)

33 김명자, 「16~17세기 하회 풍산류씨가의 종법 수용 과정」, 『대구사학』 96, 대구사학, 2009, 73~79쪽; 문중이 형성되기 위해서는 기본적으로 부계중심의 혈연집단이 조직되어야 하며, 그들의 공동체 의식을 형성할 수 있는 훌륭한 조상을 중심으로 결집을 이루는 것이 필수적이었다.(김명자, 앞의 논문, 1~2쪽.)

나타난다. 특히 <하회구곡>은 <하외십육경>보다 후손으로서의 가문의식이 더욱 확장되는 모습이 나타나는데, 가문의식과 학맥을 결합시킨 것이 그것이다. 1곡 병산에서 류성룡과 류진을, 4곡 겸암정에서 류운룡을, 8곡 화천에서 류운룡, 류원지, 김윤안을 떠올리고 있는데, 이들은 풍산 류씨의 현달한 선조이며, 그 선조의 학문을 이어받은 인물들이다. 비록 학맥의 중심인 이황은 언급되지 않았지만, 합곡에서 주자의 무이구곡을 닮고자 구곡을 읊는다고 하였으니, 주자로부터 이어진 성리학적 도맥이 자신의 가문, 나아가 퇴계학파의 한 축인 서애계까지 뻗치고 있음을 말하고자 한 것이라 할 수 있다.

즉, 류원지와 류건춘은 문중 내에서의 위치나 시대는 다르지만, 공교롭게도 가문의 위상을 드높여야 한다는 공통된 문제를 안고 있었다. 이러한 문제를 해결하기 위해 <하외십육경>과 <하회구곡>은 선조를 떠올릴만한 공간들을 중심으로 가문의식을 구현하고 또 확장해나가는 모습을 보여주었다. 그리고 이는 동시에 풍산 류씨뿐만 아니라 17~18세기의 영남 지식인들이 당면한 과제라는 점에서, <하외십육경>과 <하회구곡>은 당대 영남 지역의 사회·문화적 일경향을 잘 보여주는 작품이라 말할 수 있을 것이다.[34]

34 한편, 17세기에는 집경시, 18세기에는 구곡시라는 형식적인 측면에서도 영남 지역의 사회·문화적 일경향을 읽어낼 수 있다. 주자의 <무이도가>는 주자 성리학이 우리나라에 전래된 이래 일찍이 많은 문인들에게 주목을 받았음에도 불구하고, 영남 지역에서는 거의 18세기 후반까지 구곡 경영을 시도하지 않았다. 이는 추측건대, 영남의 대유(大儒)인 이황이 몸소 구곡을 경영하지 않았기 때문에 감히 이황의 학문을 계승한 사람으로서 시도할 수 없었던 것으로 보인다. 그러나 18세기 후반이 되면 구곡을 경영하고 구곡시를 짓는 행위가 유행처럼 나타나는데, <하회구곡>은 이러한 문화적 흐름 속에서 창작된 것으로 보인다.

5. 맺음말

본고는 <하외십육경>과 <하회구곡>의 공간 형상과 의미를 통해 17~18세기 영남 지역의 사회·문화적 일경향을 이해해보고자 하였다. 이는 풍산 류씨들이 자신들의 세거지인 하회 일대를 어떻게 이해하고 있는가를 통해 확인하고자 하였는데, 문학작품 내 하회 일대가 어떻게 형상화되고 있으며, 이러한 문학이 지닌 의미가 무엇인지 밝히는 것으로 논지를 전개하였다.

기본적으로 <하외십육경>과 <하회구곡>의 창작이 서로 영향 관계가 있는 만큼, 그 시제를 비교했을 때, 두 작품은 유사한 대상을 바라보기도 하였으나 <하회구곡>이 하회 일대를 보다 넓게 바라보고 문학적으로 나타내고 있음을 확인하였다. 두 작품에서 하회의 모습은 크게 일상공간에 대한 관심과 흥취 표출, 선조에 대한 존숭과 도학적 공간으로 나누어 살펴볼 수 있었다. 전자의 경우 단순히 자연물뿐만 아니라 사람들의 생활상까지도 시적 대상에 포함하고 있었으며, 경관의 일상화가 두드러지게 나타나고 있음을 확인하였다. 그리고 후자의 경우 특히 각 작품의 근원이라 할 수 있는 1경과 1곡의 내용을 통해 이들이 선조의 학업과 덕행을 강조하며 도학적인 공간을 형상화하고 있음을 확인하였다.

그리고 이러한 하회 형상화를 바탕으로 두 작품이 지닌 의미를 17~18세기 영남의 사회·문화적 맥락과 결부시켜 도출하였다. 그리하여 영남의 정치적 소외와 풍산 류씨의 입지 강화의 필요성이 요구되는 상황 속에서 영남 지식인 그 중에서도 풍산 류씨들이 당대의 문제를 해결하기 위해 이러한 작품을 창작하게 되었으며, 그 작품의 이면에는 가문의식을 구현하고 또 학맥을 결합시킴으로써 가문의식을 확장하려는 작가의 창작의식이 작용하고 있음을 제시하였다.

한편, 전술하였듯이 <하외십육경>과 <하회구곡>은 작품의 중요성에도 불구하고 기존연구가 소략한 편이다. 이에 본고는 두 작품을 통해 17~18세기의 영남 지역의 사회·문화적 맥락을 함께 살펴보고자 하였다. 이와 관련하여 본고에서 미처 다루지 못하였으나 후속 과제로서 주목할 몇 가지가 있다. 먼저 <하외십육경>과 관련하여 류원지의 작품을 전범으로 후대에 많은 사람들이 집경시를 창작하였다는 점이다. 이들은 대개 16개의 시제를 그대로 수용하되, 시제의 순서를 바꾸며 자신만의 집경시를 창작하였다. <하외십육경>들을 작가에 따라 지향하는 바가 조금씩 다르게 나타나는데, 이러한 집경시들을 통해 하회 공간이 어떻게 형상화되고 있는가를 다룰 수도 있을 것이다. 또, 현재 <하회구곡>은 류건춘의 작품이 많이 알려져있지만, 월오헌 류일춘(月梧軒 柳一春, 1724~1810)의 <하회구곡>도 있다. 이 작품은 『세계문화유산 하회마을의 세계』(임재해 외, 민속원, 2012 : 508~526)을 통해 공개되었는데, 이를 진지하게 연구한 것은 아직까지 보이지 않는다. 이러한 것들에 대한 추후 연구를 통해 안동의 지역문학, 나아가 영남의 지역문학의 특징을 밝히는 연구가 진행되어야 할 것이다.

제3부

낙동강에 대한 문학적 상상력

12

망우당 곽재우의 한시를 통해 본 한수작(閒酬酢)의 정취(情趣)와 그 의미*

| 김종구 | 경북대학교 국어국문학과 박사

1. 머리말

망우당 곽재우(1552~1617)는 임진왜란 시기에 진주성전투와 화왕산전투 등에 참전한 의병장이다. 곽재우에 대한 기억과 연구가 여기에 머물러 있다는 것은 아쉬운 점이 있다. 본 논의는 전쟁의병장의[1] 곽재우보다는 일상과 한수작(閒酬酢)[2]의 삶을 노닌 처사인 곽재우에 관심을 가지고자 한다. 그가 전쟁의

* 이 글은 기발표된 필자의 논문(「망우당 곽재우의 한시를 통해 본 閒酬酢의 情趣와 그 의미」, 『영남학』 74, 경북대학교 영남문화연구원, 2020, 72~101쪽)을 수정, 보완한 것이다.

1 본 논의의 초점은 우선 남명의 고족(高足)인, 망우당 곽재우에 있다. 다음으로 전쟁을 체험한 의병장의 일상에 관심을 가진다. 이 두 가지를 통해 당대 남명학파의 일상과 출처관을 확인할 수 있고, 현실인식과 비판정신도 함께 파악할 수 있다. 특히 전쟁 영웅이 가지는 현실과 일상의 문학적 형상화는 문학의 특수성 측면에서도 남다른 의미를 가진다.

2 풍류는 긴수작과 한수작으로 나뉜다. 긴수작(緊酬酢)은 위기지학(爲己之學)의 성리학 공부이고, 한수작(閒酬酢)은 시문·예술·취미·기행 등에 해당한다. 조선 시대 선비들은 그들의 일상 속에서 한수작을 향유하고 있었다.(정우락, 「조선시대 선비들의 풍류방식과 문화공간 만들기」, 『退溪學論集』 15, 영남퇴계학연구원, 2014, 177쪽 참고.) 이황은 "일을 해 나감에 있어 진실로 긴수작만 있고 한수작이 없어서야 되겠습니까?"(이황, 「答李仲久」, 『퇴계집』 권10, "事爲固有緊酬酢 其無有閒酬酢乎")라고 하여 한수작의 중요성을 말하고 있다. 본고는

영웅이었기에, 그 일생과 문학을 들여다보면 남다른 의미를 도출할 수 있다.

그는 남명 조식의 외손서이자, 동강 김우옹과는 동서지간이다. 일반적으로 그의 생애는 수학기(修學期)·의병활동기(義兵活動期)·은일기(隱逸期)의 3기로 나눌 수 있다. 그의 한시는 27제 36수로 그다지 많은 편이 아니다. 한시의 유형은 오언절구 8수·오언율시 1수·오언고시 3수·칠언절구 7수·칠언율시 10수·칠언고시 10수 정도이다.[3] 그의 시는 많지 않다는 점에서 그 일상과 한수작의 정취를 상세히 밝힐 수는 없지만, 그 이외의 문집에서 간간히 드러나고 있는 삶의 자세를 통해 확인할 수 있다. 그의 시는 특히 망우정(忘憂亭)에서 은거할 때 많이 지어진 것으로 보인다. 다음은 곽재우 한시에 나타난 한수작 및 기행의 시·공간이다.

이러한 한수작의 정서가 곽재우의 일상을 통해 어떻게 문학적으로 형상화되어 나타나는가에 초점을 맞춘다.

3 본고는 곽재우의 한시를 중심으로 하되, 한수작의 정취를 알 수 있는 다양한 산문도 보조자료로 활용하여 분석하고자 한다. 산문을 통해 한수작의 정취를 잘 확인할 수 있지만, 거의 대부분 상소문과 임란 기록과 관련되어 있어 자료의 한계점이 있다. 산문에 나타난 것 역시 간단하게 은일을 희망하는 정도이다. 하지만 한시 역시 함축적인 자료이고, 그 서정을 확인할 수 있기 때문에 한계를 벗어나 한수작의 정취를 유추할 수 있다. 특히 대부분의 그의 한시는 망우정에 은거한 시기에 창작된 것이므로 주요한 분석의 자료가 될 수 있다. 본 연구의 자료는 한국고전종합DB(http://db.itkc.or.kr/)와 홍우흠 국역의 『수정 국역 망우선생문집』(신우, 2003.)을 참조하여 기술하였다. 국역은 홍우흠의 글을 참고하여 수정·보완하였다. 한국고전종합DB에 없는 원전은 홍우흠의 국역을 참조했기에(원전 제시하지 않음) 부득이 원전 각주 기입을 못한다.

[표 1] 망우당 곽재우 한시에 나타난 한수작 및 기행의 시·공간

순번	작품명	한수작 공간	유람 및 기행 공간	비고
1	강정으로 돌아옴	(강정, 강사) 망우정		
2	감회를 읊음(3수)	고요한 밤, 달 밝은 곳		
3	가야에서 석천의 운자를 빌려 씀		가야산	홍류동
4	우연히 읊음	넓은 들, 긴 강		망우정(추정)
5	배대유가 쓴 <창암강사> 시의 운자를 빌려 씀			창암, 망우정
6	중양절에 성이도와 강정에서 만남			망우정(추정)
7	처음 창암강사를 지음	망우정		강, 밝은 달
8	강사에서 우연히 읊음(2수)	망우정		
9	감회를 읊음	운산(雲山, 구름 낀 산)		
10	완평부원군 이원익에게 드림	밝은 달이 뜬 밤		이완평의 시 참조
11	가야산사에서 사위 성이도의 운자 빌려 씀		가야산 사찰	맑은 밤, 푸른 솔, 고요함, 절개
12	가야산을 내려오다		가야산	고요함, 신선세계
13	가을밤에 뱃놀이 함	달이 밝은 가을밤, 뱃놀이		낭만
14	경술년 늦가을 가야산에 머물 때 골짜기 어귀에 이름		가야산, 골짜기	가을 산, 고운 최치원과 동일시
15	주인에게 줌	창 앞, 둥근 달		한가함, 고요함
16	무제 두 수	새벽		
17	강가에서 우연히 읊음	강 위의 맑은 바람, 산 속의 밝은 달빛		망우정 추정
18	영암에서 사위 신응을 만남		영암	시골과 어부, 매화연
19	강사에서 우연히 읊음(3수)		망우정	고요, 담담, 거문고, 신선, 달빛, 바람, 낚시, 소요
20	감회를 읊은 2수	한가한 봄		소요, 오죽, 절개
21	상사 곽진의 운자를 빌려 지음	달을 대하고 바람 쐬며		

위의 표를 분석하면 다음과 같다. 첫째, 가야산과 그 주변 사찰에서 그의 한수작이 일어나고 있다. 가야산은 만년에 최치원이 가족을 데리고 은거한 산이다. 그러므로 은거를 희망하고 있는 곽재우에게는 중요한 산으로 와 닿게 된다. 곽재우는 가야산을 유람을 하거나, 오래 머물면서 시를 남기고 있는 것이다.

둘째, 망우정(忘憂亭)에서 그의 한수작이 일어나고 있다. 망우정은 곽재우가 비슬산 은거생활 이후, 1602년 영산현 남쪽 창암진(蒼巖津) 강가에 지은 정자이다. 지금 소재지는 창녕군 도천면 우강리이다. 곽재우가 망우당(忘憂堂)의 호를 사용한 시점과 동일하다. 망우정은 곽재우의 노년 생활의 주요한 공간으로 자리한다. 그가 남긴 대부분의 한시가 망우정의 은거생활에서 창작된 것이므로, 망우정은 더욱 의미 있는 공간이 되고 있음을 알 수 있다.

셋째, 그의 한수작의 공간과 대상은 밝은 달·고요한 밤·창 앞·뱃놀이 등 망우정과 주변 산수에서 쉽게 접할 수 있는 것이었다. 전쟁 영웅 의병장인 곽재우의 한수작은 거창한 연회나 놀이가 아니었다. 오히려 혼자 즐길 수 있는 소소한 것들이었다. 이는 그의 은거생활이 부귀영화를 누리는 자들의 한수작과 상반되는 것이었다. 이를 통해 그의 은거의 목적도 간접적으로 확인할 수 있다.

곽재우에 대한 선행연구는 다음과 같다. 첫째, 의병활동과 관련된 것이다. 이장희[4]와 김해영[5]은 의병활동 전반에 관해 논의하고, 김강식[6]·이수건[7]·박병

4 이장희, 「망우당 곽재우의 의병활동」, 『남명학연구』 2, 경상대학교 남명학연구소, 1992, 27~37쪽.

5 김해영, 「망우당 곽재우의 의병활동과 시기별 동향」, 『남명학연구원총서』 7, 남명학연구원, 2014, 173~205쪽.

6 김강식, 「망우당 곽재우의 의병운동과 정치적 역할」, 『남명학연구』 5, 경상대학교 남명학연구소, 1995, 39~75쪽.

7 이수건, 「망우당 곽재우 의병활동의 사회 경제적 기반」, 『남명학연구』 5, 경상대학교 남명

련[8]·최효식[9]은 곽재우의 의병활동의 정치적 역할과 사회적 기반에 대해 논의했다. 둘째, 문학과 관련된 것이다. 조종업[10]·홍우흠[11]·김주한[12]·김남규[13]는 시문학·예술성·자유추구[14]·문학관에 관해 논의했다. 셋째, 사상에 관련된 것이다. 이동환[15]·김시황[16]·최석기[17]·박기용[18]·양은용[19]은 도교·거가잡훈(居家雜訓)·절의·양생에 관해 논의했다. 그 외 일반 대중[20]을 위한 서책도 있다. 특히

학연구소, 1995, 7~15쪽.

8 박병련, 「망우당 곽재우의 정치사회적 기반과 의병활동」, 『남명학연구원총서』 7, 남명학연구원, 2014, 403~433쪽.

9 최효식, 「임란기 망우당 곽재우의 의병항전」, 『신라문화』 24, 동국대학교 신라문화연구소, 2004, 277~289쪽.

10 조종업, 「忘憂堂의 시연구」, 『동방한문학』 9, 동방한문학회, 1993, 1~13쪽.

11 홍우흠, 「망우당 곽재우의 문학에 구현된 의기정신과 예술성」, 『남명학연구원총서』 7, 남명학연구원, 2014, 327~368쪽.

12 김주한, 「망우당 곽재우 문학의 자유추구 시론」, 『남명학연구원총서』 7, 남명학연구원, 2014, 303~325쪽.

13 김남규, 「忘憂堂 文學 硏究」, 영남대학교 교육대학원 석사논문, 2004.

14 김주한은 공자의 爲人由己의 자유를 중심으로 생평과 개념을 제시하고, 시를 분석하고 있으며, 시론의 성격을 가진다.

15 이동환, 「郭忘憂堂의 道學的 精神構造와 그 현실주의적 성향」, 『동방한문학』 9, 동방한문학회, 1993, 15~37쪽.

16 김시황, 「郭忘先生 居家雜訓 연구」, 『동방한문학』 9, 동방한문학회, 1993, 39~50쪽.

17 최석기, 「망우당 곽재우의 절의정신」, 『남명학연구』 6, 경상대학교 남명학연구소, 1996, 103~142쪽.

18 박기용, 「망우당 곽재우의 문학에 나타난 도교사상 표출 양상과 그 인식」, 『남명학연구원총서』 7, 남명학연구원, 2014, 237~270쪽.

19 양은용, 「망우당 곽재우의 양생사상」, 『남명학연구원총서』 7, 남명학연구원, 2014, 369~402쪽.

20 그 외의 자료는 다음과 같다.
김해영, 「『忘憂集』, 年譜의 자료적 성격」, 『남명학연구』 32, 경상대학교 남명학연구소, 2011, 203~235쪽.
이영숙, 「忘憂堂 郭再祐의 유적을 찾아서」, 『선비문화』 34, 남명학연구원, 2018, 73~86쪽.
설석규, 「남명문도를 찾아서 : 天降紅衣將軍 - 망우당 곽재우」, 『선비문화』 7, 남명학연구원, 2005, 102~113쪽.
김해영, 『망우당 곽재우』, 경인문화사, 2012.
남명학연구원 엮음, 『망우당 곽재우』, 예문서원, 2014.

윤호진[21]의 「망우당(忘憂堂) 한시(漢詩)에 나타난 속(俗)과 선(仙), 그리고 절의(節義)」[22]에서는 절의를 중심으로 두고 선과 속을 넘나들고 있는 한시를 드러내고 있어 의미가 있다.

기존의 연구는 곽재우에 대한 의병과 도교 사상에 대한 것이 주류이다. 문학의 경우 일반적인 논의와 심미성에 관한 연구로 압축된다. 본 논의는 여기서 관점을 달리하여 바라보고자 한다. 우선 남명의 고족제자(高足弟子)로서의 곽재우에 대한 관심에서 출발한다. 다음으로 임진왜란의 의병장인 전쟁 영웅에 대한 관심이다. 마지막으로 앞의 두 조건을 함의한 곽재우의 일상에 대한 관심이다.

주지하다시피, 곽재우는 이와 같은 업적으로 정계의 중앙 요직에 벼슬할 수 있었지만, 그는 출사를 거부하고 은일을 선택하게 된다. 이러한 부귀영화를 거부하고 은일지사를 선택한 곽재우의 일상과 삶은 분명 특별한 모습이 존재할 것이다. 그가 학문적으로 열심히 공부하는 모습도 중요하지만, 한가하게 일상을 즐기는 모습 역시 중요하다. 즉 본 논의는 전쟁 영웅 의병장인 곽재우의 그 일상과 생활 및 풍류에 관해 관심을 가지고자 한다. 일반적으로 전쟁 영웅이 출사를 거부하고 은일을 선택했다면, 중요한 이유와 삶을 살아가는 다른 척도가 있을 법하다. 그래서 풍류 중에 한수작의 정취를 밝힌다면, 곽재우의 진정한 삶과 목표를 제대로 밝힐 수 있을 것이다.

본 연구의 목적은 곽재우가 남긴 한시를 통해 임진왜란 의병장인 그의 일상과 한수작의 정취를 분석하는 것이다. 따라서 다음과 같은 서술 방향을

---

21 윤호진 논의의 핵심은 절의에 대한 생각과 실천에 있다. 비록 선과 속의 관계를 논의하지만, 본고에서 주목하는 한수작의 정서, 일상적 삶과는 거리가 있고 방향성이 다르다.

22 윤호진, 「忘憂堂 漢詩에 나타난 俗과 仙, 그리고 節義」, 『남명학연구』 49, 경상대학교 경남문화연구원, 2016, 75~98쪽.

제시한다. 먼저 한시에 나타난 낭만적 서정을 고찰한다. 다음으로 그가 지향한 자유로운 일상과 고요를 파악한다. 마지막으로 전쟁의 고통과 정국의 불안으로 초세적 삶과 선유를 즐기는 모습을 밝힌다. 이로써 곽재우의 일상과 한수작의 정취는 임진왜란의 전쟁 영웅인 의병장[23]이었기에 더욱 의미가 있는 부분이 되는 것이다.

2. 낭만적 서정 및 자연 합일

주지하다시피 홍의장군(紅衣將軍)으로 불린 곽재우는 의병장이었다. 그는 전쟁의 공포·죽음·위급한 정서를 그 누구보다 몸소 체험했을 것이다. 전쟁 체험[24]이라는 특별한 경험으로 인해 그의 정서는 불안했을 것이다. 그는 전쟁의 영웅이었지만, 부와 명예를 획득하기보다는 산수자연에 대한 애착을 더 가졌다. 곽재우는 전쟁이라는 공간보다는 당연히 아름다운 산수, 자연 공간을 선호하며 조화와 합일의 과정을 겪게 된다.

산수 자연을 완상하며 낭만적 서정을 즐기는 선비는 많다. 하지만, 태생적으로 산수벽(山水癖)이 있거나, 후천적으로 몹시 애호하는 경우도 있다. 곽재우는 이 둘 다 해당된다. 그는 원래 산림처사를 희망했다. 이러한 희망은

23 임진왜란의 의병장의 일상이기에 중요하고, 전쟁 영웅이 관직을 받아들이지 않고 지낸 일상이기에 더욱 중요하다. 그 일상 중 또 풍류의 최고 경지인 한수작을 살피는 점은 여러 각도에서 의미가 있다. 선비의 평범한 일상과의 차이점과 공통점 그리고 깊이와 넓이 측면에서도 중요한 의미로 작용한다. 곽재우는 벼랑 끝에 선 삶을 한수작을 통해 잘 극복해 나가고 있기 때문이다.

24 곽재우의 전쟁 체험은 한수작의 풍류를 즐기고자 한 근본적인 이유가 된다. 그리고 당국의 불안한 정국 역시 벼슬이 아닌 은일을 선택하게 한다. 마지막으로 그의 스승 남명 조식처럼 학문에 침잠하여 그 근원을 완성하고자 은일을 하여 긴수작과 한수작의 풍류를 즐기고자 했다.

전쟁이라는 현실과 마주하게 된다. 이후 그는 조정의 부름을 과감하게 처단하고 오로지 산수 자연에만 몸담기를 희망했던 것이다. 곽재우의 일련의 삶의 과정은 더욱 산수를 애착하게 되고, 이를 통해 낭만적 서정을 느끼며 자연과 조화 및 합일을 이루고자 했음이 분명하다. 다음의 자료가 이를 뒷받침한다.

> 삼가 생각하건대, 망우당 곽선생은 일찍부터 안과 밖 가볍고 무거움의 구분을 깨달아, 정시합격을 취소당한 뒤부터는 다시 과거에 응시하여 관직을 얻으려고 하지 않았으며, 부친이 돌아가신 뒤로는 자연 속에 숨어살면서 일생을 마치려는 듯했다.
>
> 그러다가 임진왜란이 일어나자 의병을 일으켜 몸을 돌보지 아니하고 분투, 적을 물리쳐 시대를 평화롭게 한 뒤 다시 자취를 감추고 홍진 밖에서 초연하게 지냄에 추호도 세상일에 대해서는 관심이 없는 것과 같았다.[25]

위의 글은 곽재우의 산수벽을 잘 알 수 있는 대목이다. 곽재우는 1585년 34세에 정시에 2등으로 합격을 하게 된다. 그러나 합격자 발표 후 며칠 만에 임금으로부터 합격 취소의 명령이 내려졌다. 그 이유는 곽재우가 제출한 글 가운데 시의(時宜)에 저촉되는 말이 들어 있었기 때문이었다. 그는 이전에도 크고 작은 과거시험에 3번 참가한 기록[26]도 있다. 하지만 위의 인용에서 알 수 있듯이 곽재우는 부친상 이후에 과거에 뜻을 버리고 처사의 길로 나아가게 된다.

---

25 홍우흠·곽재우, 「연보발문」, 『수정 국역 망우선생문집』, 신우, 2003, 104쪽.(앞서 밝혔듯이 곽재우의 문집이 고전종합DB에 원문(빠진)이 없는 경우, 홍우흠의 국역을 참조했다. 이하 서술 생략.)

26 곽재우의 「연보」를 참조하여 기술하였다.

곽재우는 이미 1589년 38세에 돈지강사를 완성했다. 돈지강사는 의령현 동기강 가에 있었다. 그는 부친상을 끝낸 이후 과거 공부를 그만두고 강호에서 낚시를 즐기며 일생을 보내고자 했다. 하지만 1592년에 일어난 임진왜란은 그를 의병장으로 나서게 했다. 전쟁 이후에 곽재우는 다시 자연, 산수에 은거하고 있었다. 곽재우는 국난의 위기에는 나아가 국가를 위해 희생을 하였고, 그 이후에는 산수에 은거하여 처사로서의 삶을 영위하고자 했다. 그는 과거시험의 경험으로, 오로지 그 것만을 위한 공부가 싫었고, 국정이 혼란하여 그의 의견이 실현되지 못하는 현실을 한탄하며 물러나, 산수에서 진정한 학문만 탐구하고자 했다.

風輕露白月明秋　바람은 가볍고 이슬은 희며 달이 밝은 가을밤,
雖縱杯觴心自收　비록 술상은 낭자하나 마음 절로 조마하네.
弟兄姊妹群孫姪　형과 아우 자매 외에 여러 손자 조카들이,
都載翩翩一葉舟　모두 함께 흔들리는 일엽편주에 탔으므로.[27]

위의 시는 「가을밤에 뱃놀이 함」이다. 곽재우는 가족, 친척과 더불어 선유(船遊)를 하고 있다. 특히 가을밤·바람은 가볍고·이슬이 내리는 달 밝은 시기는 그가 서정적 분위기를 느끼기엔 충분했다. 그는 전쟁을[28] 통해 가족의 소중함을 더욱 절실히 느꼈기에, 나아가서 낭만적 서정을 함께 즐길 수 있었던 것이다. 곽재우가 은거하고 있었던 곳은 항시 배를 띄워 노닐기에 좋았다. 그는 홀로 낚시를 드리우기도 했지만, 때로는 동인과 함께 뱃놀이를 하고

27 곽재우, <秋夜泛舟>, 『망우집』 2.

28 곽재우의 산수관은 전쟁을 경험하면서, 더욱 우리 산수의 아름다움과 중요성을 느꼈다. 이러한 전쟁 경험은 곽재우로 하여금 더욱 산수에 가까이 가게 해서, 그 낭만적 서정을 느끼게 하며, 자연과 합일하게 하고 있다.

있었다.

예를 들어 망우정 은거생활 시기에 한강 정구와 여헌 장현광이 배를 타고 그를 방문했다. 이때는 1607년으로 그의 나이 56세이었다. 다음날, 곽재우는 그들과 함께 용화산 밑에서 뱃놀이를 했다. “만년에는 창암의 망우정에 계시면서 물고기와 새들과 더불어 스스로 즐기시면서 『주역』, 『춘추』와 성리학에 관한 자료를 탐독했으며, 천문·지리·음양·의약 등에 관한 서적들마저도 섭렵하지 아니함이 없었다. 뿐만 아니라 밤이 고요하고 달이 밝으면 손으로 다섯줄의 거문고를 타면서 옛사람들의 뜻을 표현하기도 했다.”[29]의 기록에서 알 수 있듯이, 곽재우는 산수와 더불어 노닐며 학문을 강학하고 있었다. 이러한 서정적 낭만으로 발현되는 시, 공간 및 대상, 놀이는 고요한 밤의 산책·밝은 달구경·거문고 연주·뱃놀이 등 이었다.

(가) 心田無草穢　　마음 밭에는 우거진 잡초가 없고,
性地絶塵棲　　천성 땅에는 속세의 욕심을 끊었네.
夜靜月明處　　고요한 밤 달 밝은 어느 곳에서,
一聲山鳥啼　　이따금 산새소리 들려온다네.[30]

(나) 棄絶爲爲人世事　　하기 위한 속세의 일 다 버려두고서,
滄巖巖上數椽成　　창암 바위 위에 두어 칸 집을 지으니.
陰雲捲處群山出　　흐린 구름 걷힌 곳엔 뭇 뫼가 솟아나고,
好雨晴時百草生　　단비 갤 때면 온갖 풀 돋아나네.
月滿宇中神自爽　　달빛이 난간에 가득하니 정신 절로 상쾌하고,
風鳴波上夢頻驚　　바람이 물결 위에 울리니 꿈을 자주 깨겠네.

29 홍우흠·곽재우, 「유사」, 『수정 국역 망우선생문집』, 신우, 2003, 357쪽.
30 곽재우, <詠懷 二首>, 『망우집』 2.

逍遙漁釣消塵慮　낚시질로 소요하여 속세 생각 사라짐에,
今日江湖得聖清　오늘에야 강호에서 성대청명 얻었노라.[31]

(가)는 <감회를 읊음> 3수 중에 제2수이다. 이 시의 공간적 배경은 깊은 산속의 사찰인 듯하다. 곽재우가 제1수에서 '오늘은 산 속의 승려와 같네.'라고 한 것에서 유추를 해 본다. 그는 비록 도가의 신선술을 가까이 했지만, 마음을 비우고 안정을 찾고자 했다. 이는 알인욕존천리(遏人慾存天理)와 유사하다. 위의 시가 이를 드러내고 있다. 곽재우의 마음에는 우거진 잡초와 인욕이 없고, 천성에는 속세의 욕심을 완전히 끊고 있었다. 이러한 알인욕존천리의 경지는 자연 합일의 경지와 유사하다. 곽재우는 인욕을 제거한 마음과 고요한 달밤에 어디서 들려오는 산새소리와 조화를 이뤄 온전히 천리를 보존하고 있는 것이다.

(나)의 시는 낭만적 서정이 발현되며 자연스레 자연 합일의 단계로 나아가고 있다. 1, 2구에서 곽재우는 망우정을 지은 배경을 명확히 제시하고 있다. 즉 속세의 일을 잊고 자연에 귀의하고자 한 것이다. 그리고 이어서 망우정의 서정적 아름다움을 마음껏 즐기고 있다. 여기서 창암은 바로 망우정이 있는 공간이다. 구름과 산·비 갠 뒤의 풀의 모습·달빛이 망우정에 비치는 것·낙동강 물결위로 바람이 부는 것을 통해 곽재우는 아름다운 서정을 만끽하고 있다. 나아가 그는 낚시를 드리우며 소요를 하니, 속세의 생각은 완전히 사라지게 된다. 곽재우는 자연과 합일이 되어 성(聖)과 청(淸)을 획득하게 된다. 청은 잡됨이 없는 알인욕의 세계이다. 결국 성스러운 경지에 도달하게 되는 것이다.

31　곽재우, <江舍偶吟 二首>, 『망우집』 2.

곽재우의 삶에 대한 희망은 자연에 귀의하여 하나가 되고자 했다. 그 사물의 객체는 솔바람 소리, 둥근 달이 비친 시냇물 등이다. 이러한 사물을 통해 곽재우의 마음은 한가롭고 고요하게 되어, 그가 높은 벼슬을 부러워하지 않게 되는 이유가 된다. 즉 곽재우는 천인합일의 경지에 오르게 되는 것이다. 여기서 천인합일은 성명(誠明)의 경지를 이른다.

성명은 『중용(中庸)』 제21장의, "진실함으로 말미암아 선(善)에 밝은 것을 '성(性, 본성의 이치)'이라고 하고, 선을 밝힘으로 말미암아 진실해지는 것을 '교(敎, 교육의 힘)'라고 하는데, 진실하면 사리에 밝고 사리에 밝으면 진실해지는 것이다."[32]에서 확인할 수 있다. 곽재우의 학문과 사상은 천인합일(天人合一), 천도와 인도가 합쳐져서 일체가 되는 것을 지향했고, 그 경지에 올라 오래 지속되기를 희망했다. 그는 학문뿐만 아니라, 특히 아름다운 산수, 망우정의 산수 공간을 통해 낭만적 서정과 자연 합일을 이루고자 했다.

전쟁은 유학자의 일상에 심각한 위기로 다가온다. 때로는 목숨을 연명하기 위해 긴장을 해야 하고, 때로는 피난을 위해 유학자의 신분을 망각할 때도 있다. 비록 곽재우가 의병장이었지만, 이러한 전쟁의 경험은 충격적으로 다가오게 된다. 어느 누구라도 빨리 전쟁의 소용돌이에서 벗어나 평범한 선비의 일상으로 돌아가고 싶었던 것이다. 그래서 곽재우의 일상은 산수 자연을 통해 서정적 낭만을 충분히 만끽하고 싶었던 것이다. 그는 한 단계 더 나아가 유학과 도교의 수양법을 활용하여 산수와 조화, 합일을 이루는 경지를 지향했던 것이다.

---

32 『中庸』, "自誠明, 謂之性, 自明誠, 謂之教, 誠則明矣, 明則誠矣."

3. 자유로운 일상과 고요를 통한 깨달음

한국 생활사 연구는 미시사·일상사·문화사[33] 등으로 이뤄졌다. 특히 문학과 관련된 일상에 대한 연구도 축적을 하고 있다. 여기서 주목하는 것은 전쟁과 대비된 일상에 대한 중요성을 간파하는 것이다. 주지하다시피 망우당 곽재우는 임진왜란 의병장으로 특별한 전쟁 체험을 하였다. 하지만 그가 원하는 바의 삶은 평범한 일상이었다. 전쟁 체험이라는 특수한 경험을 했기 때문에, 더욱이 일상의 소중함과 중요성을 느끼고 생각했을 것이다.

곽재우는 유학자이다. 비록 수련과 양생법 측면에서 노장사상을 가져오긴 했지만, 그가 공부한 책들은 성리학과 관련된 책이다. 그가 자유로운 일상을 원했던 이유는 바로 제대로 된 성리학 공부와 마음 수양이었다. 이 마음을 수양하면서 조식(調息), 단전호흡을 차용하기도 했다. 이러한 수양의 지향점은 고요이다. 고요는 깨달음으로 가는 가장 좋은 환경이자, 방편인 것이다. 하지만, 곽재우가 자유로운 일상과 고요를 통해 깨달음으로 가는 여정은 쉽지만은 않았다. 다음의 자료를 살펴보자.

匹馬飄然出國門　필마 타고 훌쩍 서울을 떠나시니,
誰言一念故山猿　누가 말했던고 잊지 못할 고향 산천.
驚時榮寵還思義　영총이 극진할수록 의리를 생각하니,
稀世君臣不主恩　세상에 드문 공명을 은혜를 위주함이 아니었네.
自訝懷傾心便照　회포를 기울임에 마음 서로 통함을 스스로 의아했더니,
方知目擊道斯存　눈으로 보니 도가 여기에 있음을 바야흐로 알겠구나.
班荊此日終南麓　이날에야 반형을 종남산에서 만나니,

33 생활사에 대한 개괄적인 연구는 「생활사의 시각에서 본 조선시대 한문학연구의 성과와 과제」(최은주, 『영남학』 13, 경북대학교 영남문화연구원, 2008, 301~332쪽.)를 참고할 수 있다.

槃澗君應亦不設　즐거운 개울물소리를 그대는 응당 잊지 않으리.[34]

위의 시는 이덕형의 <곽망우에게 주다[贈郭忘憂]>이다. 이덕형과 곽재우는 절친한 벗이었다. 그의 시, '반형(班荊)'[35]이라는 시어에서 알 수 있다. 반형은 초나라의 오거(伍擧)와 채나라의 성자(聲子)가 세교(世交)를 맺었는데, 우연히 정나라 교외에서 만나 형초(荊草)를 깔고 앉아 이야기를 주고받아, 친구를 만나는 즐거움을 표현하는 고사이다. 이덕형은 혼자만 서울을 떠나 고향 산천으로 내려가는 곽재우를 부러워하고 있었다.

곽재우는 임진왜란 이후 여러 차례 임금의 부름을 받아 벼슬길에 오를 수 있었으나, 모두 사양하고 고향 인근에 은일하였다. 그의 『망우집』에는 25개의 소가 있는데, 이는 거의 벼슬을 사양하는 상소문이다. 곽재우가 여러 번 사양한 것 중에는, 직접 서울로 올라가 조정에 나아가서 사양한 적도 있었다. 위의 시는 이러한 과정에서 일어난 옛 친구와의 회포를 푼 장면이라고 할 수 있다. 그렇다면 곽재우는 왜 은일을 하여 자유로운 일상을 꿈꾸게 되었을까? 다음의 자료를 살펴보자.

(가) 진실로 원하옵건대, 전하께서는 신을 한 어부로 보시와 벼슬로써 속박하지도 마시고, 직책으로 잡아 두지도 마시고, 강호에서 한가롭게 지내도록 내버려 주시옵소서. 강호의 한 어부가 국가에 아무 도움이 되지는 못하겠지만 저 각각 붕당을 만들어 자신은 옳고 남은 그르다 하면서 국가의 존망을 잊은 채 다만 자기 자신만을 위하는 무리들보다는 오히려 차이가 있을 것이옵니다. 엎드려 원하옵건대, 전하께서는 살펴 주시옵소서.[36]

---

34 이덕형, <贈郭忘憂>, 『漢陰先生文稿』 2.

35 반형에 관해서는 『春秋左傳』 「襄公26年」 참조.

36 홍우흠·곽재우, 『수정 국역 망우선생문집』, 신우, 2003, 176쪽.

(나) 이에 공도 또한 스스로 이름이 높음을 불안하게 여겨 한숨 쉬고 탄식하면서 말하되, '내 본래 의령의 한 농부로서 진실로 세상에 나와 이름을 알릴 뜻이 없었으나 불행하게도 임진왜란이 일어나자 우연히 조그마한 공을 세워 국가에 보답하였다. 지금 적군은 이미 평정되고, 국내는 이미 평안하며, 내 자신은 이미 영예로우니, 나는 여기서 그쳐야 한다'라고 하면서 드디어 현풍의 비슬산에 들어가 솔잎을 먹고 곡식으로 지은 음식을 물리치며 도가의 도인법을 익혔다.[37]

곽재우가 은일을 하여 자유로운 일상을 꿈꾼 이유로는 첫째, 곽재우는 순수한 강호의 어부를 꿈꾸었다. 비록 과거의 합격을 취소당하고, 부모의 상을 마친 뒤에도 제일 먼저 강호의 어부를 꿈꾸었다. 그리고 임진왜란이 일어나 승전을 일으키고, 전쟁 영웅으로 존경을 받았지만, 그의 꿈은 자유로운 일상을 만끽할 수 있는 강호의 어부이었다.

둘째, 임진왜란을 통해 일상의 중요성을 확인하고 명철보신을 위해서다. 그는 전쟁의 참상을 눈앞에서 목격하여 그 누구보다 자유로운 일상의 소중함을 느끼게 된다. 그리고 위의 (가)와 (나)에서 알 수 있듯이, 전쟁 이후의 국정은 붕당으로 치닫고, 출사를 할 경우 자신의 생명을 담보하지 못하는 상황이었다. 예컨대 임진왜란의 무인들은 이몽학의 옥사에 연루되었다. 김덕령과 최담령은 옥사되고 그 외 무인들도 희생되었다. 이러한 상황을 목격한 곽재우는 자신을 지키는 방법으로 출사보다는 은일을 택하게 되는 것이다.

셋째, 자유로운 일상과 고요를 통해 깨달음에 다가가고자 했다. 곽재우는 망우정에 은거하면서 산수를 벗하며 고요한 일상을 즐겼다. 그리고 『주역』, 『춘추』 및 성리학에 관한 자료를 탐구했다. 그는 나아가 천문·지리·음양·의

37 홍우흠·곽재우, 『수정 국역 망우선생문집』, 신우, 2003, 315쪽.

약 등과 관련된 서적을 읽으며 격물치지를 완성하고자 했다.[38]

(가) 廣野盈靑草　　넓은 들엔 푸른 풀 우거져 있고,
長江滿綠波　　긴 강엔 푸른 물결 넘실거리네.
忘憂心自靜　　근심을 잊으니 마음 절로 고요함에,
調火煉名砂　　불을 지펴 단사를 제조하네.[39]

(나) 성인의 고요함은 고요함이 좋기 때문에 고요한 것이 아니다. 만물이 그 마음을 어지럽히지 못하기 때문에 고요한 것이다. 물이 고요해지면 수염과 눈썹도 밝게 비출 수 있고, 그 평평함이 표준에 맞으면 훌륭한 장인도 그것을 모범으로 삼는다. 물이 고요함으로써 밝게 되거늘 하물며 성인의 마음이 고요함이야 어떠하겠는가? 그것은 천지를 비추는 거울이요 만물을 비추는 거울이다.[40]

곽재우의 한시에는 유독 고요함과 그러한 정서가 농후하다. 정(靜), 즉 고요함은 유가와 도가 모두 중요한 수양의 과정에서 나타나는 현상이다. 『대학』에서, "그칠 데를 안 뒤에 정(定)함이 있으니, 정(定)한 뒤에 능히 고요하고 고요한 뒤에 능히 편안하고 편안한 뒤에 능히 생각하고 생각한 뒤에 능히 얻는다."[41]라고 한 것이 대표적이다. 『대학』에서 말한, 지(知) - 정(定) - 정(靜) - 안(安) - 려(慮) - 득(得)의 단계의 핵심은 고요하고 편안한 마음의 성찰이다.

---

38 이러한 단계는 Ⅱ→Ⅲ→Ⅳ과 일맥상통하다. 곽재우는 산수애를 통해 서정성과 합일의 단계를 거쳐, 자유로운 일상을 통해 학문과 내적 수양을 지향해 깨달음의 경지에 나아간다. 그리고 긴수작, 한수작의 최고 풍류인 현실을 벗어나 노니는 즐거움을 만끽하게 되는 것이다.

39 홍우흠·곽재우, 「偶吟」, 『수정 국역 망우선생문집』, 신우, 2003, 108쪽.

40 『莊子』, 「天道」, "聖人之静也, 非曰靜也善, 故靜也. 萬物, 無足以鐃心者, 故靜也. 水靜則, 明燭鬚眉, 平中, 准大匠取法焉. 水靜猶明, 而況精神, 聖人之心靜乎. 天地之鑒也, 萬物之鏡也."

41 『대학』, "知止而后, 有定, 定而后, 能靜, 靜而后, 能安, 安而后, 能慮, 慮而后, 能得."

곽재우는 위의 (가), (나)처럼 항상 고요한 마음을 가지고자 노력했다. 그는 이러한 정서를 함양하기 위해서 망우정이라는 공간을 적극적으로 활용하고 있었다. 그의 『용사별록』에, "날아오는 탄환이 비 오듯 함에 사졸들이 공을 부축하여 산으로 올라가면서 몸으로 탄환을 막았다. 그리하여 적군의 탄환에 맞아 눈앞에 쓰러지고 죽은 자가 12인이나 되었다."[42]라고 한 것에서 알 수 있듯이, 임진왜란의 경험이 더욱 은일을 하게끔 만들었다. 그리고 그는 자유로운 일상과 고요를 지향하며[43] 이러한 과정에서 스스로 깨달음에 이르고자 한 것이다.

망우정은 낙동강이 굽이굽이 흐르고 있으며 (가)처럼 넓은 들과 푸른 풀을 품고 있다. 곽재우는 산수 그대로의 자연을 통해, 특히 강의 푸른 물결을 보면서 고요한 심성을 기르고 있다. 이러한 마음은 (나)에서 말한 바와 같이 곽재우의 마음을 어지럽히지 못하고 천하의 떳떳한 표준이 된다. 이러한 마음이 망령되이 동하지 않는 고요와 밝음은 밤에 비친 물가의 달을 통해 더욱 극대화된다. 다음의 자료를 좀 더 살펴보자.

(가) 誤落塵埃中　　잘못 홍진속세에 떨어졌다가,
三千垂白髮　　삼천 발 흰머리 드리워졌네.
秋風野菊香　　가을 바람에 들국화 향기로운데,
策馬歸江月　　말을 달려 강사 달 아래 돌아왔다네.[44]

42 『忘憂集龍蛇別錄』, 「壬辰」, 「四月」, "放丸如雨, 士卒扶公上山, 爭以身蔽之. 中丸斃踣於前者十二人."

43 이러한 고요한 성찰은 전쟁 체험의 아픈 상처를 극복할 수 있는 중요한 수양 방법으로 작용한다. 전쟁 체험의 공포는 쉽게 사라지지 않는 두려움이기에, 더욱 고요한 성찰이 중요하다.

44 곽재우, <歸江亭>, 『망우집』 2.

(나) 虛極靜篤	마음 비움을 극진히 하고 몸가짐을 고요하게 하면,
湛湛澄澄	온 세상이 맑고 깨끗해지며.
止念絶慮	잡념을 그치고 근심함을 끊으면,
杳杳冥冥	아득하고 까마득한 신비의 경지에까지 이를 수 있다.[45]

(가)는 곽재우의 <강정으로 돌아가다[歸江亭]>이다. 강정은 곽재우가 1602년에 영산현 남쪽 창암진(蒼巖津, 지금의 창녕군 도천면 우강리) 강가에 지은 망우정(忘憂亭)을 말한다. 그는 1600년에 병을 이유로 경상좌도병마절도사를 사직했지만, 이로 인해 사헌부의 탄핵을 받아 2년 동안 전라도 영암으로 유배되었고, 그 후 현풍 비슬산에 들어가 은둔생활을 하다가 1602년에 비로소 망우정을 짓고 기거하게 된다. 임진왜란 의병장 이후 1602년이 되어서야 자유로운 일상을 즐길 수 있게 된 것이다. (가)에서 나타나듯이 속세의 불우가 그의 흰머리를 쏟아나게 했다. 그는 망우정에서 세상의 근심을 잊고 자유로워지고 싶었던 것이다. 곽재우는 가을의 산수와 망우정 강가에 비친 달을 보며 고요한 성정 함양을 실천할 수 있었다.

(나)는 곽재우의 <호흡을 조절함에 대한 잠언>이다. 평소 그는 "저는 본래 노둔한 사람입니다. 스스로 쓸모없는 존재임을 헤아리고 강호에 숨어 낚시질이나 하면서 한가롭게 태평세월을 보내려고 했습니다."[46]라고 한 것에서 강호의 어부가 되길 원했다. 그는 전쟁이 끝난 이후의 삶을 태평하게 노닐고 싶었던 것이다. (나)에서 보듯이 곽재우는 강호에서 마음을 수양하며 고요한 성정을 함양하고 있었다. 이러한 경지에 도달하면, 온 세상이 맑고 깨끗하게

45 홍우흠·곽재우, <調息箴>, 『수정 국역 망우선생문집』, 신우, 2003, 149쪽.
46 홍우흠·곽재우, <김덕령장군에게 답한 편지>, 『수정 국역 망우선생문집』, 신우, 2003, 129쪽.

보인다. 비로소 그가 지향한 망우(忘憂)의 경지를[47] 얻게 되는 것이다. 비록 조식에 대한 잠언이지만, 자유로운 일상과 고요를 통해 깨달음의 경지로 나아가는 곽재우를 확인할 수 있다.

자유로운 일상은 누구나 꿈꾸는 삶일 수 있다. 그러나 관직생활을 하는 사대부도 온전한 일상의 자유를 꿈꾸기란 어렵다. 반면에 전쟁이란 특수한 경험을 한 곽재우의 경우는 더욱 자유로운 일상의 중요성을 확인했을 것이다. 그래서 그는 완전한 자유를 찾아 벼슬 또한 거부할 수 있었다. 곽재우는 전일한 은일처사가 되기를 꿈꾸었던 것이다. 이러한 자유를 통해 그는 고요한 성정을 함양할 수 있었고, 깨달음의 과정을 쉽게 통과했을 것이다. 그는 성리학을 중심에 두고 노장사상의 수양법과 단련법도 연마했으므로, 마음을 고요히 하는 것은 그 누구보다 철저하고 완성적이었다고 볼 수 있다. 곽재우는 유자이므로 현자, 성인의 단계에 가까이 가고자 했던 것이다.

4. 초세(超世)와 선유(仙遊)의 즐거움

유학자의 초세는 일반적으로 '청정한 세계의 희구'[48]이다. 유학의 도를 중심에 두고, 맑고 청정한 세계를 꿈꾸기 위해, 아름다운 산수를 찾거나 노장과

---

47 망우정은 임진왜란 이후 곽재우가 지은 정자이자, 망우는 그의 호이다. 여기서 주목해야할 점은 이러한 망우의 큰 역할이 바로 고요한 성찰을 통해 이뤄지고 있는 것이다. 물론 앞장의 전제와 뒷장의 논의 역시 망우와 관련이 있다. 하지만 곽재우가 가장 중요하게 생각한 것은 고요한 성찰인 것이다.

48 이와 관해서는 이동환의 「퇴계의 시에 대하여」(『퇴계학보』 19, 퇴계학연구원, 1978, 272~279쪽.)를 참조할 수 있다. 청정한 세계는 선계에 들어가는 것이 아니라, 청정함으로 각성된 의식의 지향이다. 자연과 소통과 조화 및 합일이 그것이다. 기본적으로 곽재우는 아름다운 공간인 仙境과 초월적인 세계를 지향했던 것이다. 청정한 세계의 희구는 성인의 경지와 마찬가지로 최고의 경지라고 할 수 있기 때문에 중요한 영역이다.

관련된 책을 섭렵한다. 곽재우는 조식의 제자이기에 어느 정도 스승의 영향을 받게 된다. 곽재우는 청정한 세계를 지향하며, 나아가 단전호흡과 곡식을 먹지 않는 수련을 하기도 한다. 하지만 그의 사상의 중심은 스승의 영향으로 인해 유학의 도를 지향하고 있다.

> (가) "그대들은 한훤당 김굉필 선생과 일두 정여창 선생의 화가 이런데서 싹튼 것을 보지 않았는가? 하물며 전시대의 이러한 현인들에게 미치지도 못하면서 내 어찌 감히 스승 노릇을 할 수 있겠는가."[49]

> (나) 일찍이 고향의 자제들에게 말씀하시되 "자신을 다스리기를 마땅히 천 길 벼랑 끝에 선 것처럼 근신해야 하며, 마음가짐은 마땅히 얼음의 맑음과 옥의 깨끗함과 같이 하라."고 하셨으며, 또 '청정과욕 네 글자는 자신을 위하고 남을 다스림의 최대 비결'이라고 하셨다.[50]

곽재우는 국량이 넓고 학문이 우뚝하여 함부로 남과 더불어 교유하지 않았다. 학문을 좋아하는 제자들에게는 관대한 우정을 베풀었다. 하지만 남의 스승이 되어 작은 붕당도 만들지 않으려고 했다. 당대의 정국은 임진왜란 때에 활약한 의병장의 수난시대였다. (가)에서 나타나듯이, 김굉필과 정여창처럼 사화로 핍박당하게 되는 것을 꺼려 했던 것이다. 곽재우에게 작은 붕당이 생기면 오해의 소지를 조정에 내비치게 되는 것이다.

하지만 곽재우는 자제들에게 유도(儒道)의 수양과 실천을 강조했다. 주지하다시피, 곽재우는 『주역』, 『춘추』에 깊이 침잠했고, 기타 성리학에 관한 자료를 탐독했을 뿐만 아니라, 천문·지리·음양·의약 등도 섭렵하고 있었다. (나)

49 홍우흠·곽재우, 「遺事」, 『수정 국역 망우선생문집』, 신우, 2003, 357쪽.
50 홍우흠·곽재우, 「遺事」, 『수정 국역 망우선생문집』, 신우, 2003, 357쪽.

에서 알 수 있듯이, 곽재우는 '알인욕존천리(遏人慾存天理)'[51]를 실천하라고 자제들에게 권고하고 있는 것이다. 즉 『대학』의 실천 강령을 몸소 실천하며, 주변에 감화를 시키고 권고를 하고 있다. 이처럼 곽재우의 학문과 사상의 중심은 유학의 도에 두었고, 당대의 수난을 극복하는 방편으로 그는 청정한 세계를 갈망하고, 초세(超世)와 선유(仙遊)하는 즐거움을 가졌다. 다음의 자료를 보자.

都忘塵世事	속세의 일을 모두 잊고서,
閒坐困成眠	한가로이 앉아 곤히 잠듦에.
幸遇情朋話	다행히 정든 친구 꿈속에서 만나니,
亦知有宿緣	알겠구나 그대와 전생 인연 있었음을.[52]

위의 시는 곽재우의 <배대유가 쓴 창암강사 시의 운자를 빌려 씀>이다. 배대유는 1592년 임진왜란 때에 곽재우와 함께 의병을 모아 창녕의 화왕산성(火旺山城)을 수비하였다. 1612년(광해군 4)에 사헌부지평(司憲府持平)에 임명되어 사간원정언(司諫院正言)·사헌부장령(司憲府掌令)·세자시강원의 겸필선(兼弼善)·보덕(輔德) 및 동부승지·병조참의 등을 역임했다. 하지만 인목대비(仁穆大妃)의 폐모론에 적극 참여해서, 1623년 인조반정으로 삭직되었다. 배대유가 남긴 시가 정확히 어느 시기인지는 알 수 없으나, 그의 삶의 행보를 주목할 필요가 있다.

곽재우는 배대유처럼 불운의 의병장으로 앞날을 걸어가기 싫었다. 임진왜란의 공적 후 여러 번 조정의 부름을 받았으나 한사코 거절을 했다. 그는

---

51 알인욕존천리(遏人慾存天理)는 '알욕존천(遏慾存天)'이다. 이는 『맹자』의 대지(大旨)이다. 즉 사사로운 욕심을 막아 천리(天理)를 보존한다는 뜻이다.

52 홍우흠·곽재우, <次裵大維題滄江上韻>, 『수정 국역 망우선생문집』, 신우, 2003, 108쪽.

불안한 정국, 세상을 벗어나고자 했던 것이다. 세상의 일은 모두 잊고 한가롭고 자유로운 삶을 살고자 했다. 위의 시에서 이러한 그의 마음이 잘 드러나고 있다. 곽재우의 초세는 이처럼 당대의 정국과 밀접한 관계가 있다. 한나라의 장유처럼, 권력의 희생양이 되기 싫어서 오히려 노장세계에 관심을 가진척하며, 세상사의 모든 인욕을 제거하고 편안한 마음을 간직하고 싶었던 것이다.

(가) 辭榮棄祿臥雲山 영화도 사양하고 작록도 버린 채 구름 산에 누워,
謝事忘憂身自閑 세상사 뿌리치고 근심을 잊으니 몸이 절로 한가롭네.
莫言今古無仙子 예나 지금이나 신선 없다 말하지 마라,
只在吾心一悟間 다만 한번 내 마음 깨달음에 있느니라.[53]

(나) 下有長江上有山 아래는 긴 강이요 위에는 산이온대,
忘憂一舍在其間 망우란 한 정자 그 사이네 지어 두고,
忘憂仙子忘憂臥 근심 잊은 신선이 근심 잊고 누웠으니,
明月清風相對閑 밝은 달 맑은 바람 서로 대해 한가롭네.[54]

곽재우는 1601년 50세에 영암에 유배지에 있다가, 다음 해 석방되어 비슬산에 들어가 솔잎을 먹고 곡식으로 지은 음식을 금했다. 이 후 창암 강가에 정자를 지어, 망우정이라 이름하고 은거하게 된다. 위의 시는 망우라는 현판을 걸고 아름다운 산수를 즐기며, 고기잡이 배 한 척과 거문고 하나로 소요자락하면서, 그때의 심회를 읊은 시이다.

(가)에서 보듯이 부귀영화를 버리고, 벼슬 역시 버리고 세상사의 근심을 모두 잊고자 한 그의 모습이 드러난다. 직전의 유배생활이 바로 혼란한 정국

53 홍우흠·곽재우, 「망우선생연보 삽입시」, 『수정 국역 망우선생문집』, 신우, 2003, 72쪽.
54 홍우흠·곽재우, 「망우선생연보 삽입시」, 『수정 국역 망우선생문집』, 신우, 2003, 72~73쪽.

의 소용돌이에 잠시 들어갔다 나온 경우이다. 그러므로 그는 세상사의 요구를 모두 거절하고 벗어나고자 했던 것이다. 곽재우는 한 단계 더 나아가 신선이 될 터이니, 자신에게 세상의 일을 맡기지 말라고 한 것이다.

(나)는 바로 신선과 같은 삶을 살고 있는 곽재우 자신을 형상화하고 있는 것이다. 낙동강의 긴 강과 주변의 아름다운 산 가운데 망우정이 소재하고 있는 것이다. 그는 이러한 공간, 환경에 은일하는 것만으로도 행복한 것이다. 그리고 밝은 달과 맑은 바람으로 그의 정신적 경계는 현실을 벗어나 청정한 세계, 즉 이상적 공간으로 접근하고 있었다. 이러한 곽재우의 초세는 당대의 정국이 그를 가만히 나두지 않았기에, 그는 더욱 초세를 지향했고 몸소 향유하고 있었다. 다음의 자료를 좀 더 살펴보자.

(가) 非賢非智又非禪　현인도 아니고 지자도 아니며 스님도 아닌 것이,
栖息江干絶火煙　강 언덕에 깃들어 살며 화식 먹지 아니 하니.
後人若問成何事　무슨 일을 이루었느냐고 뒷날 사람이 묻는다면,
鎭日無爲便是仙　종일토록 하는 일 없으니 이것이 바로 신선이라오.[55]

(나) 獨坐中宵鷄叫晨　새벽 닭 울 때까지 밤새도록 홀로 앉아,
含光混世擬全眞　혼세 속에 빛 감춘 채 천진 보전 도모하네.
爭趨名利滔滔是　명리를 추구함은 모두가 한가지니,
守道如今有幾人　오늘날 도를 지킨 이 몇 사람이나 있는고.[56]

(다) 신은 화식을 먹지 아니한지 여러 해가 되었사온지라 고요히 산 속에 살면서 배고프면 솔잎을 따먹고 목마르면 샘물을 마시며, 밝은 달을 벗하고

55 홍우흠·곽재우, <無題 一首>, 『수정 국역 망우선생문집』, 신우, 2003, 115쪽.
56 홍우흠·곽재우, <無題 二首>, 『수정 국역 망우선생문집』, 신우, 2003, 115쪽.

> 맑은 바람을 짝을 삼아 연기와 노을 속에서 소요하면서 속세의 일에 대해서는 뜻이 없사옵니다.
>
> 전하께서 부르시는 명령이 곡진하셔서 죽음을 무릅쓰고 서울에 올라오긴 했사오나 벼슬과 봉록을 탐내고자하는 계책은 아니옵니다. 실로 한 번 전하의 은혜에 대해 감사를 드리고 다시 산속으로 되돌아가고자 하옵니다.[57]

위의 시 (가)와 (나)는 <무제> 두 수이다. (가)에서 곽재우는 현자, 지자 그렇다고 선가(禪家)의 스님도 아니라고 강조하여 말하고 있다. 단지 그의 수양은 화식을 먹지 아니하고 조식을 하고 있었다. 그는 (가)에서 표현하기를 스스로 신선이라고 했다. 그는 속세를 벗어나 종일토록 하는 일 없이 수양만 일삼고 있기 때문이다. 이러한 자신의 모습을 신선에 비유하고 있는 것이다.

하지만, (나)에서는 수도자(修道者)의 삶을 드러내고 있다. 밤새도록 홀로 앉아 혼탁한 세상에서 천진(天眞)을 보존하고 있는 것이다. 그는 순수한 자연 그대로의 천진 세계를 지향하며, 명리를 추구하는 것을 꺼리고 있다. 이러한 자신의 모습을 그는 수도자의 모습으로 그리고 있다. 여기서 우리는 곽재우가 노장의 수양법을 차용한 건 사실이지만, 진정한 유학의 수도자를 꿈꾸고 있음을 알 수 있다.

(다)는 「당시의 폐단을 진술한 소 - 경술 8월일」이다. 여기서도 알 수 있듯이, 곽재우는 불안한 정국에 출사를 하지 않고 화식을 핑계 삼아, 속세를 떠나 고요히 산 속에서 살고 싶은 희망을 표현하고 있다. 속세의 일은 샘물을 마시고, 밝은 달을 벗하며, 바람을 친구삼아 노닐면 모두 사라진다고 했다. 결국 그는 임진왜란 이후의 삶을 속세를 벗어나, 청정한 망우정에서 만년을

---

57 홍우흠·곽재우, 「당시의 폐단을 진술한 소 - 경술 8월일」, 『수정 국역 망우선생문집』, 신우, 2003, 206쪽.

보내고자 희망했다. 여기서는 이러한 의도가 다분히 드러나고 있는 것이다.

北關將秉鉞　　북쪽 변방에서 장차 병권을 잡으려는데,
貪官却解銅　　탐욕스러운 관리들은 도리어 무기를 해제해야 한다고 하네.
見幾能勇退　　기미를 알고 용감히 물러나오니,
倻山杳蒼穹　　가야산은 아득히 하늘 아래 푸르더라.
洛濱開精舍　　낙동강 기슭에 정사를 지었음은,
人間謝事功　　인간세상의 만사를 버렸음이니.
泝遊乘扁艇　　조각배를 타고 물결 따라 오가며,
峩洋奏短桐　　짧은 거문고로 아양곡을 연주하셨네.
臨亂萬夫特　　난리를 당해서는 만부(萬夫) 가운데서도 특별하시더니,
投閑一釣翁　　물러나 한가롭게 지내니 일개 어옹(漁翁)이라네.[58]

위의 글은 생원 성이도가 지은 곽재우를 위한 만사이다. 주지하다시피 만사는 그 사람의 일생이 잘 드러난 갈래이다. 성이도는 곽재우의 딸과의 사이에서 만강(萬江)·만하(萬河)·만파(萬波)·만류(萬流)·만형(萬瀅)의 5형제를 두었다. 성이도는 1610년(광해군 2)에 경술(庚戌) 식년시(式年試) 생원(生員) 3등 21위로 합격하였으니, 이후 지은 시인 듯하다. 그 역시 수련(修鍊) 방법을 터득하여 90세까지 살다 죽었으니, 곽재우의 영향을 간접적으로 받은 듯하다. 1621년(광해군 13)에 국사(國事)가 나날이 잘못되어 가는 것을 보고는 산천을 돌아다녔다.[59]

성이도의 이러한 삶만 유추해 보아도 장인인 곽재우의 영향을 받은 듯하다. 장인에 대한 평 역시 혼란한 정국에 벼슬을 거부하고, 가야산의 최치원을

58　곽재우, <挽詞 成以道>, 『忘憂集』 2.
59　한국역대인물종합정보시스템(http://people.aks.ac.kr/index.aks) 참조.

그리워하는 모습으로 비추고 있었다. 곽재우는 가야산을 유람하며 최치원을 짝하고 싶은 시를 남겼다.[60] 그리고 성이도는 망우정에서 고기를 잡고 거문고를 연주하는 모습의 곽재우를 기억하고 있는 것이다. 곽재우는 "그러니 국록을 먹고 배부르게 지내며, 비단옷을 입고 따뜻하게 살면서도 국사의 요긴함에 도움 될 일을 못할진대 차라리 명산에 들어가 솔잎을 먹고 잣을 씹으며, 샘물을 마시고 구름 속에 누워 세월을 보내겠사옵니다."[61]라고 했듯이, 인간 만사의 욕심을 버리고 홀로 한가로이 지내는 강호의 어부로 생을 마감하고 있는 것이다. 즉 곽재우의 삶을 성이도는 세상을 초월한 모습으로 추모하고 있는 것이다. 곽재우에 대한 다른 만사에서도 이와 유사한 인물평을 하고 있었다.

곽재우는 청정한 공간에서, 세상을 초월하고 신선처럼 노닐기를 즐거워하였다. 그는 유자이었지만, 노장의 수양법을 가져와 수련을 하기도 했다. 하지만, 그의 학문은 성리학에 중심을 두었다. 단지 임진왜란 체험과 혼란한 정국으로 인해 세상사의 일을 벗어나고자 했다. 그의 이러한 유선적 기풍은 명철보신하려는 의지도 있었지만, 현실과의 타협을 위해 초세를 선택했던 것이다. 아마도 곽재우가 출사를 하였다면, 정국의 당파 싸움에서 밀려나 유배를 가거나, 온전하게 관직생활을 못했을 것이다. 이러한 초세와 선유는 낭만적 서정과 자유로운 일상의 극대화로 이뤄진다. 이는 다시 고요한 성찰과 수양을 형성하면서 깨달음에 나아가고, 함께 풍류의 최고의 경지를 점하여 초세와 선유가 될 수 있었다.

---

60 <가야산을 내려오다>와 <경술년 늦가을 가야산에 머물 때 골짜기 어귀에 이름>에서 나타나듯이, 가야산을 신선이 사는 고요한 산으로 인식하고 초세적 공간으로 여겼다. 그리고 곽재우는 만약 최치원이 있다면, 자신을 허여해 주기를 바라는 시를 남긴다.

61 홍우흠·곽재우, 「부르심을 사양하는 소 - 무신 9월」, 『수정 국역 망우선생문집』, 신우, 2003, 177쪽.

5. 맺음말

본 논의는 곽재우의 한시에 중점을 두었다. 하지만 그가 동인(同人)들과 노닌 낙동강문화에도 관심을 가져야 한다. 구체적인 낙동강문화에 대한 기록이 바로 『용화산하동범록(龍華山下同泛錄)』[62]이다. 이 기록은 1607년(선조 40) 경남 함안의 용화산(龍華山) 아래 낙동강에서 정구·장현광·곽재우 등 35인이 뱃놀이 문화, 선유문화(船遊文化)를 1758년(영조 34) 박진영(朴震英)의 증손 박상절(朴尙節)이 『용화산하동범록』을 편집·간행하였다.

1620년(광해군 12) 조임도(趙任道)가 쓴 <용화산하동범록추서(龍華山下同泛錄追序)>와 1728년(영조 4)에 박상절이 쓴 「근서용화산하동범록(謹書龍華山下同泛錄)」, 용화산 주변 풍경을 여덟 폭 그림에 담고 그림마다 박상절이 지은 5언 절구 1수씩을 붙인 「용화산하동범지도(龍華山下同泛之圖)」와 「도설(圖說)」(1744)이 당대의 성대한 모임의 내용을 자세히 알 수 있다. 곽재우를 비롯해 당대의 현인들이 낙동강문화를 형성하고 후인들이 추모와 그 문화를 이어가고 있는 것이다.

여기서 주목해야 할 부분은 정구, 장현광, 곽재우 등 당대의 걸출한 인물들이 한자리에 만나 노닌 낙동강문화가 중요하다. 이후 조임도는 낙동강문화를 향유하며, <경양대 아래에서 뱃놀이 한 기문>과 <여현정기>를 남긴다. 이현일 역시 이곳을 노닐며 한시를 남겼다. 장현광의 후손인 장복추 역시 선현의 낙동강문화를 따라 경양대와 용화산 일대의 뱃놀이를 즐기고 있었다.

곽재우의 주요한 업적은 임진왜란 의병장이다. 하지만 그는 이 굴레를 벗어나기 위해 노력을 했다. 그러한 일련의 여정과 과정이 한시에 잘 드러나고

62 장달수, 『龍華山下同泛錄』 해제 참조.

있다. 본 논의는 이러한 곽재우의 일상과 생활에 관심을 가졌다. 그 중에서도 풍류를 유념하여 살펴보았다. 긴수작과 한수작의 풍류는 선비 일상의 중요한 것이다. 은일처사를 지향한 그이기에 철저한 학문은 우선시 되었을 것이다. 이러한 삶 중 한수작의 행위와 그 문화는 의미가 있다. 특히 임진왜란의 의병장으로 명성을 떨친 곽재우이기에 그 한수작을 살피면 인생의 중요한 요소를 찾을 수 있는 것이다.

먼저 곽재우는 선천적으로 산수벽이 있었고, 임진왜란 이후 이러한 경향이 더욱 강하게 작용했다. 그의 삶은 망우정에 은거했던 시절, 가장 많은 시를 남기고 즐겁게 보냈다. 그는 산수 자연을 통해 낭만적 서정을 만끽했다. 낙동강 주변을 소요하거나, 뱃놀이를 하거나, 밤에 달을 구경하며 아름다운 서정을 자신의 것으로 만들고 있었다. 이러한 낭만적 서정을 산수 자연과 조화를 하며, 나아가 합일을 하는 경지에 이르게 되었다. 즉 천인합일의 경지가 그것이다.

다음으로 그는 자유로운 일상을 꿈꿨다. 그는 전쟁과 대비되는 일상의 중요성을 누구보다 소중하게 생각했다. 그의 일상은 성리와 관련된 서적의 독서와 마음을 수양하는 호흡법이 주류가 되었다. 이러한 일상은 관직을 포기하고 얻은 소중한 기회이었던 것이다. 이 경향은 스승인 조식의 영향을 받은 것도 있다. 출사를 선택하지 않고, 오로지 학문 탐구와 수양만을 전적으로 했던 것이다. 곽재우의 자유로운 일상은 한 단계 더 나아가 고요를 통한 깨달음으로 압축된다. 고요는 현자와 성인으로 가는 길잡이 역할을 한다. 다양한 서적을 섭렵하고 고요를 함유한 수양을 통해 깨달음에 나아가고 있는 것이다.

마지막으로 곽재우는 초세와 선유의 즐거움을 만끽했다. 그의 초세는 전쟁과 혼란한 정국으로 인해 당연한 것이 될 수 있다. 이러한 초세 역시 마음을 수양하거나 성정을 함양하기 위한 도구로 활용되었다. 노장의 수련법을 가져와 생활하는 것도 이를 위한 것이었다. 가야산의 최치원이 자신을 허여하면 좋다고 하고 스스로 신선의 놀이를 즐기는 강호의 어부라고 지칭하고 있었던 것이다. 곽재우의 선택은 어쩌면 당연한 귀결일 수밖에 없다. 왜냐하면 임진왜란 동료 무인들이 정국의 소용돌이에서 벗어나지 못했기 때문이다. 그러므로 곽재우는 한수작의 최고의 경지를 지향했고, 향유할 수 있었던 것이다.

본 논의는 임진왜란 의병장이었던 곽재우의 일상과 생활에 관심을 가지므로, 일반 선비의 일상과 대비되는 모습을 포착할 수 있었다. 다른 선비 역시 한수작의 풍류를 즐기지 않은 것은 아니지만, 곽재우처럼 그 중요성을 알고 깊이, 넓게 만끽하는 자는 드문 것이다. 곽재우의 한수작은 거창한 연회·시회·모임 등이 아니었다. 망우정이 소재한 낙동강의 어느 일부분에서의 생활이었다. 하지만 그는 밝은 달·거문고·바람·뱃놀이·소요 등 아주 소소한 사물과 놀이를 통해 한수작의 제대로 된 정취를 누리고 승화시키고 있었다. 곽재우가 전쟁을 체험하고 누린 풍류이었기에, 이러한 한수작은 아주 소중한 모델이 될 수 있는 것이다.

이러한 풍류는 단순한 놀이가 아니었다. 동계 정온, 부사 성여신 등이 쓴 곽재우 만사와 삼연 김창흡이 망우당의 유허를 지나며 기록한 시에서도 알 수 있다. 곽재우는 이러한 일상 생활 와중에도, 상소문을 올리며 당대 정국의 현실을 비판하고 있었다. 그리고 후인들은 한나라의 장량보다 뛰어난 처세술을 하고 있다고 칭송하고 있었다. 결국 곽재우가 나라를 위하는 마음과 그의 현실인식은 역동적으로 이뤄지고 있었던 것이다.

이러한 곽재우의 모습에서 우리는 선비의 상을 확인할 수 있었다. 남명 조식에게서 이어받은 철저한 학문과 실천적 행위는 곽재우를 영원하게 만든 것이다. 만약 그가 출사를 했더라면 비운의 영웅, 의병장이 될 뻔한 것이다. 오히려 그는 학문을 더욱 열심히 했고, 내적인 수양 역시 철저하게 노력했다.

다만 본 논의에서 밝힌 한수작의 정취로 드러났을 뿐이지만, 그의 현실인식과 학문에 대한 노력은 지대했다는 것을 반증한다. 그의 한수작 풍류를 통해 학문 역시 최고의 지점을 확립했을 것이고, 바람직한 선비의 상을 형성할 수 있었던 것이다.

앞으로 남은 과제는 다음과 같다. 첫째, 곽재우와 관련 설화, 산문 등 모든 자료를 통해 그가 지향한 삶의 방향과 목표를 확인해야 한다. 자연스레 한수작의 풍류의 최고점을 확인할 수 있다. 둘째, 임진왜란 의병들의 기록과 함께 그 일상과 생활을 확인할 필요가 있다. 임진왜란 이후 모든 의병들이 곽재우의 삶과 같지는 않다. 그 일선에서 곽재우의 위상을 재정립할 필요가 있다. 죽음을 가까이 한 자들의 일상과 생활 그리고 그들의 미래는 중요한 삶의 의미와 척도를 마련할 수 있기 때문이다. 셋째, 주지하다시피 낙동강문화에 대한 문화현상을 고찰해야 한다. 의병장뿐만 아니라, 조선 및 근대전환기에 일어난 낙동강가에서 일어난 문화현상을 분석해 낙동강문화의 다양한 층위를 도출해야 한다.

간송 조임도의 문학에 나타난 낙동강 연안과 그 의미*

| 김소연 | 경북대학교 영남문화연구원 연구원

1. 머리말

강은 예로부터 교통의 요지이면서 수량이 풍부했기 때문에 사람들에게 생활의 근거지가 되어 왔다. 강이 교통의 요지가 될 수 있었던 것은 강의 흐르는 성질 때문이었다. 강의 흐름을 따라 사람들은 배를 타고 물질적·문화적으로 서로 교류할 수 있었다. 그리고 강은 흘러서 바다로 이어짐으로써, 강안의 나루를 중심으로 내륙과 해양 지역을 연결해 주었다. 즉 강은 사람들을 연결하는 소통의 길이였다.[1] 강들 중에서 낙동강은 경상도를 관통하면서, 경상도 사람들에게 삶의 터전이 되었으며, 경상도의 여러 지역이 물질적·문화적으로 서로 연결될 수 있게 만들었다.

그리고 강은 주변의 자연물들과 함께 어우러져 아름다운 풍경을 자아내었

* 이 글은 기발표된 필자의 논문(「간송 조임도의 문학에 나타난 낙동강 연안과 그 의미」, 『한국문학논총』 84, 한국문학회, 2020, 107~140쪽)을 수정, 보완한 것이다.

1 정우락, 「낙동강과 그 연안 지역의 공간 감성과 문학적 소통」, 『한국한문학연구』 53, 한국한문학회, 2014, 174쪽.

다. 이 때문에 사람들은 예로부터 강과 그 주변에서 풍류 생활을 영위했다. 그 예로는 강가에 거처를 마련하여 은거하거나, 강에서 선유(船遊)한 것 등을 들 수 있다.

간송 조임도(澗松 趙任道, 1585~1664)가 살았던 17세기에는 영남의 향촌 사족들이 낙동강에 누정을 건립하여 자신의 거처로 삼은 경우가 많았다. 조임도의 합강정(合江亭)을 비롯하여, 한강 정구(寒岡 鄭逑, 1543~1620)의 사양정사(泗陽精舍), 낙재 서사원(樂齋 徐思遠, 1550~1615)의 선사재, 망우당 곽재우(忘憂堂 郭再祐, 1552~1617)의 망우정, 여헌 장현광(旅軒 張顯光, 1554~1637)의 부지암정사(不知巖精舍), 두암 조방(斗巖 趙垹, 1557~1638)의 반구정(伴鷗亭) 등이 그 예이다. 그리고 이들은 서로의 학맥과 혈연을 바탕으로, 낙동강에서 함께 선유하거나 낙강시회(洛江詩會)를 결성한 경우가 많았다. 한강학파가 낙동강 중하류에서 선유하며 시회를 개최한 것과, 창석 이준(蒼石 李埈, 1560~1635)이 1622년 7월에 동지들과 개최한 낙강시회 등이 그 예이다.

조임도는 경상남도 함안 출신의 산림학사로 함안의 세족이었다. 그가 살았던 경상남도 함안은 남강과 낙동강이 합류하는 지역으로, 낙동강의 하류에 속하는 지역이었다. 조임도는 함안에 상봉정(翔鳳亭) 및 합강정 등 자신만의 공간을 구축하여 그곳에서 거처했다. 이들 공간은 모두 함안 안에서도 낙동강 연안에 위치했다. 그는 생애의 절반 이상을 낙동강 연안에서 은거했고, 그의 문학과 학문의 대부분이 낙동강 연안에서 이루어졌다.[2] 그 속에서 조임도에게 낙동강 연안은 일상생활의 공간이 되기도 했고, 타인과 교류하는 공간이 되기도 했으며, 자신의 정감이나 생각을 담아내는 공간이 되기도 했다.

이러한 배경하에, 조임도의 문학 작품에서 낙동강은 여러 가지 공간으로

---

2 장성진, 「낙남 합류지역의 임란 직후 시」, 『낙동강과 경남』(남재우 외 5인), 선인, 2014, 78~79쪽.

나타날 수 있었다. 낙동강 연안에서 조임도는 자신의 일상을 시로 그리거나, 스스로가 지향하는 삶을 노래하기도 했으며, 낙동강 연안 지역과 관련한 인물과 역사를 생각하기도 했다. 그리고 낙동강에서 사우들과 만나서 어울린 것을 시로 형상화하기도 했다. 그는 일생 동안 수많은 시를 지었는데, 그중 120여 편이 낙동강 연안과 관련한 문학 작품이었다. 특히 그는 <강재12영(江齋十二詠)>을 지어, 함안에 마련한 자신의 거처를 시로 구축하기도 했다.[3] 문학 작품이 창작된 공간이 작자의 의식과 감정에 영향을 미치는 점[4]을 고려했을 때, 조임도의 문학에서 낙동강 연안이 차지하는 중요도는 매우 높다고 할 수 있다.

이러한 점에 주목하여, 본고에서는 조임도의 문학에 나타난 낙동강 연안의 공간을 살펴보고 그 의미를 도출하고자 한다. 조임도에 대한 선행연구는 그의 사상과 학맥을 중심으로 이루어졌다. 조임도의 학문을 남명학파와 퇴계학파의 융합으로 보는 연구부터 시작하여, 조임도의 학문과 학맥을 그의 스승인 장현광의 영향 및 여헌학파와의 관계 속에서 탐구한 연구, 함안 지역에서 조임도가 학문적으로 끼친 영향 등을 다룬 연구, 조임도의 선유를 통해 그의 사우와 학맥을 분석한 연구 등을 그 예로 들 수 있다.[5] 조임도의 문학과

---

3 趙任道, <江齋十二詠>, 「詩○五言絶句」, 『澗松集』 卷1.
본고에서 인용한 『간송집』의 원문 및 국역은 정현섭·양기석·김현진·구경아·김익재·강현진이 국역한 한국고전종합DB(http://db.itkc.or.kr/)의 『간송집』을 참고한 것이다.

4 조해훈, 「18세기 경주권 題詠 漢詩 연구」, 신라대학교 박사학위논문, 2017, 40쪽.

5 김우형, 「간송 조임도의 학문과 사상 - 여헌 장현광과의 사상적 영향 관계를 중심으로」, 『동양고전연구』 29, 동양고전학회, 2007, 29~56쪽.
김학수, 「선유를 통해 본 낙강 연안 선비들의 집단의식 - 17세기 한려학인을 중심으로」, 『영남학』 18, 경북대학교 영남문화연구원, 2010, 85~91쪽.
허권수, 「南冥·退溪 兩學派의 融和을 위해 노력한 澗松 趙任道」, 『南冥學硏究』 11, 慶尙大學校 南冥學硏究所, 2001, 1~35쪽.
허권수, 「만성 박치복의 학문과 사상 : 함안의 학문적 전통과 만성 박치복의 역할」, 『남명학연구』 23, 경상대학교 경남문화연구원, 2007, 1~58쪽.

관련한 선행연구는 시문을 통해 그의 현실 인식을 다룬 연구, 낙동강 근처에서 조임도가 지은 작품에 대한 연구 등을 들 수 있다.[6]

선행연구 검토 결과, 조임도의 한시는 현실에서 벗어나 자연에서 은거하며 스스로를 수양하고, 자족하며 주변의 산수를 즐기는 처사적 삶을 지향했음을 알 수 있었다. 그리고 선행연구에서는 조임도가 문학을 통해 지역 사회의 교화를 이루려 했음을 보여준다. 한편, 조임도가 참여하거나 주도했던 낙동강에서의 선유는 사우 간의 친목 도모 및 향촌 사림들 간의 결속력 강화를 가져왔으며, 이 과정에서 양산된 시문은 하나의 계보가 되었다고 한다.

조임도의 삶을 보면 낙동강 연안은 그의 문학에 큰 영향을 끼쳤을 것이다. 하지만 그럼에도 불구하고, 조임도의 문학 작품에 대한 연구 중 그의 문학 작품을 낙동강 연안이라는 키워드에 주목한 연구는 거의 없었다.

이에 본고에서는 조임도의 문학 작품에서 낙동강 연안이 어떠한 공간으로 형상화되었는지에 초점을 맞추었다. 본격적인 논의를 시작하기 전, 2장에서는 조임도와 낙동강, 그리고 낙동강의 특성이 서로 어떠한 연관을 가지는지에 대해 고찰했다. 3장에서는 본격적으로 낙동강 연안이 조임도 문학에서 형상화된 양상을 자연과의 소통·인적(人的)인 소통·시간적 소통으로 나누어 분석했다. 4장은 3장에 대한 의미를 논하는 장이라 할 수 있다. 이 장에서는 조임도 사후 후대의 문인들과 연결 지어, 낙동강 연안에서의 조임도가 후대에 문학을 통해 어떻게 기억되고 있는지를 도출하고자 한다.

---

6 박순남, 「간송 조임도의 <三綱九絶句>에 대하여」, 『국제지역통상연구』 2, 국제지역통상학회, 2005, 21~49쪽.
오용원, 「간송 조임도의 현실인식과 그 시적 형상화」, 『선주논총』 10, 금오공과대학교 산업기술개발연구원, 2007, 69~90쪽.
장성진, 「낙남 합류지역의 임란 직후 시」, 『낙동강과 경남』(남재우 외 5인), 선인, 2014, 61~88쪽.

2. 낙동강과 조임도의 연관성

조임도는 경상남도 함안군 검암리에서 태어났다. 32세에는 회시에 낙방하고 과거를 포기했다. 그의 나이가 20~30대였을 당시 내암 정인홍(來菴 鄭仁弘, 1535~1623)과 북인이 조정에서 정권을 잡았는데, 조임도는 북인의 정치적 견해에 반대했다. 그 예로 그는 인목대비 폐모론에 반대했고, 퇴계 이황(退溪 李滉, 1501~1570)의 문묘종사 문제에서 북인의 뜻에 반대했다. 특히 조임도의 나이 27세에 이황의 문묘종사를 배척하는 소회(疏會)가 정인홍의 뜻에 따라 열렸는데 이때 조임도는 스스로가 퇴계학맥임을 밝히고 소회에 참여하길 거절했다.

그는 이같이 대북파와 갈등하면서 함안군 칠원의 내내리로 피신했다. 이때부터 조임도는 현실과 거리를 두었고, 강 언덕에 상봉정을 짓고 산수와 시문에 의지했다. 49세에는 영산현(靈山縣) 용산(龍山)으로 이거했고, 강 건너 용화산 기슭에 합강정사를 지었다.[7] 합강정의 '합강(合江)'은 두 강이 합쳐짐을 의미한다. 여기서 강 두 줄기는 낙동강과 남강으로, 함안은 낙동강과 남강이 합류하는 지역이었다.

조임도가 함안의 낙동강 연안에서 거처할 수 있었던 데에는 집안의 영향도 있었다. 우선 그의 선조인 어계 조려(漁溪 趙旅, 1420~1489)가 함안 출신이었다. 단종이 세조에게 선양하자, 조려는 성균관에서 나와 함안의 서산에 거처를 마련하고 은거했다. 조임도의 아버지인 조식은 상포(上浦)에서 별서를 경영했고, 조임도의 숙부인 조방은 두암대에 반구정을 지어 은거했다.[8] 반구정은 현재 합강정사 근처에 위치한다. 이처럼 조임도보다 앞서 그의 선조와

---

7 장성진, 앞의 책, 76~80쪽.

8 김학수, 「선유를 통해 본 낙강 연안 선비들의 집단의식 - 17세기 한려학인을 중심으로」, 『영남학』 18, 경북대학교 영남문화연구원, 2010, 86쪽.

가족이 이미 낙동강 연안에 거처를 마련한 전적이 있었다. 즉 조임도가 낙동강변에 합강정을 마련하고 생활할 수 있었던 데에는 그의 출생지 및 가족들, 은거를 지향했던 그의 삶이 있었다.

합강정사 근처 낙동강과 남강의 합류 지점

낙동강변에 거처하면서, 조임도는 낙동강을 지역과 지역 간의 소통이라는 측면에서 주목했다. 이는 강물의 속성과 그의 집안·학문적 배경에 기인한다. 강물은 시공간적인 측면에서 차안과 피안을 경계 짓고 단절시키기도 하지만, 동시에 차안과 피안을 시공간적으로 소통할 수 있게 한다. 먼저, 공간적 측면에서 강물이 차안과 피안의 사이를 채워서 연결하기 때문이다. 이러한 점은 배를 통해 교통과 운수가 이루어지는 데서 알 수 있다. 이는 강으로 경계 지어진 차안과 피안을 이어주며, 차안과 피안이 물질적으로 교류할 수 있게 만들었다. 강물을 통한 차안과 피안 간의 물질적 교류는 둘 사이의 문화적·

정신적 소통으로 이어졌다.[9]

낙동강 역시 그러했다. 공간적인 측면에서, 낙동강은 영남 지역을 경상좌도와 경상우도로 나누었다. 이에 따라 학문적 경향도 나뉘었는데, 경상좌도의 경우 퇴계학(退溪學)에, 경상우도는 남명학(南冥學)에 속했다. 그러나 경상좌도와 경상우도는 낙동강을 끼고 서로 물질적·문화적으로 소통할 수 있었다. 경상좌도와 경상우도의 문인들 역시 마찬가지였다. 두 지역의 문인들은 낙동강의 동서를 드나들며 사상적·학문적으로 교류했다.[10]

조임도는 낙동강 연안에 거처하면서, 낙동강을 특별하게 생각했다. 그 역시 낙동강이 지닌 이와 같은 특징을 염두에 두고, 낙동강을 통해 경상좌도와 경상우도가 회통(會通)한다고 이해했다. 이러한 점은 그가 낙동강 연안의 여러 지역의 문인들과 교유할 수 있는 기반이 되었다.

休言江水限西東 강물이 동서를 나눈다고 말하지 마라,
從古神交遠近同 예로부터 정신적으로 사귀는 건 원근이 같으니.
何必合堂聯席後 어찌 반드시 같이 살고 나란히 앉은 뒤에라야,
兩家情誼始相通 두 집안의 정의가 비로소 서로 통하겠는가.

君在江西我在東 그대는 강 서쪽에 나는 동쪽에 있으니,
東西雖別意相同 비록 동서로 나뉘었지만 뜻은 서로 같네.
會須月白涼生夜 응당 달 밝고 서늘한 밤에는,
一帶煙波水道通 한 줄기 안개 낀 수면 물길이 통하는데.[11]

---

9 정우락, 『모순의 힘 : 한국문학과 물에 관한 상상력』, 경북대학교출판부, 2019, 298~299쪽.

10 두 학파가 소통했던 대표적인 예로 고령의 죽유 오운(竹牖 吳澐, 1540~1617)·성주의 동강 김우옹(東岡 金宇顒, 1540~1603)·정구 등을 들 수 있다. 이들은 이황과 조식의 학문을 모두 이어받았다는 평가를 받으며, 퇴계학파와 남명학파의 회통성을 보였다.(정우락, 앞의 논문, 182~183쪽.)

이 시는 조임도가 강선립(姜善立)에게 준 시이다. 조임도가 스스로 강의 동쪽에 있다고 언급한 것을 볼 때, 이 시의 강은 조임도가 거처하던 낙동강일 것이다. 첫 번째 수와 두 번째 수는 모두 조임도와 강선립이 낙동강을 사이에 두고 서로 물리적으로 나뉘어 있음을 이야기한다. 그럼에도 불구하고, 조임도는 강선립과 정이 있으며 뜻이 같다고 한다. 이들의 정[情誼]은 두 번째 수에 언급된 한 줄기의 물길[一帶水道]로 이어지고 있다. 즉 조임도는 낙동강을 매개로, 강선립과 정신적으로 맞닿는다고 생각한 것이다.

이 시를 통해 조임도가 낙동강을 어떻게 인식했는지를 알 수 있다. 낙동강이 경상도를 좌우로 나눌지라도, 경상좌도와 경상우도는 모두 학문과 도학에 뜻을 두고 있다는 점에서 정신적으로 회통한다고 본 것이다. 그리고 두 지역의 정신적 회통은 낙동강을 통해 이루어진다고 보고 있다. 이는 조임도로 하여금 낙동강 연안에 거처하는 여러 문인과 교유할 수 있게 했다. 이때 낙동강 연안은 조임도가 이들과 교유하며 인간 대 인간으로 소통하는 주요한 공간이 되었다.

특히 조임도는 학문적으로 장현광에게 오랜 가르침을 받아서 여헌학(旅軒學)에 가까웠지만, 집안이나 사우 관계상 퇴계학·남명학·한강학(寒岡學)과도 맞닿아 있었다. 그는 젊었을 때 반천 김중청(槃泉 金中淸)·두곡 고응척(杜谷 高應陟)·장현광 등, 경상좌도의 퇴계학에 속하는 문인들에게 학문을 배웠었다. 그중 장현광은 조임도의 오랜 스승이 되었다.

1607년 조임도는 아버지인 조식·숙부인 조방과 함께 정구가 주도한 용화산동범에 참여하여, 이 모임을 기록하는 일을 맡았다. 이 모임에는 장현광·곽재우도 참여했는데, 이 모임에 참여했던 인물들이 대부분 정구의 문인이

---

11 조임도, <次姜善立 二首>, 「詩○七言絶句」, 『간송속집』 권1.

었다.

더욱이 조임도의 스승이었던 장현광은 학문적으로 정구의 영향을 받았고, 정구는 학문적으로 이황과 조식 모두에게 사사 받은 인물이었다.[12] 조방 역시 반구정에서 배를 통해 창암정(망우정)의 곽재우와 자주 교유했다. 그리고 조임도가 살았던 함안 지역 문인들도 특정 학파의 주장에 경도되지 않았고, 복잡한 철학적 논쟁에도 가담하지 않은 채 비교적 자유로운 활동과 창작을 했다.[13]

한편 그리고 조임도는 정인홍의 제자인 노파 이흘(蘆坡 李屹, 1557~1627)의 딸에게 장가들었으며, 남명학의 문인들과도 교유했다. 즉 조임도의 집안과 그의 학문은 경상좌도의 학문적 경향 및 문인과도 연결되면서, 경상우도의 학문적 경향 및 문인과도 연결 지점이 있다고 할 수 있다. 이러한 그의 집안 및 학문적 배경은, 그로 하여금 낙동강을 경상좌도와 경상우도를 소통하게 만드는 공간으로 인식하게 하는 데에 영향을 미쳤을 것이다.

다음으로, 강물의 항상 흘러가는 성질은 조임도로 하여금 낙동강 연안의 여러 장소를 소재로 문학 작품을 창작하게 했다. 시간적 측면에서 강물은 과거와 현재·미래를 이어준다. 이는 오랜 시간 동안 끊임없이 흘러가는 물의 속성 때문이다. 조선 시대의 문인들은 이와 같은 물의 특성에 주목하여, 물을 통해 시간적 연속성과 항상성을 발견하여 이를 문학 작품으로 표현하기도 했다. 이들은 강물에서 시간이 흘러도 변하지 않는 진리와 자연의 이치에 주목하거나, 과거의 역사와 문화를 상고하거나 계승하기도 했다. 강물을 통

12 조임도의 학문 성향 및 사우 관계에 대한 논의는 허권수의 논문(「南冥·退溪 兩學派의 融和을 위해 노력한 澗松 趙任道」, 『南冥學硏究』 11, 慶尙大學校 南冥學硏究所, 2001, 359~363쪽.) 및 박순남의 논문(「澗松 趙任道의 「三綱九絶句」에 대하여」, 『국제지역통상연구』 2, 국제지역통상학회, 2005, 24~30쪽.) 등을 참고할 수 있다.

13 장성진, 앞의 책, 62쪽.

해 과거와 현재·미래가 연결된 것이다. 즉 강은 시공간적으로 차안과 피안을 가르면서도, 차안과 피안을 소통하게 만든다고 할 수 있다.[14]

낙동강의 경우도 마찬가지였다. 영남을 관통하는 낙동강의 연안에는 신라·가야와 연관되는 지역이 있었다. 신라는 경주를 수도로 하여 영남을 중심으로 발전했던 나라였다. 가야는 금관가야를 맹주로 하여 김해·상주·고령·성주·창녕·함안 등 낙동강 하류 지역에 세워진 나라였다. 그리고 고운 최치원(孤雲 崔致遠, 857~?)은 황산강의 임경대에 올라 시를 읊었는데, 황산강은 낙동강의 하류에 속했다. 이 때문에 수많은 문인들이 낙동강 연안에서 과거의 역사와 인물을 떠올릴 수 있었다. 이를 통해, 낙동강이 지닌 신라·가야의 역사는 그 당대를 뛰어넘어 조선 시대의 문인들에게까지 전승될 수 있었다.

신라와 가야뿐만 아니라, 낙동강 연안에는 영남루·촉석루·매학정 등 수많은 누정이 남아 있었다. 이들 누정은 낙동강을 끼고 아름다운 풍경을 자아냈다. 이 때문에 수많은 문인이 이곳을 방문하여, 고인이 된 누정의 주인이나 누정과 관련한 내력을 떠올리기도 했다.

조임도 역시 그러한 문인들 중 하나였다. 그는 낙동강 연안의 고적을 방문하면서 고인 및 역사를 떠올렸다. 이는 조임도로 하여금 그가 살았던 당대를 뛰어넘어 과거를 상기시키게 만들었다.

조임도가 아울렀던 낙동강 연안의 범위는 내륙 지역을 비롯하여 바다인 김해까지 나아갔다. 강이 흘러서 바다로 나아가 확장되듯, 조임도의 문학에 나타난 낙동강은 여러 강안 지역을 아우르며 그의 문학적 상상력을 확장했다. 이를 통해 조임도의 문학 작품에서 낙동강 연안은 여러 가지 공간으로 그려질 수 있었다.

14 정우락, 앞의 책, 2019, 163쪽.

3. 조임도의 문학에 형상화된 낙동강 연안 공간

1) 은일을 통한 자연과의 소통 공간

조임도는 49세에 영산의 용산촌으로 건너와, 이곳에서 생애를 마치리라 다짐하며 “곡굉(曲肱)”이라는 편액을 걸었다. 곡굉은 『논어』 「술이(述而)」에 나오는 말로, 팔베개를 베고 눕는 것[15]이다. 이는 가난한 처지 속에서도 불의한 부귀를 탐하지 않으며 즐겁게 사는 것을 의미한다.

그러면서 조임도는 곡굉의 남쪽에 정자를 지어 합강정을 마련했다. 합강정은 용화산과 낙동강을 끼고 있었다. 그는 정자 내부의 방들의 이름을 각각 망모암(望慕庵)·사월루(沙月樓)·와운헌(臥雲軒)이라 했고, 건물 주변의 자연물을 연어대(鳶魚臺)·노어암(鱸魚巖)으로 명명했다. 그리고 이들을 모두 합강정사로 일컬었다. 또 <강재십이영(江齋十二詠)>을 지어, 합강정사라는 건물과 그 주변의 자연물을 하나의 집경시(集景詩)[16]로 집약시켰다.

---

15 『논어』, 「술이」 15장, “子曰, 飯疏食飮水, 曲肱而枕之, 樂亦在其中矣, 不義而富且貴, 於我, 如浮雲.”
본고에서 인용한 경전 구절은 동양고전종합DB(http://db.cyberseodang.or.kr/)를 참조한 것이다. 아래도 같다.

16 지역이나 누정, 거처의 주변 등 경관요소를 연작 형식으로 창작한 제영을 의미한다.(권정은, 「집경시에 투영된 한양의 시저거 형상과 풍경의 특징」, 『새국어교육』 112, 한국국어교육학회, 2017, 290쪽.) 혹은 승경처의 풍경을 복수의 장면으로 나열한 연작 형식의 제영을 의미한다.(박연호, 「청주 집경시의 지역적 특성」, 『어문논집』 89, 민족어문학회, 2020, 224~225쪽.)

합강정사에 걸려 있는 <강재십이영> 시판

사월루와 와운헌·노어대·연어대는 합강정사에서 바라본 낙동강의 풍경을 반영한 이름이었다. 이곳에서 조임도는 한가로운 일상 속에서 학문에 침잠했다. 성리서를 읽으며 성현을 좇았고, 자연 속을 소요하며 성리학의 가르침을 체험하기도 했다.[17] 이때 자연은 그로 하여금 성리학의 가르침을 체득하게 만드는 매개가 되었다.

(가) 누대(연어대)가 그런 이름을 얻은 데는 어찌 연유가 없겠는가? "대개 천지를 조화 육성하여 높은 곳과 낮은 곳에 훤히 드러난다."라는 뜻을 취한 것이다. 사물을 바라보는 묘한 이치와 스스로 터득한 아취가 이 속에 다 들어 있으니, 마음으로 터득하여 누대에 붙인 것이다. …… 바람을 타고 나는 모래톱의 물새와 연기가 안개 속 대나무는 언제나 책상 앞에 있었으며, 구름이 끼고 날이 개며 아침과 저녁에 따라 천변만화하여 사람으로 하여금 한번 보기만 해도 표표히 세상을 버리고 홀로 우주에 선 듯한 마음이 들게 하였다. 속세의 마음을 모두 없애고 세상 근심을 모두 잊고 자기 자신이 하계에 있는 줄 알지 못하게 하니, 진실로 이른바 고상한 은자가 오락가락할 곳이지 티끌 세상

17 조임도, <華山洛水謠 四言>, 「시」, 『간송집』 권2, 418쪽.

에 사는 속된 모습을 하고서는 올라서 걸어 다닐 곳이 아니로다.[18]

(나) 魚躍千尋水	물고기가 천 길 물속에서 뛰고,
鳶飛萬仞天	솔개가 만 길 하늘에서 나네.
天機能自動	천기는 저절로 움직일 수 있으니,
至理此昭然	지극한 이치는 여기서 밝게 드러난다네.[19]

(가)는 조임도의 육촌 조카인 조일(趙鎰, 1578~1647)이 쓴 <연어대서(鳶魚臺序)>의 일부이다. 조일은 종제인 조회중(趙會中)과 함께 합강정사를 방문하여 조임도를 만나고 연어대에서 소요한 일을 이야기하고 있다. 이곳에서 조일은 세상의 속된 것들을 잊고 은자의 삶과 자연의 이치를 떠올렸다.

연어대에는 어떠한 날씨 속에서도 푸르고 곧은 대나무가 있었다. 대나무는 사군자 중 하나로, 곧은 모습으로 인해 올바름과 절개의 상징이 되었다. 이는 출사하지 않은 채 합강정사에서 경전을 공부하고 마음을 수양했던 조임도의 고고한 모습과 연결된다. 이 글을 통해 조임도가 지향했던 은일하는 삶의 모습을 짐작할 수 있다.

다음으로, 연어대에서는 날씨와 주야에 따라 달라지는 풍경이 펼쳐졌다. 대자연 속에서, 날씨의 변화와 주야의 순환은 인간의 인위적인 행위가 가해지지 않아도 매일 끊임없이 일어나는 현상이었다. 이는 만물의 자연스럽고 당연한 이치를 의미한 『시경』의 연비어약과 상통한다. 연어대의 이름은 『시경』의 연비어약(鳶飛魚躍)에서 유래했다.[20] 솔개가 하늘을 날고 물고기가 물속

18 沈檍·趙鎰, <鳶魚臺序 二篇○臺在龍華山麓洛江之南青松寺之西北隅>, 『국역 금라전신록』(조임도 저술, 이명성·장성진 번역), 함안문화원, 2010, 145~148쪽.
19 조임도, <江齋十二詠> 鳶魚臺, 「詩○五言絶句」, 『澗松集』 卷1.
20 『시경』, 「대아·한록」, "鳶飛戾天, 魚躍于淵."

을 헤엄치는 것은 특별하거나 기이한 일이 아닌, 지극히 일반적이고 자연스러운 일이다. 하늘의 솔개와 물속의 물고기는 각자의 자리에서 생존하며 활발하게 활동하는 것이다. 즉 연비어약이라는 말은 인간의 인위적인 행위가 가해지지 않은 만물의 자연스럽고 당연한 이치로, 만물이 각자 제자리를 얻어 생동하는 이치를 의미한다. 조임도는 (나)의 시에서 이와 같은 깨달음을 읊었다. 그에게 연어대는 연비어약의 경지를 보여주고 몸소 깨닫게 해 주는 장소였다.

萬里雲霄外	아득히 구름 노니는 하늘 끝.
冥冥一箇鴻	가물가물 보이는 한 마리 기러기여,
莫愁腸未飽	배가 부르지 않다고 근심하지 말고,
增擊避彊弓	더욱 힘차게 날아 센 활을 피하라.[21]

조임도가 낙동강변에서 날아가는 기러기를 보며 읊은 시의 일부이다. 그는 이 기러기를 그냥 지나치지 않았다. 기러기는 사람이 아닌 자연 속의 날짐승이었지만, 그는 이 기러기에게 대화를 건넨다. 그리고 기러기에게 안위를 지키는 방법과 처세에 대해 당부한다. 이로써 기러기는 조임도가 자신의 처세관을 드러내는 매개가 된다.

배부르지 않은 기러기는 배를 채우고자 먹을 것을 찾을 것이다. 기러기는 먹을 것을 구하기 위해 열심히 사냥할 것이다. 사냥과 동시에, 기러기는 자연스럽게 먹을 것을 구하고자 인간들이 경작하는 논밭을 기웃거리게 된다. 기러기가 먹을 것을 구하고자 인간들의 논밭을 기웃거리면, 인간들의 사냥감이 되어 위태로워질 확률이 높아질 것이다. 조임도는 이를 경계하며, 기러기에

21 조임도, <江齋十二詠> 雲鴻, 「시」, 『간송집』 권1, 179쪽.

게 배고픔으로 인해 목숨이 위태로워지는 것을 조심하라고 당부한다.

이는 강변에서 기러기를 보며 한 말이지만, 그가 세상사를 등지고 은거한 것을 생각하면 인간에게 건네는 당부가 될 수도 있다. 그것은 바로 세상사의 부귀영화를 지나치게 욕심내다가 화를 당하는 것을 경계하라는 것이다. 그리고 조임도는 세상사에 미련을 두지 않고 낙동강 연안에서 은일의 삶을 자처했다.

이노천(李老泉)이 다음과 같이 시를 지었다.

清洛名區此釀眞 맑은 낙동강의 명승지 이 경양대가 진경인데,
祕慳千載屬斯人 천 년 동안 숨겨둔 비경을 이 사람에게 맡겼네.
無心營利修天爵 영리에는 마음 없어 도와 덕을 수양하고,
不用藏犀辟世塵 예리함을 감추어 쓰지 않고 속세에서 벗어났네.

案上書堆甘養性 책상 위의 책 더미는 성정을 즐기는 물건이고,
枕邊江闊可潛鱗 베갯머리의 너른 강은 물고기 잡을 만한 곳일세.
是知仁智能兼樂 인과 지를 알아 능히 그 즐거움을 겸했고,
俯仰乾坤愧此身 천지를 우러르고 굽어보니 이 몸이 부끄럽네.[22]

'노천'은 이준(李浚)의 호이다. 이 당시 이준은 조임도 및 다른 벗들과 선유 중이었는데, 조임도의 은거 생활을 떠올린다. 1수의 1~2구는 합강정사 근처에 있는 경양대의 풍경을 읊은 것으로, 당시 이준과 조임도는 경양대 아래를 흐르는 강물에서 선유 중이었다. 경양대는 합강정사 근처의 자연물로 조임도가 소요하고 완상하는 자연물이었다. 경양대처럼 아름다운 자연 속에서, 조

22 조임도, <過從錄>, 「錄序說記」, 『간송별집』 권1.

임도는 세상사에 연연하지 않은 채 자연을 완상하면서, 유교 경전을 읽으며 학문과 도덕의 수양에 힘썼다.

2수의 2구에 나오는 '베갯머리의 너른 강[枕邊江闊]'은 합강정사와 경양대 앞을 흐르는 낙동강이다. 낙동강 연안에서 이와 같은 삶을 살며, 이준은 조임도가 인지(仁智)를 체득하고 천지를 굽어본다고 했다. 3구의 인지는 요산요수와 연결된다.[23] 요산요수는 어진[仁] 이는 산을 좋아하고, 지혜로운[智] 이는 물을 좋아한다는 의미다. 당시 조임도의 거처와 생활을 고려하면, 요산요수의 산은 합강정사가 위치한 용화산을, 물은 합강정사에서 용화산 방향으로 흐르는 낙동강물이다. 조임도는 용화산과 낙동강이라는 자연 속에서 독서하거나 일상생활을 하며, 자연에서 은거하는 즐거움을 누린다. 즉 낙동강 연안은 조임도에게 세상사와는 동떨어진 곳이자, 장수유식을 실현하는 곳으로 그려진다.

(가)	俯視下無地	굽어보니 아래로는 땅이 없으나,
	仰觀上有天	우러러보니 위로는 하늘이 있네.
	誰言眞境遠	누가 말했나? 선경이 멀다고.
	坐此卽神仙	이곳에 앉으니 곧 신선인 걸.[24]

(나)	東南奇勝地	동남쪽 기이하고 빼어난 경치라면,
	萬古此山河	만고에 이름난 이곳 산하라네.
	物色經春媚	물색은 봄을 지나니 더 고와지고,
	風情得酒加	풍정은 술을 마시니 더 좋아지네.
	江村連野店	강촌은 들판 주막으로 이어지고,

23 『論語』, 「雍也」 6장, "子曰, 知者, 樂水, 仁者, 樂山, 知者動, 仁者靜, 知者樂, 仁者壽."
24 조임도, <泛舟景釀臺下>, 「詩○五言絶句」, 『간송집』 권1.

樵笛雜漁歌	초동의 피리소리 뱃노래에 뒤섞이네.
酩酊臥篷底	얼큰히 취해 조각배에 누웠으니,
塵喧於我何	이 세상 시끄러움 나와 무슨 상관있으랴.[25]

두 작품은 모두 조임도가 경양대(景釀臺)에서 읊은 시이다. 경양대는 함안군 내내리 우포(雩浦)에 소재했다고 하는 절벽으로, 은대 이인로(銀臺 李仁老)가 정자를 지었던 곳으로 전해진다. 경양대의 북쪽으로는 남강이 흘러들었고, 동쪽으로는 낙동강이 흘렀다. 조임도는 경양대가 예로부터 풍경이 좋은 곳이라고 했다. 그것은 경양대 밑을 흐르는 강물에 하늘과 물새·달·별 등이 거울처럼 비치고, 저녁이 되면 노을이 지면서 아름다운 풍경을 자아냈기 때문이었다.

(가)는 경양대에서 선유하는 장면이다. 1구와 2구에서는 낙동강 물에 비친 경양대의 풍경을 묘사했다. 경양대의 아래를 흐르는 낙동강 물의 표면은 하늘을 거울처럼 반사시켜, 마치 경양대의 위아래가 모두 하늘이 된 듯한 풍경을 자아낸다. 이 때문에 조임도는 1구에서 경양대 아래에 땅이 없다고 할 수 있었다. 이러한 풍경 속에서, 조임도는 스스로가 선경에 있는 신선이 된 듯한 기분을 느꼈다.

(나)는 조임도가 모재 이도순(慕齋 李道純, 1585~1625)의 시를 차운한 것이다. 당시 이도순은 조임도와 함께 경양대에서 선유했다. 이 시에서는 경양대가 영남에서 가장 아름다운 곳이라고 하며, 봄날 경양대의 풍경을 묘사했다. 봄은 만물이 겨울잠에서 깨어나고, 꽃이 피는 계절이다. 이 때문에 경양대의 절벽에는 꽃이 만개했다. 그리고 낙동강물의 수면은 그 절벽을 반사시켜,

25 조임도, <追次李子粹 道純 遊景釀臺下韻>, 「詩○五言律詩」, 『간송집』 권1.

수면에도 꽃이 만개한 경양대의 절벽이 비친다. 경양대의 절벽과 강물의 수면이 빚어내는 풍경 속에서 조임도는 술을 마신다. 취흥으로 인해 이러한 풍경이 더욱 아름답게 느껴진다.

경양대의 절벽이라는 자연물에서 눈을 돌려, 이번에는 강변의 마을로 눈길이 간다. 강변의 마을에는 집들이 있고, 그 집들을 따라 시선을 옮기다 보면 마을의 언덕에 주막이 보인다. 그리고 초동의 피리 소리와 뱃노래 소리가 들린다. 강변 마을이라는 시각적인 요소와 피리·뱃노래라는 청각적인 요소가 빚어내는 풍경은 일상적이고 평화롭다.

이같이 일상적이고 평화로운 풍경은 조임도의 마음을 편안하게 만들었다. 경양대라는 자연물 속에서 일상적인 편안함을 느끼며, 술에 취한 조임도는 세속의 시끄러움에 아랑곳하지 않는다. 이로써 그는 자연 속에 묻혀 탈속의 경지에 이른다.

이처럼 낙동강 연안은 조임도에게 은일의 공간이었다. 그 안에서 그는 세상사로부터 동떨어져 성리학을 공부하며 스스로를 수양했고, 자연 속에서 한가로운 일상을 보냈다. 낙동강 연안이 빚어낸 자연은 그에게 장수유식(藏修游息)의 장소로서, 연비어약과 같은 성리학의 가르침을 체득하게 만드는 매개가 되었다. 동시에 낙동강 연안의 자연은 그로 하여금 자연 속에 묻히게 만든다. 자연 속에 묻힌 그는 자연과 하나가 된 듯한 편안함과 탈속의 경지를 느꼈다.

2) 동류지락(同類之樂)이 실현되는 인적(人的) 소통의 공간

조임도는 함안의 낙동강 연안에 거처를 지어, 벼슬에 나아가지 않고 은거했다. 그의 거처와 그 주변은 낙동강을 끼고 있어 경치가 뛰어났다. 이 때문에 그는 자신의 거처를 중심으로, 낙동강 연안에서 자연을 완상하면서 학문에 매진할 수 있었다.

이와 동시에, 낙동강 연안은 조임도가 그의 친척 및 사우들과 함께하는 공간이 되기도 했다. 조임도는 이들과 합강정사에서 낙동강이 빚어내는 풍경을 감상하거나, 낙동강 연안을 소요했으며, 낙동강에 배를 띄우기도 했다. 그는 그 속에서 느낀 흥취를 작품으로 표현하기도 했다. 이 과정에서 그가 어울렸던 이들은 집안 및 학맥으로 연결되었다.

今夕知何夕	오늘 저녁이 어떤 저녁인지 아는가.
佳賓滿一堂	훌륭한 손님들이 온 집에 가득하다네.
江清新月浴	강물이 맑아 새로 뜬 달이 목욕하고,
霜重落英香	된서리 내리니 떨어진 꽃이 향기롭네.
草草杯盤設	변변찮은 술상을 마련하니,
溫溫笑語長	따뜻한 웃음꽃 그치지 않네.
明朝分袂後	내일 아침 이별한 후에도,
此會莫相忘	이 모임 서로 잊지 마시게.[26]

위의 시는 어느 날 밤 조임도가 합강정사에서 벗들과 음풍농월을 하며 지은 시이다. 서리가 내려 꽃이 떨어진 것을 보면, 이날의 계절은 찬 기운이 가시지 않은 초봄이었음을 짐작할 수 있다. 이날 밤, 조임도는 합강정사를 찾아온 이들과 함께 밤의 풍경을 감상하고 술잔을 나누며 즐거워한다.

합강정사 앞을 흐르는 낙동강은 맑았고, 밝은 달은 강물을 비추었다. 달이 강물에 비치는 것을 보고, 달이 강물에 목욕한 듯하다고 표현한 것이다. 목욕

26 조임도, <合江亭示同遊諸賢>, 「詩○五言律詩」, 『간송집』 권1.

하면 몸이 묵은 때를 벗고 깨끗해지듯, 이와 같은 표현은 이날 강에 비친 달이 그만큼 희고 밝았음을 짐작할 수 있게 한다. 달빛과 꽃향기는 이들의 눈과 코를 즐겁게 만들었고, 달빛 아래에서 함께 나누는 술잔과 대화는 이들의 흥취를 더욱 돋웠을 것이다. 시를 통해 조임도는 좋은 풍경 속에서 벗들과 함께 어울리는 즐거움을 드러내고 있다. 좋은 풍경은 바로 낙동강과 달빛이 빚어낸 것이었다.

합강정사에서 바라본 낙동강

(가) 薄暮移舟景醸臺　저녁 무렵 경양대로 배를 옮겨 가고,
龍華山下更沿洄　용화산 아래에서 다시 강을 따라 내려가네.
嶺雲吐月清光動　재의 구름이 달을 토하니 맑은 빛이 움직이고,
江樹含風爽氣來　강의 나무가 바람을 머금으니 상쾌한 기운이 오네.
萬古英雄孤鳥過　만고의 영웅은 외로운 새 지나간 흔적과 같으니,
千年形勝一罇開　천년의 형승에서 술동이를 연다네.

丁寧爲報翠巖子　간곡하게 취암자(翠巖子)에게 알리노니,
後至莫辭三百杯　뒤에 이르렀으니 삼백 잔을 사양하지 말기를.[27]

(나) 다음 날 새벽밥을 재촉하여 먹고 배에 짐을 꾸려 물길을 따라 곧바로 내려가 경양대를 감상하고 우포(雩浦)를 바라보았으며, 송진(松津)을 지나 창암(蒼巖)에 이르렀다. …… 배를 정박시키고 언덕에 올라가니 마을 사람이 정자 안에 자리를 마련해 두어 이에 두 사람과 함께 그 위에서 바람을 쐬고 시를 읊었다. 물가의 버들과 바위의 꽃은 붉은색과 푸른색이 서로 어우러져 10리의 강산이 그림 속에 있는 듯하였다. 물고기는 물결 위로 뛰어오르고 새는 백사장에서 노닐며, 원근의 산봉우리는 푸른빛이 중첩되어 아른거렸다.

술잔을 들어 조금 마시며 아득히 사방을 바라보는데, 문득 매 한 마리가 꿩을 쫓아 북쪽에서 남쪽으로 날아가는 것이 보였다. 또 몇 사람이 개를 끌고서 그 뒤를 따라가 노를 저어 배를 타고 강을 건너가서 꿩을 잡아 가지고 돌아왔다. …… 여섯 명이 서로 이어가며 술을 돌렸는데, 술상은 초라하였지만 정의(情誼)는 화락하여 그 즐거움이 거의 속세에 있는 것이 아니었다. …… 배를 타고 가면서도 술을 마셔 날이 어두워졌는지도 알지 못했다. 마침 초적을 부는 자가 있어 즐거움을 돋우어 술잔을 권하게 했다. 임군(林君)이 이노천(李老泉)에게 노래 부르기를 부탁하자, 신여달(辛汝達)이 자청하여 일어나 춤을 췄고, 나 또한 간혹 화답하였다.[28]

두 인용문은 조임도가 그의 지인들과 함께 경양대 및 경양대 주변에서 선유했던 일을 기록한 것이다. 경양대는 조임도가 이들과 자주 갔던 낙동강 연안의 자연물 중 하나였고, 이곳에서 이들은 자주 선유했다.[29]

27 조임도, <初夏船遊 戊辰>, 「시」, 『간송집』 권2.
28 조임도, <過從錄>, 「錄序說記」, 『간송별집』 권1, 82~84쪽.
29 조임도가 1607년에 참여했었던 용화산동범은 경양대에서 펼쳐졌던 선유의 대표적인 예라

(가)는 1628년에 지어졌다. 조임도는 이해 봄에 익암 이도보(益庵 李道輔, 1587~1661)·모곡 유형길(慕谷 兪亨吉, 1589~?)·어촌 양훤(漁村 楊暄, 1597~1650)·이완(李浣)·이여장(李汝章)과 함께 경양대에서 선유했다. 이들은 대부분 창녕에서 거처했던 선비들이었다.

이들은 저녁 무렵 경양대까지 배를 타고 갔고, 밤에는 용화산 아래에서 배를 타고 밤새도록 선유했다. 강에서 용화산 쪽을 바라보니 달을 가렸던 구름이 걷히면서, 달빛이 점점 밝아졌다. 그리고 이들이 배를 띄운 강에는 산으로부터 상쾌한 바람이 불어왔다. 그 아래에서 조임도 일행은 밤새 선유하며 배 위에서 음주가무를 즐겼던 것이다.

(나)는 <과종록(過從錄)>의 일부이다. <과종록>은 1629년 봄에 조임도가 근처의 사우들과 함께 선유한 것을 기록한 글이다. 이 선유에 참여했던 인물은 임곡 임진부(林谷 林眞怤, 1586~1658)·계촌 이준(溪村 李浚)·택은 신시망(澤隱 辛時望, 1606~1676)·신동망(辛東望), 그리고 모정 배대유(慕亭 裵大維, 1563~?)의 조카들이었다. 임진부와 이준은 조임도의 장인인 이흘에게 학문을 배웠다. 신동망은 곽재우의 외손이었고, 배대유는 임진왜란 때 곽재우의 의병 활동을 도왔다. 이들은 대부분 조임도의 친인척과 관련이 있었다.

이들은 약 6일 동안 선유했다. 그동안 경양대를 비롯하여 창암·우포를 구경했으며, 마지막으로 창암대에 정박하여 시를 읊었다. 이들이 유람했던 당시 계절은 봄이었기 때문에, 물가에는 꽃이 만개하여 푸른 산과 어우러져 그림 같은 풍경을 자아내었다. 그리고 물고기와 새는 봄의 기운을 받으며 약동했다. 이러한 풍경 속에서, 조임도는 꿩 사냥을 구경하며 일행과 함께

고 할 수 있다. 이와 관련한 논의는 김학수의 연구(「선유를 통해 본 낙강 연안 선비들의 집단의식 - 17세기 한려학인을 중심으로」, 『영남학』 18, 경북대학교 영남문화연구원, 2010, 64~71쪽.)에 자세하다.

술을 마셨고, 시를 지었으며, 밤새 선유했다. 피리 소리에 맞춰 춤을 추는 이도 있었다. 그는 이 당시 선유에 참여한 이들과 정을 돈독히 다졌다.

危樓縹緲泬寥天 높은 누각 아스라이 맑은 하늘에 솟았는데,
萬象森羅一望前 세상 온갖 사물이 눈앞에 바라보이네.
野闊山遙風未歇 들 넓고 산은 아득하여 바람 그치지 않고,
鳶飛魚躍理無邊 솔개 날고 물고기 뛰니 이치는 무궁하네.
心虛止水涵宵月 고요한 물이 저녁달을 받아들이는 데서 마음은 비고,
興入長林帶暮煙 높고 큰 숲이 저녁연기를 띠는데 흥은 들어가네.
佳處又逢名勝士 좋은 곳에서 또 명망 있는 선비들 만나니,
小船樽酒更張筵 작은 배에 술을 싣고 다시 잔치를 베푸네.[30]

이 시는 조임도가 영남루에서 지은 시이다. 영남루는 경상남도 밀양에 위치한 누각으로, 누각 아래는 밀양강이 흐르고 있다. 밀양강은 낙동강과 합류한다. 예로부터 영남루는 영남제일루(嶺南第一樓)로 일컬어지며 주변 경관이 아름다운 것으로 유명했다. 이 때문에 많은 선비들이 영남루에 와서 경관을 즐겼고, 이와 관련한 시들이 많이 지어졌다. 조임도는 이러한 시들 중 하나를 차운하여 이 시를 지었다.

조임도는 영남루에 올라 원경을 바라보았고, 동행한 이들과 선유하며 밤새 술을 마시고 잔치하며 즐거워했다. 그리고 영남루에서 자연을 감상하며 연비어약의 이치를 체험할 수 있었고, 강에 비친 달을 보며 마음을 텅 비울[心虛] 수 있었다. 비어 있는 마음은 성리학에서 말하는 마음의 본래 모습으로, 성리학에서 바람직하게 여기는 마음의 상태이다. 마음이란 것이 본래 텅 비

30 조임도, <嶺南樓次板上韻示同遊諸子>, 「시」, 『간송속집』 권1, 434쪽.

어 있고, 마음이 비면 외물에 현혹되거나 흔들리지 않고 편안해진다고 한다.[31]

강에 달이 비치는 것은 달이 그만큼 밝기 때문이기도 하지만, 동시에 그만큼 강물이 물결 없이 고요하면서 부유물 없이 깨끗하다는 것이다. 이처럼 고요하고 깨끗한 강물에 비친 밝은 달을 보니, 마음 역시 달을 비추는 강물처럼 되는 듯한 기분을 느낀다. 마음이 달처럼 환해지면서, 시끄러운 일이나 간섭·유혹이 없는 고요한 내면의 마음 상태 이르는 것이다. 조임도는 영남루에서 달을 비추는 고요하고 맑은 강물을 보며, 성리학에서 지향하는 마음의 경지인 허령(虛靈)함의 진정한 의미를 깨닫게 된다. 허령함은 잡된 생각 없이 마음이 신령한 상태를 의미한다.

영남루의 아름다운 밤 풍경 속에서, 조임도는 두 가지 즐거움을 느낀다. 하나는 자신이 공부했던 성리학 경전에서 말하는 자연의 이치와 마음의 경지를 체득한 것에 대한 즐거움이다. 다른 하나는 동료들과 어울리는 즐거움이다. 이 두 가지 즐거움 속에서 조임도의 흥취는 더욱 높아져 간다. 즉 영남루에서는 조임도는 성리학의 가르침을 몸소 깨닫고 체험하면서 동류지락을 느꼈다고 할 수 있다.

夜靜江天月滿舟 고요한 밤 강 하늘에 달빛만 가득 싣고,
同來三侶摠仙儔 함께 가는 세 벗은 모두가 신선들이네.
此行不是閒遊衍 이 여행은 한가롭게 멋대로 노는 것이 아니니,
直泝眞源向上流 곧 참된 근원으로 거슬러 올라 상류로 향하네.[32]

---

31 『근사록』 권5, 「克己」 3장, "心兮本虛, 應物無迹. …… 蔽交於前, 其中則遷, 制之於外, 以安其內."

32 조임도, <蔚津船中 示同行二友>, 「詩○七言絶句」, 『간송집』 권2.

조임도는 한몽삼(韓夢參, 1589~1662)·박도원(朴道元, 1593~1648) 등과 함께 1626년 가을에 배를 타고 낙동강을 거슬러 대구의 도동서원과 구미의 오산서원, 그리고 스승인 장현광을 방문했다. 이 시는 그 당시에 조임도가 밤중에 배를 타면서 지은 시이다.

달이 뜬 밤과 강물이 만든 풍경은 고요하고 세상과 동떨어진 분위기를 자아내었다. 그 속에서 조임도는 사우와 함께하는 즐거움과 신선이 된 듯한 기분을 느낀다. 그러면서 3~4구에서는 배를 타고 물을 거슬러 올라가는 것이 참된 근원[眞源]을 찾는 것이라 하여, 사우들과의 선유가 단순한 놀이가 아니라고 했다.

물을 거슬러 올라가는 것은 성리학에서 원두(源頭)를 찾아가는 것이었다. 원두는 물의 발원지로, 성리학자들은 원두가 마음과 똑같다고 보았으며, 원두를 통해 심신 수양을 떠올렸다. 원두가 맑아야 흘러가는 물이 맑듯, 학문을 통해 심신을 수양하여 인간의 선한 본성이 악으로 물들지 않도록 노력해야 한다고 본 것이다. 성리학자들에게 학문은 인간의 선한 본성을 보존하는 방법이었다. 조임도 역시 선유하며 물을 거슬러 올라가는 것이 학문과 같다고 보고 있었다.[33] 그는 이와 같은 성리학의 가르침을 이날 사우들과의 선유를 통해 체득하고 있었던 것이다.

이처럼 낙동강 연안은 조임도가 그의 지인들과 교유하며 소통하는 장이 되었다. 낙동강 연안에서 지인들과 교유하면서, 조임도는 이들과 함께하는 즐거움을 느낀다. 이와 동시에, 낙동강 연안은 그가 지인들과 함께 탈속의 경지와 성리학의 가르침을 체험하는 공간이 되었다. 이러한 지인들과의 교유는 교학상장으로도 나아갈 수 있었다. 교유를 통해 함께 성리학의 가르침을

---

33 조임도, <尋賢錄>, 「錄序說記」, 『간송별집』 권1, “余忽契悟於心曰, 古詩所謂, 爲學須如上水船者, 其謂此歟.”

체득하면서, 서로를 책선하고, 스스로를 반성할[34] 수 있었기 때문이다. 그 속에서 조임도는 동류지락을 느꼈다.

3) 회고(懷古)를 통한 시간적 소통 공간

함안과 밀양·부산 등, 낙동강 연안 지역에는 그와 관련한 역사가 담긴 고적이나 고인의 흔적이 깃든 건물이 남아 있다. 낙동강 연안의 고적과 건물은 낙동강을 끼고 아름다운 풍경을 자아내면서, 그와 관련한 역사적인 사실 및 여러 가지 이야기를 담고 있다. 이 때문에 낙동강 연안에 위치한 건물과 고적은 예로부터 수많은 문인에게 탐방의 대상이 되었다.

조임도는 낙동강 연안의 건물과 고적들을 방문하였고, 그 과정에서 촉발된 자신의 정서를 시로 표현했다. 이를 통해 그는 고인의 행적을 떠올리거나, 이와 관련한 역사를 회고했다. 그리고 국가 및 사적의 흥망성쇠, 영원한 시간 속에서 소멸하고 변화하는 인간이 느낄 수 있는 감성 등을 이야기했다.[35] 즉 그는 낙동강 연안을 통해 과거를 바라보았다고 할 수 있다.

(가)	扣枻水雲路	물속 구름길로 노를 저어서,
	重尋名勝區	이름난 승경을 다시 찾았네.
	臺空石一片	누대는 비었고 바위만 한 덩어리.

---

34 조임도, <과종록>, 「錄序說記」, 『간송별집』 권1, “古之士欲得朋友與琴瑟簡編者, 常使此心在此, 無外馳放佚之患而三者之中, 朋友之益尤多. 故朋來遠方, 夫子樂之, 以文會友, 曾氏稱之.”

35 회고란 ‘옛 인물이나 사건을 돌이켜 생각하다.’라는 뜻이다. 회고의 본질은 촉경서정(觸景抒情), 즉 눈앞의 전경(前景)으로부터 촉발된 시인의 감상을 표현하는 것이다. 따라서 회고의 경우 역사적 지역을 방문하여 이를 시적으로 형상화하더라도, 역사 자체보다는 역사적 의미가 있는 지역의 풍광의 유물로 인해 촉발된 자신의 정서를 서술하는 것이 그 목적이다.(손대현, 「영사가사 연구」, 경북대학교 박사학위논문, 2014, 35~37쪽.)

月古江千秋　달도 옛 달이고 강도 그대로라네.
鶴駕去無影　학을 타고 떠나가 자취도 없이,
仙翁何處遊　신선이 된 노인네는 어디에서 노닐까.
登眺一長嘯　정자에 올라 둘러보며 길게 읊조리니,
蒼蒼山自愁　푸른 산들이 절로 근심하는구나.[36]

(나) 絶代奇男子　세상에 다시없을 뛰어난 남자,
忘憂郭相公　망우당 곽 상공이라네.
居家操懿行　집안에서 훌륭한 행의를 지키더니,
臨亂效精忠　난리에 임하자 충정을 바쳤네.
勇退名場外　명리를 추구하는 곳에서 용기 있게 물러나고,
危言濁世中　혼탁한 세상에 곧은 말을 했다네.
誰知磯上竹　누가 알겠는가? 낚시하던 바위 위의 대나무가,
千載灑淸風　천 년 동안 맑은 바람에 씻기는 것을.[37]

두 작품은 조임도가 곽재우의 사후에 망우정(忘憂亭)을 방문하여 읊은 시이다. 망우정은 곽재우가 만년에 은거하던 곳이었다. (가)에서 조임도는 밤에 배를 타고 망우정을 방문했다. 망우정의 건물과 주변의 풍경은 그대로인데, 정자의 주인인 곽재우는 보이지 않는다. 사람은 없는데 자연물인 바위와 달, 강은 그대로라고 함으로써 쓸쓸한 분위기를 자아내고 있다. 5~6구에서는 곽재우를 신선으로 그리며, 그가 이 세상 사람이 아님을 암시했다. 마지막 구에서는 이에 대한 조임도의 슬픔이 산에 의탁되어 드러난다.

(나)에서는 곽재우가 임진왜란 때 의병활동을 하고, 곧은 말을 했다가 파직

36 조임도, <宿忘憂亭>, 「詩○五言律詩」, 『간송집』 권1.
37 조임도, <忘憂亭感興>, 「詩○五言律詩」, 『간송집』 권1.

당했던 사실[38]을 언급하며 그의 의로움을 칭송하고 있다. 곽재우의 행적을 떠올리며, 조임도의 시선은 바위에 있는 대나무로 옮겨 간다. 대나무는 예로부터 사군자의 하나로, 푸르고 곧은 모습으로 인해 절개와 의리를 상징했다. 조임도는 대나무를 통해, 곽재우의 의로운 행적을 더 부각시키며 그의 행적이 길이길이 전해질 것을 암시하였다.

인간의 삶은 유한하지만, 인간이 자취를 남긴 자연물과 건물은 오랜 시간이 지난 뒤에도 그의 흔적으로 남는 경우가 있었다. 조임도에게 망우정은 곽재우의 의로운 행적을 떠올리고 기억하는 장소가 되었다. 그가 과거의 인물과 역사를 회고했던 장소는 함안에 집중되어 있지 않고, 낙동강 연안의 여러 지역에 분포했다.

(가) 海雲風月多年閒　해운의 풍월을 수년 간 못 봤구나.
崔仙一去臺無顏　최신선이 한 번 가니 대(臺)도 볼품없네.
我泛滄溟領勝槩　나도 푸른 물결에 배 띄우고 좋은 경치 즐기는데,
鏡裏秋山相對看　물에 비친 가을 산이 서로 마주 보는구나.[39]

(나) 西風一棹遡空明　서풍에 배를 저어 맑은 강을 거슬러 올라가,
來訪孤山舊廢亭　고산의 무너진 옛 정자를 방문하였네.
日暮殘雲棲古樹　저물녘 흩어지는 구름은 고목에 서려있고,
秋深缺月印寒汀　늦가을 이지러진 달은 차가운 모래톱을 비추네.
琴書寂寞今何處　거문고와 책 적막하니 지금 어디 있는가?
梅鶴凄涼只有名　매학정은 처량하여 이름만 남았네.

---

38 1600년에 곽재우는 이원익의 파직을 비판했다. 이후 그는 칭병하며 재직 중이던 경상좌도병마절도사를 사임하고 귀향했다. 이로 인해 그는 사헌부의 탄핵을 받고 영암(靈巖)으로 귀양을 갔다.

39 조임도, <黃江舟上次鄭誠甫韻>, 「詩○七言絶句」, 『간송집』 권2.

惆悵名區久無管　명승 오래 관리하지 않은 것을 슬퍼하니,
一江鷗鷺亦含情　강의 해오라기 또한 정을 머금네.[40]

두 시는 조임도가 낙동강 연안에서 건물과 사적을 통해 과거의 인물을 떠올린 경우로, 인간의 유한함과 자연의 영원함 사이의 간극이 나타난다. (가)는 조임도가 황강에서 정성보의 시를 차운한 것이다. 황강은 경상남도 합천군 일대를 흐르는 강으로, 합천군에는 가야산이 있다. 가야산은 최치원이 삶의 만년을 보낸 곳이자, 그가 죽어서 신선이 되었다고 전해지는 곳이다. 이 때문에 조임도는 1구와 2구에서 최치원을 언급할 수 있었다. 그러나 가야산에 최치원은 없고 그와 관련한 전설이 남아 있을 뿐이다.

조임도가 살았던 시대에 최치원은 이미 고인이 되었지만, 최치원이 머물렀던 가야산은 조임도의 시대까지 남아 있었다. 그리고 황강의 강물 역시 예나 지금이나 변함없이 흐르며 가야산을 비추고 있었다. 이는 인간의 짧은 삶과 자연이 대비되는 지점이라 할 수 있다. 그 속에서 조임도는 최치원의 부재를 느끼며 물결에 어른거리는 가야산을 바라본다.

(나)는 조임도가 매학정을 방문하고 지은 시이다. 매학정은 경상북도 구미시 고아읍 예강리 낙동강변에 위치하고 있으며, 경치가 아름답기로 유명한 곳이었다. 초성(草聖)으로 이름났던 고산 황기로(孤山 黃耆老, 1521~1567)가 이곳에서 서예를 즐기며 은거했다고 하며, 황기로는 이곳을 그의 사위 옥산 이우(玉山 李瑀, 1542~1609)에게 물려주었다.[41] 그러나 매학정은 임진왜란 때 불에 탔고, 1654년에 다시 지었다고 한다.

조임도가 배를 타고 매학정을 방문했을 때, 매학정의 주인이었던 황기로

---

40 조임도, <孤山梅鶴亭懷古>, 「詩○七言律詩」, 『간송속집』 권1.
41 정우락, 앞의 논문, 199쪽.

와 이우는 오래전부터 이 세상의 사람이 아니었다. 그리고 2구에서 짐작할 수 있듯, 이 당시에 매학정은 전란으로 불타버린 뒤 재건되기 전이었던 것으로 보인다. 주인 없는 매학정의 터는 서늘한 가을밤 속에서 달빛을 받으며 소슬한 정경을 빚어내고 있다.

이러한 정경 속에서, 조임도는 강변을 날아다니는 구로(鷗鷺)에 자신의 슬픔을 의탁한다. 오랜 세월 속에서 인간인 매학정의 주인은 세상을 떠났고, 매학정은 전쟁이라는 인간사를 피하지 못하고 사라져버렸다. 조임도가 느낀 슬픔은 바로 이와 같은 인간사의 유한함과 덧없음에서 비롯되었을 것이다.

離宮臺下水空流	이궁대 아래 물은 하릴없이 흐르고,
千載新羅夢已悠	천년 신라의 꿈은 이미 아득하네.
把酒勸君須痛飲	술 잡아 그대에게 권하니 통쾌하게 마셔야 하리.
古今人世一蜉蝣	예나 지금이나 인간 세상은 하루살이 신세이니.[42]

이궁대는 경상남도 밀양시에 있던 유적으로, 현재는 밀양시 초동면 검암리에 그 터만 남아 있다. 이궁대의 남쪽으로는 낙동강이 흐르고, 그 주변의 경치가 뛰어났다고 한다. 신라의 왕이 이궁대에서 노닐었다는 전설이 전해지며, 지증왕이 강우(江右) 지역의 대가야와 금관가야를 정벌하고자 장수에게 명하여 이궁대에 진을 쳤다고 한다.

이궁대 아래로 흐르는 강물은 조임도로 하여금 신라 왕조를 떠올리게 했다. 신라 왕조는 천년 가까이 존재했지만 오래전에 멸망했다. 그러나 낙동강의 물은 예나 지금이나 변함없이 이궁대 앞을 흐르고 있다.

신라의 경우처럼, 인간이 만든 문명과 국가는 시간이 지남에 따라 흥망성

---

42 조임도, <甲戌秋與鄭誠甫 寔 諸君登離宮臺>, 「詩○七言絶句」, 『간송집』 권2.

쇠를 반복하며 변화한다. 문명과 국가를 건설하고 유지해 나가는 인간의 삶이 유한하며 영원하지 않기 때문이다. 이러한 점에서 인간사는 변동성을 지닌다. 그러나 이러한 인간사와 달리, 자연물인 강물은 시간이 지나도 항상 흐르는 성질을 유지한다는 점에서 지속성과 영구성을 지닌다.

이러한 점에서, 이궁대를 중심으로 낙동강과 신라 왕조 사이에는 영구성과 변동성으로 서로 대비되는 지점이 생긴다. 이 때문에 조임도는 자연으로서 항상 흘러가는 낙동강을 보고, 오래전 멸망한 신라를 생각하면서 인간사의 허무함과 덧없음을 느끼며 술잔을 기울였다.

滿載群賢一葉舟　많은 어진 이를 가득 실은 한 척의 조각배,
浮河達海恣遨遊　강에 떠 바다에 이르도록 마음껏 돌아다니네.
寺名甘露人誰刱　절 이름은 감로사인데 누가 창건했으며,
山號神魚世幾周　산은 신어산이라는데 세월 얼마나 지났는가.
徵士清風餘古廟　징사의 고결한 품격은 옛 사당에 남았고,
露王異蹟但荒丘　수로왕의 기이한 사적은 다만 폐허가 되었네.
奇觀未了歸帆促　기이한 경관 다 못 봤는데 돌아갈 배 재촉하니,
夢落三叉七點頭　꿈이 삼차수와 칠점산에 떨어지네.[43]

이 시는 1635년에 조임도가 여과언(呂果彥)·강자림(姜子霖)·송퇴재(宋退哉) 등과 함께 배를 타고 김해의 신산서원에 제향을 하러 가던 도중에 지은 시이다. 3구부터는 조임도가 김해에서 봤던 고적 및 건물에 대해 이야기하고 있다. 그는 가야와 고려 시대의 사적, 그리고 남명 조식(南冥 曺植, 1501~1572)과 관련한 사적을 이 시에 담았다. 이들은 모두 낙동강 연안에 위치했다.

43 조임도, <乙亥暮春東遊感興>, 「詩○七言律」, 『간송집』 권2.

4구의 신어산에는 감로사와 신산서원이 있었다. 감로사는 1237년 고려 시대에 지어졌는데, 조임도는 1635년 김해에 갔을 때 이곳을 방문했다. 5구의 '옛 사당[古廟]'은 신산서원을 가리킨다. 신산서원은 조식이 배향된 서원으로, 조식의 사후에 그를 기리기 위해 건립되었다. 신산서원이 건립된 곳은 조식이 생전에 경영했던 산해정의 동쪽이었다. 조식은 30세에 신어산 기슭에 산해정을 짓고 18년 동안 학문에 침잠했다.

조임도는 당시 신산서원의 원장이었고, 그의 학문은 남명학파와 맞닿아 있었다. 그러므로 그에게 신산서원은 특별하게 다가올 수 있었다. 이에 그는 조식을 존경하고 추모하는 마음을 담아, 조식을 '징사(徵士)'·'청풍(淸風)'이라 일컬었다. 징사는 학덕이 높은 선비를 이르는 말이다.

6구부터는 가야에 대해 이야기하고 있다. 김해는 가야의 발원지라는 점에서, 가야와 관련한 유적지가 많았다. 구지봉(龜旨峯)·칠점산(七點山) 등이 그 예이다. 구지봉은 가야의 시조인 수로왕과 다섯 형제가 태어난 곳이었다. 칠점산은 삼차수(三叉水)[44]의 연안에 위치하며, 금관가야의 고도였다. 이곳에는 선인이 가야의 거등왕으로부터 초청을 받아 놀았다는 전설이 전해진다.[45] 그러나 가야는 오래전에 멸망했고, 가야의 역사와 전설은 서적 등을 통해 전해질 뿐이다.

6구에서 조임도가 수로왕의 사적을 이야기한 것은 이 때문이었다. 특히 조임도가 가야의 사적에서 느낀 바는 조식의 사적에서 느낀 바와 뚜렷하게 대비되고 있다. 이는 5구에서 조식의 사적을 '청풍(淸風)'으로 표현하면서, 6구

---

44 김해로 흘러온 낙동강은 퇴적물을 싣고 삼각주를 형성하고, 그 흐름이 세 갈래로 갈라지며 바다로 흘러든다. 이 때문에 이 지역이 '삼차수'로 불렸다고 한다.

45 엄경흠, 「七點山詩의 樣相과 鄭夢周의 金海 體驗詩」, 『포은학연구』 5, 포은학회, 2010, 39~40쪽.

에서 수로왕의 사적을 '기이한 사적[異蹟]'·'폐허[荒丘]'라고 표현한 것에서 드러난다. 이를 통해 조식의 사적은 청량하고 고결한 느낌을 주는 반면, 수로왕의 사적은 이와 대비되면서 더욱 황량하게 느껴진다. 수로왕의 사적에서 느껴지는 바는 인간사의 허무함과 쓸쓸함으로 연결될 수 있다.

과거의 인물은 이미 고인이 되었고, 신라·가야 등의 국가는 멸망하여 역사 속으로 사라졌다. 하지만 이들의 흔적과 역사는 낙동강 연안에 남아 조임도에게까지 전승되었다. 조임도는 낙동강 연안의 여러 지역을 오르내리면서, 이와 관련한 인물과 역사를 회고하며 여러 가지 감정을 느꼈다. 이는 그로 하여금 견문을 넓히고 기개를 펼칠 수 있게 했다.[46]

4. 조임도에 대한 후대의 기억 전승

조임도는 낙동강 연안을 통해, 지인들과 소통했고 과거와 소통했다. 조임도 이외에도 수많은 문인들이 낙동강 연안에 소재한 사적 및 고인의 누정을 방문하여, 그와 관련한 문학 작품을 남겼다. 시대적으로 보면, 이는 조임도 당대뿐만 아니라 그의 전대 및 후대에도 이루어졌다. 특히 조임도가 방문했던 매학정의 경우 강안제일명구(江岸第一名區)로 일컬어지며, 수많은 문인들이 이곳을 방문했다.[47] 김해의 칠점산 역시 마찬가지였다. 칠점산을 방문했던 이들은 칠점산의 경관과 전설을 시로 읊었다.[48]

---

46 조임도, <유관록>, 「錄序說記」, 『간송별집』 권1, "余自戊午以後, 結廬江上, 無時不與雲水相對, 無日不與魚鳥相隨, 山水之樂可謂久矣而猶以不得一辦壯遊, 浮河達海, 大吾觀助吾氣爲恨. 今而後夙志始伸矣, 烏可無一言以誌其顚末乎."

47 정우락, 앞의 책, 299~300쪽.

48 엄경흠, 앞의 논문, 49~50쪽.

문인들의 사적 및 고인의 누정 방문을 통해, 낙동강 연안은 문학 속에서 특정 역사 및 인물을 상징하는 장소로 형상화될 수 있었다. 이러한 일련의 현상은 여러 시대에 걸쳐 지속적·집단적으로 이루어졌다는 점에서, 낙동강 연안에서 펼쳐진 일종의 문화 활동으로 볼 수 있다. 조임도가 낙동강 연안에서 과거와 소통하며 남긴 작품들은 이러한 문화 활동의 한 단면을 보여준다.

한편, 조임도가 낙동강 연안에서 시간적으로 과거와 소통했듯, 조임도 후대의 문인들도 낙동강 연안을 통해 고인이 된 조임도를 기억했다. 이들은 조임도가 머물렀던 곳을 직접 방문하여 그의 자취와 학문을 떠올렸다.

그의 사후 지역 유림들이 조임도의 학덕을 기리며 서원 건립을 추진했고, 그 결과 1721년 함안군 산인면 송정리에 그를 배향한 송정서원(松亭書院)이 건립되었다. 이후 송정서원은 훼철되어 현존하지 않는다. 송정서원이 소재했던 송정리는 합강정의 남쪽에 있으며, 송정리 앞에는 낙동강으로 흘러드는 함안천이 흐른다. 후대의 문인들은 주로 합강정사·경양대 등을 통해 그를 기억했고, 송정서원에서 그에 대한 존숭 의식을 드러냈다.

이것은 낙동강 연안을 통해, 조임도에 대한 기억이 조임도의 당대에만 머무르지 않고 그의 사후에도 잊히지 않았음을 의미한다. 즉 후대의 여러 사람들이 낙동강 연안을 통해 조임도에 대한 기억을 집단적으로 전승함으로써, 조임도와 후대의 문인들 간에 시간적 소통이 이루어진 것이라 할 수 있다. 이때 합강정사·용화산·경양대·송정서원 등은 그에 대한 기억을 형상화하고 전승하는 장소가 된다.

합강정사

합강정사는 조임도가 구축한 이후 중수를 거쳐 현재까지 남아 있으며, 건물 안에는 합강정·연어대·노어암·망모암·상봉정·상로암 현판이 걸려 있다. 현재에 이르기까지, 조임도 사후 수많은 문인들이 합강정사를 다녀갔다. 특히 합강정사는 1930년에 조임도의 문집을 간행하는 곳이 되었다. 이는 합강정사가 조임도에 대한 기억을 전승하는 중요한 공간이었음을 시사한다.

(가) 名亭物色浩無邊 이름난 정자 빛깔이 성대하고 끝이 없으매,
積水羣山擁後前 모여든 물 여러 산이 앞뒤로 끼어 있네.
君子藏修留世澤 군자께서 장수유식하시고 세택을 머무르게 하여,
賢孫看護作家氊 현손이 지켜서 집을 이루었네.
深秋景幻丹青幅 늦가을 경치에 미혹되고 단청이 넓어,
遠浦光涵上下天 멀리 수면에 빛나 상하와 하늘을 적시네.

翔鳳滄巖俱入望　상봉정과 창암에 함께 들어와 바라보매,
一江三絶世人傳　강 한 줄기 삼절(三絶)이 세인에게 전해지네.[49]

(나) 先生遺躅最高臺　선생께서 가장 높은 대에 자취를 남기셨으니,
鼓枻中流一溯洄　중류에서 노를 저어 하나로 거슬러 올라가네.
赤壁匏樽今日擧　적벽의 포준을 오늘 들매,
清沂春服遠方來　맑은 흐름과 봄옷이 멀리서 바야흐로 오네.
千年水勢淵源濶　천년 동안 물의 기운과 연원은 활발하고,
九曲山光錦繡開　구곡 같은 산의 빛은 비단이 펼쳐진 듯하네.
此會年年誰與健　이번 모임은 해마다 누구와 꿋꿋하게 하리오?
西巖夜傍且含盃　서쪽 바위 변에서 밤에 또 잔을 머금네.[50]

(가)는 이계 박래오(尼溪 朴來吾, 1713~1785)가 영남의 명승을 유람하던 중, 합강정사에서 지은 작품이다. 박래오는 합강정사에서 낙동강의 물결에 비치는 자연의 풍경을 감상하며, 조임도를 떠올린다. 그는 이 당시 합강정사뿐만 아니라 상봉정·창암을 방문했다. 상봉정은 조임도가 합강정사를 마련하기 전에 거처했던 곳이고, 창암은 조임도가 사우들과 선유했던 곳 중 하나였다. 7~8구에서 합강정사와 상봉정·창암은 모두 낙동강으로 관통되고 있는데, 이를 통해 박래오는 조임도의 자취가 보존되어 자신의 세대까지 계승되고 있음을 표현했다.

(나)는 질암 최벽(質菴 崔璧, 1762~1813)이 합강정사에서 선유하며 조임도의 시에 차운한 것이다. 이날 그가 참여했던 선유는 소식(蘇軾, 1036~1101)의 적벽

49 朴來吾, <合江亭>, 「詩」, 『尼溪集』 권3.
본문에서 인용한 『이계집』의 원문은 남명학고문헌시스템(http://nmh.gsnu.ac.kr/)에서 인용했다. 아래에 나오는 『질암집』·『이계집』·『심재집』·『청대집』의 원문들도 이와 같다.
50 崔璧, <合江亭船遊時 謹次趙澗松韻 辛未>, 「시」, 『質菴集』 권5.

고사와 관련이 있었다. 적벽고사는 소식이 1082년 적벽에서 선유한 후 <적벽부>를 지은 일을 말한다. 낙동강에서는 문인들을 중심으로 소식의 적벽고사를 계승한 선유가 이어졌다.

최벽은 적벽고사를 떠올리며 자연을 완상하고 벗들과 음주가무를 즐기면서, 한편으로는 학문의 연원과 구곡(九曲)을 떠올린다. 둘은 모두 성리학에서 심성 수양과 관련이 있다. 2구에서 강물을 거슬러 올라가는 것은 원두 의식과 관련이 있는데, 이것은 물을 거슬러 올라가듯 공부를 통해 학문의 연원을 찾아간다는 의미다. 이는 조임도가 배를 타고 낙동강을 거슬러 올라간 것을 학문과 동일선상에 둔 관점과 상통한다. 그리고 최벽은 과거와 변함없이 활발하게 흐르는 낙동강의 강물처럼, 학문의 연원 역시 그러하다고 보았다.

구곡은 주희(1130~1200)의 무이구곡과 관련이 있다. 주희는 무이산의 계곡을 거슬러 올라가며, 경치가 아름다운 곳 아홉 군데를 선정하여 <무이도가>를 지었다. 주희가 무이산의 계곡을 거슬러 올라간 것 역시 원두 의식이 발현된 것이다. 이처럼 최벽은 합강정사의 자연 풍경을 주희의 구곡에 비유함으로써, 합강정사를 심신 수양의 공간으로 그렸다. 이는 조임도가 생전에 합강정사에서 지인들과 교유하며 장수유식을 실현한 것과 연결된다.

> 3년이 지난 병인년(1806) 5월에, 선생이 오셔서 서산서원을 주관하며, 강석을 베풀어 제생들에게 강론했다. 돌아가는 길에 도흥보(道興步)에 이르러, 배를 띄우고 합강정가에서 물을 거슬러 올라가 풍영(諷詠)하며 휴식했다. 예전에 기망일에는 밤부터 비가 왔는데, 처음으로 강이 맑아지고 달이 밝아, 온갖 형상이 아름다움을 갖추었다. 이에 차례로 술을 돌렸다. 선생께서 명하시니 자리에 나아가 성씨와 이름을 기록했다. 원근에서 모인 자가 70여 인인데, …… 나는 문득 유연(油然)히 스스로 생각했다. '지금 나의 선생이 한강(寒岡)의 정맥으로서 한강의 유산을 이어가매, 이를 밟는 것은 가히 우리에게 다행스

럽다 이를 만하니, 나 또한 간송 선생의 후예로서 스승을 좇아 친지들을 모셨다. 간송 선생이 옛날에 노닒과 같다.'[51]

위의 글은 조임도의 후손인 심재 조성렴(心齋 趙性濂, 1836~1886)이 기록한 글로, 성재 허전(性齋 許傳, 1797~1886)이 문인들과 함께 합강정사에서 선유한 일을 담고 있다. 1866년 5월 기망일에 허전은 합강정사에서 70여 명의 문생들과 함께 낙동강을 유람했다. 이날 허전은 서산서원에서 문인들과 함께 학문을 강론한 후, 배를 타고 합강정사 주변의 자연 풍경을 감상하며 시를 읊조렸다. 그리고 이때 지어진 시들을 <용화동범록(龍華同舟錄)>으로 남겼다. 이때 선유에 참여했던 이들은 시를 지으며 함께하는 즐거움을 느낄 수 있었다.

조성렴의 경우 자신의 선조인 조임도와 용화산동범을 떠올릴 수 있었다. 조임도는 1607년 정구와 장현광·곽재우 등이 참여했던 용화산동범에서 이날의 선유를 기록으로 남겼다. 조성렴은 합강정사에서의 선유에 참여하여, 자신 역시 조임도의 뜻을 이어 허전과의 선유를 기록으로 남겼음을 밝혔다. 합강정사가 조임도의 거처였다는 점을 감안할 때, 1866년 허전과 그의 문인들이 선유한 곳이 합강정사였다는 것은 일정한 의미를 지닌다고 볼 수 있다.

이들 외에도 의암 안덕문(宜庵 安德文, 1747~1811)·응와 이원조(凝窩 李源祚, 1792~1872)·사미헌 장복추(四未軒 張福樞, 1815~1900)·한주 이진상(寒洲 李震相, 1818~1886)·회당 장석영(晦堂 張錫英, 1851~1929) 등이 합강정사를 다녀갔고, 이에 대한 작품을 짓기도 했다. 이들은 합강정사에서 자연을 완상하거나, 여럿이

51 趙性濂, <合江亭同泛錄序>, 「序」, 『心齋集』 권3, "越三年, 丙寅端陽之月, 先生來, 主西山之院, 設皐比, 講諸生, 歸路到道興步, 泛舟而上合江亭, 溯洄風詠摩挲, 舊躅時則既望宿雨, 初開江清月白, 萬象俱佳, 乃以次行酒, 先生命, 就坐錄名氏 遠近會者, 七十餘人而, …… 余忽油然, 自念曰, 今我先生以岡爺之正脈, 續岡爺之遺, 躅斯可謂吾林之幸而余亦以澗松先生族裔, 從師陪親, 如澗松昔日之遊, …… 遂不避僭妄請以文述, 事退而爲之序."

모여 선유하기도 했다. 조임도와 그의 지인들이 그러했던 것처럼, 이들은 그 과정에서 성리학의 이치를 체험하며 심신을 수양했고, 조임도의 삶과 학문을 존숭하는 태도를 드러내었다.

龍華山下洛江流　용화산 아래로 낙동강 흐르매,
溯得眞源到上頭　진원(眞源) 찾아 거슬러오르면 상두(上頭)에 이르리.
百奔平原靑一樹　분주한 평원에 푸른 나무 우뚝하니,
居人肯說北風愁　사람들이 감히 북풍의 근심 말하랴.

先生祠外紫薇花　선생의 사당 밖 배롱나무는,
江國風霜歲已賒　강변의 풍상 속에서 세월이 이미 아득하네.
更看芎蘖菁菁者　움이 돋아 무성하고 무성한 것을 다시 보매,
庶卜陽休復古家　거의 양(陽)을 상징하니 옛집을 휴복(休復)하리.[52]

위의 시는 서천 조정규(西川 趙貞奎, 1853~1920)가 송정서원에서 지은 시 중 1수이다. 조정규는 조임도의 후손으로, 함안군 창동마을에 거주했다. 『서천집』에 수록된 조정규의 행장을 보면, 1898년 봄에 그는 일헌 조병택·항재 송호곤 등과 합강정에서 선유하고 반구정에서 향음주례를 행했다고 한다.[53] 위의 시는 그 당시에 창작된 것으로 보인다. 당시 그는 조임도가 배향된 송정서원을 비롯하여, 어계 조려(漁溪 趙旅, 1420~1489)가 배향된 서산서원(西山書院),

52　조정규, <謁澗松先生廟二首>, 『西川集』 권1.
2021년에 BK21 글로벌 시대의 지역 문화어문학 교육연구단에서 주관한 "낙동강 관련 문화어문학 총서 발간 제1차 세미나 : 문화공간으로서의 낙동강, 그 연원과 양상"에서, 백운용 선생님의 토론을 통해 이 시의 번역과 해석을 보완할 수 있었다. 지면을 빌어 이에 대한 감사의 뜻을 전한다.

53　『서천집』의 「행장」에 대한 번역은 경북대 전설련 선생님의 도움을 받았다. 지면을 빌어 이에 대한 감사의 뜻을 전한다.

대소헌 조종도(大笑軒 趙宗道, 1537~1597)가 배향된 덕암서원(德巖書院) 등 가문의 선조들과 관련한 유적지를 다녀왔다.

조정규는 송정서원 주변의 자연 경관을 바라보며 자신의 뜻을 드러내고 있다. 용화산과 낙동강은 조임도가 생전에 은거했던 합강정이 있던 곳이다. 1~2구에서는 용화산 아래의 낙동강의 물길을 거슬러 올라간다고 함으로써 학문의 근원을 찾고자 한다. 낙동강 물길을 거슬러 올라가 만나는 '진원(眞源)'과 '상두(上頭)'는 낙동강의 시작점이면서, 성리학에서 말하는 참된 학문의 근원이다.

하천의 물을 거슬러 올라가 하천의 발원지를 찾듯, 성리학에서는 이를 학문적으로 해석하여 그 의미를 확장했다. 즉 하천의 물을 거슬러 올라가는 행위를 학문의 참된 근원과 진리를 찾아가는 방법으로 본 것이다. 이는 조임도가 낙동강을 선유하며 참된 학문의 근원을 찾고, 학문하는 자세를 떠올린 것과 상통한다. 즉 조정규는 조임도의 학문 태도를 낙동강과 연결시키고 있는 것이다.

그가 이같이 낙동강을 바라보며 학문의 근원을 찾는 것은 19세기 말 조선의 상황 때문이었다. 3구의 "분주한 평원[百奔平原]"과 4구의 "북풍의 근심[北風愁]"은 조정규가 이 시를 지었던 당시의 시대 상황을 상징한다. 이 당시 조선은 외세로 인해 국내외적으로 혼란스러운 시기를 겪고 있었다. 일본과 서구열강이 조선의 내정에 깊이 간여했고, 서양으로부터 신학문과 과학 기술이 유입되었다. 이러한 상황 속에서 조선의 존망은 위태로웠고, 조선의 전통적인 체제가 흔들리고 있었다.

조선의 전통적인 체제가 흔들리면서, 조선의 통치 이념이자 전통 사상이었던 성리학의 지위 역시 흔들리기 시작했다. 근대의 학교에서 신학문을 가르치면서 정통 성리학을 가르치지 않았고, 과거제가 폐지되면서 전통적인 유학 교육을 통해 관리에 임용되는 방법이 사라졌으며, 새로운 사상의 유입[54]으로 정통 성리학의 권위가 위협받았기 때문이다. 당시 유학자들은 이러한 상황을 맞이하여, 서양의 신문물과 기술을 받아들이자는 개화를 주장하거나, 개화를 반대하며 전통을 지키는 척사를 주장했다. 비록 방법은 달랐지만, 두 노선의 목적은 모두 국력의 강화와 국가의 보전이었다.

조정규는 지방에 거주했던 선비였지만, 그 역시 이와 같은 국가의 혼란을 모를 리 없었다. 그의 입장은 전통을 지키자는 쪽이었고, 전통의 수호를 위해 정통 성리학을 공부하며 학문의 근원을 탐구하고자 했다. 새로이 유입된 서양의 신문물과 신학문을 배우기보다, 근본으로 돌아가고자 한 것이다.

3구의 푸른 나무[靑一樹]가 머금은 진원과 상두의 물은 낙동강물이면서, 정통 성리학에서 말하는 참된 학문의 근원을 찾는 자세와 연관이 있다. 물은 나무가 자라나고 생존할 수 있게 만든다. 이와 마찬가지로, 3구의 푸른 나무 역시 낙동강의 물을 먹으며 생장할 수 있었고, 이 낙동강의 물은 이 나무가 북풍에도 견딜 수 있게 만드는 원동력이 되었을 것이다. 그리고 시에서는 이 낙동강의 물을 진원과 상두라고 표현함으로써, 낙동강을 정통 성리학으로 환치시켰다. 즉 3구의 푸른 나무는 정통 성리학으로 상징되는 낙동강의 물을 마신 것이다.

푸른 나무가 진원과 상두의 물을 마시고 분주한 평원에서 북풍을 견디는 것처럼, 조정규는 오랜 시간 동안 맥을 이어 온 정통 성리학의 정신이 당대의 혼란을 해결할 수 있는 열쇠라고 생각했다. 그 정신은 조임도 이전부터, 조임도를 거쳐 조정규 자신에게까지 이어졌다고 볼 수 있다. 성리학에서 가르치

54 19세기 말 새로운 사상의 등장과 성리학의 권위에 대한 논의는 황명환의 논문(「근대전환기 한시의 『논어』 수용 양상과 그 의미 - 향산 이만도와 심재 조긍섭을 중심으로」, 경북대학교 대학원 석사학위논문, 2016, 11~13쪽.)에 자세하다.

는 심학(心學)과 강령을 공부하고 실천함으로써 내면을 수양하고 내실을 다져서, 외부의 적이 자신을 침투할 수 없도록 만들며 스스로를 보존하는 것이었다. 조정규는 이러한 가르침을 국가 및 사회로도 확장한다면, 당시의 국난을 극복할 수 있다고 생각했다.

2수에서는 송정서원 앞에 움이 트는 배롱나무를 통해, 희망적인 미래를 염원한다. 성리학을 공부하여 전통을 보존하고 내실을 다져나가면, 당대의 국가적 혼란이 해결되는 때가 오리라고 본 것이다.

송정서원의 배롱나무는 낙동강변을 마주하며 오랜 시간을 그 자리에 서 있었고, 여러 번의 사계절을 겪었다. 사계절이 순환하는 과정에서, 겨울바람과 서리를 맞으면서 배롱나무의 잎은 모두 졌다. 하지만 항상 그래왔듯 계절은 순환하고, 겨울이 오면 언젠가는 봄이 오는 것이 자연의 순리였다. 봄이 되면 잎이 진 가지에는 새로운 움이 터 왔다. 이는 송정서원의 배롱나무 역시 마찬가지였다.

3~4구에서는 새로이 움이 트는 배롱나무를 보며, 겨울이 가고 봄이 올 것임을 읽어내었다. 이는 4구에서 양의 기운을 점치고 휴복(休復)을 이야기하는 대목에서 드러나며, 『주역』의 복괘(復卦)의 함의와 관련이 있다. 복괘는 땅 아래에 우레가 있는 모양의 괘로, 우레가 땅속에서 움직이기 시작함을 상징한다. 전체적으로 음효(음의 기운)가 가득한데, 맨 밑에 양효(양의 기운) 하나가 미약하게 싹트는 것이 복괘의 형상이다. 이 때문에 예로부터 복괘는 봄의 단서와 미래에 대한 희망을 상징했다.

『주역』에서는 음양이 순환한다고 본다. 이에 따라, 복괘는 음의 기운이 가득한 데에서 미약한 양의 기운이 처음으로 나타나는 괘로서, 양의 기운이 가득한 상태로 점차 나아가는 것의 시작이자 단서로 해석된다. 동시에 복괘에는 음의 기운이 가득한 추운 겨울이 가고, 양의 기운인 따뜻한 봄으로 회복되어 간다는 희망을 함의한다. 4구의 휴복[55]은 『주역』에서 복괘를 설명하는 데에서 나온 말로, 쉬었다가 되돌아온다는 의미이다. 어둠과 겨울 속에서 몸을 움츠리고 쉬다가, 때가 되면 언젠가 어둠과 겨울이 끝나고 양의 기운이 회복되어 봄이 옴을 상징한다.

이것은 위기와 시련에 대처하는 자세와도 연결된다. 인생에는 추운 겨울과 같은 위기와 시련이 닥쳐오는 시절이 있다. 복괘의 휴복에 따르면 이에 절망하기보다, 잠시 몸을 움츠리고 때를 기다리면서 자기 자신을 성찰하고 미래를 준비해야 한다. 그러다 보면 위기와 시련을 헤쳐 갈 수 있는 원동력을 얻게 되며, 마침내 위기와 시련이 끝나고 더 나은 때를 맞이하게 된다는 것이다. 송정서원에도 추운 겨울이 가고 따뜻한 봄이 오듯, 조정규 역시 성리학을 공부하며 내실을 다져가다 보면 당대의 국가적 혼란 역시 언젠가 해결되리라고 전망했다.

정리하자면, 낙동강물이 위에서 아래로 흐르듯, 조정규는 정통 성리학의 학맥이 자신의 선조인 조임도로부터 조정규 자신에게까지 이어졌다고 생각했다. 그리고 정통 성리학의 학문적 가르침을 되짚으면서, 시대적 혼란에 대한 자신의 처세관을 드러내었다. 이때 낙동강 연안은 조정규의 이와 같은 학문 태도·처세관을 촉발시키는 공간이 된 것이다.

낙동강 연안의 합강정사·송정서원 등의 방문과 이와 관련한 문학 작품의 창작은 한 세대로만 그치지 않고, 조임도의 사후 여러 세대에 걸쳐 지속적·집단적으로 이루어졌다고 할 수 있다. 이들 장소를 중심으로 함안의 낙동강 연안은 조임도의 삶과 학문을 집단적으로 기억하고 전승하는 공간이 되어 갔다.

55 『주역』, <복괘 육이(六二)>, "休復 吉"

한편, 후대의 문인들은 낙동강을 통해 조임도의 학문적 경향이 지닌 특징을 도출하기도 했다. 아래의 시는 후대의 문인들이 낙동강을 통해 조임도의 학문적 경향을 어떻게 인식하였는지를 보여준다.

(가) 杖屨倘徉地	머무르시며 노닐던 곳에,
小亭依舊橫	작은 정자 옛날 그대로 놓여 있네.
蒼巖留古色	창암에는 고색이 머무르고,
綠水帶幽情	녹수는 그윽한 정을 둘렀네.
一脉陶山翠	한 줄기는 도산의 푸름이요,
千年秋月明	천년 동안 가을 달의 밝음이네.
超然得心省	초연히 마음의 성찰을 얻으니,
聊復濯塵纓	애오라지 거듭 먼지 낀 갓끈을 씻네.[56]

(나) 洛水沄沄	낙동강은 출렁출렁 흘러와,
遙連退溪正派	멀리 퇴계의 정맥과 이어지고,
菁江混混	청천강은 세차게 흐르니,
只是德川下流	덕천에서 흘러온 것입니다.
語道脈則私淑寒旅門墻	도통을 말하면 한강·여헌의 문하에서 사숙하여,
論水委而恰當南北津筏	물이 모인 곳을 논하면 남북으로 이르기에 적합했습니다.
師承授受之有自來	학술을 전수받은 것은 유래가 있고,
出處行藏之略相似	출사와 은거가 대략 서로 비슷하였습니다.[57]

(가)는 청대 권상일(淸臺 權相一, 1679~1759)이 상봉정에서 지은 시이다. 상봉정

56 權相一, <翔鳳亭>, 「詩」, 『淸臺集』 卷1.
57 權萬, <合江亭重建上梁文>, 「부록」, 『간송별집』 권2.

은 조임도가 합강정사를 마련하기 전 거처했던 곳으로, 1920년에 합강정사에 편액되어 현재에 이르고 있다. 그는 이곳에서 조임도의 삶과 학문을 떠올렸다. 마지막 구에서 '갓끈을 씻는 것[濯塵纓]'은 세속으로부터 벗어나 은거하며 자신의 지조를 지킴을 의미한다.[58] 이는 조임도가 상봉정에서 은거하며 학문에 침잠한 것을 연상케 한다. 이를 통해 권상일은 조임도의 삶이 지조 있다고 함으로써 그에 대한 존숭의 마음을 드러내었다.

상봉정

주목할 만한 점은 3~6구이다. 여기서 권상일은 상봉정에서 바라본 창암과 낙동강[綠水]을 '도산의 푸름[陶山翠]'과 '가을 달[秋月明]'에 대비시키고 있다. '도산의 푸름[陶山翠]'은 조임도의 학문이 사승 관계를 통해 이황과 맞닿음을

58 『孟子』, 「離婁 上」 8장, "有孺子 歌曰 滄浪之水 淸兮 可以濯我纓 滄浪之水 濁兮 可以濯我足 孔子曰 小子 聽之 淸斯濯纓 濁斯濯足矣 自取之也"

의미한다. 이황은 조선 성리학에서 도통(道統)의 중심에 있는 인물로, 성리학의 도통은 이정(二程)과 주희를 거쳐 이황에게 이어졌다고 할 수 있다. 그 도통은 '천년 동안 밝은 가을 달[千年秋月明]'처럼 끊어지지 않고 오랫동안 이어져, 조임도에게 닿은 것이다. 즉 권상일은 낙동강을 통해 조임도의 학문이 이황의 그것과 연결된다고 본 것이다. 이황은 조임도보다 시간적으로 앞 세대의 사람이었으나, 권상일은 이 둘을 낙동강으로 이어 준 것이다.

(나)는 합강정사를 중수할 때 강좌 권만(江左 權萬, 1688~1749)이 지은 상량문이다. 그는 합강정사에서 낙동강을 통해 조임도의 학맥을 떠올렸다. 특히 여기서 권만은 낙동강의 흐름에 비유하여, 조임도의 학맥이 퇴계학뿐만 아니라 남명학·한강학·여헌학을 아우르고 있다고 한다. 이러한 조임도의 학문은 곧 낙동강의 회통성과도 연결된다. 낙동강이 영남을 관통하며 영남의 여러 지역을 연결시키듯, 조임도의 학문이 낙동강처럼 영남의 여러 학문을 아우르고 있다고 본 것이다. 이를 통해, 조임도는 후대의 문인들에 의해 영남의 여러 학문을 아우르는 인물로 그려졌음을 알 수 있다.

이처럼 후대의 문인들은 낙동강 연안을 통해 조임도의 자취와 학문을 집단적으로 전승하고 기억했다. 그 중심에는 조임도가 경영했던 함안의 합강정사와, 용화산 등 함안에 위치한 낙동강변의 여러 자연경관, 조임도의 사후 그를 존숭하는 지역 유림들이 건립했던 송정서원이 있었다. 이들 장소에서 고인이 된 조임도와 후대의 문인들 사이에는 시대를 뛰어넘은 시간적 소통이 이루어졌다고 할 수 있다.

5. 맺음말

지금까지 조임도의 문학에서 낙동강 연안이 어떠한 공간으로 형상화되었는지를 살펴보고, 그것이 지니는 의미를 도출했다. 조임도의 삶과 낙동강 연안은 서로 밀접했고, 그 역시 낙동강을 회통의 공간으로 인식하고 있었다.

조임도에게 낙동강 연안은 자연과의 소통과 인적(人的) 소통, 시간적 소통이 이루어지는 공간이었다. 자연과의 소통은 그가 자연 속에서 은거하면서 이루어졌다. 낙동강으로 둘러싸인 자연 속에서 연비어약의 이치를 몸소 체험하고, 세상사를 잊고 자연에 묻혀 자연과 하나가 된 듯한 기분을 느낀 것이다. 인적 소통은 조임도가 사우들과 교유하면서 이루어졌다. 데, 그 속에서 그는 동류지락을 느꼈다. 시간적 소통은 역사 및 고인에 대한 회고를 통해 이루어졌다. 조임도는 역사와 고인을 떠올리며, 과거와 소통할 수 있었다. 낙동강 연안을 통해 여러 가지 문학적 상상력을 펼칠 수 있었다.

조임도가 낙동강 공간을 이와 같이 형상화한 것은 시공간을 뛰어넘어, 후대의 문인들에게 영향을 주었다. 후대의 문인들은 낙동강 연안의 합강정사를 중심으로 조임도의 행적을 집단적으로 기억하고 전승했다. 이들은 또 조임도를 여러 학파를 융통한 인물로 기억하기도 했다. 이를 통해 조임도와 후대의 문인들 사이에는 시대를 뛰어넘은 시간적 소통이 이루어졌다.

그러나 낙동강 연안에서는 조임도 외에도 여러 문인들이 활동했고, 이들을 통해 낙동강은 여러 가지 공간으로 그려지기도 했다. 그리고 그 양상은 인물마다, 시기 및 학파 등 여러 요인에 의해 달라졌다. 한편, 조임도의 문학 작품에서 다뤄진 건물이나 자연물 외에도 낙동강 연안에는 여러 가지 건물이나 자연물이 있었고, 이들은 각각 여러 가지 이야기를 담으며 문학 작품으로 형상화되었다.

조임도 이외의 다른 문인들에 의해 창작된 낙동강 연안과 관련한 문학 작품에 대한 분석이 함께 이루어진다면, 낙동강 연안이 문학 속에서 형상화된 양상과 그 특징을 좀 더 명확하게 밝혀낼 수 있을 것이다. 이에 대한 연구는 후일을 기약하겠다.

14

장혁주 소설에 나타난 낙동강 유역의 지리적 공간*

| **조가유** | 경북대학교 국어국문학과 BK21 참여대학원생

1. 머리말

강은 인류 문명의 발원지이다. 나일 강 유역의 이집트 문명, 인더스 강 유역의 인도 문명, 황하 유역의 중국 문명 등은 그 사례들이다. UN이 매년 9월 4번째 일요일을 세계 강의 날(World Rivers Day)로 지정한 만큼 강은 국제화 시대에 사람들에게 중요한 관심대상임을 알 수 있다. 대한민국에는 한강, 낙동강, 금강, 영산강이 있다. 낙동강의 유역에서는 다른 강의 유역보다 많은 보(洑)를 보유하고 있다. 이것은 낙동강 유역이 부여해준 생명력과 영향력이 크다는 것과 낙동강 유역의 한국 문화가 중점적으로 연구될 필요가 있음을 의미한다.

근·현대문학에서 낙동강은 중요한 대상으로 다루어져왔다. 전성욱은 민족국가라는 개념이 지닌 폭력성을 극복하기 위해 지역의 장소성에 주목하여,

---

* 이 글은 기발표된 필자의 논문(「장혁주의 초기 소설에 나타난 낙동강 유역의 표상」, 『인문학연구』 36, 인천대학교 인문학연구소, 2021, 89~114쪽)을 수정, 보완한 것이다.

김정한 소설에 나타난 낙동강에 대한 향토애를 조명하였다.[1] 황선열은 조명희의 「낙동강」, 김정한의 「모래톱 이야기」, 「뒷기미나루」, 김용호의 「낙동강」, 일련의 민요, 이동순의 연작시 『물의 노래』 등, 낙동강과 관련된 여러 작품들을 분석함으로써 민중들의 삶과 주제의식 속의 탈근대성을 살펴보았다.[2] 곽경숙은 조명희의 「낙동강」에 나타난 자연 인식을 조국 상실의 차원에서 다루었다.[3] 박정선은 좌익 문학가들의 작품에 나타난 낙동강의 표상을 민중의 터전과 지옥이라는 양가적인 장소, 농민 수탈과 추방의 현장, 민중의 재생과 저항의 토대 등으로 밝혔다.[4] 기존연구에서 낙동강에 대한 분석은 주로 고향에 대한 작가의 애착, 고향 상실로 인한 작가의 슬픔, 비판, 반항, 혁명 의식 등에 집중되었다. 즉, 낙동강에 대한 분석은 지리적인 고려 없이 피압박 민족과 독재정치라는 시기적 특수성을 중심으로 다루어져 온 것이다. 이렇듯 '문학을 통해 특정 공간이나 장소의 사회적 관계나 역사적 의미를 파악하는 것'도 중요하지만 '공간이나 장소에 대한 이해를 통해 문학의 주제와 구조를 더욱 풍부하게 이해하는 것'도 중요한 일이다.[5] 낙동강은 태백과 안동에서 발원하여 문경, 상주, 구미를 거쳐 김해와 부산까지 흐르는 긴 강이므로 낙동강 인근을 터전으로 삼은 사람이 많은 것은 당연하다. 따라서 본고는 낙동강 유역의 지명이 다양하게 등장하는 작품들을 대상으로 구체적인 지리적 분석

---

1 전성욱, 「장소사랑과 지역문학의 논리 : 김정한 소설의 '낙동강'을 중심으로」, 『동남어문논집』 18, 동남어문학회, 2004, 107~134쪽.

2 황선열, 「낙동강 문학의 탈근대성 연구」, 『한국문학논총』 43, 한국문학회, 2006, 377~414쪽.

3 곽경숙, 「조명희의 <낙동강>에 나타난 자연 인식」, 『현대문학이론연구』, 현대문학이론학회, 2006, 89~107쪽.

4 박정선, 「근대문학에 나타난 낙동강의 표상」, 『국어교육연구』 54, 국어교육학회, 2014, 397~434쪽.

5 이경재, 『한국현대문학의 공간과 장소』, 소명, 2017, 5쪽.

과 함께 그 지리적 공간들이 어떻게 소설 속에서 형상화되고 있는지, 아울러 작가가 왜 그러한 방식으로 형상화했는지를 고찰하고자 한다.[6]

이 글에서 분석대상으로 삼는 작품들은 장혁주의 「아귀도」(1932.4), 「박전농장」(1932.6), 「권이라는 사나이」(1933.9), 「분기한 자」(1933.12)이다. 이것들은 모두 낙동강 유역의 다양한 지리명사가 등장하는 작품들이다. 경상북도에서 태어나 그곳을 중심으로 활동했던 장혁주는 '조선에서 발표할 수 없다는 이유'와 '일본문단에서 조선인들의 삶을 너무 피상적으로만 묘사한다는 이유'로[7] 1929년 일본어 글쓰기를 시작하였으며 1932년 4월 일본 문단에서 수상(受賞)했다. 장혁주는 '광대한 세계가 조선 민중들이 비참하게 살고 있음을 알게 하고 싶고 그것을 고발하고 싶다고 하며 자신의 문학이 이것을 위해 존재하길 바란다'[8]고 말하며 자신이 추구하는 문학의 방향성을 밝혔다. 장혁주는 조선 문학을 일문으로 발표함으로써 '일본, 조선, 대만, 중국 및 유럽에서 인기를 얻었으며'[9] 1930년대의 전반기에는 대만문단에서 '조선 형식으로 위

---

6 Salter에 따르면 문학 속 지리공간을 알아보는 것이 '특정 지역의 문화적인 공간을 고찰하는 일'이자 '작가의 설정 의도를 알아보는 일'이다. Salter/ Lloyd, "Landscape in Literature", *Resource Papers for Collage Geography*, 76/3, 1977, 1~31.

7 이활, 「新進作家 張赫宙君訪問記 : 改造社入選 『餓鬼道』作家」, 『조선일보』, 1932.03.29.

8 張赫宙, 「僕の文學」, 『文藝首都』 1/1, 1933; 王惠珍, 「帝國讀者對被殖民者文學的閱讀與想像 : 以同人雜誌 ≪文藝首都≫為例」, 『台灣文學研究集刊』 11, 台灣大學台灣文學研究所, 2012, 1~34쪽 재인용.

9 王惠珍, 「戰時東亞殖民地作家的變奏 : 朝鮮作家張赫宙與台灣作家的交流及其比較」, 『臺灣文學研究學報』 13, 國家臺灣文學館籌備處, 2011, 9~40쪽; 최말순, 「1930년대 대만문학 맥락 속의 장혁주」, 『사이間SAI』 11, 2011, 61~92쪽; 김장선, 「20세기 전반기 중국에서의 장혁주 작품 번역 수용」, 『한중인문학연구』 51, 한중인문학회, 2016, 119~139쪽; 김주현, 「일제 강점기 한국 근대소설의 중국 번역 현황과 그 의미」, 『국어국문학』 181, 국어국문학회, 2017, 163~193쪽; 한인혜, 「일제 강점기 중국에서 번역된 조선 문학 중화적 세계문학 개념과 조선 문학의 위치」, 『비평문학』 64, 한국비평문학회, 2017, 185~227쪽; 조가유, 「중국에 소개된 장혁주 소설의 리얼리즘 연구」, 『한국학연구』 60, 인하대학교 한국학연구소, 2021, 149~181쪽; 이동매·왕염려, 「동아시아의 장혁주 현상」, 『한국학연구』 61, 인하대학교 한국학연구소, 2021, 383~410쪽. 이 외의 지역에서 장혁주의 소설은 일본인에 의해 '에스페란토로 번역

대한 작가'라는 평가를 받기도 했다.[10] 이러한 평가를 받은 이유에 대한 기록은 없으나, 장혁주의 소설에서 나타나는 조선의 지리 명사와 문화에 대한 섬세한 형상화가 원인인 것으로 추측된다. 장혁주는 소설뿐만 아니라 수필을 통해서도 낙동강 유역에 대한 자신의 생각을 이야기한 바 있다.

> 중학시절에 대구 부근의 신천과 그 본류인 금호강에서 수영하곤 했다. 금호강은 낙동강에 흘러들어가 조선의 가장 큰 대하가 된다. …… 화원에 있는 낙동강에서 배를 타고 청년 부자 S와 같이 선유한 것이 매우 유쾌했다. …… 선유에 대해 이야기하자면 낙동강 30리 도정의 상류가 생각난다. …… 나는 현지의 호족 및 뜻있는 자들과 함께 대여섯 척의 배를 타고 마음껏 술을 마시고 춤췄다. 당시의 나는 20살도 안 된 젊은이여서 그때의 재미를 충분히 누릴 줄 몰랐고 오직 피곤하기만 했다. 지금 생각해보니 이런 경험은 다시 없을 것 같다. 당시 우리의 배는 천천히 흐르는 꾸불꾸불한 강줄기를 따라 산기슭 아래에 초록색의 언덕에 섰다. …… 여름 때가 되면, 이 낙동강 약 70리 연안의 사람들이 아마도 하천에서 각양각색의 색다른 놀이를 즐기고 있을 수도 있겠다.[11] (번역은 필자)

장혁주는 1938년 2월에 발표한 「내 풍토기」를 1942년 5월에 단행본으로

되어 세계적으로 널리 소개'되기도 했는데 이 부분을 '파리, 파란, 쏘베트 등 각종 어로 번역되고 있다'라는 기사의 내용과 같이 본다면 장혁주는 1930년대 중반까지만 해도 이미 동서양에서 이름난 조선인 작가였다. 장혁주, 『쫓겨가는 사람들』, 이종영 옮김, 한국에스페란토협회, 2002. 「장혁주씨 작품의 외국어역 속출」, 『동아일보』, 1934.08.18; 「長篇小說豫告」, 『동아일보』, 1934.09.19.

10 吳坤煌, 「台灣文聯東京支部第一回茶話會」, 『台灣文藝』 2/4, 1935, 24~25쪽; 賴明弘, 「二言·三言」, 『台灣文藝』 2/7, 1935, 131쪽; 張雅惠, 『賴明弘及其作品硏究』, 國立臺灣師範大學 석사학위논문, 2007 참조.

11 張赫宙, 『わが風土記』, 赤塚書房, 1942; 張赫宙(范泉 譯), 「洛東江」, 『朝鮮風景』, 永祥印書館, 中華民國35年7月初版(1946), 47~50쪽.

냈다. 이 책에는 낙동강에 대한 장혁주의 기억이 상세하게 담겨 있다. 수필에서 나타나는 낙동강에 대한 그의 기억은 상류권역에 관한 것이다. 1920년 초반 당시 그는 '유쾌하게 선유'했던 곳의 위치에 대해 추정하기 전에 먼저 단위 리(里)에 대해 알아보자.

일본의 도량법에 따르면 1리는 약 4km다. 한국의 도량법에서 1리는 약 0.4km 정도이다. 즉, 일본의 1리는 한국의 1리에 비해 10배 더 길다. 장혁주는 일제시기에 일본어로 글을 썼으므로 '꾸불꾸불한 30里'라는 것은 한국의 단위로 환산하면 300里 정도의 거리인 것이다.

낙동강 상류권역은 병성천 북쪽이다. 이곳에서 '꾸불꾸불한 강줄기'를 찾아보자면 지보면과 용궁면 사이의 내성천 S형 줄기를 꼽을 수 있다. 그러나 장혁주는 뒤이어 '낙동강 약 70리 연안'을 언급한다. 여기서 70리는 대략 한국의 700리이며 280km이다. 선유한 위치를 구체적으로 알 수는 없으나, 280km라는 점과, 선유의 주된 경로가 금호강이 위치한 대구에서 상류로 올라온다는 점을 참고하면, 아래의 그림처럼 선유의 도착지가 예천군 풍양면과 의성군 다인면과 안사면, 안동시 풍천면을 거치는 낙동강 본류인 것으로 이해해도 무방할 것이다.

> 강은 땅을 양분한다. 한쪽은 화려한 도시와 그윽하고 아름다운 화원이다. 다른 한쪽은 탁하고 더러운 곳이다. 도시와 화원에 있는 사람들은 오직 호기로운 햇볕이 내리쬐는 강물의, 예쁜 빛의 굴절을 본다. 빛나는 흰 강물은 그들의 눈을 가리고 있어 그들이 다른 존재들을 볼 수 없게 한다. 강물은 하루 종일 천천히 흐른다. 연안에 부딪치고 파도를 일으키는 강물은 격류의 소리로써 더럽고 혼탁한 곳에 있는 사람들의 목소리를 가린다. …… 강물은 미혹하고 헤매게 한다. 잔혹한 물결이다. 인류의 이기심의 흐름은 곧 강물의 물결이다.[12] (번역은 필자)

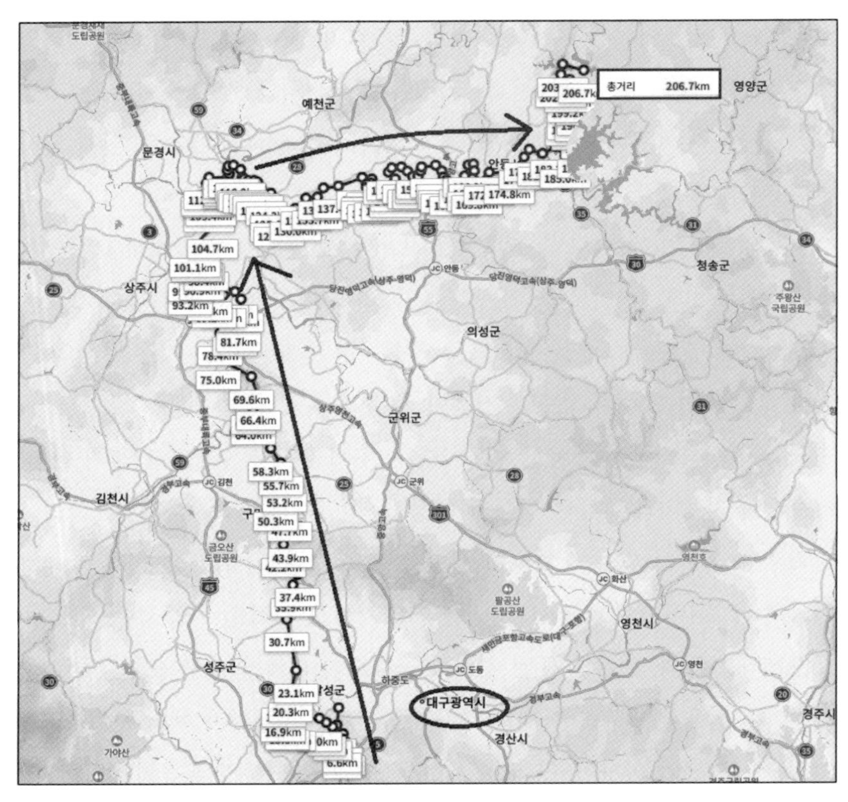

[그림 1] 금호강-대구-에서 낙동강 본류의 상류로 가는, 무려 200km나 되는 선유의 거리

「낙동강」에서 강에 대한 아름다운 기억을 서술한 장혁주는 비슷한 시기인 1941년 11월에 『푸른 북녘 땅』이라는 산문집에 수록된 「강물(江水)」에서 다른 평가를 내린다. 인용문에서 보았듯 장혁주는 강물에 대해 냉철한 담론을 펼쳤다. 그는 강물의 양가적 특질에 주목하면서 인간의 이기심을 진실을 은폐하는 강물의 모습에 비유했다. 장혁주의 비유 속에서 강물은 무정한 존재다.

---

12 張赫宙, 『綠の北國』, 河出書房, 1941; 張赫宙(范泉 譯), 「江水」, 『綠的北國』, 永祥印書館, 中華民國35年1月初版(1946); 中華民國37年4月三版(1948), 99~100쪽.

언제나 궁핍한 사람들의 소리를 가릴 더 큰 소리를 내기 때문이다.

1920년대에 낙동강 연안에서 선유하며 유쾌함을 느낀 장혁주는 1930년대 중후반에는 낙동강의 무정한 면을 강조한다. 이러한 변화의 주요 원인은 '홍수를 일으켜 사람들의 목숨을 빼앗아간 낙동강 유역의 잔혹한 장면들'[13]을 목도했던 것일 것이다. 그러나 그는 자연의 문제인 홍수에 대한 형상화를 단순하게 하지 않았다. 비참하게 살아가는 조선인들의 삶을 직시했던 장혁주는 폭로문학 창작에 관심을 가지고, 이기적인 사람들(강물의 소리)에 의해 억눌린, "혼탁한 곳"에 사는 사람들의 목소리를 들려주려 했다. 그는 이 강물이 흐르는 이상, 즉 식민자본의 지배가 이어지는 이상 인간의 이기심도 이어진다고 보았다.

장혁주는 식민지 조선에서 발생한 인간의 문제를 폭로하겠다는 목적을 가지고 소설에서 낙동강 유역의 사람들에 대한 다양한 이야기를 하게 된 것으로 보인다. 본고는 먼저 낙동강 상류권역을 배경으로 하는 소설을 다루고, 그 다음에 낙동강 하류권역을 배경으로 하는 소설을 다룬다. 그리고 일본의 리(里) 계산법에 따라 그가 형상화한 인물들이 구체적으로 '어느 지리적 공간'에서 활동했고 '어떠한 삶의 형태를 가지는지' 고찰한다. 이를 통해 장혁주의 창작 의도에 대해 더 잘 이해할 수 있을 것이며 이는 일제시기 낙동강 유역에서 향유된 한국문화를 설명할 수 있는 단서가 될 것이다.

13 「洛東江의濁流汎濫 九千餘戶가浸水」, 『동아일보』, 1934.07.22; 「洛東江岸災民中 千五十名을 輸送」, 『동아일보』, 1934.10.14; 「金海郡下罹災民 二萬名生途漠然」, 『동아일보』, 1935.05.21.; 「洛東江이汎濫!慶南四郡에濁流猛襲」, 『동아일보』, 1936.08.14; 「家屋倒壞船舶流失 人命死傷도多大」, 『조선일보』, 1936.08.29; 「豐年負債莫大」, 『동아일보』, 1937.10.21; 「兩次洛東江浸水에 麥田五百町步全滅」, 『동아일보』, 1938.06.19.

2. 생존을 위한 출정 - 이곡리에서 비봉산까지

기존 「아귀도」에 대한 이해는 작품에서 드러나는 두 흐름을 중심으로 이루어졌다. 그 흐름들은 '가뭄으로 인해 풀뿌리로 연명하게 된 불쌍한 예천군 농민들의 이야기'와, '일제가 농민들을 학대하고 부정부패를 저질러, 농민들이 착취를 견디다 못해 끝내 저항하는 이야기'이다.[14] 그러나 장혁주가 제시하고 있는 배곡리(이곡리)라는 지리 위치에 따라 앞선 흐름들 외에 새로운 사실을 발견할 수 있었다.

> 언제 생겼는지도 모를 대장간 남쪽에 조금 높은 언덕으로 삼백 명 정도의 농민이 하얗게 돌려들었고, 그들은 더러워진 상투 아래로 흘러내린 머리가 바람에 휘날려 목을 감고 있었다. …… 다 낡은 지게로 담을 만들어 놓은 대장간 옆으로 삼십대 전후반의 한 젊은 무리 농민들은 따로 떨어져 앉아 있었다. 그 쪽은 바람은 심하게 불지 않았고, 동남쪽이라 따뜻할 것 같았다. 그들은 배곡리(일어 원문 : 梨谷里) 2구 농민들로 한참 불평을 토로하고 있었다.[15]
>
> 이 공사는 지보면의 한해 이재민을 구제한다는 목적으로 시작되었다. 지보면은 3년간 한해로 굶어 죽은 사람들이 제일 많았고, 경상북도 내에서도 피해가 가장 심한 곳이었다. 공사가 시작되자 면내에 있는 농민 7백 명이나 모여들었다. 군수가 예고했던 대로 한 사람당 1엔씩 주었고 하루에 7백 명이나 되는 농민을 쓰게 되면 감독의 소득이 계속 줄어들게 되니 임금을 25전으로 정하고 일은 격일교대제로 했다.[16]

---

14 김주현, 「우리말과 한국문학 : 장혁주와 예천용암지」, 『영남일보』, 2020.06.11.

15 張赫宙(南富鎭·白川豊 編), 『張赫宙日本語作品選』, 勉誠出版, 2003; 호테이 토시히로(시라카와 유타카 옮김), 『장혁주 소설 선집』, 태학사, 2002, 5~6쪽.

16 호테이 토시히로, 앞의 책, 9쪽.

장혁주가 예천 지보면에서 교사생활을 했다는 점이나 실제 지보면에서 저수지 공사가 이루어졌다는 것으로 보아 「아귀도」의 배경을 지보면으로 보기 쉽다. 지보면 소재 농민 700명이 도화리의 용암 저수지라는 일터로 나오려 했다는 것이다. 그러나 예산의 문제로 한번에 고용할 수 있는 인원은 약 반 정도에 불과했다.

그러나 작품의 인물들이 지보면 출신만은 아니다. 이는 장혁주가 이곡리(이하 배곡리)의 농민들을 삼백 명 정도의 농민들과 구별해서 따로 묘사했다는 것에서 확인할 수 있다. 이러한 설정은 배곡리 농민들의 이야기를 중점적으로 다루기 위해서일 수도 있겠지만 배곡리가 '지보면에 속한 곳'[17]이 아니었기 때문이었을 가능성도 있다.

> 배곡리에서도 마산리 방면이 가장 멀었다.(원문 : 梨谷里の馬山里方面が一番遠かつた.) 농민들은 마을을 지날 때마다 조금씩 줄어들기 시작하여, 배곡리로 돌아가는 사람들인 20명 정도만이 남았다. 면사무소 주재소가 있는 소화리를 지나 또 작은 언덕을 2개나 넘어야만 했다. 한 밤중이었다. 멀리서 반짝이는 등불이 마을의 존재를 알려주었다. 지게를 짊어진 농민들의 줄이 산길을 허우적거리고 있었다. 산들의 소나무 숲은 휙휙 바람이 불고 있었다. 가루눈은 그치고 바람이 세차게 내리쳤다. 농민들의 거친 피부는 저고리 밑에서부터 밀려오는 냉기로 얼어붙고 검푸른 얼굴은 눈알까지 얼어붙을 것만 같았다. 농민들은 돌이 된 듯이 말없이 걷기만 했다. 마지막 고개를 넘자 마을 불빛이 보이기 시작했다. 등불의 수는 대여섯밖에 없었다. 어둠 속에서 그대로 지내는 사람들이 많았다. 언덕을 다 내려오자 농민들은 너다섯명을 남기고는 마을로

---

17 김주현에 따르면 '배곡리'는 지보면 마산리에 있는 '배골'을 말하며, '읍내'는 '예천군'을 말한다. 김주현, 「장혁주 소설 <아귀도> 연구」, 『공동체의 일상과 지역문화어문학』, 경북대학교 국어국문학과 BK교육연구단 국제학술대회, 2021, 185~198쪽.

사라졌다. 남은 사람들은 서쪽으로 언덕을 한 개 더 넘는 배곡리 2구에 살고 있었다. ……

"몇 시나 됐을까?"

마을이 보이자 마산이가 말했다.

"열 시쯤이세."

매동이가 대답했다.[18]

여기서 언급되는 배곡리의 위치가 수수께끼이다. 현실에는 지보면에 배곡리나 이곡리 같은 지명이 없기 때문이다. 주목할 만한 점은 소설에서 '6시쯤에 퇴근한 등장인물들이 밤 10시쯤 집에 도착한다'는 것이다. 4시간이나 걸리는 도정이라면 그 거리는 대략 20km의 거리가 될 것이다. 김주현에 따르면 '당시 농민들이 용암지에서 집까지는, 꾸불꾸불한 길을 위주로 걸었을 것이니 곡선의 관점에서 보면 마산리 내부의 서부 지역에 위치하는 배골까지 걷는 데 4시간이나 걸리는 것이 합리적이다.'[19] 도화리 용암지에서 지보면의 마산리의 서쪽 지역으로 걷는 도정의 노선에 대해서 아래 그림을 통해 두 가지의 가능성을 제시해본다.

18 호테이 토시히로, 앞의 책, 12~13쪽.

19 김주현, 「장혁주 소설 <아귀도> 연구」, 앞의 논문.

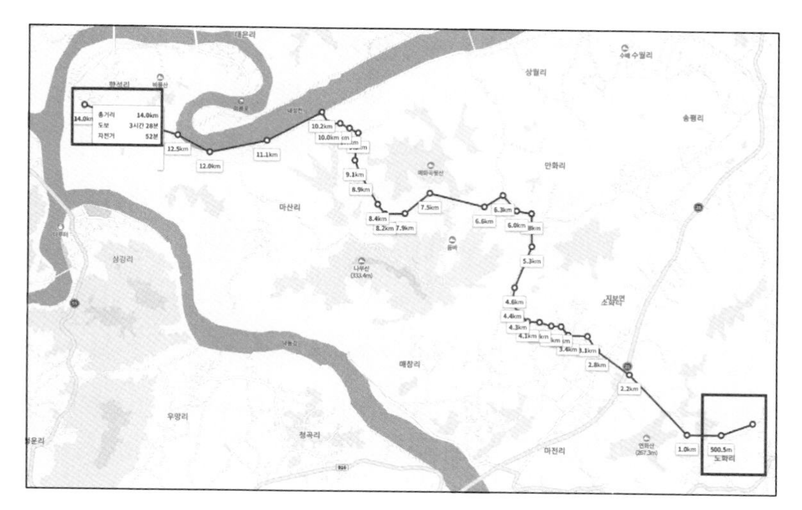

[그림 2] 14km에 3시간 반의 시간 소요

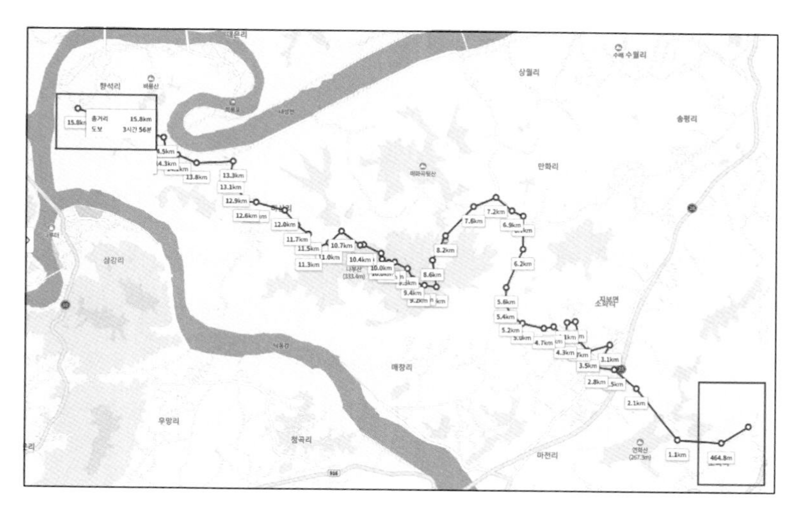

[그림 3] 16km에 4시간 정도의 시간 소요

그러나 장혁주의 일어 원문인 "梨谷里の馬山里方面が一番遠かつた"에 대한 직역이 아닌, 의역인 "배곡리에서도 마산리 방면이 가장 멀었다"는 말은 의미심장하다. 이러한 묘사는 배곡리가 마산리와 아주 멀리 떨어진 외부의 어느 지역에 있음을 의미한다. 즉 배곡리는 낙동강 유역 중에서도 낙동강 본류와는 거리가 있는 지역인 것이다. 낙동강 강변에 있는 지보면 거주민까지도 한해를 버티지 못했던 정황으로 보아 강변과 멀리 떨어진 다른 지역의 농민들은 가뭄 때문에 더욱더 힘들었을 것을 추측할 수 있다. 장혁주는 다른 지역의 농민들도 공사를 통해 연명하려 했음을 다루려 했던 것으로 보인다.

> "비봉산에, 먼 곳으로도 갔었구먼."
> "소문대로 칡이 많이 있었어." ……
> "가을에 준비해 두었던 무도 배추도 다 떨어져가고 풀뿌리만으로는 아무래도 먹을 수가 없고, 해서 매동댁이랑 돌이 엄마랑 같이 마전강까지 풀 뜯으러 갔었는데 돌이 엄마가 그 산에 칡 캐러 가지 않겠냐고 해서 갔었던 거야."[20]

지보면뿐만 아니라, 장혁주는 다인면에 있는 비봉산이라는 지리공간도 제시한다. 그것은 마산리에서 시집온, 마산이의 아내(갑련이)가 마전리 쪽의 마전강 인근에서 풀을 캐는 대신 다인면의 비봉산에서 칡을 캐려 남쪽으로 내려갔다는 이야기이다. 즉 「아귀도」에서는 배곡리에 살다가 한해를 맞은 농민 일가가 연명하기 위해 마산리를 통해 지보면으로 들어와 소화리, 도화리 혹은 다인면 비봉산까지 생존을 위한 출정을 나서는 모습이 드러난다.

> 어제는 배곡리와 마산리 등과 정 반대쪽의 동부쪽 마을(원문 : 昨日は梨谷里

20 호테이 토시히로, 앞의 책, 14쪽.

や馬山里等と正反対の,東部の村々)－신풍리, 대죽, 도압－ 등의 농민들이 모여서 일하고 있었다. 점심 전까지는 가죽채찍이 2,30번 울렸지만 이렇다할 정도의 일은 일어나지 않았다. ……

"군수님에게 물어보자구."

그리 말하면서 술렁거렸다.

"그래. 배곡리에 사는 마산이랑 한고리도 의논했다던데." 노인 한 사람이 그렇게 외쳤다. 그는 원래 배곡리에서 사는 사람이었다.[21]

배곡리의 위치를 여전히 명확하게 알 수 없다. 확실한 것은 이들은 지보면의 서쪽을 통해 들어와 동쪽에 있는 신풍리와 대죽리에 사는 농민들과 같이 공사장이 위치한 도화리에 모여 활동한다는 것이다.

어느날 아침이었다.

마산이 한고리 매동이들의 배곡리 2구 사람 5명이 작업장에 오자, 평상시보다 늦은 데다가 일은 어느 정도 진행되어 있었다.

북쪽 구석 위를 내려와 작업장으로 가니 김 십장이 껑충한 다리로 와서는 말했다.

"너희들은 너무 늦었으니 돌아가."

마산이들은 멈추어 섰다. 자주 있는 일이므로 아무렇지도 않았다.[22]

「아귀도」의 중심인물이 배곡리 사람들인 이유를 알기 위해서는 배곡리의 위치를 정확히 추정할 필요가 있다. 첫 번째 단서는 배곡리 농민들의 잦은 지각이다. 그들은 용암지 공사에 지각하는 일이 흔하다고 묘사된다. 빈번한

21 호테이 토시히로, 앞의 책, 30·39쪽.
22 호테이 토시히로, 앞의 책, 42쪽.

지각의 원인은 공사장과 그들의 거주지의 먼 거리라고 추측할 수 있다.

두 번째 단서는 이곡리(梨谷里)라는 명사이다. 이는 낙동강의 지류인 금천 인근의 문경시의 이곡리와 같다. 또한 소설의 일어 원문에 나타나는 'ベコルリ'에서 '배골'이 나타남을 확인할 수 있다. 이곡리를 금천 인근 약석리의 배골마을로 생각할 수도 있다. 이 두 장소는 실제 마산리 방면과 매우 멀리 있어 소설 내의 이곡리일 가능성이 있다. 이 두 곳에서 용암지까지는 약 20km 이상의 직선거리가 된다. 1930년대 초의 미개발 환경의 상황을 감안하여 추정하면 이 정도의 직선거리는 평소 신체 노동에도, 걷고 달리기에도 능한 농민들이었으니, 4시간 만에 이동했다고 묘사될 여지가 있다.

> 도화리를 지나고 지보리를 지나 마전강을 건너갔다. 거기까지는 1리 정도였다. 비봉산은 눈앞에 갈색의 거대한 용태를 드러내고 있었다. 마전강을 건너 구릉을 몇 개나 넘어가니 산자락이 잘 보여 몇 명이나 되는지는 모르지만 아낙네들이 칡을 캐고 있었다. 산중턱에 점점이 하얗게 산재해 있었다. 마산이는 산기슭을 서쪽으로 돌아갔다. 배곡리 사람들이 오는 방향인 서쪽 계곡을 향해 달려갔다.[23]

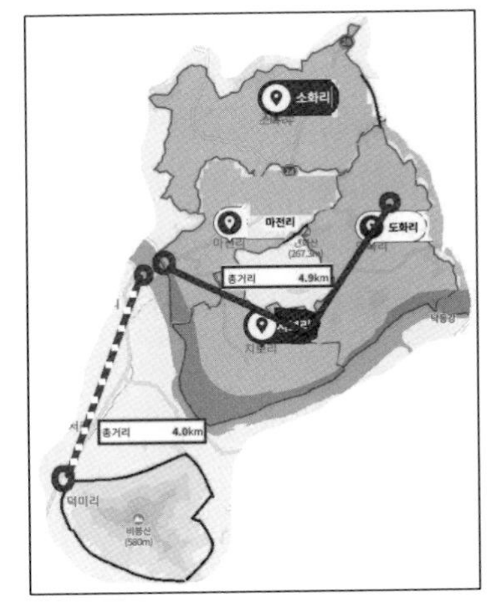

[그림 4] 직선이 곡선으로 형상화된 도정

세 번째 단서는 직선 도정이 곡선으로 형상화된다는 것이다. 마산이는 친구를 따라 용암지에서 마전강까지 이동했는데 그 노선은 [그림 4]에서 보듯 직선이 아닌 곡선이다. 이러한 직선 도정의 곡선

23 호테이 토시히로, 앞의 책, 46쪽.

화는 용암지에서 배곡리로 가는 길 묘사에서도 나타났다고 볼 수 있다. 배곡리의 위치를 금천 쪽으로 추측할 경우 장혁주가 낙동강 지류에 사는 농민들의 생존을 위한 노력에 주목하였다는 의미를 도출할 수 있다. 생존을 위한 그들의 치열한 노력은 그들이 동남쪽으로 곡선으로 왕복 8시간을 출정한 것에서 확인할 수 있다. 지보면에서의 농민들의 이동 범위와 이곡리, 배골마을, 용암지, 비봉산 등의 위치 관계에 대해 아래 그림을 제시할 수 있다.

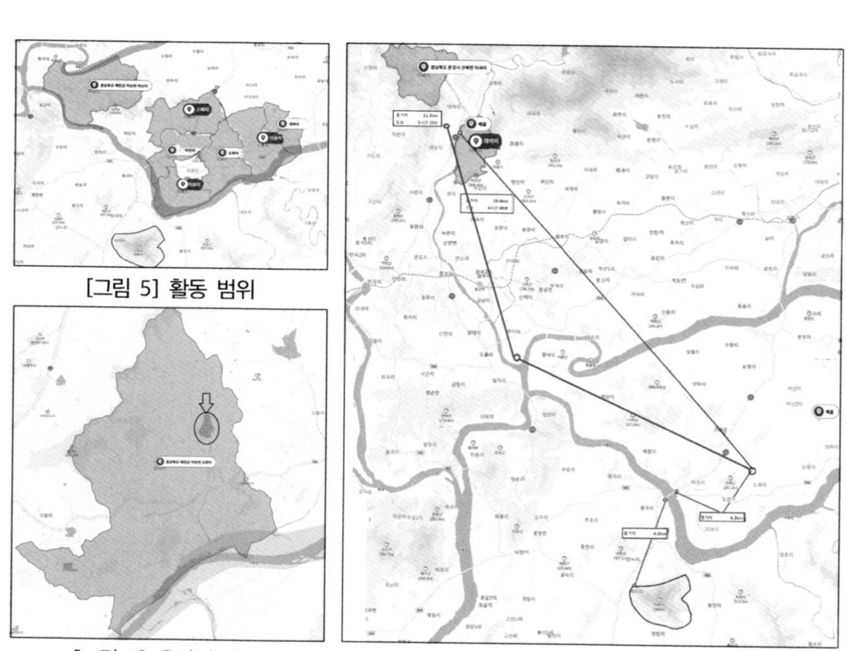

[그림 5] 활동 범위

[그림 7] 용암지 위치

[그림 6] 배곡 위치 추정

3. 발전을 위한 암투 - 점촌동에서 마전리까지

「권이라는 사나이」는 발표 당시 일본과 중국에서 인지도가 꽤 있었다. 주인공인 '나'는 사회주의 운동 중 회의를 느끼고 조용한 곳에서 미래에 대해 사색하기 위해 전근한 청년 교사이다. '나'는 학교 일을 마치고 놀고 싶을 때 주로 시장의 술집에 다닌다. 그러던 중 '나'는 시장에서 술집 장사를 하며 학교의 학무위원 직을 맡은 권이라는 남자와 교제하게 된다. 두 사람 사이에 갈등이 생겼음에도 불구하고 권은 학무위원에 재선하기 위해서 '나'에게 표를 얻기 위해 노력한다. 권은 '자신의 이익과 발전을 도모하기 위해서 끊임없이 감언이설을 통해 '나'를 유인하였으며 재선에 성공한 후 '나'의 이용가치를 발견하지 못하자 따돌려 쫓아내'는 부정적인 인물로 그려진다.[24] '나'는 권을 제어하려 수를 내지만 결국 실패한다. 새로운 출구를 찾으러 왔다가 이기적인 권에 의해 영문도 모르고 따돌림당한 '나'의 모습을, 작중에서 제시된 낙동강의 지리공간으로 설명할 수 있을 것으로 보인다.

> 해가 질 무렵, 우리들은 술을 마시기 위해 시장으로 향했다. 우리는 사흘에 한 번 정도는 시장에 들렀는데, 학교가 있는 이촌 마을은 면사무소와 주재소가 있어서 읍내에서 가끔 출장 나오는 공무원을 대상으로 하는 여인숙이 두 채 있을 뿐, 우리들의 적막함을 위로해줄 만한 곳은 없었다. …… 나는 이 이촌의 학교로 촉탁위원 이야기가 결정되자, 인사발령을 받은 바로 그 다음날 집을 나섰다. 그러나 보통 지도로는 확대경을 들이대고 보아도 찾기 힘든 곳이라서, 나는 도중에 조금씩 불안감을 느꼈다. 점촌역에서 기차를 버리고, 자동차에 올랐다. 그러나 자동차를 내린 곳에서 내가 남쪽으로 4리 정도를 걸어가야만 한다는 것을 알고는 정말 지긋지긋해져 버렸다.[25]

---

24 조가유, 앞의 논문.

주인공은 문경시 점촌역에서 내린 후 자동차를 탄다. 그러나 그는 자동차에서 내린 후 남쪽으로 4리 정도 거리를 더 걸어야 면사무소가 있는 이촌 마을의 학교에 도착할 수 있다. 자동차를 내린 곳과, 이촌이라는 곳이 어디인지 알 수 없지만 면사무소가 소화리에 있기 때문에 그의 목적지가 소화리에 있을 것은 틀림없다. 그가 점촌역에서 소화리까지 가기 위해 택한 경로는 실패한 사람의 목소리를 드러내려는 장혁주의 지리적 인식을 엿볼 수 있는 단서가 된다.

스쳐 지나는 길의 낯선 산과 강, 사람들과 익숙하지 않은 사투리마저, 내게는 마치 이국 땅에라도 온 것처럼 느껴졌다. 나는 한 사람의 인부를 고용하여 나의 고리짝을 짊어지게 했다. …… 산의 정상에 올라서도, 발 아래로는 즐비한 봉우리들만이 빽빽이 들어차 있어서 평원은 보이지 않았다. 고개를 다 내려가자 이번엔 강이 나왔다. 강물은 깊었다. 9월 초순이기는 하였으나 강물은 차가웠다. 강물에 주의하며(가슴언저리까지 물이 닿았다) 얕은 곳을 찾아가며 다 건너갔다. 잠시 모래밭을 걷자, 조금 전에 건넜던 강의 상류와 부딪쳤다.

"강이 또 잇는가."

내가 그 강을 건넜을 때, 바지를 벗으려고 인부에게 묻자,

"또 있십니더."

라고, 인부가 무뚝뚝하게 대답했다. 잠시 쉬고 나서 두 사람은 다시 걷기 시작했다. 고개를 넘어가자, 다시 조금 전 강의 상류와 만났다. 강은 S자 형태로 계곡 사이를 뚫고 흐르고 있었다. 산허리에 걸터앉은 석양이 서쪽 연봉에 비쳐져서 이제라도 막 가라앉을 것 같았다.

"이제 곧 도착할 낍니더."

라며, 인부가 몇 번이나 내게 말하였으나, 이촌에는 좀처럼 다다르지 못했다.[26]

---

25 호테이 토시히로, 앞의 책, 97쪽.

점촌동은 낙동강의 지류인 영강 근처에 있다. 소화리로 가는 보편적인 노선은 영강을 끼고 남쪽으로 하여 본류로 들어와 동쪽으로 이동하는 것이다. 그러나 인용문에 따라 추정해보면 주인공은 먼저 동쪽의 금천 쪽을 향해 산으로 갔을 것이다. 그 다음에 세 번이나 강을 건넜다. 두 번째와 세 번째 강을 건넜을 때 그는 앞서 건넌 강의 상류라고 하고 그것들을 S자 형태라고 표현한다. 하류 한 번, 상류 두 번을 건넌다면 유력한 후보는 낙동강의 지류인 내성천이다. 따라서 주인공은 예천군 용궁면 소재 고종산 인근의 산들을 통과한 후 남쪽으로 이동한 것으로 이해할 수 있다. 특이한 점은 내성천 도착 후 바로 본류로 내려가지 않고 굳이 어려운 방식으로 2번의 상류를 더 건너려 한다는 것이다.

> "내가 쓸쓸해하며, 심하게 외로움을 탈 때면, 윤과 류는 마전의 시장에 델다 줄까?" 하며, 나를 시장으로 데리고 갔다. 시장은 강가에 있었다. 강은 낙동강의 상류로 내가 이곳으로 올 때, 세 번이나 건넜던 강의 본류였다. 녹차밭이 시장 부근에 있었고, 시장의 다른 한쪽은 산의 기슭이었다.[27]
>
> 권은 꼭 내게 보여주고 싶은 게 있다며 그걸 보고 나면 김 선생이 나를 더욱더 신뢰하게 될 것이라고 했다. 아니 동지라는 것을 알게 된다며 나를 시장의 남쪽으로 안내했다. 시장의 남쪽은 해안가 절벽으로, 그 아래에는 강 입구에서부터 70리나 거슬러 올라온 범선이 돛을 내려서, 돛대가 가늘고 높게 절벽의 중턱까지 닿아 있는 것처럼 보였다. 나는 권이 대체 무엇을 보여주려 하는 건지 호기심에 가득 차 따라갔다. 이윽고 그는, 반쯤 낡아서 허물어진 초가집 한 채로 나를 데리고 갔다. 불안감을 느끼며 안으로 들어서자 오륙십 명 정도 들어갈 수 있는 토방이 있었다.[28]

---

26 호테이 토시히로, 앞의 책, 98~99쪽.
27 호테이 토시히로, 앞의 책, 99~100쪽.

주인공은 낙동강의 지류인 내성천을 3번에 걸쳐 건넌 후 네 번째의 강을 만났는데 그것은 낙동강의 본류이다. 그리고 그는 학교 동료들과 같이 마전 시장에 놀러간다. 강가에 있다는 마전 시장은 마전리의 마전의 시장으로 이해한다면 주인공이 낙동강의 지류를 거쳐 낙동강의 본류에 도착한 후 줄곧 소화리와 마전리 사이에서 다니는 것으로 이해해도 될 것이다.

권은 '낙동강 본류 강변에서 가까운, 아래에서 70리나 거슬러 올라온다는' 지점 근처 산 속에 있는 자신의 비밀스러운 초가집에 초대해 사회주의자였던 주인공의 마음을 유혹한다. 여기서 장혁주가 30년대 후반 수필에서 사용했던 '70리'가 일찍이 30년대 초반 소설에서 나타났음을 확인할 수 있다. 선유했을 때 기뻤던 장혁주의 마음처럼 이 소설의 주인공은 권에게 투표를 하고 만다. 지름길이 아닌, 더 어려운 방식으로 낙동강의 본류에 가까이 접근한 주인공이 나중에 권에게 따돌림을 당하고 반격에도 실패한다. 부지런한 주인공이 암투에 능한 권에 의해 억눌린다는 작품의 서사는 1920년대 초반에 장혁주가 낙동강 선유에서 보지 못한 강의 잔혹함과 혼탁함, 즉 아름다운 강물에 의해 가려진 혼탁한 곳에 사는 사람들의 목소리를 상징한다. 출발지에서 동쪽을 향해 차로 갔다가 걸어서 남쪽을 향해 본류로 이동하는 그 어려운 도정을 [그림 8]과 같이 그려볼 수 있다.

28 호테이 토시히로, 앞의 책, 128쪽.

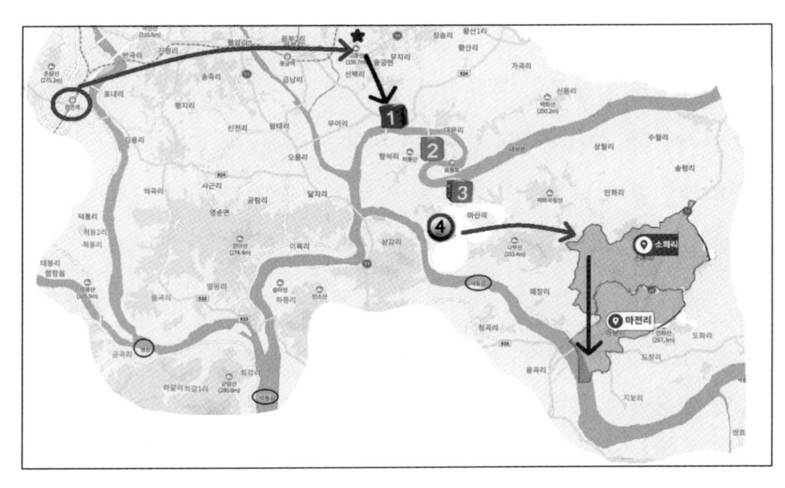

[그림 8] 인생 새로운 출구 찾기의 노선

4. 정의를 위한 희생 - 소화리에서 하회리까지

장혁주의 「분기한 자」는 '일본문단에서 발표되었으나 조선에서 발매금지를 당한' 작품이다.[29] 이 작품에는 일본제국에 대한 장혁주의 비판이 노골적으로 담겨있다. 주인공인 교사 김철은 생계유지를 위해 일본인 교장의 식민주의 사관과 독재적인 관리에 대해 침묵하나, 농민들의 아이들이 수업료를 내지 못해 퇴학당하는 사건과 괴롭힘 당하는 농민들을 보고 약자를 대변하기 위해 교장을 비판하자 끝내 교장의 신고로 인해 경찰서에 잡혀간다. 한마디로 그는 정의를 지키기 위해서 자기의 이익을 희생한 사람이다. 장혁주는 앞의 두 작품에서 지류의 북쪽에서 남쪽의 본류까지 내려와 생활하는 인물들

29 張赫宙, 「飜譯の 問題·その他」, 文藝首都 1/10, 1933.10, 45; 王惠珍, 「帝國讀者對被殖民者文學的閱讀與想像：以同人雜誌 ≪文藝首都≫為例」, 앞의 논문, 12쪽 재인용.

의 이야기를 다룬 한편, 이 작품에서는 본류 연안에서 생활하는 사람들의 이야기를 다루었다고 할 수 있다.

> 김철은 교장 숙소 앞을 학생농업 실습장 쪽으로 붙어서 걸어갔다. 논두렁을 지나 면사무소 마당을 가로질러서 마을로 나갔다. 마을은 고작 30여 가구밖에 없었다. 하숙은 마을 남쪽에 있다. 이 마을의 여인숙이었다. 반은 흙으로 만들어진 초가집이다.[30]

> 그는 용연동 농민조합의 간부들과 친했다. …… 최근 투옥된 그 독서회의 지도분자인 윤성원이 고향인 용연동으로 돌아와서 꽤 자주 만나고 있었다. …… 성원의 형기가 끝나서, 고향인 용연동으로 돌아왔다. 학교가 있는 마을에서 2리 정도 동쪽에 있는 양반촌이었다.[31]

장혁주는 본류의 연안에 대해서도 인물의 노선 이동을 형상화했다. 곧 소화리의 학교에서 용연동(일어 원문 : 龍淵洞)이라는 곳으로의 이동이다. 주인공 김철은 용연동이라는 동네를 중요시하다. 그곳은 과거에 양반마을로 유명한 동네였으나 현재는 혁명 정신이 있는 농민들의 동네가 되어 있는 곳이다.

그러나 용연동이라는 곳은 현실에서는 지보면에 없다. 가령, 용이 산다는 연못과 가까운 뜻을 가진 '용이 사는 곳'으로 가정한다면 낙동강 본류 서쪽의 건너편인 의성군 다인면에 있는 용곡리(龍谷里)가 큰 가능성을 지닌다. 그러나 위 인용문에서 언급되었듯이 용연동은 면사무소가 있는 소화리로부터 동쪽 2리의 거리에 있다. 이 설정에 따른다면 소화리 서쪽에 있는 용곡리는 용연동이 될 가능성이 없을 것이다.

---

30 호테이 토시히로, 앞의 책, 65쪽.
31 호테이 토시히로, 앞의 책, 63쪽.

> 나의 집은 용연동에 있습니다. 저희 가족은 아버지와 어머니, 형과 저까지 네 명입니다. 농사를 짓고 있지만, 1년 내내 가난합니다. 그래서 수업료를 잘 낼 수가 없습니다. 형님은 농민조합에서 자주 이런 말은 합니다. 소작인이 가난으로 고통받는 것은 강 건너의 지주인 타지마나 박상길이 부당하게 농민을 착취하기 때문이다라고 말합니다. 저는 그것이 정말이라고 생각합니다…….[32]
>
> 김철은 겨울방학을 고향으로 돌아가서 무위하게 지내지 않고 용연동으로 가서 잠시라도 좋으니 함께 일을 해보자고 하려고 결심했다.
>
> 다음날 밤이었다.
>
> 2리의 밤길을 동쪽을 향해 걸어갔다. 길은 산등성이와 언덕을 따라서 나 있었다. 산의 소나무들은 바람에 흔들려 으르렁거렸다. 바람은 나무들을 뿌리째 넘어뜨리다시피 불어제치고 암흑의 골짜기는 지옥의 밑바닥처럼 깊고 어두웠다. 김철은 마지막 고개를 넘어서 용연동에 도착했다. 용연동은 옛적 권세를 휘두르고 있었던 양반고을이었다. 다른 마을들과 달리 커다란 기와지붕의 건물이 검게 군데군데 서 있었다.[33]

김철이 가르치는 학교의 재학생이었던 황기동은 지주에 비판적인 일기를 써서 교장에게 퇴학 처분을 받게 된다. 황기동은 농민조합의 지도자인 황창수의 동생이다. 그는 자기의 집이 용연동에 있으며 그 곳의 주변에는 강이 있으며 강 건너의 지주가 착취하기 때문에 자신들이 가난해지고 수업료를 내지 못하게 된다고 한다. 이는 용연동이 강변에 위치하고 있을 뿐만 아니라 강으로 나뉜 땅이 모두 같은 지주에게 관리되고 있었다는 사실을 말해준다.

또한, 김철은 용연동으로 전진하는 내내 산과 언덕과 나무들과 골짜기들을 경과해야 한다고 한다. 황기동과 김철의 말을 통해 용연동으로 가는 길은

---

32 호테이 토시히로, 앞의 책, 72쪽.

33 호테이 토시히로, 앞의 책, 85쪽.

산과 강에 의해 구성되어 있음을 알 수 있다. '2리'를 감안하여 소화리에서 동쪽으로 10km의 거리를 추가하고 거기에다가 양반마을, 강변과 산악지대라는 조건에 맞춰서 보자면 안동의 하회리를 발견할 수 있다.

> 군의 학무계의 학교 경리 사무원이 퇴학 처분된 아동들의 체납된 수업료를 징수하러 와서 김철이 안내를 받았던 것이었다. 김철은 이 마을에서 저 마을로 방문했다. …… 이런 식으로 출장원과 김철은 이틀 동안 마을을 순회했다. 출장원은 예정금액의 삼분의 일도 징수하지 못했다고 투덜거리고 있었다.
>
> 3일째 일이었다. 김철과 출장원은 수월리(首月里)〈경상북도 예천군 지보면에 있는 리(里)임〉로 왔다. 면의 구석에 있는 산중으로 가장 문화가 뒤떨어진 마을이어서 두 사람은 겨우 험한 고개를 넘어갔다. 마을은 꽤 크고 계단식으로 되어 있었으며 골짜기에 위치하고 있었다. 이 마을에도 네다섯 명의 수업료 체납자가 있다.[34]

김철은 가난한 학생들을 동정하지만 일본인 교장의 요구 하에 부득이하게 다른 담당자와 함께 여러 마을을 순회하면서 수업료를 징수해야 했다. 여기서 수월리라는 지명이 등장한다. 그곳은 강변(내성천)에 있고 산 속에 있다. 지보면의 북부에도 강과 산이 있다. 그러나 김철의 말에 따르면 수월리는 문화가 가장 뒤떨어진 곳이다. 따라서 양반마을이 될 수 있는 동네는 북쪽인 내성천이 아닌 남쪽인 낙동강 본류에 있다고 가정하는 것이 적절할 것이다. 이름만 비슷하다는 의성군 다인면의 용곡리, 학교의 소재지인 지보면 소화리, 문화 수준이 낮은 북쪽 동네인 수월리, 동쪽에 있는 양반마을이자 용연동으로 추정되는 하회리의 지리적 위치에 대해서 아래 그림과 같이 제시한다.

34 호테이 토시히로, 앞의 책, 79~80쪽.

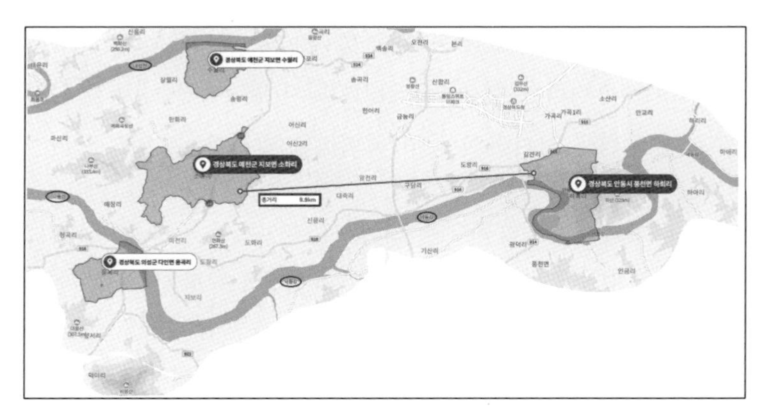

[그림 9] 용연동의 실제 위치 추정

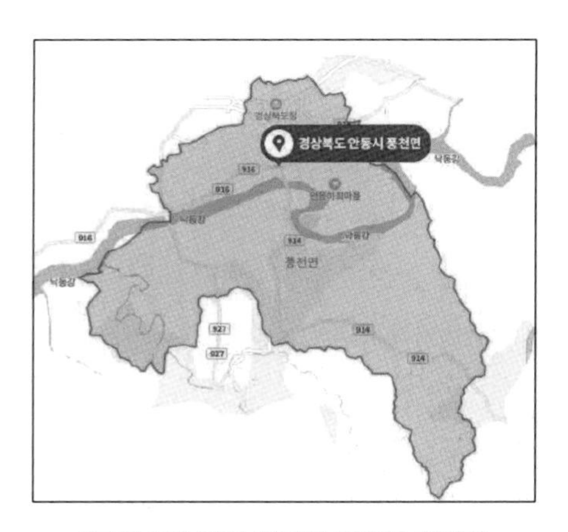

[그림 10] 강이 양분한 안동시 풍천면

장혁주는 「권이라는 사나이」에서 다룬 낙동강의 상류권역보다 더 상류의 모습을 다루려고 「분기한 자」에서 지보면의 동쪽에 위치한 양반마을인 풍천면의 하회리를 등장시킨 것으로 보인다. 또한, 그는 상류에서 오는 착취 행위까지 형상화해서 상류의 악영향이 하류까지 내려올 수 있다는 메시지를 전달한 것으로 보인다.

농촌에 와서 3년간 김철은 말할 수 없는 부당한 대우를 받고, 그러면서도 불평 하나 말하지 않은 농민들의 무지와 순종성과 인내심이 강함을 어떤 때는 실망하고 어떤 때는 분노가 치밀어 올라 견딜 수가 없었다. 그는 알지 못하는 지방에서는 빈번하게 소작쟁의가 일어나고 있는 것을 생각했다. 그러한 지방의 농민은 이곳의 농민보다 앞서 있어서 그러는 것인가, 아니면 인간이 달라서 그런 것인가.

지도하는 것이다. 김철은 그렇게 깨우쳤다. 부단한 노력으로 가르치고 단결하게 하지 않으면 안 된다고 생각했다.[35]

한편, 장혁주는 상류인 하회리에서 양반들이 주도하는 계몽과 혁명의 세력이 생장한다는 긍정적인 모습을 제시하기도 했다. 인용문에서 보았듯이 김철은 수월리 등 지보면에서 사는 농민들이 괴롭힘을 당해도 반항할 줄 모르는 사실을 안타까워한다. 김철은 하회리를 용연동이라 부르고 그곳의 각성의식을 가진 양반 및 농민들과 함께 강 하류인 지보면의 상황을 개선하려고 한다.

5. 화합을 위한 교섭 - 대산면에서 부산시까지

장혁주의 「박전농장」은 앞의 소설들과 달리 낙동강의 하류권역의 이야기를 형상화하고 있다. 사희영에 따르면 '작품의 모델은 실제 1932년 경남 김해에서 일어난 소작쟁의이다.' '「박전농장」은 봉건제도와 1906년의 흉작에서 벗어나기 위해 유랑하던 농민들이 일본인 지주 아라이 한베의 황무지 우암동에 정착해 황무지를 개간해서 비옥한 밀접농장으로 만드나, 지주가 다른 일

35 호테이 토시히로, 앞의 책, 85쪽.

본인으로 바뀐 후 과다한 소작료 착취로 인해 생계가 어려워져 소작쟁의를 일으킨다는 내용을 다루고 있다.'[36] 그러나 소설 속의 지리공간인 우암동, 가술동, 남부의 마산선 등을 살펴보면 소작쟁의를 일으킨 농민들의 거주지는 김해의 서쪽인 창원임을 알 수 있다.

(1) 17년간 제방의 구축, 배수 장치의 설치, 도랑의 파냄 – 3천묘의 황무지가 비옥한 밀집 농장이 되었다. 2천 호의 소작농들이 요순시대 이래 또다시 노래를 부르기 시작했다. ……

"나는 이만 가서 가술동 쪽에서 좀 유람해야 한다. 즐거웠다."

누마타는 말한 후 좌측의 제방(낙동강 강물이 범람해서 농장을 파괴하지 않게 하기 위해 이 제방을 구축했다. 면적이 크다) 위에 올라갔다. …… 소작민들이 매우 즐겁게 일하고 행복하게 살고 있다. 20년 이후인 지금은 농장의 각종 설비가 다 완비된 상태이다. 제방이 구축되고 농장의 가운데에 낙동강의 지류가 흘러 들어와 이 지류들을 통해서 더 많은 도랑을 파냄으로써 농장 안의 수맥이 잘 완성되었다. 농장 남부의 마산선, 진영 정거장 주차장 부근에도 여러 개 커다란 창고가 지어져 있다.[37]

(2) 수확 시기가 되어서 농장을 바라보자 오른 쪽에 가술동 앞 부분과 저기 멀리 건너편 강가인 학골, 남쪽의 학남 동네를 돌아서 진영의 제방 밑까지 언제나처럼 황금색으로 빛나던 농장도 회색으로 그을려져 있고 모두 잡초가 우거진 것처럼 보였다. ……

어느 날 밤에 우암 뒷산에 모인 대표자는 마지막 결의를 했다.

"나는 말이지. 사무소 놈들과 더 이상 담판을 지어도 조금도 효과가 없다고 생각해"

36 사희영, 「장혁주의 초기 프로문학 속에 숨겨진 아나키즘」, 『일본문화연구』 32, 동아시아일본학회, 2009, 225~247쪽.

37 張赫宙(荒蕪地·葉君健 譯), 大衆知識(上海), 1935; 김주현, 앞의 논문, 176쪽 재인용.

조인현이 말하기 시작했다.

“X산의 지주에게 직접 담판을 지어보자고”[38] (번역은 필자)

인용문(1)에서 보았듯이 조선의 황무지를 첫 구매한 일본인 지주인 아라이 한베는 요순시대의 노래를 부르게 할 정도로 농민들과 좋은 관계를 유지했다. 농민들은 열심히 일함으로써 황무지를 비옥한 농장으로 만들었고, 일본인 지주는 토지와 곡식의 사용권을 넉넉하게 제공해줬다. 그렇기 때문에 지주 대신 우암동을 순찰하는 누마타 관리자가 농장을 보호하기 위한 좌측의 제방을 향해 가술동에 가기 전에 우암동 농민들에게 예의 있고 상냥하게 인사하고 덕담을 나눌 수 있었다.

실제 김해에는 우암동, 가술동이 없다. 오직 진영읍의 서부 지역인 창원 일대에서 대산면의 우암리와 가술리라는 지명, 그리고 낙동강 지류인 주천강을 통해 만들어진 두 저수지가 있다. 이에 대해 아래 [그림 11]을 통해 제시한다.

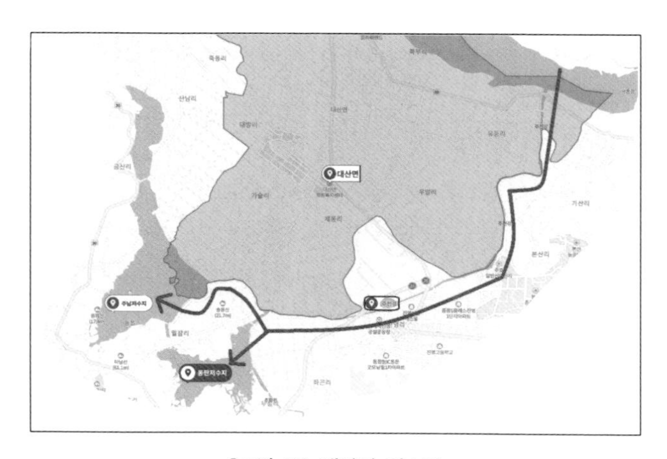

[그림 11] 대산면 저수지

38 張赫宙, 앞의 책, 75·83쪽.

또한, 누마타 관리자가 우암동을 떠나 곧바로 가술동으로 도달한다는 서술로 보아 소설 속의 우암동과 가술동은 서로 붙어있다는 것으로 묘사된다. 그러나 현실적으로 볼 때 우암리와 가술리 사이에는 한 동네가 더 끼어있다. 비록 소설과 현실 사이에 지리공간에서의 불일치가 존재하지만 소설에서는 진영과 마산선의 위치가 박전농장의 남부에 있다고 언급되므로 장혁주가 형상화한 소설의 배경은 창원의 대산면 농민들의 소작쟁의 사건일 것이다. 즉, 장혁주는 김해라는 낙동강 하류에서 발생한 사건을 창원이라는 비교적 낙동강의 상류지역으로 옮겨 이야기를 전개했다는 것이다.

아라이 한베에게서 농장을 구매하고 새로 들어온 일본인 지주는 원래 있었던 (일본인 지주와 조선인 농민들 간의) 평화로운 관계를 파괴했다. 장마로 인해 흉작이 되었음에도 불구하고 새로운 일본인 지주는 농민들을 끊임없이 착취한다. 인용문(2)에서 보았듯이 살기 힘든 농민들은 청원하기 위해 우암동에서 출발하여 지주에게 찾아가려 한다. 그들은 과거에 경험한 일본인 지주와의 화목한 관계를 되찾기 위해 교섭하려는 것이다. 출발하기 전에 그들은 학골과 학남(일어 원문 : 鶴谷鶴南) 쪽의 농장 경치를 살펴보고 그곳도 자신 동네의 농장과 같이 황무지가 되어 버렸다고 말한다.

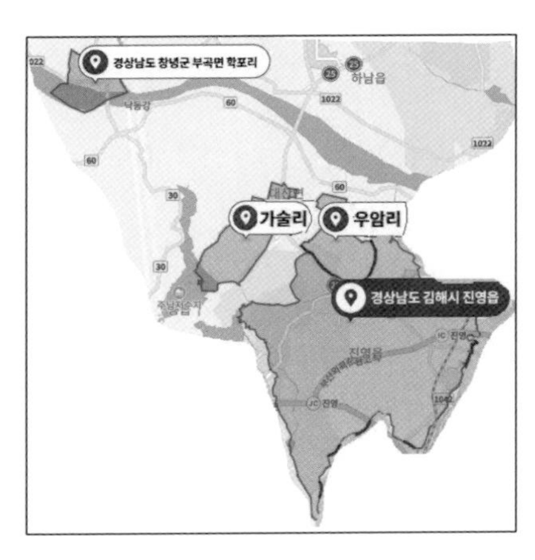

[그림 12] 학곡(鶴谷) 추정

실제 김해나 창원에는 학곡과 학남이라는 곳이 없다. 오직 대산면 저수지를 향해 서서 오른쪽(동쪽)으로 시선을 돌릴 때 보이는, 낙동강 건너편에 위치한 학포리(鶴浦里)라는 지명만 찾아볼 수 있다. 이에 대해 아래 [그림 12]를 통해 제시한다.

> 누추하고 긴 두루마기를 입은 농민들이 수십 명씩 하나로 뭉쳐서 X산의 번화한 거리를 걷고 있었다. 문화의 첨단을 추종하려는 이 번잡한 거리는 반세기 이상이나 뒤쳐진 이들 농민 무리의 소 같이 느리고 기분 나쁜 듯한 얼굴과 겁을 먹은 이상한 눈동자 등에 밉살스럽게 비치는 듯했다. …… 신형 자동차나 오래되어서 덜덜 거리는 포드가 농민 사이를 헤집고 지나가, 먼지를 뿌려댔다. 거리의 양측에 있는 진열창에는 흙내가 나는 농민들의 모습을 반사하고 있었다. 농민들은 300명을 넘어섰다. ……
>
> "어이 여기 모두들, 우리들은 한 발짝도 여기서 나가면 안 된다. 5리라는 길을 걸어왔고, 혹은 배를 타고 온 것은 무엇 때문이냐?"
>
> 최동술이 마당에 나와서 외쳤다.
>
> "그건 말하지 않아도 안다"
>
> "지주의 마음 하나로 우리들은 죽는지 사는지 한다고"[39] (번역은 필자)

장혁주는 창녕군의 학포리, 창원의 마산과 의창 대산면, 대산면과 인접한 김해의 진영읍까지 다루고 있는 것으로 보인다. 다만 한 가지의 의문점이 남아있다. 농민들은 지주와 협상하기 위해 'X산'에 갔다. 농민들이 5리를 걸었다는 것은 20km 정도를 걸었다는 것이다. 인용문에서는 '번화한 거리, 문화의 첨단, 번잡한 거리, 거리 양측의 진열창' 등의 표현들이 나타난다. 이 점을 감안하면 창원 대산면의 우암동에서 동남쪽으로 25km 떨어진 지역인 부산이 유력한 후보가 된다. 또한, 그들 중에서 배를 타고 가는 사람이 있다. 따라서 농민들은 문제를 해결하기 위해 낙동강의 상류에서 하류로 이동했다고 볼 수 있을 것이다.

장혁주는 소설 배경을 소작쟁의 사건의 발생지인 김해라는 낙동강 하류에

---

39 張赫宙, 앞의 책, 2003, 84·86쪽.

서 낙동강의 상류인 창원으로 옮겨 다루었으나 농민들의 궁핍을 일으킨 원인에 대해서 김해보다 더 하류에 있는 부산으로 설정하였다. 이것은 동쪽이 서쪽에, 하류가 상류에, 그리고 남쪽이 북쪽에 영향을 준다는 장혁주의 지리적 인식에서 비롯된 수법이라 할 수 있다. 지금까지 다룬 소설 속의 전반적인 지리공간에 대해서 아래 [그림 13]을 통해서 제시해본다.

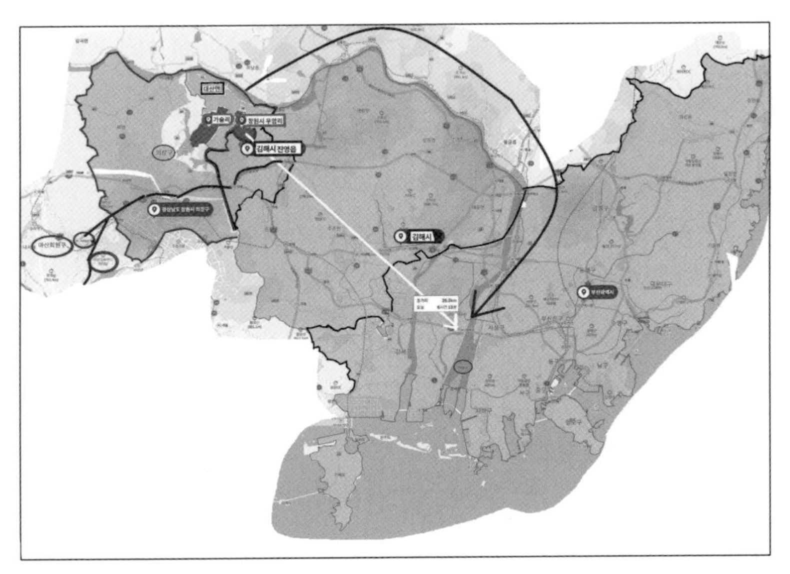

[그림 13] 농민들이 교섭하기 위해 상류에서 하류로의 이동 모습

6. 맺음말

본고는 문학에 나타난 낙동강 유역의 표상을 살피기 위해서 다양한 지리명사를 사용하여 창작된 장혁주의 초기 소설에 대해 각 지리명사의 위치가

어디에 있으며 그것이 어떠한 의미를 부여하는지를 중심으로 고찰하였다. 1930년대, 장혁주는 국제적으로 조선의 대표 소설가로 알려졌다. 전 세계에 조선인의 비참한 삶을 알리려는 그는 인물들의 낙동강 상·하류권역 내에서의 다양한 지리적 이동을 보여주었다.

장혁주는 「아귀도」에서 한해로 인해 곡식이 없고 소작지도 빼앗겨 낙동강 지류에서 멀리 있는 본류로 내려와 구직하게 되는 인물을 중점적으로 다뤘다. 그 지리적 공간은 문경의 이곡리이자 낙동강의 지류인 금천에서 출발해 지보면의 마산리, 도화리, 지보리, 마전리 및 다인면의 비봉산 사이의 낙동강 본류로의 이동이다. 이와 비슷하게 장혁주는 「권이라는 사나이」에서도 멀리서 문경 점촌역에서 동쪽으로 향해 갔다가 지보면 남쪽에 있는 낙동강 본류 강변까지 내려온 인물의 이야기를 다뤘다. 이 두 작품 속의 주인공은 지름길을 걷지 않고 부지런히 먼 길을 통해 낙동강의 본류로 내려오는 데 공통점을 지닌다.

문경 출신의 인물이 보여주는 동쪽의 이동은 「분기한 자」라는 소설에도 나타난다. 이 소설에서는 소화리 동쪽에 있는 하회리에서 발생한 지주의 착취와 그것에 따른 농민들의 혁명이 강조된다. 주인공은 소화리에서 동쪽으로 가서 농민들을 도왔다가 비극을 맞이하였는데 이는 동쪽이라는 방향이 문제적이라는 것을 의미한다.

이 세 작품의 이야기를 통해 생존을 위한 출정, 발전을 위한 암투, 정의를 위한 희생이라는 세 가지의 부지런한 조선인의 모습을 확인하였다. 그러나 그 이야기들은 모두 비극으로 끝났다. 그 원인을 장혁주는 낙동강의 하류권역을 배경으로 하는 「박전농장」에서 선명하게 제시하였다. 김해 일대의 소작쟁의라는 정치적 사건에 대해 장혁주는 과거의 화합을 되찾기 위해 지주와 교섭하려는 인물들을 서쪽인 낙동강 상류로 이동시켰다가 나중에는 문제의 근원인 하류인 동쪽, 부산으로 이동시켰다. 그 다음에 다시 서북쪽으로 이동시켜 비극의 결과로 마무리한다.

이러한 맥락은 동쪽에서의 문제가 서쪽에게 영향을 끼치고 있다는 메시지를 전달한다. 아울러 하류의 혼탁함이 상류의 불행을 일으키고, 그렇게 생긴 불행한 상류는 지류에 위치한 인간들에게 낙원이 될 수 없을 것임을 말해주고 있기도 한다. 이렇게 지리적 공간에 대한 이해를 통해 장혁주가 비판하려는 대상이 곧 식민지 조선의 동남 방면에 있는 어떠한 잔혹한 대상이라는 점을 알아내었다고 할 수 있다.

아울러 이 연구를 통해서 낙동강 유역의 한국 문화(한국 문명)를 더 잘 알아볼 수 있게 되었다. 장혁주의 초기 소설에서는 아름다우면서도 잔혹한 낙동강 유역에서 탄생한 일제시기의 한국 문화가 생존, 발전, 정의, 화합을 위한 출정, 암투, 희생, 교섭이라는 치열하고 격렬한 방식으로 나타나고 있다고 말할 수 있다.

참고문헌

| 정우락 | 강안학에 기반한 상주 지역의 문화적 특징

<자료>

高尙顔, 『泰村集』
金尙憲, 『淸陰集』
金宗直, 『佔畢齋集』
金聃壽, 『西溪集』
盧守愼, 『穌齋集』
陶　潛, 『陶靖節集』
李圭景, 『五洲衍文長箋散稿』
朴尙節, 『沂洛編芳』
朴世采, 『南溪集』
徐思遠, 『樂齋集』
成海應, 『研經齋全集』
孫起陽, 『聱漢集』
兪好仁, 『㵢谿集』
尹　鉉, 『菊磵集』
李匡呂, 『李參奉集』
李肯翊, 『燃藜室記述』
李德弘, 『艮齋集』
李象靖, 『西溪集』
李　植, 『澤堂先生別集』
李裕元, 『林下筆記』
李　瀷, 『星湖僿說』
李　瀷, 『星湖全集』
李　埈, 『蒼石集』
李　瀣, 『溫溪集』

李　滉, 『退溪集』
鄭經世, 『愚伏集』
鄭　逑, 『寒岡續集』
丁若鏞, 『茶山詩文集』
鄭在夔, 『寒岡先生蓬山浴行錄』
鄭必奎, 『魯庵集』
鄭夏洛, 『洛塢集』
曺　植, 『南冥集』
黃俊良, 『錦溪集』
『洛江分韻』
『論語』
『德川師友淵源錄』
『東輿備攷』
『碧松亭相和試帖』
『世宗實錄地理志』

<연구논저>

권태을, 『역주 낙강범월시』, 아세아문화사, 2007.
김동규, 『하이데거의 사이 - 예술론』, 그린비, 2009.
김성윤, 「영남의 유교문화권」, 『낙동강유역의 사람들과 문화』, 역락, 2007.
金宅圭 외, 『洛東江流域史研究』, 修書院, 1996.
노진철, 「불확실성 시대의 과학하기」, 『인문학 콜로키움 3 : “21세기 학문을 묻다”』 발표자료집, 경북대 인문대, 2010.
신향림, 「蘇齋 盧守愼의 공부론에 나타난 陽明學」, 『한국사상사학』 24, 한국사상사학회, 2005.
李樹健, 『嶺南學派의 形成과 展開』, 一潮閣, 1995.
정우락, 「<봉산욕행록>에 대한 문화론적 독해」, 『한국 고전문학과 문화어문학』, 역락, 2018.
정우락, 「江岸學과 高靈 儒學에 대한 試論」, 『退溪學과 韓國文化』 43, 2008.
정우락, 「글로벌시대, 문화어문학의 기본구상과 방법론 재정비」, 『한국문학과 예술』 39, 한국문학과예술연구소, 2021.
정우락, 「서계 김담수 문학에 나타난 ‘가족’과 그 의미」, 『영남학』 62, 경북대 영남문화연구원, 2017.
정우락, 「서계 김담수의 전쟁체험과 그 문학적 대응」, 『영남학』 10, 경북대 영남문화연구원, 2006.
정우락, 「조선시대 ‘문화공간 - 영남’의 한문학적 독해」, 『어문론총』 57, 한국문학언어학회, 2012.
정우락, 「조선중기 강안지역의 문학활동과 그 성격 - 낙동강 중류지역을 중심으로 한 하나의 시론」, 『한국학논집』 40, 계명대학교 한국학연구원, 2010.
한양명, 「안동지역 양반 뱃놀이(船遊)의 사례와 그 성격」, 『실천민속학연구』 12, 실천민속학회, 2008.
홍원식, 「영남 유학과 '낙중학'」, 『한국학논집』 40, 계명대 한국학연구소, 2010.

| 정출헌 | 영남루와 아랑 : 아랑 서사의 탄생과 그 변주

<자료>

洪直弼, 『梅山先生文集』, 『韓國文集叢刊』 296, 민족문화추진회, 2002.
류성룡 지음, 김흥식 옮김, 『징비록』, 서해문집, 2008.
유몽인 지음, 신익철 외 옮김, 『어우야담』, 돌베개, 2006.
정경주 편역, 『嶺南樓題詠詩文』, 밀양문화원, 2002.
하강진, 『진주성 촉석루의 숨은 내력』, 경진, 2014.

<연구논저>

강진옥, 「원혼설화에 나타난 원혼의 형상성 연구」, 『구비문학연구』 12, 한국구비문학회, 2001.
강진옥, 「원혼형 전설 연구」, 『구비문학』 5, 한국정신문화연구원, 1983.
김대숙, 「아랑형 전설 연구」, 이화여대 교육대학원 석사학위논문, 1981.
김영희, 「밀양아랑제(현 아리랑대축제) 전승에 대한 비판적 고찰 : 돌아오지 못하는 아랑의 넋, 구천을 떠도는 그녀의 목소리」, 『구비문학연구』 24, 한국구비문학회, 2007.
김준형, 「조선후기 야담을 통해 본 법과 기대지평 : 열녀 관련 獄訟을 중심으로」, 『어문학』 144, 한국어문학회, 2019.
류정월, 「문헌전승 <아랑설화> 연구 : 서사구성과 인물형상을 중심으로」, 『인문학연구』 25, 인천대 인문학연구소, 2016.
백문임, 「미지와의 조우 : '아랑형' 여귀 영화」, 『현대문학의 연구』 17, 한국문학연구학회, 2001.
정지영, 「논개와 계월향의 죽음을 다시 생각하기 : 조선시대 '義妓'의 탄생과 배제된 기억들」, 『한국여성학』 23-3, 한국여성학회, 2007.
정지영, 「임진왜란과 '기생'의 기억」, 『임진왜란 : 동아시아 삼국전쟁』, 휴머니스트, 2007.
정출헌, 「임진왜란의 영웅을 기억하는 두 개의 방식 : 사실의 기억, 또는 기억의 서사」, 『한문학보』 21, 우리한문학회, 2009.
정출헌, 「임진왜란의 상처와 여성의 죽음에 대한 기억 : 동래부의 금섬과 애향, 그리고 용궁현의 두 부녀자를 중심으로」, 『한국고전여성문학연구』 21, 한국고전여성문학회, 2010.
조현설, 「원귀의 해원 형식과 구조의 안팎」, 『한국고전여성문학연구』 7, 한국고전여성문학회,

2003.
조현설, 「남성지배와 장화홍련전의 여성 형상」, 『민족문학사연구』 15, 민족문학사학회, 1999.
최기숙, 「'여성 원귀'의 환상적 서사화 방식을 통해 본 하위주체의 타자화 과정과 문화적 위치」, 『고소설연구』 22, 한국고소설학회, 2006.
하강진, 「밀양 영남루 제영시 연구」, 『지역문화연구』 13, 경남부산지역문학회, 2006.

| 최은주 | 낙동강에 대한 공간감성과 그 의미 - 관수루(觀水樓) 제영시문을 중심으로

<자료>

權相一, 『淸臺集』
金馹孫, 『濯纓集』
盧佖淵, 『克齋集』
柳尋春, 『江皐集』
徐贊奎, 『臨齋集』
李源祚, 『凝窩集』
李裕元, 『林下筆記』
李弘有, 『遯軒集』
李 滉, 『退溪集』
張 維, 『谿谷集』
張以兪, 『知分軒集』
韓運聖, 『立軒集』
『世宗實錄地理志』

<연구논저>

金宅圭, 『洛東江流域史硏究』, 한국향토사연구전국협의회, 1996.
박창희, 『나루를 찾아서』, 서해문집, 2006.
제프 말파스 저, 김지혜 옮김, 『장소와 경험』, 에코리브스, 2014.
이정화, 「退溪門人의 學退溪 精神과 樓亭題詠에 反影된 繼承樣相」, 『퇴계학과 유교문화』 37, 경북대학교 퇴계연구소, 2005.
이정화, 「관수루(觀水樓) 제영시문(題詠詩文)을 통해 본 유가(儒家)의 자연관(自然觀) 고찰(考察)」, 『韓國思想과 文化』 51, 한국사상문화학회, 2010.
정우락, 「낙동강과 그 연안지역의 공간 감성과 문학적 소통」, 『한국한문학연구』 53, 한국한문학회, 2014
정우락, 「임란 이후 영남 지식인의 사상적 동향과 감성의 유형」, 『嶺南學』 75, 경북대학교 영남문화연구원, 2020.

최은주, 「조선시대 영남대로의 공간감성과 문학적 의미 연구」, 경북대학교 대학원 박사학위 논문, 2020.

| 김수정·조철기 | 현대시를 통한 낙동강 수계 지역의 지리적 이미지 연구

<연구논저>

곽경숙, 「조명희의 『낙동강』에 나타난 자연 인식」, 『현대문학이론연구』 29, 2006.
김수정·조철기, 「현대시를 통한 낙동강 수계 지역의 지리적 이미지 연구」, 『한국지역지리학회지』 21(4), 2015.
김태준, 『문학지리한국인의 심상공간 상(국내편 1)』, 논형, 2005a.
김태준, 『문학지리한국인의 심상공간 상(국내편 2)』, 논형, 2005b.
박용찬, 『한국 현대시의 정전과 매체』, 소명출판, 2011.
박태일, 「낙동강이 우리시 속에 들앉은 모습」, 『경남어문논집』 4, 1991.
박태일, 「김영수 시와 문학지리학」, 『한국문학논집』 15, 1994.
박태일, 『한국 근대시의 공간과 장소』, 소명출판, 1999.
심승희, 「'장소 기억하기'와 '장소 만들기'로서의 문학」, 『문학수첩』 겨울호, 2006.
심승희, 「문학교육의 학제적 접근 : 지리학과 지리교육이 문학에 접근하는 방식」, 『문학교육학』 37, 2012.
심승희, 「문학과 지리학의 만남, 문학지리학」, 『현대 문화지리의 이해』, 푸른길, 2013.
이승하, 『세속과 초월 사이에서』, 역락, 2008.
이승하·유성호·이명찬·고명철·남기혁·김유중·전도현·문혜원·맹문재, 『한국 현대시문학사』, 소명출판사, 2005.
이유경, 「어리석음의 편력」, 『유심, 78(10월호), 유심』, 2014.
이은숙, 「문학지리학 서설 : 지리학과 문학의 만남」, 『문화 역사 지리』 4, 1992.
이은숙, 「지리학 탐구대상으로서의 문학 작품과 지리학 연구수단으로서의 문학 작품」, 『문화 역사 지리』 22(3), 2010.
장석주, 「장소의 탄생」, 『작가정신』, 2006.
장석주, 「장소의 기억을 꺼내다」, 『사회평론』, 2007.
정우락, 「朝鮮中期 江岸地域의 文學活動과 그 性格 - 낙동강 중류 지역을 중심으로 한 하나의 시론」, 『한국학논집』 40, 2010.
정우락, 「기획논문 : 한국한문학의 지역 간 교섭과 문화의 역동적 생성 : 낙동강과 그 연안지역의 공간 감성과 문학적 소통」, 『韓國漢文學研究』 53, 2014.
Cresswell, T., Place, Blackwell, Oxford, 2004(심승희 옮김, 2012, 장소, 시그마프레스).
Meinig, D. W., Environmental Appreciation : Localities as a Humane Art, The Western Humanities Review, 25, 1971.

Relph, E., Place and Placelessness, Pion Ltd, London, 1976(김덕현·김현주·심승희 옮김, 2005, 장소와 장소상실, 논형).
Tuan, Y. F., Ambiguity in Attitudes toward Environment, Annals of the Association Geographers, 63, 1973.
Tuan, Y. F., Topophilia : a study of environment perception, attitudes, and values, Prentice-Hall, New Jursy, 1974(이옥진 옮김, 2011, 토포필리아, 에코리브르).
Tuan, Y. F., Literature and Geography : Implications for Geographical Research, in Ley, D. and Samuels, M. S. (eds), Humanistic Geography : Prospects and Problems, Maaroufa Press, Chicago, 1978.

| 김덕호 | 경북 하위 방언구획의 언어·문화 지리적 분석 연구

<연구논저>

김덕호, 「경북방언의 지리언어학적 연구」, 경북대 박사논문, 1997.
김덕호, 「문화어문학 : 언어문화 연구를 위한 질적 연구 방법의 모색」, 『어문론총』 61, 2014.
김덕호, 「인상적 등어선에 대한 연구」, 『어문학』 73, 한국어문학회, 2001.
김덕호, 「통합적 방언구획 방법론과 그 실제적 적용」, 『어문론총』 33, 경북어문학회, 1999.
김덕호, 「한국 동남 방언권의 하위 방언구획 연구」, 『Descriptive and Contrastive Analysis on Languages of Northeast Eurasia 2』, 일본 니가타 대학 국제워크숍 발표지, 2018.
김덕호, 『내일을 위한 방언연구』, 경북대 출판부, 1996.
김덕호, 「영남 지역의 하위 방언구획에 대한 종합적 연구」, 『영남학』 69, 경북대 영남문화연구원, 2019.
김영송, 「경남방언」, 『국어방언학』, 형설출판사, 1963/1974.
김영태, 『경상남도방언연구(1)』, 진명문화사, 1975.
김충회, 『忠淸北道의 言語地理學』, 인하대학교 출판부, 1992.
김택구, 「경상남도 방언의 지리적 분화에 관한 연구」, 건국대 박사논문, 1991.
박지홍, 「경상도 방언의 하위방언권 설정」, 『인문논총』 24, 부산대, 1983.
방언연구회, 『방언학사전』, 태학사, 2001.
소강춘, 『방언분화의 음운론적 연구』, 한신문화사, 1989.
신승원, 「경북 의성지역어의 음운론적 분화 연구」, 영남대 박사논문, 1996.
이기갑, 『전라남도의 언어지리』, 탑출판사, 1986.
이기백, 「경상북도의 방언구획」, 『동서문화』 3, 계명대 동서문화연구소, 1969.
이상규, 『방언학』, 학연사, 1995.
이익섭 외, 『한국방언지도』, 태학사, 2008.
이익섭, 『嶺東嶺西의 言語分化』, 서울대학교출판부, 1981.

이익섭, 『방언학』, 민음사, 1984.
이종욱, 『신라의 역사1』, 김영사, 2002.
정 철, 「동남지역어의 하위방언구획 연구」, 『어문론총』 31, 경북어문학회, 1997.
정성훈, 「네트워크 분석과 하위 방언구획 연구」, 『한글』 311, 2016.
주보돈, 「문헌상으로 본 의성의 조문국과 그 향방」, 『한국고대사속의 조문국』, 경북대 영남문화연구원, 2010.
천시권, 「경북 지방의 방언구획」, 『어문학』 13, 한국어문학회, 1965.
최명옥, 「경상도의 방언구획시론」, 『우리말 연구』(권재선박사기념논문집), 우골탑, 1994.
J. Creswell(김영숙,유성림,박판우,성용구,성장환 외 역), 『연구 방법 : 질적, 양적 및 혼합적 연구의 설계』, 시그마프레스, 2011.
Carver,C.M., American Regional Dialects - a word geography, University of Michigan press, Ann Arbor, 1987.
Chamber, J.K. & Trudgill, P., Dialectology, Chambridge Univ., Press, 1980.
Deokho, Kim, Production of a dialect map utilizing Map Maker, Dialectologia, Universitat de Barcelona, 2010.
Deokho, Kim & Sanggyu, Lee, LINGUISTIC MAPS & DIALECT DATA PROCESSING, Dialectologia, Universitat de Barcelona, 2016.
Preston, Dennis R., Perception Dialectology : Nonlinguists' Views of Areal Linguistics, Dordrecht [etc.] : Foris. - (Topics in Sociolinguistics;7), 1989.
Séguy, J., Les atlas liguistique de la France par Régions, Langue Francais 18, 1973.
龜井孝·河野六郎·千野榮一編, 『言語學大辭典 : 術語編』, 東京 : 三省堂, 1996.
東條操, 『日本方言學』, 吉川弘文館, 1954.
金德鎬·岸江信介·瀧口惠子, 「慶北方言の知覚方言学に関する研究」, 『言語文化研究』 20, 德島大學總合科學部, 2012.
柴田武, 「方言區劃とは何か」, 『日本の方言區劃』(日本方言研究會編) 東京 : 東京堂, 1964.
柴田武, 「方言區劃の方法 - 「ネットワーク法」の開發-」, 『道立大方言學會會報』 106, 1983.
奧村三雄, 「方言の區劃」, 『國語國文』, 1958.
奧村三雄, 「方言區劃論」, 『講座方言學2 方言研究法』, 東京 : 國書刊行會, 1984.
日本方言研究會編, 『日本の方言區劃』, 東京 : 東京堂, 1964.

| 김원준 | 퇴계 뱃놀이를 통해 본 '락(樂)'과 '흥(興)'

<자료>

『老子』
『論語』

『孟子』
『莊子』
『退溪全書』, 退溪學研究院, 1989.

<연구논저>

권오봉, 『李退溪의 實行儒學』, 학사원, 1996.
서복관, 『중국예술정신』, 동문선, 1993.
신연우, 『이황 시의 깊이와 아름다움』, 지식산업사, 2006.
신은경, 『風流』, 보고사, 1999.
이민홍, 『조선조 시가의 이념과 미의식』, 성균관대학교 출판부, 2000.
이황 지음, 이장우·장세후 역, 『퇴계시풀이』 1~5, 영남대학교출판부, 2007.
김민종, 「孔子 詩論과 '興'의 정신현상」, 『중국학연구』 28, 2004.
김영숙, 「퇴계의 六友詩 類型에 따른 詩的形象과 그 의미」, 『한민족어문학』 51, 한민족어문학회, 2007.
김원준, 「퇴계시에 나타난 꿈, 그 형상화의 의미」, 『嶺南學』 18, 경북대학교 영남문화연구원, 2009.
김창경, 「中國 先秦諸子의 물과 바다에 대한 인식」, 『동북아 문화연구』 10, 2006.
박완호, 「물의 속성 비유를 통한 담론 문화 고찰」, 『中國人文科學』 37, 2007.
신태수, 「退溪 讀書詩에 나타난 '樂'의 層位와 그 性格」, 『嶺南學』 17. 경북대학교 영남문화연구원, 2010.
이종호, 「퇴계 이황의 자연미 수용과 산수미학」, 『퇴계학과 한국문화』 41, 경북대학교 퇴계학연구소, 2007.
조남욱, 「儒家에서 지향하는 '즐김[樂]의 경지'에 관한 연구」, 『儒敎思想연구』 28, 2007.
한양명, 「안동지역 양반 뱃놀이(船遊)의 사례와 그 성격」, 『실천민속학연구』 12, 2008.
황위주, 「낙동강 연안의 유람과 창작공간」, 『漢文學報』 18, 2009.

| 손대현 | 용화동범(龍華同泛) 관련 작품의 존재 양상과 그 의미

<자료>

『澗松集』
『葛庵集』
조종찬, 『淇洛編芳』, 중앙영인본인쇄사, 1973.
『訥隱集』
정종필·김정순, 『龍華山水上圖解說(龍華山水之圖)』(증보판), 유빈출판사, 2009.
한국고전종합DB(https://db.itkc.or.kr/)

<연구논저>

김소연, 「낙재 서사원(樂齋 徐思遠)의 선유시(船遊詩) 연구 - 금호강에 대한 감성을 중심으로」, 『어문론총』 75, 한국문학언어학회, 2018.

김원준, 「退溪 船遊詩를 통해 본 '樂'과 '興'」, 『퇴계학논집』 9, 영남퇴계학연구원, 2011.

김학수, 「船遊를 통해 본 洛江 연안지역 선비들의 집단의식 - 17세기 寒旅學人을 중심으로」, 『嶺南學』 18, 경북대학교 영남문화연구원, 2010.

김학수, 「조선중기 寒岡學派의 등장과 전개 - 門人錄을 중심으로」, 『한국학논집』 40, 계명대학교 한국학연구원, 2010.

손유진, 「『壬戌泛月錄』에 나타난 空間 認識의 樣相과 意味」, 경북대학교 석사학위논문, 2011.

유주연, 「조선 후기 船遊文化와 船遊圖 연구」, 이화여자대학교 석사학위논문, 2021.

정우락, 「朝鮮中期 江岸地域의 文學活動과 그 性格 - 낙동강 중류 지역을 중심으로 한 하나의 시론」, 『한국학논집』 40, 계명대학교 한국학연구원, 2010.

한양명, 「안동지역 양반 뱃놀이(船遊)의 사례와 그 성격」, 『실천민속학연구』 12, 실천민속학회, 2008.

한영미, 「蓬山浴行錄 연구」, 경북대학교 석사학위논문, 2011.

| 김동연 | 진성 이씨 여성들의 낙동강 선유에 담긴 의식과 지향 - <운수상사곡>과 <운수답가>를 중심으로

<자료>

『역대가사문학전집』

『楚辭』

『조선왕조실록』

한국고전종합 DB

한국가사문학관 DB

역대가사문학집성 DB

<연구논저>

권순회, 「조롱 형태의 놀이로서의 규방가사」, 『민족문화연구』 42, 고려대 민족문화연구원, 2005.

권영철, 「규방가사 연구 2」, 『연구논문집』 10권, 대구효성가톨릭대학교, 1972.

김동연, 「조선 후기 가사의 도통 구현 양상과 그 의미」, 경북대 석사학위논문, 2017.

김익두, 「'낙화놀이'의 지역적 분포와 유형에 관한 민족지적 고찰」, 『비교민속학』 48, 비교민속학회, 2008.

김형태, 「대화체 가사 연구」, 연세대학교 박사학위논문, 2005.

류해춘, 「19세기 화답형 규방가사의 창작과정과 그 의의」, 『문학과 언어』 2, 문학과언어학회,

1999.
박경주, 「규방가사가 지닌 일상성의 양상과 의미 탐구 - 여성들의 노동과 놀이에 주목하여」, 『한국고전여성문학연구』 25, 한국고전여성문학회, 2012.
박연호, 「놀이공간에서의 문학적 금기위반과 그 의미」, 『어문연구』 50, 어문연구학회, 2006.
배상식, 「하이데거의 '놀이' 개념」, 『철학연구』 124, 대한철학회, 2012.
백순철, 「문답형 규방가사의 창작환경과 지향」, 고려대학교 석사학위논문, 1995.
손앵화, 「규방가사에 나타난 여성의식 연구 - 놀이 기반 규방가사의 여성놀이문화를 중심으로」, 전북대학교 박사학위논문, 2009.
이상균, 「조선시대 선유문화의 양상과 그 폐단」, 『국학연구』 27, 한국국학진흥원, 2015.
이상숙, 「화답형 가사 연구」, 충남대학교 박사학위논문, 2018.
이상일, 「놀이문화 속의 버너큘러 젠더」, 『한국여성의 전통상』, 민음사, 1985,
이선근, 『규방가사』, 한국정신문화연구원, 1979.
이종숙, 「내방가사 연구1 - 영주·봉화 지역의 자료를 중심으로」, 『한국문화연구원논총』 15, 1970.
이종숙, 「내방가사 연구2 - 영주·봉화 지역의 자료를 중심으로」, 『한국문화연구원논총』 17, 1971.
이종숙, 「내방가사 연구3 - 경신신유노정기와 종반송별을 중심으로 한 기행내방가사」, 『한국문화연구원논총』 17, 1974.
정우락, 『모순의 힘』, 경북대학교출판부, 2019,
조진희, 「화답형 규방가사 연구」, 동국대학교 석사학위논문, 2004.
주정자, 「화전가 연구 - 규방가사 장르에 있어서」, 효성여자대학 석사학위논문, 1976.
최은숙, 「<갑오열친가>와 <답가>의 작품 특성 및 전승 양상」, 『동양고전연구』 64, 동양고전학회, 2016.
최은숙, 「친정방문 관련 여성가사에 나타난 유람의 양상과 의미」, 『동방학』 36, 동양고전연구소, 2017.
한양명, 「안동지역 양반 뱃놀이(船遊)의 사례와 그 성격」, 『실천민속학연구』 12, 실천민속학, 2008.

| 조유영 | 영남지역 구곡원림의 시적 형상화 양상과 구곡문화의 특징

<자료>
『溪翁集』
『茶山詩文集』
『瓶窩集』
『石門亭集』(필사본)

『畏齋集』
『凝窩集』
『芝村遺集』
『進菴集』
『淸臺集』
『寒岡集」
『晦庵集』
『塤篪兩先生文集』

<연구논저>

강정서, 「퇴계의 <무이도가> 시인식의 한 국면」, 『동방한문학』 14, 동방한문학회, 1998.
강정서, 「조선후기의 무이도가 시인식」, 『동방한문학』 17, 동방한문학회, 1999.
경상북도, 『백두대간 구곡문화지구 세계유산 등재방안 연구』, 2015.
김문기, 「구곡가계 시가의 계보와 전개양상」, 『국어교육연구』 23, 국어교육연구회, 1990.
김문기, 『문경의 구곡원림과 구곡시가』, 한국학술정보, 2005.
김문기, 「도산구곡 원림과 도산구곡시 고찰」, 『퇴계학과 한국문화』 43, 경북대 퇴계연구소, 2008.
김문기, 「퇴계구곡과 퇴계구곡시 연구」, 『한국의 철학』 42, 경북대 퇴계연구소, 2008.
김문기·강정서 공저, 『경북의 구곡문화』, 경상북도·경북대 퇴계연구소, 2008.
김문기·강정서 공저, 『경북의 구곡문화』 Ⅱ, 경상북도·경북대 퇴계연구소, 2012.
문화재청, 『전통명승 洞天九曲 조사보고서』, 2007.
이민홍, 『증보 사림파 문학의 연구』, 월인, 2000.
이민홍, 『조선 중기 시가의 이념과 미의식』, 성균관대출판부, 2000.
이종호, 「한국 구곡문화 연구의 현황과 과제 - 구곡경영과 구곡시의 전개를 중심으로」, 『안동학연구』 10, 한국국학진흥원, 2011.
임노직, 「퇴계학파의 <무이도가> 수용과 도산구곡」, 『안동학연구』 9, 한국국학진흥원, 2010.
정우락, 「한강 정구의 무흘 경영과 무흘구곡 정착과정」, 『한국학논집』 48, 계명대 한국학연구원, 2013.
정우락, 「성주 및 김천 지역의 구곡문화 무흘구곡 - 무흘구곡의 일부 위치 비정을 겸하여」, 『한국의 철학』 54, 경북대 퇴계연구소, 2014.
정우락, 『한강 정구와 무흘구곡 이야기』, 경인문화사, 2014.
정우락, 「주자시의 문학적 수용과 문화적 응용 - <觀書有感>을 중심으로」, 『퇴계학과 유교문화』, 경북대 퇴계연구소, 2015.
정우락, 「대구지역의 구곡문화와 그 특징」, 『한민족어문학』 77, 한민족어문학회, 2017.
조성덕, 「무이도가의 수용과 변용에 대한 일고찰」, 성균관대 석사논문, 2004.
조유영, 「蔡瀗의 <石門亭九曲棹歌>에 나타난 공간 인식과 그 의미」, 『어문론총』 60, 2014.

조유영, 「청대 권상일의 청대구곡 경영과 그 의미」, 『대동한문학』 49, 대동한문학회, 2016.
조유영, 「조선조 구곡가의 시가사적 전개양상 연구」, 경북대 박사논문, 2016.
조지형, 「17~18세기 구곡가 계열 시가문학의 전개 양상」, 고려대 석사논문, 2008.

| 백운용 | 대구지역 구곡의 한 양상 - 입도차제(入道次第)의 측면에서 본 운림구곡(雲林九曲)을 중심으로

<자료>

『景陶齋先生文集』
『달성군지』
『臨齋先生文集』
『무흘구곡 경관가도 문화자원 기본조사』 조사보고서, 김천시·경북대학교, 2013.
『百弗庵先生言行錄』
『新增東國輿地勝覽』
『止軒集』
『蒼廬集』
『鶴菴先生文集』
성범종, "울산의 구곡과 구곡시" 『울산대곡박물관 개관1주년 기념 학술심포지엄 발표자료집』, 2010.
김문기·강정서, 『경북의 구곡문화』, 경상북도·경북대학교 퇴계연구소, 2008.
김문기·강정서, 『경북의 구곡문화』 Ⅱ, 경상북도·경북대학교 퇴계연구소, 2012.
김문기, 『대구의 구곡문화』, 대구광역시·경북대 퇴계연구소, 2014.

| 신소윤 | 하회의 공간구성과 그 의미 - <하외십육경(河隈十六景)>과 <하회구곡(河回九曲)>을 중심으로

김문기·강정서, 『경북의 구곡문화 Ⅱ』, 경북대학교 퇴계연구소, 2012.
김명자, 「조선후기 안동 하회의 풍산류씨 문중 연구」, 경북대학교 박사학위논문, 2009.
김명자, 「16~17세기 하회 풍산류씨가의 종법 수용 과정」, 『대구사학』 96, 대구사학, 2009.
류후광, 『(國譯) 玉皐世稿』, 대보사, 2010.
서수용, 「하회의 경관과 16경」, 『안동학연구』 16, 한국국학진흥원, 2017.
서유구, 『임원경제지』.
안병걸, 「풍산류씨 가문의 학문 전통과 가학 계승」, 『국학연구』 35, 한국국학진흥원, 2018.
안장리, 「소상팔경 수용과 한국팔경시의 유행 양상」, 『한국문학과 예술』 13, 숭실대학교 한국문학과예술연구소, 2014.
이긍익, 『연려실기술 별집』.

이세동, 『충효당 높은 마루, 안동 서애 류성룡 종가』, 경상북도·경북대학교 영남문화연구원, 2011.
임재해 외 8인, 『(세계문화유산) 하회마을의 세계』, 민속원, 2012.
이종호, 「한국 구곡 문화 연구의 현황과 과제」, 『안동학연구』 10, 한국국학진흥원, 2011.
정우락, 「18세기 후반 영남문단의 일 경향 : 지애 정위의 가문의식」, 『남명학』 15, 남명학연구원, 2010.
정우락, 「조선시대 선비들의 풍류방식과 문화공간 만들기」, 『퇴계학논집』 15, 영남퇴계학연구원, 2014.
정우락, 「대구지역의 구곡문화와 그 특징」, 『한민족어문학』 77, 한민족어문학회, 2017.
조유영, 「조선조 구곡가의 시가사적 전개양상」, 경북대학교 박사학위논문, 2017.

| 김종구 | 망우당 곽재우의 한시를 통해 본 한수작(閒酬酢)의 정취(情趣)와 그 의미

<자료>

곽재우, 『忘憂集龍蛇別錄』
곽재우, 『망우집』
이　황, 『퇴계집』
한국고전종합DB(http://db.itkc.or.kr/)
한국역대인물종합정보시스템(http://people.aks.ac.kr/index.aks)
홍우흠 국역, 『수정 국역 망우선생문집』, 신우, 2003.
『大學』
『莊子』
『中庸』
『春秋左傳』

<연구논저>

김강식, 「망우당 곽재우의 의병운동과 정치적 역할」, 『남명학연구』 5, 경상대학교 남명학연구소, 1995.
김남규, 「忘憂堂 文學 硏究」, 영남대학교 교육대학원 석사논문, 2004.
김시황, 「郭忘先生 居家雜訓 연구」, 『동방한문학』 9, 동방한문학회, 1993.
김주한, 「망우당 곽재우 문학의 자유추구 시론」, 『남명학연구원총서』 7, 남명학연구원, 2014.
김해영, 「망우당 곽재우의 의병활동과 시기별 동향」, 『남명학연구원총서』 7, 남명학연구원, 2014.
김해영, 「『忘憂集』, 年譜의 자료적 성격」, 『남명학연구』 32, 경상대학교 남명학연구소, 2011.
김해영, 『망우당 곽재우』, 경인문화사, 2012.

남명학연구원 엮음, 『망우당 곽재우』, 예문서원, 2014.
박기용, 「망우당 곽재우의 문학에 나타난 도교사상 표출 양상과 그 인식」, 『남명학연구원총서』 7, 남명학연구원, 2014.
박병련, 「망우당 곽재우의 정치사회적 기반과 의병활동」, 『남명학연구원총서』 7, 남명학연구원, 2014.
설석규, 「남명문도를 찾아서 : 天降紅衣將軍 - 망우당 곽재우」, 『선비문화』 7, 남명학연구원, 2005.
양은용, 「망우당 곽재우의 양생사상」, 『남명학연구원총서』 7, 남명학연구원, 2014.
윤호진, 「忘憂堂 漢詩에 나타난 俗과 仙, 그리고 節義」, 『남명학연구』 49, 경상대학교 경남문화연구원, 2016.
이동환, 「郭忘憂堂의 道學的 精神構造와 그 현실주의적 성향」, 『동방한문학』 9, 동방한문학회, 1993.
이동환, 「퇴계의 시에 대하여」, 『퇴계학보』 19, 퇴계학연구원, 1978.
이수건, 「망우당 곽재우 의병활동의 사회 경제적 기반」, 『남명학연구』 5, 경상대학교 남명학연구소, 1995.
이영숙, 「忘憂堂 郭再祐의 유적을 찾아서」, 『선비문화』 34, 남명학연구원, 2018.
이장희, 「망우당 곽재우의 의병활동」, 『남명학연구』 2, 경상대학교 남명학연구소, 1992.
정우락, 「조선시대 선비들의 풍류방식과 문화공간 만들기」, 『退溪學論集』 15, 영남퇴계학연구원, 2014.
조종업, 「忘憂堂의 시 연구」, 『동방한문학』 9, 동방한문학회, 1993.
최석기, 「망우당 곽재우의 절의정신」, 『남명학연구』 6, 경상대학교 남명학연구소, 1996.
최은주, 「생활사의 시각에서 본 조선시대 한문학연구의 성과와 과제」, 『영남학』 13, 경북대학교 영남문화연구원, 2008.
최효식, 「임란기 망우당 곽재우의 의병항전」, 『신라문화』 24, 동국대학교 신라문화연구소, 2004.
홍우흠, 「망우당 곽재우의 문학에 구현된 의기정신과 예술성」, 『남명학연구원총서』 7, 남명학연구원, 2014.

| 김소연 | 간송 조임도의 문학에 나타난 낙동강 연안과 그 의미

<자료>

『澗松集』
『近思錄』
『論語』
『孟子』

『西川集』
『詩經』
『心齋集』
『尼溪集』
『質菴集』
『淸臺集』
조임도(이명성·장성진 번역), 『국역 금라전신록』, 함안문화원, 2010,
남명학고문헌시스템(http://nmh.gsnu.ac.kr/)
동양고전종합DB(http://db.cyberseodang.or.kr/)
한국고전종합DB(http://db.itkc.or.kr/)

<연구논저>

권정은, 「집경시에 투영된 한양의 시적 형상과 풍경의 특징」, 『새국어교육』 112, 한국국어교육학회, 2017.
김우형, 「간송 조임도의 학문과 사상 - 여헌 장현광과의 사상적 영향 관계를 중심으로」, 『동양고전연구』 29, 동양고전학회, 2007.
김학수, 「선유를 통해 본 낙강 연안 선비들의 집단의식 - 17세기 한려학인을 중심으로」, 『영남학』 18, 경북대학교 영남문화연구원, 2010.
박순남, 「간송 조임도의 <三綱九絶句>에 대하여」, 『국제지역통상연구』 2, 국제지역통상학회, 2005.
박연호, 「청주 집경시의 지역적 특성」, 『어문논집』 89, 민족어문학회, 2020.
손대현, 「영사가사 연구」, 경북대학교 박사학위논문, 2014.
엄경흠, 「七點山詩의 樣相과 鄭夢周의 金海 體驗詩」, 『포은학연구』 5, 포은학회, 2010.
오용원, 「간송 조임도의 현실인식과 그 시적 형상화」, 『선주논총』 10, 금오공과대학교 산업기술개발연구원, 2007.
장성진, 「낙남 합류지역의 임란 직후 시」, 『낙동강과 경남』(남재우 외 5인), 선인, 2014.
정우락, 「낙동강과 그 연안 지역의 공간 감성과 문학적 소통」, 『한국한문학연구』 53, 한국한문학회, 2014.
정우락, 『모순의 힘 : 한국문학과 물에 관한 상상력』, 경북대학교출판부, 2019.
조임도, 『국역 금라전신록』(이명성·장성진 번역), 함안문화원, 2010.
조해훈, 「18세기 경주권 題詠 漢詩 연구」, 신라대학교 박사학위논문, 2017.
허권수, 「南冥·退溪 兩學派의 融和을 위해 노력한 澗松 趙任道」, 『南冥學硏究』 11, 慶尙大學校 南冥學硏究所, 2001.
허권수, 「만성 박치복의 학문과 사상 : 함안의 학문적 전통과 만성 박치복의 역할」, 『남명학연구』 23, 경상대학교 경남문화연구원, 2007.
황명환, 「근대전환기 한시의 『논어』 수용 양상과 그 의미 - 향산 이만도와 심재 조긍섭을 중심으로」, 경북대학교대학원 석사학위논문, 2016.

| 조가유 | 장혁주 소설에 나타난 낙동강 유역의 지리적 공간

<연구논저>

곽경숙, 「조명희의 <낙동강>에 나타난 자연 인식」, 『현대문학이론연구』, 현대문학이론학회, 2006.

김장선, 「20세기 전반기 중국에서의 장혁주 작품 번역 수용」, 『한중인문학연구』 51, 한중인문학회, 2016.

김주현, 「우리말과 한국문학 : 장혁주와 예천 용암지」, 『영남일보』, 2020.06.11.

김주현, 「일제 강점기 한국 근대소설의 중국 번역 현황과 그 의미」, 『국어국문학』 181, 국어국문학회, 2017.

김주현, 「장혁주 소설 <아귀도> 연구」, 『공동체의 일상과 지역문화어문학』, 경북대학교 국어국문학과 BK교육연구단 국제학술대회, 2021.11.12.

박정선, 「근대문학에 나타난 낙동강의 표상」, 『국어교육연구』 54, 국어교육학회, 2014.

사희영, 「장혁주의 초기 프로문학 속에 숨겨진 아나키즘」, 『일본문화연구』 32, 동아시아일본학회, 2009.

시라카와 유타카, 『장혁주 연구 : 일어가 더 편했던 조선작가 그리고 그의 문학』, 동국대학교 출판부, 2010.

이경재, 『한국현대문학의 공간과 장소』, 소명, 2017.

이동매·왕염려, 「동아시아의 장혁주 현상」, 『한국학연구』 61, 인하대학교 한국학연구소, 2021.

이활, 「新進作家 張赫宙君訪問記 ―改造社入選 『餓鬼道』作家―」, 『조선일보』, 1932.3.29.

장혁주, 『쫓겨가는 사람들』, 이종영 옮김, 한국에스페란토협회, 2002.

전성욱, 「장소사랑과 지역문학의 논리 : 김정한 소설의 '낙동강'을 중심으로」, 『동남어문논집』 18, 동남어문학회, 2004.

정혜영, 「정혜영의 근대문학을 읽다 : 이육사와 '아귀도' 장혁주, 엇갈린 운명의 의미」, 『매일신문』, 2017.03.18.

조가유, 「중국에 소개된 장혁주 소설의 리얼리즘 연구」, 『한국학연구』 60, 인하대학교 한국학연구소, 2021.

최말순, 「1930년대 대만문학 맥락 속의 장혁주」, 『사이間SAI』 11, 2011.

칸앞잘, 「장혁주의 장편소설인 『Rajagriha - A tale of Gautama Buddha』의 지리적 공간 연구」, 『2021년도 하계 전국학술대회 : 세계로 향하는 한국어문학 연구, 연구 대상의 발굴과 확장 1』, 한국문학언어학회, 2021, 2021.8.20.

한인혜, 「일제 강점기 중국에서 번역된 조선 문학 중화적 세계문학 개념과 조선 문학의 위치」, 『비평문학』 64, 한국비평문학회, 2017.

호테이 토시히로, 『장혁주 소설 선집』, 시라카와 유타카 옮김, 태학사, 2002.

황선열, 「낙동강문학의 탈근대성연구」, 『한국문학논총』 43, 한국문학회, 2006.

「家屋倒壞船舶流失 人命死傷도多大」, 『조선일보』, 1936.08.29.
「金海郡下罹災民 二萬名生途漠然」, 『동아일보』, 1935.05.21.
「洛東江岸災民中 千五十名을輸送」, 『동아일보』, 1934.10.14.
「洛東江의濁流汎濫 九千餘戶가浸水」, 『동아일보』, 1934.07.22.
「洛東江이汎濫!慶南四郡에濁流猛襲」, 『동아일보』, 1936.08.14.
「兩次洛東江浸水에 麥田五百町步全滅」, 『동아일보』, 1938.06.19.
「水害와罹災民 當局의對策이必要」, 『조선일보』, 1935.07.24.
「豐年負債莫大」, 『동아일보』, 1937.10.21.

吳坤煌, 「台灣文聯東京支部第一回茶話會」, 『台灣文藝』 2/4, 1935.
王惠珍, 「戰時東亞殖民地作家的變奏：朝鮮作家張赫宙與台灣作家的交流及其比較」, 『臺灣文學研究學報』 13, 國家臺灣文學館籌備處, 2011.
王惠珍, 「帝國讀者對被殖民者文學的閱讀與想像：以同人雜誌 ≪文藝首都≫為例」, 『台灣文學研究集刊』 11, 台灣大學台灣文學研究所, 2012.
張雅惠, 「賴明弘及其作品研究」, 國立臺灣師範大學 석사학위논문, 2007.
張赫宙, 『荒蕪地』, 葉君健 譯, 大衆知識(上海), 1935.
張赫宙, 「飜譯の 問題·その他」, 文藝首都 1/10, 1933.
張赫宙, 「僕の文學」, 『文藝首都』 1/1, 1933.
張赫宙, 『わが風土記』, 赤塚書房, 1942.
張赫宙, 『綠の北國』, 河出書房, 1941.
張赫宙, 『張赫宙 日本語作品選』, 南富鎭·白川豊 編, 勉誠出版, 2003.
張赫宙, 『綠的北國』, 范泉 譯, 永祥印書館, 中華民國35年1月初版(1946);中華民國37年4月三版(1948).
張赫宙, 『朝鮮風景』, 范泉 譯, 永祥印書館, 中華民國35年7月初版(1946).
賴明弘, 「二言·三言」, 『台灣文藝』 2/7, 1935.
남부진, 「昭和文學の朝鮮體驗」, 筑波大學 박사학위논문, 1999.
시라카와 유타카, 「廉想涉と張赫宙」, 『朝鮮学報』 203, 平成19年4月刊.
吳坤煌, 「台灣文聯東京支部第一回茶話會」, 『台灣文藝』 2/4, 1935.
Salter/ Lloyd, “Landscape in Literature”, Resource Papers for Collage Geography, 76/3, 1977.

찾아보기

/ ㄱ /

/ㄴ/

/ㄷ/

/ ㄹ /

/ ㅁ /

/ ㅂ /

/ ㅅ /

/ㅇ/

/ㅈ/

/ ㅊ /

/ ㅌ /

/ㅍ/

/ㅎ/

저자 소개(집필순)

정우락

경북대학교 국어국문학과에 재직하고 있으며, 영남학파를 중심으로 한 한국문학사상에 대하여 연구하고 있다. 최근에는 문화공간으로서 영남이 갖는 의미에 주목하여 관련 글을 발표하기도 한다. 주요 저서로는 『남명문학의 철학적 접근』(박이정, 1998), 『삼국유사, 원시와 문명 사이』(역락, 2012), 『남명학의 생성공간』(역락, 2014), 『모순의 힘: 한국문학과 물에 관한 상상력』(경북대학교출판부, 2019), 『후산졸언 시문선집』(지식을만드는지식, 2020) 등이 있다.

정출헌

부산대학교 한문학과 교수로 재직하고 있다. 조선전기 유교지식인의 시대정신과 문명의식, 근대전환기 전통지식인의 대응양상을 비롯하여 우리고전을 당대적 시각으로 꼼꼼하게 읽고 오늘날의 시각으로 재해석하는 작업에 관심을 갖고 있다. 현재 몇몇 동료들과 함께 <인문고전마을 시루>를 만들어 동양고전의 대중화 활동에도 참여하고 있다. 저역서로는 『고전소설사의 구도와 시각』, 『고전문학사의 라이벌』(공저), 『조선 최고의 예술, 판소리』, 『김부식과 일연은 왜?』, 『추강집: 시대정신을 외치다』, 『남효온평전』 등이 있다.

최은주

한국국학진흥원 책임연구위원으로 재직하고 있으며, 문학이 생성된 공간과 그 공간에서 향유된 문화에 관심을 가지고 연구하고 있다. 주요 논저로는 『한국 고전문학과 문화어문학』(공저, 역락, 2018), 「慕堂 孫處訥의 시에 나타난 교유와 그 의미」(2020), 「조선시대 영남대로의 공간감성과 문학적 의미 연구」(2020), 「大菴 朴惺의 사물인식방법과 의식지향」(2021) 등이 있다.

김수정

경북대학교 사범대학과 교육대학원에서 지리교육을 전공하였다. 2011년 계간 『21세기문학』에 시(詩) 부문 신인상으로 등단하였으며, 시집 『꽃다발 묶는 것처럼』을 발표하였다. 시 창작과 지역 스토리텔링 활동을 통하여 지리학과 문학을 잇는 작업에 관심을 두고 이를 지속적으로 수행하고 있다.

조철기

경북대학교 사범대학 지리교육과 교수로 재직하고 있으며, 공간과 장소를 기반으로 한 인간교육 및 시민성교육에 초점을 두고 연구하고 있다. 최근에는 포토보이스 방법론에 기반한 인간너머의 지리에 관심을 두고 연구를 진행하고 있다. 주요 저서로는 『지리교육학』(푸른길, 2014), 『지리 교재 연구 및 교수법』(푸른길, 2015), 『일곱 가지 상품으로 읽는 종횡무진 세계지리』(서해문집, 2017), 『글로벌 사회정의를 위한 개발지리와 개발교육』(푸른길, 2018), 『시민성의 공간과 지리교육』(푸른길, 2020), 『지리수업과 공동체를 연결하는 장소기반 지리교육』(경북대학교출판부, 2020) 등이 있다.

김덕호

경북대학교 국어국문학과에 재직하고 있으며, 한국방언학과 한국어문화학을 연구하고 있다. 특히 방언학을 지리언어학적인 측면에 입각하여 언어 분포와 변화에 대한 탐구에 관심이 높으며 분석 원리와 방법론을 수립하고자 꾸준히 노력하고 있다. 최근에는 언어와 문화의 관련성을 규명하는 연구를 통해 거시적 언어학으로 연구의 범주를 확장하고자 시도하면서 관련 글을 발표하기도 했다. 주요 저서로는 『경북방언의 지리언어학』(월인, 2001), 『지리언어학의 동향과 활용』(역락, 2009), 『경제언어학-언어, 방언, 경어』(공저, 역락, 2015), 『방언을 지도에 입히다』(공저, 민속원, 2019) 등이 있다.

김원준

영남대학교 교육대학원에 재직하고 있으며, 한국 자생의 독서이론 정립하기 위해 선현의 문집에 나타난 독서법을 근거로 고전독서이론을 밝히는 데 연구를 기울이고 있다. 또한 영남지역의 문인들 가운데 상대적으로 소홀이 다루었던 인물을 중심으로 그들의 사상적·학문적 결실을 밝히는 데 힘을 쏟고 있다. 주요 저서로는 『동양 고전독서이론 용어 해설집』(공저, 영남대출판부, 2013), 『채마밭에서 캐낸 가언』(보고사, 2013), 『인성 오디세이』(공저, 북코리아, 2016), 『포은 정몽주가 꿈꾸는 세상』(공저, 지성인, 2019), 『호수의 두 길, 도학과 창의』(공저, 지성인, 2021) 등이 있다.

손대현

「영사가사 연구」로 박사학위를 받았다. 역사와 관련된 가사 작품의 존재 양상과 한·중·일간의 교섭을 탐구하고 있으며, 문학과 회화, 문학과 음악 등의 교섭에도 관심을 두어 적절한 연구 방법을 찾고 있다. 주요 논문 및 저서로 「陋巷詞의 용사(用事) 활용과 그 함의」(어문학 125, 2014), 「궁장가(宮墻歌)의 작자 및 명칭 문제와 변이의 양상」(국어국문학 188, 2019), 『한국 고전문학과 문화어문학』(공저, 역락, 2018), 『하늘의 뜻을 깨닫고 즐기다 산림처사 송암 권호문의 삶과 학문』(공저, 한국국학진흥원, 2019) 등이 있다.

김동연

경북대학교 국어국문학과에서 고전시가를 공부하고 있다. 고전시가 중에서도 가사문학을 주로 연구하고 있으며, 특히 내방가사를 중심으로 과거 여성들의 삶과 놀이 그리고 문학 활동에 나타난 의미를 탐구하고 있다. 주요 논문으로는 「19세기 후반 영남지역 여성의 선유문화(船遊文化)와 지향 - <운수상사곡>과 <운수답가>를 중심으로」(『어문론총』 82, 2019), 「20세기 대구지역 내방가사에 나타난 여성놀이문화의 변모와 사대부문화의 전유(專有) 양상」(『한국고전여성문학연구』 42, 2021)이 있다.

조유영

현재 제주대학교 국어교육과에 재직하면서 미래의 국어교사를 키워내고 있다. 고전시가를 전공하면서 특히 조선 후기 영남지역 시가 문학에 관심을 가지고 꾸준히 연구해왔다. 최근에는 그 범위를 넓혀 근대 전환기 시가 문학의 가치와 의의를 구명하는 데 노력을 기울이고 있다. 주요 저서로는 『한국 고전문학과 문화어문학』(공저, 역락, 2018), 『대구 공간과 문화어문학』(공저, 역락, 2019), 『대구지역 서원의 현황과 활용방안』(공저, 중문출판사, 2020) 등이 있다.

백운용

경북대학교·대구교육대학교에서 강사로 일하고 있으며, 조선조 문인학자의 삶과 문학에 관심이 많다. 최근에는 그 학문과 삶을 사물이나 사상을 통해 문학적으로 표출한 양상에 대해 고민하고 있다. 저서로는 『경북의 유학과 선비정신』(공저, 경상북도·한국국학진흥원, 2014), 『사천 가에 핀 충효 쌍절, 청송 불훤재 신현 종가』(예문서원, 2017) 등과 『서유록·장화홍련전·진대방전』(박이정, 2020) 외 다수의 역서가 있다.

신소윤

경북대학교 BK21 참여대학원생이다. 영남지역에서 활동한 전근대 문인들을 중심으로 연구하고 있다. 특히 조선 후기 문인들의 사상과 문학의 관계에 대해 관심을 가지고 있다. 주요 논저로는 「석주 이상룡 한시에 나타난 사물인식의 양상과 그 의미」(경북대학교 석사학위논문, 2018), 「석주(石洲) 이상룡(李相龍) 북경체험의 문학적 형상화와 지향의식」(『한국민족문화』 77, 부산대학교 한국민족문화연구소, 2020) 등이 있다.

김종구

경북대학교 국어국문학과 박사를 졸업하고, 남명학연구원 사무국장·수석연구원을 역임했으며, 퇴계·남명 학파를 중심으로 선비문화에 관해 연구하고 있다. 특히 풍류, 긴수작과 한수작에 관한 문화와 기행문화에 나타나는 선비 정신을 밝히고 있다. 최근에는 錄·記·기행시 등을 중심으로 心의 문학적 형상화에 대한 글을 발표하고 있다. 주요 저서로는 『남명학과 현대 사회』(공저, 역락, 2015), 『한국 고전문학과 문화어문학』(공저, 역락, 2018), 『합천지역의 남명학파』(공저, 예문서원, 2019) 등이 있다.

김소연

경북대학교 국어국문학과 박사를 수료하고, 영남문화연구원의 연구원으로 있다. 고전비평 및 한문학을 전공했고, 영남 지역의 한문학을 중심으로 문화공간으로서의 낙동강에 대해 연구해 왔다. 최근에는 경상북도 안동시 도산서원이 문학작품을 통해 문화공간으로 형상화되어 가는 양상에 관심을 가지고 있다. 주요 논저로는 「『紫巖日錄』 삽입시에 나타난 講學文化와 그 의미」(경북대학교 석사학위논문, 2016), 「『쇄미록』에 나타난 오희문의 전란 체험과 가족애」(전남대학교 인문학연구원, 2021), 『대구공간과 문화어문학』(공저, 역락, 2019) 등이 있다.

조가유

경북대학교 국어국문학과 박사 수료 학생이며, 식민지시기의 장혁주 문학을 중심으로 한 한국문학사상에 대해 연구하고 있다. 특히 중국 문단과 대만 작가와의 영향관계를 비교문학적 관점에 입각하여 밝히고자 하는 노력을 해왔다. 최근에는 장혁주 문학과 대만 작가들의 문학에 나타난 유사성에 주목하여 관련 글을 발표하기도 한다. 주요 논저로는 「중국에 소개된 장혁주 소설의 리얼리즘 연구」(『한국학연구』 60, 인하대학교 한국학연구소, 2021), 「조명희 소설에 나타난 잔혹한 낙관주의」(『차세대 인문사회연구』(16), 동서대학교 일본연구센터, 2020), 「조명희 소설에 나타난 불안 의식 연구」(경북대학교 석사학위논문, 2018), 「한국어와 대만 민남어의 음운적 대조 연구」(연세대학교 석사학위논문, 2012) 등이 있다.

낙동강과 문화어문학

초판 1쇄 인쇄 2022년 2월 10일
초판 1쇄 발행 2022년 2월 15일

엮 은 이 경북대학교 국어국문학과 BK21 글로벌 시대의 지역 문화어문학 교육연구단
정우락 정출헌 최은주 김수정 조철기 김덕호 김원준 손대현
김동연 조유영 백운용 신소윤 김종구 김소연 조가유
펴 낸 이 이대현

책임편집 권분옥
편　　집 이태곤 문선희 임애정 강윤경
디 자 인 안혜진 최선주 이경진
마 케 팅 박태훈 안현진

펴 낸 곳 도서출판 역락
주　　소 서울시 서초구 동광로 46길 6-6(반포4동 문창빌딩 2F)
전　　화 02-3409-2060(편집부), 2058(영업부)
팩　　스 02-3409-2059
등　　록 1999년 4월 19일 제303-2002-000014호
이 메 일 youkrack@hanmail.net
역락홈페이지 http://www.youkrackbooks.com

ISBN 979-11-6742-281-1 93810